U1006176

中国作家协会创作研究部 编

中国文学理论批评文选

（2017）

作家出版社

主　编

何向阳

副主编

李朝全　赵海虹

编　委

岳　雯　霍俊明　李　壮

目　录

张　炯：论马克思主义文论的中国化历程 /001

董学文：中国马克思主义文艺理论的创新性发展 /015

——习近平文艺思想的当代价值研究

范玉刚："以人民为中心的创作导向" /025

——习近平文艺思想的人民性研究

杜书瀛：文学的发生 /033

——"文学一家言"之一

南　帆：文学理论：全球化时代的民族性 /054

赖大仁：文学本质论观念的历史嬗变及其反思 /070

雷　达：长篇创作中的非审美化表现 /083

陈晓明：论文学的"当代性" /089

孟繁华：当下中国文学的一个新方向 /114

——从石一枫的小说创作看当下文学的新变

郜元宝："中国现当代文学研究"的"史学化"趋势 /135

张　江：开放与封闭 /162

——阐释的边界讨论之一

党圣元：新时期四十年中国文论反思：问题与导向 /179

黄发有：抒情的衰变 /195
——论近三十年中国文学的情感历程
杨　扬：上海的文学经验 /211
——小说中的宏大叙事与日常生活叙事
李建军：他找到了属于自己的句子 /222
——论陈忠实的小说创作谈
霍俊明：诗性正义与时代景观 /232
——兼论诗歌的现实话语与当代经验
傅逸尘：思辨的力量 /243
——21 世纪初年军旅非虚构叙事述论
李广益：中国转向外在：论刘慈欣科幻小说的文学史意义 /254
张　俊：当代亚文学的崛起 /269
胡友峰：电子媒介时代审美范式转型与文学镜像 /297
杨柏岭：新媒介的兴起与文学精神的传承 /314
单小曦：合作式网络文艺批评范式的建构 /326

编后语 /338

论马克思主义文论的中国化历程

张 炯

一、马克思主义文艺理论的生成

马克思主义经典作家对文艺有许多论述，并非偶然。因为马克思、恩格斯、列宁和毛泽东等对文艺都相当爱好和熟悉。马克思早年还写过诗歌，读过许多文学作品。他评论过法国作家欧仁·苏的长篇小说《巴黎的秘密》、德国作家斐迪南·拉萨尔的历史剧《弗兰茨·冯·济金根》。恩格斯除评论拉萨尔的剧本，还评论过敏娜·考茨基和玛·哈克纳斯的小说以及德国的“真正的社会主义”诗歌。他在致敏娜·考茨基的信中曾说：“悲剧之父埃斯库罗斯和喜剧之父阿里斯托芬都是有强烈倾向的诗人，但丁和塞万提斯也不逊色；而席勒的《阴谋与爱情》的主要价值就在于它是德国第一部有政治倾向的戏剧。现代的那些写出优秀小说的俄国人和挪威人全是有倾向的作家。”可见，他对于欧洲的文学名家的作品多么熟悉！列宁对文学艺术也不外行。他对列夫·托尔斯泰作品的系列评论已经成为俄罗斯的经典文学评论。他还评论过欧仁·鲍狄埃的《国际歌》和俄国作家高尔基等的作品，并写有《党的组织和党的文学》这样的专论。毛泽东自己就是伟大的诗人，他对我国古典诗词、对《金瓶梅》《红楼梦》等长篇小说名著、对鲁迅的创作都有精细的阅读和评论，发表过许多精到的意见。上述经典作家皆深谙文学艺术，在著作中提出大量有关文艺理论的见解也就不足为奇了。

但马克思主义文艺理论的生成还植根于马克思主义的科学世界观和方法论，建立在历史唯物主义和辩证唯物主义哲学基础之上。

列宁曾指出马克思主义直接继承了 19 世纪德国古典哲学、英国古典政治经济学和法国空想社会主义的优秀成果。而从马克思主义文艺理论中，我们则应看到马恩既批判地继承了德国的康德、黑格尔、莱辛和歌德的美学思想，对法国启蒙思想家狄德罗、古希腊思想家苏格拉底、柏拉图和亚里士多德等人的美学思想亦是如此。要而论之，他们本人都爱好文学，博览众多作家作品，深谙文艺实践。马克思、恩格斯把黑格尔的唯心辩证法颠倒过来，吸收了费尔巴哈的机械唯物论，建构了辩证唯物论，阐明意识反映存在，并反作用于存在，事物总处于运动变化的状态，体现着矛盾对立和统一、量变导致质变、否定之否定的发展规律。他们还在深刻研究人类历史活动的基础上阐明了自有阶级社会以来经济利益冲突如何构成阶级斗争的历史，而人类各个历史阶段社会的上层建筑意识形态又取决于社会经济基础并反作用于经济基础，指出经济基础由特定历史阶段的社会生产力和生产关系构成。正是上述科学世界观和方法论，引导着他们观察文学艺术的发展，从而形成他们的文艺理论观点。

欧洲自文艺复兴以来兴起了人文主义思潮。它鼓吹以人性的解放对抗中世纪教会统治时代的神性统治。到了启蒙运动风起云涌，提倡自由、平等、博爱的人道主义更先后风靡全球。法国的空想社会主义体现的就是当年伏尔泰、卢梭等倡导的人道主义。但是，谁都想自由，可是你得首先解决吃饭、穿衣的温饱问题，你才会有自由。为此你就得依存于一定的社会关系，在阶级社会中，你或自己拥有土地与财富，或受雇于地主和资本家，那样你才能得到生存的资料。这样，自由也就难以兼得了。因为你就会被束缚于管理自身的财富或为了温饱而忍受地主和资本家的剥削与奴役。平等在阶级社会里也难以做到。在贫富悬殊的状态下，地主与农奴、资本家与工人、富人与穷光蛋哪有什么平等可言呢？博爱，爱一切人，这当然是很崇高的思想，它可以追溯到早期的基督教教义。我国儒家也早有这样的思想。孔子主张仁爱，主张“泛爱众而亲仁”，说的也是很崇高的博爱思想。但正如马克思所批判的，当无产阶级和人民群众起来反抗时，资产阶级就会毫不犹豫地把“‘自由、平等、博爱’这句格言代之以毫不含糊的‘步兵、骑兵、炮兵’”①，而且当你是穷光蛋时，自己还饥寒交迫，你拿什么去爱别人、去帮助别人？！博爱不也是一句空话吗？所以，恩格斯在《反杜林论》中反复论证自由、平等、博爱的实现是有历史条件、有经济基础作为前提的。马克思、恩格斯并非否定自由、平等、博爱思想的进步性和崇高性，他们继承了人道主义的合理性，却在历史唯物主义的科学基础上加以阐发，指出只有不存在阶级剥削和压迫，在社会生产力高度发展、社会财富高度涌流，在工农、城乡、脑体劳动的差别消除，人们“各尽所能，各取所需”的共产主义社会，自由、平等、博爱才能真正实现。马克思在《1844年经济学哲学手稿》中说：“劳动者的解放包含着全

---

①《马克思恩格斯选集》第1卷，人民出版社，1995年，第630页。

人类的解放”“共产主义是私有财产即人的自我异化的积极扬弃，因而也是通过人并且为了人而对人的本质的真正占有；因此，它是人自身、向社会的（即人的）人的复归，这种复归是完全的、自觉的而且保存了以往发展的全部丰富成果的。这种共产主义，作为完成了的自然主义，等于人道主义。”恩格斯在《社会主义从空想到科学的发展》中也指出，现代社会主义“就其理论形式来说，它起初表现为18世纪法国伟大启蒙学者所提出的各种原则的进一步的、似乎更为彻底的发展”。他所说的现代社会主义指的就是马克思主义的科学社会主义。它以解放全人类为目标。因而其出发点就是为了人，为了广大的人民大众。

唯有了解了马克思主义科学社会主义的理论学说、马克思主义科学世界观和人生观以及辩证唯物史观，我们才能更好地了解马克思主义的文艺理论观点。

二、马克思主义文艺理论的体系和基本观点

马克思主义文艺理论是内容十分丰富的科学体系。照我的理解，我曾试图对马克思主义文艺理论的基本观点做如下简明的概括和介绍：

（一）文艺本质论

文艺的本质问题是文艺的本体性问题。马克思主义经典作家有关文艺是审美的创造，是社会上层建筑意识形态的主张在这一方面至关重要。大家知道，马克思在《1844年哲学经济学手稿》中曾提道：“动物只是按照它所属的那个种的尺度和需要来建造，而人却懂得按照任何一个种的尺度来进行生产，并且懂得怎样处处都把内在的尺度运用到对象上去；因此，人也按照美的规律来建造。”毛泽东也认为，现实生活与文学艺术虽然“两者都是美，但是文艺作品中反映出来的生活却可以而且应该比普通的实际生活更高，更强烈，更有集中性，更典型，更理想，因此就更带普遍性”[①]。他主张优秀的文艺作品应是“革命的政治内容与完美的艺术形式的统一”。不难看出，马克思主义经典作家都认同文艺的美的特质，提出人能够遵循美的规律来创造事物，将人的本质力量对象化，使文艺作品所表现和创造出的艺术美更具典型性和埋想性，证明了文艺是审美的意识形态的观点。因而，认为马克思主义经典作家不注重文艺的美的特质，只强调文艺的社会意识形态性的这一论断，是有违事

① 毛泽东：《在延安文艺座谈会上的讲话》，《毛泽东选集》第3卷，人民出版社，1953年。

实的。然而，他们也明确肯定了文艺是社会的上层建筑意识形态，这可从马克思在《路易·波拿巴的雾月十八日》中所说的一段话得到证实。他说："在不同的所有制形式上，在生存的社会条件上，耸立着由各种不同情感、幻想、思想方式和世界观构成的整个上层建筑。"正由于文艺依托想象和幻想来呈现思想和情感，故而，质疑马克思并未把文艺列为上层建筑意识形态的观点是经不起推敲的。

（二）文艺创作论

文艺创作论阐明文艺创作活动的基本原理及规律，包括文艺创作中的感性与理性、主体与客体、艺术方法与世界观的关系等。

从人的意识与存在的辩证唯物主义反映论来看，现实的社会生活理应是文学艺术创作的源泉。正如毛泽东所言："作为观念形态的文艺作品，都是一定的社会生活在人类头脑中反映的产物。"而社会生活则是"一切文学艺术的取之不尽、用之不竭的唯一的源泉"[①]。马克思主义经典作家强调创作主体对创作过程的影响。例如，马克思论述过想象与幻想的重要性，恩格斯强调过巴尔扎克的现实主义创作手法与其自身世界观存在矛盾，列宁在肯定列夫·托尔斯泰具有高度真实性的同时，也看到创作主体及其思想对作品内容的作用。这都说明作家在创作中展现出的思想政治倾向性。由此，毛泽东才指出作家应当学习马克思主义，在深入社会与生活的同时，改造自己的世界观和看法。从反映论的角度看，创作主体离不开创作客体，作家的创造性活动十分必要。创作过程中感性固然重要，没有理性的参与，恐怕是很难的。特别是文学创作这门语言的艺术，对生活理性的认识和分析是不可或缺的。

（三）文艺功能论

文艺功能论也即文艺价值论。它要解决的是文艺何为的问题，即文艺对人有什么用，以及为什么人所用。

与唯美主义"为文艺而文艺"的观点不同，马克思主义经典作家没有否定文艺的审美价值。他们都充分肯定了文艺真善美的价值与功用。在论及拉萨尔的历史剧《济金根》时，马恩不仅谈到历史的真实性和创作的审美性，还涉及思想内容方面的问题。恩格斯说："我是从美学观点和历史观点，以非常高的、即最高的标准来衡量您的作品。"他说："如果首先谈形式的话，那么，情节的巧妙安排和剧本的从头到尾的戏剧性使我惊叹不已。"他还说："当然，思想内容必然因此受损失，但是这是不可避免的。而您所不无根据地认为德国戏剧具有的较大的思想

---

① 毛泽东：《在延安文艺座谈会上的讲话》，《毛泽东选集》第3卷，人民出版社，1953年。

深度和意识到的历史内容，同莎士比亚剧作的情节的生动性和丰富性的完美的融合，大概只有在将来才能达到。”[①]作品的认识功用与价值谓为真；作品在思想道德方面的教化功能称为善；作品因内容与形式完美融合所形成的审美魅力称作美。真善是美的前提，离开它们就只有形式美的意义。毛主席指出具有艺术美的作品“能使人民群众惊醒起来，感奋起来，推动人民群众走向团结和斗争，实行改造自己的环境”[②]。邓小平也说，文艺作品“只要能够使人民得到教育和启发，得到娱乐和美的享受，都应当在我们的文艺园地里占有自己的位置”[③]。可见，他们都认识到文艺兼有真善美等多方面的价值和功能。

此外，马克思主义经典作家还指出了文艺为何人的问题。在与蔡特金的谈话中，列宁提出文艺应属于人民，“它必须深深地扎根于广大劳动群众中间。它必须为群众所了解和爱好。它必须从群众的感情、思想和愿望方面把他们团结起来并使他们得到提高。它必须唤醒群众中的艺术家并使之发展。”[④]他还在《党的组织和党的文学》一文中，首次明确提出文学应“为千千万万劳动人民服务”的口号。毛主席《在延安文艺座谈会上的讲话》的主题，更是关于文艺为何人和怎样为的问题。

（四）文艺生态论

所谓文艺生态论，是指文艺内部与外部的生态关系。它既有文艺与道德、法律、政治、宗教等的关系，也有文艺内容与形式之间的关系，还包括文艺生产与消费之间的关系。

文艺与政治的关系，是文艺的外部关系中最为重要的。列宁把政治视为经济的集中体现，并高度赞扬鲍狄埃的《国际歌》等对革命的鼓舞作用。普列汉诺夫认为，政治直接反映经济的利益要求，并将其传达至上层建筑的其他意识形态中。马恩盛赞英国工人运动中的诗歌和德国的社会主义诗人，希望作家能够描写“叱咤风云的和革命的无产者”[⑤]。毛泽东关于文艺与政治关系的看法，更是为大家所熟识的。可是，并非所有文艺作品都可以服务于政治，并包含有政治内容或政治倾向。故而，邓小平放弃“文艺从属于政治”的提法，同时又指出“这当

① 《致斐迪南·拉萨尔》，《马克思恩格斯全集》第29卷，人民出版社，1972年，第581—587页。

② 毛泽东：《在延安文艺座谈会上的讲话》，《毛泽东选集》第3卷，人民出版社，1953年。

③ 邓小平：《在中国文学艺术工作者第四次代表大会上的祝词》，《邓小平文选（1975—1982）》，人民出版社，1983年。

④ 蔡特金：《回忆列宁》，《列宁论文学与艺术（二）》，人民出版社，1960年，第912页。

⑤ 《诗歌和散文中的德国社会主义》，《马克思恩格斯全集》第4卷，人民出版社，1958年，第223页。

然不是说文艺可以脱离政治”[①]。这一表述更合乎文艺的整体情况。文艺与政治虽联系密切，却又相对独立，文艺需要一定的自由发展的空间。

内容与形式的关系，在文艺的内部关系中也很重要。内容决定形式，并受制于形式。二者虽隶属不同的范畴，实质上却是统一的。在延安，毛主席曾高度赞扬新内容的传统秧歌，要求“革命的政治内容与完美的艺术形式的统一”。瞿秋白、鲁迅也都说过，旧形式可以展现新内容。可见，马克思主义经典作家既看到文艺作品中内容与形式之间的联系，又看到它们之间的区别，对它们关系的理解也是辩证的。于是，他们提出文艺的内容与形式要呈现出多样化的生态，为文艺的繁荣创造良好的生态环境。

从生产和消费的角度看，马克思关于生产培养消费，消费又会促进生产这一观点，同样适用于今天的文艺产品及其消费的关系。众所周知，生产、分配、交换、消费是资本主义生产的四个环节。在资本主义社会，文艺生产是商品的生产，是为消费而生产的。资本主义时代的作家，既是生产劳动者，又是非生产劳动者，唯有到共产主义社会才会消除这种身份的二重性。因而，在我国现有的多种所有制经济共同发展的经济体制下，作家、文艺家这种身份的二重性仍然存在。然而，优秀的文艺作品在满足消费需求的同时，更应培养消费、引导消费。优秀的文艺家也不断要以自己的高质量的，甚至带有先锋性的作品去培养和引导消费。

（五）文艺发展论

文艺发展论是指文艺的起源，文艺发展的种种形态和规律。文艺起源于劳动是马克思主义经典作家的普遍共识。劳动一方面满足了人的生存需要，另一方面也发展了人的各种器官，增进了彼此间的交往，从而在劳动中诞生了岩画、歌谣、舞蹈、神话等最初的艺术形式。

在文艺的发展进程中，内容与形式因时代的不同而呈现不同形态，正如刘勰在《文心雕龙》中所言，“时运交移，质文代变”。马克思指出文艺的繁荣与经济的发展具有不平衡性，“关于艺术，大家知道，它的一定的繁盛时期绝不是同社会的一般发展成比例的……某些有重大意义的艺术形式只有在艺术发展的不发达阶段上才是可能的”[②]。例如，建安文学的繁荣见于世积乱离的年代，五四新文

---

① 邓小平:《目前的形势和任务》,《邓小平文选（1975—1982）》，人民出版社，1983年，第220页。

② 《政治经济学批判·导言》,《马克思恩格斯全集》第46卷（上），人民出版社，1979年，第47—50页。

学突起于军阀混战、南北未能统一之时。

此外，在批判继承传统和借鉴外国文艺的基础上不断创新，是文艺发展的一条重要规律。普列汉诺夫认为，在文学方面，后进国家往往学习先进国家，反之则不然。例如，非洲文学常常学习欧洲文学，而欧洲文学则不会借鉴非洲文学。俄国无产阶级文化派试图在空地上建设无产阶级新文化的观点，因对传统的全面否定，曾遭到列宁的严厉批评。列宁再三强调，唯有基于批判继承人类全部文化，才可能建设新的无产阶级文化。在《新民主主义论》和《在延安文艺座谈会上的讲话》中，毛主席对这一规律都做过非常精辟的论述，在中华人民共和国成立后更是提出“古为今用，洋为中用”“推陈出新”的方针。

（六）文艺批评论

文艺批评论涉及文艺接受过程的鉴赏、解读和评论。对文艺评论的重视，是马克思主义经典作家的共同点。如前所述，马克思、恩格斯、列宁和毛泽东都曾读过大量文艺作品并撰写过评论。如马恩对欧仁·苏的《巴黎的秘密》的评论，对歌德、席勒的评论，对斐迪南·拉萨尔的历史剧《弗兰茨·冯·济金根》的评论等。列宁也有对列夫·托尔斯泰等作家作品的评论。毛泽东对唐诗宋词、对《水浒传》和《红楼梦》、对鲁迅作品都有十分透彻的论述。这些评论既是他们自身对作品的艺术鉴赏，也是对作品内容与形式的深刻分析。恩格斯所提出的美学的和历史的批评标准，毛泽东所提出的政治标准与艺术标准，胡乔木所提出的思想标准与艺术标准，事实上都蕴含了真善美的因素。思想与政治标准有时代与阶级的差别，这一点很好理解，那么审美标准呢？在《生活与美学》中，车尔尼雪夫斯基指出俄罗斯贵族以女性的苍白纤弱为美，而乡下的农民则以女性的红润健壮为美，这说明不同阶级的审美标准随时代不同而有所差别，但这是否符合规律，仍需探讨。

三、马克思主义文艺理论的世界地位及其传播和发展

马克思主义文艺理论具有自身鲜明的超越性的特点。我国或西方从古至今都曾经产生过许多文艺理论著作，如我国古代的《诗序》、曹丕的《典论论文》、陆机的《文赋》、刘勰的《文心雕龙》和众多词话、诗话等。西方也有柏拉图的《理想国》、亚里士多德的《诗学》、布瓦洛的《诗艺》等。它们大多就文艺论文艺，探讨的多是文艺的美学特点、文艺的结构、体裁、内容与形式以及创作过程等属于文艺本身的内部规律。现代西方文论中的形式主义、结构主义、新批评等理论

亦如此。而马克思主义文艺理论则大大扩展了自己的视野，把文艺与特定时代、特定社会生活的关系，与特定时代的政治、经济、文化的关系，与广大人民群众的关系，也纳入自己的研究领域，从而广泛地探讨了文艺的外部规律，建立了文艺理论的更完整的体系。这是它的第一个特点。其次，马克思主义文艺理论有着统一而严整的科学的哲学基础，即现代人类自然科学和社会科学的结晶——辩证唯物主义和历史唯物主义，从而为文艺理论提供了先进的世界观、人生观和价值观。是故，马克思主义文艺理论的价值便超越了文艺理论本身，而具有文化学、社会学的意义。再次，马克思主义文艺理论是与文艺实践密切结合的理论，它源于文艺实践，包括文艺的创作实践、生产与传播实践、接受与批评实践，并因不断总结新的实践而获得丰富和发展。

正因此，诞生百多年来，马克思主义文艺理论已成为人文社会科学中最具影响力的学派，在全球学术思想界产生了广泛的影响，它同时也是广大劳动人民改造世界也改造自身、推进文艺发展的科学指南。作为马克思主义的有机组成部分，马克思主义文艺理论对世界社会主义文艺运动产生了重大的影响，也是诸多社会主义国家建设新文艺的指针。在马克思主义文艺理论传播和发展的过程中，许多国家的马克思主义者也不同程度地为它的发展做出一定贡献。如俄国的普列汉诺夫、德国的梅林、法国的拉法格等。20 世纪西方马克思主义者如匈牙利的卢卡奇、德国的法兰克福学派、美国的詹姆斯、英国的伊格尔顿等也做出自己的不同贡献。

在当今时代，马克思主义文艺理论正在随着学术研究的进步和文艺实践的发展而不断获得新的发展和丰富。它在中国的传播，无论对党的文艺政策的制定，还是对文艺家的艺术实践，都起着指导性的作用。例如，毛主席发表于民主革命时期的《在延安文艺座谈会上的讲话》和习近平总书记发表于改革开放新时期的《在文艺工作座谈会上的讲话》《在中国文联十大、中国作协九大开幕式上的讲话》，他们二人的这些经典文献构成了马克思主义文艺理论中国化的两大里程碑。

四、马克思主义文论在中国的传播和发展

马克思主义文艺理论在中国的传播和发展过程，也是马克思主义文艺理论中国化的过程。在西方文艺理论和马克思主义文艺理论传入我国之前，我国传统的文艺理论占有统治性的地位，有着深远的影响。如何正确对待它，是马克思主义文艺理论中国化所应面对的问题。努力使马克思主义文艺理论与中国文艺实践相结合，并批判地汲取和继承中国传统文艺理论的有益成分，这是马克思主义文艺

理论中国化的历史必然。

文学理论在中国有着古远的历史，可以追溯到古籍《尚书》中的片段和孔夫子的一些论述。魏晋、南北朝时期被认为是走向文学自觉的时代。曹丕的《典论·论文》、陆机的《文赋》、刘勰的《文心雕龙》和钟嵘的《诗品》属于那个时期的文论名作。特别是《文心雕龙》以它的系统性遍论古代中国各种文体的特点和文学创作思维、文学的艺术表现的各种规律，后来论者认为其成就足以与古希腊的亚里士多德的《诗学》相媲美，虽然所论对象不尽相同。唐宋以来，出现了许多诗话、词话，不乏精到之见，但感悟居多，成体系的理论追求不足。明末清初，李渔的《闲情偶寄》在论述戏剧理论方面则颇成体系。清末民初之时，梁启超、王国维的文论已见新意，他们已初步吸收西方文论的某些优长，但单篇论作居多，如梁启超的《小说与群治之关系》、王国维论述元曲和《红楼梦》的论文及《人间词话》，而成体系的专著仍付阙如。

新文化运动兴起后，西方的科学主义和人文主义思潮以新的气势进入中国。“科学”与“民主”成为五四新文化运动的大旗。因俄国十月革命的影响，马克思主义也进入中国。上述思潮便构成中国新文艺理论诞生和发展的大的思想理论背景。当时，译著较多，论介之作较多，成体系的专著仍属罕见。

毛泽东说：“十月革命一声炮响，给我们送来了马克思列宁主义。”[①]据考证，早在1900年就有介绍马克思主义到中国的文章。《新青年》初期的文章，基本还停留在宣传民主主义的思想上，后来才有李大钊的《庶民的胜利》等介绍马克思主义的文章。1918年马克思主义研究会在北京大学成立，而介绍马克思主义文艺理论观点的文章则见于1920年以后。

在过去的一个世纪间，马克思主义文论在我国的传播大致可分为以下三个时期：

第一个时期是1920年—1949年。这时期的特点是从介绍部分的观点到走向全面而系统的介绍，并逐步与中国文艺实践的经验相结合，高峰是产生了毛泽东文艺思想。

1920年代初，邓中夏、恽代英、李大钊、沈泽民、萧楚女等共产党人都曾用马克思主义的辩证唯物史观来阐述文艺问题。此外，由茅盾编译的《论无产阶级艺术》一文，在界定了无产阶级艺术的基础上，对欧洲文学史进行了阶级论的分析，还论述了文艺创作的过程和文艺的内容与形式的关系，这在早期中国共产党人的文艺理论主张中具有重要的意义。该文由茅盾译自匈牙利马克思主义学者的著作改写而成，过去未给予足够重视，实际上至关重要。它十分重视文艺的美的

---

① 毛泽东：《论人民民主专政》，《毛泽东选集》第4卷，人民出版社，1960年，第1476页。

特质，重视世界观在主体创作过程中的作用。

在中国共产党的早期领导人中，对传播马克思主义文艺理论贡献较大的当属瞿秋白。他区别于后来的左翼文学家的是，他既对苏维埃俄罗斯进行过长达四年的考察，还聆听过列宁、托洛茨基的讲演。他发表的《马克思、恩格斯和文学上的现实主义》一文，凭借首次对巴尔扎克创作的分析，论述了马克思主义的现实主义和典型的理论。他的多篇论文更是相当精辟地阐明了大众文艺问题，并号召中国共产党人探索建立对大众文艺领导权的方法。对革命的大众文艺的内容与形式、语言等方面的问题，他还进行了卓有成效的研究。

在左翼文学家中，鲁迅经历了瞿秋白所说的“从进化论到阶级论，从绅士阶级的逆子贰臣到无产阶级和劳动群众的真正的友人，以至于战士”①的心路历程。他通过太阳社和创造社对他的围攻，阅读并学习了大量马克思主义文艺理论方面的著作，这为他后来对马克思主义文艺理论观点的传播奠定了基础。鲁迅在《三闲集·序言》中说：“我有一件事要感谢创造社的，是他们‘挤’我看了几种科学底文艺论，明白了先前的文学史家们说了一大堆，还是纠缠不清的疑问。并且因此译了一本蒲力汉诺夫的《文艺论》，以纠正我——还因我而及于别人——的只信进化论的偏颇。”从先前的无用之用论，发展到社会功利论、阶级功利论，文艺的人民大众属性的观念贯穿其文艺观；他对文学的劳动起源论，对文艺的人民性特征，对文艺的大众化和民族化，对文艺的真实性和典型性，对文艺的批评和鉴赏等问题，均有独到见解。在 20 世纪 30 年代，冯雪峰、胡风、张闻天（洛甫）和周扬等人都写过不少传播马克思主义文艺观的文章。

毛主席写于 1939 年的《新民主主义论》和 1942 年的《在延安文艺座谈会上的讲话》，对马克思主义文艺理论的发展具有重大意义。它们是马克思主义文艺理论发展的划时代的经典文献，标志着马克思主义文艺理论与中国革命文艺实践相结合的最重要的成果，更是中国共产党在中华人民共和国成立后文艺政策的理论基础和坚实指南。它们同毛主席在 20 世纪 50 年代提出的“百花齐放，百家争鸣”“推陈出新”“洋为中用，古为今用”等方针共同构成了毛泽东文艺思想的完整体系。

《在延安文艺座谈会上的讲话》发表后不久的 1944 年，周扬曾编辑了《马克思主义与文艺》一书，它是我国第一本比较系统地介绍马克思主义文艺理论观点的著作，收录了马克思、恩格斯、列宁、普列汉诺夫、高尔基、毛泽东等马克思主义经典作家关于文艺问题的论述。该书共分为五辑：（一）意识形态与文艺；（二）文艺的特质；（三）文艺与阶级；（四）无产阶级与文艺；（五）作家与批评家。这在当时对学习和传播马克思主义文艺理论产生了广泛而良好的影响。

① 瞿秋白：《鲁迅杂感选集·序言》，《瞿秋白文集（第二册）》，人民文学出版社，1954 年。

第二个时期是 1949 年—1978 年。这一时期，国内对马克思主义文艺理论的文献进行了全面介绍，加强了对毛主席文艺思想的传播和推广，并着手建构中国特色的马克思主义文艺理论的高等学校教科书。

新中国成立后，马克思、列宁、毛泽东等马克思主义经典作家的选集和全集陆续问世。如人民文学出版社编选的《马克思恩格斯论艺术》《列宁论文学与艺术》《毛泽东论文艺》等。1958 年，在河北省文艺理论座谈会上，时任中宣部副部长的周扬呼吁建设中国化的马克思主义文艺理论。山东大学还编写了基于毛泽东文艺思想的《文艺学新论》。国内许多学者也试图运用马克思主义的见解来讲授文艺学，许多文艺学方面的高校教科书也相继出版。如 1961 年，由周扬主持，在中宣部和教育部的配合下，汇集全国大批专家编写了一百多种以马克思主义为指导的大学文科教材，其中就包括蔡仪主编的《文学概论》和叶以群主编的《文学基本原理》。可见，马克思主义文艺理论在中华人民共和国成立后取得了更为广泛的传播。

20 世纪 20 年代至 60 年代，马克思主义文艺理论在我国的传播和实践不断深入的同时，也受到来自庸俗社会学和“左倾”教条主义的严重干扰。如创造社和太阳社在 20 年代末对鲁迅的围攻，左翼文学在 20 世纪 30 年代对第三种人苏汶等的批判，以及中华人民共和国成立前后对胡风文艺思想的批判。这种干扰在“文化大革命”发挥到了极致。林彪委派江青炮制的《部队文艺工作座谈会纪要》，彻底否定了这一时期的革命文艺的成绩，可以说是这种极致的标本。

第三个时期是 1978 年至今。这时期的特点是邓小平等新的领导人坚持和发展了毛泽东文艺思想，既反“左”，也反右。在传播马克思主义文艺理论上做了更深入、更全面的工作，为建设当代中国的马克思主义文艺理论体系做出了新的努力。

马克思主义文艺理论的中国化进程在改革开放时期步入了一个新阶段。邓小平《在中国文学艺术工作者第四次代表大会上的祝词》和《目前的形势与任务》等重要讲话，既全面准确地继承了毛泽东文艺思想的精髓，还纠正了“文艺从属于政治”“必须为政治服务”的提法的弊端。他指出文艺应“为人民服务，为社会主义服务”，强调党应加强对文艺的领导，为理论的拨乱反正做出了重大贡献。他号召文艺理论工作者应加强与人民群众的血肉联系，“从人民生活中汲取题材、主题、情节、语言、诗情和画意，用人民创造历史的奋发精神来哺育自己”。他还指出：“文艺这种复杂的精神劳动，非常需要文艺家发挥个人的创造精神。写什么和怎样写，只能由文艺家在艺术实践中去探索和逐步求得解决。在这方面，不要横加干涉。”[①]邓小平的文艺思想在总结我国革命文艺实践的经验和教训的基

① 邓小平：《在中国文学艺术工作者第四次代表大会上的祝词》，《邓小平文选（1975—1982）》，人民出版社，1983 年。

础上，继承和发扬了马克思主义的文艺理论，为社会主义文艺的繁荣和发展，为新时期我国文艺工作者的创作，开辟了广阔的道路。随后，江泽民提出的“三个代表”重要思想、胡锦涛提出的以人为本的科学发展观和习近平提出的社会主义核心价值观，进一步丰富和发展了当代中国马克思主义文艺理论。

这一时期的广大文艺理论工作者在试图诠释、研究和传播马克思主义经典作家著作，编辑、出版论著和辞书等方面，取得了一定的成果。如李准、丁振海主编的《毛泽东文艺思想全书》，陆梅林编选的《马克思恩格斯论文学与艺术》，吕德申主编的《马克思主义文艺学大辞典》和《马克思主义文艺理论史》，王善忠主编的《马克思主义美学思想史》等，都为此做出了不懈的努力。此外，国内学者如童庆炳、陆贵山等在坚持马克思主义基本原理的同时，较为充分地借鉴、吸收和参照了西方 20 世纪以来的新的文学理论成就，写出许多有所创新和超越的文艺学专著。如钱中文的《文学原理：发展论》、王向峰主编的《文艺学新编》和童庆炳的《文学理论教程》等。

新世纪中央实施马克思主义理论研究与建设工程，集中了一批从事文学理论的专家和学者，以童庆炳为首席专家，经过数年努力，集体编写了一部马克思主义文艺理论的新教材，体现了中国学者这方面的新成果。但这一时期，马克思主义文艺理论不仅面临市场经济体制下文艺实践出现的新情况的挑战，还面临来自西方的现代主义和后现代主义文艺思潮及各种新的文艺理论的挑战。正是针对新的时代背景，习近平总书记先后发表了《在文艺工作座谈会上的讲话》和《在中国文联十大、中国作协九大开幕式上的讲话》，总结了我国社会主义文艺发展的新的经验和问题，为我国文化和文艺的发展指明了以人民为中心、促进中华民族伟大复兴的历史方向和攀登高峰、精益求精的繁荣创作的道路。从而继毛泽东之后，为马克思主义文艺理论的中国化树立了又一座里程碑。

五、习近平对马克思主义文艺理论中国化的新贡献

马克思主义文艺理论传播和发展过程中，世界格局发生了很大的变化。资本主义世界经历了多次危机，并引起两次世界大战。巴黎公社失败后，俄国十月革命却激起欧亚多国的革命浪潮和殖民地半殖民地的民族解放运动。第二次世界大战后，中国革命的胜利和社会主义、资本主义阵营的长期对立，使世界陷入冷战。而 20 世纪 90 年代，苏联解体，东欧易帜，世界又迎来经济全球化、政治多极化、文化多元化的新时代。

屹立于世界东方的中国，作为一个社会主义强国，给全球范围内的马克思主义者以极大的鼓舞。与此同时，马克思主义文艺理论也面临种种新的挑战：一是市场经济体制确立后，市场导向与政治导向争夺文艺领导权的挑战；二是全球化条件下文艺实践的多样化，尤其是现代主义与后现代主义文艺实践及其理论的挑战；三是文艺进入电脑写作和数码传播时代的挑战。

大家知道，《共产党宣言》指出："资产阶级，由于开拓了世界市场，使一切国家的生产和消费都成为世界性的了……过去那种地方的和民族的自给自足和闭关自守状态，被各民族的各方面的互相往来和各方面的互相依赖所代替了。物质的生产是如此，精神的生产也是如此。各民族的精神产品成了公共的财产。民族的片面性和局限性日益成为不可能，于是由许多种民族的和地方的文学形成了一种世界文学。"百多年的世界历史进程实际上已逐渐证实了马克思主义创始人有关全球化的预言。全球化语境下世界文艺的交流与对话也充分说明，文艺理论要有全球视野，才有可能具有真理的普遍性，也才能用以说明世界性的文艺现象。马克思、恩格斯、列宁的时代，针对的主要是西欧的现实主义和浪漫主义文艺，毛泽东面对的时代则还有社会主义现实主义。我国的新文艺，尤其是改革开放的新时期文艺受到了各大洲文艺的显著影响，例如现代主义、后现代主义以及拉丁美洲的魔幻现实主义文艺。而伴随着高科技时代电子传媒的发展，文艺生产和传播速度空前加快，文学艺术从手写和排版印刷时代迅速步入电脑和数码传播时代。电子网络传播，电影电视等图像、音响艺术因与文艺的结合而空前广泛。市场的需求是多样化的，既有高雅的需求，也有低俗的需求，而且低俗需求在一定时间往往更为宽泛。如果文艺的创作和出版、传播都向钱看，把经济收益摆在第一位，就会产生与政治要求相偏离的现象。因而，马克思主义文艺理论也需要对这些新的文艺现象进行研究，并从理论上做出正确的回答。

习近平担任中国共产党总书记面对的正是上述新的历史状况和文艺实践的新问题。如他所说："为什么要高度重视文艺和文艺工作？这个问题，首先要放在我国和世界发展大势中来审视。我说过，实现中华民族伟大复兴，是近代以来中国人民最伟大的梦想。今天，我们比历史上任何时期都更接近中华民族伟大复兴的目标，比历史上任何时期都更有信心、有能力实现这个目标。而实现这个目标，必须高度重视和充分发挥文艺和文艺工作者的重要作用。"

如果说毛泽东的《在延安文艺座谈会上的讲话》产生于我国抗日战争时期，根据那时我国革命文艺的实际，突出地论述了"文艺应当为人民"和"如何为人民"的问题。它以此为中心，阐明文艺的审美特点、文艺与现实生活、文艺与历史传统、文艺的创作与批评、文艺的提高与普及、文艺创作中的人性与阶级性、歌颂光明与揭露黑暗、世界观与创作方法等系列的辩证关系。从而为马克思主义文艺理论揭示文艺的本质规律，包括内部规律和外部规律做出新的贡献。《延安文艺座谈会上的讲话》可以说对五四新文艺以来我国文坛曾经存在的脱离政治的"为艺术而艺术"和"抽象人性论"的思潮，以及国统区和延安人民抗日根据地文艺实践中出现的大众化、民族化，歌颂与暴露等一系列问题做出了理论的总结。习近平则在新的历史时期从中华民族伟大复兴的大局着眼，高瞻远瞩地论述了文艺与时代、文艺与人民、文艺与现实、文艺与传统的关系，提出新时代文艺以人民为中心的历史任务和方向，高度重视文艺的真善美的真谛，高度重视文艺作品的思想性，高度重视表现时代精神、中国精神和社会主义核心价值观，高度重视以理想观照现实、透视现实，以先进的世界观、人生观、历史观、价值观去分析和认知现实，以崇高的精神去塑造民族的灵魂，去影响读者和观众的精神世界，以精益求精的努力创造艺术精品，攀登文艺高峰！它以中外文艺史为根据的深刻的理论阐述，有针对性地回答了这一时期文艺实践所出现的新问题、新挑战，回答了现代主义、后现代主义有关消解文艺思想性的理论和市场经济条件下某些文艺家一心追求经济效益而忽视社会效益，忽视艺术上精益求精、创作浮躁等现象。从而既继承马克思主义文艺理论的基本观点，又在与我国文艺实践密切结合中发展了马克思主义文艺理论，把马克思主义文艺理论中国化推进到一个新的高度，成为继毛泽东的《在延安文艺座谈会上的讲话》之后的马克思主义文艺理论中国化的又一座里程碑。

人类的认识永无止境。随着人类实践的历史进展，人类对客观世界和主观世界的认识会越来越广阔，也越来越深刻。马克思主义及其文艺理论的发展同样不会停滞。中国共产党人自五四新文艺运动以来，不仅积极领导中国现代文艺的历史方向，开创了我国进入人民文艺的新时代，使中国新文艺，特别是中国社会主义文艺获得空前的发展和繁荣，同时在传播和建设中国化的马克思主义文艺理论方面做出了杰出的贡献。我们回顾马克思主义文艺理论中国化的历史过程，特别是回顾和学习从毛泽东到习近平历代领导人对马克思主义文艺理论发展的贡献，自然是为了更好地认识马克思主义文艺理论的真理性及其在我国传播和发展的深刻历史必然性与世界性的重大意义。从而以史为鉴，以真理为指针，更好地指导我国的文艺工作，使之沿着正确的道路继续向前迈进。

原发《甘肃社会科学》2017年第6期

中国马克思主义文艺理论的创新性发展

——习近平文艺思想的当代价值研究

董学文

一

马克思主义文艺理论在中国近百年的演进中，经历过波折，也经历过辉煌。无论是风雨如磐的岁月，还是高歌猛进的时代，它都以自己的真理之光照耀着中国革命文艺的航程。毋庸讳言，在相当长一段时间里，马克思主义文艺理论遭遇被边缘化、空泛化和标签化的运命。如今，它又逐步恢复了生机活力，以前所未有的高瞻远瞩和磅礴之势，引领着中国社会主义文艺“不忘初心”、昂扬自信地奔向前方。

是什么力量擦亮了马克思主义文艺理论这把钢枪？是什么思想使马克思主义文艺学说重现光芒？是什么见解拓宽了马克思主义文论流淌的河床？我认为，在当下中国，只有习近平关于文艺的论述、他的系列讲话所构成的文艺思想，或者说习近平文艺思想所代表的当代中国马克思主义文艺理论，才产生了如此巨大的能量。

这样讲的根据在哪里？其一，大概没有谁会怀疑习近平文艺思想在运用唯物史观和辩证法方面是出色的，对马克思主义经典作家文艺思想的继承也是真诚的；其二，大概没有谁会否认习近平的文艺思想中包含着中国化马克思主义文艺理论——从毛泽东文艺思想到中国特色社会主义文艺埋论——的大量成分，并且是“接着说”而非“照着说”的典范；其三，大概没有谁会看不到习近平文艺思想在面对新形势下提出了许多新论断，而这些“问题”和“论断”都带有全球眼光和21世纪语境的特点；其四，大概也没有谁会发现不了习近平自身有很高的文学修养，他不仅是个文学爱好者，而且是个创作实践者，对艺术规律的把握不仅来自学理，也来自经验，这就给他提出文艺的新见解奠定了根基。

我们似乎还可以再归纳出几条“根据”来，但只要有这几点，也就足够了。因为，这已经展露和说明了习近平文艺思想能够赓续马克思主义文论并结合实际做出新理论创造的条件，展露和说明了他能用现实活化理论，又能用理论照亮现实的原因。

在一百七十多年的马克思主义文论史上，文论家星汉灿烂；在近一个世纪的马克思主义文论中国化进程中，同样是人才辈出。回望历史，让人感到自豪；凝视今天，令人倍感骄傲。在马克思主义文论史上，习近平文艺思想所取得的成绩和贡献，是值得大书一笔的。

将习近平文艺思想放到马克思主义文论发展史上来考察，是因为它同科学的马克思主义文艺观血脉相连，是因为它在新的历史条件下对马克思主义文艺理论进行了创造性阐发，是因为它带有极其鲜明的时代性和民族性特色。这种文脉传承、境界提升和思想演进，不但为马克思主义文艺学增添了新内容，而且把当代中国的马克思主义文论建设推向了新阶段。

众所周知，习近平的文艺讲话一出，就产生了“挽狂澜于既倒”“风正一帆悬”“乘风破浪会有时”的功效，让人有一种“拨开云雾见晴天”的感觉。这种理论效果是耐人寻味的。人们不免会发出这样的疑问：“为什么会产生这种效果？”回答应该是很清楚的。习近平说过，历史和现实都证明马克思主义是科学的理论，迄今依然有着强大的生命力。“坚持以马克思主义为指导，是当代中国哲学社会科学区别于其他哲学社会科学的根本标志”[①]。文艺理论当然也不例外。只要我们还原习近平文艺思想的属性，揭示它与马克思主义这一“看家本领”的精神联系，就能发现其理论威力、影响力和牵引力的秘密所在。倘若我们再把它放到习近平总书记系列论述的大系统中，那么就更能看清其文艺思想的价值和意义。

习近平指出：“只有牢固树立马克思主义文艺观，真正做到了以人民为中心，文艺才能发挥出最大的正能量。”[②]这种对马克思主义文艺观的突出强调，无疑构成了其文艺思想的厚重底色。一段时间来，现当代西方文论很有市场、称霸文坛，“以洋为尊”“唯洋是从”的文论肆无忌惮、甚嚣尘上。在这个时候，习近平的中国化的马克思主义文艺思想，给干渴的文艺大地带来滋润的雨露，给雾霾的

① 习近平：《在哲学社会科学工作座谈会上的讲话》，《光明日报》2016年5月19日。

② 习近平：《在文艺工作座谈会上的讲话》，《光明日报》2014年10月15日。

文艺天空刮来和暖的清风，它显示出无穷的威力也就可想而知了。

二

马克思主义文艺理论是发展着的理论，它“不是必须背得烂熟并机械地加以重复的教条”①。它一定会随着实践的发展而发展，绝不会停滞不前。按照马克思本人的说法：“正确的理论必须结合具体情况并根据现存条件加以阐明和发挥。”②习近平文艺思想，可说正是马克思主义文论与中国当代文艺实际紧密结合并根据新世纪的条件加以阐明与发挥的产物。如果我们不是静止地看问题，始终注意文论发展的总的联系，注意后人比前人提供了哪些新东西，那么就能发现习近平文艺思想对马克思主义文艺理论的贡献是多方面的，所提出的大量新观点、新判断，极大地丰富了马克思主义文论的宝库。

马克思主义文艺学说传入中国，已有近百年的历史。它与中国革命、建设、改革历史时期文艺实践的结合中，一直经历着中国化、时代化、大众化的过程。早期共产党人是马克思主义文论在中国传播的先驱，到20世纪30年代，瞿秋白、鲁迅等人以及多位左翼批评家，对马克思主义文论的译介和建设投入大量心血，开启了该学说与中国文艺实践的初步结合。在其后的过程中，真正使马克思主义文艺理论中国化，真正使这一理论提升到新高度、发展到新境界，使中国马克思主义文艺理论河流汹涌澎湃的是毛泽东。以《在延安文艺座谈会上的讲话》及多篇文艺论述为标志的毛泽东文艺思想，不仅集马克思主义文论中国化之大成，而且实现了中国马克思主义文艺理论的一次历史性飞跃。改革开放以后，在中国特色社会主义理论的指引下，中国特色社会主义文艺理论引领新时期的社会主义文艺不断走向发展繁荣。但客观地讲，这一时期真正把中国特色社会主义文艺理论发展到成熟阶段、真正实现当代中国马克思主义文艺理论又一次历史性飞跃的，是习近平文艺思想。这一点，已经从多个方面反映出来。

我们举习近平“以人民为中心的创作导向”观念为例，即可说明该思想对马克思主义文艺观的重大贡献。从历史上看，马克思和恩格斯只是寄希望于工人阶级的生活和斗争能在文艺的现实主义领域占有一席之地；列宁主张艺术属于人民，希望文艺不为饱食终日的贵妇人，百无聊赖、胖得发愁的少数上层分子服务，而

---

① 《马克思恩格斯文集》第10卷，人民出版社，2009年，第562页。

② 《马克思恩格斯全集》第27卷，人民出版社，1972年，第433页。

为千千万万劳动人民服务；毛泽东指出文艺为什么人是一个根本的问题、原则的问题，确立了文艺的工农兵方向；邓小平强调人民是文艺工作者的母亲，文艺应当为人民服务；江泽民要求文艺工作者在人民的历史创造中进行艺术的创造；胡锦涛提出只有坚持以人民为中心的创作导向，艺术之树才能常青。习近平的论述，显然是沿着这个思路来的，但却把它提到这是坚持以马克思主义为指导问题的“核心”[①]的高度，提到遵循社会主义文艺“本质”的高度，并将之作为决定我国文艺事业前途命运的关键来加以阐释。尤其是习近平提出以人民作为表现“主体”，把为人民服务作为文艺家的“天职”，以此来规约“创作导向”，这就把文艺方向问题与内在动力问题联系起来，把立场和感情转化为创作的牵引力，使马克思主义的唯物史观与创作理论之间得到进一步深化和统一。

“坚持以人民为中心的创作导向”，可以说是习近平文艺思想的“轴心”与“内核”。习近平甚至把这一点同坚持“二为”方向、坚持“双百”方针、坚持“双创”[②]思想并列，且置于首位。[③]这既体现了坚持人民主体地位的内在要求，彰显了人民至上的价值取向，也揭橥了社会主义文艺应有的属性和特征。马克思主义文论史和革命文艺实践都表明，“人民”在艺术创作中处于何种境遇和地位，艺术以什么为“中心”来组织架构，亘古以来就是一个大问题。能否实施以人民为中心的创作导向，如今已经成为推动社会主义文艺繁荣和各项文艺事业发展的抓手，具有理论意义，也具有实践意义。仅仅把这个问题当作一般的政策性问题看待，显然是不妥当的。

三

马克思主义文艺理论从来是在反思和直面问题中展开自己的画卷的。问题导向和全局视野，立足实际和针对难题，提升经验和战略眼光，这些都是习近平文艺思想带给我们的理论性营养。

毫无疑问，理论在一个国家实现的程度，取决于它满足这个国家需要的程度。习近平文艺思想的各个论点，都是从现实需求和广大文艺工作者的关切与期盼中催生出来的，是为反思和推动解决文艺领域面临的突出矛盾和问题中提炼出来的。如

---

① 习近平:《在哲学社会科学工作座谈会上的讲话》,《光明日报》2016年5月19日。

② 即“创造性转化、创新性发展”。

③ 习近平:《在中国文联十大、中国作协九大开幕式上的讲话》,《光明日报》2016年12月1日。

文艺与生活、文艺与理想、文艺与时代、文艺与历史、文艺与传统、文艺与市场、内容与形式、创新与风格、道德与价值、作家素养与感情、现实主义、批评标准与态度等等，这些论题都是有的放矢、层层展开的，从而构成了习近平文艺思想几乎覆盖文艺学所有方面的网状结构。因之，我们说习近平文艺思想开创了新的学科体系和话语体系，实现了经验性“名称”向规定性“概念”的升华，是能够成立的。

譬如，“坚定文化自信”在文艺理论构建中的作用，习近平就给予了超乎寻常的重视。他把文化自信同繁荣社会主义文艺相连接，把它看作是“事关国运兴衰、事关文化安全、事关民族精神独立性的大问题”①，认为中华文化②积淀有民族最深沉的精神追求，代表着民族独特的精神标识。这就大大丰富了马克思主义的文化理论和文化学说。

习近平反复强调要“勇于创新创造”，这在马克思主义文论史上也是不多见的。这里固然有揭示创新是文艺生命的道理，有揭示创新对提高作品质量的作用，但以此针对当前文艺界普遍存在的“同质化”“模式化”“功利化”顽疾，也是明显的。马克思主义文论向来反对平庸，提倡创新。马克思就曾引述莎士比亚的诗句说过：“我宁可当只小猫咪咪叫，也不愿做个卖唱者弹老调！”③极其鄙视“平淡无味，废话连篇”，“给市侩的内容套上平民的外衣”，“给语言赋予纯粹肉体的性质”等的“粗俗文学”④；列宁讨厌小说把“各种各样‘骇人听闻的事’，把‘淫荡’‘梅毒’、揭人隐私以敲诈钱财（还把敲诈对象的姐妹当情妇）这种桃色秽行……拼凑在一起”⑤；毛泽东主张“还是以中国艺术为基础，吸收一些外国的东西进行自己的创造为好”，要努力“创造出中国自己的、有独特的民族风格的东西”，“为群众所欢迎的标新立异，越多越好，不要雷同”⑥。习近平充满热情地激励作家、艺术家要“大胆探索，锐意进取，在提高原创力上下功夫”，并希望“把创新精神贯穿文艺创作全过程”，要“独辟蹊径、不拘一格”，“抵制急功近利、粗制滥造”⑦。显然，这是力求指引文艺创作追求精神高度、文化内涵和艺术价值，引导创作向人类精神世界的最深处探寻，并把文艺创新问题提到

---

① 习近平:《在中国文联十大、中国作协九大开幕式上的讲话》,《光明日报》2016年12月1日。

② 这里“中华文化”包括优秀传统文化、党和人民斗争中孕育的革命文化和社会主义先进文化三个方面。

③《马克思恩格斯全集》第33卷，人民出版社，1973年，第50页。

④《马克思恩格斯全集》第4卷，人民出版社，1958年，第322—323页。

⑤《列宁全集》第46卷，人民出版社，1990年，第479页。

⑥《毛泽东文艺论集》，中央文献出版社,2002年，第147页、第154—155页、第151页。

⑦ 习近平:《在中国文联十大、中国作协九大开幕式上的讲话》,《光明日报》2016年12月1日。

了文化战略的高度。

再如“价值”问题，习近平的论述也是超越前人、有创造性的。他不仅认为“文运同国运相牵，文脉同国脉相连”，肯定文艺的重要性，而且把价值观问题摆到极显赫的位置：“对文艺来讲，思想和价值观念是灵魂，一切表现形式都是表达一定思想和价值观念的载体。离开了一定思想和价值观念，再丰富多样的表现形式也是苍白无力的。文艺的性质决定了它必须以反映时代精神为神圣使命。”①正因为如此，他才呼吁把培育和弘扬社会主义核心价值观作为“根本任务”，鼓励用中国人独特的思想、情感、气度、神韵去创作属于这个时代，又具鲜明中国风格的作品。他通过简洁明了的语言，阐发了文艺的价值特征，阐发了内容与形式的关系，堵死了一切文艺通往形式主义、虚无主义的歧路。

再说“典型”问题。习近平指出：“典型人物所达到的高度，就是文艺作品的高度，也是时代的艺术高度。只有创做出典型人物，文艺作品才能有吸引力、感染力、生命力。”“以高于生活的标准来提炼生活，是艺术创作的基本能力。”②这个见解，对马克思主义的“典型”观也有大的推进。为什么这么说呢？因为从历史上看，古今中外的传世之作，的确都渗透着作者对社会的深刻认识，都塑造出不朽的典型形象，都高度概括了生活的本质。“标准”高于“生活”，才能提炼和刻画出代表时代精神的人物形象，这成了一条艺术的铁律。这里，习近平的理论贡献在于，他阐明了“典型人物”的塑造是同伟大时代使命密切联系的。英雄是民族精神的坐标，典型是历史潮流的结晶。“以高于生活的标准来提炼生活”，乃是以博大胸襟拥抱世界、以深邃目光观察现实的必然选择。“典型人物”是作家艺术家灌注崇高理想信念的载体，而“高于生活”则是他们实现其理想信念的艺术之途。为攀登文艺高峰，习近平希望文艺要把提高作品的精神高度、文化内涵和艺术价值作为追求，不仅能反映生活，而且能创造生活。所有这些，都使我们清楚地意识到他强调“典型人物”塑造的深层思考。

最早把“典型”定为现实主义重要元素，主张现实主义作品“除细节的真实外，还要真实地再现典型环境中的典型人物”③的，是恩格斯。列宁也说过：“小说里全部的关键在于描写个别的情况，在于分析特定典型的性格和心理”④。毛泽东更是明确指出：文艺作品中反映出来的生活“可以而且应该比普通的实际生

① 习近平：《在中国文联十大、中国作协九大开幕式上的讲话》，《光明日报》2016年12月1日。
② 习近平：《在中国文联十大、中国作协九大开幕式上的讲话》，《光明日报》2016年12月1日。
③ 《马克思恩格斯文集》第10卷，人民出版社，2009年，第570页。
④ 《列宁全集》第47卷，人民出版社，1990年，第76页。

活更高，更强烈，更有集中性，更典型，更理想，因此就更带普遍性”。作品应当把“日常的现象集中起来，把其中的矛盾和斗争典型化”①。习近平在“典型”论上的创造，我以为主要是这样几点：一是在新的历史条件下恢复了马克思主义“典型”理论的声誉；二是揭示了典型人物形象同艺术价值和艺术作用的关系，指出典型人物所达到的“高度”跟文艺作品的“高度”和时代艺术的“高度”是成正比的；三是确认了“提炼生活”要“以高于生活的标准”来处理，指明了典型化的路径，并将之作为文艺创作的“基本能力”；四是把“典型”问题放在“必须积极反映人民生活”这个角度来谈论。“积极反映”这一概念，显然是区别于消极反映、平庸反映、直白反映、机械反映或歪曲反映的。“典型”是价值取向表达的通道，“典型”问题同文艺“倾向性”问题显然是联系在一起的。习近平的“典型”理论，使马克思主义文艺典型论“老树开出新花”。

四

关于网络文学的意见，习近平的论述也颇具时代气息。他说：“互联网技术和新媒体改变了文艺形态，催生了一大批新的文艺类型，也带来文艺观念和文艺实践的深刻变化。由于文字数码化、书籍图像化、阅读网络化等发展，文艺乃至社会文化面临着重大变革。要适应形势发展，抓好网络文艺创作生产，加强正面引导力度。近些年来，民营文化工作室、民营文化经纪机构、网络文艺社群等新的文艺组织大量涌现，网络作家、签约作家、自由撰稿人、独立制片人、独立演员歌手、自由美术工作者等新的文艺群体十分活跃。这些人中很有可能产生文艺名家，古今中外很多文艺名家都是从社会和人民中产生的。我们要扩大工作覆盖面，延伸联系手臂，用全新的眼光看待他们，用全新的政策和方法团结、吸引他们，引导他们成为繁荣社会主义文艺的有生力量。”②这段话蕴含了多少理论信息，读来多么令人感到亲切和温暖啊！网络文艺是新生事物，它对文艺的“形态”“类型”“观念”和“实践”确多有改变，人们还在认识它的途中。习近平对网络文艺的深刻而周全的论述，为我们探讨新媒体文化状况和文艺理论创新提供了有益的思路和深刻的文化背景。

不错，西方当代文论尤其是“西马”文论，面对“后现代”语境和发达资本主义文化生产环境，已有不少涉及网络文化和网络文艺的论述。不过，像习近平

① 《毛泽东选集》第3卷，人民出版社，1991年，第861页。

② 习近平：《在文艺工作座谈会上的讲话》，《光明日报》2014年10月15日。

这样以开阔的视野和发展的眼光，从文艺演化的角度谈论社会主义市场经济条件下新媒体和网络文艺问题，这在马克思主义文论史上还是头一次。当一场席卷人类社会的方方面面、号称“21 世纪革命”的互联网境况和互联网思维冲击到文艺的时候，习近平敏锐地做出对其价值观、创造力、作用、使命、责任和缺陷等的定位与判断，提出只有今天才能提出的重大理论问题，实在是难能可贵的。

从习近平的几次关于文艺的讲话中，我们发现他对柳青、路遥、贾大山这些作家是十分敬佩和推崇的。这不只是在称赞一种深入生活、贴近人民、呕心沥血的创作态度，而且也是对一种精神和方法——现实主义精神和方法的肯定。眼下有人对“现实主义”的理解是太过狭窄了。其实，欣赏文艺的现实主义是马克思主义的必然要求。马克思主义创始人自不必说，普列汉诺夫甚至认为一切积极的阶级都是现实主义的，列宁对艺术现实主义也是情有独钟的，毛泽东倡导革命现实主义和革命浪漫主义相结合同马克思主义现实主义美学精神也高度吻合。

把现实主义作为一种创作道路来肯定，这对我国今后的整个文艺创作和理论批评都有着巨大的意义。因为联系习近平的系统论述可以发现，他张扬的不是“静止的现实主义”，不是“否定的现实主义”，不是“乌托邦现实主义”，也不是“自然主义的现实主义”，而是有着“对光明的歌颂、对理想的抒发、对道德的引导”的现实主义，是“用光明驱散黑暗，用美善战胜丑恶，让人民看到美好、看到希望、看到梦想就在前方”的现实主义。这种现实主义，倘用习近平的原话来讲，就是“应该用现实主义精神和浪漫主义情怀关照现实生活”[①]。这是把现实理解为一种发展、一种在对立物的不断斗争中进行的运动的现实主义，是将作家艺术家确定为能够参与并决定历史进程情况的积极力量的现实主义。这种现实主义启示我们：“不了解发展过程的人永远看不到真实，因为真实并不像它的本身，它不是停在原地不动的，真实在飞跃，真实就是发展，真实就是冲突，真实就是斗争，真实就是明天，我们正是要这样看真实。”[②]卢那察尔斯基的这段话，触及了现实主义文艺的辩证法，也旁证习近平的现实主义文艺观恰恰是把这种艺术辩证法用活了。

五

恩格斯说：“一门科学提出的每一种新见解都包含这门科学的术语的革

① 习近平：《在文艺工作座谈会上的讲话》，《光明日报》2014 年 10 月 15 日。

② 卢那察尔斯基：《论文学》，蒋路译，人民文学出版社，1978 年，第 55—56 页。

命。”[①]在习近平文艺思想中，出现了许多新术语、新概念，使得中国化的马克思主义文艺理论呈现出一片新面貌。这是值得认真研究的。

习近平文艺思想中的许多提法很新颖。譬如，“文艺是世界语言”“文艺是铸造灵魂的工程”；“艺术可以放飞想象的翅膀，但一定要脚踩坚实的大地”；文艺家要有“道德判断力和道德荣誉感”；应成为“时代风气的先觉者、先行者、先倡者”；文艺作品要“有筋骨、有道德、有温度”，要“像蓝天上的阳光、春季里的清风一样，能够启迪思想、温润心灵、陶冶人生，能够扫除颓废萎靡之风”，“传递向上向善的价值观”；“读懂社会、读透社会，决定着艺术创作的视野广度、精神力度、思想深度”；“伟大的文艺来自伟大的灵魂”，“伟大的作品一定是对个体、民族、国家命运最深刻把握的作品”；“虽然创作不能没有艺术素养和技巧，但最终决定作品分量的是创作者的态度”；“文艺要塑造人心，创作者首先要塑造自己”；文艺要“引导人民树立和坚持正确的历史观、民族观、国家观、文化观，增强做中国人的骨气和底气”；应“运用历史的、人民的、艺术的、美学的观点评判和鉴赏作品”[②]，等等。只要我们把这些提法还原到文艺本质论、功能论、文本论、创作论或批评论等的范畴中去，就不难看出这些概括的理论价值和深度，不难看出所反映的学风与文风的端正、淳朴和活泼。

概念和术语是思想上的“网结”，是认识的“阶梯”和“支撑点”。概念和术语的更新，折射的是思想和理论的进展与深化。习近平文艺论述中大量新术语、新命题的出现，正是他敢于担当、杜绝跟在别人后面亦步亦趋、着力推进马克思主义文论中国化的一个标志。

习近平文艺新术语、新概念、新思路的最大特点，从总体上说，就是在为社会主义市场经济条件下中国的社会主义文艺运行规律寻求科学的解释、规划与说明。这是现实提出来的任务，是理论激荡碰撞的结果，它既有肯定性的“建构”，也有否定性的“解构”，还有否定之否定后的“重构”，在中国马克思主义文论史上有着划时代的意义。马克思当年曾经说：“资本主义生产就同某些精神生产部门如艺术和诗歌相敌对”[③]。列宁也曾提出过无产阶级文学事业不能成为“个人或集团的赚钱工具”[④]；我们党在新时期处理文艺问题时，也非常重视文艺的社会效益和经济效益的关系问题。

---

① 《马克思恩格斯文集》第 5 卷，人民出版社，2009 年，第 32 页。
② 均见习近平在文艺工作座谈会和在中国文联十大、中国作协九大开幕式上的讲话。
③ 《马克思恩格斯全集》第 26 卷第 1 分册，人民出版社，1972 年，第 296 页。
④ 《列宁选集》第 1 卷，人民出版社，1995 年，第 663 页。社会效益和经济效益的关系问题。

习近平文艺思想的突破表现在，一则，切中肯綮地剖析了我国市场经济条件下文艺创作和文艺管理方面存在的负面问题；再则，有理有据地开出了克服此类弊端的有效药方，如要求文艺家“要珍惜自己的社会形象，在市场经济大潮面前耐得住寂寞、稳得住心神，不为一时之利而动摇、不为一时之誉而急躁，不当市场的奴隶，敢于向炫富竞奢的浮夸说‘不’，向低俗媚俗的炒作说‘不’，向见利忘义的陋行说‘不’”①；指出文艺创作存在“抄袭模仿”“千篇一律”“机械化生产”“快餐式消费”的问题，存在着“调侃崇高、扭曲经典、颠覆历史、丑化人民群众和英雄人物”，“是非不分、善恶不辨、以丑为美，过度渲染社会阴暗面”或“搜奇猎艳、一味媚俗、低级趣味”“劣币驱逐良币”的问题。这种尖锐的批评，是相当精准的。为此，习近平提出“文艺不能在市场经济大潮中迷失方向，不能在为什么人的问题上发生偏差”。“文艺不能当市场的奴隶，不要沾满了铜臭气”，不能“把作品当作追逐利益的‘摇钱树’，当作感官刺激的‘摇头丸’”等等，并强调文艺创作要走精品之路，要笃定恒心、倾注心血、充实内在，取法于上，厚积薄发。为此，还强调要增强文艺的原创能力和职业操守，讲品位，重艺德，为历史存正气，为世人弘美德，为自身留清名。这样，也就交给了作家、艺术家一把解决和处理市场经济条件下产生的与繁荣社会主义文艺相矛盾问题的金钥匙。这是在文艺理论上“补短板、破难题、治痛点”之举，是使文艺作品能“传得开、留得下”的良策，也是使马克思主义在最有发言权的地方焕发出异彩。

习近平提出：要根据时代变化和实践发展，不断深化认识，不断总结经验，不断实现理论创新和实践创新的良性互动，“在这种统一和互动中发展21世纪中国的马克思主义”②。我们有理由说，习近平文艺思想是一种通晓文艺思维的历史、现状和问题基础上的理论思维，是达到了“许多规定的综合”的理性具体，为构建“21世纪中国马克思主义文艺学”树立的新的形象和路标。习近平指出：我国哲学社会科学的一项重要任务就是“继续发展21世纪马克思主义、当代中国马克思主义”③。研究习近平文艺思想，无疑是这一伟大工程和任务中不可或缺的一部分。

原发《中国文艺批评》2017年第4期

---

① 习近平：《在中国文联十大、中国作协九大开幕式上的讲话》，《光明日报》2016年12月1日。

② 习近平：《在中共中央政治局第二十次集体学习时的讲话》，《人民日报》2015年1月25日。

③ 习近平：《在哲学社会科学工作座谈会上的讲话》，《光明日报》2016年5月19日。

“以人民为中心的创作导向”

——习近平文艺思想的人民性研究

范玉刚

在当前日益复杂的历史文化语境下，习近平总书记关于文艺的系列讲话不仅明确了社会主义文艺的人民性本质，阐述了文艺与人民的内在关系，重申了文艺创作的人民性取向，重新定位了文艺发展的人民坐标，还发展了马克思主义文论的人民性内涵，为当代文艺发展指明了道路。

一、文艺的“人民性”释义

文艺的性质是文艺的根本问题，直接关乎文艺的发展方向和功能发挥。毛泽东同志《在延安文艺座谈会上的讲话》指出：“文艺为什么人的问题，是一个根本的问题，原则的问题。”[①]这一论断切中了文艺的本质，是一切文艺创作思想和创作活动的总开关。在党的文艺政策中，文艺历来是为人民的。当代文艺要反映人民心声，就要坚持为人民服务、为社会主义服务这个根本方向。习总书记指出，“社会主义文艺，从本质上讲，就是人民的文艺”[②]，由此指明了当代文艺发展的方向。所谓人民的文艺，就是以人民为本位的文艺，它表现为始终坚持以人民为中心的创作导向，以满足人民精神文化需求为文艺和文艺工作的出发点和落脚点，把人民作为文艺表现的主体、作为文艺审美的鉴赏家和评判者，把为人民服务作为文艺工作者的天职。

---

① 毛泽东:《毛泽东论文艺》，第 45 页，人民文学出版社，1992 年，第 47 页。

② 习近平:《在文艺工作座谈会上的讲话》，人民出版社，2015 年，第 13 页。

“人民”的概念在不同的国家、不同的历史时期，有着不同的内涵。汉语文化中的“人民”概念是中华民族在历史发展中建构的，“人”和“民”原本有着不同的语义内涵，作为合成词的“人民”是较晚近的事情，有着迥异于此前的革命性意味，但其素朴的民本思想一直是中华民族的文化根基和基本价值诉求。在文艺发展史上，“人民”的概念从来不是现成的僵化的，而是历史的流动的，是一个在历史演变中不断生成的概念，它有着意识形态意味和现实性价值诉求，即使在社会主义文艺中也非现成性的固定所指。在外国文学语境中，文艺的“人民”概念，较早地被俄罗斯文艺批评家别林斯基、杜勃罗留波夫等人所使用，意在表征一种积极进步的文艺观。具体来说，别林斯基是在“最基本的民众或阶层”的意义上使用“人民”概念，与之相对应的概念是“有教养的上层阶级”，他认为真实性和人民不可分割，人民性表现最充分的地方，也是生活真实性最充分的地方，文学要以“理想意义或浪漫主义的方式彰显人民的高尚的伟大或诗意”。在他看来，“‘人民’，总是意味着民众，一个国家最低的、最基本的阶层”。他所谓的“人民性”以对现实生活的忠实描写为判断标准，他认为凡是忠实于现实生活的描写，就必然是人民的，是有人民性的。因而，他反对那种对人民性的“伪浪漫主义”的庸俗化理解，似乎“在有教养的人中间不能找到一点儿类似人民性的影子”，幻想真正的人民性只隐藏在农民衣服下面和烟熏的茅屋里，好像“纯粹俄国的人民性只能从以粗糙的下层社会生活为其内容的作品中找到似的”[①]。究其意味，别林斯基提出人民性问题，要求文学要表现“人民的意识”“人民的精神”“人民的使命”，旨在把文学的人民性与对专制制度和农奴制度进行批判的现实主义关联起来。

现代以来，“人民”的概念由政治话语而至日常词汇被广泛使用，但“人民”的概念始终有着特定阶级内容，不是指公民意义上的全体国人，也非单纯指某一种社会成分，而是一个集合体、联盟体，主要指那些推动特定历史阶段社会进步的基本阶层及其同盟力量。在我们党的话语体系中，“人民”是推动社会历史进步的力量，它往往被视为有价值意味的集合概念，主要指称社会主义事业建设的主体。1942年，毛泽东在《在延安文艺座谈会上的讲话》中指出：“什么是人民大众呢？最广大的人民，占全人口百分之九十以上的人民，是工人、农民、兵士和城市小资产阶级。所以我们的文艺，第一是为工人的，这是领导革命的阶级。第二是为农民的，他们是革命中最广大最坚决的同盟军。第三是为武装起来了的工人农民即八路军、新四军和其他人民武装队伍的，这是革命战争的主力。第四是为城市小资产阶级劳动群众和知识分子的，他们也是革命的同盟者，他们是能够长期地和我们合作的。这四种

---

① 参见《别林斯基选集》，满涛译，人民文学出版社，1958年，第368—370页。

人，就是中华民族的最大部分，就是最广大的人民群众。”[①]毛泽东通过对人民内涵的分析强调“最广大”“占全人口百分之九十以上”“最大部分”，着重突出了人民的“广大性”；通过强调“同盟军”“同盟者”突出了其他阶层与基本阶层的联盟关系，“人民”的概念进一步丰富。此后，邓小平、江泽民、胡锦涛均强调了文艺的人民性问题，在他们的论述中，“人民”作为历史的主体主要在一种集合性意义上使用。

习近平总书记在遵循集合性“人民”概念基础上，进一步强调了基于个体意义上的“人民”概念，认为“人民不是抽象的符号，而是一个一个具体的人，有血有肉，有情感，有爱恨，有梦想，也有内心的冲突和挣扎”[②]，这体现了“人民”概念的历史性进步和内涵的进一步丰富。其中对人的个体性价值的凸显，是对“人民”概念认知的深化，是对当代文艺发展规律的深刻把握，和对文艺要书写“具体的人”的情感、价值和诉求的内在要求。它体现了对中华民族伟大历史复兴中个人的尊重，突出强调当代文艺既要把关注文学表现哪些人及其个体性感受作为批评要点，也要把关注如何表现及其立场作为批评标准，这才是“人民的”批评，以及对文艺创作中现实主义精神的张扬。根本而言，这是在依法治国语境下，对迈入现代国家中每一个体意义上的公民权利的尊重，它丰富了现实条件下以包含公民的“权利”和“平等”为主要语义的现代意义上的“人民”概念，有别于市场经济条件下的消费者概念，仍具有一种政治性意味，从而使“人民”概念扎根于中国现代化历史进程，与中华民族的伟大复兴高度契合，在共建共享中肯定了每一个人的历史主体价值。因而，“人民”的概念不再是远离大地、脱离具体的抽象理论体系上的纽结，而是深植泥土、结合现实的具体呈现，“人民”的存在不再是抽象符号，这使“人民”既有集合性底色又凸显具体的个体性存在。

二、“人民性”是马克思主义文论的核心范畴

人民性是马克思主义文艺理论的核心范畴。马克思指出，“人民历来就是什么样的作者‘够资格’和什么样的作者‘不够资格’的唯一判断者”[③]。作为马克思主义的继承者，列宁明确指出：“艺术属于人民。它必须深深扎根于广大劳动群众中间。它必须为群众所了解和爱好。它必须从群众的感情、思想和愿望方面

① 毛泽东：《毛泽东论文艺》，人民文学出版社，1992年，第45页，第47页。
② 习近平：《在文艺工作座谈会上的讲话》，人民出版社，2015年，第13页，第17页。
③ 《马克思恩格斯全集》，第1卷（上），人民出版社，1995年，第195页。

把他们团结起来并使他们得到提高。它必须唤醒群众中的艺术家并使之发展……我们必须经常把工农放在眼前。我们必须学会为他们打算，为他们管理。即使在艺术和文化的范围内也是如此。”[①]列宁阐述的几个“必须”，构成了社会主义文艺发展的基本纲领和艺术为劳动人民服务的全部内容。在他看来，艺术只有在人民群众中打下坚实的基础，成为人民群众文化生活的一部分，才能实实在在地属于人民，他明确提出“社会主义的写作要为千千万万劳动人民服务”的主张[②]。早期西方马克思主义代表人物之一的葛兰西，基于当时意大利知识分子严重脱离人民的现实，在1930年底发表的《关于“民族—人民的”概念》一文中提出“民族—人民的”文学概念，认为“无论是文学的人民性，还是本国创作的‘人民的’文学，现在确确实实是不存在的；因为‘作家’缺少同‘人民’一致的世界观，换句话说，作家既未想人民之所想，喜人民之所喜，也没有肩负起‘民族教育者’的使命，他们从前不曾、现在也没有给自己提出体验人民的情感……从而培育人民的思想情感的任务”[③]。由此葛兰西特别强调：“至关重要的是，新文学需要把自己的根扎在实实在在的人民文化的沃土之中；人民文化有着自己的风格、自己的倾向和诚然是落后的、传统的道德与精神世界。”[④]也就是说，人民的新文学一定要反映人民的文化诉求，即便是面对人民文化中的落后元素。他渴求在意大利艺术家中找到人民教育家，高度重视文学对人民的“革命意识”的培养，认为只有通过“民族—人民的”文学的教育，才能培育出新的人民、新的文化。

文艺与人民的关系问题是社会主义文艺的根本问题，是社会主义文艺人民性的重要体现。文艺为人民服务是社会主义文艺的根本诉求，是社会主义文艺活动的核心价值观。“人民是历史的创造者，是时代的雕塑者。”[⑤]文艺起源于人的劳动，美肇端于人的生产实践。就文化的始源性含义而言，无论是作为观念形态的价值理念、道德情操，还是作为艺术形式的音乐舞蹈、书法绘画、诗词歌赋，都源自人民大众的生活和生产实践。人民大众不仅创造着文化，也不断传承发展着文化，并为文化所规范。高尔基指出：“人民不仅是创造一切物质价值的力量，人民也是精神价值的唯一的永不枯竭的源泉，无论就时间，就美还是就创造天才来说，人民总是第一个哲学家和诗人：他们创作了一切伟大的诗歌、大地上的一切悲剧和悲剧中最宏伟的

---

① 《列宁论文学与艺术》，人民文学出版社，1983年，第71页。

② 《列宁论文学与艺术》，人民文学出版社，1983年，第71页。

③ 《葛兰西论文学》，吕同六译，人民文学出版社，1983年，第47页，第17—18页。

④ 《葛兰西论文学》，吕同六译，人民文学出版社，1983年，第47页，第17—18页。

⑤ 习近平：《在中国文联十大、中国作协九大开幕式上的讲话》，人民出版社，2016年，第10页。

悲剧——世界文化的历史。”[①]在文艺实践中，人民群众的创造和审美需要不断推动文艺的发展，为文艺活动发展出内在动力和目的。文艺创作如果脱离人民，在价值上偏离人民的根本利益和审美需求，则不仅在内容上被人民所唾弃，还会在艺术形式上走向僵化以至于死亡。人民是推动历史进步的主体，同样是文艺创作活动的主体，因此，当代文艺家要“虚心向人民学习，向生活学习，从人民的伟大实践和丰富多彩的生活中汲取营养，不断进行生活和艺术的积累，不断进行美的发现和美的创造”[②]。人民在实践中创造了艺术，也在美的创造中推动了艺术进步。古往今来，专业作家、文学大师的艺术创造，都是建立在人民群众的伟大创造基础之上。优秀的文艺家实际上是大众创造的改造者、加工者和提升者。文艺应该高扬人民大众的历史主体身份。然而在文艺实践中，我们的某些文艺生产的是虚假苍白的主体，历史真正的主体——人民大众，仅仅成了“围观”与“喝彩”的道具，从而背离了社会主义文学的本质。有学者指出，文学创作不应追风赶潮，而应以生活为沃土，以民众为根本，扎根于斯，寄情于斯，向“小人物”要“大作品”。在波澜壮阔的时代洪流中，恰恰是亿万民众生活中的点点滴滴汇聚了沧桑巨变。文学，应该是民众的文学[③]。如果说历史是个大舞台，人民就是这个舞台的真正主角，社会主义文艺不能背离这个根本。坚持以人民为中心的创作导向，就是要以情感和情怀为底蕴，让千千万万的普通大众从幕后走到台前，站立在舞台中央——文艺的“剧中人”。把人民作为历史主体、文艺创作的源头活水，文艺家就不能热衷于写“一己悲欢、杯水风波”，而要为人民抒怀、抒情，塑造出富有时代精神的人民形象。

三、人民是文艺的“剧中人”

习近平总书记在关于文艺的系列讲话中指出：人民既是历史的创造者，也是历史的见证者；既是历史的“剧中人”，也是历史的“剧作者”[④]。文艺活动作为人的精神性的活动，也是人的本质力量的对象化，人的本质力量的一部分通过文学艺术的创造和欣赏展现与外化，具体的鲜活的人是文艺的出发点、枢纽点和归宿点，文艺是作为主体的人的能动的创造，是塑造“丰富的人”“完整的人”的重要途径。人民不仅创造了文艺，还是文艺的“剧中人”。

---

① 高尔基:《个人的毁灭》,《论文学·续集》，冰夷等译，人民文学出版社,1979年，第54页。
② 习近平:《在文艺工作座谈会上的讲话》，人民出版社，2015年，第16页。
③ 张江等:《文学是民众的文学》,《人民日报》2014年3月14日，第24版。
④ 习近平:《在文艺工作座谈会上的讲话》，人民出版社，2015年，第13页。

人民是文艺创作的源头活水①。能否创作出优秀的文艺作品，关键在于是否使创作扎根人民，从人民的生活中汲取力量。伟大的作品无不体现着人民的情怀，彰显人民性。创作出人民的文艺，最根本、最关键、最牢靠的办法就是扎根人民、扎根生活。艺术家只有眼睛向下，对多彩的现实生活有丰富的积累、深切的体验，领悟生活的本质、吃透生活的底蕴，才能创造出深刻的情节和动人的形象，其作品才能激荡人心。文艺创作必须要有坚实的根基，有根才能立得住、站得久，作家要把根扎在人民的生活中。如果一个作家的精神状态、心理意识、思想感情，一时一刻也没有离开人民的基本利益诉求，在创作中自始至终坚持人类文明与社会进步的理想，而非追名逐利、以趋利避害之心态选择写什么怎么写，就一定是一个有人民性、有良心的作家。

作家的根不在舞台上，而在民众中，“作家离地面越近，离泥土越近，离百姓越近，他的创作就越容易找到力量的源泉。世间万象，纷繁驳杂，尤其是我们身处的时代，丰富性、复杂性超越既往，作家怎么选择，目光投向哪里，志趣寄托在哪里，很大程度上也就决定了作家的品位和作品的质地”②。只有把心沉在人民中、沉在文学里，创作接地气，作品才能是独特的，才会有筋骨、有道德、有温度。当代文学史上某些文艺精品之所以能够产生社会影响，其中的关键是作家从人民生活出发，真诚地描写了他们对生活的理解和憧憬，这种满怀真诚的态度使他们与生活保持高度“同步性”，与时代共甘苦，从而触及时代的痛点。柳青之所以能够创作出当代文学史的经典《创业史》，与其扎根人民，把自己变成一个农民、一个农村基层干部、一个与人民同呼吸共命运的作家，而不是一个搜寻写作材料的人、一个旁观者、局外人密切相关。他是去写土地和人民的，这种真诚让他把自己变成了土地和人民的儿子，成了他所描写的群体中的一员，打通了写他人与写自己的界限，把生活的感受与激情、欣喜与困惑、烦恼与欢乐等，内在地化合为感觉的放达、情感的表现，使《创业史》成为人民的文学，充盈着对土地和人民的深厚情感。路遥的《平凡的世界》之所以成功并广受赞誉，与其“人民是我们的母亲，生活是艺术的源泉”这一创作理念不无关联。可以说，一切优秀作品无不体现了扎根人民的创作经验。在艺术史上留名的徐悲鸿的《愚公移山》、蒋兆和的《流民图》、刘文西的《黄河纤夫》，以及阎肃的《红梅赞》《敢问路在何方》等，都是深深扎根人民生活的艺术结晶。人民是一切文学艺术取之不尽、用之不竭的创作源泉，这已成为文艺发展的一条规律。文艺只有植根现实

① 习近平:《在文艺工作座谈会上的讲话》，人民出版社，2015年，第15页。

② 张江等:《文学的筋骨和民族的脊梁》,《人民日报》2014年12月30日，第23版。

生活、紧随时代潮流，才能做到繁荣发展；当代艺术只有顺应人民意愿、反映人民关切，才能充满活力。艺术家在创作中，不能以自己的个人感受代替人民的感受，而要虚心向人民学习、向生活学习，从人民的伟大实践和丰富多彩的生活中汲取营养，不断进行生活和艺术的积累，从中发现美和创造美，把人民的冷暖、人民的幸福放在心中，把人民的喜怒哀乐倾注笔端，用文艺讴歌不断奋斗的人生，刻画最美的人物，坚定人们对美好生活的憧憬和信心。

人民是蕴含文艺原料的矿藏，人民生活是一切文艺取之不尽、用之不竭的创作源泉。一个时代有一个时代之文学，伟大的作品都有着强烈的时代性，只能产生在其所处的时代，它们反映时代的现实，抓住了时代的问题，而问题源自人民的生活。毛泽东同志《在延安文艺座谈会上的讲话》指出，人民生活是文艺唯一的源泉，而非源泉之一。习近平总书记更是强调“人民是文艺创作的源头活水，一旦离开人民，文艺就会变成无根的浮萍、无病的呻吟、无魂的躯壳”①。就艺术美的生成而言，人民的伟大实践和丰富多彩的生活是审美活动最重要的对象。美作为对象在人民的生活中，在人民的伟大实践中。“史诗是人民创造的，不论多么宏大的创作，多么高的立意追求，都必须从最真实的生活出发，从平凡中发现伟大，从质朴中发现崇高，从而深刻提炼生活、生动表达生活、全景展现生活。”②正是人民对艺术和美的追求与审美境界的提高，促使中国当代文艺创造出无数审美形象。社会主义文艺的人民性追求，使文艺创作与人民的生活紧密结合，文艺道路越走越宽，艺术表现方式愈加多样化，艺术风格和创作流派更加自由发展，文艺创作的积极性和创造性被不断激发，在满足日益增长的审美需要中增强了人民的文化自信，文艺在社会文明程度的提高中越来越发挥强有力的引导作用。当前，虽然时代为作家、艺术家提供了丰沛的营养和鲜活的体验，但与之相匹配的文艺精品、文艺大师和文艺大家不多。究其根本，在于是否树立以人民为中心的创作导向，在思想观念上是否把人民当作文艺的“剧中人”，坚信人民是文艺创作的源头活水。坚持人民是文艺的源头，不是照抄照搬人民的日常生活，从生活到文艺的中间过程，凝聚着文艺家的智慧和才思，体现着文艺的规律和奥妙，遵循着生活的逻辑和艺术的真实，时时刻刻考验着文艺家的艺术表达能力和哲思境界的追求。在根本上，伟大的作品一定是基于人民性对个体、民族、国家命运的最深刻把握。艺术创作的个性化追求与人民生活的厚重水乳交融、相互依托，人民是当代艺术的繁荣之基。

文艺只有扎根人民，用博大的胸怀拥抱时代，用深邃的目光观察现实，用真

① 习近平：《在文艺工作座谈会上的讲话》，人民出版社，2015年，第15页。

② 习近平：《在中国文联十大、中国作协九大开幕式上的讲话》，人民出版社，2016年，第13页。

诚的感情体验生活，用艺术的灵感捕捉人间之美，才能塑造出鲜明的人物形象，创作出伟大的精品。习总书记指出："对文艺来讲，思想和价值观念是灵魂，一切表现形式都是表达一定思想和价值观念的载体。离开了一定思想和价值观念，再丰富多样的表现形式也是苍白无力的。文艺的性质决定了它必须以反映时代精神为神圣使命。"①以文艺反映人民的心声，是社会主义文艺的使命担当和艺术追求。中国特色社会主义文艺，根本上是书写和记录亿万人民实践的文艺。艺术离不开人民，真正的文艺精品、艺术经典之作，无不与时代和人民息息相关，象牙塔里出不了文艺精品。只有真正扎根人民生活，文艺才能真正生动活泼起来，回顾文艺史上那些彪炳千秋的文艺经典，无不闪耀着人民性的光辉，传达着人民的情感，在根本上反映着人民的心声。因此，习总书记希望文艺家心里装着人民，用积极的文艺歌颂人民，把人民作为文艺的主人公，勇于创新创造，用精湛的艺术推动文化创新发展，彰显社会主义文艺的人民本位。他明确反对那种"以为人民不懂得文艺，以为大众是'下里巴人'，以为面向群众创作不上档次"的观点②。在平凡的时代，艺术家要写出人民对美好生活的追求和意气风发的精神状态，以及为民族伟大复兴做出的努力。只有融入人民火热的生活，艺术才会自觉地表达和反映人民的情感和意志、愿望和呼声，在精品创作中生长出创造性的力量和文化自信的根基，在价值引导中肩负起提高全民族文化素质的使命。

"以人民为中心的创作导向"是社会主义文艺的根本要求，离开了以人民为中心的创作导向，文艺发展就失去了价值准则。习近平总书记立足中国特色社会主义道路和当代文艺实践，创新性地丰富了"人民"的内涵，把"人民"高高举起，这是对"人民群众对于美好生活的向往和追求就是我们党的奋斗目标"的积极践行，是对我们党长期坚持文艺"二为"方针的提炼升华，是对以人民为本位的马克思主义文艺观的新发展。

原发《文学评论》2017 年第 4 期

① 习近平:《在中国文联十大、中国作协九大开幕式上的讲话》，人民出版社，2016 年，第 8 页。
② 习近平:《在中国文联十大、中国作协九大开幕式上的讲话》，人民出版社，2016 年，第 11 页。

文学的发生

——“文学一家言”之一

杜书瀛

（一）对流行观点的反思

一

以前的有关论著、教科书，已经提出各种假说谈文学艺术的发生（他们大多用“起源”），其中最常见、人们听得耳朵起茧的，是征引古希腊哲人、康德、席勒、斯宾塞、格罗塞、弗雷泽、普列汉诺夫、鲁迅……的论述，形成所谓“摹仿”说、“劳动”说、“巫术”说、“游戏”说等数种。这些理论假说，的确从某些方面对文学艺术发生的研究做出了各自的贡献，但是又都不能完全令人信服和满意——我仅就上述四个最有代表性、最流行的说法进行评述，并提出质疑。

皮相地看，它们都与文学艺术的发生（起源）连上关系，但大多数论者并没有说到要紧处；而从实质上说，却有诸多可疑或可商榷的地方。

二

“摹仿”说在西方的代表主要是古希腊哲人德谟克利特和亚里士多德等人。特别是亚里士多德在《诗学》中说：“一般说来，诗的起源仿佛有两个原因，都是出于人的天性，人从孩提的时候起就有摹仿的本能，人对摹仿的作品总是感到快感。”又说：“摹仿出于我们的天性，而音调感和节奏感也是出于我们的天性，起初，那些天生最富于这种资质的人，使它一步步发展，后来就由临时口占而作出了诗歌。”

中国也有类似说法。秦吕不韦《吕氏春秋·古乐》谈到原始的乐歌是“效八风之音”“听凤凰之鸣”而产生的；晋代阮籍在《乐论》中也指出原始乐歌具有“体万物之生”的特征；南宋罗泌撰《路史·后记十》写道：帝尧“命质放山川溪谷之音，以歌八风”。这实际上也是一种文学艺术起源于摹仿的观点。

“摹仿”，尤其是由“摹仿”而产生的“快感”，的确可视为文学艺术发生的契机之一。但文学艺术真的主要由摹仿而发生吗？许多人对此感到不踏实，有人开玩笑说，猴子最善于摹仿，却发生不了猴子文学。玩笑话当然可一笑置之。仔细考索，总会觉得仅仅“摹仿”以及由“摹仿”而产生的“快感”，似乎并非文学艺术发生的充足根由。文学艺术的发生有着人类生存发展更内在、更根本、更具实质意义的原因，从人的本性和内在需求考察，也许“摹仿”并非文学艺术发生的主因——后面我们将会详细讨论。

三

“劳动”说的影响和势力最大。较早提出艺术起源于劳动的，大概是 19 世纪晚期的一些理论家，而最有权威的学者则是俄国马克思主义者普列汉诺夫。他在 1899—1900 年间发表于《开端》《科学评论》等杂志上的《没有地址的信》中，以唯物史观搜索和考察世界各地原始民族大量“劳动先于艺术”“实用先于审美”“劳动先于游戏”的实证资料，又吸收了德国学者卡·毕歇尔（1847—1930）“劳动、音乐和诗歌三位一体”而劳动是“基本的组成部分”、其余部分“只具有从属意义”[①]的观点，提出劳动是原始艺术（音乐、舞蹈、诗歌等等）之源，并予以马克思主义的论证。普列汉诺夫的论述有理有据，细致入微，譬如他谈到“节奏”对于原始艺术的发生具有重要意义，而“歌的节奏总是严格地由生产过程的节奏所决定”，于是认定原始音乐是“从劳动工具与其对象接触时所发出的声音中产生出来的”[②]，顺理成章。

普列汉诺夫是“劳动”说的最具有征服力的理论家，在我国有众多忠实信徒和追随者，包括鲁迅。为了证实原始文艺与劳动的亲密关系，我国一些学者在中国古籍中找到了许多例子：如《吕氏春秋·古乐》的《奋五谷》是歌唱农事的，《总禽兽之极》是歌唱狩猎的；《吕氏春秋·淫辞》与《淮南子·道应训》之“前呼邪许，后亦应之”乃“举重劝力之歌”，等等。

---

① （俄）普列汉诺夫：《没有地址的信艺术与社会生活》，曹葆华译，人民文学出版社，1962 年版，第 40 页。

② （俄）普列汉诺夫：《没有地址的信艺术与社会生活》，曹葆华译，人民文学出版社，1962 年版，第 40 页。

原始文艺的确与劳动有密切关系。“劳动”生产就是人类的历史实践，从这个意义上说，人类的一切文化包括文艺，根本离不开人类历史实践，因此，说原始文艺的发生（起源）与劳动（人类历史实践）密切相关，大体不错。但是原始文艺（特别是诗歌）的发生，并非如此简单。譬如说，原始诗歌的发生与原始语言的产生恐怕有更直接、更重要的关系，因此，劳动、语言、诗歌，在源头上究竟怎样互相缠绕，需要细细考究；而“劳动”说的主张者们并未解说其中根由和它们的关系。

四

谈到“巫术”说时，人们往往举出19世纪英国人类学家爱德华·伯内特·泰勒和詹姆斯·乔治·弗雷泽等作为最主要的代表人物，其实泰勒的《原始文化》[①]和弗雷泽的《金枝》[②]，只是人类学著作，他们对世界各地现存的原始部族的文化（例如巫术、宗教、舞蹈、诗歌及其他艺术等）进行了深入考察和描述，资料极其丰富生动，但他们并没有直接提出艺术起源于巫术的论断。马奇在《艺术的社会学解释》一书说，直接提出艺术起源于巫术的是法国考古学家所罗门·雷纳克——他在泰勒和弗雷泽提供的资料的基础上提出这一论断。马奇引述了雷纳克《艺术与巫术——关于驯鹿时代绘画和雕塑的谈话》一书中的话：“我们在这里所遇到的事实是艺术本身起源于巫术，因为艺术旨在施行某种巫术来招引部落赖以维生的动物。”[③]雷纳克的思想及其表述值得玩味——他其实是把艺术视为施行巫术的一种手段；这与一般人对艺术（包括原始艺术）的看法存在不小落差。

对于“巫术”说，质疑者不少。论者不是主张原始艺术都起源于巫术吗？而英国人类学家马林诺夫斯基却找出一些实例，说，某些原始部族只有艺术并无巫术——“天下乌鸦一般黑”，而他找出了“白乌鸦”加以反驳。马克思主义者则提出，“巫术”说的主张者视原始文艺发生的唯一动力为一种精神活动，而不见隐藏于精神活动后面的物质实践活动，因而出现了偏差。

我认为，巫术与原始文艺，其实是相伴生而出现的，它们都不是“源”，而是“源”之“流”。

---

① 中文本由连树声译，上海文艺出版社，1992年版。

② 中文本由徐育新汪培基张泽石译，中国民间文艺出版社，1987年版。

③ 见马奇《艺术的社会学解释》，中国人民大学出版社，1988年版，第47页。

五

“游戏”说可追溯到德国的美学家康德、席勒和英国哲学家斯宾塞。[1]康德《判断力批判》多次提到“游戏”，认为诗歌是“想象力的自由游戏”。席勒沿康德思想前进，在《审美教育书简》中提出审美就是自由游戏，他说：“在有力的可怕王国与法制的神圣王国之间，审美的创造冲动不知不觉地建立起第三个王国，即游戏和假象的快乐王国……在审美国家中，人与人只能作为形象彼此相见，人与人只能作为自由游戏的对象相互对立。通过自由给予自由是这个国家的基本法则。”[2]文学艺术即是这个王国的骄子。19 世纪英国哲学家斯宾塞对席勒的观点作了补充，指出艺术和游戏的本质是人们发泄过剩精力的自由模仿活动。由此，人们归结为席勒－斯宾塞的艺术起源之“游戏”说。

“游戏”说可疑处也不少。马克思主义者普列汉诺夫从唯物史观出发对“游戏”说提出批评：艺术并非起源于游戏，而是起源于劳动，因为“劳动先于游戏”。这就是说，“游戏”和“艺术”都是劳动的儿子，它们是兄弟而并非父子。

我认为，把游戏视为艺术之源，理由并不充足；也许在某些时候，游戏可视为文学艺术活动的一种伴生状态，而不是发生之源。

（二）被忽视的维谢洛夫斯基

一

截至目前，中外研究艺术起源问题的理论家们，大都把目光聚焦在亚里士多德《诗学》、康德《判断力批判》、席勒《审美教育书简》、泰勒《原始文化》、弗雷泽《金枝》、格罗塞《艺术的起源》、普列汉诺夫《没有地址的信》等上面——前面我曾说过，上述理论家的主张虽然可以找出各种疑点，存在许多可以商榷之处，但他们的学术成就和研究艺术起源问题做出的贡献，的确应该得到重视，这与他们在学术史上的地位是相称的。然而，有一位理论家和他的著作，对艺

① 康德等人之前，16 世纪意大利哲学家马佐尼（1548—1598）在《〈神曲〉的辩护》中把诗看作是“摹仿的游戏”，但未展开论述。《〈神曲〉的辩护》中文译文见《世界文学》1961 年第 8、9 月号，又见伍蠡甫主编《西方文论选》下，上海译文出版社，1979 年版，第 199 页。

② （德）席勒：《审美教育书简》，冯至范大灿译，北京大学出版社，1985 年版，第 151—152 页。

术起源问题同样做出了出色的论述，却“门前冷落车马稀”，很少或较少有人提到他的名字和他的著作，这就是俄国19世纪下半叶的一位大学者维谢洛夫斯基和他的《历史诗学》——当然，俄罗斯学界可能要除外，他们对自己民族的包括维谢洛夫斯基在内的传统学术一贯珍视；而西方学界对维氏和他的《历史诗学》却很少惠顾（只有少数几个学者如韦勒克《近代文学批评史》提到维谢洛夫斯基的成就，但又很遗憾地说，维氏“为文学理论所做的重要贡献直到20世纪才引起重视”）。中国学界更少有人知道维谢洛夫斯基的名字，如果你到全国各个大学的许多中文系问一问学生们：维谢洛夫斯基何许人？《历史诗学》是一部什么样的著作？绝大多数，甚至包括学习文艺学和美学的同学在内，大都会一脸茫然。

对于维谢洛夫斯基，这不仅是不公平的，而且他的许多重要的学术研究成果长期埋没而不能发挥应有的作用，也实在可惜。因此，本书要花些笔墨予以介绍。

二

亚历山大·尼古拉耶维奇·维谢洛夫斯基（1838—1906）是19世纪时候的俄罗斯科学院院士，被公认为“俄国比较文学之父”、历史诗学研究的创始人，学界泰斗。其学术成就集中体现在他的《历史诗学》（1870—1906）一书中。我手头有一本中文版《历史诗学》，百花文艺出版社2003年版，该书译者、俄罗斯文学专家刘宁教授写了一篇学术质量很高的《译者前言》。此书为我打开了维谢洛夫斯基辉煌的学术天地。这里仅就其艺术起源（发生）问题的研究做些评说。

维氏历史诗学体系首先涉及的就是文学艺术的起源（发生）问题。他的《历史诗学三章》，约二十五万言，依据民间文学、民俗学、人类文化学及考古学的大量实证资料，深入研究文艺及其样式的起源（发生）。我将《历史诗学三章》与人们所极力推崇的泰勒《原始文化》、弗雷泽《金枝》、格罗塞《艺术的起源》、普列汉诺夫《没有地址的信》等权威著作做了一下对比研究，发现，无论从资料的丰富，还是考据的严谨，抑或论证的缜密等方面，维氏与其他理论家相比毫不逊色——他们都达到了那个时代所能达到的学术最高水平。虽然维谢洛夫斯基也同上述理论家一样，有许多可以质疑之处，但维氏论证文学艺术的起源（发生），又独具慧眼，表现出自己的高明见解，做出了独到贡献。

三

维谢洛夫斯基有一个著名观点：在人类初期，存在着原始艺术的“混合性”，或称“混合艺术”，原始的诗即从这种“混合艺术”中产生出来。关于“混合性”或“混合艺术”，他的话是这样说的：“它的历史阐释就在于原始诗歌的混合性，我把这种混合艺术理解为有节奏的舞蹈动作同歌曲音乐和语言因素的结合。”[①]对原始艺术的这种描述，是基本符合历史事实的。大概中国和西方及世界其他民族原始艺术发生的初期，都是如此。

维氏的这个观点立刻使我想到中国自古以来所谓“诗乐舞”三位一体的思想。不同之处在于，中国是说“诗”“乐”和“舞”，而维谢洛夫斯基说的是“语言因素”“歌曲音乐”和“舞蹈动作”——“诗”与“语言因素”这两个用语是有区别的；但总体思想高度一致。

当然，在我看来，无论中国的“诗乐舞”还是维氏的“混合艺术”，说的只是原始艺术已经发生之后的存在状态（不过维氏所谓“语言因素”不同于诗，这为他论证诗的发生留有余地，后面我将论及）；其实不只是维谢洛夫斯基，我看到的人们推崇的几乎所有谈艺术起源的著作，包括泰勒《原始文化》、弗雷泽《金枝》、格罗塞《艺术的起源》、普列汉诺夫《没有地址的信》，再加上博厄斯《原始艺术》，所论大都是原始艺术已经发生之后的状态，而极少涉及原始艺术怎样发生、为什么会发生及发生的契机；而现在我要考究的正是后者，即原始艺术（特别是诗歌、文学）将要发生、怎样发生、何以发生以及它得以发生的契机如何。打个比方：“诗乐舞”和“混合艺术”以及其他论著中所论的原始艺术，说的是已经从蛹蜕变之后的蝴蝶以及最初蝴蝶扑打翅膀开始飞翔的状态；而我所要探究的，是蝴蝶将要或正在从蛹中爬出的情形，即它怎样由蛹蜕变为蝴蝶以及它从蛹蜕变为蝴蝶的契机是什么、它为什么必然由蛹蜕变为蝴蝶。

这使我感到很不满足。

但是，必须指出维谢洛夫斯基与其他理论家的不同之处也是高明之处，即他按照自己的思路和设想考察了诗歌如何发生——如何从原始艺术中萌芽、生长出来。在他看来，原始的“混合艺术”中，“语言因素”还不算诗，而是诗赖以发生的温床或赖以发生的材料，正如孕育蝴蝶的蛹。真正的诗（蝴蝶）正是从“语言因素”（蛹）生发（蜕变）而来。维氏清晰地描述了诗歌由“蛹”到“蝶”的蜕变过程和契机——这在19世纪其他理论家中，是少见的、可贵的。他说：“在这种远古的‘结合’[②]中节奏起着主导作用，它始终一贯地规范着旋律，以及伴随着旋律而发展起来的诗歌文本。应当假定后者的作用起初是相当微不足道的；

① （俄）维谢洛夫斯基：《历史诗学》，刘宁译，百花文艺出版社，2003年版，第264页。
② 即“混合艺术”。

只是一些呼喊，情绪的表达，某些没有意义的、缺乏内涵的词汇，节拍与旋律的载体。”①又说：“节奏旋律在古代混合艺术组成中占优势地位，而歌词文本只起辅助作用……为了表达内容因素需要具备比较发达的句法，这也就要求以更加复杂的精神的和物质的需求为前提。当这种演变实现时，感叹和缺乏意义的词句，就转化为某种更为完整的东西，成为真正的文本，诗歌的萌芽。”②在维谢洛夫斯基看来，“语言因素”在“混合艺术”中最初是附属品，是“没有意义的、缺乏内涵的词汇，节拍与旋律的载体”，后来才逐渐“演变”为“更为完整的东西，成为真正的文本”，于是“萌芽”为诗歌。维谢洛夫斯基还引述了卡罗克印第安人、巴塔哥尼亚人、巴布亚人等几十个原始民族的例子，详细叙述了从“语言因素”到“诗歌萌芽”的演变。③

维谢洛夫斯基虽然描述了诗歌的诞生过程和契机，按他的思路也自圆其说；但是我认为他的描述和推论存在一定的危险性，很可能不符合历史事实，而是更近于臆测。虽然维氏所说“混合艺术”中有些无意义的“感叹词”等等作为附属品的情况是会存在的；但是，不能因此就排除远古时代诗歌与“乐”“舞”一起产生或独自产生的可能。我认为，诗并非一定要作为附属品而产生于“乐”“舞”之后，而可能与“乐”“舞”同时产生，甚至可能早于“乐”“舞”出世。按我的假说，其实当语言发生时，诗歌也就跟着“萌芽”了（详后），可能并不必须先在“混合艺术”中做附庸。

四

维谢洛夫斯基还花费大量文字探索和讨论诗歌的各种样式如抒情诗、叙事诗、戏剧（包括悲剧、喜剧等等）的起源问题，他不但列举世界各地如澳洲、非洲、美洲、亚洲以及欧洲现存的许多原始民族的实证资料，而且征引古希腊、古印度等文献资料，还引述当时许多著名学者的相关著作，予以辩驳和参证，表现出一个严肃学者的科学态度。

维氏的许多观点有自己的独到的学术心得，值得关注。例如，他认为原始艺术“在合唱表演的基础上”发生了“有序的分化……走上了发展的轨道。在以后诗歌发展的历史上，我们遇到了这样一些或多或少确定的类型，如叙事体，抒情体，戏剧；它们同混合的、合唱的诗歌（我们有理由认为其形态是最古老的）之

① （俄）维谢洛夫斯基：《历史诗学》，刘宁译，百花文艺出版社，2003年版，第264页。
② （俄）维谢洛夫斯基：《历史诗学》，刘宁译，百花文艺出版社，2003年版，第271页。
③ （俄）维谢洛夫斯基：《历史诗学》，刘宁译，百花文艺出版社，2003年版，第267—280页。

间是什么关系呢……”[①]他还说：“我们把叙事诗和抒情诗看作古代仪式合唱解体的产物；戏剧在其最初的艺术表现中则保留了它的全部混合性，包括表演、叙述、对话等因素……可以在理论上这样设想戏剧的发展。从祭祀中分离出来是它在艺术上诞生的契机；形成艺术性的条件则在于神话的人化的和人性的内容，由此而滋生出各种精神兴趣，并提出了道德秩序，内心冲突，命运和责任等问题。”[②]而且他还指出不同民族，其叙事诗、抒情诗、戏剧等等文学样式的产生虽然也有某些相同或相似之处，却又有各自不同的产生契机和途径。

这些观点当然不是没有可以商榷之处，然而，是不是对今天研究各种文学样式的发生，具有某种启示意义呢？

（三）被遗忘的陆侃如、冯沅君

一

如果说维谢洛夫斯基是被忽视的，那么，中国学者对中国文学艺术起源（发生）所做出的非常有价值的探索和论述，却是被遗忘的。例如中国学者的杰出代表、文学史专家陆侃如、冯沅君教授，就遭到这样的命运。

全人类文化是一个整体，而中华民族五千年灿烂文化，包括它的文学艺术，是其重要的不可或缺的组成部分；若不探讨和研究中国文学艺术的发生，那么对于全人类文学艺术起源问题的研究，就失去了一个重要的支撑点。

中国文学艺术的起源问题，对于研究者来说，是一座“富矿”。因为中国五千年文明基本没有中断过，关于文学艺术起源和发展的各种文献资料极为丰富，而且有着两三千年不中断的连续线索——不但有文学艺术开始萌生和原始形态的各种文献记载，而且有历代文人学者对文学艺术起源（发生）问题的探讨和解说。这在世界各民族文化中，可谓得天独厚。许多中国学者正是对这个“富矿”进行开采，取得收获；而一辈子孜孜不倦、潜心研究文学史而献出全部心血的陆侃如、冯沅君教授，正是中国学者的杰出代表。

但是，以往一二百年世界学界由于“欧洲中心主义”作怪，中国的学术和学者以及他们的研究成果，往往入不了人家的法眼，很长时间以来成了世界学苑里“被遗忘的角落”——原因当然不止“欧洲中心主义”一个，需要认真考究和总结。

---

① （俄）维谢洛夫斯基:《历史诗学》，刘宁译，百花文艺出版社，2003 年版，第 319—320 页。
② （俄）维谢洛夫斯基:《历史诗学》，刘宁译，百花文艺出版社，2003 年版，第 282 页。

比起俄罗斯的维谢洛夫斯基院士的被忽视，中国学者如陆侃如、冯沅君关于中国文学艺术起源的研究成果被遗忘更是不公平的。

二

陆侃如（1903—1978），十九岁考入北京大学，大学一年级时便出版了《屈原》，大学毕业时又出版《宋玉》一书。1924年入清华大学研究院专攻中国古典文学。毕生致力于中国古代文学的研究和教学工作。冯沅君（1900—1974），自幼学习四书五经、古典文学及诗词。毕业于北京女子高等师范学校国文系并考取北京大学研究所研究生，研习中国古典文学。1931年，他们二人合作出版六十万字的《中国诗史》（1931大江书铺），1932年二人又合作出版《中国文学史简编》（1932大江书铺），这两部书的开头都论述中国文学的起源，不过前者主要说诗，后者也说到文。

陆冯二位教授首先以极其严谨的科学态度对古代文献中关于文学起源的材料进行辨伪（例如《尚书》和《山海经》等），“再从真的材料中试探一下中国原始作品的情状”。这“真的材料”有二：一是卜辞，一是金文。

首先说卜辞。

卜辞乃是商人在龟甲兽骨上所刻的贞卜文辞。它们是光绪二十四五年（1898—1899）间，河南彰德西北小屯的农民，在种田时无意中发掘的许多甲骨，上面保留了从盘庚至帝乙（盘庚相传在西历纪元前1401年即位，帝乙相传在前1155前去位）这二三百年中的卜辞。作者从中探索有无文学的真的痕迹：

一是卜辞与诗歌的关系，即诗歌是怎样发生的？前面说过，远古时代“诗乐舞”是一体的，作者研究发现，卜辞中虽无诗字，然多乐字与舞字。乐字作“”。罗振玉说：“从丝附木上，琴瑟之象也，或增以象调弦之器。”此外乐器尚有“鼓”“磬”“言”“殸”“龢”等，由此可见商乐已很精工了。这二三百年中既然舞盛而乐精，定有许多舞歌和乐章的，由于没有用文字记录下来，现在都失传了。然而陆冯二位教授发现，在卜辞中间，有一段很像是当时的歌曲：“癸卯卜：今日雨？其自西来雨？其自东来雨？其自北来雨？其自南来雨？”①作者说：“这首简单而朴素的古歌，恐怕是我们诗史上年代最早而又最可靠的作品了。”②

二是卜辞与散文的关系。作者说，卜辞本身并无文学（按今天的标准）的意味，而且每段的字句极短。不过其中也偶有较长的，未尝不可当作原始的散文

① 载郭沫若《卜辞通纂·第三五七片》。

② 陆侃如冯沅君：《中国诗史》上，百花文艺出版社，2011年版，第5页。

看。例如：

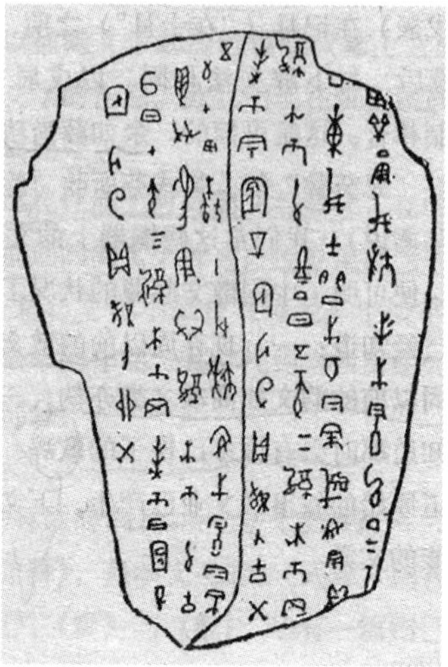

作者说：“此见《殷虚书契精华》第二页，记土方与𢀛方侵伐商人之事，实为原始的叙事散文之一例。”[①]

三

其次说金文。

金文是金属器物上的文字。商为新石器时代的末期，金石并用。陆冯二位教授说，虽然前人所著录的商代铜器多不可靠，然未尝没有少数真品。例如《殷文存》里的《戊辰彝》：

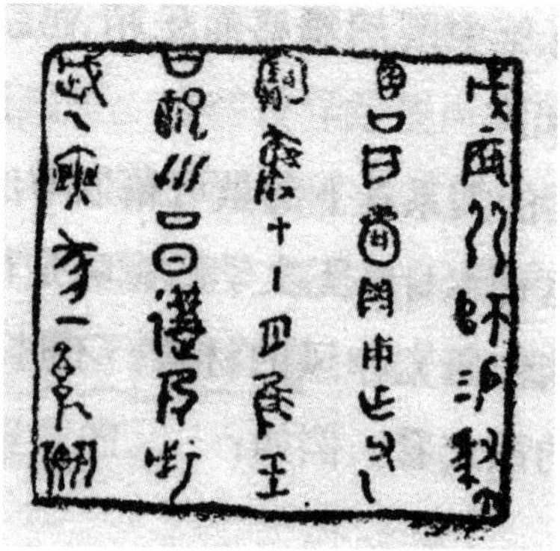

① 陆侃如冯沅君：《中国文学史简编》上编第一讲“中国文学的起源”，原由上海大江书铺1932年出版；2007年山东画报出版社重版，书名改为《中国文学史二十讲》。此图见该书第5页。

这里记日（戊辰）在记月（“在十月”）之前，而记年（“惟王二十祀”）则在最后，与卜辞文法相同。以戊辰日祭妣戊，又称“𢼄日”，亦与商制相合。这是可信的。余如薛尚功所收“乙酉父丁彝”“己酉戍命彝”“兄癸彝”等，吴式芬所收“艅尊”“王宜人甗”等，也还可信（马衡说）。我们拿这些铜器上的文句来和上文所引较长的卜辞合看，便可明了中国散文起源的状况了。[①]陆冯二位教授还在殷商金文中找到武王时的《大丰簋铭》：“乙亥，王有大丰，王凡三方。王祀于天室降，天亡尤王。殷祀于王丕显考文王，事熹上帝。文王监在上，丕显王则相，丕肆王则唐，丕克三殷王祀。丁丑，王飨大房，王降亡得爵复觵。惟朕有庆，敏扬王休于尊（专改为尊）享。”[②]此可作为散文，也可作为韵文。

四

陆冯二位教授还进一步研究了商以后周楚秦几个古民族的文学起源的情况。

他们认为：“中国的文学史，应该托始于周民族。原来中国古民族是很多的，但文献可征的，却只有四个民族，即商周楚秦。商民族的卜辞与金文，虽能藉以推测文学起源的情状（如上文所论述的），但严格讲来还不能算文学的作品。故我们现在讲古民族的文学，只周楚秦三者。”

二位教授的这个观点，在我看来是值得商榷的。所谓“卜辞与金文，虽能藉以推测文学起源的情状，但严格讲来还不能算文学的作品”，其实正说明了原始文学发生的真实情况。所谓“不能算文学的作品”只是按成熟文学的标准而言。最初的文学萌芽，怎能用成熟文学的标准衡量？

二位教授依次考察了周楚秦三个古民族文学起源的情况。例如周民族最早的韵文，《诗经》里的《周颂》共三十一篇，包括舞歌、祭歌、杂诗：“它们不但是《诗经》中最早的部分，而且是现存中国文学中最早的作品。”二位教授还说：“但是它们在文学上的价值是很低的。呆板的堆砌，抽象的教训，浮浅的赞颂，充塞于字里行间，使读者不感兴趣。其中技术较高的，要推《载芟》与《良耜》中叙农家生活的几段。这种生动的描写是很难得的。”

这里又可以提出商榷：正因为它们看起来“文学上的价值是很低的。呆板的堆砌，抽象的教训，浮浅的赞颂，充塞于字里行间，使读者不感兴趣”，却恰好说明它们的原始性。这对于研究文学起源，更具价值。

周民族最早的散文，比较可信者，当推西周的《大诰》，我们可据以考知周

① 陆侃如冯沅君：《中国文学史二十讲》，山东画报出版社，2007 年版，第 6 页。

② 陆侃如冯沅君：《中国诗史》上，百花文艺出版社，2011 年版，第 5 页。

民族前期散文的状况。《大诰》旧说是成王时为三监及淮夷的叛乱而作，不知确否。篇中全是警戒百官之辞。就文学的观点言，这是一篇极幼稚的作品。前后重叠的地方很多。这种没有组织的缺点，在原始作品里是常见的。《易卦爻辞》也是较早的散文之一。我们对于《卦爻辞》的时代的假定是：托始于周初而写定在东周。既谈不到哲理，更谈不到文艺。然而在六十四卦的《卦辞》及三百八十四爻的《爻辞》中，也未尝不偶有一二写得很好的。例如《小畜》及《震》的《卦辞》，又如《睽》上九及《中孚》九二的《爻辞》之类，或写景如画，或表情深刻，都可为古代文学渐渐进步之征。

楚民族文学的起源，当远溯之于《诗经》中的《二南》。其中时代可考者，如《汝坟》述东迁、《甘棠》颂召虎、《何彼秾矣》称平王，都在前八世纪；

《诗经》中除《二南》外，还有《陈风》也可属于楚民族。不但陈是灭于楚的，而且其官制、方言、服饰也多与楚同。《陈风》共十四篇，其时代可考者仅《株林》一篇，指灵公与夏姬事，约当西历前七世纪的末年。各篇的内容，以言儿女情者为多，如《宛丘》《东门之枌》《东门之杨》《防有鹊巢》《月出》等都是。《二南》各篇也多与女性有关系。后来屈宋之作喜以美人香草为喻，恐与它们有点渊源。

秦民族文学的起源，应该上溯之于《诗经》的《秦风》和《尚书》的《秦誓》。《秦风》共十篇，其时代可考者计三篇：《小戎》叙庄公事，约当前 800 年左右；《终南》叙文公事，约当前 750 年左右；《黄鸟》则哀三良，作于前 621 年。这都在东西周之交，是秦民族开始兴盛的时候。至于其散文的起源，则似更迟。《史记》说文公十三年（前 753 年）“初有史以纪事”，似前此尚无记载。然即此文公时之记载，今亦无从考知。见存散文之最早者，当推前 627 年之《秦誓》。

陆冯二位教授探讨周楚秦三个古民族文学起源，对今天研究者也有一定参考价值。

五

最后，陆、冯二位教授做出如下结论：“我们已经知道：一，现存周以前的散文如《虞书》之类皆伪；二，现存周以前的韵文如商颂之类亦伪；三，从殷虚卜辞所记舞与乐的情形知道那时必有许多已佚了的歌辞；四，从商末金文及较长的卜辞知道原始的叙事散文业已产生。”

我认为，陆、冯二位教授对于中国文学起源的研究，比西方一些学者的论述更为可信。因为许多西方学者所据材料多是现在尚存的一些原始民族文学艺术活动情况，由此推论和猜想数千年（乃至上数万年）前文学艺术的发生，这不能不产生或大或小的误差，也可能全然不对——谁能断定数千年、上万年前人类的先民真相究竟如何呢？陆冯二位教授则与此不同，他们依据的是千真万确的考古发现，是经过专家用科学手段证实为数千年前的“真品”，确凿无疑。在这样坚实的基础上做出的结论，使人觉得踏实。

（四）最接近真理的是维柯

一

人类进入文明社会以后，各个民族在每个发展阶段上，都会出现自己的杰出人物和杰出作品，维柯（1668—1744）就是18世纪前期意大利的一位学术精英，他不但对意大利，而且对全人类的思想文化，做出了令人不能忘怀的贡献。然而，中国有一句古话“文章憎命达”，这话很适合维柯，他的一生，学术辉煌，命运多舛，路途坎坷。他自传中说，七岁从楼顶跌到楼底，头盖骨碎了，碎骨刺进肉里很深，五小时没有动弹，医生“预言这孩子活不长，否则也会长成一个呆子。凭老天爷的恩惠，这预言没有成为事实”[①]。后来维柯兢兢业业、尽心尽力从事学术事业，颇有心得，写出了划时代著作《新科学》；然而生活上却穷愁潦倒，艰难度日。当他的《新科学》改写本完稿之后，原来答应资助出版的恩主却食言、毁约，维柯只好“卖掉一只嵌着五颗纯水色钻石的金戒指”[②]支付印刷费和装订费。

虽然这部出版于1725年的著作在18世纪默默无闻，但到了19世纪，却引起广泛注意，维柯被认为是美学的先驱——克罗齐《美学史》说，美学这门新科学的真正的奠基人并不是鲍姆加登而是维柯。

而我此刻所关注的，是维柯在研究艺术起源问题上的巨大贡献。在我看来，在所有研究艺术起源的学者及其著作中，维柯和他的《新科学》离真理最近。

二

在《新科学》中，维柯按埃及人传下来的观点，把以往世界分为三个时代：神的时代，英雄的时代和人的时代；相应的，三个时代用三种语言：象形符号的或神的语言，象征的或比喻的语言（英雄的语言），书写的或凡俗的语言（即人的语言）。[③]

① （意大利）维柯：《新科学》，朱光潜译，人民文学出版社，1986年版，第612—613页。
② （意大利）维柯：《新科学》，朱光潜译，人民文学出版社，1986年版，第666页。
③ 《新科学》，第96页。

所谓“神的时代”，即是原始人的时代——因为原始人把自己感觉到而对之惊奇的那些事物的原因都想象为“神”，例如碰见雷电交加，不知道原因，就大惊大骇，抬头一看，看见天，于是把天想象为一个巨大的有生命的物体，把打雷扯电的天叫作“天神”或“雷神”。

维柯说，这些原始人是些“愚笨的、无情的、凶狠的野兽……就其和动物本性相似来说，具有这样一种特性：各种感官是他认识事物的唯一渠道”①。维柯强调：“原始人心里还丝毫没有抽象、洗炼或精神化的痕迹，因为他们的心智还完全沉浸在感觉里，爱情欲折磨着，埋葬在躯体里。”②就是说，这些原始人没有推理的能力，却浑身是强旺的感觉力和生动的想象力。原始人“在他们的粗鲁无知中却只凭一种完全肉体方面的想象力”来创造事物，而且就是用这种方式，原始人创造出了第一个神话故事——这就是最早的诗，这样的原始人就是最早的诗人。维柯认为这就是诗的起源。

虽然维柯认为最早的诗（文学）是神话故事，还值得商榷（说不定最早发生的诗只是几句短语，或者一首短短的伴着舞蹈的唱词，你叫它短诗也行；当然也可能是简短的神话故事；若更复杂一些的带有情节的故事，那得等到后来）。但是，无论如何，维柯的这个猜测合情合理，榫卯切合，是接近事实的。这是维柯的巨大贡献。

三

维柯认为，在“神的时代”即原始人的时代，原始人所具有的是一种“诗性的智慧”。它的特点是用“感觉”来把握世界，而不是用“理智”。“诗性的智慧”，用“感觉”来把握世界，是原始人的“本性”。

所谓用“感觉”来把握世界，是说原始人通过他们“感官”的“感受”，把大自然视为（“想象”为）有生命的物体。凡是原始人“所看到的，想象到的甚至他们自己所作为的，他们都相信那就是天帝约夫③，并且对进入他们视野的全部宇宙以及其中各个部分，他们都赋予生命，使之成为一种有生命的实体存在”④。原始人相信“电光箭弩和雷声轰鸣都是天神向人们所作的一种姿势或记号……他们相信天帝用这些记号来发号施令，这些记号就是实物文字，自然界就

① 《新科学》，第161页。
② 《新科学》，第163—164页。
③ 即天神。
④ 《新科学》，第164页。

是天帝的语言”[①]。这里，维柯说的就是原始人的“诗性的智慧”，即原始人用他们“肉体”所进行“感受”“感觉”和“想象”，他们以此来把握世界，而不同于后来发达社会中的人们用“推理”“理智”“抽象的智慧”把握世界。“人类最初都致力于感性主题。”[②]

维柯断言:“推理力愈薄弱，想象力也就成比例地愈旺盛。”[③]“原始人知解力有限，但是具有最广阔的想象力和最暴烈的情欲。”[④]“诗人们可以说就是人类的感官，而哲学家们就是人类的理智。”[⑤]而具有“诗性的智慧”、用“感受”“感觉”“想象”来把握世界的原始人，就是“天生的诗人”——维柯在他的《新科学》里不下数十次反复强调这种“原始人所具有的诗的本性”：

> “最初各民族人民到处都是些天生的诗人。”[⑥]
>
> “凡是最早的民族都是些诗人。”[⑦]
>
> “最初的各族人民都是些人类的儿童，首先创造出各种艺术的世界。”
>
> “儿童都特别长于摹仿；各种艺术都只是对自然的摹仿，因此在某种意义上都是实物的诗。”[⑧]
>
> “在世界的童年时期，人们按本性就是些崇高的诗人。”[⑨]
>
> “原始人在他们的粗鲁无知中却只凭一种完全肉体方面的想象力。而且因为这种想象力完全是肉体方面的，他们就以惊人的崇高气魄去创造，这种崇高气魄伟大到使那些用想象来创造的本人也感到非常惶惑。因为能凭想象来创造，他们就叫作‘诗人’，‘诗人’在希腊文里就是‘创造者’。”[⑩]
>
> “在推理能力最薄弱的人们那里我们才发现到真正的诗性的词句。这种词句必须表达最强烈的热情，所以浑身具有崇高的风格，可引起惊奇感。”[⑪]

---

① 《新科学》，第 165 页。
② 《新科学》，第 230 页。
③ 《新科学》，第 98 页。
④ 《新科学》，第 366 页。
⑤ 《新科学》，第 152 页。
⑥ 《新科学》，第 147 页。
⑦ 《新科学》，第 219 页。
⑧ 《新科学》，第 231 页。
⑨ 《新科学》，第 98 页。
⑩ 《新科学》，第 162 页。
⑪ 《新科学》，第 29 页。

原始民族“在起源时一定都具有诗的特性”[①]。

维柯的有些说法可能太绝对，如：他把“诗性的智慧”与“理性的智慧”绝对对立起来；再如，认为原始人的世界是诗的世界，而后来社会发达了，诗就被哲学取代，等等。这些都是可以商榷的。但是，总体说来，他对原始人的“思维”（其实主要是“感觉”“感受”“想象”等）特点的猜测，是有道理的，这对探索诗的发生（起源）极富启示意义，功不可没。

四

前面提到，维柯在谈“三个时代”时，还曾说到“三种语言”，其中“原始人时代”所用的是“象形符号的或神的语言”。从“语言”和“文字”（稍后才产生）的角度探讨原始人的特点以及诗（文学）的起源，是一条非常重要的、极其有价值的思路。

维柯说：“我们发现各种语言和文字的起源都有一个原则：原始的诸异教民族，由于一种已经证实过的本性上的必然，都是些用诗性文字来说话的诗人。这个发现就是打开本科学的万能钥匙，它几乎花费了我的全部文学生涯的坚持不懈的钻研，因为凭我们开化人的本性，我们近代人简直无法想象到，而且要费大力才能懂得这些原始人所具有的诗的本性。”[②]

从原始人的语言和稍后出现的文字如何能够懂得“原始人所具有的诗的本性”呢？因为在维柯看来，原始人最初的语言都从“自然”而来，都是“感性”的也即“诗性”的“自然语言”。他说：“语言在初产生的时代，原是哑口无声的，它原是在心中默想的或用作符号的语言。”[③]“哑巴用于所要指的意思有些自然联系的姿势或实物来使人们懂得自己所要说的意思。这条公理就是象形符号或象形文字的原则，在第一次野蛮时代，一切民族都运用这种象形文字的语言。”[④]而且这种语言“是一种幻想的语言，运用具有生命的物体的实体，而且大部分是被想象为神圣的”[⑤]。这种“自然语言”，“一定是在歌唱中形成的”[⑥]。

很显然，这种伴随着歌唱而形成的幻想的、想象的“自然语言”，就是原始

① 《新科学》，第 101 页。

② 《新科学》，第 28 页。

③ 《新科学》，第 177 页。

④ 《新科学》，第 106—107 页。

⑤ 《新科学》，第 178 页。

⑥ 《新科学》，第 106—107 页。

人的“诗性语言”。

“诗性语句是凭情欲和恩爱的感触来造成的，至于哲学的语句却不同，是凭思索和推理来造成的，哲学语句愈升向共相，就愈接近真理；而诗性语句愈掌握住殊相（个别具体事物），就愈确凿可凭。”①

从这种“诗性语言”，才更能懂得这些原始人所具有的诗的本性。

由此我们可以得到启示：诗的发生，与原始人的语言的发生密切相关。

（五）我的猜想和假说

一

文学的发生可以从两个方面去探讨：

一是历史的考证，发掘原始状态的文学现象，找出文学发生的史实。在这方面，中外学者做了许多有效的工作，特别是有关中国文学的发生，以陆侃如冯沅君教授为代表的中国学者进行了令人信服的探索，我没有新的资料，不去多讲。

二是逻辑的探索，从哲学意义上去考索，探究文学发生的逻辑依据——当然，实际上得出的结论只是一种假说。这方面，我倒是可以多费些口舌。

格罗塞《艺术的起源》第三章《原始民族》第一句话就说：“艺术的起源，就在文化起源的地方。”②这话很对。

文化即是人化。人脱离动物界的那一刻，就是人作为人的起点，也就是人化的起点，也就是文化的起点——按照格罗塞的说法，文化起源的地方就是艺术起源的地方，以此，也就是艺术的起点。可惜，格罗塞只是简单地说了这么一句话，然后他就大量论述起源之后的原始艺术的种种状况——其实在我看来那不是最初的“发生时候”的艺术，而是“发生之后”的艺术。

那么，“发生时候”的艺术（包括文学）是什么样的呢？我认为那就是原始人的最早的（第一步的）人化状态、文化状态的样子。我在《价值美学》（中国社会科学出版社 2008 年版）第九章谈到从石器上看审美的胚芽，就说到最初的人化－文化。

以中国原始人的石器制造和加工为例。

据考古资料，中国迄今所发现的最早的人类化石以及石器工具，经测定是在

---

①《新科学》，第 105 页。

②（德）格罗塞：《艺术的起源》，蔡慕晖译，商务印书馆，1984 年版，第 26 页。

早更新世，距今大约一百至二百万年前。旧石器以“打制石器”为特征，其典型器型为石核、砍砸器、刮削器、三棱尖状器、石锥、砸击石片、手斧、雕刻器、石叶、石镞等等。[①]早期的旧石器工具，据我对有关考古资料的观察，有的可能近乎石头的原生状态（当然有原始人的加工痕迹，但很少，也不十分明显），原始人使用它实现自己的某种意图，打上了原始人的印记，因而它不再是纯自然物而成为原始人的石器工具；有的可能是经过了少许加工或者是粗粗加工，留下的人化痕迹稍明显一些。那些被原始人破天荒第一次制造出来的最初的石器，其作为人的工具，我认为起初大多是因势而用之——即取石头的原始形状之适合我用者而用之：譬如，某块石头，适宜于原始人方便地把它抓起来抵御和猎取野兽；另一块，则适宜于砸开坚果；第三块，适宜于砍削树棒，等等。假如这些近乎原生状态的石块用起来不顺手、不得力，其形状不利于原始人使用它达到期望的目的，那么原始人就可能稍作修理或者粗粗加工，使之用起来更方便、更顺手、更得力、更宜于实现自己的意图。原始人有意识地对石器进行一次加工或者二次加工，这行为本身就表明原始人对外界事物的某种规律性有了一定的把握（当然是偏于“感性”的把握），例如对某种石头是软是硬、是否易碎等等性质有了一定的认识，对石头可能会顺着怎样的方向开裂也有了一定的判断，等等；还有，这种对石器加工的实践，对石头的触摸、观察，训练了原始人关于对象（石头）形式的体悟，培养原始人的形式感（哪怕是朦胧的）和对某种形式规律的初步把握（哪怕是十分感性的和粗略的），如对平衡、对称等等的把握。切不可小看原始人运用近乎原生状态的石块实现自己意图的行为，尤其是不要小看原始人为了更好地实现自己的意图而对石块“少许加工”或“粗粗加工”的行为：它表现出了原始人的哪怕是最初级、最原始的自觉意识、意志、意图，它表现出了原始人哪怕是最朦胧、最原始的价值诉求；正是因此，它具有划时代的意义，它标志着人迈出了与动物揖别的最关键的一步。以此为起点，从“人猿”变成了“猿人”，从“它”变成了“他”，从动物界的地狱进入了由人自己所创造的天堂般的人间。原始人的这种劳动实践，锻炼了原始人的主观认识和感受能力（包括形式感），并且突显出原始人的主观意图和价值取向。这最初石斧等工具，就是最早的人化物，最早的文化产品，最早的艺术。

如果原始人看到这最早的工具，泛出欣喜之情，发出（或是唱出）欢悦的声音（最初可能只是感叹词），那就是最早的歌词或叫作诗——我们不能以

---

① 这是就中华大地的情况而言，世界其他地区的旧石器时代，或早一些，或晚一些，但是基本情况相近。

现在的标准看当时的“发生时候”的文学艺术；最早的文学艺术作品就是那个样子。

二

说到诗（文学）的发生，这就要提到维柯的启示：语言的发生就是文学的发生。刚才我们从原始人对最初的石器工具的创造，窥探了艺术的发生。其实原始人还有一种最伟大的工具创造，那就是语言以及稍后的文字。原始人创造了最初的语言文字，也就创造出了文学艺术。在此，我们不能忘记维柯的贡献。

前面说到，维柯认为原始人最初的语言都是“感性”的“自然语言”即“诗性语言”，而且这种最初的“诗性语言”“一定是在歌唱中形成的”。这种猜测离诗的发生的真实情形，很接近了。

维柯《新科学》中多处谈到语言最初发生的情形：

> 语言在初产生的时代，原是哑口无声的，它原是在心中默想的或用作符号的语言。斯特拉博在一段名言中说，这种语言存在于有声语言之前。……因此，最初的民族在哑口无言的时代所用的语言是从符号开始，用姿势或用实物。[1]
>
> 值得注意的是在一切语种里大部分涉及无生命的事物的表达方式都是用人体及其各部分以及用人的感觉和情欲的隐喻来形成的。例如用“首”（头）来表达顶或开始，用“额”或“肩”来表达一座山的部位，针和土豆都可以有“眼”，杯或壶都可以有“嘴”，把，锯或梳都可以有“齿”，任何空隙或洞都可以叫作“口”，麦穗的“须”，鞋的“舌”，河的“咽喉”，地的“颈”，海的“手臂”，钟的“指针”叫作“手”，“心”代表中央，船帆的“腹部”，“脚”代表终点或底，果实的“肉”，岩石或矿的“脉”，“葡萄的血”代表酒，地的“腹部”，天或海“微笑”，风“吹”，波浪“呜咽”，物体在重压下“呻吟”，田地“干渴”，流脂的树在“哭泣”……这一切事例都是那条公理的后果：人在无知中就把他自己当作权衡世间一切事物的标准，在上述事例中把自己变成整个世界了。[2]

这些拟人化的语言本身，饱含情欲，形象灵动，充满“诗”味儿，不就是最

① 《新科学》，第 177 页。
② 《新科学》，第 180—181 页。

早的诗吗?

中国最初的语言文字更是如此。中国最初语言的声音资料不可能留下来，我们已经很难知道当时的具体情形，猜想那也会是具有感性的情感的“诗”味儿的。至于文字，则有据可凭。中国的甲骨文、金文、大篆、小篆等等这些比较古老的象形文字或会意文字，书画一体，形意结合，一个字就是一幅画，或者一个字就是一个小故事。如，以下面几个象形字为例：“鼠”字，甲骨文就像一幅关于老鼠的写生画，上面是一只腾空跳跃的老鼠，头后仰，嘴巴大张；“虎”字，甲骨文就是一只老虎的形状，头在上尾在下，四肢朝左，很传神；“老”字，甲骨文里，它就是一位驼背弯腰的老人，拄杖而行；“身”字，甲骨文中，它是有孕在身的妇女。再如，以下面几个会意字为例：“为”字，甲骨文中，它下面是一只大象，大象鼻子上是一只手，手牵大象；“州”字（甲骨文、金文、大篆），表示陆地的菱形块变成椭圆形或实心的黑块，《说文》谓其“水中可居曰州”；“美”，《说文》谓“羊大为美”，等等。这些文字，形象鲜明，具有强烈的视觉冲击力；而且一幅画可以令人想象、演绎成一段简短情事，满含寓意和情感，富有可“感受”性，给人强烈的情感冲击力。这些文字就是原始形态的文学，就是原始形态的诗。

最早的语言文字显现出诗的最原初的本性。诗就是在语言文字中发生的。

由此我们可以提出这样的假说：最初的语言文字本身就是就是最原始的诗，就是最早的原始形态的文学。

三

在中国古籍中，有不少关于文学艺术如何发生、为何发生的猜测和描述。有许多资料，其实大家耳熟能详，不过没有从文学发生的根本原理上去思考，如《尚书·舜典》说：“诗言志，歌永言，声依永，律和声。”《礼记·乐记》说：“凡音之起，由人心生也。人心之动，物使之然也。感于物而动，故形于声。”《毛诗序》说：“诗者，志之所之也。在心为志，发言为诗。情动于中而形于言。言之不足故嗟叹之，嗟叹之不足故咏歌之。”从这些论述中，可以想见先人是从人的本性，以及人的物质的和精神的根本需求出发，来猜测文学艺术的起源的。这些猜测和论述不是很有道理吗?

人从何处来？西方的基督教说，人是上帝创造的，中国古代神话传说也说，女娲抟土造人。我们则说：人是由动物（类人猿）变来的，而这变的关键，还在于人自己：人自己创造了自己——通过自己的劳动，通过自己的漫长的、千百万年的历史实践，渐渐地由人猿变成了猿人，再逐渐在历史实践中变成了今天的人类。为了这“变”，为了谋生存、谋发展，人类经受了无数磨难，无数物质的、精神的磨难。这过程中，人无意或有意地进行物质的和精神的创造，也在物质（生理上的躯体）和精神（心理、感觉、思维）上也逐渐成长。这过程中，有许多许多痛苦，也有愉快；并且同时也不断产生物质的和精神的欲求，“情动于中而形于言，言之不足故嗟叹之，嗟叹之不足故咏歌之”就是最基本的精神欲求和精神诉求之一。于是，如前所述，随着最初语言文字的产生，文学也就发生了。

探讨文学的发生，不要从人之外找原因。文学（诗）是人的历史实践的产物，是应人的内在的本性欲求和诉求自然而然发生的，也是必然发生的。

原发《文艺理论研究》2017 年第 1 期

文学理论：全球化时代的民族性

南　帆

一

20 世纪 80 年代，西方文化又一次大面积进入中国。如同大半个世纪之前的“五四”时期一样，文化与民族性关系的争议重新泛起。从语言、历史、宗教、艺术到各种风俗民情，文化是构造民族共同体的黏合剂。由于文化的存在，一个民族的众多成员拥有相近的生活模式和观念体系。因此，西方文化的进入带来了一个巨大的疑问：我们的民族基因会不会被改写？另一个更为严重的危险是：这种状况的背后是否隐藏了某种瓦解我们民族基础的意识形态阴谋？回溯两个世纪左右的历史，这种提问方式并不奇怪。这一段历史时期，古老的中国积贫积弱，一个庞大的封建帝国进入了末期；西方资本主义列强虎视眈眈，它们依赖船坚炮利强行撬开了紧闭多时的中国大门，半殖民地半封建的历史遗留下巨大的创伤。时至如今，这个伤口还会由于各种原因而发炎，召唤出令人扼腕的痛苦记忆。因此，许多时候，西方的文化意象带来的不仅是异国情调，不仅是不同民族的文化交流，而且还常常潜藏了某些或显或隐的敌意。另一方面，这个创伤同时还隐含了奇异的历史辩证法：即我们的民族在痛苦之中被迫崛起，并且逐渐驶入现代社会的快车道。这种崛起所采用的许多文化策略相当程度上借鉴了西方文化，所谓“师夷长技以制夷”。这必然增添了文化与民族性争议的复杂程度。事实上，只有逐步分析卷入争议的众多因素，问题的全景才会渐渐明朗起来。

关于文学理论民族性问题的争议即是在这种背景之下展开的。这是文化与民族性关系争议的一个小小局部。20 世纪 80 年代以来，众多西方文学批评学派络绎不绝地造访中国。从主体论、存在主义、黑色幽默、意识流、现代主义、后现代主义到新批评、俄国形式主义、结构主义、解构主义、文化研究，所谓的“理论旅行”极一时之盛。许多中国的批评家纷纷表示质疑：怎么能让我们的理论领地成为众多西方批评学派的跑马场？ 中国的文学理论哪去了？ 他们用“失语”形容本土文学理论的缺席：哑然无言，发不出自己的声音。

事实上，或许必须将这种质疑的时限提前到“五四”时期。西方文学理论的全面冲击在那个时候就开始了。先秦至晚清两千多年的时间里，中国的古代文学理论积累成了一个庞大的系统。人们可以发现一套风格独异的概念术语和理论命题，例如温柔敦厚、思无邪、意象、兴象、文与质、志、道、气、赋、比、兴、风骨、韵味、滋味、象外之象、境、趣、格调、性灵、天籁、形与神、巧与拙、虚与实、情与景、自然天成、兴寄、知人论世、以意逆志、草蛇灰线、唱念做打、诗言志、诗缘情、美刺、文以气为主、文以载道，如此等等。然而，20 世纪之初大约二三十年左右的时间，这一套概念术语和理论命题迅速地消失，另一套来自西方文学理论的概念术语全面地取而代之，不仅主宰文学批评，并且占领了大学——诸如京师大学堂——的文学教育，例如时代、国民性、道德、意识形态、文学批评、思想、风格、古典主义、现实主义、浪漫主义、个性、内容、形式、题材、主题、游戏说、劳动说、大众、人民性、党性、经济基础、上层建筑、美学、典型、个性与共性、个别与一般、偶然与必然、作品、现实、文本、叙事、抒情、民族性、人道主义、人性、美感、真实性、虚构、想象、结构、无意识、文本间性……显而易见，两套概念术语和理论命题的文化根系迥然不同。尽管某些概念术语的语义存在互译的可能，但是，文化根系的改变无疑必须追溯到历史的转型。两种知识之间的转换如此之快，很大程度上暗示了历史转型的剧烈节奏。当然，并非没有人出面维持“国粹”，抵制西方文化的扩张，20 年代著名的“学衡派”即是代表。但是，在“五四”时期高涨的启蒙气氛之中，倡扬“国粹”更像是令人生厌的保守主义，他们的主张并没有赢得足够的积极响应。“新儒家”是另一个倡扬“国粹”的学术派别，他们对于民族文化传统的顽强维护也没有成为主流。20 世纪三四十年代开始至六七十年代，抗日战争与阶级之间的大搏斗晋升为头等大事，西方文化被打上资产阶级的烙印逐渐销声匿迹，文化与民族性关系的争议失去了实际的意义而仅仅剩下若干表态性的空洞大口号。事实上，具有理论意义的辩论重新出现已经是八九十年代之后的事情了。

当然，八九十年代的重新辩论已经拥有非常不同的时代背景。全球化是时代背景之中最为重要的一幕。“全球化”这个概念出现的时间不长，但是，这种现实迅速地到来了。目前看来，经济领域是促成全球化的主要动力。市场的开拓与扩张，商品在世界各地的流通，各个国家之间频繁的经贸往来，资本没有祖国——那些货币资本正在全球范围四处游弋，巨大的经济红利驱使人们将全球联结为同一个网络。许多文化内容跟随商品的流通越过国界，进入另一个文化空间，例如麦当劳文化的全球普及，再如汽车的输入同时伴随汽车文化的输入，如此等等。交通工具的发达和完善极大地满足了全球化所需要的条件。远洋轮船、铁路与火车、大型喷气式客机组成的立体交通体系正在覆盖全球的每一块热土。

高度发达的大众传媒体系构成了全球化的另一种形式。如果说，海外留学和越境的印刷品——近现代开始的大规模翻译无疑为文化的“越境”提供了必要条件——曾经是传播异域信息的重要渠道，那么，如今的卫星电视和互联网令人惊异地制造出新型的文化交流方式。异国他乡的文化制作为影像符号，电波和信息之流轻而易举地跨越遥远的空间距离和森严的海关从而移植到另一块土地上。从美国的股市、欧洲足球联赛到中东战争、拉美地震，大众传媒可以在第一时间将新闻事件传遍全球各地。由于前所未有的频繁交流，各民族之间多元文化的对话、沟通与隔阂、冲突成为全球化的另一种景象。这当然也是八九十年代重新辩论的语境：重新洗牌已经开始，中国文化将扮演什么角色？

必须承认，很长一段时间，中国对于全球化这个事实相当陌生。80 年代以来的中国文学不断地传诵一个众所周知的口号：文学走向世界。这显然是一个有些缺陷的口号。不言而喻，世界并非哪一个国家独立经营的俱乐部，进入世界并不需要购买特殊的门票。换一句话说，我们始终就在世界之中。然而，长时间的闭关锁国让人觉得，世界是另一块有待熟悉的大陆，我们尚徘徊于世界之外。90 年代之后，这种状况有所改善。中国开始从各个方面融入全球化图景，中国作家与世界文学的交往日益密切。这时，毋宁说另一个事实愈来愈多地引起中国文学的关注：在各个民族众声喧哗的文学对话之中，中国文学什么时候登台表演？ 一些发言者占据了中心位置，振臂一呼，应者云集；另一些发言者音量很小，听众寥寥——这甚至并非民族人口的数量所决定的。许多人喜欢说，越是民族的就越是世界的，可是，只有为世界贡献独特主题的文学才能真正令人瞩目。如果中国文学将西方文学作为未来的生产配方，如果中国文学仅仅演变为佐证西方文化的某些案例，那么，世界的文化舞台不会为之腾出尽情展现的空间。许多人同时观察到，某些同质文化——例如美国文化——正在急速扩张与大面积复制，而且，由于科技与经济的掩护和支援，这种扩张与复制甚至带有侵略性。

这个意义上，中国文学会不会甚至在本土陷入萎缩？很大程度上，这即是

"失语"之说背后隐含的焦虑。

二

考察文学理论与民族性问题的争议还要与现代性话语联系起来。

现代性话语是一个松散的理论体系，为现代社会的诞生和成熟保驾护航。现代性话语发源于西方文化，这个理论体系包含了启蒙主义、工业主义、进步主义、历史目的论等内容，强调普遍性与理性。现代性话语之中，全球／本土、现代／传统是一些褒贬分明的二元对立。"本土"或者"传统"这些概念时常被看作"保守""落后"的同义语，它们仿佛代表了蒙昧与未开化。现代性意味的是先进、发达、开放和一个标准化的文明社会，这种社会即是全球化网络的组成。正如安东尼·吉登斯所言，现代社会的一个重要特征是"脱域"（disemdeding）[①]。"脱域"表明脱离一个具体的地点和空间，将某种知识或者规范推广到世界范围，例如货币、交通规则的红绿灯信号，或者各种商品的认证体系。这首先是来自经济领域的追求。无论是重量单位、空间计量单位、各国之间的货币结算还是商品品牌的互认，"脱域"形成的统一标准带来的经济活动效率是现代经济全球化不可或缺的条件。

相当长的时间里，中国社会似乎与现代性话语格格不入。漫长的农耕社会拥有自给自足的传统，相对落后的生产力以及闭关锁国的意识形态和行政政策都是中国社会远离现代世界的原因。20 世纪 80 年代之后，中国的改革开放开始接受现代性话语的基本前提，接受市场经济和全球化形式。许多人觉得，"脱域"以及与国际接轨意味一个新型空间的到来。

"谁的现代性？"——事实上，如此尖锐的问题很迟才浮现出来。人们逐渐意识到，所谓的现代世界并非一个温情脉脉的所在。相反，这里充满了激烈的竞争，充满了支配与被支配、主宰与被主宰的角逐。资本与市场并非以平等为目标，利益最大化的企图背后存在各种意义上的争夺与反抗。较之封建社会的人身依附，市场形式许诺了更多的个人自由，但是，人们没有理由天真地想象，权力关系以及压迫和剥削从此消失。国家、民族、企业、行业、阶级、阶层和个人都将作为利益主体形成各种复杂的关系网络。换言之，尽管现代社会具有丰裕的物质财富和令人向往的生活质量，但是，现代性话语并不能掩盖另一个事实——现

① 安东尼·吉登斯：《现代性的后果》，田禾译。南京：译林出版社，2000 年，第 18—26 页。

代历史没有划定一个公平的起跑线，以使各个国家可以齐头并进。更多的情况是，那些占据优势的利益主体时常把持有利位置，排挤和倾轧相对落后的弱者。全球化的意义上，国家与民族将作为利益主体产生强大的作用，文化交流也是如此。

全球化与现代性话语共同促成了世界范围内众多文化体系的相互交汇。各种跨国的文化盛会接踵而至。然而，人们可以迅速发现，各种文化体系的交流并不平衡。对于中国来说，好莱坞、可口可乐、西装、英语、基督教以及情人节或者圣诞节的输入远远超过了京剧、太极拳、儒家学说与茶文化的输出。即使在互联网这个虚拟空间，英语文化无疑拥有更为强大的势力。正如许多批评家犀利地指出的那样，各种程度的文化殖民观念隐藏在跨国的文化交流之中，西方中心主义时常成为一个挥之不去的幻影。许多时候，文化交流之间的竞争与经济利益紧密地捆绑在一起，例如电影工业。每一块银幕上的悲欢离合无疑是传统的“文化”内容，然而，电影公司、影院或者院线的业绩直接体现于票房和经济收入的账本之上。当文化与经济联袂出演的时候，竞争的激烈程度将会成倍地增加。

众多发展中国家的知识分子已经在各种场合表示出对文化殖民观念和西方中心主义的反感。尽管如此，二者的清除远非易事。各种文化不平等夹杂于经济活动或者文化交流的游戏规则之中，甚至构成了现代性平台本身。退出各种经济文化的衔接系统，不再接受业已展开的各种现代运作方式，这多半意味着退出现代性平台。对于众多发展中国家来说，这是一个难以承受的代价。

那些发达国家的知识分子早已察觉这些反感以及种种批评。萨缪尔·亨廷顿的《文明的冲突与世界秩序的重建》可以视为一种特殊的回应。他的研究认为，未来世界的冲突将是源于西方文明、伊斯兰文明与儒家文明之间的根本分歧。[①]未来的世界必将是多种文化并存的世界。这些文化之间的关系如何？ 如果说，现代性话语带给人们的初步想象是世界范围的文化交流意味着取长补短，构建一个彼此认同的文化图景，那么，亨廷顿转向了问题的另一面：彼此冲突。军事或者经济的争端之外，文化并非一个团圆与和睦的领域，而是另一种形式的斗争。作为一个强大的利益单位，文化竞争之中的民族和国家充当的是守护者乃至捍卫者的角色。所谓的“世界文化”或者“世界文学”仅仅是一个虚幻的称号，这种称号的实际内容往往被某些发达的民族国家所劫持，成为它们的代言者，推销它们的标准和型号。如果说，军事意义上的殖民与反殖民不得不诉诸飞机大炮，那么，文化意义上的殖民与反殖民往往在文化交流以及学术研究的形式之下展开。因此，没有哪一个民族国家会天真地放弃自己的文化传统，相反，未来的世界甚

① 萨缪尔·亨廷顿:《文明的冲突与世界秩序的重建》，周琪等译，新华出版社，2010 年。

至不惜为此开战。不要幼稚地认为，只有经济利益或者军事要塞值得洒下热血，文化亦然。很大程度上，可以将亨廷顿的观点视为现代性话语的另一章。

将军事、经济、文化合并到同一个逻辑之上，将民族国家作为毋庸置疑的前提，所有的问题仿佛已经一清二楚。因此，许多批评家主张，尽快恢复中国古代文学理论的主导地位，将文学的阐释权从西方文学理论那里夺回来。民族文化的大旗必须插在文学理论的城堡之上，大声对“全盘西化”说“不”。当然，与 20 世纪 20 年代相似，各种“复古主义”的主张也不断地遭到各方面的冷嘲热讽，“闭目塞听”与“抱残守缺”多半是这些嘲讽的主要内容。相当长的时间里，争论似乎一直在“复古主义”与“全盘西化”之间钟摆式地摇晃。如今回顾起来，大部分争论的理论水平乏善可陈，文化交流之中存在的某些相对复杂的情况一直未曾进入视野，得到深入的辨析。如果试图提高争论的思想质量，我们必须开放视野，正视文化交流之中各种复杂的情况，继而提出相应的理论判断。

三

20 世纪之初的“五四新文化运动”主将对于中国传统文化的决绝态度是一个无法回避的焦点。

“五四新文化运动”如同现代性话语的中国版标本。“德先生”“赛先生”背后包含的启蒙、理性被视为现代社会的文化性格。然而，尽管科学精神与普遍主义之间存在密切联系，“五四新文化运动”主将激烈地反对中国传统和大胆引进西方文化并不能简单地解释为向文化殖民投降。各种史料证明，他们是一批富有责任心的知识分子，对于历史具有自己的判断。这些知识分子将古老中国的衰败很大程度地归咎于中国传统文化——尤其是儒家文化，因此，抨击传统文化成为他们的锋芒所向。另一方面，他们在相同的意义上引进西方文化。鲁迅自称是“盗火者”，他们力图以西方文化矫正中国传统文化的缺陷。我曾经多次指出这一批知识分子的复杂策略：他们试图以抛弃传统文化的方式认同民族国家，以援引西方文化资源的方式抵抗西方的文化殖民。我们很容易发现这种策略之中隐藏的悲愤和孤注一掷的情绪；在我看来，这种情绪背后的拳拳之心来自于他们的历史责任感——这种责任感远远超出了许多“子曰诗云”的背诵者和几个热衷于为自己学科争取蝇头小利的教授。某些人试图将“五四新文化运动”的主将形容为西方文化殖民的帮手，这显然是一种理论误判——如果不是有意贬低的话。我曾经指出：

如何辨别鲁迅式的“盗火者”与“言必称希腊”的崇洋分子？尽管二者都对西方文化表示浓厚的兴趣，但是，“盗火者”的主题是探索民族的独特命运，力图“师夷长技以制夷”；相反，崇洋分子热衷于将民族历史纳入一个普遍的模式，使之成为西方文化逻辑的具体例证。在我看来，关注民族的现状与未来是众多以天下为己任的知识分子共有的特征。由于不同的历史情势、阶级地位与不同的知识结构，这些知识分子可能观念分歧，甚至针锋相对，但是，民族向何处去是他们始终放在心上的重大问题。作为儒家的先哲，孔子是一个入世的知识分子，他从未放弃自己栖身的那个时代；作为“五四新文化运动”的主将之一，鲁迅也是一个入世的知识分子，他的嬉笑怒骂是掷向黑暗现实的匕首与投枪。人们可以用两千多年的时间距离与历史演变解释鲁迅对于儒家思想的憎恶，但是，他们都是对于自己的历史时代做出清晰判断的人，而不是单纯的书斋式学者。相对于那些崇洋分子，民族本位是他们之间最为深刻的公约数，也将是弥合两种观念持久争论的基本前提。①

当然，迄今为止，我们必须充分地意识到历史背景的巨大转换。这一批知识分子的策略是否奏效？他们的历史判断是否已经过时？一个世纪之后，中国传统文化与西方文化之间的关系是否出现了另一种倾斜？如此等等。这是文学理论与族性的争议面对的新问题、新局面和新条件。显而易见，“五四新文化运动”倡导的“德先生”与“赛先生”是我们民族崛起的重要原因。晚清之际的历史事实证明，如果亦步亦趋地延续封建帝国古老的文化逻辑，我们的民族无法阻止帝国主义列强的扩张野心。“物质力量只能用物质力量来摧毁”②，我们的民族必须拥有生产各种“物质力量”的工业、社会机制以及相应的意识形态，这同时是进入现代社会的基本前提；然而，现今的问题已经转移到另一个层面之上：在“物质力量”相对具备的情况之下，我们是否要重新思考古老的中国传统文化资源？这种思考至少包含了两方面的目的：首先，承传我们民族的文化基因，这种文化基因在世界文化谱系之中具有独一无二的意义；其次，现代性话语正在遭遇一系列问题和瓶颈，中国传统文化的某些理念有助于设计各种解决方案。

---

① 南帆：《中国文化的活力》，《人民日报》，2016年10月13日。

② 马克思：《〈黑格尔法哲学批判〉导言》，《马克思恩格斯全集》第1卷。人民出版社，1956年，第461页。

文学理论很大程度地控制了一个民族的审美和想象力，负责解释文学作品的各种意义。一个庞大的意识形态体系之中，各种微妙的、动人心魄的或者激情澎湃、热血贲张的审美愉悦可能带来什么？ 这也是文学理论不懈地关注的话题。相对于西方文学，抒情文学是中国传统文学的源头，因此，中国古代文学理论对于抒情主体以及主体与客观世界之间的情景关系做出了深刻而细腻的考察。“温柔敦厚”与抒情主体的节制或者“以禅喻诗”与抒情主体的顿悟等等都是古代批评家极具特色的美学命题。至于风骨、神韵、形与神或者虚与实均是西方文学理论未曾涉猎的美学范畴。保持以及阐发这种美学范畴是中国文学理论的重要职责，理解这些美学范畴对于体会中国古典文学至关重要；世界文学范围内，这些美学命题或者美学范畴隐含了特殊的价值。如果说，精神分析学之所以对文学批评产生了如此之大的影响，显然是因为“无意识”开拓的主体研究打开了巨大空间，那么，中国古代文学理论对于抒情主体的研究显示了另一种不同的方向。也许，这个方向展示的空间将在未来开启另一个研究空间。

我还想指出的是，文学理论与民族性问题的历史背景之中存在一个特殊的节点：“民族”这个概念的浮现与“阶级”这个概念的退隐密切相关。从反对帝国主义列强的侵略到抗日战争，“民族”这个概念始终是凝聚人心和号召、动员的旗帜，“中华民族到了最危险的时候”，必须“万众一心冒着敌人的炮火前进”；然而，20 世纪初期，“五四新文化运动”的另一个理论后果开始显现：由于马克思主义学说的传播，“阶级”的观念进入中国，阶级斗争成为历史解释的一种最为重要的学说。抗日战争结束之后，民族矛盾退居次要，“阶级”的观念迅速上升为首要的标准，并且在数十年的时间里成为衡量一切问题的首要尺度。无产阶级必须战胜资产阶级赢得文化领导权，文学理论显然是这个战役的一个局部。中国现代文学理论发展之中的一个重要转折点即是，苏联文学理论的全面介入。20 世纪 20 年代至 70 年代，中国文学理论对于马克思主义批评学派的了解绝大部分是通过苏联的文学理论中转。1954 年，苏联派遣毕达柯夫到北京大学举办“文学理论研究班”，社会主义现实主义文学理论得到了完整的传授，同时，来自英语世界或者来自德国、法国的文学理论体系作为资产阶级的学说遭到了拒绝和排斥。这个研究班的学员日后多半成为中国文学理论的教学骨干。50 年代至 70 年代，中国出版了许多文学理论教材。这些教材多半以季摩菲耶夫——毕达柯夫的老师——的《文学原理》和毕达柯夫的《文艺学引论》为范本。事实上，中国现代文学理论之中，相当一部分“西方”的文学概念来自苏联，例如文学的阶级性、倾向性、党性、人民性、典型，等等，诸如现实主义、浪漫主义或者现代主义的涵义也在很大程度上接受了苏联理论家的解释。不论是政治制度、经济模式还是文化观念、审美想象，苏联的各个方面无不成为中国的范本。中国与苏联的关系破裂之前，阶级联盟拥有的意义远远超过了作为“想象的共同体”——本迪克特·安德森的著名表述——的民族。“全世界无产者联合起来”，这表现为跨民族的阶级联合。当时，苏联“老大哥”显然是作为阶级意义上的师长和战友获得了无可置疑的尊重，当然包括文学理论。我们心悦诚服地接受毕达柯夫的教诲，从未考虑用“民族”的名义阻挡那些陌生术语的全面覆盖。

四

如何评价阶级学说的引进是另一个事关重大的理论问题和历史问题。现今的事实是，阶级学说不再作为最高的纲领凌驾于一切工作之上。恰恰由于“阶级”这个概念的后撤，“民族”概念逐渐进入理论的聚光灯圈。当然，从阶级对立到民族差异，这是性质不同的文化竞争。事实上，后者所包含的内容似乎远比前者更为复杂。

这个意义上，我们必须进一步讨论阐释的有效性问题。

通常，文学理论乃是一套阐释文学的知识系统。文学理论利用一系列概念、范畴、命题分析和概括文学，阐释文学的内涵和功能，从中发现和提炼出各种普适性的命题。因此，评价一种理论的成功与否，知识的有效程度构成了一个重要的标准。当“民族”成为文学与文学理论的定语时，知识的有效程度也不得不加入“民族”的内容：哪一个“民族”的文学理论？ 阐释哪一个“民族”的文学？有效程度如何？

抱怨中国文学理论“失语”的许多批评家往往忽略了这个问题。这些批评家的不满之处多半在于，众多理论命题或者概念术语的背后找不到中国的作者。然而，这种状况可能存在不同的原因：或者由于身为中国作者从而遭到了不公平的排挤或者压抑，或者由于中国作者的文学理论丧失了阐释的有效性。如今，至少在公开的学术舆论之中，没有哪一个民族的作者拥有天然的学术优势。一种成功的理论问世，理论的作者可能为自己的民族国家赢得荣誉；但是，这种程度无法颠倒——我们不可能仅仅因为作者的族裔而不假思索地接受他的理论。现代知识体系内部业已形成的共识是：无论生物学、物理学、化学还是史料的考订、水流量的测算、鳄鱼习性的描述，一种结论得到接受的理由是严格审定的学术价值，而不是作者的民族出身。换一句话说，在严格的学术标准面前，作者的出身只有微弱的参考价值。这就是说，本土的文学理论不能免除文学阐释是否有效的检验。

当然，这是一个头绪复杂的问题——上述的检验至少可以逻辑地区分为四个项目之间的交叉关系：本土的文学理论与西方的文学理论；本土的文学与西方的文学。我们常常忽略的另一个问题是，异域的理论可能可以阐释本土的现实——自然科学如此，社会政治如此，文学也是如此。生物学、物理学或者数学结论的有效性显然不受国界的限制。作为一种社会科学，马克思主义学说也突破了不同的文化圈和不同民族国家的隔阂。我们没有理由认为，来自美国作者的文学理论对于中国文学必定无效，或者中国的文学理论对于日本文学必定无效。必须看到，本土的文学理论与本土文学存在相同的根系，前者对于后者的描述和解读可能相对熨帖、准确；但是，所谓的阐释同时包含了某种评判。

评判所依据的价值标准并非本土文化的必然产物。这种标准毋宁说凝结了美学理想与文学现状之间的张力。没有任何张力的标准仅仅是一种自我循环式的重复。然而，我所说的美学理想拥有不同的来源——除了本土的现实和传统文化，人们还可以发现异域文化的作用。不同的历史条件下，异域文化可能某种程度地介入乃至参与本土的历史，提供各种参照系。这个意义上，异域文化某种程度地构成美学理想的组成部分并不奇怪。魏晋时期的佛学曾经介入中国文学，佛学之中的许多范畴深刻地影响了中国的古典诗学观念，例如“意境”；“五四”时期的西方文化大规模地介入中国文学，现代文学史上的鲁迅、郭沫若、茅盾、巴金、老舍、曹禺的美学理想之中无不存有西方文学的烙印。因此，我们可以说：

> 没有必然的理由断定，本土文学隐含的问题仅仅限于本土文学理论的阐释范围。二者不一定时刻重合；二者也可能相距甚远。另一方面，异域的理论漂洋过海植入本土，这种现象并不罕见。民族渊源与阐释效力不是两个严丝合缝的齿轮。的确，对于汪曾祺或者阿城说来，西方的文学理论并不够用；这两个作家追求的美学韵味显然是中国古代文学理论擅长表述的。然而，这不是文学的全部。对于王蒙、莫言、残雪、余华、苏童、刘索拉这些作家说来，革命、意识形态、意识流、现代主义、颓废这些西方概念的阐释效力肯定超过了中国古代文学理论。[①]

许多文学理论家往往简单地强调，西方的文学理论与本土文学格格不入，理论阐释与研究对象之间的沟通必须由民族的血缘作为担保。然而，我想指出的是，这远非事实的全部。

---

① 南帆：《理论的历史命运》，《福建论坛》5（2003），第10—13页。

五

也许，我们可以部分地认可上述事实：中国古代文学理论更为擅长阐释中国的古典诗文。然而，对于中国的现代和当代文学，道、气、境、兴象、气韵、滋味这些概念显然不够用。许多时候，典型、情节、结构、无意识、意识形态这些概念更能说明问题。“五四新文化运动”之后，一种新型的现代文学迅速成熟——中国的当代文学迄今仍然沿袭现代文学的基本框架。这是对于新型生活的文学回应。无论是大工业生产、发达的交通系统、大众传播媒介还是瞬息万变的城市生活、汹涌的流动人口、铺天盖地的符号信息，现代社会制造了前所未有的复杂经验。大型叙事文学的崛起显然与这种复杂的经验息息相关。梁启超的《论小说与群治之关系》虽然不无夸张之辞，但是，他对于小说的青睐具有历史的敏感性。中国古典诗文的审美通常停留于农耕时代的意象，抒情主体与这些意象之间的隐秘呼应构成了独特的情趣，引而不发的节制和妙悟天开的禅意表现出宁静之中的天人合一。中国古代文学理论的气、韵、境、味以及“脱以形似，握手已违”“羚羊挂角，无迹可求”等均是这些情趣表现的精微描述。然而，面对现代社会的复杂经验，精致的古典诗文已经力不从心；叙事文学兴盛之后，以“诗文评”为主要内容的中国古代文学理论只能做出相当有限的反应。

无论是全球化还是现代性话语，二者无不表明了一个共有的特征：现代社会的复杂经验既具有纷杂的层面，同时又构成一个相互联系的整体。如前所述，科学精神正在成为愈来愈强大的观念，科学判断被视为生活之中的普遍准则。自然科学所研究的自然现象不依人的意志为转移，民族、阶级、国家所形成的意识形态无法干扰自然现象的形态、变化和运动。俄罗斯、美国、中国或者澳大利亚无疑拥有相同的水分子式，重力加速度可以在地球的每一个角落获得证实。这个意义上，正确的科学结论是跨民族的。科学精神是普遍主义的最大支持者。相对而言，现代性话语对于普遍准则的热衷具有强大的人为因素。这些普遍准则是降低经济活动成本的必要措施。这不仅形成了普遍主义的意识形态，而且，这些准则对于后进地区的格式化已经大面积涉及普通人的日常生活。我们可以从现代汉语之中找到许多证据，众多来自英语和日语的外来词汇证明了西方文化愈来愈明显的影响力。当科学精神和现代性话语本身业已构成中国现实的组成部分时，异域文化——当然主要是西方文化——对于中国本土的阐释得到了愈来愈多的成功验证。这种状况显然是历史情境的产物。然而，许多思想家往往倾向于抽掉历史情景的条件依据，借用科学精神和现代性话语论证形而上的普遍主义原则。当然，这个基础之上的普遍主义必定是以西方文化为中心。

文学、文学理论以及诸多人文学科对于隐藏于现代性话语内部的西方中心主义高度敏感。当经济学在利润的前提之下压抑了个性、自由、尊严之际，文学通常站在人文精神这一边，关注边缘、底层、小人物、非主流，关注各种形式的解放和冲击；当普遍主义逾越经济学领域扩展为西方式的普遍主义意识形态之后，文学时常对于现代性话语采取了不合作的态度。作为文学的阐释性呼应，文学理论始终对于同质文化的扩张和覆盖保持抵抗的姿态。很大程度上，后殖民批评即是文学理论做出的激进回应。

但是，文学理论从来不是以作者的民族出身作为批判的利器，重要的是阐释的有效程度。正如女权主义的批评观点可能出自男性批评家之手，西方中心主义的批判者乃至掘墓人也可能来自西方文化内部。后殖民等批评学派的出现表明，西方文化内部已经产生出某种文化抗体，这种文化抗体将与西方中心主义为敌。重要的是文学理论知识包含的批判指向，而不是作者的民族出身。这个意义上，我们没有理由简单地回绝一切来自西方的文学理论；另一方面，尽管中国古代文学理论可以视为本土文化的古老标本，但是，许多传统的理论范畴业已丧失与中国现代和当代文学对话的能力，也丧失了抗衡西方现代性话语的功能。如何摆脱文学理论的“失语”状态？这时，所谓恢复“国粹”往往只是一个象征性的姿态而缺乏真正的冲击力。

六

恢复“国粹”的主张多半隐含了一个前提：将中国的传统文化视为本土的标志。我曾经发现，许多人习惯于将中国本土与传统文化相提并论，同时，所谓的“现代”往往慷慨地判给了西方文化。这种习以为常的组合甚至充当了各种争论的潜在轴心。也许，这种习惯不无历史依据。最近几个世纪，一个不争的事实是：许多西方国家率先进入现代社会。然而，我们没有理由因此构思一个凝固的历史图景：中国必须心安理得地停留在现代社会之外，重复“君子固穷”或者“安贫乐道”之类言辞安慰自己。

这种观点时常将“本土”视为一个固定的、本质主义的概念，似乎本土仅仅是一个固结不变的形象，没有历史，没有未来，没有持续不断的演变。因此，如何想象本土固定的代表性标记常常是一个有趣的问题。炎黄子孙？龙的传人？

儒家学说的信徒？汉唐气象？阴阳八卦、天人合一或者仁义礼智信？事实上，这个问题并没有一个标准的答案。许多人可能为是否"尊儒"或者秦始皇、汉武帝、唐太宗的历史功绩辩论不休，但是，将本土冻结于某一个古代文化的意象是共同遵循的思想方法。

将本土想象为固定不变的实体，也就是将本土排除在历史脉络之外，使之成为一个外在于世界的超然的孤岛。然而，这种一厢情愿的想象仅仅是一种幻觉。当今世界，已经没有哪一个角落可以逃脱现代经济、军事或者文化的网络覆盖。因此，我愿意遵从的是另一种考虑问题的方式：在众多相互交织的民族关系之中理解本土。本土始终存在于历史的运动之中，不存在一个抽象的、形而上的本土。事实上，我们只能谈论汉代的本土、唐宋时期的本土、晚清的本土或者现今的本土。它们不是完全相同的。毫无疑问，本土内部存在一脉相承的内容，我们常常称之为传统。但是，传统的涵义并不是一代又一代稳定不变的复制。传统只是人们出发的起点，而不是抵达的终点。每一代人都必须站在传统提供的起点之上重新创造，而不是躺在传统之上睡觉，毫无创意地重复传统本身就违背了传统生生不息的内涵。因此，传统并不能证明本土只能封锁在一成不变的模式之中。本土是一种持续的建构。本土显现的特征不是某种自我规定，这些特征取决于多民族之间的交往、竞争、对抗、吸引，历史网络之中多种力量的交织、互动塑造了本土——这些对话当然也塑造了其他民族。只有将本土置于真实的历史网络之中，我们才能真实地叙述何谓当前的本土，强调什么，坚持什么，同时反抗什么。所以，爱德华·萨义德——后殖民理论的鼻祖——在他那本影响广泛的《东方学》"后记"之中认为，民族文化并非一个"本质主义"的实体，而是"自我"与"他者"交互关系形成的建构：

> 每一文化的发展和维护都需要一种与其相异质并且与其相竞争的另一个自我的存在。自我身份的建构——因为在我看来，身份，不管东方的还是西方的，法国的还是英国的，不仅显然是独特的集体经验之汇集，最终都是一种建构——牵涉到与自己相反的"他者"身份的建构，而且总是牵涉到对与"我们"不同的特质的不断阐释和再阐释。每一时代和社会都重新创造自己的"他者"。因此，自我身份或"他者"身份决非静止的东西，而在很大程度上是一种人为建构的历史、社会、学术和政治过程，就像是一场牵涉到各个社会的不同个体和机构的竞赛。①

① 爱德华·萨义德：《东方学》，王宇根译。生活·读书·新知三联书店，1999年，第426页。

显然，中国本土与西方文化的对话存在的前提是，抗拒同质化强势文化的吞噬。我们的民族并非为了不同而不同，亦非无条件地恢复儒家或者道家的名誉，或者加工出一副复古风格的奇异形象吸引人们的视线。按照萨义德的分析，提供各种肤浅的异国情调恰好满足了西方文化的猎奇和猜想。西方的文化殖民主义者热衷于想象，那些落后民族没有文明史，无法接受科学、技术、理性和逻辑。因此，西方的入侵意味的是文明的输入。这个意义上，那些不同民族古老理论之中古香古色的概念术语时常被作为西方文化的先进和现代意味的反衬。

因此，我想重提的一个原则是，本土与西方文化的竞争必须在现代性的平台之上展开。首先，我们的民族已经不可能退出全球化网络，解除与各个民族之间的竞争关系，自动地放弃现代社会，心甘情愿地退回远古的“桃花源”，深居简出，与世无争。“半部论语治天下”——对于“桃花源”式的传统农耕社会，古代思想家的观点似乎已经够用。然而，如果我们不愿意充当历史的局外人，不愿意西方文化垄断现代性话语，换言之，如果有信心发展独特的现代性主题，那么，我们就没有理由将现代性平台拱手相让。事实上，我们的目的是集聚起抗衡西方文化的强大能量，从而使本土成为世界文化之中一个不可忽略的存在。我们强调的是中国式的现代性，并且以这个主题与西方文化设定的现代性话语抗争，而不是摆脱现有的时间与空间坐标，将本土拖回历史的深处从而表示与西方文化的差距：这种怯弱的选择毋宁说间接地配合了西方文化的现代性前景设计。只有坚持进入现代性平台，西方中心主义的历史图景才可能遭受真正的有力挑战。

七

现在可以回到文学理论领域：我们没有理由将中国本土文学理论的民族性狭隘地收缩为中国的古代文学理论。相反，我们致力促成的恰恰是另一个事实：中国的本土能够与“现代”紧密而又合理地联系起来。这个意义上，中国古代文学理论的“现代转化”显出了特殊的吸引力。这是许多中国批评家共同倡导的命题。“现代转化”的说法表明，批评家已经意识到中国古代文学理论与现代社会的复杂经验之间存在距离；同时，某种理论的“转化”显然有助于克服这种距离，从而将中国古代文学理论的特定内涵引入现代性平台，使之获得与西方的现代性话语进行对话乃至竞争的可能。

我曾经指出，这种“现代转化”至少包括两个步骤：第一，解释和转译中国古代文学理论内部一系列概念、范畴、命题的基本涵义；第二，衡量和评判这些概念、范畴、命题对于现代历史语境具有何种意义。可以预料，中国古代文学理论的相当一部分内容仅仅是一种历史遗迹；因此，“现代转化”所要做的显然是，将那些仍然包含了强大冲击力的理论内容解放出来。

当然，即使对于所谓的“现代转化”抱有莫大的好感和期待，我们仍然不能将中国古代文学理论视为唯一的资源。构建中国本土的文学理论不仅要吸收中国古代批评家的真知灼见，同时要考虑到“五四”以来众多知识分子的思想探索。一个世纪左右的时间，他们已经同样成为中国传统文化的组成部分。时至如今，“五四”知识分子的许多具体文学见解已经不重要，重要的是他们的两种文化品格。首先，“五四”知识分子的现实敏感性是多数古代批评家不可企及的。他们不仅深切地感受到底层大众的疾苦，而且敏锐地察觉到历史深部的动荡不安，意识到巨大的革命风暴迫在眉睫。他们及时地站到了新生力量这一边，并且勇敢地为之摇旗呐喊。“五四”知识分子之中的许多人接受了马克思主义历史观念，这使他们拥有了古代批评家无法比拟的理论视野。其次，“五四”知识分子对于西方文化采取了一种必要的开放姿态。这种开放并非无条件的膜拜，而是鲁迅式的“拿来主义”和为我所用。他们之中没有多少人乐于炫耀博学，甚至无暇从事学术意义上严谨的“细嚼慢咽”，相反，历史的急迫性驱使许多人匆匆地翻译、介绍和引用，乃至不惮于粗陋和疏漏。这种姿态再度显明，他们并非西方文化的信徒，而是将西方文化作为疗救弊病的另一个资源。

“五四新文化运动”是中国第一次大规模地引进西方文化，这个事实的历史后果迄今仍在延续。当然，各种极端的观点已经没有多少市场——例如，断言汉语是落后的文字，必须予以废除；或者，认定西方的“声光电化”乃“奇技淫巧”，决不染指，如此等等。恰当的文化开放已经成为普遍的共识。然而，本土文化与外来文化——尤其是西方文化——之间的主从关系以及实际比例始终是一个争论不休的焦点。从“为我所用”到“崇洋媚外”，二者之间的界限模糊不清。在我看来，没有必要对于西方文化的各种理论概念如临大敌，中国的文学理论应当拥有海纳百川的气度。一个思想的大国不至于那么轻易地被几个异域的概念攻陷。相反，不同理论体系的概念、命题时常提供了各种视角的补充。然而，引进各种西方的文学理论必须遵循一个重要的原则：这些理论的意义是再现和阐释“中国经验”及其意义，而不是将“中国经验”剪辑为迎合西方理论预设的例证。换言之，“中国经验”是一个不可代替的中心词，必须由这个中心词构成理论场域的制高点。我在《现代性、民族与文学理论》一文之中如此表述：

> 由于中国经验的坚固存在，西方文学理论仅仅是一种阐释而不能越俎代庖成为叙事的主宰者。“现实主义”或者“浪漫主义”这些强势概念曾经导致理论家削足就履地改写中国文学史。只有中国经验的独特结构才能抗拒西方文学理论的强制性复制，扰乱知识与权力的既定关系，打破普遍主义的幻觉。这常常使中国经验与西方文学理论的遭遇成为一种戏剧性的彼此改造。各种挪用、引申、误读或者曲解之下，西方文学理论出现了变种或者混杂，从而丧失原有的一致性和理论权威，出现所谓的“杂质化”。这时，中国经验可能在多种阐释体系的交织之中显现，并且与众多经典论述相距甚远——然而，这恰恰与本土血肉相连。①

或许，现在已经看得更为清楚：本土或者中国经验并非静止的，所有本质主义的固定解释都有可能丧失效力。各种现成的理论必须在持续的变化和挑战之中不断地自新。中国经验是一个真实的物理空间、文化空间和心理空间。从语言、宗教、风俗到伦理道德、饮食习惯、建筑风格以及特殊的审美观念，中国的传统文化始终活跃在这个空间。唐诗、宋词或者《三国演义》《红楼梦》从来就没有离开我们的生活；文以载道、不平则鸣、传神写意、为情造文这些命题也从来就没有离开中国的文学理论。尽管如此，我所要强调的仍然是中国经验的创新之处。20 世纪 80 年代迄今，中国的社会历史正在发生极为深刻的转型，持续的震荡波及社会的每一个角落。许多未曾命名的社会现象、生活方式、精神意识纷纷涌现，以至于各种现成的经济学或者社会学理论逐渐失效。作为社会文化最为灵敏的雷达，文学截获了这些内容，并且尽量给予完整的表现。某种程度上，这是文学参与历史转型的特殊方式。与此同时，从杂志、报纸、书籍到电影、电视、互联网，文学的传播工具也在发生革命性的改变。总之，各种未定因素正在向文学领域集聚。中国经验的文学显形隐含了各种生气勃勃的可能形式。这个意义上，文学理论必须做出积极的回应。这种回应的内部包含了如下两个方面的张力——开阔的理论视野与聚焦于“中国经验”的轴心。在我看来，这即是现今中国文学理论的民族性。

原发《文艺理论研究》2017 年第 3 期

---

① 南帆:《现代性、民族与文学理论》见《后革命的转移》。北京大学出版社，2005 年，第 149 页。

文学本质论观念的历史嬗变及其反思

赖大仁

文学本质论观念，是指文学理论中关于文学本质问题的基本观点或看法，它旨在回答“文学是什么”这样一个根本性理论问题，集中反映人们对于文学这一事物的基本性质和特点的理论认识。通常在文学理论的系统性理论建构中，文学本质论观念往往成为其逻辑起点和核心理论观念，而不同文学理论观念的分歧与交锋，也往往首先在这个基本问题上表现出来。实际上，文学本质论是一个现代文学理论问题，文学本质论观念也是一个历史建构与嬗变过程。在经历了前一时期理论界围绕文学本质论问题展开的反本质主义论争之后，对文学本质论问题形成的历史背景，文学本质论观念的历史嬗变过程，以及所带来的有关理论问题进行必要的反思，也许有助于对这一问题的重新认识和思考探讨。

一、文学本质论问题形成的历史背景

无论在西方文论还是中国文论中，当今人们所讨论的“文学”都是一个现代概念，所谓文学本质论更是一个现代意义上的文学理论问题。美国文论家乔纳森·卡勒认为，要研究文学本质问题，或者说“要解释文学性，解释这一能够界定是否属于文学的品质，应该了解关于文学本质这一问题提出的历史背景”。[①]按照卡勒的看法，在欧洲的文化传统中，关于“文学”的现代思想，仅仅可以上溯两个世纪，在莱辛自1759年起发表的《关于当代文学的通讯》一书中，“文学”

① 乔纳森·卡勒:《文学性》。见《问题与观点——20世纪文学理论综论》，马克·昂热诺等主编，史忠义等译。百花文艺出版社，2000年，第29—30页。

一词才包含了现代意义的萌芽，指现代的文学生产。斯达尔夫人《从文学与社会制度的关系论文学》（简称《论文学》）则真正标志着“文学”现代意义的确立。正是在这样的历史背景下，才逐渐兴起了现代的文学批评和文学研究。英国学者彼得·威德森[①]在《现代西方文学观念简史》中也认为，西方社会“文学”这个概念的现代含义大致形成于19世纪前后，以法国批评家斯达尔夫人和英国批评家马修·阿诺德的看法为标志，总体上来说就是把“大写的文学”（Literature）从“小写的文学”（literature）中区分开来。所谓“大写的文学”也就是现代文学观念，是指那些特别富有创造性、想象性（包括虚构性）、审美性（总体上称为“文学性”）的作品类型。这个现代“文学”观念建构的过程，同时也是西方现代“文学”学术研究体制的建构过程。这种文学研究的体制化，无疑更有利于推进对文学的认识。而这种认识的最基本、最重要的方面，又无疑是对于文学的本质特性与价值功能的认识。

中国文学的情况也大致相似，这种现代意义上的“文学”观念，总体上来说也是把比较纯粹意义上的文学（纯文学）从比较混杂的文学（杂文学）中区分出来。这大致是以王国维《文学小言》等论著中的阐述为标志。他显然受到西方现代文学在中国文学理论现代转型与建构发展的进程中，文学观念的重建显然得到了高度重视，其中文学本质观与文学价值观便是首要问题。他显然受到西方现代文学观念的影响，把“文学”看成是一种超实用功利性的具有游戏、审美特性的写作或文体类型[②]。这样就可以把符合这一特性的各种文体类型，如诗词曲赋、韵文散文、戏曲小说等都归入“文学”这个集合性概念之中，现代文学观念及其研究范式便由此确立起来。

“五四”以来的“文学革命”，一方面激烈批判和轰毁“文以载道”之类旧的文学观念，另一方面则努力寻求建立新的文学观念，对于新文学应该是什么、起什么作用，以及怎样来建设新文学等等，一直是人们关注和讨论的热点问题。当时一批“文学革命”的先驱人物都致力于对此做出富于现代意义的回答。比如，鲁迅1907年发表《摩罗诗力说》，明确阐述了他对文学特质的认识：“由纯文学上言之，则以一切美术之本质，皆在使观听之人，为之兴感怡悦。文章为美术之一，质当亦然，与个人暨邦国之存，无所系属，实利离尽，究理弗存。”[③]现代文学改良与革命的倡导者胡适在1917年初答钱玄同的《什么是文学》一文中说

① 彼得·威德森：《现代西方文学观念简史》。北京大学出版社，2006年，第36页。

② 王国维：“文学小言”，《中国近代文论选》下卷。人民文学出版社，1981年，第766—70页。

③ 鲁迅：《鲁迅全集》第1卷。人民文学出版社，1981年，第71页。

得明白:“语言文字都是人类达意表情的工具,达意达的好,表情表的妙,便是文学。”[①]这一表述看似简单,实则大有深意,它一方面秉承抒情言志、言意合一的传统诗文观念,另一方面则表达了他以“活的语言文字”(白话)写“活的文学”(新文学)的文学改良诉求,是一种富有“五四”时期文学革命精神的新文学观。1919年罗家伦发表《什么是文学——文学界说》,在列举欧美学者关于文学的十多种定义之后,提出了自己的界说:“文学是人生的表现和批评,从最好的思想里写下来,有想象,有感情,有体裁(style),有合于艺术的组织,集此众长,能使人类普遍心理,都觉得他是极明了、极有趣的东西。”[②]1925年郭沫若在《文学的本质》一文中,探讨了包括诗、小说、戏剧在内的所谓“文学”的本质,他说:“我现在所想论述的,是文学的本质上的问题:就是文学究竟是什么的问题……我只想把我自己的体验和探讨所得叙述出来,提供一个解释。”[③]他的解释终归还是依据言志抒情的传统观念,同时也根源于他自己主观表现的思想,认为“文艺的本质是主观的,表现的,而不是没我的,摹仿的”。[④]周作人1932年在辅仁大学做了一篇《中国新文学的源流》的演讲,其中也明确提出了“文学是什么”的问题,他的回答是:“文学是用美妙的形式,将作者独特的思想和感情传达出来,使看的人能因而得到愉快的一种东西。”[⑤]总之,“五四”前后是中国现代文学观念建立的重要时期,除以上所述之外,还有不少作家和文论家阐述了对于文学本质特性的看法,标志着文学本质论观念的整体性自觉。

这种文学理论观念的现代转型及其建设,一方面体现在当时的文学理论批评中,另一方面也积淀在文学理论教科书中。随着现代教育的转型发展,文学教育在其中占有重要地位,而文学教育可能更需要首先解决这样一些前提性、关键性的文学观念问题,因而需要有更为自觉的理论建构。因此,如果我们要考察一定历史时期文学理论观念的转型与变革发展 ,既需要关注文学理论批评中的理论成果,更有必要关注文学理论教科书中的理论建构,其中往往有着更为自觉而成熟的理论积淀。从中国文学理论的现代转型与建构发展的历程来看,尤其是在文学理论教科书的理论体系建构中,“文学是什么”的问题,即文学本质论问题,始终是处于首要和核心地位的问题。因为对于文学本质特性的理解,决定着对于文学价值功能及其他文学问题的理解,也决定着文学批评的基本依据,秉持什么

① 胡适:什么是文学,《胡适文存》卷一。亚东图书馆,1923年,第297页。
② 罗家伦:什么是文学——文学界说,《新潮》第一卷第二号(1919),第1页。
③ 郭沫若:文学的本质,《文艺论集》。人民文学出版社,1979年,第219页。
④ 郭沫若:《文艺论集》。人民文学出版社,1979年,第225页。
⑤ 周作人:《中国新文学的源流》。华东师范大学出版社,1995年,第2页。

样的文学本质论观念，也决定着会有什么样的文学理论的系统建构。在老舍 1930 年代齐鲁大学授课的《文学概论讲义》中，开宗明义地宣称："在现代，无论研究什么学问，对于研究的对象须先有明确的认识，而后才能有所获得，才能不误入歧途。""……我们既要研究文学，便要有个清楚的概念，以免随意拉扯，把文学罩上一层雾气。"[①]因此，他在其中专门设置了"文学的特质"一章，系统阐述关于文学本质的观念，他的基本看法是："感情与美是文艺的一对翅膀，想象是使它们飞起来的那点能力；文学是必须能飞起来的东西。使人欣悦是文学的目的，把人带起来与它一同飞翔才能使人欣喜。感情，美，想象，（结构，处置，表现）是文学的三个特质。"在此基础上，他特别强调说："知道了文学特质，便知道怎样认识文学了……文学的功能是什么？是载道？是教训？是解释人生？拿文学的特质来决定，自然会得到妥当的答案的。文学中的问题多得很，从任何方面都可以引起一些辩论……可是讨论这些问题都不能离开文学特质"；"文学批评拿什么作基础？不论是批评一个文艺作品，还是决定一个作家是否有天才，都要拿这些特质作裁判的根本条件。"[②]由此可见，注重对文学本质特性问题的研究探讨，并非只是文学理论研究本身的要求，而且也是为了更好地认识说明文学现象和评论分析文学作品。在现代文学观念及文学理论学科初创时期形成的这种认识看法，可以说至今仍未过时。

实际上，这种理论上的自觉意识，在中国文学理论现代转型与建构发展进程中一直得到了传承。直至建国后的文学基础理论研究，尤其是文学理论教科书中，文学本质论始终是首要和核心的问题，文学本质论观念，在根本上决定着对其他文学问题的理解和阐释，决定着某种文学理论的体系建构和基本范式。反过来我们也可以看到，中华人民共和国成立以来，尤其是新时期以来，如果说存在着文学理论的范式变革与理论转型的话，也无不与文学本质论观念的根本变革有关。当然，就具体的文学观念而言，在不同的时代条件下，人们对于文学的本质特性与功能的认识看法，显然会因时而异，由此而带来文学本质论观念的历史嬗变。

二、当代文学本质论观念的嬗变

如前所说，在 20 世纪初我国现代文学观念开始建立之时，一方面承续

① 老舍：《文学概论讲义》。复旦大学出版社，2004 年，第 1—2 页。
② 老舍：《文学概论讲义》。复旦大学出版社，2004 年，第 48 页。

了古代抒情言志的诗文观念传统，另一方面也受西方现代文学观念影响，显然偏重于把表情达意、想象与审美看成是文学最突出的本质特性。然而，在五四新文化运动之后，经过“文学革命”到“革命文学”的转变，为适应时代变革的现实要求，革命现实主义成为现代文学主潮，文学观念也随之发生根本转变。毛泽东《在延安文艺座谈会上的讲话》，既是对“五四”以来新文学发展的经验总结，同时也为此后的文学理论观念奠定了基础。中华人民共和国成立后当代文论体系建构的代表性成果，是1960年代初由周扬主持编写的两部文学理论教科书，即蔡仪主编《文学概论》和以群主编《文学的基本原理》。这两部教材都是以马克思主义哲学观和文艺观为指导，以毛泽东延安讲话文艺思想为依据，并且吸纳了1950年代苏联专家的教材内容，建构了逻辑比较严密的当代文论体系。这个理论体系的文学本质观念，可以概括表述为：文学是用语言创造形象反映社会生活的一种特殊的社会意识形态，也可简称为“意识形态论”的文学本质观。其中有三个要点：第一，文学是社会生活的反映，是一种特殊的社会意识形态；第二，文学用形象反映社会生活，具有形象的特征；第三，文学用语言创造形象反映社会生活，是一种语言艺术，具有语言艺术的特点。由此构成三位一体的文学本质论的完整理论系统。这种文学理论观念，本来就是以“五四”以来革命现实主义文学主潮为对象而建立的，因而对于此类文学现象具有很强的阐释力，并且其强烈的意识形态性，也恰好适应了那个特殊时代的现实要求。然而从历史的辩证的观点来看，这种理论观念的时代局限性也是显而易见的，随着新时期社会变革和文学实践不断发展，它逐渐被新的理论观念所改造或取代也就是必然的。

在新时期初思想解放的时代背景下，文学实践追求恢复现实主义传统，文学理论致力于批判反思和拨乱反正，上述“意识形态论”的文学理论观念也得到一定程度的反思和修正，淡化了政治意识形态色彩。在此基础上，到1980年代中期，出现了具有实质性意义的文学理论观念变革，其中最有影响的便是“审美意识形态论”的理论建构。这一理论观念并非对原来“意识形态论”的全面颠覆，但可说是实质性的改造和理论重建。它的基本理论观念是：第一，仍然承认文学是一种社会意识形态，但更强调其特殊性，即在于它是一种“审美意识形态”。通过突出和强化文学的审美特性，进一步淡化文学的政治意识形态性。第二，用“审美”取代“形象”，视为文学最根本的特性。“审美”不只是文学的特点而且是文学的功能，是文学的本体和本质所在，如果离开了审美，文学就根本不存在。当然，对于“审美意识形态”的理论内涵，不同的学者各有不同的阐述。如有的理解为“审美”与“意识形态”的有机结合，文学的特殊本质就是“审美反映”，根本特征在于情感，是一种“情感反映”，其中包含审美感受和体验，审美认识和判断等等[①]。也有的把它看成是意识形态的多样种类之一，是与政治意识形态、道德意识形态等相对应的一种特殊类型，是指与现实社会生活密切缠绕的审美表现领域，“文学的审美意识形态属性，是指文学的审美表现过程与意识形态相互浸染、彼此渗透的状况，表明审美中浸透了意识形态，意识形态巧借审美传达出来。”[②]“文学的审美意识形态属性表现为无功利性与功利性、形象性与理性、情感性与认识性的相互渗透状况。”[③]联系当时文学观念变革的时代背景来看，这种理论改造与重建显然具有积极的理论与实践意义。不过，就这个理论命题本身的论证而言，其立论基础是否稳妥和坚实，学理性是否充分，理论逻辑是否严密等等，仍然是可以继续讨论的。

新时期文学经过一段时间开放性多样化的创新发展，人们的文学观念也更加开放，文学界有人提出了“纯审美”的主张，理论界对于文学的审美特性与功能也引起了更多关注和讨论，到1990年代中后期，逐渐形成了以“审美论”为基础和核心观念的理论建构。这种理论观念不再将“审美”依附于“意识形态”，而是将“审美”确立为文学艺术的根本特征。例如，吴中杰著《文艺学导论》明确提出了“文艺的审美本质”命题，主要从文艺与现实的审美关系、艺术反映生活的特殊性、文艺再现与表现的统一等方面着眼论证文艺的“审美本质”。杨春时等著《文学概论》的基本观念，一是从文学的表层特征来看，强调“文学是语言艺术”，从而将这一命题提升到首要地位进行阐述；二是从文学的深层内涵来看，文学的本质特性是审美，文学审美的本质特性和功能则是“审美超越”。王先霈等主编《文学理论导引》通过对中外各种文学观念的比较分析，得出结论性看法，即各种文学观都涉及了文学的审美性，都意识到了文学的存在和发展与人类的审美活动有关，都承认文学具有想象和虚构的特点，也就是说，人们对“什么是文学”的思考，越来越集中在文学的审美特性上。基于这种认识，该著对“文学审美性”的内涵及其体现，从文学的语言形式特点，文学从审美关系上理解和表现人生生活、审美理想，再到文学的虚构、想象、形象、情感等特点，逐一进行了深入阐述。总的来看，这种文学“审美论”观念，把审美确定为文学的根本特性，使文学理论研究更为注重文学的独立性和自主性，更为注重文学的内部关系及内部规律，更有利于促进文学和文学理论批评的自律性创新发展。但由此也带来另一个方面的问题，如果过于强调艺术审美而排斥其他因素，甚至走向“纯审美”或“为艺术而艺术”，就有可能导致理论的

---

① 王元骧：《文学原理》。广西师范大学出版社，2002年，第22—25页。
② 童庆炳主编：《文学理论教程》（第3版）。高等教育出版社，2004年，第58页。
③ 童庆炳主编：《文学理论教程》（第3版）。高等教育出版社，2004年，第61页。

片面性和文学实践的不良导向，值得引起足够的重视。

从新时期以来文学观念变革的总体格局而言，可以说是呈现多元探索发展的趋势，其中声势和影响最大的有两种思潮，一种是如前所说的审美主义，另一种则是人本主义或人道主义。后者主张文学回归“人学”，从文学与人性、人的精神价值的视角认识文学的特性与功能。早在1957年，钱谷融发表《论“文学是人学”》对这一命题进行理论阐发，随即引起广泛争论乃至严厉批判。在新时期初思想解放的背景下，作者对“文学是人学”的理论观点再次阐发，引起了文学界的广泛共鸣，也引发了关于人性、人道主义与异化问题的激烈争论，从而形成一股人学理论热潮。1980年代中期，李泽厚等人提出，不仅文学创作要关心人，文学研究也要以人为中心，关注人的主体性问题。随后刘再复发表长文论述“文学主体性”，引起理论界的热烈讨论，产生了广泛影响。1990年代，在发展市场经济和大众文化蓬勃兴起的背景下，面对文学大众化发展中的新趋向和新问题，又引起了关于“文学人文精神”问题大讨论，一些学者提出并阐发了文学新理性精神、新人文精神等理论命题，将讨论不断引向深入。例如，九歌著《主体论文艺学》直接从文学主体性着眼建构理论系统，它把文学界定为“主体的特殊活动”，认为文学活动的本质特性在于自由：不仅文学活动本身是自由的，而且也是达到主体自由精神境界的方式和途径。作家是文学活动的第一主体，是精神价值的创造者，在文学创造活动中实现和确证自己的主体性；读者是文学活动的第二主体，通过文学阅读活动实现和确证自己的主体性；文学作品是主体对人性的审美把握活动的产物，蕴含着丰富的人文精神内涵；主体文学活动的功能是对人的建设，即促进人的主体人格的建构与完善。艾斐《文学原理》则从另一个角度，即“人生论”或“心灵论”的角度切入对文学本质问题的探讨，认为无论从哪个角度看，文学的对象都是表现人生，而文学的最大功利，也是按照美的原则塑造人的心灵，使人更加热爱人生。从人的个体性存在延伸到社会性存在，在这个基础上来理解文学表现人生，才能够进一步理解和说明文学的社会性、民族性和全人类性。曾庆元编著《文艺学原理》把“艺术是人类掌握世界的一种特殊方式”作为逻辑起点，以此切入对文艺本质的认识，阐述的核心观点是“文艺是人追求自由精神的产物”。文艺以积极的姿态确证人的本质力量，人只有在艺术世界里才能摆脱感性世界的束缚，才能创造完美的世界，才能充分实现自己。文艺创造及其文艺作品具有审美特性和功能，但这一切都显然是根源于文学的人学本质。狄其骢等著《文艺学通论》则更是直接以“文学是人学”作为文艺本质观念及其理论体系的立论基础，并从多个角度论证了这一命题。作者特别强调，之所以要在新的时代条件下重申“文学是人学”的理论观念，就是针对文学越来越趋向于“物化”和人的主体地位越来越异化的现实，倡导重建文学的人学根基，是为了不断提高人的自我认识、提升人的生存状态和精神境界。因此，这既是一个理论问题，也是针对现实问题所做出的理论回应。

如果说在新时期的前二十年，当代文学理论变革的主导性趋向，是在现代性基础上努力破除过去的传统文学观念，以各种方式和路径寻求理论重建，那么从上世纪末以来，则是在后现代性基础上，再次对已有的文学理论观念和范式进行批判反思，由此形成当代文论更加开放多样探索的新格局。这新一轮文学理论观念与范式的变革，应当说是从反本质主义的批判反思开始的。1990年代后期，陶东风等学者率先提出文艺学的学科反思与重建问题，认为当代文论中存在着本质主义倾向，应当对这种本质主义思维方式和理论模式进行批判反思，从而寻求当代文论的知识重建。对于当代文论的本质主义与反本质主义之争暂且不论，问题在于当代文论该如何进行知识重建。陶东风提出的是建构主义的理论主张，以及历史化与地方化的原则方法。他主编的《文学理论基本问题》，有意打破了以往文学理论教材的体系性结构，不是按照一定的逻辑起点提出理论命题，并按照一定的逻辑关系建构理论系统，而是提出在作者看来比较重要的一些文学理论问题，梳理和评析中外文论中各种有代表性的理论观点，在此基础上阐述编著者自己的认识看法。其中对于“什么是文学”的问题，也仍然承认这是文学理论的总问题和起点性问题，但认为对此不能以下定义或寻找最终答案的方式解决。作者的做法是，着重梳理“文学”概念的历史变迁，介绍和评析中西各种关于“文学是什么”的知识和理论观点，最终也没有给出什么结论性的看法。作者的本意就是只为读者提供关于“文学是什么”的历史性和地方性“知识”，而并不寻求结论，让问题本身“敞开”，在开放中获得建构性发展。同样站在反本质主义立场的理论家南帆，则提出了“关系主义”的主张，力图打破过去二元对立的思维模式，把文学还原到多元的关系网络中去。他所主编的《文学理论新读本》，有意避开文学本质论问题，追求理论体系的开放性，把文学看成是一种“话语实践”，并以此作为文学关系网络中的一个联结点，把关于文学的各种话语方式，文本与文类的各种形态，文本内部与外部的各种关系等，都纳入其中加以考察和阐释，充分体现了理论视野的开放性和包容性。这种做法当然也引起了学界的质疑和批评，有学者认为这种倾向未免矫枉过正，如果一部教材缺乏一个统摄全书的中心思想，必然导致全书总体结构不明晰，章节安排混乱，不能体现文学理论的新发展和新动向①。

---

① 张旭春:《全球化时代的文学理论？——评〈文学理论新读本〉》,《文艺争鸣》2009年第1期第18—24页。

在反本质主义的理论背景下，也有一些学者比较审慎地对待这种理论倾向，避开理论上的是非之争，另寻理论探索之路。王一川著《文学理论》便有意避开了文学本质论问题，改为使用“文学属性”或“文学特性”的说法进行探讨，作者坦言自己并不固守“本质主义”或“中心主义”的观念，但也不轻易宣告“去本质主义”或“去中心主义”，而只是想按照自己的特定理解，对此做出相应的阐释。他的具体探索路径，就是将“感兴修辞”作为文学的根本特性提出来立论阐述，并建构起相应的理论系统。周宪著《文学理论导引》也与此相类似，作者也很小心地回避使用“文学本质”这个说法，但实际上并不回避这方面的问题。他认为，“文学是什么”的问题是文学理论应当回答的，但这种回答不是亘古不变的，而是历史发展的，可以因时而变做出新的阐释。他所给出的新阐释就是：“文学是以用精致的语言书写的具有艺术价值的以文本为中心的文化系统。”①这显然是一种“文本中心论”的文学观念，该著正是按照这样一种文学观念和思路，实现其具有逻辑自洽性的理论体系建构。

三、文学本质论问题之反思

从以上所述可知，文学本质论问题，实际上是一个现代意义上的文学理论问题，标志着现代“文学”观念的建立，意味着人们对文学这一事物的本质特性的认识进入到更为自觉的阶段，在此基础上，现代文学理论与批评范式才得以建立起来。也许可以说，现代文学理论与批评中的关键问题，并不在于建构一个什么样的理论体系，而在于确立一种什么样的文学观念，其中最核心的便是文学本质论观念。然而，这种文学本质论观念无疑是一个建构的过程，同时也是随着社会变革和文学发展而不断发生历史嬗变的过程。问题只在于，在这种理论观念新旧更替的历史嬗变过程中，我们究竟收获了什么，同时又失去了什么？尤其是经历了近十多年文论界的反本质主义论争之后，当今应该如何来重新认识文学本质论问题？或者说有哪些问题是值得我们重新反思的？对此，笔者提出以下几个方面的问题来略加探讨。

第一，对文学本质论问题本身的反思。如前所说，从中国现代“文学”观念及其理论范式建立以来，在相当长的一段时间里，都是把文学本质论作为关键乃至核心问题来论述的。然而，在前一阶段反本质主义的质疑声中，文学本质论问

① 周宪:《文学理论导引》。高等教育出版社，2014年，第12页。

题一时显得声名狼藉，好像谈论文学本质就有“本质主义”的嫌疑，就是形而上学和保守僵化，这使得许多人对此避之唯恐不及，一时文论界望本质而生畏，谈本质而色变，好像这个问题将从此在文学理论与批评中消失或沉潜下去。实际上，当代文论中也确实很少有人谈论这方面的问题了，在一些新近编著的文学理论教科书中，或者完全回避文学本质论问题，或者十分小心谨慎地改用别种方式委婉言说，这种状况很难说是正常的。

平心而论，文论界在自我反思中提出反本质主义问题是有积极意义的，因为在过去一些文学理论学说中，的确不同程度上存在着文学观念狭隘僵化，以及思维方式简单化、绝对化、极端化的现象，通过批判反思引起人们对这种状况的警觉无疑是必要的。通过讨论至少可以引起我们对于过去的文学理论观念、理论范式和思维方式的自觉反思，有利于增强我们的理论自觉性。但问题在于，在某种非理性的情势下与声浪中，容易矫枉过正走向另一个极端，出现另一种简单化和形而上学偏向，走向否定主义和虚无主义。钱中文先生曾对此表达不满说：“在所谓反文学理论的本质主义的讨论中，就把关于文学本质的探讨与本质主义捆绑在一起，不分青红皂白地加以批判、否定，不顾别人确认文学是一种多层次、多本质的审美文化现象，十分霸道地给别人的文学观念戴上本质主义的帽子。不承认事物具有本质特性，自己说不清楚，又不容许别人探讨，扬言本质应该被抛弃，办法是装作鸵鸟，把它‘悬置’起来，以为就可把问题解决了。这种倾向几乎成了一种西方时髦的追逐，三十多年来，没有比这种理论思维更为轻佻的了！”①把文学本质论研究等同于本质主义，又把本质主义等同于思想理论僵化，由此而导致文学理论界都不敢或不屑于探讨文学本质问题，这对当代文学理论的建设与发展并无益处。笔者认为，在学术讨论中应当慎用“本质主义”这样的概念，更不要轻易给人扣这样的帽子，否则不利于平等与平和地从学理上讨论问题。况且，即使说某些文学本质论的“观念”有可能存在本质主义弊端，也不能说文学本质论的“问题”本身是本质主义的。反本质主义充其量只能反掉某些被认为是“本质主义”的理论观念，但文学本质论的“问题”本身是反不掉的。当然，这样说也有一个重要前提，就是不必把文学本质论问题扩大化，而是应当在某些特定的范围内来认识这个问题的积极意义。

应当说，并非凡是从事文学活动的人都需要关心和思考文学本质问题。比如一般的作者、读者或文学研究者，都未必非要搞明白“文学是什么”的问题才去

① 钱中文:《面向时代的文学理论与批评——国际学术研讨会贺词》,《中国中外文艺理论研究》2015 年第 1 期。

创作、阅读或从事研究，他们只要按照自己对文学的经验感悟去实践就行了。当然，如果他们对于“文学是什么”的问题能够产生兴趣，并且自觉地加以思考，对此有所理解和感悟，也仍然不无益处。但在另一些情况下，关于文学本质问题的探究和回答，也许就是不可或缺的，不能把这种研究看成是思想僵化。一是在文学基础理论研究中，不能缺少对于文学本质论问题的研究。正如有学者所说：“文学理论是关于文学的理论，本质上是对某一特定时期文学实践的经验总结和规律梳理……‘文学是什么’这类‘元问题’，不是创作者或接受者需要思考的问题，而文学理论一旦出现，类似问题就成为无法绕过的核心问题。”[①]如果对这样最基本的问题都不去回答或不能回答，那还叫什么文学理论？至于对这个问题应当如何研究和回答，形成什么样的观点和结论，那是另一回事。二是在文学理论教科书及其教学中，不能缺少文学本质论的内容，否则，作为文学基础理论的教科书及其教学也就是不合格的。至于对文学本质论问题怎么讲，阐述什么样的理论观点，那也是可以具体讨论的。

第二，对文学本质论观念嬗变的反思。如前所说，“文学是什么”属于文学理论的“元问题”，而对这个问题如何回答，则是一个理论观念问题。可以说文学本质论问题永远存在，而文学本质论观念则是不断变化的，如果试图寻找某种永恒不变的终极本质，或者固守着某种既定的理论观念不放，就的确有可能陷入本质主义的理论误区。有学者指出，“对文学而言，是否存在一套固定的、唯一的本质、原理、规律？我们并不认同后现代主义的‘反本质主义’提法。本质是存在的，只是事物的本质总是随着时空条件的发展变化而发展变化。文学理论是关于文学的一种历史性、地方性（民族性）知识建构，不存在凌驾于历史和民族之上的终极本质。正是由于这一原因，近年来文学研究的理路发生了深刻的变化，传统的文学理论惯于追问‘文学到底是什么’，今天，理论家更倾向于追问‘到底哪些因素促使我们做出了这样的论断’。”[②]这也就意味着，我们需要充分看到文学本质论观念的历史性和时代性。通常说“一时代有一时代之文学”，同样，一时代有一时代之文学观，其中也包括文学本质论观念。文学本质观的形成，主要取决于两个方面的因素：一方面是这个时代的文学现实（事实），理论既是实践的总结，也是对文学事实的认识说明；另一方面是研究者的思想观念，即

① 张江：《当代西方文论若干问题辨识——兼及中国文论重建》,《中国社会科学》5(2014),第 5 页。

② 张江：《当代西方文论若干问题辨识——兼及中国文论重建》,《中国社会科学》5(2014),第 5 页。

用什么样的观点、眼光、方法去认识说明，主观认识不同，得出的结论也就不同。所以，不同时代有不同的文学本质观是正常的，同一个时代有不同的认识见解也是正常的。可以进行比较研究，不一定非要定于一尊、非此即彼。对于当代文学本质论研究而言，应当系统梳理和反思过去各种文学理论观念。在这种梳理和反思中，最重要的不在于判断它是不是本质主义，更重要的还在于说明它为什么是这样的？努力用历史主义的态度和理论方法、视野，进行实事求是的考察和反思。一是在当时的历史背景下，为什么会形成和出现这样的文学本质观念？它与当时的历史条件是什么关系？它反映了当时历史条件下什么样的文学事实和人们的思想观念？二是它适应了什么样的现实需要？在当时起了什么样的作用？带来了什么样的结果？三是在今天看来，我们对这种文学观念进行反思，能够获得什么样的经验教训或历史启示？这样才能真正从历史的经验教训中获得有益的借鉴。

第三，对当今文学本质论研究的反思。毋庸讳言，近一时期文学本质论研究陷入了某种沉寂状态，这一方面可说是前一时期反本质主义论争带来的消极结果，另一方面也反映了当今时代文学发展的某种困境，以及当代文论在文化研究转向中一定程度的自我迷失。

首先，是文学阐释对象的迷失。应当说，历来有价值有影响的文论建构，都是建立在对某些特有文学对象的阐释基础上的。传统文论多以每个时代的经典文学为阐释对象，新时期以来文学观念的嬗变，也是以当代文学本身的创新发展为阐释基础的。如今所面临的困惑是，文学现象已经完全“泛化”了，文学被混杂和淹没在大众文化的汪洋大海之中，当代文论似乎找不到应有的阐释对象，于是就只好盲目地跟着一些文化研究转悠，导致自身的迷失。当代文论要走出这种困境，就需要重新找到自己的阐释对象。应当看到，在当今纷繁复杂让人眼花缭乱的文化现实中，仍然有许多重要的文学现象值得关注，有许多优秀作品在赓续经典文学传统，并且深刻地影响社会现实和人们的精神生活。当代文论可以有比较宽阔的理论视野，但无疑应当以当代有精神品位、有重要影响的文学作为主要阐释对象，否则就不可能把握一个时代的文学精神，更谈不上有新的理论发现和创造。

其次，是文学理论问题的迷失。反思新时期以来文学理论观念的嬗变，那些影响较大的理论观念，如文学审美论、文学主体论、文学的人文精神论、新理性精神论等等，应当说都提出了那个时代人们普遍关心的问题，反映了时代变革的要求，回应了人们的现实关切，影响了文学和现实变革的发展进程。然而在后来所谓文化研究转向中，好像找不到应当关注的现实问题了。实际上，并不是文学发展没有问题值得关注，当今时代从现实生活到文学活动，很大的问题是在精神价值上没有方向感特别令人困惑。现实生活中的价值迷乱，会进入文学中来影响其精神价值取向，而文学中反映的生活现实和表现的精神价值，又会反过来介入现实影响人们的价值观。那么，文学究竟应当如何面对和回应这样的现实？应当表现什么样的时代精神和文学精神？以及当今何以还需要文学？它究竟能够起到什么样的作用？这些都是需要面对现实努力回答的问题。如果不能在新的现实面前对于文学是什么与为什么的问题做出新的回答，那么就不可能有当代文论的创新性理论建构，当然也难以发挥它应有的作用。

再次，是文学理论信念与价值立场的迷失。任何真正的理论建构与创新，不可能没有基本的理论信念与价值立场，这不难从各种理论建构，包括新时期以来文学理论创新建构中得到启示。然而在后来反本质主义观念的冲击下，这种理论信念与价值立场也无疑被动摇了。有些人已经不关心何以还需要文学理论，或者说它还有什么用处；有些人把文学理论看成是某种知识而不是什么理论，把文学理论研究称为"知识生产"而不是什么理论创造；有些人把文学研究当作是一门技术活，比如专注于用某种结构主义或叙事学来解析文本结构，或者反过来用某些文本解析的实例来证明某种结构主义或叙事学理论，而把应有的文学精神价值追寻抛诸脑后。有些人只是把文学理论看成对文学事实的说明解释，热衷于追逐各种新潮的大众文化或文学现象，极力为其做出合理性阐释，而恰恰忘了，理论研究不只是跟在文学事实后面去说明它"是什么"，更重要的还在于，基于社会和人的合理健全发展的理念，以超越性的审美态度探究文学"应如何"，即文学应有的精神价值与审美理想，从而为文学研究与评价提供必要的理论参照和价值引导。具体就文学本质论而言，正如有学者所说，文学本质不仅有"实然性本质"，而且还有"应然性本质"，前者指向说明文学事实，后者则指向确立文学价值[①]。在文学本质论探讨中，当然有必要充分重视文学的"实然性"本质特性，也就是基于文学事实的观照与理论概括；但更有必要去关注其"应然性"本质特性，也就是基于我们心目中所理想的文学品质和审美精神。如果缺失了当今时代应有的文学信念，就不可能有立足于现实的对于文学特性功能的深刻理解，当然也就谈不上进行当代人应有的理论探究与建构。这是当代文论研究，包括文学本质论研究在内，所需要面对和思考的现实问题。

原发《文艺理论研究》2017 年第 1 期

① 余虹:《在事实与价值之间——文学本质论问题论纲》,《天津社会科学》5 (2006):93—95，第 5 页。

长篇创作中的非审美化表现

雷　达

为什么在世纪之交会出现长篇小说创作潮，且延续了近二十年之久，至今不衰？有人说，是因为长篇小说的字数便于市场化出版，便于宣传和营销；也有人说，是互联网改变了写作方式，使原先不敢想的人也平添了创作长篇的勇气；还有人说，是因为长篇小说易于“触电”，便于改为影视；更有人认为，“真正有出息的作家都该有长篇小说”。这后一条似乎对刺激生产特别起作用。然而，以上种种原因，毕竟只是外在因素，一个民族有那么多的作家投入了长篇小说创作，不可能没有更为深层的原因。在我看来，其内在驱动力应该是缘于中华民族一百多年来所经历的民族解放道路的艰辛和痛苦的磨难，以及不断的精神裂变，也缘于近四十年来中国改革开放的足迹和现代性的转型，缘于民族的和个人的各种复杂经验，源于漫长历史记忆和巨大时代变迁。这是世所罕见的“中国经验”，需要一种集聚和释放，需要更为充分的艺术表达。同时，经过上世纪90年代长篇小说审美经验的积淀，新世纪本该是一个长篇繁荣和鼎盛的时代。

然而审美经验和审美判断的问题并不能按照线性思维进行逻辑推理。新世纪以来的长篇小说无疑取得了喜人成就，但在相当一些作品中，在相当长一段时间里，却也存在较为明显的非审美化倾向，若在更长时间中观察，恐怕问题会更突出。但我们对此可能已习焉不察，当局者迷了。诚然，长篇的写法可以有种种，文体的演变也多样，无法定于一尊。莫言说，长篇小说的尊严，就在于它的“长度，密度和难度”；我也认为，优秀的长篇小说应当具有对“一定长度的时代和人生”的高度概括和审美判断，这是任何时候都不好改变和打折扣的，不妨称之为长篇小说基本的质量标准，有人称之为新时代“长篇小说的写作伦理”。这大概也是针对长篇小说写作的非审美化问题而提出的。

一

在我看来，长篇小说创作的非审美化现象，首先表现在写作速度之快、数量之多与写作资源日益严重的短缺所构成的尖锐矛盾上。现在每年到底有多少长篇小说出版，似乎一直没有准确统计。2013 年《解放日报》有一文章披露，说当年长篇的总数是 4798 部，声言这是在新闻出版署登记在册的原创长篇小说的数字，但并未得到进一步证实。也有长年阅读长篇小说者表示，感觉没有那么多，顶多在 3000 部左右，每年印象较深的也就四五十部。他们表示，除了极少部分看过外，无法掌握其余上千部写得如何，写了些什么。但不管怎样，我国长篇小说的数量之巨，为其他文体所无可比拟；目前在全世界也是最高的。但长篇最基本的艺术要求却发生了某种微妙的“位移”，直白地说，就是长篇创作全面“提速”了。以前，两年写一部长篇都可能会遭人诟病；现在一年写两部长篇也很正常，好像长篇小说就该这么多而快地生产出来。

当然，我们不能简单地以写作时间长短论英雄，速度降下来不一定就出大作品。但我坚持认为，尽管长篇写作全面提速了，却不能也不应该改变长篇小说创作所必需的“必要的劳动时间”和密度要求，以及重要的规律和法则。因为“全面”提速很容易导致“文本的生产化”（伊格尔顿）现象，而与大量“文本的生产”相关的，就是文本、文类之间大量的“近亲繁殖”，文本之间相互模仿，于是显得空洞化、贫血化、夹生化。快速的文本生产直接导致了原创力的匮乏，也强化了作家畸形的复制能力，比如对犯罪、审判、强拆、贩毒、买卖人口、器官走私、讨薪等等题材的经营，让人觉得看小说就是在看媒体新闻。那么，为什么小说写作变成了“新闻故事”？首先在部分作家看来，在这个剧变的时代，现实世界比小说世界更真实、更精彩，作家应当以热烈的姿态拥抱现实，且新闻媒体表现出来的事实已足以令人震惊；其次是因为快速的文本生产，使得作家来不及对变动不居的社会做出较为冷静的沉淀和深入的概括。

当年托尔斯泰写《复活》时，他曾参观了莫斯科和外省的许多监狱，上法庭旁听审判，接触罪犯、狱吏，并深入农村调查农民生活，还查阅了大量档案资料，六年间，他写了三份草稿。关于卡秋莎·玛丝洛娃——这一个有真人原型的人物的命运和最终结局，他总觉得前两稿没有深刻触及到历史和时代真实，于是选择从头再来，最终“将自己完全燃烧”在主人公命运的强烈而激情的火焰中。托尔斯泰终于写出了玛丝洛娃以及聂赫留朵夫身体和灵魂的复活,《复活》也得到了整个欧洲乃至世界的公认，读者引托尔斯泰为自己真正的朋友。事实上，伟大的作品都有这样一个长期的困顿和艰难的突围过程，长篇小说的构思、立意与运思更是如此。但是，在全球化、网络化、市场化、高科技化的时代，作家看着“读者面孔”写，迎合读者，迎合大众传媒，力求耸人听闻，或以影视剧里的视觉快感为鹄的来运营文字，结果是，原创性丧失，小说的艺术审美缺少了穿透物质世界外壳而进入心灵世界的能力。小说原本是追求独一无二，追求排他性的，而今天，在电脑技术支持下，为了赶时间，作家来不及体验，来不及消化，来不及沉淀，只能以思维的拼贴、拷贝、寄生等代替真正的创作。所以，平面化、同质化的倾向严重，大量面向大众消费的长篇小说，现象堆积、情节雷同，官场、职场、情场发生的故事相互模仿，小说创作成了现成套路，“文本生产”出现了千人一面的模式化倾向。

二

非审美化的第二个表现是，追求“思想”的表达却与整个艺术机体脱节。非审美化的突出表现是为追求某些虚悬的价值目标，使得叙事文学的文学性被冲淡，因为“思想”的作梗，使得人物的灵魂不够饱满。长篇小说追求思想并没有错，但思想并不是长篇小说的终极目标和最高标准；作品当然要有思想，甚至要形而上，要富于文化的、哲学的品格，但是小说创作自有其个别性原则，形象性原则，否则就滑向非文学了。有人总是“引导”作家向一种艰涩而可疑的风格靠近，这实际是牺牲文学性向西方的某些文化哲学靠近，混淆了文学和非文学的界限，也混淆了文学与文化哲学的界限。事实上，这样努力的结果是不断地让长篇小说“远离文学”。是的，我们目前最欠缺的仍然是思想、思想的穿透力，但这种穿透力不可能通过牺牲诗性和叙事性来获得；这种思想魄力并非西式观念加中国式转述，而应是扎根本土，饱蕴感性、灵魂和血肉，是与中国当下的人文命题紧密结合的一种形象的力量。

在这个意义上，我仍然希望作家回到文学，寻找自己的“精神原乡”，而不是单纯地追求所谓高深的“思想”。成功的作家都有一个自己的文化记忆，自己的精神原乡。莫言的高密东北乡，陈忠实的关中，贾平凹的陕南，王安忆的上海，阎连科的豫东，雪漠的河西走廊等等，他们都有各自的文学根据地。莫言曾说，他要学福克纳，要创造一个文学王国。高密东北乡事实上已经成了一个文学的地理概念，一个虚拟的空间；雪漠的长篇《大漠祭》，至今看还是一部不折不扣的优秀之作，其意义就在于它写出了当代西北农村生活连筋带肉的密实与真切，无论写大漠奇景，还是写西部生存，都令人唏嘘感叹，荡气回肠。这种情感的塑造是语言化的，形象化的，当然也是文学化的，它不同于社会主义前期农村题材的某些革命现实主义的“正史式”写作，也不同于《爸爸爸》《厚土》等作品的文化寻根写作，而是对我们很容易忽视的、农民的基本生存状态的深刻观照，在某种程度上具有开山意义。

但是近年来有些作家在“超越自我”的路途中似乎太过于追求剑走偏锋。雪漠的《野狐岭》等，以某种浓得化不开的意念、情绪来推动叙事，使得“思想”裸露在形象之外，突破的意味自然有，但生硬的感觉仍会占据阅读者的头脑。雪漠自觉或不自觉地放弃了原乡经验和血肉形象，转而寻找一种宗教的、哲学的阐释，虽然这是“有意为之”，但是其中隐现了一个问题，那就是因追求某种“思想”（比如“证悟”“超越名相”“灵魂至上”等）逐渐淡化了对那些与“大漠世界”血脉相连的凡俗人生的精神开掘。碎片化的、零散化的切割，与审美的完整性要求是否矛盾？碎片化是必需的吗？为什么不能冷静地富有情趣地赏心悦目地或惊心动魄地讲一个有深度的故事呢？完整的故事，贯穿的意义，个性鲜明的人物，甚至塑造典型，是否过时？

非审美化的倾向之所以堪忧，是因为如果过于片面地追求“有思想”，靠外在的意念推动叙事，容易使人物之间的血肉联系变得简单化、僵硬化，甚至会破坏叙事艺术本身的文体伦理。这种追求并不能反映生活的复杂性，反而会把复杂与深刻浅表化。在这个意义上，我一直主张长篇小说应拥有丰盈的精神，而不是裸露的“思想”。

三

非审美化的第三个表征是网络的冲击与作家的“媚大众文化”表现（“大众文化”内涵丰富复杂，此处主要从媚俗而言）。的确，1990 年代那个波澜壮阔的“长篇时代”，为长篇小说的繁荣积累了一些丰富的审美经验，而新世纪以来，长篇小说作家遭遇网络，特别是传统型作家与网络作家之“比速度”，本身就是一件可悲的事。虽然网络作家通过网络写作的狂欢化方式，与读者实现共时性的创作过程，但是，网络创作必须与读者的跟进速度齐头并进，随时更新。比如在起点中文网、红袖添香网等大型文学网站上，日更新量上万甚至好几万字是很普遍的，否则根本满足不了在线读者的阅读需求。如果像毕飞宇一样，写《青衣》用不到两个月写完了，但寻找“青衣”这个名儿，就花去了他四十多天时间，这种反复把玩恐怕在网络写作中无异于天方夜谭。网络作家的期许仍然是待价而沽，或期望与读者及时交流，或得到影视编剧和纸媒的青睐。为了早日“浮出网海”，他们既要快速地写，又要在短时间内进行拼贴式、作坊式组装。他们把传奇、性爱、政治批判等多种元素调和在一起，做成了一道好莱坞式的煽情菜，或者以氤氲缠绵的诗词抚慰读者。这很容易导致只有一时的剧场效果而缺乏较长时间的阅读价值。

在纸媒发表、出版小说的传统型作家的现状怎样？在我看来，状况并不十分乐观。他们同样希望通过高频率地出版作品，以与读者不断地“见面”，以证明自己的“在场”；这种“在场的焦虑”使得个人的体验未经充分沉淀，就洋洋洒洒地动辄写出几十万言，而这种动机很容易受到类型化、猎奇化的影响，也很容易把电视剧大团圆的故事结构放置到小说叙事的至高处。

现今作家们力图保持自己“在场”，力图对现实发言，力图对转型时代复杂的现实生活迅速做出审美判断，是难度很大的任务。对一些作家而言，他们一方面借影视剧的结构和情节来构思小说，走快餐化的路子，一方面又想急切地为时代立言，成就一部不愧于时代的大作。然而，社会转型期的复杂现实和信息时代的媒介变革，又让文学在今天的“发言”变得十分困难，于是出现了作家将社会新闻与小说叙事元素过于快速、直接地黏合。这既是作家不得不将叙事焦点对准热点话题的一种叙事动机，同时也是缺乏连接地气的、拥有可持续写作资源和能力的表现。

四

长篇小说的第四种非审美化表现，我以为是一些作家没能走出“为魔幻而魔幻”的怪圈。魔幻虽古已有之，中外皆有之，但现今的魔幻现实主义毕竟是一种以奇观化、荒诞化手法和技巧来表现想象世界的方法，具有不可低估的叙事学意义。这也是加西亚·马尔克斯为后人尊敬的重要原因之一。魔幻是对拉丁美洲光怪陆离、无奇不有的历史和现实土壤上的天才表现，如卡彭铁尔所言，是“神奇现实”，其突出特征是“变现实为幻想而不失其真”。中国的情形和中国的文化还是与之有所不同的。在中国，陈忠实《白鹿原》中的“白鹿显灵”，莫言的《生死疲劳》中的“六道轮回”，贾平凹《怀念狼》中的“人狼幻化”，范稳《水乳大地》中的“云中斗法”，《尘埃落定》中的“傻子视角”等等，应该说都比较成功，应该肯定。传统现实主义文学之后，的确需要这样的表现方式来加以丰富和升华。但是，现在不少长篇所谓的魔幻，“傻子”“白痴”大量涌现，动辄让牛羊说梦话，让人变成飞禽走兽，且人头乱滚，白日见鬼，鬼魂附体，花样繁多，认真推敲就会发现，变来变去的魔幻，并无深化作品的意义，也无规定情景的或然，而是通过强制性的叙事助推，使得人物形象偏离了情理逻辑和叙事逻辑，以极度扭曲的方式进入文本，致使人物往往是残缺的、病态的，或叙事者就是一个“白痴”、智障儿、梦游者，或切除生殖器的自虐者，或干脆让叙述人脑袋里长了一个大瘤子。在这种幻变之下，作家像个蹩脚的魔术师，将先锋意识以及对现实的批判简化为一堆无用的“怪物”，使文本逻辑变得混乱不堪，使阅读变成一种活受罪；如果以为这就是深刻，这就告别了传统的现实主义，实在是一个不小的误区。我并不是魔幻的反对者，相反，对精妙的魔幻倍加赏识。我只是觉得，如果没有对生活新的独特发现和洞见，无论附着多少花哨的观念和叙事的技巧，仍然难掩其贫乏。

总之，长篇除了一定长度的分量和容量，更重要的是怎样让历时性的变迁以共时性的灵魂密度体现出来，而不是单纯为影视传媒和大众文化所掳掠，不是越荒诞不经就越能触及问题的本质。毕竟，长篇小说表现的是一个时代、一群人的曲折命运，是为时代的灵魂“立传”。在这个意义上，当下长篇小说的非审美化倾向应当引起更多人的关注。

原发《文艺报》2017年1月9日

论文学的“当代性”

陈晓明

“当代性”(contemporaneity)在当代文学研究领域，与其说是自明的，不如说是有意含混的。我们似乎心照不宣地谈论“当代”和“当代性”，但人们彼此都清楚，说的可能不是一个东西。我们都共同生活于“当代”，当下产生的多种多样的文学都被归为“当代文学”，但它们并不都是一回事，这并非是指它们各自的个性化的艺术特色或风格，而是指它们各自包含的精神属性(如果它们确实都有的话)。恩斯特·布洛赫曾经指出:“我们并非全部生活于同一个现在之中。”[①]这句话可以做这样的理解:生活于当今同一现实时空中的人们，他们在精神上未必是同代人，未必有共同的“当代性”。这或许就可以引出一个需要认真对待的问题，究竟什么是“当代性”？我们生活于当代，当代就在我们身边吗？就在我们脚下吗？就在我们的心灵和精神里吗？尤其对于文学来说，这更是一个令人费神的问题，对于研究中国当代文学的人来说则又是一个很不踏实的问题。其实，中国文学一直非常强调“现实性”或“现实感”，这实际上指的就是“当代性”。何谓当代性？何谓中国文学的当代性？这是我们渴望知道，却又总是下意识地去回避的问题。

在中国文学学科里，有一个约定俗成的专业划分——“中国现当代文学”，在“现代”之中再划分出“当代”,“当代”究竟从何时开始似乎也不用加以分辨，我们可以从历史划分那里获得支持。显然，这是从政治变革方面来建构历史时间的做法。但是，时间的意识根本上是哲学的意识，在文学(和美学)上要认定“当

---

① 恩斯特·布洛赫:《非同时代性和对它的辩证法的义务》(1932年)，纳维勒、斯蒂芬·普莱斯译，剑桥，波利提出版社，1991年版，第97—148页。中文版转引自《时间的政治》，彼得·奥斯本(PeterOsborne)著，王志宏译，商务印书馆，2014年版，第291、4页。

代”却并不容易。80年代后期，为了对时代的审美变化加以把握，人们划分出“后现代”这种说法，相对于整个“现代”，“后现代”显然是更具有“当代性”，“后现代”就是当代，但是“当代”并不一定就是“后现代”。这就是中国语境，“当代”一词表示的时间具有鲜明的中国特色，包含了“当代”中国特有的历史感及其时间意识。

今天，我们把“当代”当作一个自明的时间概念来使用，同时也把“当代”作为一种形而上的价值理念来标举，对于“当代”涌现的那么多的作品，最常见的批评就是，这些作品能反映“当代”吗？不少在“当代”出现的文学以及文化现象，人们并不认为它们体现了“当代”的真实性或实质。难道说“当代”还有一种特定的精神性的内涵？似乎人人心目中都有一个关于“当代”的本质化规定，这就可以去追问：自1949年以来，或者自1979年以来，或者自2000年以来，为什么它们就是“当代”的时间标记呢？那些时间节点上涌现出的作品，是否真的就属于“当代文学”呢？显然，时间区间的界线还好办，只是一个学术协商的结果；但是，真的有一种“当代性”的存在吗？我们根据什么来确立“当代”或“当代性”的理念呢？究竟什么样的作品，哪些作品能体现“当代性”呢？要体现什么样的“当代性”呢？谁的“当代性”呢？显然，被称之为“当代文学史”的时间节点，如果以1949年计，也有近七十年的历史，如果以1942年计，有七十多年的历史，这个时间段的“当代性”显然不尽相同。如何理解中国当代文学的“当代性”，这是我们需要去面对的一个重要的学理问题。我们从当代文学入手，进而体会大历史中的“当代性”，这或许对我们接近这一问题不失为一条路径。

一、文学史视野中的当代性

从文学的角度切入当代性，选择几部有代表性的文学史或文学论著来讨论，或许是最为直接而切实的做法。因为文学史著作对这个被称之为“当代”时段的文学现象的取舍把握，表明了它已经做出了关于“当代”的确认和规划。洪子诚先生在《中国当代文学史》的“前言”中表示：他在这本书里，使用的“中国当代文学”，“首先指的是1949年以来的中国文学。其次，是指发生在特定的‘社会主义’历史语境中的文学，因而它限定有‘中国大陆’的这一区域之中……第三，本书运用‘当代文学’的另一层含义是，‘当代文学’这一文学时间，是‘五四’以后的新文学‘一体化’趋向的全面实现，到这种‘一体化’的解体的文学时期。中国的'左翼文学'（'革命文学'），经由40年代解放区文学的'改造'，它的文学形态和相应的文学规范（文学发展的方向、路线，文学创作、出版、阅读的规则等），在50至70年代，凭借其时代的影响力，也凭借政治权力控制的力量，成为唯一可以合法存在的形态和规范。"①洪子诚先生把"当代文学"分为两个阶段，50至70年代是特定的文学规范取得绝对支配地位的时期；80年代改革开放以后，是这种规范及其支配地位"逐渐削弱、涣散，文学格局出现分化、重组的过程"②。很显然，这就包含着洪子诚先生对1949年以来的"当代"的时间、形态及本性的认定。何为当代？体现了一体化和规范化的形成建立过程，这就是"当代"。换句话说，当代性就存在于这样的历史过程中，是其内在性的质。然而，到了80年代，"当代"走向了其反面，在变革、转折、解构的过程中，"当代"的本性才体现出来，或者说才实现了"当代性"。在这一意义上，"当代性"既是先验的，又是被建构起来的。这里的"当代性"显然也是历史之后的认识和概括，洪子诚先生后来进一步解释"一体化"所指称的文学形态方面状况："这涉及作品的题材、主题、艺术风格，文学各文类在艺术方法上的趋同化的倾向。在这一涵义上，'一体化'与文学历史曾有过的'多样化'，和我们所理想的是'多元共生'的文学格局，构成正相对立的状态。"③显然，这里对那个时代的"一体化"的批评，依据于此前的现代文学史的"非一体化"，也与洪子诚先生秉持的"多元共生"的文学理想化的生存状况相关。然而，置身于"一体化"那样的历史中的人们，不管是自觉地进行"一体化"的建构，还是被历史裹挟，都会认为"一体化"是"当前的任务"，体现了历史本质规律，表达了"人民的普遍要求"。如果说只有深刻地理解了当下的历史本质，才具有当代性，那么"一体化"无疑是那个时期的"当代性"。然而，多年之后，在洪子诚先生的论述中，那样的"一体化"显然不具有"当代性"或者说是虚假的"当代性"。

洪子诚先生也并非把"一体化"看成铁板一块，他试图以辩证的眼光去看一体化内在的涌动的能量，也试图看到这个时期文学有更多的阐释可能性。例如，他论述到"百花时代"的文艺状况时，就勾画了那个时期的争鸣局面。虽然那是昙花一现，但却有着超出一体化的热烈时期。他在论述王蒙的《组织部来了个年轻人》和杨沫的《青春之歌》等作品时，也有超出一体化的解释。这些与当时倡导的社会主义现实主义有所歧义的作品，在洪子诚先生看来，反倒具有当代性，

---

① 洪子诚:《中国当代文学史》，北京大学出版社，2007年版，第3—4页。

② 洪子诚:《中国当代文学史》，北京大学出版社，2007年版，第3—4页。

③ 洪子诚:《当代文学的"一体化"》，《中国现代文学研究丛刊》2000年第3期。

是少数最能反映当时真实的历史愿望的作品，体现了历史的更深刻的审美要求。那么，这些作品是否真正体现了“当代性”？

洪子诚先生没有明确回答的问题，在陈思和先生那里则是成为把握当代文学真实的历史要求的线索。陈思和在他主编的《中国当代文学教程》中，提出“潜在写作”和“民间”两个重要的概念，以此来解释中国当代文学的历史内在性问题，也就是什么才是那个时代的真文学、有价值的文学。按此逻辑可以推论，什么才是反映那个时代的历史要求，具有真正的当代性的文学。陈思和在解释“潜在写作”时说道，这个词为了说明当代文学创作的复杂性，他举沈从文在 1949 年以后写的家信为例，这些家信却是文情并茂，“细腻地表达了他对时代、生活和文学的理解。相对那时空虚浮躁的文风，这些书信不能不说是那个时代最有真情实感的文学作品之一。‘潜在写作’的相对概念是公开发表的文学作品，在那些公开发表的创作相当贫乏的时代里，不能否认这些潜在写作实际上标志了一个时代的真正的文学水平。潜在写作与公开发表的创作一起构成了时代文学的整体，使当代文学史的传统观念得以改变。”①陈思和一再解释这是就“多层面”的当代文学历史而言，但不难读出其中真意，按陈思和先生的想法，“潜在写作”肯定是更能触及当代性，更能真正表现那个时期的历史的真实状况、知识分子的心理和真实思想。这种“潜在的”情绪、思想以及有限的文字形式，表达了当代史最为内在的坚实的层面。

但是，不能回避的问题是：如何理解被主流思想表述的宏大历史呢？那些“宏大叙事”的历史依据即使是意识形态，它的历史要求、真实的历史愿望以及历史实际的情况如何理解呢？

怎么理解“当代性”？不同的文学史家有不同的视角和不同的认识。王德威在其著名的“被压抑的现代性”的表述下，现代性延续、发展至“当代”，即 1949 年以后的中国大陆，那又会是怎么样的“当代性”呢？王德威身处海外华语圈，他的视野无疑更为开阔，他有两岸三地的更为广大的文学视野。对于他来说，1949 年以后的“当代”也必然要放在现代以来的传统下来理解。王德威还有一个更重要的视野，那就是“抒情传统”，这就不只是从现代来看中国当代的问题，还有中国的古典文学传统。从这个意义上来说，王德威是中国当代最具有历史感与美学意识的文学史家（批评家），不管是从“压抑”还是“抒情”的视角，他看到的是历史之侧的景象，或者是历史零余的场景，他更愿意去观看在历史夹缝间的生存，或历史在颓败之际存留的时刻。在他那本广受好评的著作《当代小

① 陈思和主编《中国当代文学教程》，复旦大学出版社，1999 年版，第 12 页。

说二十家》中，他论及的大陆小说家有莫言、王安忆、阿城、苏童、余华，虽然这只是他关注的中国大陆当代小说的一部分，但也在一定程度上显示了他理解的当代文学的重点，这些作家最能体现他所理解的“当代性”。历史的变动与断裂，生活的变故与命运的玄机，人生的哀怨与无助，荒诞中透示出的执着与决绝……这些指向历史颓败的必然命运，也预示着当代不可抗拒的坚定性。既有沧桑的荒凉，又有不知所终的勇往直前——这就是中国文学的当代性境遇。王德威试图去讲述这样的“当代性”，无疑有别于大陆主流的文学史。他在《抒情传统与中国现代性》这本书中，选择海子、闻捷、施明正、顾城为研究对象，去分析当代“诗人之死”的现象。当然，对于王德威来说，他并没有声明要研究中国当代最典型的事件，但这些极端的现象无疑是他理解中国当代作家诗人的存在方式的一个极重要的视角，他试图从这里看到什么呢？这样的视角能展示出历史什么样的真实呢？答案当然是不言而喻的。我们固然可以说这些极端例外的事件只能说明个人的事故，并不能揭示当代史的本质方面，还可以更极端地认为王德威身处另一个文化情境中，对中国当代文学的现象采取了“猎奇”的方式，尽管如此，我们依然不得不同意，王德威所探究的也是当代史隐秘的那一部分，它是我们的主流历史不愿意或不能够去触碰的部分。90 年代初，“海子之死”的话题就遍及那个时期的各个诗歌讨论会的现场，多年来也成为相当一部分中国诗人的口头禅。一些大陆学者尽管有借题发挥之嫌，但也不无认真严肃地在探讨这个问题，如吴晓东就写过与王德威同题文章《诗人之死》，他指出：“诗人的自杀必然是惊心动魄的。在本质上它标志着诗人对生存的终极原因的眷顾程度，标志着诗人对‘现存在’方式的最富于力度和震撼的逼问和否定。一种深刻的危机早已潜伏在我们所驻足的这个时代，而海子的死把对这种危机的体验和自觉推向极致。从此，生存的危机感更加明朗化了。”[①]显然，吴晓东也是把“诗人之死”看成是叩问“当代性”为何、当代何为的典型案例。

王德威后来有专著更深入地探讨中国当代文学，即《史诗时代的抒情声音：1949 年前后的中国现代文人》，关于大陆的作家、诗人他选择沈从文、何其芳、冯至与穆旦等人，1949 年这个时间节点，也意味着一种历史的断裂或重新开始，这些文人从现代历史走向当代，进退困难，这些人的境遇也体现了当代与现代的截然不同。从这里可以体味到当代所要求的那种进步性，那种巨大的理性力量。更极端的例子可能应该数胡风和丁玲，但王德威选择这几个人则显然还是想要触及当代史的复杂与微妙的层面。青年学者韩晗评论此书道：“《声音》（指《史

① 吴晓东、谢凌岚：《诗人之死》，《文学评论》1989 年第 4 期。

诗时代的抒情声音》）采取‘群像式’的写作范式，‘抒情’与‘史诗’两大概念贯穿全书，以中国现代文人中的不同个案为研究对象，构成了一部独特的中国现代文化史，意图在个人命运、文化命运与国家命运三者之间寻找平衡的研究支点。”[①]所谓“中国现代文化史”，也就是在现代与当代转折，使个人、文化与国家之间构成了更为尖锐的对抗性关系，这也就提炼了“当代性”的本质方面。

基于不同的文学观念和价值立场，对中国当代文学的“当代性”——即最能体现当代本质或内在精神方面的理解，不尽相同。洪子诚先生看到“一体化”的规范力量，在此规范下，文学转化为意识形态的工具，未必能揭示当时的现实本质。而在陈思和先生看来，则是那些隐秘的潜在写作，被忽略的个人写作，更真实地表达了那个时期知识分子的心理情绪。如果有当代史的话，显然这些潜在写作才能指向真实的当代。王德威则从另外的角度，去看现代与当代的断裂与转折，他看到作家诗人在当代的命运遭际，这就是活的当代史，存在与困厄，这就是当代的实质。这些研究或叙述，都试图从不同的角度接近当代，摹写不同的当代文学史，我们可以从不同的角度加以讨论或批判，但不能否认人们看到的“当代”如此不同，对“当代”的理解有如此大的分歧。何为当代性？当代何为？这显然不是一个简单的自明的问题。

二、现代性历史中的当代性

很显然，在西方思想史或哲学史中，“当代”或名词化的“当代性”（contemporaneity）这一词如果具有时代意识的话，它与“现代”（modern）或“现代性”是可以同义的，它属于现代的一部分，或者是现代的另一种表述。如果是“contemporary”，它只是形容词性的“当前”“当下”。它指正在发生的时间，不一定具有明确的时代意识。很显然，汉语的“当代”“当代性”时代意识的意味很明显，意指说话主体对我们经历的这一时段的一种整体性把握，它包含了这一时段特殊的存在感，也表达了一种哲学上的现实感。

哈贝马斯在解释黑格尔的“现代”概念时，揭示了“当代”的哲学含义。在黑格尔的历史哲学中，“现代”（moderne Zeit）就是指“新的时代”（neue Zeit），哈贝马斯认为，“黑格尔的这种观念与同期的英语‘modern times’以及法语‘temps modernes’这两个词的意思是一致的，所指的都是大约1800年之前的那三个世

① 韩晗：《国运如是，文运如何》，《中国图书评论》2016年第6期。

纪。1500 年前后发生的三件大事，即新大陆的发现，文艺复兴和宗教改革，则构成了现代与中世纪之间的时代分水岭。”[1]哈贝马斯分析了德国学界和学校课程里所划分的古代史、中世纪史和现代史。并且指出，只有当“新的时代”或“现代”（“新的世界”或“现代世界”）这样的说法失去其单纯的编年意义，“而具有一种突出时代之‘新’的反面意思时，上述划分才能成立”。哈贝马斯解释说，在信仰基督教的西方，“新的时代”意味着即将来临的时代；而这个时代直到世界末日才会出现。谢林在《关于时代的哲学》中，则认为“现代是依赖未来而存在的，并向未来的新的时代敞开”[2]。基督教的现代时间概念跨度比较大，指从过去延续下来的时间和即将到来的时间，这个到来时间显然不是客观的物理时间，而是弥赛亚的降临时间，这是救赎和面向未来的时间。这个到来的向未来敞开的时间依然是相当长久的，当基督教的“到来”观念转化为世俗世界的“现代”观念后，按哈贝马斯的解释，从 1500 年开始，这个“新的时代”就开启了。显然，“新的时代”到来也表明了一种历史意识：“一个人必须从整个历史视界出发对自己的位置作反思性认识。”[3]西方世界在 18 世纪开始使用“现代”这个新词，它表明了历史哲学对人们所处时代的认识。“现代”就是新的时代，它与过去区分，打开了未来面向。哈贝马斯援引黑格尔《精神现象学》前言中的话解释新旧两个时代或两个世界的区别，重要的是人们的那种历史意识和时代感。黑格尔说道：

> 我们不难看到，我们这个时代是一个新时期的降生和过渡的时代。人的精神已经跟他旧日的生活与观念世界决裂，正使旧日的一切葬入于过去而着手进行他的自我改造。现存世界里充满了的那种粗率和无聊，以及对某种未知的东西的那种模模糊糊的若有所感，都在预示着有什么别的东西正在到来。可是这种颓废败坏，突然为日出所中断，升起着的太阳犹如闪电般一下照亮了新世界的形相。[4]

对于黑格尔来说，新时代的到来就是现代，就是他生活于其中，所感受到的“现在”，也可以理解为就是那时的“当代”。黑格尔的历史哲学看待历史根本的着眼点在于历史是绝对精神的显现，只有显现了绝对精神的时刻，才构成历史时

---

① 哈贝马斯:《现代性的哲学话语》，曹卫东译，译林出版社，2004 年版，第 5—6 页。
② 哈贝马斯:《现代性的哲学话语》，曹卫东译，译林出版社，2004 年版，第 6 页。
③ 哈贝马斯:《现代性的哲学话语》，曹卫东译，译林出版社，2004 年版，第 6 页。
④ 黑格尔:《精神现象学》，贺麟、王玖兴译，商务印书馆，1978 年版，第 8 页。

刻。他所描述的“这个时代”，以及为太阳所照亮的“新世界的形相”，这也是绝对精神显现的“当代性”。

显然，在历史哲学中只有“现代”，它包含了“当代”，这里的“现代”是一个相当长的时段。“现代”是一次对时间进行总体化的哲学认识，按照利科的看法，因为有了时间化的生存论结构（existential structure），所以我们不可能逃避历史的总体化。总体化是一个可以协商但绝不可抛弃的实践过程。“事实上，历史总体化之争总是（无论它是否认识到这一点）它的形式、意义和限制之争，而不是它的可能性本身之争。黑格尔主义的难题不是来自总体化本身，而是源自它的特殊模式：把提出内在叙事（immanent narrative）的历史终结与主张绝对知识结合在一起。之所以需要其他立场，是为了把历史观念建构成一种发展着的整体。”[①]这也就是说，历史之总体化不可避免，在杰姆逊那里被表述为“永远的历史化”。人们认识历史、现实，总是难免带有观念性，必然会带有特定的理念。如果不给历史命名、划分年代，给予这些年代以内涵，我们将无法认识被称之为“历史”的那种对象。把“当代”从“现代”区分开来，这就要在二者之间赋予不同的意义。人们的争论不是要不要赋予意义，而是赋予什么样的意义。即使“后现代主义”的历史观试图对历史表示“无意义”的态度，实际上也是在赋予历史以另一种意义。否则人们无法谈论所谓后现代视野中的“历史”或“历史碎片”。

彼得·奥斯本认为，“现代性”扮演了历史分期范畴所具有的独特的双重角色：“它把一个时代的当代性（contemporaneity）指派给了做出分类行为的那个时刻；但是，它借助于一个在性质上新异的、自我超越的时间性来表明这种当代性，这种时间性在把现在与它所以认同的最切近的过去拉开距离方面，产生了立竿见影的效果。”[②]彼得·奥斯本论述说，现代性是一种“质”，而不是年代学或编年史，它显然是在现代性的语境中来讨论“当代性”，他认为现代性产生的时间基质有三个主要特征：“1. 专断地把历史性（不同于仅仅年代学上的）现在（historical present）置于过去之上……2. 向一个不确定的未来敞开着；未来被赋予的特征只是它可能超越历史性现在，而且把这个现在贬低为将来的过去。3. 有意识地弃绝历史性现在本身，把它当作在不断变化的过去和仍不确定的未来之间的永恒过渡这样一个正在消逝的点；换句话说，现在就是持续和永恒的同一。”[③]套用奥斯本讨论“现

① 彼得·奥斯本（Peter Osborne）：《时间的政治》（The Politics of Time），王志宏译，商务印书馆，2014 年版，第 5—6 页。这段话是奥斯本概括归纳利科的话做出的表述。

② 彼得·奥斯本：《时间的政治》，第 30 页。

③ 彼得·奥斯本：《时间的政治》，第 31 页。

代性”的说法:“当代性”没有一个固定的、客观的所指。它只有一个主体，它充满了这个主体。在每一种表达所处的场合，“它是历史的自我定义这个行为通过区分、认同和筹划而获得的产物，建构一个有意义的现在是超越了年代学的秩序。”①

要在总体上把握一个时代并不容易，除了黑格尔、汤因比，以及伟大的马克思之外，还少有几个人可以对大历史做出自信而又决绝的表述。在很大程度上，究竟是时代情势太过复杂我们无从把握、无法命名，还是我们的思想和概念太过贫困而无法去面对时代？当然，很多情况下是一个时期理解历史的态度和方法使然。原则上来说，中国的历史哲学并不发达，甚至可以说严重缺失，马克思主义历史唯物主义的进入，提供了进步的唯物史观，把大历史进行了明确而有效的划分。在马克思主义的思想中，历史唯物主义正是着眼于未来划分过往的历史的，而当代（资本主义阶段）则被描述为一个过渡性的阶段，“当代”是必然要被未来战胜的。在革命的逻辑中，“当代”是要被超越的阶段，不用革命战争的形式，起码也要用“大跃进”的方式，而且还要再进行无产阶级专政下的“继续革命”。如果从历史哲学的意义上来看，毛泽东伟大的革命气魄在很大程度上来自对“当代”的蔑视（包括对当时的“苏修”和“美帝”，例如，“一切帝国主义都是纸老虎”），因为当代注定要被迅速超越，取而代之的是一个无限美好的未来。毛泽东思想中无疑是包含着历史哲学的，因而能洞悉未来超越当代现实。然而，谁能想到“当代”是如此的漫长而且难以忍受，只有“继续革命”可以克服现实，可以保持对“当代”的革命。但是“继续革命”必然采取激进化的方式，历史又不得不以断裂和重复为其运行形式。

在文化和审美上，人们总是保持着对“当代”的警惕和不信任，只有距离可以获得历史化的视角。在“文革”后的历史进程中，理解“当代”变成了一个难题，因为“当代”不管是作为现实，还是作为一个哲学的和文学的对象，它的存在都变得不可拒绝。它越来越需要获得一种生存论的时间结构。显然，这需要经过讨论、争论和清理。在哲学匮乏的时期这会变得异常困难。其实早在2001年，陈思和就尝试着从思想史的高度来探讨这一问题，他说道：

> 无名状态是随着时代的变化而盛衰，本身并不具备“当代性”。我的不成熟的想法是，“当代”不应该是一个文学史的概念，而是一个指与生活同步性的文学批评概念。每一个时代都有它对当代文学的定义，也就是指反映了与之同步发展的生活信息的文学创作。它是处于不断变

① 彼得·奥斯本:《时间的政治》，第31页。

化不断流动中的文学现象，过去许多前辈学者强调“当代文学不宜写史”，正是从这个意义出发的。……“现代”一词是具有世界性的文学史意义的，而“当代”一词只属于对当下文学现象的概括，要区分现当代文学的分期其实无甚意义。我们现在流行的“中国当代文学史”的提法，只是一种不科学的约定俗成的说法。国家教育部制定的学位点，没有当代文学只有现代文学，把当代文学归入现代文学的范畴，作为现代文学史的一个组成部分，这是比较符合实际情况的。①

尽管已经过去十六年有余，陈思和的观点可以再加讨论，但他提出的这个问题今天依然没有解决。陈思和认为，“‘现代’一词是具有世界性的文学史意义的”，这是对的，但是，需要指出的是，欧美在文学方面指称的“现代”，其一是和历史相关的现代史的概念，那是要比中国的五四运动以来的“现代”要漫长得多的时段，如前所述，可以追溯到1500—1800年；其二是指“现代主义”时期的文学，这是指19世纪末至20世纪50年代结束的一段时期，以具有现代主义典型特征的文学为其内涵。这个概念在欧美的文学理论观念中，严格地说不具有文学史的时段概念。其三，正如我们要看到中国的“现代文学”是中国自己的规划一样，无法与世界的“现代文学”重合，这就使我们要去理解“当代”被重新规划变得不可避免。“当代”所包含的特定的和复杂的含义是西方或“世界”所没有的，在文学史方面的使用尤其如此。它不只是对当下文学现象的概括，还包含着对一个特定时段的命名，赋予它以一种质的含义；并且通过这个命名，即通过确立“当代”的意义与外延，再反身确立“现代”的意义。尽管在欧美的文学史的表述中，也可能出现“当代”，但这个“当代”是时效非常短的“当下”或当前，或最近十多年发生的事情。

在“现代”和“后现代”来划分历史时段出现困难时，特别是需要一个更加单纯的时间结构时，欧美学界也会使用“当代”“当下”或“当前”。杰姆逊（詹明信）2002年在北京三联书店做过一次题为“回归‘当前事件的哲学’”的演讲，据他所言，法国有一位“不太重要的哲学家”写了一本书，批评“现状哲学”（philosophy of actuality），杰姆逊复杂的批判性思维颇为令人费解，他对现代性的批判性表述像绕口令一样莫衷一是。但是，他强调关注当前问题则是明确的。他把当前事件的哲学称为“当前本体论”，并将其作为他在2002年正式出版的一

① 陈思和：《试论90年代文学的无名特征及其当代性》，《复旦大学学报（社会科学版）》2001年第1期。

本书的副标题。他说："为了建立当前本体论，你必须了解目前发生作用的倾向，即倾向性的前景，根据过去给倾向性重新定位。当前是如此这般，倾向的力量在发生作用，这种本体论力图弄清它们之间的关系。"[①]按杰姆逊的历来思想来理解，这就是说，当前之所以能构成本体论，在于当前的存在具有向未来展开的能力，即不只是具有当下的合理性，也有未来的合理性，并且能够建立起未来的合理，这也是"革命""解放"的另一种表述。当然，这还是黑格尔的历史逻辑与马克思主义的历史唯物主义的另一种表述。这个"倾向性前景"也可以理解为黑格尔所说的"合理性的必然存在"，这表明当下打开的倾向性前景必然构成当下的一部分，使当下不再是暂时存在，而具有时间的存在结构，建立起历史的总体化。其内里也就是历史唯物主义反复表述的历史发展的本质规律。这种打开未来面向的革命性思想，虽然不能与基督教的末世拯救的学说混为一谈，但是在社会心理的意义上，它们具有结构上的同源同宗的特征。

其实进入"现代"以后，人们关于"当前"或"当代性"的感受都被归属于"现代"之中，"当代"的社会学和心理学属性被"现代"命名了。因为"现代"一词已经足够让人们从过去，从旧有文明秩序中脱身而出，而"现代"几乎是飞奔向未来进发，"当前""当代"充斥着斗争、批判，甚至战争，这表明"当代"只是暂时性的、过渡性的，需要被克服和迅速超越的。即使在美学上，当代、当下也被另一个词"瞬间"所替换。而"瞬间"只是现代性裂开的一道缝隙，它被迅速掠过，而不是撕开一道裂口，或打开一条路径。最为经典的表述就是福科读解波德莱尔的那首诗，福科把现代性的态度理解为是一种把握现代时刻的态度，他说："现代性不是与现时的关系的一种简单的形式；它也是必须建立的与自己的关系的一种模式……对于波德莱尔来说，现代人不是去发现他自己、他的秘密、他的隐藏的真实的人；他是试图创造他自己的人。这个现代性没有'在他自己的存在中解放人'；它迫使他去面对生产他自己的任务。"[②]这种态度不只是对于飞逝的现在的敏感性的感受，而是把现在"英雄化"的意志。

在现代主义的历史观中，"当代"只是现代主义观念性的显现（"英雄化"的意志），当代瞬间化也就是虚无化，它只是在归属于现代的总体化中才显现意义。杰姆逊试图建立的"当下本体论"，也就是具有未来面向才使得当下具有本体性的存在。当下无论如何都不能凭借自身获得自主的存在，它之所以被命名为"当下""当前"

---

① 詹明信等：《回归"当前事件的哲学"》，《读书》2002年第12期。

② 福科：《什么是启蒙？》，参见《文化与公共性》，汪晖、陈燕谷主编，三联书店，1998年版，第432—433页。

以至于“当代”，只有否定自身才能在过去的归属或未来的开辟中获得存在。

阿甘本曾经就“当代性”表述过另一个概念，即“同时代性”以及“同代人”的概念。阿甘本2006年在一个讨论课上提出一个问题：“我们与谁以及与什么同属于一个时代？”他认为首先而且最重要的是：“同时代意味着什么？”当然，他的问题的出发点倒不是着眼于当代，而是对于过去年代的文本，我们何以会与那些离我们年代久远的文本产生同时代感？也就是能成为那些文本的同代人从而感受到它们的意义。阿甘本的回答也是从破解“同时代”出发，他认为，有启发性的见解来自罗朗·巴特对尼采的总结，巴特说：“同时代就是不合时宜。”尼采在1874年出版了《不合时宜的沉思》，他写道：“因为它试图把为这个时代所引以为傲的东西，也即，这个时代的历史文化理解为一种疾病、无能和缺陷，因为我相信，我们都为历史的热病所损耗，而我们至少应该对它有所意识。”阿甘本解释说：“真正同时代的人，真正属于其时代的人，是那些既不完美地与时代契合，也不调整自己以适应时代要求的人。因而在这个意义上，他们也就是不相关的。但正是因为这种状况，正是通过这种断裂与时代错误，他们才比其他人更有能力去感知和把握他们自己的时代。”[①]阿甘本分析尼采的“相关性”概念来解释个人与当下在断裂与脱节中的“同时代性”。他认为，真正属于其时代的人，是那些既不完美地与时代契合，也不调整自己以适应时代要求的人。因而在这个意义上，他们也就是不相关的。他写道：

> 因此，同时代性也就是一种与自己时代的歧异联系，同时代性既附着于时代，同时又与时代保持距离。更确切地说，同时代是通过脱节或时代错误而附着于时代的那种联系。与时代过分契合的人，在各方面都紧系于时代的人，并非同时代人——这恰恰是因为他们与时代的关系过分紧密而无法看见时代；他们不能把自己的凝视紧紧保持在时代之上。[②]

作为一个马克思主义左派理论家，阿甘本对当代现实保持着尖锐的批判态度，对于西方激进左派来说，资本主义的现今时代无疑是需要批判乃至以革命方式彻底改变的，他们秉持着超越现实和向革命未来的期盼，要与同时代拉开距离，资本主义现实是不值得过下去的社会，身处这样的时代，毋宁说身处黑暗中。他如此表述就是理所当然的：“只有那些允许自己为世纪之光所致盲，并因此

---

① Giorgio Agamben, What is an Apparatus. Stanford University Press, 2009, pp.40—41.

② Giorgio Agamben, What is an Apparatus. Stanford University Press, 2009, pp.42.

而得以瞥见光影，瞥见光芒隐秘的晦暗的人，才能够自称是同时代的人。”①这就可以理解，同样身为当代最为杰出的马克思主义理论家的巴迪欧极为赞赏诗人佩索阿以“匿名”的状态来写作诗歌，他生活于这个时代，只求隐藏于不断变换的假名之下。②恰恰是这样，佩索阿代表了他的时代。身处这个时代，能感悟到这个时代的真实状况或者说“真谛”的，就是对当代保持批判性的警觉，所谓同时代性，就是与时代的疏离感和批判性。这也是德里达所表述的始终保持马克思的异质性批判精神。

就阿甘本的“同时代性”而言，实则是一种主体的态度或感受，人们当然也可以客观地评价这种“歧义”或“疏离感”，这种存在的疏离或紧张关系本身也是一种历史关系，也具有历史的客观性。但其存在状态和性质却必须获得主体的自觉意识，它无疑还是主体主动意识所起到的作用。按阿甘本的观点，“当代性”是主体与时代建立起来的一种关系。人们依然会去追究，当代性是主观的还是客观的？这显然是一个难以解决的哲学问题。当代思想已经不这样提问题，但追问起来，依然难免会有此疑虑。当代性就存在于现实对象之中吗？就是我们置身于其中的时代吗？还是取决于我们认识现实或时代的立场和观点？不同的人看待现实会得出完全不同的判断，狄更斯在《双城记》开篇就写下了这样的话：

> 那是最好的时代，那是最坏的时代；那是智慧的年头，那是愚昧的年头；那是信仰的时期，那是怀疑的时期；那是光明的季节，那是黑暗的季节；那是希望的春天，这是失望的冬天；我们全部在直奔天堂，我们全都在直奔相反的方向。③

这显然是自相矛盾的判断，“最好的”与“最坏的”都共存于一个时代之中，那么究竟哪一种更符合实际呢？哪一种是时代的本质呢？哪一种更切中当时的“当代性”呢？这既可以表明这个时代本身存在的复杂混乱的境况，也可以表明是观察者处于不同的立场、不同的视角看到时代不同的面貌。前者着眼于时代的特征取决于主观性，后者表明这个时代的现实本身就是多样且矛盾的。

历史中的“当代性”究竟作何理解，不管是把它理解为某种精神性的显现（例

---

① Giorgio Agamben, What is an Apparatus. Stanford University Press, 2009, pp.44.

② 巴迪欧:《哲学任务——成为佩索阿所代表时代的人》，参见《非美学手册》英文版，Alberto Toscano 英译，斯坦福大学出版社，2005 年版，第 36—46 页。

③ 狄更斯:《双城记》，孙法理译，译林出版社，1996 年版，第 3 页。

如黑格尔或者现代主义美学），还是理解为主体自觉与同时代保持歧义性，并具有批判精神，“当代性”都包含了主客体的互动关系，“当代性”说到底是主体对置身于其中的时代建立起的一种叙事关系。阿甘本的阐释揭示出“当代性”的这样的含义：“当代性”是作家诗人当前存在的一种意识，既意识到它的存在，同时又有能力超离它；不是深陷于“当代性”，而是走出“当代性”，在对未来面向的开掘中，逃离了当代性的命运。昌耀在 1981 年写下《慈航·记忆中的荒原》这样的诗句：

摘掉荆冠
他从荒原踏来，
重新领有自己的运命。
眺望旷野里
气象哨
雪白的柱顶
横卧着一支安详的箭镞。……①

昌耀在 80 年代初期写下的诗句，一定是重新唤醒了他在五六十年代和 70 年代的记忆，他是那么沉重地被命运包围，幼年丧母，十三岁从军，十八岁开始发表诗作，二十二岁被打成右派，颠沛流离于青海垦区。“文革”期间，伯父、父亲自杀亡故。从这样的诗句中读得出他和两个时代都是有着区隔的歧义，他身陷命运的困境，但他不甘于命运摆布，“从荒原踏来”，多年后，他用他的诗句“重新领有自己的运命”。就是在那样的时代，他也能在精神上逃离，他用他的文字区隔了时代对他的钳制，他宁可迎接那等待他的箭镞，他会自豪地把那看成是他命运的徽章。我们可以读出这样的“当代性”里浸含着沉甸甸的生命质量，他在历史中，他踏过历史的荆棘，把当代史装进他的命运。

三、文学中的“当代性”

尽管在社会现实意义上，“当代性”可以显现为政治的和文化的总体性，甚

① 参见《昌耀诗集》，《慈航》首次发表于《西藏文学》1985 年第 8—9 期合刊，昌耀注明该作品完稿于 1981 年 6 月。

至可以归结出一个时代的文学风格，例如，盛唐气象、晚唐风韵、维多利亚时代、法国的古典主义时代，等等。但是，对于文学来说，具体到作家作品，实际上千变万化，同一时代，在不同的作家、不同的诗人的笔下就会有不同的精神风貌和格调情愫。哪一种最能体现时代性或当代性，这就只能视具体作品而言。严格地说，很难有哪一种表述是最被认可的；公认的、唯一的“时代性”（或当代性）恐怕很难成立，除非这个时代是极度集中、高度总体性或一体化的。叙事类文学作品通过人物形象来说话，具体到人物形象，各自体现的时代性（或当代性）则大异其趣。莱蒙托夫的《当代英雄》中的毕巧林，屠格涅夫的《罗亭》中的罗亭，托尔斯泰的《复活》里的聂赫留朵夫……这些人物都以不同的方式，以自己的时代内涵表达了当时俄罗斯的“当代性”，抓住了那个时期的历史的不同的本质方面。同样的，在中国五六十年代，柳青的《创业史》、浩然的《艳阳天》、杨沫的《青春之歌》、王蒙的《组织部来了个年轻人》，至于80年代，卢新华的《伤痕》、刘心武的《班主任》、张洁的《爱是不能忘记的》、柯云路的《新星》、张承志的《北方的河》……那个时代的总体性特征十分鲜明，故而一篇小说就能产生巨大的反响，这些作品以对时代的理解，对社会主义生活的理想性的探寻，写出了那个时期的“当代性”。90年代，中国社会进入更为多元的时代，很难有一种思想能统合社会的共同愿望。于是，像贾平凹的《废都》书写的“性”（回归古典时代表征的当代的颓靡），陈忠实的《白鹿原》表现出的文化记忆和历史创伤性经验（以及重写历史的愿望），可以在90年代初获得最为普遍的反映，除此之外，很少有那种强烈而深切的共同震撼。至于到了新世纪的最初几年，文学的代际经验表现出极大的差异，“80后”这代作家崭露头角，与其说他们是另类，不如说是当代文化/文学的内部分离所致，以至于不同代的作家（例如，60代、70代、80代），尽管生活于同一时代并不能完全共享一种文学观念，甚至认知方式和价值理念也不尽相同。历史发展到如此时刻，何为这个时代的“当代性”，已经不能获得共同的经验和统一的认识。

我们通常谈论的“当代性”显然有不同的层级：

第一层级：指人们生活于其中的现实的当代性。这是原初的当代性问题，它具有客观的第一性的意义。不能说这种客观原初性具有本质化的存在样态，它存在那里，也并非以黑格尔式的绝对精神存在于历史的总体性中。但是，它确实又具有客观的原初性，在某些时期它构成了典型的特征，某些时期它变得莫衷一是。但归根结底它以无限多样的形态还是会显现出时代的总体性特征，这也是一个时代区别于另一个时代的特点，如果我们不承认这样的特点的客观原初性，那我们无法建立起任何关于时代差异的认识。例如，一个时代的生产力和生产关系、人们的生活方式、发生的历史大事件、政治与司法制度、占统治地位的意识形态、宗教信仰与活动等等，所有这些，都在表征一个时代的特征，它们在某种情势下会形成这个时代的总体性以及人们对这个总体性的认识。不管一个时代多么复杂或混乱甚至矛盾，但它总可以体现出它在总体上的当代性。比如，我们常说的古希腊时代、文艺复兴时代、工业革命时代、“五四”时期、社会主义革命时期，等等。

第二层级：指文学作品表现出的“当代性”，这是主观认识的投射。文学作品如何反映时代，实际上已经经过作家主体的认识的加工。我们迄今为止所能认识到的“当代性”，都是文本化的，或者说是以语言的形式表现出来的。脱离了现有的语言、概念、范畴以及逻辑关系，我们无法理解“客观”事物，更不用说庞大而无限纷乱的“现实”了。我们承认客观原初性的“当代性”有可能存在，它只是构成我们理性认识的素材，或者称之为基础，至于我们认识到什么，给予它什么意义，则取决于主体的认识结果。就这一意义来说，文学中的“当代性”当然是作家表现出的对时代的认识，其主体性或主观性的特征十分明显。但是，如何理解这种主客体的关系，即使是主观性的认识，不同的作家对一个时代的表达也会有本质性的区别，这又让我们如何去理解“当代性”的历史客观性或客观的原初性呢？

就从理论的归纳而言，“当代性”的理论内涵至少有以下几个方面的问题需要提出来加以说明。

其一，当代性的主体意识问题。我们评价文学艺术作品是否具有当代性，无疑是指这部作品是否反映了当代的社会问题和矛盾冲突，集中于其内，它是作家艺术家主体意识到的时代精神以及历史的深刻性。正如马克思在 1859 年《致斐迪南·拉萨尔》的信里指出的那样，拉萨尔所构想的冲突不仅是悲剧性的，“而且是使 1848—1849 年的革命政党必然灭亡的悲剧性的冲突”[①]，因此马克思完全赞成把这个冲突当作一部现代悲剧的中心点。这表明拉萨尔试图回应当时的现实问题，也是革命政党的紧迫问题，但是拉萨尔显然并没有真正做到。马克思认为，拉萨尔应该能够“在更高得多的程度上用最朴素的形式恰恰把最现代的思想表现出来”[②]，这就是要求拉萨尔能够意识到历史的深度，并且以更加莎士比亚

---

① 参见《马克思、恩格斯、列宁、斯大林论文艺》，中国作家协会、中央编译局编，作家出版社，2010 年版，第 106 页。

② 参见《马克思、恩格斯、列宁、斯大林论文艺》，中国作家协会、中央编译局编，作家出版社，2010 年版，第 106 页。

化的形式表现出来。仅仅是马克思回信二十九天后（1959 年 5 月 18 日），恩格斯给拉萨尔也回复了一封信，表示同意拉萨尔自己提出的戏剧艺术的要求，即“较大的思想深度和自觉的历史内容，同莎士比亚剧作的情节的生动性和丰富性的完美融合”，恩格斯认为，“这种融合正是戏剧的未来”。[①]问题的难度正在于，历史已然过去，现实存在于那里，我们身处不同的现实境遇，人们根据各自的利益——按照恩格斯的看法，他们（当然也包括作家和艺术家）“是一定的阶级和倾向的代表，因而也是他们时代的一定思想的代表，他们的动机不是来自琐碎的个人欲望，而正是来自他们所处的历史潮流”[②]。

因而，我们评价一部作品的“当代性”是否鲜明或深刻，实则是在讨论作者是否能够意识到历史的深度，是否以恰当完满的艺术形式表现出历史深刻性。不管是关于历史的叙事还是现实的表现，都是身处当下的人所意识到的问题，在这一意义上，如克罗齐所言，所有的历史都是当代史。它必然是当代人所讲述的历史，所意识到的历史的本质方面。然而，人们身处当代，此一时彼一时，如何能意识到历史深度，在什么时间规定性中意识到历史深度，实在是一个难题。当代性具有时间的规定性，因而，它又具有相对性。比如，《太阳照在桑干河上》《暴风骤雨》这类作品，在当时无疑是最具有“当代性”的作品，它们都表现了中国革命中的土改问题，而《创业史》表现了土改之后的问题。按《创业史》要回答的问题，农民分到土地后，中国乡村将面临重新致富和贫富分化的局面，土改打倒了地主阶级，仅仅过去数年，又会出新的地主、富农。《创业史》正是在处理这一难题时，表现了党在这一时期提出的方向，将农民组织起来，一起走社会主义合作化道路。但是，经历过二十多年的历史实践，这一方向出现了严重的问题，其结果是中国农村的贫困化，这是任何期望过好日子的人都难以接受的现实，这显然不能说是一个美好的社会图景，一个人人向往的未来社会。二十多年后，中国重新将土地分给农民，允许私人拥有财产，并且允许一部分人先富起来。那么，如何理解那些为政治的需要书写的作品呢？如何理解作品里表现出的“当代性”或时代的意识形态呢？

很显然，中国当代文学的“当代性”在很大程度上受意识形态支配，不用说五六十年代，80 年代的“伤痕文学”在当时是站在“拨乱反正”的前列，与其说

① 参见《马克思、恩格斯、列宁、斯大林论文艺》，中国作家协会、中央编译局编，作家出版社，2010 年版，第 112 页。

② 参见《马克思、恩格斯、列宁、斯大林论文艺》，中国作家协会、中央编译局编，作家出版社，2010 年版，第 112 页。

它体现了作家对时代的敏感表现出的思想深刻性，不如说是对意识形态领会的及时性的成果。卢新华的《伤痕》、蒋子龙的《乔厂长上任记》、古华的《芙蓉镇》、鲁彦周的《天云山传奇》、张贤亮的《绿化树》、张承志的《北方的河》，固然它们都反映了时代的某些要求，但它们在多大程度上可以说是意识到了历史深度则很难说。在意识形态高度集中的时代，作家并没有多少能力和自觉揭示“历史的深度”，只有总体性的意识形态可以提供时代愿望，建构起时代想象关系。故而那些看来是作家个人敏感性表现的时代意识，实则是对意识形态回应的结果。在这种历史情境中，“当代性”或者已经被意识形态总体性所规定或遮蔽了。于是往往会发生这种情况，意识形态烟消云散之后，曾经风行一时的作品可能会变得肤浅而概念化。

相比较而言，“文革”后的“朦胧诗”对那个时代的表达就更持久地显示出其“当代性”的意义。在当时被称为“看不懂”或倾向有问题的诗作，却为青年人传诵一时，更加真实地抓住了时代情绪，表达了时代的呼声，开辟了面向未来的精神向度。新的诗风也代表了时代“新的美学原则在崛起”。

这需要我们去进一步探讨“当代性”的时间性问题。

其二，当代性的时间性问题。“当代性”在通常的意义上，当然是对当下的深刻意识，那些深刻反映了当下的社会现实的作品，更具有“当代性”。这一点不难理解。就整体上来看，那些深刻有力的作品，总是抓住了当时的历史本质。不管是19世纪的批判现实主义作家，如狄更斯、巴尔扎克、司汤达、托尔斯泰等等，还是中国的鲁郭茅巴老曹，无不如此。但是，也有一部分作品体现出更长时效的“当代性”，可能具有一种“非当下性”特点，这显然是矛盾的。也就是说，它未必是迎合当时的潮流，或者并不在意识形态的总体性圈定的范围内。因为其“前瞻性”“前沿性”，它并不属于当下性的时间范畴；或者相反，它的“落后性”使之无法与当下合拍。但是，随着时间的推移，它显现出一种坚实的当代性。例如，列宁说托尔斯泰是俄国革命的镜子，他写道：“作为俄国千百万农民在俄国资产阶级革命快要到来的时候的思想和情绪的表现者，托尔斯泰是伟大的。托尔斯泰富于独创性，因为他的全部观点，总的说来，恰恰表现了我国革命是农民资产阶级革命的特点。从这个角度来看，托尔斯泰观点中的矛盾，的确是一面反映农民在我国革命中的历史活动所处的矛盾条件的镜子。”[①]托尔斯泰的世界观具有保守性，鼓吹基督教的不抵抗主义，骨子里无疑是反对激进革命的。他显然不是立足于当下，前瞻性去理解俄国的

---

① 参见《马克思、恩格斯、列宁、斯大林论文艺》，中国作家协会、中央编译局编，作家出版社，2010年版，第192页。

革命与未来的方向，他是保守性地看到俄罗斯农民所处的历史地位，他们受压迫和剥削的悲惨境遇，这种表现本身就为俄国革命的必然爆发提供了社会依据。

然而，我们毕竟要看到，“当代性”是一个有关现代性的紧迫感的问题，也就是说只有在“现代性”的激进方案里才会提出“当代性”的问题，也才会要求文学艺术具有“当代性”。列宁是在激进革命的叙事逻辑中来解释托尔斯泰的作品的时代性意义的，也就是说，文学作品只有面向未来革命才有价值。或者说，最高的价值从当代性与未来建立的联系产生出来。由此也不难理解，社会主义革命文学尤其强调“当代性”，强调意识到的历史深度，这一“深度”指向历史发展的必然逻辑，它离黑格尔的“绝对精神”并不远。中国五六十年代的那些作品，《创业史》《野火春风斗古城》《林海雪原》《艳阳天》《金光大道》等等，都是在激进革命逻辑中来体现时代意识。80 年代中国的文学也依然如此，只有到了 80 年代后期，“先锋小说”的时间意识出现了问题，它们主要表现年代不明的历史故事，它没有未来性，毋宁说那些作品只是面对过去的死亡问题。但是，它们以历史的颓败与审美的颓靡，表达了一种历史的存在境遇，也不能说它们没有当代性，甚至能感受一种更加深邃的奥秘的当代性。有如本雅明所说的那种“历史寓言”的形式，深切地表达了这一代人的现实体验。

在着眼于个体生存论的时间结构中，“当代性”的时间内涵也是统合了过去与未来的双重逻辑，这就是生与死的整全关系。海德格尔在《存在与时间》里说：“此在的本己存在就把自己组建为途程，而它便是以这种方式伸展自己。在此在的存在中已经有着与出生和死相关的‘之间’。”[①]因为人类的存在本质或不可超越的规定性就是“向死而生”，此在总是包含对过去的出生吸纳和向未来的规划，此在如果有对存在的领会的话，那一定是统合了过去与将来性的。海德格尔说：“就像当前在时间性到时的统一性中发源于将来与曾在状态一样，某种当前的境域也与将来和曾在状态的境域同样源始地到时，只要此在到时，也就有一个世界存在。”[②]如此，也可以引申理解为当代性如何能在此之时把过去与未来统合于自身而获得坚实性。

其二，当代性的境遇意识问题。当代性固然是一个现代性激进化方案里的叙事，但是，如果把这个问题看成不仅仅是中国文学所独有的一种现象，也不只是在激进革命逻辑中加以阐释的美学问题，那么，就有必要从时间的复杂结构中去理解。它不一定只是关于未来面向的当下意识，也有可能是一种对历史发展全

---

① 马丁·海德格尔:《存在与时间》，陈嘉映、王庆节译，三联书店，1987 年版，第 441 页。
② 马丁·海德格尔:《存在与时间》，陈嘉映、王庆节译，三联书店，1987 年版，第 431 页。

今的生存论意义上的体验。它可以更为具体地表述为一种“境遇意识”。这种境遇意识在时间向度上可以是面向未来，也可以是回溯过去，而当下仿佛是一个时间陷落的境遇，它是消弭了时间的当下场域。显然，关于未来面向的当代性比较好理解，这种当代性是显性的当代性，社会主义革命文学的经验最充分体现了这种当代性。尽管我们会认为在美学的意义上，它尚欠精致和高妙，它的粗陋与简单、质朴与豪迈，体现了强大的历史理性抱负，表达了解放的民族和人民对未来的无限期盼，向着未来的乌托邦进发是它超越现实的唯一道路。这种乌托邦美学是召唤式的，它的当代意识恰恰是超越当代，当代只是一个过渡，当代必然向着未来进发。从“现代性”的角度来看，如果说我们生活于现代性的时代，不可避免会在现代性的方案规划之内，那么，我们对中国五六十年代的文学经验就会给予更多的理解，对它的必然性和肯定性的意义也会有更深的体认。

当然，“当代性”最难处理的问题，还是回溯历史的作品，这些作品经常表达出的是历史颓败的意味。苏童不少作品就有此特点。八九十年代之交，苏童有数篇作品重述历史。例如，《罂粟之家》重写土改的故事，也是对百年中国现代史的反思。它显然与过去红色经典关于土改的革命叙事有所不同，在被遮蔽的历史领地，它另辟蹊径，表现出更深切的反思性。正因为此，这部作品开启了重写历史的小说维度。随后的不少作品，如陈忠实的《白鹿原》、阿来的《尘埃落定》等，都是在反省20世纪的激进现代性，传统农业乃至于农奴社会遭遇现代的命运，它们顷刻土崩瓦解，留下的是无望的哀愁。

《白鹿原》在某种意义上是90年代中国文学最重要的作品，它何以会获得如此高的评价？我们固然可以从它集现实主义之大成，对历史与乡土中国反思之深入，对西北传统文化与民众风情的表现之真切等方面来把握，但它的磅礴大气，它令人扼腕而叹的格调，它的那些栩栩如生的人物……所有这些其实都指向中国传统农业社会进入现代遭遇到的困境，最为深刻地书写了中国农业社会最后衰败的命运，它并不偏执于某一种立场，而是最为朴实地，因而也是最真实地写出了中国农业文明最后的也是现实之初的境遇，这才是最为令人震惊之处，因此它是一部“大历史”之书，是历史自己写作的作品。在90年代之初，《白鹿原》仅就它进入人们的意识深处而言，就其所激起的反响而言，是具有“当代性”的作品。固然，《白鹿原》未必是明确反思历史的作品，也未见得有多强烈的批判意识，它在某种意义上还带着“寻根”的遗风流韵，因为偏居于西北一隅，陈忠实离文学主流有一些距离，这使他相比主流文学的变化节奏往往慢了半拍。据说，陈忠实在1988年清明前后就开始写作草稿。这些或许都可表明他与“寻根”的错位联系，但是，陈忠实没有“寻根”的那种观念性和目的论，他带着对乡村文明的所有记忆，以其朴实深厚的乡村感情，对农业文明在20世纪遭遇的历史变故展开书写，唯其朴实厚道，既没有偏执地用传统文化替代激进革命，也没有赋予激进革命无可置疑的优先权。正是按照最为朴实的乡土记忆与经验来书写，他给予20世纪上半叶的中国乡村历史以本色的存在，历史的单纯与复杂，明晰与矛盾，自然而然地呈现出来。陈忠实或许信赖传统文化，朱先生的形象就有原型，即关中大儒牛兆濂，陈忠实试图以朱先生的形象来表现传统文化的深厚底蕴，在战争动乱时代的坚持和正气凛然的品格。但是事实上，朱先生的形象并未达到应有的效果，他的"神机妙算"既属偶然，也不置可否。陈忠实有意将其戏谑化，充其量也只是民间的狡黠与经验。作为打小从父亲那里听来的故事，陈忠实本来就半信半疑，他是一个忠于事实的人，他既想用这个人物来支撑文化，但又把握分寸，根本在于他也未必真的相信传统文化能在传统向现代转变时期，保持住民族的根基。朱先生的足智多谋并未显露出来，不管是在战乱中，还是在乡村的实际事务中，都没有发挥任何实质性的作用。白嘉轩这个乡村宗法制社会的正面领导者，他的身上体现了诸多理想性的价值内涵，然而，他也没有能力挽救乡村在现代到来时的溃败。军阀与日本侵略者再加上土匪给乡村带来的灾难，下一代白孝文、白孝武、鹿兆海、鹿兆鹏各自寻求的政治道路，决定乡村命运的是现代民族国家的政治冲突（战争），是现代政党政治对乡村中国的全面渗透和改变，白嘉轩只能是一个被历史大变动抛到一边的老去的人物，他既不能把握现实，也没有能力面对未来，乡村自然的传统文化根本不可能指引乡村走向20世纪的大历史。陈忠实是以现实主义的忠实笔法来描写历史，来给予历史最为本色本真的回答。正是以现实主义的客观态度，陈忠实写出了中国乡村及其代表人物的历史境遇，这就是进入现代的20世纪，中国乡村遭遇巨变陷入的困境，无望地被历史拖着走的命运。《白鹿原》正是写出中国农业文明最后的境遇，这是今天对历史的深刻体认，看到了它无可逃脱的命运，讲述话语的年代与话语讲述的年代重合在一起，这就体会到各自的境遇，当下之震惊油然而生。

其四，当代性的美学问题。一部文学作品具有当代性，显然不只是作品的内容体现/表达了当代性，作品的表现方式、表现形式也必然具有当代性。反过来说，作品能充分且有力地体现出当代性，必然也是一个美学问题。只有那些能站得很高，并把意识到的历史内容，"用最朴素的形式"或者是用"莎士比亚化的手法"表现出来的作品，才有可能充分地表现出"当代性"，这就是说，艺术形象的当代性本身包含着审美的要素。这就需要我们进一步去探讨：文学作品的艺术表现方法和形式，或者说美学的风格、总体的气韵格调等等，是否也具有"当代性"。这里至少有两个层面的问题：一是作家意识到的历史深度（当代性），需要完美或恰当的形式体现出来，以实现“当代性”。作家思想再深刻，再有能力抓住当代紧迫的问题，但却没有高超的艺术手法，这样的作品显然表达不出当代性。正如前面引述马克思、恩格斯的观点，这一层面好理解。二是艺术形式的当代性问题，这牵涉到艺术形式是否有独立性的问题。我们究竟通过什么媒介与古典的作家或外国的作家产生共鸣，能理解另一个时代、另一个民族的文学作品的内容，并且能体验到那是伟大的作品？也就是阿甘本提出的何为同时性或同代人的问题，此问题也同样适用于追问审美上的同时性。我们能与不同文化、不同语言的外国作家成为同时代人，除了思想内容、文化的普遍性、人性及人类心灵的相通等方面外，还有对优秀文学艺术作品的感受经验积淀并形成审美理念，故而对文学艺术作品的优美产生强烈的共鸣。特别是对那些有创新性特质的作品，敏锐的读者和批评家都能体会到强大的挑战性。美学上的挑战性就如思想上的批判性一样，它们都处在艺术的前沿阵地，具有促使过去向未来开启的意义，其审美意识的当代性显示出感染力。

八九十年代之交的先锋派作家，如苏童、余华、格非、孙甘露、北村等人，他们大多讲述年代不明的历史故事，他们的形式主义策略显然也是出于对现实规避而做的选择，他们尤其乐于去寻求那种超离现实的幻想，叙述方法的繁复演绎，语言的细腻精微的感觉，以及抒情语式透示出的韵致，这些在艺术上或者说美学上把过去由现实主义正统规范的小说叙事，引导向艺术的表现形式、汉语的更加丰富的表现力。80 年代中国文学急切地寻求变革，追逐西方的现代派，文学共同体不再愿意忍受中国文学的单一模式，创新就是要突破旧有的樊篱。在小说的语言和叙事方法方面，先锋小说回到形式本身，形式革命就使得小说具有了新的存在样态和根基，百年中国文学发展至今，终于有能力凭借一己形式获得存在的正当性和充足性，这就是美学的当代性。这样的小说形式美学具有当代的合理性。

很显然，那些在艺术上陈旧的、老套的作品很难具有当代性，尽管它们可能表现了当下的生活现实，甚至还可能提出关于当前的很尖锐的问题，但未必有当代性，因为陈旧的形式方法并不能把意识到的历史深度表现出来。对于文学艺术来说，能揭示出历史深度的作品，一定是在艺术表现形式上找到最为恰切的、同时也是最有创新的能量的作品。《白鹿原》在小说艺术形式方面虽然革新不足，但它是现实主义小说艺术的集大成，它有丰富性和充足性，它刻画人物和描写生活的精细和准确是无与伦比的，而它的结构的恢弘和故事的曲折，都使它超出以往现实主义小说许多，几乎以其完美宣告了现实主义小说的终结。就此而言，它也算是完成了审美的当代性。80 年代中期，莫言的《红高粱》对乡土中国以及革命历史的表现都显示出崭新的风格，这得益于它的叙述方法和语言风格，以及对马尔克斯和福克纳的借鉴。它的神奇和狂放，又紧紧抓住80年代中后期中国人的集体无意识，那就是个人主义以民族意识的混合形式宣泄出来，它的非法性与正当性都显得似是而非，需要激越放任的形式才能表现出来。电影《红高粱》的插曲《妹妹你大胆往前走》与崔健的《一无所有》，相互呼应、相互诠释，表达了共同的时代情绪。这不只是其中的内容，更重要的是其形式美学的巨大的冲击力——形式就是当代性。

然而，十多年后，阿来带着他的《尘埃落定》四处寻求出版社，直至2000年才得到出版机会，随后阿来暴得大名，《尘埃落定》的销量十年间超过一百五十万册。如果要论小说艺术的革新挑战，它已经没有了先锋派当年的冲击力；如果要说小说对一种文明消逝的描写，重写西藏地区进入现代的历史，它也并不新颖。但是，阿来在小说艺术上有一个十分重要的贡献，他既保持了先锋小说的叙述语言，又完全吸收了现实主义小说的故事与人物塑造的笔法，这种融合和协调，正是面向新世纪的中国小说迫切需要做出的艺术探索。恰逢其时，在先锋文学已经全部撤退之后，《尘埃落定》更具包容性地重新出场，又具有了崭新的意义——也就是说，它在美学上恰恰最具有当代性。

要把文学中的“当代性”说得全面透彻，显然不只是这几个方面能概括得了的。以上触及的当代性的几个特征，也是相互关联、互为表里的。文学艺术作品最难区分的就是内容形式。严格地说，只是出于理解的需要把它们区别开来，脱离了内容的形式不能存在，脱离了形式的内容也不能成立。“当代性”是文学艺术作品整体表现出来的一种精神蕴含，它是在时间与空间、主体与客体之间建构起来的认识关系。

四、几点总结和遗留的问题

我们在这里讨论文学的“当代性”，并非是说文学必须要有当代性，也并不认为所有当代写作的文学作品，其最高标准是“当代性”。当代性只是我们理解文学的一种方式，它也只是在把握文学与时代的关系时所做的一种表述。有些非常优秀的作品，未必就有非常鲜明的当代性；特别是那些古典作品，已经脱离了它所处的时代，在它的那个时代，它或许具有当代性，也可能没有被人认识到，也可能被埋没了，后世发现了其价值。这些发现可能是纯粹艺术形式方面的，或者是其他的认识方面的。有不少非常优秀的作品，我们对它的阅读和讨论也不一定要用到“当代性”这个概念。只是在这个视域中，我们强调当代文学艺术作品的一个基本特征而已。“当代性”的内涵无法本质化，试图给出定义也显得十分困难，故而我们有必要对前此的论述再做明确的归结。

其一，当代性是现代性论域中出现的问题，何谓当代，为什么会产生关于“当代”的论说，这都是现代性对自身的反思和超越的行为。

其二，当代性在现代性激进化的历史进程中被凸显出来，因为时间的紧迫感，因为要建构“当前”在政治与审美方面的合法性，故而“当代性”会成为一个有“价值”的论域。例如，在中国20世纪的现代性进程中，“当前”“当代”“当下”等时间性的范畴起到了极重要的作用。总是没有超越“当前”紧急历史境遇中的普遍性的和超越性的价值，即使有，也是立足于当下实践构想出来的。

其三，“当代性”成为一个论题，这本身表明“当代”是一个矛盾聚焦的时间场域，也表明它的承压和要求超越的动力。因而“当代性”是一种文化的境遇意识——它总是明白自己身处特定的境遇中，在时间无穷无尽的流逝中，它陷于此刻此地，被命运包围，被无数的事件裹挟。

其四，当代性是主体意识到的历史深度，确实包含了一种主客体的关系，但是，归根结底，它是主体建构起来的一组叙事关系。

其五，当代性有不同的表现形式，同一时代在不同的作品中具有不同的当代性；在不同的文学史叙事中，当代性的意义并不相同。当代性具有不同的时效性，曾经认为某些作品具有深刻的当代性，时过境迁可能会被认为是应景之作，而另一些被认为世界观落后的作品，却可能体现了那时的当代性。

其六，在今天中国的文学创作实践中，强调“当代性”无疑是有积极意义的。在我们如此倡导文学与现实、与时代的关系的时候，强调“当代性”是要以更为真实的态度，以面对现实的勇气去写出当代中国的复杂性，去触及历史深度，去揭示中华民族的当代境遇。很显然，当今中国文学不只是表现出中国民族的生存境遇，文学也以它自身的矛盾性显现出一种文化的历史境遇，尤其是文学，它以语言形式传承的传统性，它经受着的世界文学的挑战，它承受着当下汇集的矛盾和压力，中国文学在今天何去何从，它想怎么做，它能做什么——所有这些，都表明了它处于一种历史境遇中，它只有意识到这个境遇，深刻领悟了现实的命运和未来的召唤，它才能走出自己的道路。道路从境遇中生长，在当下艰难开掘，向未来坚韧延展，中国文学因此才有力量，才能超越“当代性”。

多年前，昌耀在诗里写道：

没有墓冢，
鹰的天空
交织着钻石多棱的射线，

直到那时，他才看到你从仙山驰来。
奔马的四蹄陡然在路边站定。
花蕊一齐摆动，
为你摇响了五月的铃铎。

这首题为《邂逅》的诗，读了不只是让人感奋，而是意识到一种命定的机缘，文学邂逅“当代性”，也是一种意外之喜吗？用诗人欧阳江河的话来说，有一种“侥幸之美”。但是，不管怎么说，对于今天的文学来说，对于身处于一种历史之中的中国文学来说，它能与当代性相遇就是说它们共同处于一种境遇之中。它能体验到“当代性”的唯一法则就是超越它，穿过它，如同穿过“墓冢”。昌耀穿过的历史曾经何其沉重，但他还是忽略了“墓冢”，他跨过命运那么多的障碍，他还是向往着如鹰、如奔马的人生，只有向前，向着五月的未来进发。这与其说是昌耀的誓言，不如说是中国当代文学的心灵渴望，是它的当代精神的证词。

原发《中国现代文学研究丛刊》2017 年第 6 期

当下中国文学的一个新方向

——从石一枫的小说创作看当下文学的新变

孟繁华

自白话文学发生以后，中国文学从来没像现在这样繁富多样和复杂。因此，对于当下文学的评价之分歧，也从来没有如此意见纷呈各执一词。无论出于哪种考虑，这都是一种全新的文学格局，或者说，“就是我们的文学生活”[①]。但是，只要我们走进文学内部，就会发现我们的文学依然与现实结合得非常紧密，当下生活的每一个细部被表达得完整而全面。从这个意义上说，文学仍然是时代生活的晴雨表，作家仍然是时代生活的记录者。一个时代有一个时代的文学，但文学传统的巨大力量仍以惯性的方式在承传和延续。诚如贾平凹所说：“作为一个作家，做时代的记录者是我的使命。”[②]这也是文学仍是这个时代高端精神文化生活主要形式的原因。作家记录时代生活，同时也必须表达他对这个时代生活的情感和立场，并且有责任用文学的方式面对和回答这个时代的精神难题，特别是青年的精神难题。比如20 世纪 80 年代文学，在今天不仅是一个研究对象，同时也更是一个怀念和不断想象建构的对象，原因就在于 80 年代的文学整体上塑造了一代“青年”形象——高加林、返城知青、青年右派、青年叛逆者等，一起构成了 80 年代文学绵延不绝的青春形象序列。这些青春形象同那个时代的“星星画展”、港台音乐、校园歌曲以及崔健的摇滚、第五代导演的电影等，共同构建了20 世纪 80 年代激越的文化氛围和扑面而来的、充满激情的青春气息。任何一个

---

① 参见孟繁华:《这就是我们的文学生活》，作者曾用这样的表达概括 2009 年的中篇小说创作状况，《当代文坛》2010 年 1 期。

② 王文、刘巍巍:《贾平凹: 做时代的记录者是我的使命》，《新华每日电讯》2013 年 6 月 14 日。

时代的文化心理、氛围和具有领导意义的潮流，都是由青年担当的。因此，没有青春文化和没有青春形象的文学，对任何时代来说都是无法想象的。同时，80 年代的文学更揭示和呈现了那个时代青年的精神难题，比如潘晓问题的讨论以及青年经过短暂的亢奋之后的迷茫、颓唐等。正如北岛的《一切》和舒婷《也许》中的诗句："一切都是命运 / 一切都是烟云 / 一切都是没有结局的开始 / 一切都是稍纵即逝的追寻"；"也许我们的心事 / 总是没有读者 / 也许路开始已错 / 结果还是错 / 也许我们点起一个个灯笼 / 又被大风一个个吹灭 / 也许燃尽生命烛照别人 / 身边却没有取暖之火"。那个时代青年的精神难题就这样被诗人提炼出来，于是他们成了 80 年代的代言者和精神之塔。

上述与文学有关的现象或作品，几乎都与社会问题有关。社会问题小说，是新文学重要的流脉，也是自 1978 年以来文学最发达和成就最高的领域。这一状况不仅与中国的社会历史语境有关，同时也和作家对文学与社会关系的认知有关。即便在文学表达最为自由的时代，社会问题小说仍然是最丰富、最多产的，比如 80 年代。但是，今天由于新媒体的出现，社会资讯的发达程度远远超出了我们的想象。更严峻的问题是，各种关于社会问题的消息蕴含的信息量及其轰动性、爆炸性，是任何社会问题小说都难以比拟的。要了解社会各方面的问题，网络、微信等无所不有。因此，当今时代的各种资讯对社会问题小说提出的挑战几乎是空前的。但是，文学毕竟是一个虚构的领域，它要处理的还是人的心灵、思想和精神世界的问题。从这个意义上说，文学仍然占有巨大的优势，仍然有巨大的空间和可能性。精神难题是社会难题的一个方面，但网络、微信传达的各种信息，还不能抵达文学层面，这也正是文学至今仍然被需要的缘由。如果是这样的话，我认为青年作家石一枫是新文学社会问题小说的继承者，他不仅继承了这个伟大的文学传统，同时就当下文学而言，也极大地提升了新世纪以来社会问题小说的文学品格，极大地强化了这一题材的文学性。在这个无所不有、价值观亟须重建的时代，石一枫和一批重要作家一起，用他们的小说创作，以敢于直面的方式面对所曾遭遇的精神难题，并鲜明地表达了他们的情感立场和价值观。作为一种未作宣告的文学潮流，他们构成了当下中国文学正在隆起的、敢于思考和担当的文学方向。

一、仍在辩难的文学观念

每个作家都有自己不同的文学观念。这是文学创作自主化或曰创作自由在今天的具体体现。不同的文学观念都有它存在的理由，它支配着作家对文学和文学实践的理解。因此，作家创作出具有不同思想内容的文学作品，起决定性作用的，还是作家的文学观念。当下文坛虽然没有形成规模的关于文学观念的冲突，但通过不同的文学作品，我们仍然可以感受到文学观念的辩难并没有终结。从某种意义上说，这是20世纪80年代文学观念辩难的延续，也是80年代仍然“活在”当下的一部分。80年代“先锋文学”以及其构建的文学形式的意识形态，彻底改变了当代中国文学曾经的“一体化”格局，从而打破坚冰，迎来了百舸争流的文学大时代。它巨大的历史意义已经写进了不同的当代文学史。但是，今天看这段历史也许更清楚的是，那是一个别无选择的文学策略。文学是以巨大的内容牺牲为代价换取了新的文学格局。后来，当“先锋文学”被当作唯一的“纯文学”推向至高无上圣坛的时候，它也就走向了末路。

时至今日，先锋文学的巨大问题正在被日益深刻地检讨。先锋文学发源地之一的法国，许多重要的理论家对文学的形式主义、虚无主义和唯我主义等，做了痛心疾首的批判。托多洛夫认为：“应该承认文学是思想。正因为如此，我们还在继续阅读古典作家的书，通过他们讲述的故事看到生存要旨。当代文学，尤其是法国文学，却常常显示这种思想与我们的世界业已中断了联系。当务之急，是要言明文学不是一个世外异域，而属于我们共同的人类社会。”他在《文学的危殆》中声言：“21世纪伊始，为数众多的作者都在表现文学的形式主义观念……他们的书中展示一种自满的境遇，与外部世界无甚联系。这样，人们很容易陷进虚无主义……琐碎地描述那些个人微不足道的情绪和毫无意思的性欲体验”，“让文学萎缩到了荒唐的地步”。[①]托多洛夫还说：“第三种倾向是唯我独尊，原本始于唯有自己存在的哲学假设。最新的现象为‘自体杜撰’，意指作者不受任何拘牵，只顾表现自己的情绪，在随意叙事中自我陶醉。”[②]作者的结论是：从20世纪到21世纪初，形式主义、虚无主义和唯我主义在法国形成了占统治地位的意识形态，从而导致一场空前的文学危机。南茜·哈斯顿也指出：“这种精神分裂症在我们中间蔓延开来，造成一种分化局面。一方面，舆论把虚无主义文学吹捧上天；另一方面，庶民的生活意愿则遭冷落”，“我感到，这是放弃，几乎背叛了文学的圣约”。她列举了伯恩哈特、耶利内克、昂戈、乌埃尔贝克和昆德拉等当今走红的欧洲作家，表示无法赞同他们的创作倾向。因为，对他们来说，“惟一可能的

① 省略号为笔者所加。

② 转引自沈大力：《敲响西方文论的警钟——当前法国文坛上发生的一场激烈讨论》，《文艺报》2007年12月1日。

认同，是读者应赞同作家傲慢地否定一切，再加上对文学体裁和文体神圣意念的超值估价，读者惟一合乎时宜的应和，就是赏识作家的风格和清醒的绝望，而后者则过细地肆意描绘，从而唾弃眼下这个不公平的世界”[①]。针对这种现象，南茜·哈斯顿写了《绝望向导》一书，指斥虚无主义派作家，“面对着一些绝望向导，一些狂妄自大，而又绝顶孤僻之辈，一些憎恨儿童和生育，认为爱情愚蠢之至的人，怎么还能来构思一种大体还过得去的日常生活呢？”托多洛夫更一针见血：“这种虚无主义的思潮，不过是对世界前景极端的偏见。”[②]这种情况不仅发生在法国。第二次世界大战后，德国文学很快与文学现代派接上了轨。到了 80 年代，德语文学已滑到了世界文坛的边缘。人们责备德语小说的艰涩、思辨以及象牙塔味十足。德国作家说：“德国人不欣赏他们的当代文学，是因为他们不欣赏他们的当代。”[③]德国文学和读者缓慢地重新建立联系，也是因为德国作家面对社会，“碰到了那根神经，抓住了时代的脉搏，找到了正确的声音”[④]。因此，注重文学与时代的关系，不仅在中国，西方文学世界同样有这样的要求。

在中国文学界，对这种所谓“纯文学”的反省、检讨甚至抵抗也由来已久。早在 2003 年，作家吴玄在《告别文学恐龙》中说：“二十世纪的八十年代，在中国，大约可以算是先锋文学的时代。那时，我刚刚开始喜欢文学，对先锋文学自然是充满敬意了，书架上摆满了卡夫卡、普鲁斯特、乔伊斯、加缪、福克纳、博尔赫斯”，“二十世纪而又没有标上先锋称号的作家，对不起，他们基本上不在我的阅读范围之内”；“我也算是一个相当纯正的先锋文学爱好者了。爱好先锋文学，确实也是很不错的，它在相当长的一段时间内，给我带来了很好的自我感觉，那感觉就是总以为自己比别人高人一等，常有睥睨天下的派头。因为阅读先锋文学实在是不那么容易的，不好看通常是先锋文学的标准，它一般可以在五分钟之内把大部分读者吓跑。最经典的先锋文学，往往是最不好看的，它代表的据说是人类精神的高度，或者是心灵探寻的深度，很是高不可攀又深不可测。这样

---

① 转引自沈大力:《敲响西方文论的警钟——当前法国文坛上发生的一场激烈讨论》,《文艺报》2007 年 12 月 1 日。

② 转引自沈大力:《敲响西方文论的警钟——当前法国文坛上发生的一场激烈讨论》,《文艺报》2007 年 12 月 1 日。

③ 德国慕尼黑作家格奥尔格·M. 奥斯瓦尔德（Georg M.Oswald）语。见乌尔里希·吕德瑙尔:《文学与速度——从 20 世纪 90 年代至今日的德语文学——〈红桃 J——德语新小说选〉跋语》，上海译文出版社，2007 年版，第 329 页。

④ 德国慕尼黑作家格奥尔格·M. 奥斯瓦尔德（Georg M.Oswald）语。见乌尔里希·吕德瑙尔:《文学与速度——从 20 世纪 90 年代至今日的德语文学——〈红桃 J——德语新小说选〉跋语》，上海译文出版社，2007 年版，第 330 页。

的经典被生产出来，其实不是供人阅读的，而是让人崇拜的。譬如《尤利西斯》，这样的小说无疑是文学史上的奇迹，阅读几乎是不可能的，不过没关系，你只要购买一套供奉在书架上，然后定期拂拭一下蒙在上面的灰尘，你也就算得上精神贵族了”。他还讲了一个真实的故事，这个故事很有普遍性：他参加过《尤利西斯》的研讨课。《尤利西斯》的故事不算复杂，只是乔伊斯采用了一种空前的手段，叫作“时空切割”，企图在线性的语言里做到在同一时间再现不同空间的不同人物。此种手段针对语言艺术，显然是疯狂的，不可能的。不过，后来的电视倒轻而易举做到了，电视屏幕可以随便切割成九块、十六块或二十四块，同时再现九个、十六个或更多的频道。这是一项简单的技术，这项技术用在小说上，却是把小说彻底粉碎了，《尤利西斯》也就成了天书。在研讨课上，似乎没人敢对《尤利西斯》发言，大家的表情不同程度地都有点白痴。事实上，所谓研讨课，发言的只是教授一人。后来，吴玄和教授成了朋友，他们又研讨起《尤利西斯》来，吴玄说不想再装了，《尤利西斯》他根本没看完。教授高兴地说，是啊，是啊，老实说，我也没看完。教授的回答很是出乎吴玄的意料，他说不会吧。教授说，就是这样，我估计，全世界真看完《尤利西斯》的读者不会超过一百个。吴玄说，可是，你没看完，却阐释得那么好。教授笑笑说，这就对了，《尤利西斯》就是专门为我们这些文学教授写的，拿它当教材再好不过了，反正学生不会去看，我可以随便说，即使有学生看了，也不知所云，我还是可以随便说，而且显得高深莫测，很有水平①。这些现象本来不足为外人道，但它却更真实地反映了教授、批评家与所谓“纯文学”的态度。即便在 80 年代，批评家和教授们会上大谈先锋文学，腋下夹着金庸小说的也大有人在。“纯文学”背后隐藏着那么多不真实的面孔早已是公开的秘密。

有研究者说：“自恋的‘纯文学’写作纯粹是一种任性的写作。有钱才能任性。有人买账才能任性。难看不是你的错，但逼人看就是你的错了。在一个‘注意力’经济的时代，真正有权任性的是读者，没钱都可以任性。作为一个职业批评者，我已被逼多年。如今我也任性起来了——有本事你就把我勾引起来，不管是‘高雅欲’还是‘世俗心’专业兴趣还是非专业兴趣。要么你帮我认识这个世界，要么你帮我对付（renshou）这个世界。否则，你的文学世界与我无关，就像你的存折与我无关一样。”②实事求是地说，后来以“纯文学”名世的“先锋文

---

① 吴玄:《告别文学恐龙》,《当代作家评论》2003 年 3 期。

② 邵燕君:《你的任性与我何干——一个文学职业批评者对作者与读者关系的思考》, 2015 年 1 月 1 日与笔者文学通信。

学”，有巨大的历史功绩。我们甚至可以这样说，是否受过先锋文学的洗礼，其作品的文学性是大不相同的，而且，客观地说，先锋文学已经作为文学遗产存活于我们今天的小说创作中。当它成为常识的一部分的时候，它已不再高傲或放下身段的时候，它的价值仍然活在“当下”。但是，先锋文学或“纯文学”必须放弃自以为是或为所欲为，必须放弃“不好看”的标准。后来，我们在余华的《活着》《许三观卖血记》《兄弟》，格非的“江南三部曲”和《望春风》《紧身衣》等作品中，看到了这一巨大变化。我们甚至可以说，如果没有余华、格非等当年先锋文学的宿将，自觉放下“先锋”身段并写出上述作品，他们就不会是今天的余华和格非。当然，我们也看到，当年有些先锋作家后来试图进入正面写小说的时候，他们的捉襟见肘和力不从心使得他们的文学能力与先前相比判若两人。这时的“不好看”与当年的“不好看”不是一回事，当年的“不好看”是看不懂，现在的“不好看”是真的不好看，因为那是可以看懂的“不好看”。因此，我们可以说，“先锋文学”是可以模仿的，但是，正面强攻式的小说创作是不能模仿的。

这个整体背景，对正在成长的青年作家不能不产生巨大的影响。石一枫文学观念转变的经历证实了这一点。石一枫1996年十几岁就在《北京文学》发表小说，2009年起，先后发表了长篇小说《红旗下的果儿》《恋恋北京》《我妹》等，翻译了外国小说《猜火车》。他和同代作家一样，进入文学创作时，大多是从个人经验开始，石一枫也大抵如此。但他后来检讨说：“现在回头看，这段时间的写作状态比较懵懂，老想说点儿什么而不知道自己应该说什么。”[①]几年之后，他修正了自己的文学观念：“我文学的观念这几年变得越来越传统了，好小说的标准对于我而言就是：一，能不能把人物写好？ 二，能不能对时代发言？ 这都是老掉牙的论调了，但我逐渐发现，这两条要做到位真是太难了，不是僵化地执行教条那么简单，而是需要才华、眼界、刻苦和世界观。”[②]应该说，多部长篇的发表，让读者认识了青年作家石一枫，但并没有为他带来文学荣誉。而恰恰是他为数不多的中、短篇小说——尤其是中篇小说《世间已无陈金芳》《地球之眼》《特别能战斗》《营救麦克黄》等，使他声名鹊起，成为这个时代青年作家中的翘楚。在谈到个人经验的时候，石一枫说：“最大的经验就是能把个人叙述的风格与作家的社会责任统一起来，算是手段与目的的统一吧。小说写作是比较个人化的艺术，需要具有鲜明的辨识度，需要腔调、气质、语言有特点，但小说又是一个社

① 2016年11月17日，石一枫与笔者文学通信。

② 李云雷、石一枫：《“文学的总结”应是千人千面的——石一枫访谈录》，《创作与评论》下半月刊2015年5期。

会化的文学形式，不能仅限于为了艺术而艺术，为了风格而风格地玩儿技巧。过去我一直困扰于这个问题，就是如何既写自己能写的、擅长写的东西，又写身处于这个时代所应该写、必须写的东西？ 用套话说，怎么才能既写出人人笔下无，又写出人人心中有？ 这篇小说似乎在一定程度上做到了。”[①]石一枫能够取得今天的成就，除了他个人的才华、禀赋，与他逐渐形成的文学观有直接关系。

二、直面青年遭遇的精神难题

21 世纪以后，虽然有很多青春文学，但是文学中的青春形象逐渐模糊起来，我们很难在这样的文学中识别当下的青春形象。即便偶然看到校园或社会青年的形象，他们也不再是 80 年代“偶像”式的人物，当然也不是曾经风行一时的叛逆的、个人英雄式的形象。这个时代的青春形象，特别酷似法国的“局外人”、英国的“漂泊者”、俄国的“当代英雄”“床上的废物”、日本的“逃遁者”、中国现代的“零余者”、美国的“遁世少年”等，他们都在这个青年家族谱系中。“多余人”或“零余者”是一个世界性的文学现象。但是我不认为这只是一个文学形象谱系的承继问题，而是与一段时间以来的中国现实以及当代作家对现实的感知有关。这些形象，与没有方向感和皈依感的时代密切相关。在这一文学背景下，我们读到了石一枫的“青春三部曲”。这三部作品分别是《红旗下的果儿》《节节只爱声光电》和《恋恋北京》。三部作品没有情节故事的连续关系，它们各自成篇。但是，它们的内在情绪、外在姿态和所表达的与现实的关系上有内在的同一性。因此我将其称为“青春三部曲”。

三部作品都与成长有关，与“80 后”的精神状况有关。《红旗下的果儿》写了四个青年的成长，他们的成长不是“50 后”“60 后”的成长，这几个年代的青年都有“导师”，除了家长还有老师，除了老师还有流行的时代英雄偶像。因此，这几个时代的青春大多是循规蹈矩亦步亦趋的。“80 后”这代青春的不同，在于他们生长在价值曾完全失范的时代，精神生活几乎完全溃败的时代。他们几乎是生活在一个价值真空中。生活留给陈星们的更多的是孤独、无聊和无所事事，因此，他们内心迷茫走向颓废是另一种“别无选择”。《节节最爱声光电》是写出生在元旦和春节之间的“节节”的成长史。这个有着天使般模样的北京小妞，成长

---

① 李云雷、石一枫：《“文学的总结”应是千人千面的——石一枫访谈录》，《创作与评论》下半月刊 2015 年 5 期。

史却远要坎坷，父母失和家庭破碎，父亲外遇母亲重病。节节是一个十足普通的女孩。一个普通孩子在这个时代的经历才是这个时代真实的感觉；《恋恋北京》虽然也是话语的狂欢，但隐匿其间的故事还是清晰的。赵小提的父母希望他成为一个小提琴家，他还是让父母彻底失望，成为一个“一辈子都干不成什么事”混日子的人。与妻子茉莉的离异，与北漂女孩姚睫的邂逅，与姚睫的误会和三年后的重逢，是小说的基本线索。这个大致情节并无特别之处，但在石一枫若即若离不经意的讲述中，便成了一个浪漫感伤并非常感人的情爱故事。看似漫不经心的赵小提，心中毕竟还有江山。他对人世间真情的眷顾，使这部小说有了鲜明的浪漫主义文学色彩。因此，石一枫的“青春三部曲”不止让我们有机会看到了“80后”内心涌动的另一种情怀和情感方式，同时也让我们看到了这代青年作家对浪漫主义文学资源的发掘和发展。浪漫主义文学在本质上是感伤的文学，从青年德意志到法国浪漫派，从司汤达到乔治·桑，诗意的感伤是浪漫主义文学的核心美学。石一枫小说中感伤的青春，从一个方面显示了他从生活中提炼美学的能力，显示了他的历史感和文学史修养。这是一个多变的时代，无论是流行的时尚还是社会风貌，“变”是这个时代的神话，它的另一个表述是“创新”。但我还是希望我们能够经常看到有一些不变的存在，比如对人类基本价值的维护。有些时候，坚持一些观念更需要勇气和远见卓识。“青春三部曲”的主人公对爱情的一往情深，就是不变的和敢于坚持的表征，当然也是小说感人至深最主要的原因。

石一枫不是王朔，但王朔对石一枫有很大影响。但这影响是外在的，是姿态性的，比如语言风格等。在文学气质和价值观上，石一枫远没有王朔决绝。应该说石一枫在这一层面上要宽厚得多，当然也有些软弱，这是石一枫的性格使然。他没有刻意解构什么，也不执意反对什么。他只是讲述了他所感知的现实生活。在他狂欢的语言世界里，那弥漫四方灿烂逼人的调侃，只是玩笑而已，只是“八旗后裔”的磨嘴皮抖机灵，并无微言大义。因此，我们看到的也只是难以融入这个时代的“零余者”。如果是这样的话，石一枫的小说似乎可以在吴玄、李师江这个流脉中展开讨论。当然，将石一枫归属到“哪门哪派”并不重要，重要的是，石一枫在小说中重新“组织”了他所感知的生活，而他“组织”起来的生活竟然比我们身处的生活更“真实”，更有穿透性。他让我们看到，生活远不那么光鲜，但也不至于让人彻底绝望。他的人物是这个时代“多余的人”，但是恰恰是这些“多余的人”的眼光，为我们提供了理解或认识这个时代最犀利的视角。他们感到或看到的生活，也是生活的一部分，而且是重要的一部分。因此，石一枫的小说对我们来说，也是“关己”的，在这个时代我们依然困惑，这使他的小说表达的问题超越了年龄界限。当然，石一枫的几部长篇小说似有鲜明的小资产阶级情调，好处是有温情，坏处是它遮蔽了生活中更值得揭示和批判的东西。这也诚如石一枫自己所说，这时的“写作状态比较懵懂，老想说点儿什么而不知道自己应该说什么”。因此，这几部长篇小说可以视为是石一枫初登文坛的试笔之作。

石一枫引起文学界广泛注意，是他近年来创作的中、短篇小说，尤其是几部中篇小说。这几部作品，从不同的角度深刻揭示了一段时间以来中国社会巨变背景下的道德困境，用现实主义的方法，塑造了这个时代真实生动的典型人物。我们知道，道德问题，应该是文学作品主要表达的对象。同时，历史的道德化、社会批判的道德化、人物评价的道德化等，是经常引起诟病的思想方法。当然，那也确实是靠不住的思想方法。那么，文学如何进入思想道德领域，如何让我们面对的道德困境能够在文学范畴内得到有效表达，这一问题就从一代青年的精神难题变成了一道文学难题。因此我们说，石一枫的小说是敢于正面强攻的小说。《世间已无陈金芳》，甫一发表，震动文坛。在没有人物的时代，小说塑造了陈金芳这个典型人物；在没有青春的时代，小说讲述了青春的故事；在浪漫主义凋零的时代，它将微茫的诗意幻化为一股潜流在小说中涓涓流淌。这是一篇直面中国新时期以来所曾遭遇精神困境和难题的小说，是一篇耳熟能详险象环生又绝处逢生的小说。小说中的陈金芳，是这个时代的“女高加林”，是这个时代的青年女性个人冒险家。陈金芳出场的时候，已然是一个“成功人士”：她三十上下，“妆化得相当浓艳，耳朵上挂着亮闪闪的耳坠，围着一条色泽斑斓的卡蒂亚丝巾”，“两手交叉在浅色西服套装的前襟，胳膊肘上挂着一只小号古驰坤包，显得端庄极了”。这是叙述者讲述的与陈金芳十年后邂逅时的形象。陈金芳不仅在装扮上焕然一新，而且谈吐得体不疾不徐，对不那么友善的“我”的挖苦戏谑并不还以牙眼，而是亲切、豁达、舒展地面对这场意外相逢。

陈金芳今非昔比。十多年前，初中二年级的她从乡下转学来到北京住进了部队大院，她借住在部队当厨师的姐夫和当服务员的姐姐家里。刚到学校时，陈金芳的形象可以想象：个头一米六，穿件老气横秋的格子夹克，脸上一边一块农村红。老师让她进行一下自我介绍，她只是发愣，三缄其口。在学校她备受冷落无人理睬，在家里她寄人篱下小心谨慎。这一出身，奠定了陈金芳一定要出人头地的性格基础；城里乱花迷眼无奇不有的生活，对她不仅是好奇心的满足，而且更是一场关于“现代人生”的启蒙。果然，当家里发生变故，父亲去世母亲卧床不起，希望她回家侍弄田地，她却“坚决要求留在北京”，家里威逼利诱甚至轰她离家，她即便“窝在院儿里墙角睡觉”也“宁死不走”。陈金芳的这一性格注定了她要干一番“大事”。初中毕业后她步入社会，同一个名曰“豁子”的社会人混生活，而且和“公主坟往西一带大大小小的流氓都有过一腿”，“被谁‘带着’，就大大方方地跟谁住到一起”。一个一文不名的女孩子，要在京城站住脚，除了身体资本她还能靠什么呢？果然，当“我”再听到人们谈论陈金芳的时候，她不仅神态自若游刃有余地出入各种高级消费场所，而且汽车的档次也不断攀升。多年后，陈金芳已然成了一个艺术品的投资商，人也变得“不再是一个内向的人了，而是变得很热衷于自我表达，并且对自己的生活相当满意”。“给人们留下的印象。她与任何人都能自来熟，盘旋之间挥洒自如，俨然‘摆开八仙桌，招待十六方’社交名媛。三言两语涉及‘业务’的时候，她嘴里蹦出来的不是百八十万的数目，就是那些如雷贯耳的名号。”陈金芳穿梭于各种社交场合，她在建立人脉寻找机会。折腾不止的陈金芳屡败屡战，最后，在生死一搏的投机生意中被骗而彻底崩盘。但事情并没有结束——陈金芳的资金，是从家乡乡亲们那里骗来的。不仅姐姐姐夫找上门来，警察也找上门来——从非法集资到诈骗，陈金芳被带走了。

陈金芳在乡下利用了“熟人社会”，就是所谓的“杀熟”。她彻底破坏了乡土社会人际关系的伦理，因坑害最熟悉、最亲近的人使自己陷于不义。在这个意义上，说陈金芳是这个时代的“女高加林”也并不完全准确。高加林是在一个相对“抽象”或普遍的意义上向往“现代”生活的，他想象的“城里”并不具体，他到城里是为了逃离土地、做一个城里人，他还没有现代物质观念，思想里也没有拜物教。因此，高加林同他的时代一样，是一种“很文艺”的理想化。但陈金芳不一样，她的理想是具体的，她不仅要进城，不仅要做城里人，支配她的信念是“我只是想活得有点儿人样”。按说这个愿望并没有什么错，每个人都可以、也应该有这样的愿望。只有“活得有点儿人样”才会体面，才会有尊严。但是，陈金芳实现这个愿望的手段是错误的，她的道路是一条万劫不复的道路，就在于她在道德领域洞穿了底线。她的方式恰恰构成了我们这个时代的精神难题。

《地球之眼》的故事，是在人的心理的层面展开。这是三个男人的故事：我——庄博益、安小男和李牧光，三人是同学关系。不同的是安小男是理工男，学的是电子信息和自动化。安小男一出场就是一个“异类”：一个学理工的学生，一定要和历史系的庄博益讨论历史问题，并且异想天开地要转系，要把历史系的课从本科听一遍。转系风波还导致了历史系与电子系“杠”上了。这时历史系的“名角”商教授出场了，这个轻佻的教授尽管见多识广，但他在安小男“历史到底有什么用”“研究历史是否有助于解决中国的当下问题”的追问下王顾左右时，安小男一字一顿地说：“我认为您很无耻。”这个木讷、羞怯甚至有些自卑的安小男，真诚而天真地希望通过历史来解决他的困惑，而他一直纠缠当下道德问题不是没有原因的，当然这是后话。安小男没有转系当然他也不可能转了。他虽然在文科同学那里名声大噪，但他的处境和心情可想而知。

李牧光一入学就与众不同，这朵“奇葩”痴迷地热爱睡觉，能够进入名校学习不是因为他嗜睡的天才。历史系一个被灌醉的老师起了底：“他父亲是东北一家重工业大厂的一把手，专门在厂里为我们学校设立了一个理工科的‘创新基地’，其实就是赠送一块地皮，供学校在当地开办形形色色的收费班，贩卖注水文凭；而这么做的条件，是学校要给李牧光一个免试入学名额，并且保证他顺利毕业。”李牧光出手阔绰，性情随和，除了嗜睡没有让人不愉快的毛病。于是大家相安无事。他与讲述者庄博益上下铺，真正发生关系是大四快毕业的时候：嗜睡的李牧光终于也有睡不着的时候了——他父亲又如出一辙地通过“慈善款项”安排他去美国继续读书，虽然不用考试但必须交一篇专业论文。李牧光出两万元钱请庄博益帮忙。庄博益利用安小男和自己的前女友郭雨燕，一个写一个翻译，各给五千元，庄博益自己落下一万元，本来就皆大欢喜了，毕业就是各奔东西。但是三人的关系恰恰是毕业之后又有了不解之缘：庄博益几经折腾去了一家地方电视台下属的节目制作公司，在拍“校漂”纪录片时，庄博益与安小男又不期而遇。这时的安小男租了挂甲屯破旧的一间房子，身世也逐渐清楚了：安小男十岁出头的时候，父亲去世了，母亲在肉联厂洗猪肠子。天长日久，母亲的手已经被碱水烧坏了，眼睛也被熏得迎风流泪，视力大不如前。庄博益虽然口无遮拦满嘴胡吣，但他有口无心心地很善良，他很想帮助安小男。这时李牧光从天而降——他从美国回来了。从美国回来的李牧光已经是一家玩具批发公司的老板。几经周转，安小男终于成了李牧光在中国雇佣的雇员。他为李牧光监控远在美国的仓库，他的专业和敬业受到李牧光极大的赞赏。安小男自然也改变了落魄的处境。但是，安小男通过监控录像发现了李牧光巨大的问题：李牧光的玩具生意根本不赚钱，他的巨大财产是其父贪污转移到国外的巨款，李牧光是利用国际贸易洗钱。巨大的问题终于暴露了。这时对三个人都是一场巨大的考验：李牧光要庄博益阻止安小男的进一步行动能够实现吗？ 庄博益偏软的底线是否能守得住？ 安小男是否一定破釜沉舟？

安小男如此希望解释道德问题是事出有因：安小男的父亲曾是一位土木工程师。他十岁以前，家里的日子很好。父亲很年轻就被提拔成了公司的副总，但厄运从此也来了。进了管理层之后，他发现公司的几个领导没有一个不贪的。他们把钢筋的标号降低，用来路不明的劣质水泥代替品牌货，居然连地基的深度也敢改，克扣下来的钱都揣进个人腰包里了。那些人还拉他入伙，他不敢答应，然后成了众矢之的。后来终于出事儿了，他们公司承建的一个会展中心发生了垮塌，砸死了几个工人。事故的原因是使用了不合格的建筑材料，可那几个领导却买通了监察部门，还走了上层关系，硬把责任扣到了这位工程师头上，说是他的设计方案不合理导致的。父亲就地免职，还被公安局的人监控了起来。最后父亲从十九层办公楼跳了下去。父亲临死前和安小男说的最后的一句话是："他们那些人怎么能这么没有道德呢？"于是，一个巨大的困扰在安小男那里挥之难去：

> 刚开始我和我妈一样，恨的只是我爸生前的那些领导和同事。但后来渐渐就变了，我觉得我爸所说的"他们"并不是那几个具体的人，而是世界上的所有人；我爸讲到的"道德"也不是一件事情上的对与错，而是笼罩着整个儿地球的神秘理念。但道德究竟是什么呢？它既然那么重要，为什么又会被人轻而易举地忘却和抛弃呢？一看到这个词我就想哭，一说到这个词我的心就会发抖，在我看来，我爸不是死于自杀也不是被人害死的，他是为一个浩浩荡荡的宏大谜团殉葬了……为了解开这个谜，我曾经求助于历史和人文学科，可最后还是失败了。你还记得我写过的那篇文章吗？我在里面说中国人已经没有道德可言了，但那只是在承认失败，是为了让自己认命。其实我不是那么想的，因为那种痛彻骨髓的感觉仍然存在。在没有道德的社会里，怎么会有人为了道德而疼痛呢……

这是安小男一直追究道德问题的来自内心深处的隐痛和动因。他追究李牧光的问题，还与李牧光投资邯郸的项目要拆迁的民居有关，那恰好是安小男母亲居住的地段，母亲就要居无定所，安小男又没有能力安置母亲。他内心流血的疑问是："怎么有人活得那么容易，有人就活得那么难呢……"因此，安小男追究的道德问题，从一开始就不是一个纯粹的理论问题，它与个人的身世、经历以及生存状况都密切相关。至于安小男能做到哪一步那是另一个问题。但通过安小男的追究和行动，我们不止看到了一个青年知识分子因艰难困苦造就的孤傲倔强性格，而且通过安小男也看到了社会众生相。因此，这篇貌似写青年群体当下截然不同状况的小说，本质上恰恰是一篇社会问题小说：高校教授没有节操的无耻、学校见利忘义的没有原则、曾经的腐败无孔不入，等等。安小男可以将他监测的"眼睛"安放到地球的任何一个角落，他可以守株待兔地洞悉地球上任何风吹草动。但是，他能够解决他内心真实的困惑吗？安小男不能解决的困惑和问题，也就是我们共同不能解决的困惑和问题。小说当然也不负有这样的功能。我深感震动的是，石一枫能够用如此繁复、复杂的情节、故事，呈现了当下社会生活的复杂性，呈现了我们内心深感不安、纠结万分又无力解决的问题。一个耳熟能详的、也是没有人在意的关乎社会秩序和做人基本尺度的"道德"问题，就这样在

《地球之眼》中被表达出来。因此，《地球之眼》是一篇在习焉不察中发现道德危机的作品。

《营救麦克黄》同样是一篇令人感到震惊的作品：麦克黄是一条随主人黄蔚妮姓的狗。主人黄蔚妮是广告公司的销售副总，典型的有产阶级。在黄蔚妮看来，“这个世界上，大部分的狗狗都生活在水深火热之中”，“主荣狗贵”，麦克黄因为跟了黄蔚妮生活，因此它不属于“大部分狗”。但黄蔚妮的闺蜜颜小莉，一个广告公司的前台雇员，看到的是，“在这个世界上，大部分人还都生活在水深火热之中呢”。两人属于不同阶层，但起码表面上她们是莫逆之交。一个突发事件——麦克黄丢了。麦克黄的失踪使小说波澜骤起。寻找营救麦克黄成为黄蔚妮的头等要事，黄蔚妮的两个追求者——某知名报社社会新闻部主任尹珂东和富二代徐耀斌，虽然各怀心事，但“营救麦克黄”的行动使他们达成了一致。在逼停一辆载狗的大货车时，惊慌失措的卡车司机夺路而逃。逼停了卡车，可是却没有麦克黄。在追车过程中，颜小莉却恍惚间看到卡车在急拐弯时撞到了一个小女孩。这时小说才进入主题——营救麦克黄转变为营救郁彩彩。救或不救、如何救成为小说不同人物的核心问题。新闻部主任尹珂东驾车重走了一遍当时的路线，其目的却是为了验证沿途有没有摄像头，并自欺欺人地认为：“一件事如果没有确凿的证据支持，那么就相当于没发生过。”颜小莉在向黄蔚妮求助未果后，别出心裁地联合于刚策划了对黄蔚妮的“要挟”——他们利用技术手段把以假乱真的虐待麦克黄的视频发到网上，以“勒索”的方式迫使黄蔚妮拿出三万元赎金作为彩彩的手术费。这一方式在生活中属于“敲诈”，但在小说中它却合乎人物的情感逻辑——为了救助一个弱者，颜小莉可以“不择手段”。当然，石一枫并不是站在弱者立场为了赢得道德的掌声，而是通过麦克黄和郁彩彩的不同境遇，以及黄蔚妮、颜小莉、于刚、尹珂东、徐耀斌等对待人与狗的态度，表达了当下的道德困境。小说是这样结尾的：

> 颜小莉清楚地看到，那辆卡车的车斗也被改造成了铁笼，笼子里面装的都是狗。那是一些毫无品种可言的菜狗，一个个蔫头耷脑的，却也不声不响，仿佛对即将到来的命运毫无怨色。这种狗就算被送到狗肉馆里去，八成也不会有人来救它们吧。
>
> 颜小莉凝神与其中一只黄白相间的狗遥相对望，竟感到那狗有些许言语想对她说。

这些菜狗，就是“底层狗”，它隐喻的当然是那些人间的“沉默的大多数”。

因此它也是关于人的阶层划分、等级划分的隐喻。

石一枫近期的创作，几乎一直在“道德领域”展开，一直关注社会和个人所曾遭遇的这些精神难题。他的另一篇小说《老人》，讲述的是一个老知识分子的故事。小说的环境是校园，人物也只有周老师、保姆刘芬芬和研究生覃栗。三个人物集聚在周老先生家里，发生了一段难以说清的关系纠葛。周老先生虽然年过七旬，但仍对女性跃跃欲试；保姆刘芬芬要保住自己的位置一定要和比自己年轻漂亮的覃栗较力；覃栗的青春和研究生身份虽然优越，但还要表现得更加抢眼。于是，爆发了“三个人的战争”。这场战争首先是心理暗战，继而转换为两个女性的真刀真枪。小说通过书房、厨房以及各自的利益诉求，逼真地表达了三个不同年龄、身份、性别的人物的性格和心理。特别是对知识分子的心理刻画和描述，既趣味盎然又入木三分。周老先生的形象虽然有些夸张或脸谱化，但戏谑中这个道貌岸然和卑微猥琐的知识者的形象跃然纸上。

我之所以把石一枫的创作称作“当下中国文学的一个新方向”，是因为当下许多作家都在积极面对道德重建这一精神难题。道德困境已经成为我们这个时代最大的困境。比如黄咏梅的《证据》，写了夫妻之间的瞒与骗，深刻地塑造出了一个不谙世事的单纯女子和一个心机颇深的老到男人的形象。相差二十一岁的律师和一个艺术院校出身的女孩组成了家庭。女孩从此成了家庭“全职太太”，男人在外立万扬名。女孩倒也心甘情愿，但从此也失去了自我甚至自由：女孩说要给一个蓝鲨配一个伴儿，男人说要讲风水，一个月之后才可以；女孩要和同学聚会在外过夜，男人说：你“睡熟以后，鼾声如雷，简直，简直不可想象”，这样的美女有这样的毛病不等于毁容吗？ 女孩上微博，但男人总是在后面掌控，经常删她的信息。女孩耐不住寂寞也为了秀一下恩爱，她将他们买鱼时让老板娘拍的照片发到了网上——

> 她看到了自己，笑得眼睛只剩一条缝，她也看到了大维，他们头碰着头，各自手上举着两只鱼缸，里边的那几条鱼，现在正安闲地游弋在他们右侧的大鱼缸里。这些鱼顿时消灭了沈笛对这张照片的陌生感，这就是那天他们去水世界让老板娘拍的合影。

就是这张照片引起了轩然大波：几乎就在同一个时间，又有一条关于男人的微博——“我在澳洲圣安德鲁大教堂前为此刻抗争的弟兄们祈祷。”于是，缺席一个重要案件的著名律师遭到了网友的诟病和质疑。女孩甚至为男人开脱说自己说了谎。几天后男人真的去了澳洲，他是为那件“要事”去的吗？ 女孩在临睡之前在自己对面架起了摄像头，她要录制下这一夜作为“证据”。她是否打鼾将不证自明，这个男人说的所有的“名人名言”也将不攻自破。著名律师的不可靠告诉女人的是，一个女人不能像婚纱摄影师说的那样：“只要傻傻地看着老公就好。”女人的独立性对女性来说大概是最可靠的。这应该是近些年来最为令人震动甚至惊悚的写夫妻之间关系的小说。

祁媛的《脉》，是一个失眠者的心理自白。因为失眠便要求医，于是就认识了文医生。医患关系熟了以后，就有一个单独接触的机会：文医生请吃饭，然后到他工作室喝茶，然后是推心置腹的交谈。文医生先谈到了自己生活的无聊，逐渐谈到了“脉”。这个“脉”是文医生每天都要把的、也是所有中医都要把的那个脉。但文医生对这个“脉”并不相信。春脉如弦、夏脉如钩、秋脉如浮……在文医生看来是见仁见智的，那是“无法量化，无法理论化，因此也无法科学化的东西”。文医生的理论正确与否对一个首饰售货员来说并不重要，重要的是文医生的坦率和诚恳。一个普通患者听到一个医生如此谈论自己的专业，那他不把自己当作知己还会当作什么？但是，这个文医生真的是一个坦率、诚恳的男人吗？他的办公室里就挂着全家福的照片，但他还是约一个心仪的女患者在一个私密空间约会，甚至已经把手放到了售货员的大腿上。而那女售货员患者穿的竟是超短牛仔短裤。就在险象环生的时候，是这个女孩主动站起身来——事情化险为夷、绝处逢生。“脉”的理论是文医生的夫子自道：他每天操持的事务未必是他的文化信念，一如他高调宣喻家庭幸福，私下却背叛着它。祁媛在波澜不惊处发现了时代巨大的隐秘：生活中的不堪和俗不可耐，未必只在那些买首饰却偷窥售货员纤细手指的贱民身上，即便在这些体面的知识分子那里，一样弥漫四方。

戴来的《表态》更尖锐地揭示了当下情感生活同一性的本质。小说情境设置在一个暗夜——看不清任何事物的面目。这时人的交流会发生微妙的心理变化。也就在这样一个暗夜中，小说中人物的心态被呈现出来：一个老者自己贴了一个寻找自己的“寻人启事”。他不为别的，只为能够让自己的老伴儿看见这个“启事”，然后看她是什么态度。于是，“表态”就成为小说所有人物关系的核心枢纽——“我”的前妻要再续前缘等着“我”表态，父母要抱孙子等着“我”表态，女友一夜未归显然是对“我”晚归的报复，也需要“我”表态。那个长者的“寻人启事”与“我”的当下遭遇，几乎构成了同构关系，长者的现在不仅是“我”的未来，也是“我”的现在。人没有皈依的虚空感弥漫在小说每一个人物的心里和那个暗夜的整个空间。这是一个没有信任和爱的时代，大家心里的最高期许，也就是一个“表态”而已。“表态”是否真实并不重要，重要的——那是一个心理需要获得的安神剂或止痛药——而与真实没有关系。

张楚的《略知她一二》，是一篇色调非常抑郁的小说。说抑郁是一种阅读的心理感觉：一个二十岁的在校大学生与一个看楼的女宿管、一个半老徐娘发生了不伦关系，这种本应是浪漫、有情调的男女之事，却无论如何让人难以祝福。表面看这是一篇多少有些“色情”的小说，但“色情”只是这篇小说的外壳，里面包裹的是惨不忍睹的悲惨人生。宿管安秀茹的生活如果没有这表面色情是无法揭开的。小说写得相当沉重，读过之后一点色情感都没有：它不是刻意写色情，而是意在言外。张楚就这样将一个根本不会被人注意的普通女人的善良、隐忍甚至浪漫，写得淋漓尽致跃然纸上。在一个最边缘、最底层的地方，绽放出了一朵茁壮和夺目的文学花朵。这“花朵”背后的故事，是如此地令人触目惊心。

关于道德或情义危机，弋舟的小说或许是一个有趣的个案。他的短篇小说《平行》，是他只可想象尚未经验的小说：年轻的弋舟离“老去”甚远。因此，这是一篇“不可能”的小说，那是一个虚构的地理学老教授的经验。老教授在已经老去的时候突然产生了追问什么是“老去”的问题，这与人生的终极之间只有一步之遥。老教授经过追问了几个人之后，获得了外部世界的答案：哲学老教授虽然一以贯之地说“这会是一个问题吗”，同时他用勃起和射精次数回答了他——哲学教授的意思是，你不会勃起和射精，“明白了吗？ 老去就是这么回事”；前妻用旧情未忘回答他；小保姆用她弃之不顾回答他；儿子用将他送到养老院回答他。这些直接间接的回答，从不同的方面回答了地理学老教授的追问。“老去”真是一个悲凉的事件，除了前妻在离婚离家时，因教授追出来给了她一把老式的黑伞，避免了她被抢劫和毁容的危险而对他念念不忘外，其他所有的人，没有一个人真心关心他或认真对待他的追问。老教授终于被自己那个冷漠的公务员儿子送进了养老院。面对一个陌生的环境，老教授陡生了一种莫名的恐惧，一如一个孩童进入了幼儿园。于是他决定“出逃”。他从养老院通过大半天的时间，乘公交车几经辗转，居然穿越了大半个城市回到了自己的家里，居然自己煮熟了半袋冰冻饺子，然而，他依旧“老去”到忘记了关好煤气阀门。意外的“出逃”成功，“一次新的重生似乎就在不远的地方等着他。这种感觉不禁令他百感交集，眼里不时地盈满了热泪”。地理学老教授终于找到答案了：“老去”，只能用自己的体验找到答案。“老去”就是躺倒，就是与地面平行。“老去”在与地面平行的同时，也就是解脱，就是获得了自由。人生的终极意义付之阙如，当“老去”时，一切是如此现实，“悲凉”几乎是“老去”的另一种解释。情义危机说到底是道德危机的另一种形式。这些作品构成了当下小说创作的新方向，也就是敢于直面当下中国精神难题的努力。石一枫的不同之处就在于，他关注的精神难题不仅限于男女情感或亲情伦理，而是在更广阔的背景下，通过他的主要人物呈现了我们耳熟能详又习以为常的社会疾患——它既弥散于世道人心，又落地于人们的行为实践。更重要的是，他并不是站在道德制高点，以道德的优越感表达他的发现。他深刻地触及了社会和一代青年的神经和脉搏，因此他更有气象和格局。

三、精神难题如何成为“文学”

社会和一代青年所曾遭遇的精神难题或道德危机，表现在“公德”与“私德”两个方面的全面陷落。“公德”是指在公共利益、公共秩序、公共安全、公共卫生等“公共”领域，发生在作为社会公共道德、社会性道德的“公德”领域。在传统中国“公德”历来缺乏。梁启超曾指出：“我国民所最缺者，公德其一端也。”[①]但在前现代社会，百分之九十的人生活在乡土社会，“公德”的问题并没有凸显出来；而“私德”领域又有相对完备的规范。费孝通先生在《乡土中国》中，分析了传统中国的社会生活与西方的差异就在于，乡土中国是“差序格局”。“差序格局”的概念虽然没有严密的理论论证，是在一种类似于随笔的表达中提出的。但是，这一概念却准确地概括了中国传统社会以宗法群体为本位的社会结构和人际关系的特点。在差序格局中，社会关系是私人联系的增加，社会范围是一根根私人联系所构成的网络，因此，传统社会里所有的社会道德也只在私人联系中发生意义。费孝通先生明确地讲到以家庭为核心的血缘关系，而“血缘关系的投影”又形成地缘关系，中国传统社会以这两种关系为基础，形成“差序格局”模式。或者说，“差序格局”本质上是以“己”为中心的：“以己为中心，像石头一般投入水中，和别人所联系成的社会关系，不是团体中的一分子立在一个平面上，而是像水的波纹一般，一圈圈推出去，愈推愈远，也愈推愈薄。”“在这种富于伸缩性的网络里，随时随地是有一个‘己’作为中心的，这并不是个人主义，而是自我主义。”[②]在中国传统社会中，“己”不是独立的个体、个人或自己，而是被“家族和血缘”统治着，他是从属于家庭的个体。二是，“己”作为心理意义上的符号，它是人格自我；但在中国传统社会，“己”不具有独立的性格，它被“人伦关系”制约着，“己”是一种关系体。因此，它也是乡土中国“熟人社会”的基础。进入现代后，“熟人社会”处在不断解体的过程中，但“熟人社会”的观念依然故我。这种变化的博弈的过程或缝隙，就是文学生长的所在。

---

① 夏晓虹：《梁启超文集》，中国广播电视出版社，1997 年版，第 109 页。

② 费孝通：《乡土中国》，北京大学出版社，1998 年版，第 27—28 页。

陈金芳从“熟人社会”的乡村走进城市，而城市人际关系的最大特征是“陌生人社会”。但她的处事方式仍然在“熟人社会”的逻辑中展开。她不断建立或扩大自己的交际圈子，不断将陌生人转换为“熟人”，就是还试图将乡村社会的处事方式置换到她不熟悉的城市生活中。但城市的“陌生人”在本质上是不可能转换为“熟人”的。城市之庞大不同于乡村，乡村的邻里在咫尺之间，而城市在相互利用基础之上临时建立的“熟人”关系，一旦利用已经实现，他人的消失，就如同一滴水融进了大海。即便再“熟悉”，也不能改变来无影去无踪的可能。因此费孝通先生认为，只有在现代社会中，由于社会变迁，在越来越大的社会空间里，人们成为陌生人，由此法律才有产生的必要。因为只有当一个社会成为一个“陌生人社会”的时候，社会的发展才能依赖于契约和制度，人与人之间的交往才能通过制度和规则，建立起彼此的关系与信任。契约、制度和规则逐步发育，法律就自然地成长起来。所以，陈金芳用前现代的人际关系，在现代城市做投机生意，她失败的命运已先于她而存在了。

但是，在我看来，《世间已无陈金芳》之所以成为一部获得普遍好评的小说，不止是说石一枫通过陈金芳提出了社会和一代青年所曾遭遇的精神难题，是一部难得的社会问题小说，更重要的是他在处理这一问题时的文学方法。石一枫清楚地认识到：“作家贯穿在写作中的对时代的总体认识，应该是一种‘文学的总结’，而不是‘社会学的总结’或者‘经济学的总结’，这种总结是灵活多变的，千人千面的，而非单一地用某种理论对社会进行图解分析。没有理念思想的作家比较低矮，但理念思想如果缺乏原创性，可能也是一种虚弱的高大。”[①]陈金芳为了“只是想活得有点儿人样”，不惜在“公德”和“私德”两个方面洞穿底线，但并没有引起我们对她彻底的厌恶或憎恨。小说明显高于同类题材的作品，重要的一点就是石一枫写出了陈金芳的多面性或复杂性—— 一方面，她是一个带有于连、索黑尔、盖茨·比式特征的人物，为了目的她不择手段；另一方面，她又是一个向往美好、性格上甚至还有些浪漫主义色彩的形象。这与石一枫在小说总体构思中设置的一条情感线索有极大的关系。“我”与陈金芳就是同学关系，两人在学校时过从并不密切。即便多年后再度邂逅，也没有情感方面的瓜葛。但是，两人的关系又是一种若即若离、似有还无的关系。在两人的关系中，陈金芳是态度积极的一方。这缘于中学时代陈金芳对“我”“提琴生涯”的好奇或迷恋。一天晚上“我”练琴时——

---

① 李云雷、石一枫：《“文学的总结”应是千人千面的——石一枫访谈录》，《创作与评论》下半月刊2015年5期。

我在窗外一株杨树下看到了一个人影。那人背手靠在树干上，因为身材单薄，在黑夜里好像贴上去的一层胶皮。但我仍然辨别出那是陈金芳。借着一辆顿挫着驶过的汽车灯光，我甚至能看清她脸上的“农村红”。她静立着，纹丝不动，下巴上扬，用貌似倔强的姿势听我拉琴。

也不知是怎么想的，我推开了紧闭的窗子，也没跟她说话，继续拉起琴来。地上的青草味儿迎面扑了进来，给我的幻觉，那味道就像从陈金芳的身上飘散出来的一样。在此后的一个多小时中，她始终一动不动。

这一场景从第一天开始，演奏者和倾听者的身份就“固定下来”，陈金芳每晚八点左右会准时出现在“我”的窗下，而“我”在拿琴试音之前也会情不自禁地看看有没有那个人影；而且“我”发现，陈金芳在发生着变化：她个头高了，身体的轮廓也发生了变化：“如果仅看剪影，任谁都会认为那是一个美好的、皎洁如月光的少女。不知何时开始，我的演奏开始有了倾诉的意味，而那也是我拉琴拉得最有‘人味儿’的一个时期。”从这一讲述的态度或口吻，我们会明显体会到，那里有一种隐约流淌的涓涓细流，它与情感有关，同时也为后来两人进一步接触埋下了伏笔。对陈金芳而言，这几乎是她少年时代唯一的美好记忆，这个记忆不仅是同学年少的怀旧，同时那里也有微茫的、还没有被她认识的“诗意”。有人认为音乐在陈金芳内在自我形成中起到了重要作用，并讨论了“底层的精神幻象及其生产”，认为小说中的我具“现代性的虚幻性”，“仍未能找到更有效地质疑与克服的法门，‘我’的各式主体困境，跟陈金芳的上升困境，在这个意义上，共同作用出中国目前的底层的‘精神’幻象”[①]。这一看法是一个角度，但离小说过于遥远。事实是，音乐或小提琴的声音一直弥漫在小说中，它几乎是陈金芳少年时代唯一值得珍视的“高级文化”记忆，她仰望并且神往，正是这一“声音”，构成了陈金芳与“我”的情感线索。“我”也曾经感慨“面对着现在的她，我已经无法想起十来年前站在我窗外听琴的那个女孩了。当年的她仍然在我的记忆里存在”。因此，音乐在小说中的作用，不止是为情节发展穿针引线，同时也是一个与人物有关的“情感线索”。这一线索看似不经意，但恰恰是小说的神来之笔和高明之处。

当然与其说陈金芳喜欢音乐，毋宁说陈金芳更喜欢“我”。当她听说“我”

① 黄文倩：《底层的“精神”幻象及其生产——论石一枫〈世间已无陈金芳〉》，《雨花·中国作家研究》2016年7期。

早已不再练琴时，流露出的是倍加惋惜；她在自己的生日晚上，甚至请来了世界顶级室内乐团来“唱堂会”。陈金芳真实的想法是希望“我”能在这样乐团的伴奏下露一手，定下的曲目都是“我”最熟悉的柴可夫斯基的《d 大调弦乐四重奏》。但却极大地伤害了“我”那脆弱的自尊心，同时也将“我”惯于任性撒娇的性格推向了顶点。当然，一个人的生活并不完全是由他的爱好或精神向往决定的。陈金芳虽然向往高级文化生活，喜欢与音乐有关的“我”，但这些并没有改变她追求物质生活的终极目标。那对高级文化生活的向往，也最终沦为她极度虚荣、装点身份“等级”的一部分。

小说中的“我”，貌似无关紧要，但从另一个方面“映照”了陈金芳。或者说，如果没有“我”的游手好闲、漫不经心，陈金芳膨胀的野心就不会凸显得这样彻底或抢眼。“我”代表这个时代另一种精神样貌：既不像陈金芳那样没见过世面急于出人头地，也不像那些心怀发财梦的专业投机客。他心无大志，更无大恶，酷似先锋文学或后现代小说中走出的人物。“我”为陈金芳介绍各色人等，也混迹其间，看似热闹，内心却茫然不知所终。“我”的精神状况，是这代青年精神状况的一部分。“我”的虚无主义同样是这代青年曾经遭遇的精神难题。如果从更广阔的意义上说，石一枫的小说不仅接续了 19 世纪文学的批判现实主义的传统，同时也吸纳了 20 世纪现代主义、后现代主义文学的元素。在关于“我”的讲述中，尤其体现了石一枫的语言才华。石一枫的小说语言有极高的辨识度，流畅无碍中机智生动、趣味无穷，又有不可置换的时代色彩，文学语言的个人性一览无余。

石一枫还有一篇专门写与音乐有关的小说《合奏》，小说只有两个人物。读过《合奏》，我内心惊诧不已。这篇小说应该不是这个时代的小说，它特别酷似我 80 年代读过的礼平的《晚霞消逝的时候》、胡小胡的《阿玛蒂的故事》或者是郑义的《枫》等。《合奏》里流淌的是 20 世纪 80 年代的情感和处理方式。如果是这样的话，我更加坚信我的判断，石一枫是这个时代为数不多的还怀有理想主义情怀的青年作家。《地球之眼》是通过庄博益、安小男和李牧光三个同学不同的生活道路和内心追求来结构小说的。但是，小说又非常写实地铺设了安小男的身世——他十岁时父亲蒙冤跳楼去世，母亲在肉联厂洗猪肠子。不公平是安小男追问道德问题的生活依据。他是事出有因，不是建立在虚无缥缈想象基础上的；《营救麦克黄》本来是寻找营救一条狗，但小说峰回路转变换为营救一个乡村小女孩。不同的线索，构成了小说的对话、互动和隐喻关系，使小说的内涵更为丰富而避免了简单和直白。

20 世纪 80 年代以来，中国文学经历过欧风美雨的沐浴，但是现实主义一直是文学的主潮。值得注意的是，现实主义并不是一个保守的、一成不变的文学观念。甚至可以说，包括先锋文学在内，有价值的因素都被吸纳到现实主义的文学创作中，构成了现实主义全新的、具有极大包容性的一个文学观念和系统。当然，创作方法部分地涵盖了作家对生活与文学关系的认知，但还不是全部。更重要的还是在于作家的价值观。石一枫也说："我认为小说是一门关于价值观的艺术。所谓和价值观有关，分为三个方面，一是抒发自己的价值观，二是影响别人的价值观，三是在复杂的互动过程中形成新的价值观。在文学兴盛的时代，前两个方面比较突出，比如古人'教化'的传统……然而到了今天，文学尤其是纯文学式微了，影响不了那么广大的人群了，也让很多人认为过去坚守的东西都失效了。但我觉得，恰恰是因为今天这个时代，对价值观的探讨和书写才成为了文学写作最独特的价值所在。"[①]这是新一代作家关于文学价值观的宣言，他是在向传统致敬。他在回到传统、回到人间，让我们在文学中驻足的同时，也体味了我们所曾遭遇的悲痛与欢娱、沉重与希望。也正是对文学有了这样的认识，石一枫才有了敢于直面社会和一代青年所曾遭遇的精神难题的勇气。而他充分的文学准备，为他继承一个优秀的文学传统和坚持不懈的文学追求，提供了坚实的基础。因此我们有理由对他怀有更大的期待。

原发《文学评论》2017年第4期

① 石一枫:《我所怀疑和坚持的文学观念》,《文艺报》2014年5月21日。省略号为笔者所加。

“中国现当代文学研究”的“史学化”趋势

郜元宝

一

我想探讨一下“中国现当代文学研究”的“史学化”问题，看看最近三十年左右，这门学科怎样被“逼”着一步步迈向“史”的研究的道路，以及在这过程中都处理了哪些老问题，又碰到哪些值得重视的新问题。

任何一门人文学科风尚的改易都不会仅仅起因于学科内部，而往往更多地受到社会政治和思想文化等外部力量的推动。就“中国现当代文学研究”来说，最切近的影响莫过于社会公众对现当代文学的态度之丕变。1988 年 1 月 30 日《文艺报》发表阳雨（王蒙）《文学：失却了轰动效应以后》（《人民日报》2 月 9 日转载），引起广泛讨论。王蒙主要讲 80 年代后半期文学创作“失却了轰动效应”，但受到直接影响的还有“新时期”以来一度热闹的“现当代文学研究”（不包括古代和外国文学以及相应学科）。从那以后，不仅整个“现当代文学”失却了轰动效应，“现当代文学研究”这门学科的地位也急剧跌落。

前些年文学界有“唱盛”和“唱衰”两派真真假假“争鸣”过一回，似乎并没有取得什么共识。但可以肯定，如何估价“现当代文学”的成绩，不同意见的差距目前还很大。不管是将“现代”和“当代”笼统区别开来强分轩轾，还是把“当代”分成几个阶段区别对待，都限于学术界内部，无助于激发社会公众对“现当代文学”任何一个阶段的兴趣。至于“现当代文学研究”，有时“当代”比“现代”热闹，有时“现代”比“当代”显得更成熟，或者“新时期”一度被抬到“回归并超越五四”的高度而备受关注，一度又被视为毕竟属于过渡阶段而逊色于“90 年代”和“新世纪”，甚至不如“新左”起来之后被大肆炒热的“十七年”与“文革”文学——但这些也都只是“现当代文学研究”为了回应不同阶段社会文化环境所做出的内部调整，作为一门学科而言，无论如何都已经是“门前冷落鞍马稀”了。

“失却了轰动效应”云云，始终没有引起思想文化界足够的重视。仿佛这只是一种局部现象，交给“现当代文学学科”慢慢消化就可以了。其实，不论是文学和文学研究“失却了轰动效应”，还是思想文化界对此无动于衷，都值得认真思考，这并非一件小事。

如果一个时代整体的文学氛围急剧减弱，文学创作水平大面积滑坡，那么其他文化部门再怎么繁荣，也很可怀疑，至少是很不均衡。高校里的人意识不到这个问题的严重性，成天有开不完的学术会议，听不完的学术讲座，弄不完的学术（学科）检查与评估，真是一派繁荣（繁忙）景象！须知这种繁荣（繁忙）对整个社会文化的辐射十分有限，至少不能和80年代有影响的一篇小说、一首诗、一出话剧相比。学术和文学的不均衡发展导致的结果是高端人文科学界要与国际接轨，要办一流大学，而广大社会公众的精神食粮却主要依靠限量入关的欧美大片或大戏，偶尔刮来的“韩流”，五六个在“新时期文学”和“先锋文学”（所谓“纯文学”）阶段取得原始资本的“一线作家”不定期勉力推出几部“小长篇”，“80后”与“90后”的“青春写作”，盛演不衰的“抗日神剧”，明星们“爸爸去哪了”之类搞笑剧和花絮。这些都还属于面子上能起“点缀”作用的“文化”，其实更接地气、更能吸引大众参与的乃是麻将和跳神这些历史悠久生命力更强的“国粹”，见缝插针遍地开花的“大妈街舞”，以及充斥于微博微信的各种八卦与攘袖而谈国事的“深度好文”。

在这幅90年代和“新世纪”中国文化略图中，曾经被蔡元培称为“一般艺术的总代表”[①]的文学这台主发动机基本停运了。这难道不严重吗？一句“失去轰动效应”就能打发过去吗？在这种情况下大肆鼓吹“文化创意产业”，更显得极其荒怪。没有文学，何来文化，又能发展怎样的“文化创意产业”？

我曾多次呼吁要继续讨论这个问题，为此专门写过小册子《为热带人语冰——我们时代的文学教养》，可谓强聒不舍，甚至还引鲁迅杂文《算账》来吆喝。鲁迅认为“前清”几代人用不能自由说话的代价换来乾嘉学术的“繁荣”，其实是“折本”买卖。若按鲁迅的方式为当下文学和学术“算账”，会不会得出类似结论呢？但因为是谈“文学”，没有“学术性”，故应者寥寥。

---

① 蔡元培:《文学在一般文化上居于怎样的地位？》《文学和一般艺术的关系怎样？》，两文都是1935年蔡元培为郑振铎、傅东华主编的《文学百题》而作（生活书店出版），引文参见高平叔编《蔡元培语言及文学论著》，河北人民出版社，1985年版，第305、307页。

毋庸讳言，“中国现当代文学”在80年代一度走红，政治推力不容小觑。80年代初周扬准备在1962年文艺政策调整期制定的“文艺十条”基础上再搞一个新的“文艺十条”，当时他召集一些人拟定十条意见，其中第六条说发展文学事业，“要讲两个传统，两千多年的民族文化传统和‘五四’以来新文化的传统。这两个传统都要继承，我们首先要继承的是‘五四’以来的传统”。正是从这个角度出发，周扬支持巴金建现代文学馆的建议。[①]但周是“现当代文学”这个“小传统”的局内人，又惹了满身是非，所以他那个旨在“反左”并试图为文艺立法的“新十条”后来并未被采用，《周扬文集》也没收这篇文章。90年代以来，权威部门以“不争论”的态度讳言“现当代”一些悬而未决的历史问题，对“现当代文学”这个“小传统”的学术研究也从一时的显学而备受冷遇，其光彩完全被“国学热”、古代文学研究和各种咨政性的新兴社会科学所掩盖，至于有学者提出的建立“现代学”的构想更成了空谷足音[②]，这就不啻从学术研究角度关闭了向最近的历史获得思想资源的一个重要通道。

“现当代文学”地位的提高是80年代“思想解放”的直接产物，“思想解放”是执政党在当时历史条件下主导的一场针对自身历史的反思，而最便捷的一个方式就是反思与中国革命休戚与共的“中国现当代文学”的历史。“现当代文学研究”作为一门学科被冷落，是塞翁失马，焉知非福。“中国现当代文学”正唯其不再被动地展开新一轮重写历史的翻案式学术操作，这才有可能反躬自省，主动清理本学科内部的真正问题。“中国现当代文学研究”的“史学化”要求正是在这个背景下提了出来。

二

当然绝非一蹴而就，而是经历了相当剧烈的学术转轨的阵痛。

首先，因为80年代后半期以来“现当代文学”以及相关学术研究备受冷落，导致了人们（包括“现当代文学”创作与研究专业人士）从功利角度出发，贬低“现当代文学”的社会功能与审美价值。于是出现了一个非常吊诡的现象：本学科既是研究“中国现当代文学”，自然应牢牢把握研究对象，才能确保其“学术性”。

---

① 周扬:《关于新“文艺十条”的谈话》，见《晚年周扬》，顾骧著，文汇出版社，2003年版，第178页。

② 王一川:《中国现代学引论——现代文学的文化维度》，北京大学出版社，2009年版。

但恰恰本学科的研究对象被普遍认为“价值”不大，即使从审美标准来说，也是“一种‘说来惭愧’的文学”[①]，那么本学科究竟要研究什么才算有“学术性”呢?

这确实是令人困扰的一个问题。90年代初，“现当代文学研究”许多从业人员普遍都有一种深重的学科危机感，觉得继续研究中国现当代文学已经不能给当代思想文化提供什么有分量的学术成果了。[②]长远看，也不能与外国文学和古代文学分庭抗礼。外国文学情况不太清楚，据说翻译小说销量一直高过本土原创作品。至于古代文学，似乎没听说过有危机感。古代文学研究据云更有学术难度，而难度就代表高度。中国不仅有“深废浅售”的古训，也有鲁迅揭示过的“崇拜‘难’的脾气”[③]，不管是真“难”，还是假“难”。不仅如此，古代文学研究还属于“国学”和“文化遗产”，即使洪水滔天，研究古代文学的大师们仍然可以像“鸟头先生”那样被供在“文化山”上写考据文章。

但“现当代文学研究”内部不同领域的境况也有区别。文学研究分三大块，文学理论、文学批评和文学史。和“中国现当代文学”有关的许多“理论”一度很热，如五六十年代“现实主义”“写真实”“人民性”“世界观与创作方法”“形象思维”“人物性格”“典型”“介入生活”“社会主义新人形象”和80年代“现代派”“意识流”“人道主义”“异化”“主体性”“小说叙事模式”等。一个时期

---

① 洪子诚:《问题与方法——中国当代文学史研究讲稿》，三联书店，2002年版，第58页。“说来惭愧”是洪子诚引王晓明的话，见王晓明《〈二十世纪中国文学史论〉序言》。

② 《上海文学》1993年第6期发表王晓明等《旷野上的废墟——文学和人文精神的危机》，很快引发全国范围“人文精神讨论”。“危机”说最初从现当代文学领域提出，问题意识与现当代文学学科有关。正如王晓明所说，“文学的危机实际上暴露了当代中国人人文精神的危机，整个社会对文学的冷淡正从一个侧面证实了，我们已经对发展自己的精神生活丧失了兴趣”。但后来的讨论蔓延到众多人文学科，文学问题被掩盖。“人文精神讨论”高潮过后，现当代文学学科危机感不仅没有缓解，反而更加严重。2001年同一家杂志推出李陀等关于“纯文学”的讨论，是前一场讨论返回现当代文学内部的继续，但说法变了，从指责社会冷淡文学转向追问文学为何被冷淡（有关“纯文学”讨论，参看毕绪龙《“纯文学”讨论迷思》,《山东理工大学学报社科版》2006年第2期）。2005年5月王晓明在华东师大中文系主持召开“中国现代文学研究：重建学科的合法性”国际学术研讨会，推出《文学性问题讨论集》。2005年12月王晓明又在上海大学主持召开“鲁迅与竹内好”国际研讨会。两次会议反思对象都不再是冷淡文学的“社会”，而是误入“纯文学”神话的文学本身。从此，借助“新历史主义”、福柯“话语权力”、西方马克思主义等有关理论解构“纯文学”的意识形态神话，将一切文学现象还原为权力运作的历史过程，俨然成为新的学术时尚。但2001—2002年“纯文学”讨论，2005年两次会议，都不提洪子诚1999年出版的《中国当代文学史》，而正是这本书真正成功地将文学史描述为各种权力交替运作的结果。

③ 鲁迅:《南腔北调集·作文秘诀》，另参见《热风·随感录四十七》。

不讨论这些“理论”话题，就很难从专业角度进入“中国现当代文学研究”。但90年代以后，不仅“中国现当代文学研究”的理论兴趣锐减，“文学理论”本身也越来越不受欢迎，差不多成了架空的怪物。仅仅因为教育部继续承认“文艺学”这个传统专业，各大学才坚持开设“文学理论”这门课，但教师们各显神通，所讲内容早就与以往“文学理论”大相径庭。至于它能否像80年代那样与“现当代文学”相互促进，就不得而知了。

跟“文学理论”相关的“文学批评”处境更糟。过去习惯的批评模式是作家作品和文学现象的分析，即作家论、作品论、现象论。这些批评操作如今既不能像“十七年”和“文革”那样操有生死予夺的特权，又缺乏原创的“理论”，更不具备上下几千年宏阔的历史视野，只是围着作家打转的抬轿子营生，当然说不上“学术性”。何况还有“红包批评”和“批评的缺席”之类的谴责雪上加霜，其名声比过去“棍子批评”好不到哪里去，学者瞧不起，读者不爱看，“批评家”自己也很少苦心经营。啃完几十万字一部长篇，搜索枯肠写出几千字不受待见的“评论”，岂不大大“折本”？

与“中国现当代文学研究”有关的“文学理论”“文学批评”大面积塌方，只剩下“文学史”还差强人意，于是本来三足鼎立变成了文学史研究一统江山。原本就侧重研究“现代文学史”的学者们自然得其所哉，觉得可以大展拳脚，而原本侧重研究文学理论、业余做点文学史研究的学者们则干脆放弃文学理论，转而专门研究文学史的某个问题。至于批评家们，倘若无力转向“现代文学史研究”，至少可以近水楼台，将一直关注的当下文学转化为历史对象来研究。所幸80年代成长起来的几代批评家不像俄罗斯的别、车、杜那样短命，他们赶上了“拨乱反正”与“和平崛起”的时代，从事文学批评一晃就数十年，即使一点也不追溯历史，直接批评的当下文学也不知不觉变成了一段甚为可观的历史，这就给他们提供了大好的机会，可以顺理成章地完成由批评家到文学史家的身份转换。

以批评家的根底做文学史研究，固然时时显得史学训练不足，但文本解读的敏感一定程度上也能有所弥补。如今被80年代成长起来的批评家们当作历史对象来研究的同时代人的文学创作毕竟也已经过去二三十年，这二三十年的历史间隔足以让他们能够和对象之间拉开距离加以历史的审视。王瑶、唐弢和“夏氏兄弟”那一辈学人讲述“新文学”，洪子诚、董健、孔范今等一辈讲述50—70年代的当代（社会主义）文学，陈思和、丁帆、於可训、程光炜、陈晓明、孟繁华、王彬彬、张闳、洪治纲、张清华等讲述80年代文学，都有一段历史间隔，使他们能够较为从容转换角色，即从当初的文学批评家身份转换为后来的文学史家身份，不像更年轻的80后、90后批评家们，一上来就落入批评空气稀薄而文学史空气浓郁的“学院批评”时代，似乎处理任何一个当下文学问题都必须首先叙述历史，“提前作古”，省略了文学批评这个环节，一下子跳到文学史研究的阶段，弄得学究气十足而缺乏文学批评应有的简洁明朗的作风。

这是一点题外话。总之，“中国现当代文学研究”现在基本就等于“中国现当代文学史研究”了。

三

其实，“中国现当代文学研究”的历史兴趣一开始就很浓郁，其中“现代文学研究”的“史学化”程度尤其明显。中国“新文学”从诞生之日起就始终经受着历史的挑战，也始终思谋如何回应历史。“新文学”开创者们每提出一种主张，无不建立在重新叙述历史的基础上，那种彻底“重写文学史”的气魄是七十年后局限于“现当代文学研究”内部的新一轮“重写”不可比拟的，但二者在文学史建构的整体意识上声气相通。1949年以后，以王瑶为代表的一代学人对“新文学”或现代文学的书写，与新的时代背景下重塑历史的政治使命紧密相连，头等大事就是用文学史讲好大历史。“思想解放”的“新时期”以来，在“重写文学史”和“二十世纪中国文学”的声声呼吁中，“中国现代文学研究”在历史维度的一系列大动作先后登场。章培恒教授揭橥“中国文学古今演变”论述框架，试图将古代、近代和现当代一气贯通；陈思和教授鉴于90年代和“新世纪”文学出现的一些新质，继“中国新文学整体观”和“重写文学史”之后又提出“不可一世论文学”的时间跨度更大的文学史视野；在魏绍昌、严家炎、吴福辉、陈子善、袁进等学者相继开展“海派文学”“新感觉派文学”“新都市文学”“鸳鸯蝴蝶派文学”“新武侠文学”研究的同时，范伯群教授以一己之力在更大范围更丰富的历史细节的基础上努力整合中国现代文学的“雅”“俗”两股潮流；海外（世界）华语暨华人文学、少数民族文学和“边地”写作、网络与新媒体文学、“民国文学”“东北沦陷区文学”的研究，还有黄修己先生所谓“文体史”“思潮史”“阶段性和地区性的新文学史”[①]，也都在重新梳理历史线索的基础上蔚为大观。

---

① 黄修己:《中国新文学史编纂史》的第十一章《其他文体史的编纂》、十二章《其他类别的新文学史著》。

上述研究侧重于现代文学内部的史的探索，但现代文学的存在范围不限于文坛，因此“现代文学研究”的触角注定要突破文学的界线而伸向更大的历史时空。和当代“专业作家”显著不同在于，现代文学家们往往既属于文学界，又属于其他社会生活领域，尤其在中国现代政治舞台上经常能看到文学家们活跃的身影。现代文学史和现代社会史（特别是社会史的集中表现即政治史）紧密交织在一起，不仅作家们经常涉足政治或被政治所波及，作品所描写的也往往是现代政治的那些关键内容，所以现代文学研究许多课题都要横跨文学史和政治史两个领域，如“光复会”与周氏兄弟，“新文学”与“五四运动”，“三一八惨案”与国民党，“革命文学”高涨与“大革命”失败，“革命文学论争”“左联”成立与中共的文艺政策，“民族主义文学”与国民党，更不用说抗战时期国统区文学、沦陷区文学和陕甘宁边区文学三大板块所呈现的文学与政治的错综复杂关系了。

政治以外，现代书刊出版与流通体制、稿费版税体制、民间社团存在方式、大学教育体制、国境内外人口流动管理体制、外交、战争、交通、金融、各种法律（如婚姻、财产、兵役）制度以及地方文化习俗等，也无不牵动着现代文学的神经枢纽。比如研究鲁迅小说《祝福》，必须了解当时绍兴和中国民间一般祭祀方式和寡妇再醮问题；研究《伤逝》和《离婚》，必须考虑当时的婚姻制度；研究后期鲁迅思想，必须研究“托派”问题和30年代上海租界的特殊文化空间；研究《死水微澜》，必须了解“保路运动”前后四川“袍哥”这一特殊人群以及所谓“反洋教”的社会风潮；研究《子夜》，必须对民族资本、买办资本、官僚资本、证券交易、军阀割据、上海及周边工厂农村的实际生活状况略知一二；研究巴金的《家》，也要注意高家因地租难收而投资西蜀实业公司股票，最后一场大火令股票成了废纸，所以高家的败落，不单单是道德沦丧所致[①]；研究沈从文、周文、路翎一些涉及部队生活的小说，最好有一点当时兵役制的知识；研究周作人“落水”前后思想脉络，不得不深入了解国、共、日本和“京派”文人四种力量围绕周氏的复杂纠结；研究《围城》，最好知道抗战时期人口流动、交通线、大学管理体制；研究张爱玲40年代的创作，必须了解上海“孤岛”和沦陷期各阶层日常生活；研究孙犁“抗日小说”，必须对八路军山地战有所了解；研究《讲话》与“延安文学”，必须了解1942年前后延安的政治生态；研究丁玲《水》，须知它的题材背景是中国近代十大灾荒之一的1931年十六省大水灾，

① 黄修己：《中国现代文学简史》，中国青年出版社，1984年版。此处据黄修己《中国现代文学史编纂史》，北京大学出版社，1995年版，第241页。

而研究《我在霞村的时候》《太阳照在桑干河上》，则须了解当时华北地区的土改以及西北抗日战场像“贞贞”这样饱受敌人欺凌和我方军民误解的“女间谍”存在的可能性；研究柳青《种谷记》《铜墙铁壁》和杜鹏程的《保卫延安》，需要对边区民众创造的“变工队”模式以及胡宗南部队兵力部署与进攻路线略知一二。

总之，无论在现代文学内部展开“史”的探索，还是研究文学与政治以及其他社会生活的接壤，都构成了对“中国现代史”的必要补充，可视为“中国现代史”的重要分支。缺了这一分支就不可能有完整的“中国现代史”。“中国现代文学研究”可以称得上是一门够格的专门史学，符合一切专门史学的所有条件，比如这门学科所处理的对象是晚清至 1949 年相对而言已经“完成”了的历史，几乎所有作家均已“作古”，研究者和研究对象之间有足够长的距离，不像正在进行中的“当代文学”尚无清晰的时间下限，研究者身在其中，缺乏客观冷静的学术研究和评判所必需的历史距离感，而且无论研究对象的存在与发展，还是研究者自身的观念与方法，都不能不受当下政治与政策导向的直接影响，所以长期以来“现代文学研究”对“当代文学研究与评论”保持着显著的“学科优势”。

四

但 90 年代以来，“当代文学研究与评论”的历史兴趣也急剧增高。

首先，要求习惯于瞄准文学创作的“文学批评”突破当下视野而汇入整个“现当代文学史”脉络的呼声此起彼伏[①]，有些学者如程光炜教授就明确主张“用现代文学的方式来研究当代文学史”，就是要像研究现代文学那样从历史维度平心静气重新检讨几代学人亲身经历的“当代文学”，“把批评的状态转型到学术研究的状态当中”，“渐渐形成一个研究当代文学史、而不是总是在那里写评论文章的风气”[②]。程光炜教授与他的团队坚持多年“重返 80 年代文学”并进而对 50 至 70 年代文学展开同样的精耕细作，就是很有影响的一种试验。这在上文谈批评家身份转变为文学史家时已经提到，不再赘述。

---

① 杨扬:《重返文学史——对中国当代文学批评的一种新期待》,《上海文学》1992 年第 4 期。收入《上海五十年文学批评丛书》，徐俊西主编，华东师范大学出版社，1999 年版。

② 参见程光炜、魏华莹《在“当代”与“历史”之间——程光炜教授访谈》,《学术月刊》2013 年第 7 期；程光炜、杨庆祥《文学、历史和方法》,《当代作家评论》2010 年第 3 期。

其次，和现代文学一样，当代文学也是当代中国社会历史一个有机组成部分，不深入研究 1949 年以来中国当代社会的历史变迁，就不可能理解当代文学的纵深。何况当代文学除了许多写到当代以前历史事件的作品，还有大量作品直接涉及当代中国重大历史事件（所谓重大历史题材），它们几乎构成了中国当代文学历史演进的骨干，这就更需要研究者必须具备有关这些历史事件的起码常识。

第三，“当代文学”并不像人们想象的那样是“现代文学”在 1949 年左右突然休克之后诞生的，而是和 1949 年之前的“现代文学”有着千丝万缕的联系，许多学者（钱理群、洪子诚、陈思和、刘志荣）都主张要从 1940 年代（《讲话》发表或抗战胜利）开始梳理“当代文学”的发生学意义上的“开端”。既然“当代文学”就在“现代文学”腹中孕育，至少它的一部分内容完全可以用研究“现代文学”的方式——“史学化”方式——加以审视。

最后，随着时间的自然推移，人们越来越无法回避一个奇妙的事实，即已经“完成”了的“现代文学”不过三十年，但正在进行中的“当代文学”却拥有了六十多年历史，而且还在不停地向前延伸，时间总量早就已经超过“现代文学”一倍以上。研究具有六七十年时间跨度的“当代文学”，其历史感和学术性为何不及研究只有三十年历史的“现代文学”？

所以 90 年代以来，“当代文学研究与评论”的“史学化”兴趣日益浓厚，而所采取的操作方式则几乎完全仿照“现代文学研究”。比如在“当代文学”范围内也提出了“文学史断代”与“分期”的问题。有的“当代文学史”著作对“当代文学”的分期远远超过现代①，而过去一些现代文学研究的权威学者（如王瑶先生）一直认为“断代”和“分期”是“中国现代文学研究”作为一门成熟的学科所特有的课题。②另外“经典”和“大师”的确立，不同等级作家在文学史写作上“见章见节”的不同安排，当代文学研究“史料学”问题，也都提出来引起广泛讨论，许多已故或在世重要作家研究资料、传记、年谱乃至年谱长编也纷纷出版，这些都是“当代文学研究”模仿“现代文学研究”走向“史学化”的标志。对仍然身处其中的“当代文学”完全做到“客观”“公允”的研

---

① 比如董健、丁帆、王彬彬主编的《中国当代文学史新稿》就将“当代文学”划分出许多不同时期，仅“十七年”和“文革”文学，就有明显不同的六七个阶段。

② 王瑶：《中国现代文学史的起讫时间问题》，《中国社会科学》1986 年第 5 期；旷新年《中国现代文学史分期的政治学与文学》，《涪陵师范学院学报》2002 年第 6 期。丁帆《中国现当代文学史断代谈片》（《当代作家评论》2010 年第 3 期）和黄发有《文学会议与中国现当代文学史的分期问题》（《中国现代文学研究丛刊》2013 年第 8 期）则干脆把“断代”“分期”视为“现当代文学史”共同的基本学术问题，而不是现代文学史研究专有的问题。

判，煞有介事地进行超然历史叙述，自然还很困难。洪子诚先生说，“现代文学史研究，相对说可能是‘很’‘成熟’了，在这种情况下，要有所进展，主要是寻找对‘规范’的偏移；对‘当代文学’而言，则是寻找使之‘规范’和‘稳定’的路子。”[①]所谓“规范”和“稳定”，就是要求当代文学研究摆脱单纯关注当下的那种批评模式，尽可能获得类似“现代文学研究”那样成熟稳定的“史”的研究的“规范”。“现代文学研究”是否真的已经获得了成熟稳定的“规范”姑且不论，至于为“当代文学研究”寻找“稳定”的“规范”，至少目前还是显得有点超前。比如，海内外学者对“十七年”和“文革”文学以及相关戏剧电影的“再解读”，就因为急于建立某种“规范”，毫不掩饰其明确的社会政治立场，而很自然地激起了同行的批评。[②]

尽管有种种困难，类似80年代中期唐弢、施蛰存等先生“当代文学不宜写史”的意见很少再听到了，相反为“当代文学”提前修史的热情空前高涨。[③]90年代末至“新世纪”，一批高质量的当代文学史教材陆续问世，如洪子诚《中国当代文学史》，孔范今主编《二十世纪中国文学史》，董健、丁帆、王彬彬主编《中国当代文学史新稿》，陈思和主编《中国当代文学史教程》，陈晓明《中国当代文学主潮》。虽说这些教材或个人著作与大学中文系课程设置有关，但不同的体例安排还是体现了各自的文学史意识。比如，或者注重文学发展的客观社会历史和文化环境而相对省略传统的作家作品的艺术分析（洪子诚）；或者截断众流，将客观社会历史和文化环境化约为“五四”以来“启蒙”精神的消长起伏，以此考察在这过程中文学所扮演的角色（董、丁、王主编之《新稿》与孔范今主编之《二十世纪中国文学史》）；或者将上述问题进一步凝聚为对作家作品和文学思潮

---

① 洪子诚:《问题与方法——中国当代文学史研究讲稿》，三联书店，2002年版，第15页。

② 程光炜:《再解读思潮与历史转型——以唐小兵编〈再解读：大众文艺与意识形态〉等一批著作为话题》,《上海文学》2009年第5期;王彬彬:《〈再解读:大众文艺与意识形态〉初解读——以唐小兵文章为例》,《文艺研究》2014年第6期；王彬彬:《〈再解读：大众文艺与意识形态〉再解读——以黄子平、贺桂梅、戴锦华、孟悦为例》,《扬子江评论》2014年第2期。

③ 1985年10月29日《文汇报》“文艺百家”争鸣专栏第42期发表唐弢《当代文学不宜写史》，引起一场“当代文学应不应该写史”的讨论。1986年2月17日《文汇报》以编者名义发表《关于“当代文学应否写史”的讨论来稿综述》，意在总结，但此后陆续仍有文章发表。当时争论焦点并非一般地反对撰写“当代文学史”，而是何种意义或哪一段的“当代文学”可以写新史。赞同可以写史的呼声显然越来越高过笼统反对写史的意见，其实反对当代文学提前写史的唐弢先生本人似乎也忘记了，他主编的三卷本《中国现代文学史》从60年代初到80年代的漫长过程，其中的困难应该一点也不小于纂修当代文学史，而历史上许多当代人写当代史的例子也不容抹杀。

的深入解读，外貌上更多保留传统文学史以作家作品为主体展开叙事的格局（陈思和、陈晓明）。这些教材各具特色，但也因为急切地要将当代文学（1949 年至 90 年代）提前入史而激起同行的商榷与反思。其中，“当代文学史”的“史”的脉络和界限应该落在何处，仍是中心问题。但这些商榷反思并不能阻止当代文学研究的史学化趋势，只能刺激当代文学研究更快进入各人所理解的真正历史研究的深处。

总之 90 年代以来，“中国现当代文学研究”有意无意都要显示其“历史癖与考据癖”，似乎非此就没有“学问”和“学术性”，就得不到其他人文学科的尊重，就不符合马克思所谓一切研究只有成为真正的历史研究才是科学的论述，这已经是大势所趋。

五

“中国现当代文学史研究”尽管有其特殊性，但好歹也算是一门历史科学，然而如果和其他历史类人文学科（社会史、制度史、思想史、文化史、学术史）相比，似乎仍然感到底气不足。你的“历史癖与考据癖”与人家的“历史癖与考据癖”不是一码事！

首先，文学之“史”和其他学科之“史”，都是“史”，但总显得没那么货真价实。文学史尽管非常肥硕，讲述内容气象万千，但长期以来占据统治地位的文学史模式是在交代了一定的客观历史背景之后，尽量凸显作家主体的思想意识和文学手法的流变。换言之，将文学史的主体设想为浪漫主义的主体精神史和心灵史及其外在投射的艺术形式的嬗变史，其中主体精神史和心灵史亦即文学作品通过作家主体所反映的一个时代情感想象的流变，乃是确定不移的重中之重。

如此设想的作为文学史基本追求目标的情感想象偏于主观世界，很难外化和落实为公共知识谱系。社会史告诉我们某年某月发生了某事，这是确凿无疑的，或者是作为确凿无疑的事实被讲述出来，但文学史家若说某年某月中国人的情感想象如何如何，肯定得不到普遍认可。他顶多只能说某年某月某位作家某部作品的某个方面传达了某种情感想象。这种文学史叙事即使有说服力，它所揭示和描绘的内容比起真实发生的历史事件来，还是没有同等的重要性和“学术价值”。在长期奉行辩证唯物史观的中国学者们看来，文学史处理的“史”是在其他学科更大更确凿的“史”的框架内发生的精神现象，它始终是从属性衍生性的，是“上层建筑”的一部分。

其次，所谓文学反映一个时代的思想感情，并非像古人所相信的“诗言志”那样简单的有感而发，往往受制于一个时代占统治地位的意识形态，最终是一种扭曲的反映，不能直接传达当时大众真实的思想感情。这样问题就更大了，文学史家辛辛苦苦挖掘的材料，包括从作品中精心阐释的“意义”，究竟有没有资格充当历史研究的材料？早就有社会学家质疑 50 至 70 年代文学的“红色经典”对于研究那个时期的中国社会究竟有多少史料价值。[①]对人文学科的公共学术平台（或“学术共同体”）来说，“中国现代文学”之“史”的研究所提供的“知识”与其他历史研究很难融通，也很难进行平等对话。

这就毫不奇怪，“中国现当代文学史”作为专门史学的存在理由一直饱受怀疑。当然这也不只是针对“中国现当代文学”，一般的中国（历代）文学史也遭遇到相同的问题。文学史和社会史的界限究竟何在？有真正独立的文学史吗？从文学本身能看出文学史的发展脉络吗？如果说文学史也是一门“专史”，我们可以一视同仁地看待它和其他领域的“专史”吗？这类问题甚至逼迫文学史家们不得不回过头去，重新检讨现代中国的文学史撰述的世界学术潮流和意识形态背景，对现代中国的文学史撰述之史的追问一度成为学术热点。[②]但这主要发生在古代文学史领域，而以黄修己教授为代表的现代文学史编纂的反思则展开了很不相同的学术路径，有关文学史撰述的经验总结仍然局限于中国学者的文学史编纂工作内部，并没有跨出专门的文学领域，而与其他“专史”领域进行融通和对话。

正因为有上述种种对“现当代文学史”学科价值和合法性的质疑，在许多从事具体历史研究的学者看来，文学史家很可能是最没学问的低层次学者。现当代文学史从业人员本身也有一种挥之不去的自卑感，总觉得矮人一等。

上述来自人文社会学科其他专门史学的学科优势的压力，进一步刺激现当代文学研究朝着新的史学化境界迈进，从而造成近年来一些值得注意的转变，或者说新的风尚与趋势。

其一，干脆改行做别的。许多优秀的现当代文学史研究者在 90 年代纷纷改

---

① 如杨念群《“风景”的再发现与“劳动”的再定义》对蔡翔《革命 / 叙述：中国社会主义文学—文化想象》的批评，见《读书》2012 年第 5 期。

② 清末两部冠名《中国文学史》的著作，即黄人（1857—1914）《中国文学史》（国学扶轮社印行，无出版年月，可能在 1900 年至 1914 年作者于苏州东吴大学执教期间）和林传甲（1877—1921）《中国文学史》（武林谋新室出版，日本宏文堂 1910 年初版）一度成为许多中国学者研究的课题。

行从事思想史、文化史、制度史或“文化研究”去了。这一部分研究者尽管还想时时反顾旧乡，希望从文学中继续寻找新的研究的有用的材料，但如此“征用”文学做“材料”，往往会“误读”文学。比如，“文化研究”与“中国现当代文学研究”如何很好地结合起来，至今还没有得到很好的解决。

其二，原来从业人员尽管恪守本职工作，但越来越不满足于过去单纯的文学研究，而总想将自己的文学研究朝“史”的方向做大做强。强大到何种程度才好呢？就是取得和其他历史研究学科平等对话的资格。在方法论具体操作上，就是尽量使文学研究所追求的“史”的“知识”挣脱“纯文学”的束缚，进入“真正的历史研究”，以至于能和党史融通，和现代中国的政治史、制度史、思想史、学术史、宗教史、人口史、外交史、教育史、语言变迁史、翻译（文化交流）史、性别史、民族史、地方志、租界史……诸如此类的“史学”融通。①

以文学史和思想史关系为例，“新世纪”之初就有人指出，现代文学研究“越来越往思想史靠拢”，这很可能脱离文学而被“思想史”问题所左右，强调文学史和思想史的分野应该予以注意。②2002年1月中国社会科学院文学研究所、上海社会科学院文学研究所、华侨大学在福建泉州联合主办“中国思想史与文学史”学术研讨会，讨论“中国思想史与文学史的互动关系”“中国思想史对文学史发展及特征的影响”“具体的学术思潮与断代各体文学的关系”“思想家对文学家的影响”等主题，多数代表肯定文学史与思想史的关联研究，只是强调不能忽视文

① 关于中国现代文学研究与中国现代专门史学的融通，这里仅举数例，恕不展开。比如从50—60年代至今以丁景唐、王观泉、倪墨炎、陈铁健、王铁仙、郑择魁、胡明、袁小伦、王锡荣、王彬彬等学者对瞿秋白、陈独秀、张闻天、鲁迅、茅盾和“左联”的研究，温泽远、王培元、黄昌勇、朱鸿召、袁盛勇等对丁玲、王实味和“延安文学”的研究，李辉等对“胡风集团”的研究，就深刻体现了打通“现代文学史”与“党史”的愿望。其他如汪晖对现代思想史与文学史关系的研究，杨剑龙、袁进、王本朝、许正林等对中国现代基督教史与现代文学的研究，马有义、马燕、马梅萍、何清等对汉语伊斯兰教文学的研究，张福贵、张中良、朱晓进、倪伟、李怡、张全之等对30年代民国政治与文学的研究，李永东等对现代租界与现代文学的研究，钱理群、吴晓东、李怡、陈青生、刘晓丽对大后方、上海“孤岛”和东北沦陷区文学的研究，陈平原、姚丹、王彬彬、谢泳、罗岗、李光荣等对现代高等教育（民国教育）与现代文学的研究，杨扬等对民国出版与文学的研究，沈永宝、王晓明、李楠等对现代文学与民国报刊史的研究，朱晓进、郜元宝、高玉、文贵良、刘进才、刘琴、张昭兵等对现代汉语史与现代文学之互动关系的研究，李今、毛尖等对现代文学与电影史的研究，都从不同角度追求文学研究与某一现代中国专门史学的结合。

② 温儒敏：《思想史能否取替文学史》，《中华读书报》2001年10月31日；赵宪章：《也谈思想史与文学史》，《中华读书报》2001年11月28日。

学史研究的独特性而已。[①]

上文列举80年代中期以来方兴未艾的“中国现当代文学研究”之“史”的探究，许多内容仍然局限于传统的“中国现当代文学史”学科范围，仅仅在时间空间上做一些补苴罅漏的工作，但不可否认也有大量论著突破了传统文学史框架，深入到文学运动所依托的“大历史”中，从文学的角度出发，试图与中共党史、民国史、城市史、战争史、灾祸史、外交史、思想（思潮）史、学术史、宗教史、语言史（语言政策与语言规划史）、性别史（尤其是妇女史）、租界史等专门史学构成直接对话关系。近三十年“中国现当代文学研究”队伍获得更新的显著标志，就是从文学研究领域涌现了许多偏重史学研究的中青年学者。但毕竟本业是文学，史学训练大多属于后天“恶补”，屡屡被“正宗”史学研究者指出破绽，也在所难免。

以上说的是“中国现当代文学研究”和中国现当代“大历史”研究的其他学科努力融合。如果把范围再缩小一点，对文学活动直接依托的“文学体制与文学生产”的探索，也显示了一种强烈的深度历史研究的意识。近年来中国现当代文学史“体制研究”“制度研究”蔚然成风，文艺政策、文学领导和组织机构、新闻出版和各种媒体、重要报刊杂志、大学与文学教育、文学会议、稿酬制度、文学奖励和扶持等等，成了“中国现当代文学史研究”的“显学”，青年学者趋之若鹜，新作新著迭出，是一个特别值得注意的现象。

关于“文学体制与生产方式”（洪子诚），后发的当代文学史研究成绩似乎要超过现代文学。与洪子诚先生的研究同时，杨匡汉、孟繁华、旷新年、李洁非、贺桂梅、王尧、路文彬、吴俊、王本朝、洪治纲、黄发有、斯炎伟、张均、王秀涛、蔡新水、邵燕君、董丽敏、何平等研究“共和国文学”“国家文学”概念弥合破碎的“当代文学”的可能性（与“民国文学”的倡导相呼应），“十七年”文学与同一时期国家政治的关联，“文革”文学与文学领导机构及文艺政策变迁，“新时期文学”的发生与性质界定，整个当代文学时期关键报刊、文学会议和文学奖励与扶持制度对创作与批评的影响，“先锋文学”周边环境，网络上下对文

---

① 相关文章还可参看贺照田《为什么转向思想史》，《中国社会科学院院报》2003年2月24日。贺文认为文学史研究进入思想史研究乃由文学史问题的复杂性所决定，不可避免，也不必忧虑。此外，《天津社会科学》2006年第1期“思想史与文学史关系研究”专栏刊载张宝明《问题意识：在思想史与文学史的交叉点上》、张光芒《思想史是文学史的风骨》、姚新勇《由“文学史”到“思想史”：原因、张力与困惑——关于由文学史转向思想史研究现象之思考》、林岗《思想史与文学史》，大部分作者也都基本肯定转入“思想史”领域会有利于“文学史”研究的深入。

学生产方式的改写——皆引人注目。这可能是因为现代“文学体制与生产方式”研究起步虽早，但在现代文学史编纂高潮的80年代中期前后，关于现代中国社会和文学的大历史观基本定型，难有突破[①]，同时新材料的发掘也遭遇瓶颈，而且不管是“现代文学”还是“民国文学”，其“文学体制与生产方式”对文学进程乃至作家个性的制约似乎没有达到洪子诚所谓当代文学“一体化”之后那种无远弗届无微不至的程度，或者说，现代时期的“文学体制与生产方式”更加多样化，但因此也就激发不起研究者们特别浓厚的兴趣，只是因着具体研究对象的差异而加以个别的处理，难以从“文学体制与生产方式”这个角度形成统一的文学史叙述模式。当代文学则相反。首先，长期以来“当代文学”主要是“文学批评”处理的对象，来不及纳入“文学研究”的范围。一旦“文学批评”让位于“文学研究”，人们发现被印象式的“文学批评”忽略的“文学体制与生产方式”原来大有用武之地，不仅许多材料和问题从来不曾被利用被提出，而且当代“文学体制与生产方式”对文学进程和作家个性乃至作品形式的影响远超现代，因此正如洪子诚所说，即使你不喜欢这种似乎远离文学的研究，但“文学体制与生产方式”的许多问题深深嵌入了当代文学史各个角落，“你想要躲也躲不开”[②]。

比起传统的研究模式，研究“文学制度与生产方式”确实容易“出成果”，因为这跟以往研究文学史时套用现成历史叙述，简单讲讲社会历史背景，或者为了个别研究（尤其作家传记）的需要做些零星考证，有了根本的区别。即希望在研究某一文学现象时真正系统而全面地进入包括文学在内的“大历史”，同时尽可能避开先验历史叙事的干扰，用自己的材料和方法挖掘文学进程背后或之中的真实历史。“文学体制与生产方式”探讨的都是看得见摸得着的政策导向、制度设施、人事变更，比捕风捉影阐释作者“寄予”或“反映”的“思想情感”显得

① 80年代中期乃至以后关于“现代文学”大的史观基本定型，许多新说法，如基于“启蒙与救亡的双重变奏”理论的各种文学史写法和提法，各种关于“现代文学”定性和阶段划分方式，甚至和现代文学有关的40年代开始的当代文学“一体化”的提法，仔细辨析起来，都可以追溯到50年代初期王瑶、蔡仪、张毕来、丁易、刘绶松以及起步于60年代初而完成于80年代初的唐弢三卷本文学史的基本框架，比如作为这三十年现代文学史编纂集大成的“唐弢本”对现代文学的基本定性，仍然是“新民主主义论”的框架，但表述更细致，即认为现代文学是“无产阶级、革命小资产阶级和资产阶级三种不同力量在新时期实行联合的结果，其各个组成部分之间有着原则的区分”，同时也指出一些成员（如何其芳等）在不同阶级之间的转换，最后强调“居于主导地位、占有绝对优势并获得了巨大成就的，则是无产阶级领导的人民大众的反帝反封建的文学，亦即新民主主义性质的文学”。这种表述以及与之保持高度统一的对文学史各阶段的划分与阐释实际上涵盖了后来几乎所有貌似新颖的提法。

② 洪子诚:《问题与方法——中国当代文学史研究讲稿》，三联书店，2002年版，第203页。

更加确凿，也比80年代风行一时的“结构主义”“形式主义”“符号学”和“新批评”多少有些迂阔神秘的研究更能直击要害。①

这也是洪子诚先生倡导“文学制度与生产方式”研究在“专史”方向上超越前辈学人的地方。如前所述，自有新文学史研究以来，就不断有人主张新文学史是一门科学的“专史”。比如周作人就说过，“既然文学史所研究的为各时代的为学情况，那便和社会进化史，政治经济思想史等同为文化史的一部分，因而这课程便应以治历史的态度去研究。至于某作家的历史的研究，那便是研究某作家的传记，更是历史方面的事了。这样地治文学的实在是一个历史家或社会学家，总之是一个科学家是无疑的了。”②王瑶先生80年代初明确指出，“文学史既是文艺科学，也是一门历史科学，它是以文学领域的历史发展为对象的学科，因此一部文学史既要体现作为反映人民生活的文学的特点，也要体现作为历史科学，即作为发展过程来考察的学科的特点。”为此他一再强调“文学史”不能写成“作家作品论的汇编”，“作为历史科学的文学史，就要讲文学的历史发展过程，讲重要文学现象的规律性”和“来龙去脉”，“文学史不仅要评价作品，还要写出这个作品在文学史上出现的历史背景，上下左右的联系，它给文学史增添了什么，做出了什么样的贡献，对后来的文学发展有什么样的影响”③。但王瑶先生理解的“文学史”之“史”仍然限定在“文学”的范围，很难走到这个范围之外。这是王瑶先生那辈学者的学术环境有以致之，尽管他们的历史意识非常强烈，但除了遵循政治权威的既定历史论述，一般很难对于包括文学在内的大历史的“来龙去脉”上下议论于其间，所谓“文学史”之“史”只能是局限于文学内部的“小历史”，只能在这个被小心翼翼切割出来的相对独立的“小历史”中寻找“发展规律”。所以王瑶先生特别推重的还是古代文学史叙述中常见的那种作家之间互相影响的事实，特别是一定思潮流派中后起作家对前辈作家的“继承与发展”，所谓“因变”“通变”的关系。王瑶的下一辈学者也基本秉承这一文学史叙述模

① 最早提倡从“文学体制与文学生产”角度研究当代文学史的洪子诚先生就说过，“80年代在理解新批评派的文本中心，或文本自足的观念时，还颇有点费劲；或者说，这种‘痼疾’（按指从社会政治背景来理解文学的习惯），使我一直没有办法完全认同新批评的观点”。参见《问题与方法——中国当代文学史研究讲稿》，三联书店，2002年版，第191页。

② 周作人:《中国新文学的源流》,《周作人自编文集》之《儿童文学小论·中国新文学的源流》，河北教育出版社，2002年版，第8—9页。

③ 王瑶:《关于中国现代文学研究工作的随想——在现代文学研究会学术讨论会上的发言》,《中国现代文学研究丛刊》1980年第4期。

式，如黄修己先生就一再强调，“论述作家作品的历史地位，历史作用，应该是文学史著的重要使命”[①]，“寻找作家创作的家族关系，这也是文学史家所应负的责任”[②]。这样的文学史叙述自然容易给人造成一种印象，似乎文学史是相对封闭自足的一条以文学精神与文学形式为主体的特殊历史线索，这条线索和外部环境等“大历史”的关系，除了政治权威既定解释之外，就无法呈现更加丰富的细节真实。所以尽管黄修己先生在1990年代初理直气壮地说，“新文学史可以名正言顺地归于史学，为专史之一”，但同时又不得不承认，“新文学史作为专史，除了具有史学的一般共性，还有它专门研究文学历史的特性，但有关这方面的知识，并没有多少现成的、系统的东西”。既坚持新文学史是“专史”，又承认这个“专史”还没找到自己的“特性”，关键是因为这个“专史”和其他“专史”的关系没解决，用黄先生自己的话说，就是“长期以来对新文学史的文史双重性格，缺乏足够的认识”[③]。简单地说，就是在1990年代以前，中国新文学或现代文学史的研究主要还是局限于“文学本身”的“小历史”，未能真正将文学这个“小历史”融入“大历史”，从文学的“小历史”出发，真正取得对“大历史”独立发言的资格。

相比之下，洪子诚这辈学者及其学术上的追随者们走得更远些，他们不满足于在所谓文学史内部谈论文学的历史发展过程（这也谈不清楚），而试图走出文学研究者自我设置或被他人所规定的藩篱，努力去触碰那些可能对文学起“决定性影响”的“外部因素”，也就是以往相对自足封闭的文学史进程之外的那些和文学息息相关的“大历史”的问题。“文学制度和生产方式”之所以受到特别的重视，就因为这是“文学史”和“大历史”之间最重要的中介。“中国现当代文学史研究”在“史学”方向上取得真正的突破，并非首先发生在一向具有“学科优势”的“现代文学史”研究领域，而是势不可挡地发生于一向比较贫弱的“当代文学史”研究领域，这似乎有点令人感到意外，其实也在情理之中：一方面当代文学史研究者们有更多接触当代文学史之外的“大历史”的热忱与材料，另一方面，不同于现代文学史研究者们长期饱受更具“学科优势”的“现代史”的压力，1990年代以后当代文学史研究者们并不觉得“当代史”有什么压迫性的“学科优势”，许多当代文学史研究者掌握的当代大历史的材料未必逊色于研究当代中国其他领域的“专史”学者，

① 黄修己:《中国现代文学史编纂史》，北京大学出版社，1995年版，第240页。
② 黄修己:《中国现代文学史编纂史》，北京大学出版社，1995年版，第280页。
③ 黄修己:《中国现代文学史编纂史》，北京大学出版社，1995年版，第1—2页。

因此他们可以真正“出入文史”，一举克服黄修己先生所谓“新文学史的文史双重性格”带来的问题。

因此尽管80—90年代之交“向内转”的文学理论声犹在耳，但“中国现当代文学研究”已经不可逆转地被压缩为“中国现当代文学史研究”，而“中国现当代文学史研究”通过一系列“向外转”的操作，又进一步从“内部研究”彻底转向主要着眼于历史的“外部研究”。似乎这才脚踏实地，有点“史学研究”的模样了。这就好比在“红学界”，老老实实研究小说《红楼梦》不被承认，只有从小说《红楼梦》跳出去，研究作者的家世生平，时代背景，版本源流，甚至研究小说所影射的清代政坛秘史，才算有学问。

这是90年代至今“中国现当代文学研究”一种普遍趋势，我姑且称之为“由文向学”或“由文向史”，即不管是放弃“中国现当代文学研究”，还是将“中国现当代文学研究”改造和提升为“中国现当代文学史研究”，努力靠向真正的历史研究，总的思路无非都是认为文学研究本身不算学问，非要放弃文学研究，或者对文学研究来一番彻底改造，使之成为一种够资格的专门“史学”，这才有希望上升到“学问”“学术性”高度，和其他史学研究平等对话、知识共享。

上述观察可能很不全面，但这个趋势基本上有目共睹，或许是思考与“中国现当代文学研究”有关的全部问题的一个基本出发点。

六

说到“中国现当代文学研究”的历史化趋势，不能不首先想到陈寅恪先生的“诗史互证”。一些致力于将“中国现代文学研究”史学化的学者也确实喜欢引陈寅恪为有力的援助，比如王彬彬教授批评“中国现代文学研究与中国现代历史研究两不相干的现象”，提倡“中国现代文学研究与中国现代历史研究的互动”，就反复举陈寅恪为例。[①]但有了这个参照，恰恰也更容易看出“中国现代文学研究”史学化在目前存在的问题。

这主要表现为，虽然对“中国现当代文学研究”进行了“由文而学”或“由文而史”的改造与提升，但毕竟大多数学者的主业在“文”而不在“史”，所以

① 王彬彬:《中国现代文学研究与中国现代历史研究的互动》，原刊《文艺争鸣》2008年第1期，收入《应知天命集》，王彬彬著，人民文学出版社，2014年版。

史料的搜集、甄别和解读皆甚感吃力，同时“文”这一面往往又不能兼顾，以至于出现“有史而无文”的偏枯。尤其在“新历史主义”和福柯等人的“话语政治”“话语权力”理论的影响下，许多现当代文学研究者轻易取消了原来认为是文学所特有的一些问题，他们相信所谓文学所特有的问题其实都可以转换和消弭为历史（主要是政治史）。似乎一旦讲清楚了某个政治史的关节，文学问题就迎刃而解，或干脆不在话下了。结果，历史问题的考索既不清楚，原本要解决的文学问题也被搁置一边。比如，应该怎样看待鲁迅晚期杂文对国民党不抵抗政策的批评？一些研究者从民国史角度出发，挖掘鲁迅当年很难知悉的国民党上层对日谋略和国共两党复杂关系的细节，从而得出鲁迅的批评不得要领的结论。姑且不管这个结论是否可靠，能否据此解决鲁迅晚期杂文的全部问题呢？显然不能，因为鲁迅晚期杂文之得失并不完全取决于当今学者所追认的“政治正确”。关于鲁迅与“三一八惨案”，鲁迅与苏联的关系的研究，都存在类似的偏颇，即以实际上并不能成为定谳的零星考据和后人眼里的“政治正确”充当文学史评判的唯一标准，用“大历史”的眼光看待文学的“微历史”，鲁迅所说的“文艺与政治的歧途”在这里似乎可以完全合并起来了。

对柳青《创业史》的评价也有类似问题。目前通行的观点是在否定柳青的合作化主题与阶级分析方法的前提下，承认其丰富的生活细节和传神的人物描写，甚至认为其生活细节和人物描写也被合作化主题和阶级分析方法系统改造和扭曲过了。另一种观点则认为柳青对合作化运动一直有独立见解，这主要表现在他不满毛泽东 1956 年批邓子恢“小脚女人”，一窝蜂搞高级社，违背了 1953 年毛亲自制定的相对务实稳健的过渡时期总路线思想。不仅如此，柳青与这以后的大跃进、人民公社和农业学大寨的潮流都格格不入。正是这种异端思想带来了《创业史》第一部的辉煌，也使得《创业史》后续几部迟迟不能完成。[①] 这两种观点都着眼于历史，针锋相对，但思考方式很接近，都是用优先考虑“政治正确”的所谓历史研究来取代文学研究，结果都认为柳青是一位令人遗憾的被糟蹋的天才。《创业史》成功只能归于柳青在政治上的先见之明，《创业史》失败也只能归于柳青在政治上的赶潮流。总之作家完全被外在政治历史所决定，判断《创业史》的成败，只要看柳青在政治历史中的表现就可以了，小说本身不值得深入研究。

看来，如何在“由文而学”“由文而史”的同时保持文学研究的一些看家本

① 参见刘可风《柳青传》所附“柳青和女儿的谈话”之“四”《未完成的〈创业史〉的构想》，和之“七”《对合作化的长期研究和思考》，人民文学出版社，2016 年版。

领，自由地“出入文史”，做出精当的“诗史互证”，应是今后“中国现当代文学研究”追求的目标。

王彬彬注意到这个问题，所以他强调“互动”，希望“中国现代文学研究”和“中国现代历史研究”能够出现“你中有我、我中有你”的局面，不是一边倒，以历史研究完全取代文学研究。他还特别为此批驳了《陈寅恪评传》作者、历史学家汪荣祖对陈氏“诗史互证”的误解。汪荣祖说，“寅恪以史证诗，旨在通释诗的内容，得其真相，而不在评论诗之美恶与夫声韵意境的高下，其旨趣与正统诗评家有异。”王彬彬认为，“陈寅恪的以史证诗，出发点固然主要不在诗的艺术价值。但是，如果认为以史证诗，全然与对诗的审美鉴赏无关，全然无助于对诗的艺术价值的评说，则又是颇为谬误的。实际上对文学的‘内容’‘真相’的了解，与对其艺术性的鉴赏，往往是相关联的。对其‘内容’‘真相’的了解越准确，对其艺术性的鉴赏就越到位。陈寅恪在以史证诗时，也绝不只是‘通释诗的内容，得其真相’。他常常在指出某种史实的同时，或多或少地引申到对诗的艺术性的评说。”这个批评很有道理，道出了“史诗互证”的真相。

或许也正是有感于此，洪子诚坦言，“从内心上讲，我很讨厌这个问题（按指他本人提倡和擅长的‘文学体制与生产方式’），有时候会觉得离我想象中的‘文学’很远。”[①]洪先生一直感到文学史研究的“文学”与“历史”界线不好划定，“文学史到底是‘历史’，还是‘文学’”，真不容易说清楚。他把这个问题概括为“文学史研究中的‘文史之争’”，“‘文学’和‘历史’之间确实存在一些矛盾和冲突的方面。按照一般的要求来说，历史研究带有一种刚才说到的‘真实性’或‘可检验性’，但是文学本身的阐释更多地带有强烈的主观性。这两者怎么结合起来，这是一个问题。”尽管有此困惑，洪先生还是采取了他所说的文学史研究第一种“趋势”，即“把它写成像‘历史’，关注演变过程，关注事实的联系，而且更多地强调文学作品的外部因素，重视外部因素对文学事实产生的决定性影响”[②]。他的《中国当代文学史》就偏重这些“外部因素”，具体说就是“文学体制和生产方式”，而这确实是过去当代文学史研究忽略的方面。该书揭示中国当代（尤其50—70年代）文学的社会政治和文化环境的细节极其丰富，多方面的创见、突破和对青年学者的引领之功显而易见。该书以及稍后出版的姊妹篇《问题与方法：中国当代文学史研究讲稿》的学术辐射力至今还

① 洪子诚:《问题与方法——中国当代文学史研究讲稿》，三联书店，2002年版，205页。

② 洪子诚:《问题与方法——中国当代文学史研究讲稿》，三联书店，2002年版，45—46页。

远远没有充分展示出来。①

但姑且勿论“文学体制与生产方式”是否真能说清楚，即便乐观地估计这项工程最终能够完成，文学史的主体部分也未必就能水落石出，所以洪著《中国当代文学史》还是留下了许多空白。他以太多篇幅处理“文学体制和生产方式”，关注作家作品自然就不够。在“文学体制和生产方式”的知识背景下，读者主要看到作家主体被决定的命运。洪先生十分注意的作家“身份”在他笔下发生了根本性转移，即从精神体验、反抗和创造的主体转变为社会活动的主体，作家的社会活动、社会交往、文学论争、文坛际遇始终被置于文学史叙述的前景，洪先生引用过的普鲁斯特所谓跟作家日常身份不同的真正创造作品的另一个身份，亦即自我否定自我创造的那个相对隐秘的想象性“自我”的精神流变史，不得不大受压抑。

洪先生对此也颇感困惑，但他清楚地意识到首先要梳理文学史外部环境的问题，至于作家作品内部那些更隐秘和“神秘”的因素，应该在此之后予以考虑，“如果我们完全接受‘新批评’的观点，那实际上可能就没有文学史，或者文学史写成单独的文本阐释的组合。过分地强调作家的独创性，作家作品的不可替代性，这种文学史会变成什么样子呢？很可能变成作家作品评论的‘流水账’”，“希望有一天，我们会有机会来试试看，试试看这种强调‘独创性’‘文学性’标准的文学史写作，会暴露什么样的矛盾和问题”。

中国并没有“完全接受‘新批评’的观点”写成的文学史，但任何一个对过去流行的文学史著作稍有接触的人都会赞同洪先生这个说法，因为过去流行的文学史普遍无力处理文学发展的外部环境，故而不得不把重心放在“‘独创性’‘文

① 关于洪子诚《中国当代文学史》对当代文学研究的学科意义，参见《文艺争鸣》2010年第9期一组文章：谢冕《一束鲜花的感谢——祝贺〈洪子诚学术作品集〉出版》，赵园《有感于洪子诚先生文集的出版》，曹文轩《一个人与一个学科》，张志忠《建构复杂性的诗学——洪子诚的学术品格略论》，陈晓明《“一体化”：封存还是开放——洪子诚的文学史思想论略》，孙民乐《重塑文学史的知识品格——洪子诚文学史研究的意义》，张洁宇《学者姿态与学科意识——谈洪子诚先生的当代文学研究》，贺桂梅《文学性与当代性——洪子诚的当代文学史研究》，以及贺桂梅《穿越当代的文学史写作——洪子诚教授访谈录》(《文艺研究》2010年第6期)。贺桂梅《文学性与当代性》开头一段话很有概括力：“洪子诚的《中国当代文学史》于1999年出版时，许多人认同钱理群先生的感叹：这本书标志着当代文学终于‘有史了’。显然，这里的有‘史’并不是指当代文学此前没有历史叙述，而是指这种历史叙述的有效性。”所谓“历史叙述的有效性”，主要是指超越以往局限于个别作家作品分析和浮面的社会思潮介绍的那种文学史叙述，努力呈现文学史得以展开的更丰富而系统的那些决定性的外部因素及其相互关联，也就是当代文学研究的“史学化”追求，而其方法论的核心统领，就是对“文学制度和文学生产”的优先关切。

学性’标准”上，这就部分地暗合了后起的“新批评”。这是洪先生对文学史老问题切中肯綮的批评。但他又承认，“像我那样的挖空心思，为每个作家设计一个座位，这也反过来证明，文学史有时是多么乏味，多么没有意思”。[①]凡读过洪先生《中国当代文学史》的人恐怕都会有同感，不妨把这理解为洪先生在解决文学史老问题时遭遇的新问题。

现当代文学史研究是否非要变成韦勒克所说的“外部研究”才算真正达到了“史”的研究水平？其实韦勒克并无一锤定音的解答，他自己对此也颇为困惑：“写一部文学史，即写一部既是文学又是历史的书，是可能的吗？应当承认，大多数的文学史著作，要么是社会史，要么是文学作品中所阐述的思想史，要么只是写下对那些多少按编年顺序加以排列的具体文学作品的印象和评价”。[②]我们不妨顺着他的思路继续追问下去：包括文学在内的现当代中国人的思想情感果真完全受制于可见的“外部”历史？共同经历的可见的“外部”历史固然极易被遮蔽，所以“外部”历史的发掘工作显得极其艰难而珍贵，但是否因此就应该压抑相对来说不可见而同样容易被遮蔽的“内部”历史吗？除了洪先生所说的缝隙中偶尔仅存的一些“‘自由表达’的可能”之外，“内部”历史是否完全受制于“外部历史”而绝无“自由表达”之可能？“外部”历史不也是一种被决定的主体活动的结果吗？那么决定“外部”历史的除了文学之外的社会政治，作家和同时代大多数国民“主观内面生活”是否也是决定性因素之一呢？抑或这里所说的“外部”和“内部”压根儿就是历史的两个面相，之所以被区分为“外部”和“内部”，只是因为我们不善于一眼看出二者的血肉联系？洪先生敏锐地提出，“中国当代作家艺术的普遍衰退，跟外部环境有非常重要的关系，但是也不能完全把责任归到环境归到外部压力上，在作家的心性结构、价值观念、文化修养上，或者说‘内部因素’上，会出现一些什么问题？”[③]既然如此，那么作家主体，包括整个“文学场域”的主体性参与者，他们的“主观内面生活”之重要性真的逊于“文学体制和生产方式”诸如此类“决定”文学史进程的“外部因素”吗？

这样的追问或许又会迫使我们重新回到上世纪60年代初普实克和夏志清那场争论所涉及的一系列问题，或者从他们的问题再出发，将文学史“内”和“外”两个问题真正糅合起来加以思考。

---

① 洪子诚:《问题与方法——中国当代文学史研究讲稿》，三联书店,2002年版，第46—47页。

② 勒内·韦勒克、奥斯汀·沃伦:《文学理论》，刘象愚、邢培明、陈圣生等译，江苏教育出版社，2006年版，第302页。

③ 洪子诚:《问题与方法——中国当代文学史研究讲稿》，三联书店，2002年版，第59页。

能否开展这样的工作，关键还是要看文学史研究者能否紧紧抓住文学史参与者“主观内面生活”这个中介，也就是“人”的因素。说穿了，“文学体制和生产方式”这些“外部因素”如果真如洪子诚先生所说，对文学进程起着“决定性影响”，那么这种“决定性影响”最终仍要落实为文学史中一个个具体参与者的行为意愿。如果一切都被“外部因素”决定好了，这样叙述出来的文学史究竟要诉诸怎样一位不可知的“决定者”和怎样一双“看不见的手”？文学史如果始终由“决定者”和“看不见的手”在书写，那么作家、批评家、文学机构的组织和领导者，普通读者的思想、情感、想象、下意识、梦幻、选择、意愿，以及包含所有这些内容的个人应该承担的历史责任，又该落在何处？撰写一部全然不诉诸个人主体性的“被决定”的文学史，意义何在？

七

所以我觉得，与其推崇陈寅恪的“诗史互证”，不如重新审视鲁迅对中国古代文学和新文学的论述，特别是《中国小说史略》《魏晋风度及文章与药及酒之关系》《上海文艺之一瞥》《中国新文学大系小说二集序》等经典的文学史描述方式，即牢牢抓住作家主体为中介来考察社会政治、思想文化与文学演变的关系。

从“中国现当代文学史研究”现状看，最大的问题还是“作家缺席”。不是说这些文学史著作没有举出作家们的生平活动、作品和创作谈，也不是说这些文学史著作不曾致力于给一个个作家安排适当的文学史位置，“排座位，吃果果”（洪子诚），而是说都不曾像鲁迅那样对于作家，无论他们处于怎样的思想文化潮流，无论受到怎样的“文学体制和生产方式”这些“外部因素”影响，都能“秉持公心”，画出他们在这些复杂环境和过程中所显示的心态和灵魂的本相，如鲁迅对“魏晋名士”、明清小说作者、才子 + 流氓的“革命文学者”的心态与神情的描摹。

这样的描绘才是有血有泪有哭有笑的活的文学史，即使到头来仍然证明是被决定的，至少也让读者看到了文学史通过怎样的主体遭际而被决定着。目前一些现当代文学史著作最大的遗憾就是仅仅告诉我们，无论现代还是当代作家都是被决定的，文学史主体不是作家，而是决定作家的政治制度以及商业手段。现当代（尤其当代）作家在这种姑且假定是真实的被决定状态下心里究竟怎样想，文学史家都还缺乏力透纸背的描绘。

这绝不是说，要取消或弱化对“文学制度与生产方式”的研究，取消或弱化包括对文学在内的各种社会思潮的研究，取消或弱化对重要作品的细读，而是说，所有这些方面的研究都要进一步得到加强，以至于真正可以和作家主体的心态沟通，看到作家主体在所有这些方面所呈现的精神活动的真相——在这一层面，文学史的叙述或许不必那么繁琐，那么长篇大论，那么迂回曲折，而很可能只需要三言两语的评骘。鲁迅分析“魏晋风度”，主要只是告诉读者“名士”们的精神为何显得“清峻，通透”，他们的作品为何显得“华丽，壮大”，“非汤武而薄周孔，越名教而任自然”的真实心态是什么，为什么有人整天喝酒吃药，有人喜欢“扪虱而谈”，或者一生气就拿着宝剑追杀苍蝇。文学史研究在别的方面做得再好，倘若缺乏这副笔墨，就是“明乎礼仪而陋于见人心”，画龙而不能点睛。

令人特别困惑的是，一些最有影响力的当代文学史著作的编撰者们都曾经（或仍然）是他们所经历的不同阶段“当代文学”的亲历者和与之发生密切接触的批评家，他们对作家们的情况比较了解，也有大量独立的作家作品的精彩论著，可是一旦进入文学史描述，或者说一旦他们的身份从批评家转换为文学史家，以往对作家们的抵近把握似乎就一律派不上用场，难以放置到各自的文学史框架之中。

当代文学史读者最不好理解的问题，是那些从“现代”跨入“当代”的作家们的创作和人格为何出现巨大反差，前后判若两人，中间始终缺乏对主体内部变化的合乎情理的解说。这个看似明白却似乎永远也说不明白的问题，如果完全推诿给起“决定性影响”的“外部因素”，那么文学史家至少也应该合情合理地描述出这些作家在被决定状态下怎样一步步完成思想、人格和创作上的“改造”，否则读者只好像当年郑振铎先生那样奇怪阿 Q 竟然要革命，革命之后为何又要被“咔嚓”，人格上似乎是两个人。当代文学史家们能否令人信服地说明，这些作家从“现代”跨入“当代”之后出现的巨大反差，尽管使他们外表上看起来似乎判若两人，而实际的思想变化还是有迹可循——就像鲁迅当年负责地告诉郑振铎，革命前后的阿 Q 在人格上还是一个？

80 年代以来，现代文学研究一个很大的麻烦是既要为大部分“鲁迅骂过的作家”逐一平反，同时又不得不在根本上继续保持对鲁迅的高度评价，其间出现了种种有趣的解决之道，一时也难备述。比如，抬高“鲁迅骂过的作家”的同时，在逻辑上不得不暗地里批评鲁迅“骂错了”，沿着这个思路就会进一步思考鲁迅既然这么容易“看错人”，一定还有哪些地方也很不恰当，于是不断“扩大战果”，逐渐形成高抬“现代文学”“民国文学”而贬低鲁迅的风气，好像鲁迅不属于“现代文学”“民国文学”，好像那时候只有鲁迅独自发狂，战斗，到处“乱骂人”。另一种做法也是暗地批评鲁迅“骂错了”，不过调子缓和得多，就是认为之所以“骂错人”，是大水冲了龙王庙，一家人不认一家人，鲁迅和被骂的人之间精神上是相通的，都属于“自由主义”，都具有“民国范”。这两种解决鲁迅与当时文坛左中右三种力量全面对抗关系的“历史研究”势必把鲁迅的社会批判和文明批判的合理性慢慢从“现代文学”或“民国文学”挪开，而往下延伸到“当代文学”中来，结果“现代”或“民国”的鲁迅批评民国的时候，许多地方基本上都错了，而如果让鲁迅继续活着，帮我们批评“当代”，倒恰到好处，得其所哉！这显然是隔断历史的做法。

被隔断的“现代”与“当代”的关系，在“现当代文学研究”不断历史化的过程中被部分地重新提出。早在80年代陈思和的“中国新文学整体观”与钱理群、黄子平、陈平原等人的“二十世纪中国文学”的提法，其实已经是旨在“打通现当代”了。但如何打通？当时主要着眼于文学思潮、流派的历史断裂与重新接续。到了90年代，“当代文学史”研究的“一体化”概念提出来之后，就更清楚地落实到从20年代中期“革命文学”理论与初步实践、30年代以上海为中心的左翼文学运动、江西苏区红色文化、30年代末至40年代初以延安为中心的新民主主义文学与“工农兵文学”的雏形、50—70年代的“社会主义文学”的一脉相承。这些不同阶段的文学相互之间存在复杂的差异性甚至激烈冲突，但先后接续的基本谱系总算梳理得比较清晰了。这种文学史梳理以“文学制度与生产方式”为主要着眼点，某种程度上也确实成功地“打通”了现当代，却依然无法描写出那些“跨代作家”乃至“跨代”知识分子群体的心理流变。正是在这一点上，鲁迅描写“革命”前后阿Q的生态与心态及其最终命运时所把握到的历史的深层脉动，仍然值得我们深思。鲁迅写阿Q，视野绝不局限于一个无业游民的心理，而是想着全体国民。人所具有的阿Q基本都兼收并蓄了。阿Q也生活在一个易代之际，也算一个“跨代”国民。如果阿Q识文断字，也是一个“跨代作家”。文学史家能否像鲁迅写“革命”前后的阿Q那样烛照“跨代作家”们的灵魂深处呢？

若能做到这一点，那么夹在“现代文学”和“新时期文学”之间的“当代（社会主义）文学”（1950—1970）对于今天的广大青年读者的陌生感与异质感或许可以得到部分的消除。否则，无论对于起“决定性影响”的“外部因素”的历史重建如何完备，这段文学史的许多现象还是会显得非常有“异质感”而难以理解。换言之，难以理解的主要不是1950至1970年代“文学体制与生产方式”，而是在这种“文学体制与生产方式”作用之下发生急剧变化以至于和之前的“现代文学”几乎无法接续、和之后的“新时期”与“新世纪”文学也无法“相认”的那些“当代作家”的真实内心。

但怎样才能知道“被决定”着的作家们的真心？既然可靠的文学史材料多半来自“决定”文学史进程的“外部因素”，那么即使有“鉴别灵魂”的文学史家站出来，又能让他从哪里去寻找可以见出作家们真心的材料？依靠极少数较能披沥真心的“潜在写作”？依靠写作年代难以确认的“抽屉文学”“地下文学”？还是老老实实以公开发表的作品为材料进行正面强攻，或者避开正面，从可能存在的文本缝隙中抓住偶尔漏出的一点光亮？

这样写出的文学史将呈现怎样一种形态？比如，1950 至 1970 年代“当代（社会主义）文学”是“五四”新文学直至“新世纪”文学百年历史中一个脱出常轨的“异数”，还是仍然和前后不同阶段的文学保持着深刻的历史关联和巨大的历史同一性？[①]继 50—70 年代“异质性”或“被异质化”的文学阶段之后崛起的“新时期文学”真的“回归并超越了五四新文学”吗？ 90 年代至“新世纪”的文学新变，和“新时期文学”又具有怎样的内在联系，抑或纯粹是“后新时期”特殊的社会政治与思想文化这些“外在因素”（后现代精神、全球资本）直接作用的结果？如何理解上述文学史各阶段的断裂与连续的关系？

这还联系着另一些问题：“文学史”所治之“史”可以悉数还原为普遍的权力运作的历史过程，还是具有高于这种冷冰冰的历史的文学的特殊性，如亚里士多德所言，诗比历史更具有普遍性？文学史是对真实存在的过去的忠实记录，还

---

① 钱理群把这一时期文学延伸到 40 年代，认为 40 至 70 年代中国文学是“毛泽东时代的文学”或曰“共和国文化”“中国式的社会主义文化”，“它与中国传统文化和五四新文化自然有着深刻的联系，也显然受到外来文化（首先是马克思列宁主义）的深刻影响。但应该承认与正视，它是一种有别于传统文化、五四新文化与外来文化的独立的文化形态，它在近半个世纪的发展中已经形成了与特定的政治、经济体制相适应的自己的观念、哲学，自己的思维方式，心理结构，情感方式，伦理道德，行为准则，甚至有自己的文体，话语方式，并且经过半个世纪的体制化的灌输，已经渗透到大陆人的心灵深处，成为集体无意识，形成了新的国民性”。这就提出了消解这段历史时期文学的陌生化与异质感的一种思路，用洪子诚的话说，是“在‘全球化’的历史语境”如何理解文学史“这种‘异质化’，这种‘异类’的声音”。对这段文学史及相关学术研究，洪子诚本人提出如下思考：“我和另一些人经常使用‘一体化’的说法。这个说法不是意味着这个时期的文化、文学的单一性，事实上仍存在复杂的，多种文化成分、力量互相渗透、摩擦、调整、转换、冲突的情况”。“这个时期文学思想艺术存在的严重阙失，恐怕难以否认。在这种情况下，它的研究的魅力来自什么地方？一方面……现代中国的革命及其文化问题与成果，并未为‘历史’所尘封，仍具有现实的急迫意义。另方面，这种研究将可能尖锐地检验我们在处理存在争议、也让研究者困惑的历史和文学问题时的能力”。参见赵园、钱理群、洪子诚等《20 世纪 40 至 70 年代文学研究：问题与方法》，《中国现代文学研究丛刊》2004 年第 2 期。

是被一定的立场方法和价值标准的持有者主观叙述出来的图景？换言之，文学史是对外部决定性因素的重建，还是对内部被决定因素的重新阐释？“文学史”所提供的历史“知识”究竟如何才能和其他历史类的人文学科所提供的“知识”进行对话和共享？

这些问题恐怕还要一直存在下去，不断挑战中国现当代文学史的研究者们。

原发《中国现代文学研究丛刊》2017 年第 2 期

开放与封闭

——阐释的边界讨论之一

张　江

无论对于谁，从作者、读者到批评家；无论从什么视角，从文学、历史到哲学，一个既定的文本，它开放与封闭，它本身的意义及可供理解和阐释的意义，以及其自身膨胀和扩展的空间，到底是有限还是无限，是有界还是无界，这是一个从古希腊开始到今天，人们一直争论不休的问题。几千年来，对此问题的回答，对立双方针锋相对，不同的历史时期各领风骚。总的来看，19 世纪以前，有限论占主导地位；从浪漫主义的兴起，尼采对传统理性的尖锐反抗开始，到 20 世纪的哲学、历史、文艺理论的颠覆性认证，近百年来，无限论、无中心、非确定性已成定论。有限论已经被彻底消解，似乎没有讨论的必要。我们认为，这一观点是错误的。从理论本身讲，定位于无限论不符合文学生成和发展的事实；从方法论上讲，不是西方的一切就是定论，就是绝对。对文学原点问题的研究和讨论是永恒的主题，同样的问题在不同时代，对不同民族，有完全不同的意义。为此，我们今天重新提出这个问题，从当代中国文艺理论构建的需要出发，提出中国方案的意义，开展深入讨论，相信一定会有新的理论建树，其意义也将在讨论中得到证明。本文试图从意大利著名理论家和小说家安贝托·艾柯两部著作的细读分析入手，看完全不同的两种观点在一个人前后不同的历史时期如何对立和转化，由个体发育的理论历史看系统发育的正确轨迹，以求在此问题上取得中国学界可以达成的最大共识。

一、开放的追索

安贝托·艾柯——著名的符号学创始人——在其早年的理论研究中，文本的开放性、模糊性，以及阐释的无限功能，成为一个重要的努力方向，为接受美学和读者中心论的形成和发展，付出了极大努力。他的《开放的作品》因此成为该领域最具影响力的典范。就是在这部著作里，艾柯提出了诸多有关文本阐释的重要理论，对文本的开放意义和阐释的无限性给以明确的定义和标识。对于一个既定的文本而言，开放的含义是什么？艾柯的标准提法是："我们认为，基本上可以说，开放性——可以理解为艺术信息的基本的含糊性。"①这种含糊性或不确定性，在当代艺术理论中，"已经成了作品的一个明确目标，成为一种需要优先于其他价值而实现的价值"②。如此定义，亦即所谓开放性就是模糊性，提供了以下三个向度的可能追索：

其一，从书写的意义说，模糊性是指，在文本书写过程中，书写者的主要目标，就是创造其令读者无法确切理解和把握的文本意义。书写本身不是要确切表达，而是要制造模糊；不是要清晰明了，而是要生产歧义；不是要单义给予，而是要多义推进。无限开放与无限阐释空间由此而生成，一旦生成则与作者再无关系。从作者自身说，书写者本人的意图就是含混的，或者本来就没有明确的意图，只有欲望在涌动和铺展。至于写什么，怎样写，绝对没有预案，书写者随心所欲地记录、播撒、散漫开去，无所谓给予或赋予文本以确切信义。用艾柯的话说，就是"作者向欣赏者提供的是一种如有待完成的作品：他并不确切地知道他的作品将会以哪种方式完成"③。也正因为如此，"作者完全可以放心地写作，因为他可以让人自由地演绎他的作品，因为其作品的结局的也可以是不确定的，是可以摆脱选择而显现出连续的突然性"④。什么是"放心地写作"？就是不需要精心规划和设计，任由笔下人物事件无边际地生长膨胀，如乔伊斯所言，"精彩的东西自会在写作过程中出现。"⑤什么是"连续的突然性"？文本和故事是非连续的，是间断的、跳跃的、互不相关的，而这种间断却是连续的。由此，作品的

① （意）安贝托·艾柯:《开放的作品》，刘儒庭译，中信出版社，2015年版，第29页。
② （意）安贝托·艾柯:《开放的作品》，刘儒庭译，中信出版社，2015年版，第26页。
③ （意）安贝托·艾柯:《开放的作品》，刘儒庭译，中信出版社，2015年版，第23页。
④ （意）安贝托·艾柯:《开放的作品》，刘儒庭译，中信出版社，2015年版，第22页。
⑤ （美）理查德·艾尔曼:《乔伊斯传》，北京出版集团公司，2016年版，第560页。

结局当然就难以确定，且非确定的结局是确定的；这种间断和非确定造成“让人自由地演绎”作品的合法和可能。一言以蔽之，在作者那里，文本的随意性及他人的任意阐释，是有意为之的意图行为，是由目的论左右的刻意谋划，是现当代文学艺术家苦心追求的核心要义。艾柯赞赏卡夫卡的作品就是一种非常“开放的”作品，认为卡夫卡文本中描写的诉讼、城堡、等待、刑罚、疾病、变态、酷刑，所有这些都不是只从它们的直接字面意义来理解的意象，更重要的是，这些意义是一种“附加”，“不是只有唯一的一种意义的含义，不是由某些百科全书确定的那种含义，它们不是在世界的任何秩序上静止不变的。”[①]附加的主体是谁？当然只能是书写者本人。在卡夫卡的作品中，时间与地点的非确定，故事和情节的非逻辑，人物与人物关系的飘忽错乱，给出一个支离破碎的线索让你追寻却一无所获，一个凌乱的、多面体的结构使人无所适从……然而，所有这一切并不意味着作家本人头脑发昏，完全没有自己的意图和逻辑。恰恰相反，他们的头脑是清醒的，目的十分明确，其核心和要害就是，清醒地制造混沌和模糊，有序地生产乱象和歧义，开始让他人，最后让自己彻底地不知所云。对乔伊斯的评价也是如此。他认为是作家的精心设计，让我们在《为芬尼根守灵》中“终于看到了爱因斯坦式、围绕自己折弯的世界”，文本中的每一件事，每一个词，都创造无限玄机。“开头的一个词同结尾的一个词连接，因此它结束了，但正是由于结束了它才是无限的”。这种混乱的书写和文本结果，是没有意图安排的写作吗？显然不是。任何写作，意图都是在场的。对乔伊斯这样的大师而言，意图只能是更加清晰而坚定。问题的关键在于操作一个怎样的意图。艾柯指出：“这并不是说乔伊斯的这一作品没有自己的意思：如果乔伊斯提供了某些思路，正是因为他希望别人能按照某种意思去阅读这一作品。但是，这种‘意思’是一个丰富的世界，作家雄心勃勃地想使它牵涉整个的空间和时间——所有可能的空间和时间。”[②]艾柯对乔伊斯的赞赏，就是对作家开放意图的赞赏，正是这个赞赏给出了所谓现代作家与古典作家，先锋主义与古典主义、现实主义甚至是与现代主义，在书写动机上的根本差异。

其二，从文本的意义说，其模糊性和开放性的表现，即从单体词语、独立句法，到整体文本的能指和所指，都是多重的、复义的、模糊的，既无确定的语义，亦无非歧义的唯一主旨，每一个语句都以犹豫不定的诱惑，召唤不同读者感受，给出超越文本的任意补充，重构诸多差异甚至完全相反的词语和文本意义。

---

① （意）安贝托·艾柯：《开放的作品》，刘儒庭译，中信出版社，2015年版，第9页。
② （意）安贝托·艾柯：《开放的作品》，刘儒庭译，中信出版社，2015年版，第11页。

文本以至词语都是一个浩渺的宇宙，无穷无尽的玄妙与纠缠不清的相互关系，是文本开放的基本要义。首先，是看语义的多重歧义与纠缠。可以这样判断，字典上的每一个词语蕴含都是多重的，都可以离开其适时语境，做多义的、无关文本更不要说作者意图的使用和理解。这里的多义不仅是双关，而且是无限多关，甚至是完全脱离本义，自行生产其他完全互不搭界的相对意义，由此而使词语本身模糊、重叠，纠缠不清。作为小说家的艾柯，在长期的语言游戏中深谙此道。他指出如此做的基本手法是，“2 个、3 个、10 个不同的词根以这样一种方式结合起来，即一个单独的词成了一个有很多意思的‘结’，每一个意思都可以同其他的隐喻中心相遇、相联系，这些隐喻又对新的组合开放、对新的阅读的可能开放。”[①]为证明这一点，艾柯拿但丁和乔伊斯做了比较。艾柯认为，同是对“三位一体”的解释，尽管但丁用了最高尚、最艰深的概念，但是，他使用的概念是清晰的、单义的，不需要再去做复杂的辨析、联想和猜测。但丁自己也认为，他用的每一个词都是有明晰与确切含义的，这种确切的表述只能导致一种正统的解释，不可能生出更多的复义和歧义。乔伊斯则相反，在天书般晦涩的《为芬尼根守灵》当中，他故意制造混沌，制造实质性的模棱两可与多可，在形式上和词语的意义上，布撒了从局部到整体的通篇乱象，让人彻底地不知所云。为达到这个目的，他调用甚至自造无数非单义的符号，符号的连接也非单义地配给，从而使“每一个句子都旨在使基本意思具有多样的景象，使基本意思成为思想场”[②]。我们认为，这是一个有说服力的比较。艾柯用对文本的实际分析，证实了所谓词语和文本的模糊性、开放性，以及理解的无限可能，来源于语义的多重混淆与纠缠，是文本开放的基点。其次，是单体句子的歧义诱惑。艾柯继续以乔伊斯为例，指出《为芬尼根守灵》中的一段语句，以“蛮族古典难词”的多义性，将一些本无关联的场面叠加起来，连其音素的艰深和丰富，都在暗示生产新的语源，使“听觉因素同传达词汇密不可分地结合”，构成“句式的总的组织安排方式”，这种“句法组织上的无序”，生动描写和表达着一个混乱的、多义的“混沌世界”，使这个句子混乱晦涩到不忍卒读，使这个世界混乱、模糊到无法辨认[③]。再次，我们看整体组织和结构，在艾柯那里，可以表达为秩序。他从彼特拉克的诗作谈起，提出“每当低俗的组织破裂时就会出现一种新式的组织，对于以前的组织来

① （意）安贝托·艾柯:《开放的作品》，刘儒庭译，中信出版社，2015 年版，第 11 页。
② （意）安贝托·艾柯:《开放的作品》，刘儒庭译，中信出版社，2015 年版，第 53 页。
③ （意）安贝托·艾柯:《开放的作品》，刘儒庭译，中信出版社，2015 年版，第 54 页。

说它是一种混乱，但对于新语言中的衡量尺度来说它是一种秩序。”[1]艾柯认为，古典艺术中也有打破秩序的努力，但是，这种违背正常秩序的行为，都是在明确的限度内实现的，也就是说，总体上这种打破秩序的行为和结果是并不逾矩的。当代艺术则不然，“它的主要特点之一则是，不断提出同它在其间运动的秩序相比相当高的‘不确定’的秩序。”[2]这种新的无确定取向和规则的新秩序，拥有了自己时代的创造物的全部特点，实现作品的多极化和多意义。在这个题目下，艾柯高度主张和赞赏：“存在这样一些作品，这些作品从外表上看已经完成，但这些作品对其内部关系的不断演变仍然是‘开放的’，欣赏者在理解其全部刺激时必须去发现、必须去选择这些演变。”[3]

其三，开放的意义更充分地体现于读者的阅读和接受。“任何艺术作品事实上都不是‘封闭的’，而是每一部作品外表上都是确定的，‘阅读’它的可能性是无限的。”[4]面对一个既定的文本，接受者可以从既定经验和立场出发，对文本做任意方向的理解和阐释。其理解可以远离文本，与文本意义无关；其阐释可以独立于文本，与作者意图无关。这里也有两个基本方向。首先，最原始、最基本的方式是，阅读本身没有目标，阅读只是为了消遣或愉悦，并无强迫阅读以获取确切信息之意；也可以由好奇心驱使，主动了解文本到底说了什么，是个什么内容的文本，而对文本说了什么并不做意义构想，也无任何期望标准。其次，是所谓视域诉求，接受者的阅读指向明确，在文本中有意识地自觉寻找与阅读期望一致的蕴含，使文本成为作者与读者愿望一致的文本。更重要的是，这种接受愿望是不断变化的，面对同一文本，此时与彼时的追索大相径庭，“读者将会根据自己的不同心情选择他认为最简便的方式去挖掘”，“使作品以某种方式再生，使作品变得与他以前阅读时所显示的样子有所不同”。[5]对于这一点，艾柯用鲜明的黑体字给予强烈的刺激：“必须避免唯一的一种意思突然强加于我们”，在他看来，接受者面对的文本，“围绕着词的空白，排版时玩的一些花样，诗的原文的空间组合，都有助于词汇发挥无限的光彩，使之含有成千上万的不同的启迪。”[6]从无限的意义上说，对既定文本的理解和接受是没有限定的，每一个阅读者都可以得出自己对文本的最后结论。你可以从希腊神话中读出核大战的征兆，也可以从陶

---

① （意）安贝托·艾柯：《开放的作品》，刘儒庭译，中信出版社，2015年版，第80页。
② （意）安贝托·艾柯：《开放的作品》，刘儒庭译，中信出版社，2015年版，第80页。
③ （意）安贝托·艾柯：《开放的作品》，刘儒庭译，中信出版社，2015年版，第25页。
④ （意）安贝托·艾柯：《开放的作品》，刘儒庭译，中信出版社，2015年版，第33页。
⑤ （意）安贝托·艾柯：《开放的作品》，刘儒庭译，中信出版社，2015年版，第5页。
⑥ （意）安贝托·艾柯：《开放的作品》，刘儒庭译，中信出版社，2015年版，第9页。

渊明的诗中找到他身体残疾的证明，无论怎样空阔虚无，一切解释都是合理的，都可以被理论所证明。读者不能被文本强加，而读者却可以强加文本。最后，我们集中到一点，从专业批评的意义说，文本的开放，意味着批评家的自由，批评家可以放弃自己的专业职责，像普通读者一样随意地解释文本，其基本根据是批评的意图。这种解释无须理解，文本的意义只为虚无。就像当今一些批评那样，根本不需阅读文本，只要从既定的立场出发，操作一套理论模式，就可以有以文本名义却与文本毫无关系的解释。与普通阅读者的操作不同，批评者“使用”文本，去达到或实现他自己指向明确的政治或理论目的。瓦莱里的名言“原文的真正含义并不存在”，为这种开放性的理解和使用提供了最好的理由。艾柯则进一步地发挥：“艺术作品是这样一种装置：任何人都可以随心所欲地‘使用’它，包括它的作者。”对专业批评家而言，他们所追求的开放，“是一种保留有无限含义的东西”，是“所有关于隐喻结构、关于诗作所产生的各种‘含糊性’的研究”[①]，以及操控这些研究以实现其前置目的的理论范式。艾柯强调：“新人类应该将艺术作品不是看作基于值得欣赏的美的明显关系之上的客体，而是一种需要去深入调查的神秘的东西，一种需要去完成的任务，一种对形象的生动性的刺激”。[②]更进一步，为证明这个观点的正确，艾柯搬用了现代物理学和量子力学的哲学考量说服我们。“作品的开放性和能动性要求确立不确定性和非连续性这样一些概念，这也正是量子物理学的一些概念，与此同时，这些现象又显出爱因斯坦物理学某些情况所具有的启示性形象。”[③]他认为，量子理论中的一些结论，譬如所谓不可测原理，可以为文本的不确定性提供根据；哥本哈根学派的所谓互补性原则，可以使各种互不相关的演绎实现互补。马拉美（Stéphane Mallarmé）所鼓吹的倾向，“每一次演绎都是对作品的一种解释，而不是使这种解释到此为止；每一次演绎都是使作品得以实现，但这些演绎是互为补充的。”由此，他判断：“这些理论同时物理学的互补性原则同时出现可能是偶然的”，但是，艾柯认定：“根据互补性原则，不可能同时指出一个基本粒子的多种多样的活动，要想描述这些多样的活动就需要多样的模式。”[④]无论他的看法是否正确合理，也无论量子力学的原则是否真正支持文本阐释的无限意义，毫无疑问，这些论述把文本的开放推送到一个新的历史位置。

---

① （意）安贝托·艾柯：《开放的作品》，刘儒庭译，中信出版社，2015年版，第10页。
② （意）安贝托·艾柯：《开放的作品》，刘儒庭译，中信出版社，2015年版，第7页。
③ （意）安贝托·艾柯：《开放的作品》，刘儒庭译，中信出版社，2015年版，第21页。
④ （意）安贝托·艾柯：《开放的作品》，刘儒庭译，中信出版社，2015年版，第19页。

二、收敛的辩驳

我们必须注意，并且要突出强调，作为符号学的创始者，艾柯不仅是一位文艺理论家，同时也是蜚声世界的小说家，是真正的创作实践中人。《开放的作品》出版十二年以后，他写出了长篇小说《玫瑰之门》。这部作品一经发表，就在意大利及整个西方文学界引起巨大反响，1981 年获得斯特雷加小说奖，后又在美国改编拍摄为电影，引起全球性轰动。由此，西方文学史和文论史上生出一个非常有趣的现象，吸引我们去做出探索：作为小说家，他对作品的开放态度，尤其是对他自己作品的开放态度，是与他对待别人的作品一样，同等的开放与宽容吗？他的作品开放性的强烈主张会一以贯之吗？随着历史的变迁和理论的深入，艾柯的主张发生了根本性逆转，他人对自己作品的封闭理解，与对他人作品的无限放开，形成鲜明对照，让我们对他的开放理论生出诸多疑问。我们来看 1990 年，艾柯在剑桥丹纳讲坛上，为他人对自己作品的过度阐释所做的批评与反驳，进而对开放的无限性和非确定性的激烈反抗，如何违背他过去的主张。

《诠释与过度诠释》是艾柯本人提交的讲题，也是这次辩论的最终文本。在丹纳讲坛上，艾柯有三次演讲，也有三位文艺理论界的著名人物发起诘难，辩论进行了整整一天，大约五百多人聆听了演讲和辩论。美国解构主义理论的代表人物乔纳森·卡勒参与了辩论。斯坦福大学哲学教授理查德·罗蒂给艾柯以毫无情面的严厉批评。这次讲座和辩论在西方文论史上产生深刻影响，各种对立观点和激烈抗辩应该记入文艺理论的发展史。这不仅是因为有艾柯、罗蒂、卡勒这样的大师参与，更重要的是，这次辩论的题目是当代诠释学所面临的重要问题，或者说是无法绕开、必须回答的原点问题。学术上的争执与论辩无所谓输赢，但是，艾柯这时的立场与 60 年代初发表《开放的作品》时的立场大相径庭，不能不让人深思和反省。现在看来，艾柯演讲及论辩的主要倾向是清晰的，一些基本观点经由他推举的大量例证加以说明，极具说服力和影响力。他提出标准作者和经验作者，标准读者和经验读者的概念，证明书写意图存在及接受者对文本理解发挥尺度有限，使开放的理论受到挑战。尤其是他的作家身份，他对自己创作企图的说明和文本具体意义的介绍，使人无法怀疑他的论点和理念的正确。艾柯坚持一个极为强硬的立场，反对他人对自己的文本做无限的过度阐释，要求批评以文本为根据，而非天马行空地迷狂发挥。“在神秘的创作过程与难以驾驭的诠释过程之间，作品‘文本’的存在无异于一支舒心剂，它使我们的诠释活动不是漫无目的地到处漂泊，而是有所归依。”[①]这是艾柯三次讲演的最后话语。

在这次辩论中，艾柯对文本生产与理解的模糊性、无限性的批评无处不在。他用自己文本中的许多例子，极有说服力地证明开放写作与理解的荒谬。其中最有新意和说服力的论点，是他对所谓“诺斯替主义”（Gnosticism）的批评与驳斥。按照艾柯的考证，诺斯替主义就是神秘主义。在早期基督教时期，诺斯替一词“用来指一种超理性的、直觉的知识，以及被某个神性中介所赐予，或从某个神性中介那里得到的礼物”。这个礼物具有上帝般的神性，“谁得到这个礼物，谁就会得到拯救。”[②]由此出发，艾柯分析了诸多诺斯替主义的表现与影响。他指出，在浪漫主义的主要原则中，在哲学非理性主义的流变中，在存在主义的悲观论述中，以至“在贵族阶层对大众社会的每一次发难中”[③]，都会找到这个诺斯替主义的神秘踪影。经过如此曲折的大尺度跳跃迁移，艾柯“将神秘主义的文本诠释方法的主要特征列举出来”，让人们看到，在古代神秘主义与这么多当代批评方法中，“一些令人惊异的相似之处”[④]。从此目的出发，他对诺斯替主义的阐释思想与方法，做了七个方面的概括，直指当代西方文论的根本性弊端，以及20世纪中期以来哲学阐释学的困境，犀利而深刻的批判，生动而尖刻的嘲讽，让人深感震撼。我们将此与他前面有关开放的主张做些比较，会从中得出新的认识。

一是关于文本开放的问题。在丹纳讲坛上，艾柯讽刺说，在诺斯替主义者看来，“文本是一个开放的宇宙，在文本中诠释者可以发现无穷无尽的相互联系。”[⑤]在《开放的作品》里，艾柯却热烈称赞，有如乔伊斯的作品，其中所包含的“意思”，“是一个丰富的世界，作家雄心勃勃地想使它牵涉整个的空间和时间——所有可能的空间和时间。”[⑥]完全相反的立场和态度，完全不同认识和评价尺度。人们不禁要问，前面提到的“时间和空间”与后面强调的“宇宙”，含意是否完全相同？如果是，为什么前者被批评，后者被赞扬？而且为什么是在前者被批评，在后者被赞扬？

二是关于语言的多义性问题。在讲坛上，演讲者批评如下提法：“语言不可能捕捉着一个独一无二的、前语言而存在的意义；相反地，语言的职责是表明，

---

① （意）安贝托·艾柯：《诠释与过度诠释》，柯里尼编，王宇根译，三联书店，2005年，第95页。
② （意）安贝托·艾柯：《诠释与过度诠释》，柯里尼编，王宇根译，三联书店，2005年，第38页。
③ （意）安贝托·艾柯：《诠释与过度诠释》，柯里尼编，王宇根译，三联书店，2005年，第40页。
④ （意）安贝托·艾柯：《诠释与过度诠释》，柯里尼编，王宇根译，三联书店，2005年，第41页。
⑤ （意）安贝托·艾柯：《诠释与过度诠释》，柯里尼编，王宇根译，三联书店，2005年，第41页。
⑥ （意）安贝托·艾柯：《开放的作品》，刘儒庭译，中信出版社，2015年版，第11页。

我们所能谈论的只是一些互相矛盾的东西的偶然巧合。”[1]而在《开放的作品》中，作者却坚决主张并突出强调语言的多义性。同样是对乔伊斯的肯定：“在乔伊斯那里，作者希望的是，在越来越多样的方式下欣赏这样一种信息，这种信息本身（而且也由于它的实现方式）是多义的。在这里，美学欣赏方式的典型的丰富性又加上了新形式的丰富性，即现代作家作为一种需要实现的价值而追求的新形式。”[2]对此，我们也要提出疑问，在要求别人的作品开放的时候，同样是语言多义，为什么到自己的作品，就成为神秘主义，成了只是一些相互矛盾的东西的偶然巧合？一位理论大师的语言观也可以像开放的文本，是非确定的、非连续的吗？

三是关于意图之争。在丹纳讲坛上，艾柯批评了当代的“文本诺斯替主义”：“任何人，假如他急于将读者的意图强加在作者那无法得知的意图之上的话，都可以成为掌握真理的‘超人’；也就是说，作者根本上就不知道他或她在说些什么，因为语言代替了他或她的位置。”[3]对否认作者意图，将读者意图强加于作品和作者，给予批评。但在《开放的作品》中，艾柯却又肯定，艺术理论研究是通过对艺术作品的最后分析，去寻找意图所留下的痕迹。重要的是，在这个研究中，“不指出方案和结果的不对等（一部作品是想要成为什么的意图的痕迹，同时又是事实上成为什么的痕迹，尽管这两种价值并不等同）是不可能的，这事实也使瓦莱里赋予这一概念的语义等到确认”，又对明显地突出了一个以读者意图为核心，否定或消解作者意图的理论取向。面对如此矛盾的心机，我们当然疑惑，对于作者和文本意图，艾柯到底采取一个什么样的态度？读者意图可以替代作者意图吗？如果不可以，为什么在对待别人作品，或者说在理论的一般意义上的态度和对自己作品的态度有这样大的差别？

四是关于文本阐释。对此，艾柯的立场极其鲜明。“为了能从文本中‘打捞’出什么东西——也就是说，从认为意义是一种幻象转化为意识到意义是无限的——读者必须具有这种怀疑精神：文本的一字一句都隐藏着另外一个秘密的意义；是词不是句子隐藏着那未曾说出的东西；读者的光荣使命在于发现，文本可以表达任何东西，但它就是不能表达作者所要表达的东西；只要有人声称发现了文本预设的意义，我们就敢肯定说，这并不是其真正的意义；真正的意义是更深一层更深一层更深一层的意义；那些为物质所束缚和奴役的生活的失败者正是那

---

① （意）安贝托·艾柯：《诠释与过度诠释》，柯里尼编，王宇根译，三联书店，2005年，第11页。
② （意）安贝托·艾柯：《开放的作品》，刘儒庭译，中信出版社，2015年版，第54—55页。
③ （意）安贝托·艾柯：《诠释与过度诠释》，柯里尼编，王宇根译，三联书店，2005年，第41页。

些停下来说‘我懂了’的人。”[①]这段话很长，但直白而精准，无须更多的说明和阐释，全部引用在这里。如此犀利的批评和揭露，我们当然赞成，但是，我们同时也要质疑，同是一个艾柯，对别人的作品他持开放态度，而对自己的作品却持收敛立场。我们来看实例。

实证之一，有阐释者在《玫瑰之名》中发现了一些人物名字上的“隐喻性含义”，作者自己说，他没有主动更没有执意设置这种双关，“即使作者真的设置了这样一种形态上的双关，这种双关对理解这部小说也并没有什么帮助。”[②]但是，在《开放的作品》里，他不是主张现代文学作品应该建立在“把象征作为一种无限交流的手段”，“对越来越新的反应和理解开放”[③]吗？对自己作品中的人物名字做一点新的反应，发现一点“无穷无尽的联系”[④]或者说做出一种多义而不是作者和作品本身所确定的单义解释，为什么就不可以？艾柯不是主张“每一件艺术品，尽管是根据明确或不明确的必要的理论创作的，从实质上说仍然是对一系列潜在的阅读‘开放的’，每一次阅读都使作品按照一种前景、一种口味、一种个人的演绎再生一次”[⑤]的吗？

实证之二，艾柯对这个例子表示更多的无奈。“我的诠释者认为，这位在小说结尾处大喊‘图书馆着火了’并因而宣告了修道院这个小小自足世界的最后覆灭的修道士，其名字里暗含‘世界死亡’的意思。”[⑥]作者做出各种各样的解释，努力证明阐释者的判断没有原始根据，因为他在给这个人物真名实际的时候，还不知道他后来会喊出“修道院着火了那句要命的话”；这个名字本身，也就是尼古拉斯，其中既无死亡，也无世界的意思，阐释者做出如此荒唐的解释，艾柯颇有些愤怒，质疑“我”就是作者在此时此地，在这个小说场域和阐释场域中，“‘我’又是什么东西？我的意识？我的本能（id）？ 我写作时头脑中所进行的语言游戏？”[⑦]还有更激烈的话，这里就不举证了。但核心问题仍是，按照开放的观念，这个阐释不是太平淡了吗？当代西方文论的诸多文本阐释早已不知夸张放大了多少。艾柯不是曾经坚定地反对“作品的封闭性”，而强烈主张文本、词语、形象的开放，读者应该根据自己的心情和需要去深入挖掘，“以他想要的意义

---

① （意）安贝托·艾柯:《诠释与过度诠释》，柯里尼编，王宇根译，三联书店，2005 年，第 42 页。
② （意）安贝托·艾柯:《诠释与过度诠释》，柯里尼编，王宇根译，三联书店，2005 年，第 86 页。
③ （意）安贝托·艾柯:《开放的作品》，刘儒庭译，中信出版社，2015 年版，第 9 页。
④ （意）安贝托·艾柯:《诠释与过度诠释》，柯里尼编，王宇根译，三联书店，2005 年，第 41 页。
⑤ （意）安贝托·艾柯:《开放的作品》，刘儒庭译，中信出版社，2015 年版，第 25 页。
⑥ （意）安贝托·艾柯:《开放的作品》，刘儒庭译，中信出版社，2015 年版，第 86 页。
⑦ （意）安贝托·艾柯:《诠释与过度诠释》，柯里尼编，王宇根译，三联书店，2005 年，第 87 页。

来使用文本”[①]吗？怎么临到自己的作品，这个开放的原则和追索就不适用了？

实证之三，这是一个有更多一般意义的表达。上面提到过瓦莱里关于文本意义的名言。这个名言是“原文真正的含义并不存在”。对于这个象征主义“纯诗”理论的重要观点，在前后两部著作中，艾柯的态度完全不同。在《开放的作品》中，他对W.Y.廷德尔关于瓦莱里的评论，给予赞扬并引申：“因为这样的评论所追求的是，把文学文本看作是一种有不断开放可能的东西，是一种保留无限含义的东西”[②]，而且应该在这种基础上来看待所有关于隐喻结构、关于诗作所产生的各种模糊性或含糊性的研究。但是，在后来的丹纳讲坛上他却激烈地批评，“在许多后现代主义的批评理论中，我们不难发现意义的‘漂浮’与‘游移’的观念”，瓦莱里的这句名言就是一个典型代表，“是一种神秘主义的观念”，这种“新的神秘论非理性主义一方面摇摆于神秘论者与炼金术之间，另一方面则摇摆于诗人与哲学家之间”[③]，如此对立的看法在一个人身上集中呈现出来，对艾柯本人而言，可能是一种理论上的进步，抑或是倒退。从目前掌握的情况看，他主张文本的无限开放在先，依彼时他的身份，更大程度上是理论家方向的认同；在丹纳讲坛时，他已完成了《玫瑰之名》《福柯的轮摆》等小说文本的书写。此时，艾柯的认同更大程度上倾向于作家和小说家的身份。很明显，理论研究与创作实践的碰撞，更鲜明地突出在他面前。毫无疑问，创作的实践，让他对理论的认识和感受有了根本性变化。我们认为，这种变化是一种进步。因为实践对理论而言，实践是理论生成的源泉，实践引领理论，实践的品格高于理论的品格。对此，有人评论：“艾柯是六七十年代对读者在意义生成过程中的作用最热心、最具影响力的倡导者之一。”[④]然而，在其最近的著作中，艾柯却对当代批评思潮的某些极端的观念深表怀疑和忧虑。这种忧虑集中体现于他对解构主义的批评方法的质疑。在1990年，艾柯发表了《阐释的界限》——题目本身就表达出作者的鲜明倾向——正是在这部著作中，著者提出，当代批评中的某些方法“无异于给予读者无拘无束、天马行空地‘阅读’文本的权利”。同时，他还提出新的概念，标识此类阐释为“无限衍义”（unlimited semiosis）。在丹纳讲坛上，他又努力探讨对阐释范围进行科学限定的方法，并提出“过度诠释”（over interpretation）这一重要概念，并从揭示神秘主义入手，批评“有那么一些诗学著作，其目的旨在表

① （意）安贝托·艾柯：《开放的作品》，刘儒庭译，中信出版社，2015年版，第5页。
② （意）安贝托·艾柯：《开放的作品》，刘儒庭译，中信出版社，2015年版，第10页。
③ （意）安贝托·艾柯：《诠释与过度诠释》，柯里尼编，王宇根译，三联书店，2005年，第36页。
④ （意）安贝托·艾柯：《诠释与过度诠释》，柯里尼编，王宇根译，三联书店，2005年，第9页。

明诠释可以是无限的”，鲜明地提出：“我真正想说的是：一定存在着某种对诠释进行限定的标准。”[①]这种变化，无论是从西方文论发展的轨迹说，还是从艾柯本人的理论演进说，都应该给我们以深刻启发。

三、开放的思潮流变

现在的问题是，为什么当代艺术家要把文本的开放性作为他们的基本目标来苦心追求，它生成与扩张的理由和动力是什么？在《开放的作品》中，艾柯给文本的封闭以强烈批评。他将单义的、确定性的文本理解和阐释，定格于两个的更宏大、更深远的历史背景之上。我们可以从这里找到回答此问题的清晰线索。

一是对人类理性的反抗。在批评中世纪的寓意理论时，艾柯指出，以这种寓意理论为指导去解读作品，虽然也有开放的可能，阅读原文的读者知道，“每一句话、每一个形象都是开放的，都有需要读者自己去挖掘的多重意义；而且读者将会根据自己的不同心情选择他认为最简便的方式去挖掘，他将以他想要的意义来使用作品”。但是，无论怎样考量，那个时代的所谓“开放性”，与艾柯也就是当代想要的开放完全不同。中世纪的开放性“并不意味着交流的‘不确定性’，并不意味着有‘无限的’可能形式，并不意味着欣赏的完全自由”，因此，这种开放必定是有限的、虚假的，在这种名义下，所谓开放“只有一定的欣赏可能”，而这种可能“是预先严格确定的、严格限定的自由，以便读者的理解反应永远不摆脱作者的控制”[②]。更要害的是，这种单义的理解和阐释只是一种象征，体现的是一个“有序的世界，是一系列的实体和规律”[③]，是人类传统理性的根本追求。从写作的意义说，对文本的确定性理解，是由书写者以理性的方式所确立的，他创制了意图，设置了形式，规范和约束阅读者按照既定的意图去理解作品。从文本的意义说，一个有限的文本，其中的蕴含能够为阅读者所确切把握，体现了理性的清醒与透彻，理性决定了理解与文本的一致性和确定性，将模糊驱逐于理性之外。从大的背景看，主张文本创作及其理解和阐释的无限性，正是自尼采以来西方理论世界不断兴盛壮大的反理性、反本质、反逻各斯中心主义的强烈诉求在文学和艺术领域的现实表现。对此，艾柯有一段总结性的话：“在如下

① （意）安贝托·艾柯:《诠释与过度诠释》，柯里尼编，王宇根译，三联书店,2005年，第42页。
② （意）安贝托·艾柯:《开放的作品》，刘儒庭译，中信出版社，2015年版，第5—6页。
③ （意）安贝托·艾柯:《开放的作品》，刘儒庭译，中信出版社，2015年版，第6页。

文化联系中，即二元价值逻辑（传统的要么是真要么就是假，要么是事实，要么就是矛盾）不再是认知的唯一可能手段，而是多元的价值逻辑大行其道，确立了诸如认知活动的有效结果是不固定的这样的观念。”正是在这样的观念的左右下，当代西方文艺理论主攻方向放在不断提出和论证“艺术作品不存在必然的、可以预见的结果，在这些艺术作品中，演绎的自由作为不一惯性中的一个基本因素起作用”①，非确定性、模糊性，无限开放与衍义等等，成为西方当代文论的基本主张。

二是对专制制度的反抗。艾柯对文艺复兴时期的古典主义提出批评，对巴洛克的建筑风格给予高度肯定，通过两者之间的比较，区别开放和封闭所代表的不同的社会制度及社会形态，强调开放的创造和刺激意义。艾柯认为，古典主义的方法同中世纪的文本解读方法一样，是“静态的、毫不含糊的细腻，是围绕中心展开的、用一些对称的线条和死角局限住的那种都集中于中心的空间布局手法”，这种手法是一种“本质的”的“永恒的观念”，是“由普遍秩序和存在的稳定性确保的规范化习惯”②。而巴洛克风格却是“效果的不确定性”，“作品在不间断地发生变化”，“永远不容许有什么优先的、正面的、确定的视点”，这种风格是“现代文化和现代感的最早表现”，是对古典主义的强有力反叛，是重大的历史进步。在此基础上，艾柯明确指出，对文本和阐释的约束或收敛，体现了一种体制，这个体制“就是帝国社会和神权社会的那种体制；阅读的规则就是独裁政府的规则，这些规则指导人的任何一个行动，为他预先确定目标，并为他提供实现目标的手段”③。由此，我们不能不说艾柯对封闭的文本阐释理念的批评是犀利而深刻的。从中我们也可以梳理一条线索，即当代文本批评理论的滥觞，潜伏于近代以来西方理性主义兴起并泛滥的大潮之中，生成于近代政治文明对中世纪蒙昧统治的反抗之中。

除此之外，还有两个方向的问题需要明确。

一是，当代社会生活的动荡与前途的模糊性，使世人——包括理论家、文论家，恐怕尤其是后者——产生和扩张恐慌心理，更易于坠入非确定性和偶然性的盲目与迷失之中。20 世纪的两次世界大战，百年多人类社会发生和遇到的复杂现象，无数前人根本无法预见、传统的科学理论和方法尚不能准确认识和解决的问题，特别是诸如气候、环境、疾病、恐怖袭击，以及其他人为造成的万千灾害

---

①（意）安贝托·艾柯：《开放的作品》，刘儒庭译，中信出版社，2015 年版，第 18 页。

②（意）安贝托·艾柯：《开放的作品》，刘儒庭译，中信出版社，2015 年版，第 7 页。

③（意）安贝托·艾柯：《开放的作品》，刘儒庭译，中信出版社，2015 年版，第 6 页。

和苦难，使人类命运及个体生存经常处于不稳定、不安全，无所依靠的状态。偶然性和突发性，断裂与变迁，成为更突出、更敏感的新常态。同时，随着人类认识范围的扩大，人类的困惑和迷茫不是在减少而是在扩大，甚至是成指数地无限扩大；人类的抗争，人类对一切未知的探索，也从未停止，其勇气和能力与日俱增。正是在这样的历史条件下，如此的存在决定了如此的意识。艾柯有言："也许可以肯定地认为，这种对确定的、确实的必然性的逃避，这种含糊和不确定的倾向，正反映了我们时代的危机状况；或者恰好相反：这些理论同今天的科学相一致，表现了人们对不断改变自己的生活模式和认知模式采取开放态度的积极能力，表现了人们有效地努力推进自己的选择余地和自己的新境界的进程的积极能力。"[①]作为人类灵魂的文学，它要表达和反映人类自身存在的环境和状态，超越对从必然到自由的飞跃的一切束缚和规约，各种困惑和探索，万千的失败、曲折和凯旋，当然也会千折百回，疑窦重重，不确定，模糊性，多义朦胧，无限联系，仅仅提出问题，而无确切解答，由此调动激发世人奋斗精神，未尝不是进取、向上的行为，未尝不是人类社会不断进步且难以绕开的必然历程，也是文学与生活同步，在人类争取自由和解放斗争中发展自己的庄严使命。对此，艾柯以布莱希特的戏剧作品为例，说明在法国荒诞剧令人尊重和敬畏的一面。布莱希特的戏剧作品在其最严格的展示的意义上说并不提出解决办法：将由观众从他所看到的东西中得出批判性的结论。他的剧作经常结束于一种模棱两可之中，"这里不再是一种模模糊糊的温和的模棱两可或者令人痛苦的神秘的含糊，而是一种社会生存中的具体的模棱两可，是无法解决的问题的碰撞，对于这些问题必须找到一种解决办法"。在布莱希特那里，其作品正像开放的讨论一样，也是开放性的：等待找到解决办法，期待找到解决办法，但这些寻找办法的勇气和热情，必须来自公众的共同觉醒。"开放性是革命性的教育手段。"[②]当然，我们也要注意，这种所谓开放与教育，其本身已蕴含它是以确定的目的和结果为最后目标的。

二是，现代科学的发展对人类理解能力和方式产生的冲击，更确切地说，是现代科学方法的复杂与多样，使人们对人类理性能力产生的误解和偏见，使违背科学精神的文本及阐释理论发生重大偏差。当代数学和物理学，特别是相对论和量子力学发展过程中提出的一系列哲学和认识论问题，给人文社会科学，给人类思维和理论方式，提出前所未有的挑战。诸如统计的或然性，海森堡的测不准原理，爱因斯坦与薛定谔的著名争论（薛定谔猫），让一些人误以为，人类认识

① （意）安贝托·艾柯：《开放的作品》，刘儒庭译，中信出版社，2015年版，第21页。
② （意）安贝托·艾柯：《开放的作品》，刘儒庭译，中信出版社，2015年版，第21页。

的确定性及预测能力无法应对量子尺度的复杂现象，决定论和因果律遭遇彻底失败，文学及文本的非确定性和模糊性是一种必然。于是，各种近乎怀疑论、不可知论、相对主义、虚无主义的伪理论、伪学说大行其道，给科学的人文研究和理论建设以极大的冲击。艾柯说："在这一时代，认识论的局势是相互矛盾的，是相互对立的，或者说是尚不协调的。于是就会出现比如说这样的情况：作品的开放性和能动性要求确立不确定性和非连续性这样一些概念，这也正是量子物理学的一些概念，与此同时，这些现象有显出爱因斯坦物理学的某些情况所具有的启示性形象。"①于是，文学和艺术家们的行动，呈现出与当代科学研究范围相一致的努力方向。"要设法弄清，作品的某些概念是如何同科学、心理学或者当代逻辑学的方法相一致或者明确的相互关联之下而产生的。"②对文本演绎的自由，成为一个基本因素而发生作用，不再被认为是方向的迷失，"而是科学验证的一个不可缺少的方面，而是亚原子世界的可以验证的、不可混淆的存在方式。"③"艺术只能接受这种状况，只能努力——作为他的职责——给这种状态以形式。"④

这里还要对神秘主义的阐释与解读多说几句。前面提到在丹纳讲坛上，艾柯用极为激烈的语言批评所谓诺斯替主义。这个主义是希腊皮尔斯基督教早期的一种宗教和哲学的思想与实践，此学说主张神秘主义的宗教顿悟与救赎，"在基督教理性主义以爱'肯定式'激发的推理模式去努力证明上帝的存在的漫长岁月中，神秘主义的信念并没有消亡。它作为一种边缘现象的炼金术士、犹太教神秘主义哲学家以及中世纪羞怯的新柏拉图主义者的夹缝中艰难地生存了下来⑤。"关于它的基本主旨，艾柯评论道："旨在表明这样一种观念：希腊理性主义所描绘的那种宇宙秩序是可以被颠覆的，我们有可能在宇宙中发现新的联系与新的关系。"⑥几千年来，这种宗教式的非理性追求一直徘徊和浸润于西方人文社科理论的研究与发展之中。在 20 世纪当代哲学的生长与演变中其作用尤为突出。至于文论领域，艾柯引用吉尔伯特·杜兰的观点，开列出许多人的名字，从海德格

---

①（意）安贝托·艾柯:《开放的作品》，刘儒庭译，中信出版社，2015 年版，第 21 页。
②（意）安贝托·艾柯:《开放的作品》，刘儒庭译，中信出版社，2015 年版，第 26 页。
③（意）安贝托·艾柯:《开放的作品》，刘儒庭译，中信出版社，2015 年版，第 18 页。
④（意）安贝托·艾柯:《开放的作品》，刘儒庭译，中信出版社，2015 年版，第 43 页。
⑤（意）安贝托·艾柯:《诠释与过度诠释》，柯里尼编，王宇根译，三联书店，2005 年，第 34 页。
⑥（意）安贝托·艾柯:《诠释与过度诠释》，柯里尼编，王宇根译，三联书店，2005 年，第 36 页。

尔到荣格，从列维—施特劳斯、福柯、德里达、巴尔特，到格雷马斯、德勒兹，一大批当代著名大师，斥之为“整个现代思想体系都靠仰赫尔墨斯的鼻息而生存”的人群，锋芒直指20世纪的哲学与文学理论与神秘主义的传统与联系。这不能不引起我们的深思。艾柯的这个论点，表达了什么，又意味着什么？神秘主义是无限开放观念的思想与宗教根源，在现代科学和实践面前，难道可以久远地占据统治地位吗？

四、判断与结论

艾柯的自我矛盾与自我否定，给我们以深刻启示。这些矛盾不仅鲜明体现在两个不同时期之间，就是在同一历史时期，他对阐释界限的理解和认识也一直是摇摆不定的。在《开放的作品》中，这种浮动与摇摆反复出现。譬如，尽管其主调是强调开放而抵制封闭，但他总是有意无意地制造伏笔，或者说留下退路。他说：“总之，作者向欣赏者提供的是一种如有待完成的作品：他并不确切地知道他的作品将会以哪种方式完成，但他知道，作品完成后将依然是他的作品而不是另一部别的作品。”[①]从而肯定了作品的本质属性。尽管他力主读者可以任意阐释甚至颠覆文本，但他又弥补说：“运动中的作品是有可能使个人干预多样化，而不是容许随心所欲地随意进行干预：要求进行不是必然的，也不是单一的干预，容许自由地进入一个世界，但这个世界永远是作者想要的那个世界。”[②]尽管他鼓吹演奏者（读者）可以另外演绎作者制造的文本，然而，无论你怎样演绎，比如，对贝里奥的《长笛独奏变奏曲》任由不同的长笛演奏者来演奏，这些演奏当然永远不可能相同，事实上是在实现一种完全个人化的创作，但是，“这些演奏也从来都不是什么绝对毫无根据的”，因为“它的前提已经存在于艺术家自己提供的原有的材料之中”[③]。变异和延伸只能以这些材料为基础。所有这些，都清晰表达出，在艾柯那里，文本的开放是有限度的开放，阐释者对文本的理解和阐释必须立足于文本。文本规定了开放的限度，决定了阐释的界限及其合法性。那种认为“意义是一种幻象转化为意识到意义是无限的”，“文本的一字一句都隐藏着另外一个秘密的意义；是词不是句子隐藏着那未曾说出的东西”；那种以为“读者的

① （意）安贝托·艾柯：《开放的作品》，刘儒庭译，中信出版社，2015年版，第23页。
② （意）安贝托·艾柯：《开放的作品》，刘儒庭译，中信出版社，2015年版，第22—23页。
③ （意）安贝托·艾柯：《开放的作品》，刘儒庭译，中信出版社，2015年版，第23页。

光荣使命在于发现，文本可以表达任何东西，但它就是不能表达作者所要表达的东西”①一类的极端怀疑主义与虚无主义，应该受到怀疑，应该被驱逐到合理的阐释场域之外。

应该指出，如同艾柯这样一类的个体对于文本的开放与封闭会有不同的观点冲撞和轮番变化一样，从古希腊开始，历来就有两种尖锐对立的不同意见。各方面的理论都是充分的，不同的历史时期，各自占据着主导地位。20 世纪末期至今，传统的理论被彻底颠覆，绝对开放的文本观主导了文论的生成发育。可以肯定地讲，它们都有真理的一面，都有必须予以坚持的正确理论和原则。但是，凡事不可以绝对。真理向前跨越一步就是谬误。在一个时期突出强调相对薄弱方面，甚至矫枉过正，用一面否定另一面在所难免，有时甚至是必要的。正如当下，我们撰写如此长文从指出艾柯文本观的自相矛盾入手，更多地强调文本无限开放的非法性一样，我们是在今天当代西方文论无限开放理论占统治地位，并难以抗拒地导引中国本土文论构建偏离正途的语境之下，讲了一句或许也是矫枉过正的话。但是，我们今天批评绝对开放的谬误，绝对不是要回到绝对的封闭。我们从不认为文本的最后意义是单义的；从不否定读者包括批评家对文本做广义的理解和阐释。我们的主张是，文本是自在的，不能否认文本自身所蕴含的有限的确定意义；文本是开放的，不能否认理解者的合理阐释与发挥。确定的意义不能代替开放的理解，理解的开放不能超越合理的规约。我们的结论是，在确定与非确定之间，找到合理的平衡点，将阐释展开于两者相互冲突的张力之间。各自的立场都应该得到尊重，无须对具体文本阐释过程中各个方向有限的过度夸张加以过度责难。

原发《文艺争鸣》2017 年第 1 期

---

①（意）安贝托·艾柯:《诠释与过度诠释》，柯里尼编，王宇根译，三联书店，2005 年，第 42 页。

新时期四十年中国文论反思：问题与导向

党圣元

当下的思想文化语境中，“文论何为”仍是一个需要我们予以深度反思的问题。如何总结与反思改革开放四十年来当代中国文艺理论研究和学科发展之成就与缺失，如何以敏锐的理论触角感知现实与时代精神，如何在既有业绩的基础上再次出发，如何在传承发展中华优秀传统文学精神的基础上续写当代中国文论发展之新篇章，凡此种种问题，均需要我们予以深思。

当下中国思想文化发展所呈现出来的新态势为我们的反思提供了一种新的价值参照，即我们的文学创作和理论批评应该积极面对现实和回应时代主题，“成为时代风气的先觉者、先行者、先倡者，通过更多有筋骨、有道德、有温度的文艺作品，书写和记录人民的伟大实践、时代的进步要求，彰显信仰之美、崇高之美，弘扬中国精神，凝聚中国力量”①；应该“高擎民族精神火炬，吹响时代前进号角，把艺术理想融入党和人民事业之中，做到胸中有大义、心里有人民、肩头有责任、笔下有乾坤，推出更多反映时代呼声、展现人民奋斗、振奋民族精神、陶冶高尚情操的优秀作品，为我们的民族描绘更加光明的未来”②。为此，我们非常需要以一种新的问题意识、新的思想姿态、新的价值导向、新的理论目光、开阔而从容的胸襟，对新时期以来、尤其是新世纪以来的文艺理论批评进行一番深入而具有建构性意义的总结与反思。

① 习近平:《在文艺工作座谈会上的讲话》，中共中央宣传部编:《习近平总书记在文艺工作座谈会上的重要讲话学习读本》，学习出版社，2015年，第7页。

② 习近平:《在中国文联十大、中国作协九大开幕式上的讲话》，《人民日报》2016年12月1日，第2版。

一

自20世纪90年代初期以来，中国的改革开放进入了一个新的阶段。正所谓“时运交移，质文代变”；“文变染乎世情，兴废系与时序”[①]，在市场经济大潮兴起和消费主义思潮扩张的影响下，社会政治、经济、思想、文化逐步开始发生结构性变化，思想文化多样性、多元化的时代真正来临。与此同步，新时期以来的文学理论批评受新的时代风气和社会语境之影响与制约，亦随之而呈现出了新的发展趋势，其突出的特征就是在改革开放初期以来学界普遍关注，甚至论争不已的许多问题逐渐退出了理论话语的中心位置，有的被淡化、有的被悬置、有的甚至被驱逐或废黜，而一系列新的问题则渐次生发、呈现，由此而促成了20世纪90年代以来，尤其是世纪之交以来当代中国文艺理论批评问题意识的切换和新的问题域的展开。

整体而言，新时期以来的四十年，是当代中国文艺理论批评发展的最好时期。与20世纪初至1949年这一历史时段的现代中国文艺理论批评的发展状况相比较，以及与新中国成立以来至1978年这一时期的文艺理论批评的发展状况相比较，新时期以来的文学理论批评在文艺理论基本原理研究、马克思主义文论研究、中国古代文论和美学思想研究、西方文艺理论的译介和研究、文艺批评学研究、文艺理论批评自身的学科建设等等方面，均取得了长足的发展和重大的理论突破，创新性学术成果相当丰硕。更为重要的是，新时期以来由思想解放、改革开放所带来的理论、学术观念的开放，极大地激发、释放了当代中国文学理论批评的学术生产力，使其获得了新的理论、学术创生活力。新世纪以来，随着改革开放的不断推进和深化，以及中国经济融入世界和全球化浪潮的奔涌，社会现实更进一步发生结构性变化，思想文化和学术研究因此而又呈现出一种新的态势，包括文学理论批评在内的中外文化和学术交流与对话渐次频仍，这些社会现实因素，深刻地影响、促进、形塑了文学理论批评的演变进程。在现实的影响制约之下，心态开放、观念和方法趋于多元，各种思想的传播给学术研究注入活力，纷纭复杂的创作现象给理论批评带来了一系列新的问题域，这便使新时期以来的文艺理论批评进入了话语和观念增长期。概而言之，我们可以说，开放性、多样

① 刘勰:《文心雕龙·时序》；范文澜:《文心雕龙注》卷9，人民文学出版社，1958年，第671、675页。

化、多元化是新时期以来文艺理论批评嬗变的基本特征。步入新世纪以来，中国的经济、市场更进一步融入世界，资本市场的迅速兴起与强势扩张，消费主义思潮的进一步侵蚀，媒介技术的飞跃式发展与传播方式的革命性变化，大众文化与文化产业的勃兴，互联网文化与文艺新业态和新形态迅速崛起，社会生活乃至思想文化世俗化趋势加快，这一切深刻地影响、形塑了现实的文艺创作和理论批评，文艺多元化、多样性的时代特征更加明显，文艺创作观念和理论批评思潮的分化愈发严重，文艺价值观念倾斜、裂变问题更加突出。而与此相伴生，理论碎片化、价值偏窄化、历史意识淡化乃至虚无化、非理性主义滋长、批评媒体化等现象程度不等地相继呈现，导致了一系列文艺“乱象”“丑象”的蘖生蔓延，而文艺理论批评亦无不有染于其间，则说明现实中的文气、文风患上了特定的时代思想、文化征候，集中体现为文艺生态恶化、文气浊化、文风衰败，确实到了需要激浊扬清、革新文风的时候了。我们注意到，近五年以来，尤其是 2014 年 10 月文艺工作座谈会的召开和习近平讲话精神的发表以来，文学理论批评领域出现了可喜的变化，正面、健康的理论批评和创作力量得到了支持和鼓舞，承载社会主义核心价值观的理论和批评声音不再受到公开围攻，“正能量”开始聚拢，并且不断地得到释放。文学理论批评领域的思想价值混乱、主流意识形态不断受到解构和诋毁攻击的状况得到了扭转，一些长期以来存在的负面问题开始得到高度正视，一些针对文学理论批评中在思想价值倾向方面所存在的缺失性问题的批判性反思和正面倡导的声音逐渐发出。在这一过程之中，中国共产党的意识形态主管部门对于文学理论批评的引导是强有力的，所采取的一系列调控措施和工作手段是行之有效的，因而相当程度上遏制住了一段时期以来存在于文学理论批评领域的理论批评生态恶化、马克思主义指导地位弱化、社会主义文学价值观念受奚落和围攻、种种错误思潮和观念畅行无阻状况的进一步恶化，先前文学理论批评领域中存在的主流意识形态处于被动局面的状况开始向好的方面扭转。

然而，正所谓“冰冻三尺，非一日之寒”，文风的改革、文弊的清除不是一蹴而就之事，需要持久不懈的努力，需要通过有力的调控、引导手段，以及符合文艺规律的实际工作措施，才能进一步聚拢、激发主流文学理论批评的话语力量，从而继续推进、不断深化当前文学理论批评领域业已形成的良好局面。当前，文学理论批评仍旧存在着一些需要予以努力改进的方面：1. 马克思主义对于文学理论批评的指导地位仍需进一步得到强化。2. 承载社会主义核心价值理念、传播主流意识形态声音的理论批评队伍有待进一步聚拢和强大。3. 在如何通过文学理论批评来传承创新中华优秀传统文化方面仍存在一些错误的、非理性的认识，其中的意识形态交锋情况甚至是非常激烈的。4. 互联网和自媒体文艺中存在的错误言论和攻击性话语仍旧严重，并且成为当前文艺“乱象”的主要集散地。这些问题产生的根源，主要来自于“普世价值”、历史虚无主义、消费主义思潮的影响。因此，批判、抵制“普世价值”、历史虚无主义的侵蚀和毒害，消除消费主义思潮和极端娱乐化的影响，仍然是当前文学理论批评领域开展意识形态斗争的主要任务。

回顾与反思一下 20 世纪 80 年代后期以来文学理论批评的进程，曾经程度不等地存在过如下几个方面的倾向性问题：1. 认为马克思主义已经过时，不代表当代世界最前沿、最先进、最具阐释力的思想学说。2. 继续以我们曾经在运用马克思主义指导文学理论批评方面所犯的庸俗社会学错误，抹黑、诋毁马克思主义的思想权威和指导地位。3. 将马克思主义“西马”化，否弃马克思主义的元典精神，脱离中国实际而移植“西马”的问题意识，照搬“西马”的立场方法和结论，以全盘“西马”化取代我们自己的发展创新马克思主义文学观念和方法论的时代任务。4. 放弃、反对用马克思主义辩证法和历史唯物主义的观点和方法分析评价文学现象、总结和阐释文学规律，认为这样是僵化、极左，以及思想专制。5. 在文学史书写和文学史规律探讨总结方面，放弃马克思主义辩证唯物主义和历史唯物主义的立场和方法，以“历史虚无主义”的态度，以“碎片化”的手法，通过所谓重新认识和评价中国现代革命文学和革命作家，以及通过“挖坟”“扒粪”的方式，抓住一些枝节性的问题，无限放大之，以达到抹黑、诋毁、否定中国现代革命文学传统和社会主义文学成就的目的。6. 对于马克思主义中国化、马克思主义文论中国化这一时代赋予当代中国文学理论批评的重大思想、价值主题，要么视而不见，要么攻击、奚落。7. 在文学的党性与人民性、主导与多样化的关系上有意地制造二元对立、彼此对抗，借后者否定前者。

对于文艺创作和理论批评如何传承创新和弘扬中华优秀传统文化，在认知态度和思想立场上亦存在着非科学、反历史理性的问题，主要体现为：1. 从政治异见的立场出发，借古讽今，将弘扬中华优秀传统文化攻击为“强化集权政治”“实行思想文化专制”，或者攻击为是一种思想文化上的大倒退。2. 从“全盘西化”的政治思想和文化立场出发，在古今中西文化关系上制造二元对立，否定中华优秀传统文化对于当代中国思想文化建设的价值意义，动辄将弘扬优秀传统文化视为“复古”。3. 颠倒错置“马”“儒”关系，从“新儒学”的立场观念出发，将传承弘扬优秀传统文化视为“以儒治国”“以儒兴国”，而肆意提倡尊孔读经，并且借此而否定中国现当代革命历程中所形成的新的革命文化和社会主义文化传统，以及否定中国共产党在马克思主义指导下，在思想文化建设方面所取得的历史性成就。4. 用西方的所谓“普世价值”来否定、排斥优秀传统文化对于 21 世纪中国思想文化建设的战略性资源价值意义，认为当下中国思想文化发展的主要路径是绝对应该走西方“宪政”道路和全盘照搬西方的“普世价值”观念，而不是建构性发展21世纪中国马克思主义。5. 将20世纪以来中国在现代化过程中的所有失误原因全归结为是传统文化在作祟，在意识形态方面制造现代化与传统文化之间的文化敌意和思想阻隔。6. 蔑视中华优秀传统文化在人类思想文化史上所具有的普遍性价值意义，并且动辄通过声讨、抹杀传统来掩饰、影射对当下中国现实的反对立场。

互联网文化兴起以来，在互联网文艺和自媒体文艺方面更是出现了一些触目惊心的倾向性问题，主要体现为：1. 否定和奚落、攻击中国共产党领导思想文化和文艺建设的成就，攻击中国共产党的文化和文艺政策与制度，宣扬只有西方的“民主”“自由”“宪政”制度，才是中国今后唯一可选择的发展道路。2. 攻其一点而不及其余，利用一些历史细节或枝节性问题，抹黑、攻击中国共产党领导中国革命和社会主义建设所取得的历史性成就和进步意义，质疑中国共产党文化领导权的合法性，主张只有西方所谓的“普世价值”才是唯一的合法性依据。3. 或从极右或从极左的角度，煽动、挑起思想文化事件、事端，撕裂大众的思想文化共识，或者说唯恐大众在思想文化方面形成共识，从而达到削弱中国共产党在思想文化方面的领导力量和建构力量。4. 经常在网络和自媒体上散布一些未经验实的事情或事件，以丑化、否定中国共产党的文艺政策，抹黑、攻击主流文艺创作和理论批评力量。5. 动辄以所谓“文学已经死亡”“艺术死了”等等骇人听闻的话语，通过“标题党”的话语行为来制造噱头，吸引眼球，以便彻底否定中国共产党领导社会主义文艺的历史功绩。

回望历史行程，总结过往经验与教训，是为了今后更好的发展与进步。在全球文化交融和思想、价值碰撞更为激烈的当下，在实现中华民族伟大复兴“中国梦”的时代强音中，基于与社会、生活的密切关联及其在思想文化建设和学术研究中所处的特定位置，当下的文艺理论批评需要承担、发挥重要的文化自信、观念整合、理论创生、价值重构作用。因此，系统地总结、反思新时期、尤其是新世纪以来文艺理论批评的发展演变轨迹，整体上把握新时期以来文艺理论批评的成就和得失，并且重点对若干影响了新时期文艺理论批评进程的重要理论问题重新予以梳理和认知，比如文艺的社会功能定位问题，文艺与政治、经济的关系问题，文艺与伦理道德的关系问题，社会学批评、阶级分析的有效性与局限性以及如何重构问题，文艺理论批评中的话语权力问题，文艺及理论批评的思想和价值创化问题，文艺与社会现实的关系及其重构现实主义文学精神问题，马克思主义文论中国形态化、当代形态化、大众形态化问题，古代文论资源当代价值之再发现以及如何转化问题，“西马”文论、西方文论本土化问题等等。这就需要我们结合当下思想文化发展所呈现出的新趋势、新形态，在新的历史起点与时代高度上，对上述诸问题进行重新审视和深度反思，矫正在以往行进过程中所出现的偏失，并且结合当下中国的现实重新定位文艺理论批评的思想航向与理论功能。我们认为，这对于当前文艺理论批评的思想深化和理论创新，确实具有重要的战略性意义。

二

反思新时期以来文艺理论批评之所以重要，是因为这直接关系到当下和未来文艺理论批评的发展。当下的文化、文论语境，是我们直接的思想资源，决定了我们的问题意识，并且给我们提出了需要解答的问题。我们需要对新时期文艺理论批评不断地进行认识和反思，历史的发展演进，社会意识与生活形态的转变，思想文化资源的不断增长，使得我们审视反思对象的角度、方式不断地发生变化，这样就能使我们对于新时期文艺理论批评的反思与当下的思想文化建设合辙接榫，从而成为一种鲜活的、反思性的思想创生和理论建构过程。我们认为，站在发展和创新当代中国马克思主义文论这一学术立场之上，针对以往研究中存在的批判性反思不足的情况，进行再反思、再批判，或曰反思之反思，实属必要。因此，针对当前文艺理论批评所面临的文化使命，以及新世纪以来文艺理论批评中所出现的一些新的学术生长点，我们应该对新时期文艺理论批评的发展历程、观念演变、关键词转换、重大理论问题、热点问题及争鸣、阶段划分和特点等进行系统的梳理和深入的理论反思，并且力求对新时期文艺理论批评的各个领域和具体问题进行细致、深入的分析，从而深化我们对于新时期文艺理论批评成就的正确评价，以及树立对其缺失之处的修正意识与勇气。历史是需要时时回顾与反思的，哪怕是刚刚过去不久的“历史”。但是，我们回顾、反思某一段历史，并不是要重新回到那个历史中去。因此，对于近年来出现的所谓重新“回到八十年代”的主张，我们并不能完全同意。“八十年代文学”当然取得了巨大的成就，其经验值得总结并扬厉之，但是从 20 世纪 80 年代中后期开始的在理论批评方面出现的一些偏失也需要加以反思。因此，与其过度地沉溺于“八十年代”，倒不如以一种饱满的思想文化“通变”意识与“时序”眼光，来深度总结、反思“八十年代”、超越“八十年代”，即使“八十年代”所代表的积极奋进的革新、进取精神得以承传，又能使已被社会发展所证明而需要革除、需要出新之处得以实现，这才是一种我们所需要的既体现历史与现实理性，又有社会与人文关怀的思想姿态。总之，无论从历史还是现实的层面而言，“文论何为”与“文论为何”仍然是一个值得深思的问题，而要对这一问题做出有针对性的、有效性的回应，就必须深入地对诸如文艺与文化自信的互动关系、文艺在核心价值体系建构和传播方面的作用、文艺在民族国家文化价值塑造和文化软实力提升方面的功能等重要问题进行再反思、再阐释，并且在此基础上做出与当下主流思想文化发展态势方向一致、符合时代精神和思想主题的理论建说。而要实现这一目的，在再反思、再阐释的过程中，马克思主义的思想立场与方法论是不可缺失的。因此我们认为，这一过程同时又是解决在相当一段时间以来文艺理论批评中马克思主义被“边缘化”、意义被解构、功能弱化问题的过程，而马克思主义文艺理论批评的唯物史观理论叙事功能之重建、现实性品格和批判性眼光之激活，亦将一并达致。

马克思主义文艺理论在中国现当代文艺理论批评发展过程中具有特殊地位，对中国现当代文论体系的构建起到了积极的导引、推动作用。新时期以来，马克思主义文艺理论研究参与了改革开放以来中国的思想文化转型，同时新时期马克思主义文论研究的知识生产和传播也出现了新的特点。马克思主义“三化”（中国化、时代化、大众化）问题的提出，马克思主义作为一级学科之确立，尤其是近几年来推进当代中国马克思主义理论、学科建设发展、创新、深化的这一具有时代思想主题意义的命题之提出，确实给当前马克思主义文论研究提出了许多新任务和新目标，带来了新的发展契机，其中所包含的一系列新论域，需要我们系统梳理新时期以来经典马克思主义文艺理论研究，以及西方马克思主义文论的译介、诠释的过程，并且结合当代中国思想文化语境来分析这些研究、译介、诠释与现实需求的对应性及其影响效果。更为重要的是我们需要从文艺理论思想、知识生产的层面，针对新时期以来在坚持马克思主义文论、美学方面出现的缺失性问题，重新思考、定位马克思主义文论研究与中国当代文艺创作和文艺批评的关系，以及马克思主义文论研究与政治意识形态的复杂关系，而旗帜鲜明地提出当前马克思主义文论研究和学科建设的价值立场、思维方法、拓展路径、学术旨趣，通过马克思主义中国化与中国马克思主义世界化之间的交互性思考，提出马克思主义文论发展和创新的新路径，以推进当代中国马克思主义文艺观及核心话语体系之构建。

三

新时期以来的中国当代文学理论批评与价值体系，实际上始终处于话语调整和建构的过程中。文论与变化中的社会现实、思想文化语境以及人们的日常生活等密切相关，现实的变化必然以或显或隐的方式反映到文艺创作和理论批评之中，这为文论思想、话语创新提供了现实契机和发展动力。历史表明，社会大变革的时代一定是哲学社会科学大发展的时代。当前中国正在经历着我国历史上最为广泛而深刻的社会变革，正在进行着人类历史上最为宏大而独特的实践创新。这种前无古人的伟大实践，必将给包括当代中国文论在内的我国的理论创新、学术繁荣提供强大动力和广阔空间。反思当前我国的文论研究，原先的那套文论话语和价值体系已不能完全适应变化了的社会现实，新的文论话语和价值体系又没有及时、很好地建立起来。文论与现实相脱离、相脱节，文论面对变迁中的文艺业态、文艺观念、文艺实践、文化现实而“失语”“失踪”“失声”的情况仍十分严峻。与之相伴，由于文论与现实的疏离，我们作为专业理论批评者关注现实的意识有所不足，针对纷繁复杂的文艺、文化审美现象所表现出的分析阐释能力和话语建构能力仍显匮乏。这种状况必须引起我们的高度重视和警惕。当前我国的文论发展，不仅需要克服与现实相疏离的缺陷，更需要面对来自生态环境、电子媒介、艺术化生存、消费主义、全球化等带来的巨大冲击。特别是互联网技术和新媒体的迅猛发展，不仅改变了原有的文艺形态，催生了一大批新的文艺类型，同时也带来了文艺观念和文艺实践的深刻变化。文字数码化、书籍图像化、阅读网络化等发展，使得文艺乃至社会文化同样面临着重大变革。如何应对来自生态环境、电子媒介、消费主义、全球化等带来的一系列冲击，如何适应在文艺形态、文艺观念、文艺实践、文化现实等方面的重要变迁，以建构具有中国特色、中国风格、中国气派的文论话语体系和价值体系，成为当前我国文论研究界的当务之急。

2016 年 5 月 17 日，习近平总书记在哲学社会科学工作座谈会上指出：“我国哲学社会科学的一项重要任务是继续推进马克思主义中国化、时代化、大众化。”①在笔者看来，马克思主义的“三化”问题，对于文学理论批评而言，同样是一个关乎学科发展、深化的至关重要的问题。马克思主义文论的中国化、时代化、大众化，即根据中国国情、时代特征、大众特点，在坚持马克思主义的基础上发展马克思主义。具体地说，马克思主义文论“中国化”，是既研究马克思主义关于文艺的基本观念和一般规律，又研究中国历史文化传统和当下文艺、文化现实，实现马克思主义文艺思想之“共性”与中国文艺、文化问题之“个性”间的辩证统一。在此意义上，马克思主义文论“中国化”的过程，实质上强调的是马克思

① 习近平:《在哲学社会科学工作座谈会上的讲话》,《人民日报》2016年5月19日，第2版。

主义文论的“民族性”或“中国形态”特征。从历史层面看，马克思主义在我国的发展具有深刻的历史和社会根源；从现实层面看，近年我国经济社会的可持续发展、文艺文化领域的活跃状况、面向世界的开放姿态等，都要求马克思主义文论进一步加深和完善中国化的进程，成为真正“具有中国风格、中国气派”的文论体系。马克思主义文论“时代化”，是指中国化马克思主义文论还必须具有“当代性”“当代形态”。人们常说，一个时代有一个时代之文艺，同样，一个时代也应有一个时代之文艺理论。马克思主义文论的“时代化”，强调的是马克思主义同当前时代的重大理论和现实问题联系起来，在面向当下中国社会思想、文化实践之“中国经验”的过程中，提炼出有利于当代中国政治、经济社会、文化多元和谐、可持续发展、人们生活幸福的“文论命题”，实现马克思主义文论在新的历史时期和历史条件下的进一步发展。马克思主义文论的“大众化”，说到底是一个立场问题，它强调坚持马克思主义文论的“人民性”立场。“大众化”在我国是有着特定含义的概念，它源自“苏区”文艺、延安文艺时期的文艺大众化传统。在新媒体快速发展的今天，“大众化”的内涵得以扩展，新的大众文艺创作形式，比如网络文学、手机短信、影视创作、动漫、新媒体艺术等等，正处于快速生长期，而新的文化理论批评，比如大众流行文化、消费文化、图像文化、审美泛化、亚文化、狂欢与速朽体验等方面的研究，亦正处于观念与话语活跃期。由此，现实的文化、文艺景观尤其需要我们坚持马克思主义文论的“大众化”立场，即坚持以人民为中心的研究导向，使文艺创作、理论批评走出“象牙塔”，走向人民大众，把理论触角和批评眼光伸向新媒体的各个层面、各个角落，伸向大众文艺、大众文化，实现文艺理论批评与人民大众文艺、文化生产和生活实际的结合。由是言之，主张马克思主义文论的中国当代形态化、强调文艺的“人民性”，实质上就是为了凸显中国当代文艺创作、传播、理论批评的当代性、人民性特征。

四

坚持问题意识和价值导向也是当下文学理论批评研究中需要格外关注的一个问题。问题是创新的起点和动力源。只有聆听时代的声音，回应时代的召唤，认真研究解决重大而紧迫的问题，才能推动理论创新；只有凸显问题意识，以问题为中心开展学术研究，才能推动学术进步；只有在正确的价值导向的牵引下，我们对问题的剖析和评说，才能准确而有力度，才能与时代的发展节拍保持一致。强调当代文论研究中的问题意识和价值导向，与对理论联系实际、现实关怀和当代意识的强调是一致的。我国当代文论研究中的问题意识和价值导向，是指面对中国当代的文艺发展状况、文化思潮和社会文化现实进行提问的意识，是对当代中国的文艺、文化现象和发展经验进行批评实践时应该具有的分析和理论提炼的能力。具体地说，就是要使当代文论介入当代文学思想和文学思潮的话语实践之中，介入当代文化产业、文化产品的生产、流通、消费，以及图像阅读、日常生活审美化等文化现象之中，推动文论研究从一味的形而上诉求转向现实优先的关切，从思想游戏转向实践精神，从概念拼图转向问题意识，从理论世界转向生活世界，从学科构建走向问题意识重塑。笔者认为，要建构具有中国特色、中国风格、中国气派的文论话语和价值体系，应按照立足中国、借鉴国外，挖掘历史、把握当代，关怀人类、面向未来的思路，着重把握好如下三个主要方面。

第一，体现民族性。中国当代文论话语和价值体系构建，要坚守中华文化本体立场、传承中华文化基因、展现中华审美风范，使当代文论体现出特色鲜明的民族性特征。中华民族有着深厚的文化传统，形成了富有特色的思想体系，体现了中国人几千年来积累的思想智慧和理性思辨。这是我国的独特优势。当代文论建设，要加强对中华优秀传统文化特别是传统文论资源的挖掘和阐发，努力实现创造性转化和创新性发展，使当代文论与当前文化相适应、与现代社会相协调。强调文论的民族性特征，不是要排斥世界优秀文化、文论成果，而是要在比较、对照、批判、吸收、升华的基础上，使我国文论更加符合当代中国的文艺、文化现实。因为，只有解决好民族性问题，才能有更强的能力去解决世界性问题；只有把中国实践总结好，才能有更强的能力为解决世界性问题提供思路和方法。

第二，体现原创性。当代文论有没有中国特色，归根到底要看有没有原创性。跟在别人后面亦步亦趋，不仅难以形成中国特色的文论，也解决不了我国的实际问题。只有以中国经验、中国问题、中国实际为研究起点，提出具有原创性的文论观点，构建具有自身特质的文论学科、学术、话语和价值体系，我国文论才能形成自己的特色和优势。当代文论体系的构建，应该以我们当前正在做的事情为中心，从我国改革发展的实践中挖掘新材料、发现新问题、提出新观点、构建新理论，加强对改革开放和社会主义现代化建设实践特别是文艺创作和文化建设经验的系统总结，加强对社会主义市场经济、民主政治、先进文化、和谐社会、生态文明以及党的执政能力建设等领域有关文艺、文化问题的分析研究，提炼出具有学理性的新理论、新观念、新方法，这是构建中国特色文论的着力点、着重点。

第三，体现系统性。当代文论要特别注意加强话语体系建设和价值体系建设，体现出文论的系统性。在解读中国文化实践、构建中国文论话语体系方面，我们应该最有发言权。然而，当前我国文论在国际上的声音还比较小，还处于有理说不出、说了传不开的境地。为此，要善于从文艺创作实践中提炼标识性概念，打造易于为国际社会所理解和接受的文论新概念、新范畴、新表述，建立起以人民为中心、以核心价值观为引领、以中国精神为灵魂、以“中国梦”为时代主题、以中华优秀传统文化为根脉、以创新为动力，融会了当代中国经验的“大文论”话语体系。

五

多年来，国内学界关于当代中国文论如何建构、如何发展的讨论，一波未平，又起一波，语速滑快，观念凌乱，其中话语空转、思维倒悬的现象在在有之。愚意以为，无谓的争论、虚假的观念构建、空洞的言语机锋、一味地跟在他人后面学舌是没有意义的，切实可行的则是回到历史与现实的经纬度上来，回到当下中国思想文化和文艺理论批评的事实语境中来，立足自我、面向现实、守正创新，庶几才有可能步出当代中国文论学科发展所面临的种种困惑、重重迷雾，才能规避、戒除实践已经证明了的完全无效的纯粹原则与理念构想、规划行动策略，少做空洞浮泛之想，少为英雄欺人之语，切切实实地进行一些深度的思想、文化方面的学理性反思，扎扎实实地开展一些贴近现实国情、贴近本土文化、贴近人文诗意、贴近具体问题的思考和研究阐述，此之为立足自我、面向现实、守正创新。在当今强调文化自信、文化自为的时代背景和思想氛围中，我们应该对如下四个方面的问题进行深度思考。

一曰立足本土。在这方面，要树立文化自信和文化自为意识，礼敬传统、弘扬传统，注重发掘中华传统文艺思想精华，以克服当代中国文论中的西方文论话语霸权现象，突破思维和观念建构过程中的唯西倾向。有无结构与体系，一直是中西文论比较研究中存在的一个分歧很大、争议不已的问题。中国传统文论有无结构？较为普遍的认识是中国传统文论“概无统系”，是经验的、直观的、模糊的，缺乏理论性、逻辑性、思辨性、分析性、系统性，至多是一种“潜体系”。基于此认识，形成了中国现代学术中古代文论研究方面的“以西释中”的解释传统与思维定势，以西观中、以西解中、援西入中等西化方式便成为常态性思维定势。比如，陈钟凡“以远西之说，持较诸夏”①；王国维之“取外来之观念与固有之材料互相参证”②；杨鸿烈之“把中国各时代所有论诗的文章，用严密的科学方法归纳排比起来，并援引欧美诗学家所得的一般诗学原理来解决中国诗里的许多困难问题”③等等，无不如此。从而，在西方理论具有“元理论”性、“普世性”，而中国文论仅具“地方性”“特异性”的认识之下，中国传统文论被纳入西方的现代学科体系中，不以体系胜的传统文论被体系化为西式文学理论，以西方的概念框架剪裁中国文论，将中国文论牵强附会于西方的某种理论，将中国传统文论的范畴、观念从具体的文学史、文论史和文化语境中剥离出来，把中国文论变成西方理论的注脚。从史学建构的角度观察，中国传统诗文评确实面临着历时维度的结构性建构即体系化的困难。然而，从共时性看，诗文评自有体系，这种体系当然不同于西方文学理论的体系与结构。中国文论范畴具有理论指向和诠释方面的多功能性、范畴间的关联性、概念衍生性，从而形成概念家族；有美感意蕴、情感性、意象性、虚涵性。但是，中国文论并非只有体验而没有分析，只有具象而没有抽象，只有直觉而没有理性，只有体悟而没有思辨，只有模糊而没有确指，而是二者之间的结合，追求的是相互之间的间性与张力。中国古代文论之理论范畴有自己的分析性、思辨性、逻辑性、演绎性、系统性，并且有自己的体系结构，只不过其与中国传统言说方式之“象喻”特点紧密地结合在一起而已。中国文论的体系性，实际上是在“道”这一逻辑原点和“文”这一核心观念的统领下，形成了天、地、人这一系统框架，气、人、文或物、心、文这一生成模式，并且通过诸如现实、作家、创作、作品、品评鉴赏、功用与通变等环节，在一种笔者称之为话语的相似性与思想的稳定性、理论的连续性中，滚雪球似的发展演变过来的，从而形成了中华民族几千年延绵不断的文统与文脉。所以，中国古代文论及其范畴有着自己的理论思维和逻辑方法，亦不缺乏分析性和系统性，并且有着自身脉络清晰的体系，只是在体性上不同于西方的而已。中国文论是与西方文学理论具有文化差异性的学术语言系统，在致思方式、话语方式和理论的具体形态方面都有重大不同。不认同这一点，我们便无法想象中华文统、文脉何以生生不已，何以经历几千年历史风雨而延绵至今。但是，在过往的中国传统文论研究之中，由于缺失文化自信，我们往往依据西方理论对中国古代文论材料进行选择性书写，疏离了中国文论的本真事实，以致对于中国传统文学理论批评史

---

① 陈钟凡:《中国文学批评史》，中华书局，1927 年，第 5 页。

② 陈寅恪:《王静安先生遗书序》,《金明馆丛稿二编》，上海古籍出版社，1980 年，第 219 页。

③ 杨鸿烈:《中国诗学大纲》，商务印书馆，1933 年，第 1 页。

的书写在一定程度上被“以西解中”“援西入中”所左右，造成了中国传统文化、文论在现实中的合法性危机。当然，对西化倾向的克服并不意味着要完全返古复古。当代中国文论学科的进一步完善与发展，仍然离不开中西文论之间多方面的深入交流、对话与沟通，但是无论如何，对传统文论范畴、概念整理、解读的方法，则需要回到中国文化的原点上来，需要紧密结合中国文论的元典精神特性和古人的思维方式，避免牵强附会或削足适履。在阐述中，我们应该尽力彰显中国文论不同于西方文论的特性与价值，改变裨贩跟风、移植对接的做法。研究中国文论，必须立基于中国文论的文化自性、特殊性的具体土壤，而不是从非我的、西方的文学理论中寻找支持，且视西方文论为普世的、放之四海而皆准的公理随意到处套用。但是，我们也应该明确地意识到，中西学术的交流互渗已是不可移易之事实，中国文论的生成与发展，也必须在本土化与全球化之间保持必要的张力，尤其是中国文论的研究范式，需要借鉴与更新。

二曰面向现实。不管情愿与否，当代中国文论的发展，与当代中国的社会、思想文化现实和文艺现实势必有着无法超越的密切的关联性，一味地“不即不离”，甚而至于超然物外，放弃积极的介入态度，则只会雪上加霜地使当代中国文论成为话语堆积的死知识。从实践层面来看，应该使理论研究扣紧中国社会和文化、文学事实本身。就传统文论研究而言，我们过去的研究经历了一个由西方理论统率下的由“杂”而“纯”的裁剪和去事实化的过程，我们现在要做的则是反向运动，即由“纯”返“杂”的回归事实的过程，我们应该对以往阐释、书写过程中对传统文论的结构性颠覆所造成的非事实化、反历史性的理念和方法予以祛魅、解蔽，而这一祛魅、解蔽的过程，恰恰与发现传统文论当代价值、增强民族美学自信在整体方向上是一致的。20 世纪以来，中国传统文论研究的第一、第二代学者，在向西方学习的大语境中接受了西方的进化论、决定论和线性论等唯科学主义思潮，致力于结构系统性知识建构模式，完成了中国文学批评史的学科建构，功不可没。但是，这种构建在一些方面却产生了结构性体系与中国文学历史事实的脱离，如批评与文学史、批评史与批评观念、批评史与文化语境等的脱离。而今天，这种结构化建构正在受到解构的挑战，需要我们对文学批评史的学科形态进行反思与修正，我们多大程度上可以传承传统诗文评的理论话语形态和古人的言说方式，又在多大程度上能将这种话语形态和言说方式与现代文论范式对接、融会起来，并且能真正实现传承创新之功，恐怕还是一个很大的问题。其实，系统结构之病，不在系统结构自身，而在于它不是从材料中自然而然生长出来的，是为观念框架先行之病，而要做到系统结构从材料中自然而然的生长出来，首先需要充分占有材料，先入乎其内，然后出乎其外，进行理论上的解读、阐释、提炼、升华。在研究运思的过程中，我们需要注意深层规律性与内在体悟性的交融。如果我们于原始文献之散乱、饾饤前止步，或者将古人的批评文本仅仅作为过时的化石而随意摆弄，并且动辄随意纳入某种西学的模子，又如何能有效地建立起与传统之间富有成效的对话呢？我们强调古代文论研究要面向现实，无非是要求古代文论研究增强现实的维度和视野、当代文论建设要与古代文论展开思想义理层次的深度对话，以尽量做到使我们的阐述和结论既符合中国思想文化、文艺经验的历史真实，也避免进入同样脱离现实的纯粹复古的保守主义。

三曰注重文化语境。我们必须把中国传统文论和中国现当代文论看成是一个连续性的文化整体，充分正视中国文论现代转型过程中古今断裂这一历史事实。有学者这样讲道："我想在中国现当代文学理论中找到'中国'。事实上，要否认中国现当代文学理论不是'中国'的，很困难。可要寻找中国古代文论与现代文论共通的'中国性'，寻找中国现当代文学理论在所谓的现代知识转型中，如何保留着中国古代文论的精神血脉，却更加困难。意料之中的质疑迎面而至：古今有别、古今断裂的观念似已深入人心，我研究的是否是一个假问题？我不断地质问自己，终于有一天豁然开朗：古今断裂还是古今关联，完全只是一个视界问题。我们需要研究古今的断裂现象，也需要从整体上把握中国文学理论的学科形态，这才是真正的实事求是，也是我国文论界长期忽视的一个问题。"[①]应该说，这段话所体现的略带一些文化焦虑意识的观点，在当代中国文学理论研究中具有普遍性，而所涉及问题的实质则是当代中国文论研究中的古今、中西关系，如何克服当代中国文论在发展过程中一定程度上存在的脱离本土文化语境状况，如何实现中国文论的传统资源与现代意识之间的相互衔接与融会贯通，如何通过树立与强化文化自信、文化自为意识来促进当代中国文论研究的发展与深化等问题，而从我们当下所处的时代语境来看，这些问题又无不与"文化自信"问题密切相关。因此中国当代文论建设的思路，首先必须还原到中国文化语境中来，在中国文化的历史与现实交汇处发现各种论域和问题，以克服现代以来中国文论西化过程中往往把文学理论抽离于中国文化语境的缺陷。我们期望当代中国文论建设在古今、中西文化意义上的视界语境融合。比如，社会历史批评亦需结合文本分析，而形式批评亦必考核其所处的历史文化环境；欲对本文语境篇章之义与文化语境、社会历史状况做充分深入理解，亦须进行循环阐释，由社会历史文化状况解篇章之义，再由篇章看社会历史状况，再由社会历史文化状况重新审察篇章之义。语境的循环，对于我们立足于文论与文学现实、美学与文艺、艺术与生活的

① 权雅宁:《中国文学理论知识形态研究》，中国社会科学出版社，2014 年，第 281—282 页。

关系，为正确处理文论研究的各种关系，提供了符合时代特征的理性指标，可以解决美学与文艺理论建设中的一些困惑。因此，把理论建设与艺术实践、美学与文化的关系纳入理论思考的基础性地位，便显得尤为重要。我们强调高度重视文化语境，但是又要清醒地认识到文化、哲学和文论思想、审美意识在概念上是不相等的，文化、哲学的概念更广泛，而文论思想、审美意识的概念比较窄，前者可以包容后者，后者除体现前者的一般精神而外，同时又有自身特定的内涵，因此我们既不能把它们从传统文化、哲学背景下孤立出来去分析，又应该警惕不能把一切传统文化、哲学精神和文化、哲学范畴都视为文论、美学思想和文论、美学范畴。

四曰凸显“人文魅力”。就人文含量与魅力而言，中国传统诗文评属于稀缺类品种，我们研究中国文论，不应该忽略这一弥足珍贵的文化遗产。要立足于彰显传统文论中的人文真魅力。古代文论的诗文评体例，总体说来在展示其观照对象的人文魅力上是成功而有效的；系统化、逻辑结构化的现代研究体例在理论建构、概念陈说方式有其优越之处，但是用以阐述传统诗文评、传统诗词曲赋，往往会忽略、遮蔽古代文论、古代文学的人文魅力，使我们的阐述缺乏对研究对象之细致而入微的感性体验。这里存在着一个所谓“求是”与“致用”的矛盾关系问题。从文学原理的路径来看，“求是”研究要求不仅能提示古代文学发展的独特规律，而且能揭示这些独特规律中普适性的东西；而“致用”研究要求不仅能揭示古代文学的独特魅力所在，而且能由此进而揭示一般文学乃至一般艺术的人文魅力所在；后者立说的根据是“人同此心”，前者的根据则是“心同此理”。我们主张，文学原理不仅要揭示文学的“普遍规律”，而且还要揭示文学的“普遍魅力”。这不仅仅只是个方法论问题，同时还是个深刻的文化世界观问题，甚至可以说是个生存论问题。因此，必须将文学理论和美学研究与文学创作和批评鉴赏结合起来，因为概念、范畴的形成、发展与文学创作和批评亦存在着互动关系，并且通过具体的作品及其鉴赏表现出来，概念、范畴与体验、直觉以及与创作实践相互印证。人文之用就在于展示人文物事之“可爱”，以此而论，古代文论研究的最高目的就在展示文学本身的“可爱”与人文魅力。认同此点，确实有助于我们破除唯科学主义之执。展示人文魅力与揭示发展规律是辩证统一关系，其中存在不尽相同之处。揭示规律不妨按照“宇宙的尺度”将历史上的一切人文物事视为材料，供我驱用，这是历史、哲学研究范畴的看家本领；而文评研究中的展示人文魅力，则是按照“人的尺度”来观照一切人文物事。要展示文学的人文魅力，需在理性认知的基础上，更有敏锐而深刻的诗性体验，需要将求其可爱与求其本真高度统一、融合在一个过程之中。把理论与体验结合起来，立足于文学作品的创作实践和批评实践，才能在“心”和“理”上实现古与今、中与西的融合。这样，古今之争、中西之争、史论之争、体系之争、体用之争、科学与人文之争，都将消失不见，和好如初。

上述四点，实际上是基于一种整体性、多元性、连续性、关系性的思想，笔者的本意是主张理论之间及其各要素之间的平等、对话与交流。各要素首先是一个共在的生命体，它们声息相通相应；它们相互关联，共同构成一个机体；它们之间是积极的对话，是立足传统和历史、面向未来的商讨，是间性的存在。中与西、古与今、人与物、主观与客观、科学与人文、史与论、传统与现代、理论与现实、文学和文化等等，所有看似对立或相关的存在物，都不再是二元对立和简单相关的，它们是一个对话与交流的整体。当然，理解与对话是一个活动过程，对话各方也有自身的发展过程，且在理解过程中表象为不同的面貌，作为理解与视界融合的结果，我们对于文学理论批评精义的探究，就不是一个能够毕其功于一役的简单过程，而是一个不断阐释的过程，而且用以阐释的方法应该是多样化的，因而它就不是一个封闭的体系，更不是一个完美无缺的系统。因此，我们可以说，文学理论批评研究是一个意义不断生成的过程，我们所能得出的任何结论及体系建构，也只不过是一个历史性、阶段性的成果，而不可能是最终的、封闭的结论。

原发《社会科学辑刊》2017 年第 5 期

抒情的衰变

——论近三十年中国文学的情感历程

黄发有

抒情作为一种特殊的文学表达方式，在中国文学中源远流长，经过长期的文化积累，已经醇化为中国文学的人文底蕴与审美神韵。正如陈世骧所言："抒情精神在中国传统之中享有最尊尚的地位，正如史诗和戏剧兴致之于西方。"[①]在中国现代文学史上，抒情小说和抒情诗创作都别开生面，取得了令人瞩目的成就；王国维、鲁迅、朱光潜、宗白华、沈从文等人对于文学之"情"的思考，深化了抒情的内涵，拓展了抒情的途径。基于此，王德威认为："在革命、启蒙之外，'抒情'代表中国文学现代性——尤其是现代主体建构——的又一面向。"[②]与此形成鲜明反差的是，20世纪80年代后期以来，具有深厚传统的抒情在中国文学创作中逐渐淡出。诗人杨远宏充满忧伤地认为："抒情作为一个时代集体的诗意表征与集体的美学仪式，的的确确是终结了。"[③]面对这一颇具戏剧性和反讽意味的文学现象，我要追问的是：在新的文化语境中，抒情时代真的终结了吗？抒情出现了哪些变化？它为何衰落？如何接续并重构抒情传统？

---

① 陈世骧：《论中国抒情传统》，陈国球、王德威编《抒情之现代性——"抒情传统"论述与中国文学研究》，生活·读书·新知三联书店，2014年版，第51页。

② 王德威：《抒情传统与中国现代性——在北大的八堂课》，生活·读书·新知三联书店，2010年版，第3页。

③ 杨远宏：《一个抒情时代的终结》，《诗歌报月刊》1994年第12期。

一、抒情的退潮

新时期初期的文学，从“归来者”的歌唱到朦胧诗，从伤痕小说到风情小说，从怀人忆旧的伤悼散文到思念故园的乡土散文，抒情成为文学的基调，创作主体被长期压抑的情感如滚烫的岩浆喷射而出，丰富的主题、技法、风格就像不同声部的融合，奏响一部急管繁弦、抑扬顿挫的抒情交响曲。重大的社会变革激发了主体意识的觉醒，创作主体有意识地回归“五四”张扬个性的文学传统，抒发积郁已久的内在情感。从文学史的角度考察，脍炙人口的抒情作品代表了这一时期文学创作所抵达的审美高度。诸如曾卓的《悬崖边的树》、北岛的《回答》、舒婷的《致橡树》等诗作，古华的《芙蓉镇》、汪曾祺的《受戒》、邓友梅的《那五》等小说，杨绛的《干校六记》、巴金的《怀念萧珊》、孙犁的《乡里旧闻》等散文，在充满情致和意蕴的氛围中感受现实的深层脉动，从尘封垢埋中挖掘朴素的人性。

另一方面，这一时期的文学抒情具有突出的同质化特征，那些紧跟时代步伐的文学创作容易陷入审美趋同的怪圈，以程式化的宏大抒情遮蔽个人化的情感诉求，有着较为明显的局限性。受到创作惯性的影响，不少抒情作品延续了“十七年”文学颂歌式的激情演绎和战歌式的豪情表达，合唱式的抒情表达成了时代精神的传声筒，创作主题、语言风格都大同小异。抒情主体缺乏节制，容易造成情感的空转与失真，无法与生命进程形成有效的互动。

进入 20 世纪 80 年代中期，文学的风向出现了较为明显的变化，尤其在年轻作者的笔下，抒情的比重和温度都呈现下降趋势。以挑战者自居的年轻诗人将朦胧诗作为超越的对象，另辟新途。在新生代的诗歌创作中，其价值观念表现出对伪英雄、伪崇高的质疑，其审美观念标举反意境、反优雅的路线，其语言风格推崇口语化、戏谑化的表达。在由尚仲敏执笔的《大学生诗派宣言》中，除了“反崇高”和“对语言的再处理——消灭意象”，还有对结构的消解：“它无所谓结构，它的总体情绪只有两个字：冷酷！冷得使人浑身发烫！说它是黑色幽默也未尝不可。”[①]于坚主张：“诗是纯理性的操作，抒情诗人和诗无关，诗

① 尚仲敏执笔《大学生诗派宣言》，徐敬亚、孟浪、曹长青、吕贵品编《中国现代主义诗群大观 1986—1988》，同济大学出版社，1988 年版，第 185—186 页。

不抒情。不是等待灵感。而是控制语言。”[①]于坚拒绝抒情的审美姿态及其创作实践，偏离了朦胧诗惯用的意象化抒情的轨道，以日常化的记录挤压抒情的空间。欧阳江河认为，90年代初期的诗歌写作具有一种速度变慢、可以重复的中年特征，“整体，这个象征权力的时代的神话在我们的中年写作中被消解了，可以把这看作一代人告别一个虚构出来的世界的最后仪式”[②]。伴随着整体性的瓦解，诗歌的抒情对象从雄伟壮观的事物转向充满差异性的局部，曾高度一致的抒情风格趋于分化。

在小说创作方面，先锋文学和新写实小说都表现出叙述的客观化倾向。余华的小说创作最为典型，其《河边的错误》《现实一种》《世事如烟》《一九八六年》惯用冷漠的白描，以闪耀着寒光的文字手术刀剖视现实苦难和人性之恶。他这样分析自己“对痛苦所保持的冷漠态度”:“至于这种叙述方式，也有一个努力发现自己的过程。我的叙述是比较冷漠的，即使以第一人称叙述语调也像一个旁观者，这种叙述的建立肯定与小时候的生活有关。”[③]马原的《冈底斯的诱惑》《喜马拉雅古歌》《拉萨河女神》等作品以不露声色的叙述，追求一种近乎素描的纪实效果。他在创作谈中认为:“我尽可能地客观，客观地叙述，客观地描写，客观地反映我的主体感受（包括观察）。这样就需要在具体的细节处理上抛弃心理及意识活动。”[④]格非在接受访谈时，面对“拒绝抒情”的评价，有这样的说明:“我并不认为我的早期小说是一个拒绝抒情、删除了情感的世界，相反，如果说我对自己以前的作品有什么不满意的地方，恰恰就在于它的‘抒情性’，甚至是过度的‘诗性’。这也许和年龄有关系。另外，所谓的现代主义的‘零度写作’也不是逃避和拒斥情感，而是对情感的‘扭曲性’吁求。”[⑤]

在先锋作家中，苏童的文字有较为浓郁的抒情色彩。其早期的短篇小说《桑园留念》《南方的堕落》《金鱼之乱》以喃喃自语的第一人称叙述，追忆在混乱岁月中奔走于狭窄的南方老街的少年背影，文字中夹杂着淡淡的感伤与自足的沉醉，文体上有较为浓郁的诗化特征。随着文学潮流的转换，苏童小说的抒情色彩有所弱化，其《红粉》《妻妾成群》《米》等作品都淡化了主观色彩，强化

① 于坚:《拒绝隐喻》，吴思敬编选《磁场与魔方》新潮诗论卷，北京师范大学出版社，1993年版，第311页。

② 欧阳江河:《89后国内诗歌写作——本土气质、中年特征与知识分子身份》，《花城》，1994年第5期。

③ 余华、李哲峰:《余华访谈录》，《博览群书》1997年第2期。

④ 马原:《我的想法》，《西藏文学》1985年第1期。

⑤ 格非、静矣:《真实的写作》，《黄河》2000年第2期。

了写实效果。《已婚男人》《离婚指南》中的杨泊在婚姻的泥沼中难以自拔，要么在挣扎中疯狂，要么在恐惧中陷入虚无。苏童这样解释自己的创作调整："我写《妻妾成群》，主要是想变变花样，向传统退一步，关注故事、人物，看看有些什么效果。而过去则是有意对之进行消解"；"过去情感很浓，现在则倾向理智地写东西"①。

在新时期文学情感的发展历程中，新写实小说的崛起具有标志性意义，它意味着小说创作在整体走势上向抒情告别。1988 年 10 月中旬《钟山》与《文学评论》联合召开了"现实主义文学与先锋派文学"讨论会，王干"试图用'后现实主义'来概括刘恒、刘震云等类似作家的创作，他提出'后现实主义'的三个特性：1、还原生活本相；2、从情感的零度开始创作；3、作者、读者共同参与创作"②。《钟山》杂志在推出"新写实小说大联展"时，有这样的表述："这些新写实小说的创作方法仍是以写实为主要特征，但特别重视现实生活原生形态的还原，真诚直面现实、直面人生。"③以池莉、刘恒、方方、刘震云、杨争光等作家为代表的新写实小说用冷峻的笔触描摹现实世相，呈现粗粝而坚硬的真实。新写实小说聚焦小人物的生存现状，在日常生活的脉络中展示盘根错节的社会关系与纠缠不清的命运冲突。新写实小说的这种审美转向，试图剥离"真实"的种种外部修饰，摈除群体或个人的成见与偏见，裸露人与现实的真实关系。新写实小说作为文学潮流已经曲终人散，但其文学史影响绵延不息：其一，"情感的零度"蔚然成风，与现实保持距离的冷色成为文学情感的底色；其二，新写实小说惯用的日常叙事已经成为 90 年代以来中国文学的潜在主调；其三，关注底层世界和底层人物，成为文学创作的重要主题。

二、抒情的碎片化

在潮流化的抒情合唱退潮之后，抒情的队伍风流云散，抒情呈现碎片化的态势。詹明信用"碎片化"（fragmentation，一译"片断性"）来描述后现代语境中时间连续性的碎裂："只有纯粹的、孤立的现在，过去和未来的时间观念已经失踪了，只剩下永久的现在或纯的现在和纯的指符的连续。"反映在文学创作中，"零

① 《新写实作家、评论家谈新写实》，《小说评论》1991 年第 3 期。

② 李兆忠：《旋转的文坛——现实主义与先锋派文学研讨会简记》，《钟山》1989 年第 1 期。

③ 《钟山》编辑部：《"新写实小说大联展"卷首语》，《钟山》1989 年第 3 期。

碎的、片断的材料永远不能形成某种最终的‘解决’，只能在永久的现在的阅读经验中给人一种移动结合的感觉”，“东拼西凑的大杂烩”风靡一时[①]。碎片化的抒情游离于社会变迁与时代潮流的边缘，缺少大的关怀。碎片化抒情细腻而生动，使得文本显得活泼灵动，具有逼真的画面感，其负面效果为结构的松散和意义的模糊。

抒情的碎片化，首先表现为抒情缺乏内在统一性、整体关联性和普遍意义，缺乏明确的审美指向与自成一体的价值支撑。碎片化的抒情只是一种修饰性的修辞策略，往往停留在情绪与辞藻的层面。当作家把握宏观大势的激情消退之后，越来越多的写作者将视线转向个体世界和日常生活。20 世纪 90 年代，陈染的《私人生活》和林白的《一个人的战争》，作家想到哪儿写到哪儿，经常会旁逸斜出，一些线索断断续续，乃至突然失踪，形成一种藤蔓式结构。作品在叙事上具有碎片化的特征，像梦语一样的语言具有很大的跳跃度，表达缺乏连贯性；零散的情节不成体系，情节在推进过程中不断出现停顿、省略和插入，像是一幅杂色的拼图，作家的情绪流动成了串联作品的暗线；作品中的抒情暧昧、模糊、多变，是一种即兴的情绪表达，这种日常化的情感碎片缺乏连续性和完整性，具有较为浓郁的自恋意味。

从宏大抒情向细小抒情转变，抒情主体视线下移，不再关注大事、大局和大势，转而关注琐碎的世俗情景和狭小的个人天地。碎片化的抒情七零八落，情感的过程被切得支离破碎，多变的情绪来去无踪。日常化的细小抒情也有优势，那就是不一味求大，不空洞，不浮泛，对日常生活进行诗意化的处理，但矫枉过正，缺乏情感线索的贯穿，小抒情就难免变成随风摇摆的空中飞絮，显得轻飘，失去了方向感。小资情调就是一种较为典型的细小抒情，它由精致的情感碎片构成。其原本意义是小资产阶级的生活理想，现在已经模糊了其阶级特性，意指那种追逐时尚、故作高雅的生活方式。小资情调的追捧者时常在个性主义的幌子下，被流行趣味牵着鼻子走，他们特别看重细节，通过对精致化的苛求来显示自己品味的不俗，以剑走偏锋的方式来标榜自己的“酷”。他们以自我为中心，对现实进行选择性裁剪，在矫情的表演中沉溺于戏剧化的自我感动。90 年代兴起的“小女人散文”把小资情调作为核心趣味，通过对身边小事的描绘，记录点点滴滴的感悟，抒写丝丝缕缕的情愫。安妮宝贝的《七月和安生》《暖暖》《八月未央》《彼岸花》等小说，文字讲究，具有工笔细描的逼真与细腻，但情节比较简

---

① 明信:《晚期资本主义的文化逻辑》，陈清侨等译，生活·读书·新知三联书店，1997 年版，第 292 页。

单，叙述由情节片断和情感碎片拼贴而成，女主人公的生活状态和情感状态漂泊不定，追求精致而特异的格调，有点痴情，有点颓废，有点迷茫。安妮宝贝经常以“烟花”来比喻幻灭的爱情，其抒情也如烟花一样，在绚烂和黑暗的两极间游荡，而且往往以相同的程式再次绽放，再次消逝。当抒情被纳入可以不断复制的流程，格式化的情感也就失去了抒情最为珍贵的品质。

其次是抒情的物化。在消费文化的语境中，抒情的物化成为常见现象。在中国的抒情传统中，唐宋诗词为了突出强烈的情感，经常会采用移情修辞，赋予客观事物以人类的情感活动，将客体主体化，移情修辞经常和拟人手法合并使用。与此相反，在 90 年代以来的文学创作中，拟物手法颇为常见，物只不过是创作者的道具，写作者将主体客体化，经常用物质的尺度来衡量情感的价值。池莉的《来来往往》在描述康伟业和林珠的婚外情时，花了不少抒情化的笔墨进行渲染。康伟业特别在意林珠送给他的定情玉坠的市场价格，在得知它价值万元后，他有这样的内心独白：“情意的深浅不在乎钱多钱少，可钱的多少可以衡量情意的深浅。金钱是很俗气，但是它终归是这个世界上唯一比较科学的价值标准。”①《像卫慧那样疯狂》的主人公这样概括自己的“生活哲学”：“那就是简简单单的物质消费，无拘无束的精神游戏，任何时候都相信内心冲动，服从灵魂深处的燃烧，对即兴的疯狂不作抵抗，对各种欲望顶礼膜拜，尽情地交流各种生命狂喜包括性高潮的奥秘，同时对媚俗肤浅、小市民、地痞作风敬而远之。”②物质与精神、灵魂与欲望形成可以互相置换的对等关系，其潜台词恰恰是精神的物质化、灵魂的欲望化，用精神和灵魂的外衣装扮物质和欲望的躯体。郭敬明的《小时代》中经常会有抒情色彩鲜明的段落，凸显人物在上海令人目眩神迷的物欲波涛里的迷茫与惶恐。富二代顾里衡量价值和情感的唯一尺度是金钱：“任何的情感，都能用游标卡尺去测量到小数点后第三位。”③尽管“我”时不时会说出一些批判物欲社会的格言警句，但事实上发泄的只不过是内心的怨愤：“谁说金钱不是万能的？当有些事情你用金钱做不到的时候，只是因为你的钱不够。”④顾里在开导 Neil 时，认为“有时候谈恋爱，就像买家具一样，比如你现在正在坐着的这张 Armani 最新款的沙发”⑤。精明的俊男靓女都在测算自己的含金量，待价而沽，爱情也遵循市场原则，被摆上敞开的货架。“在上海，也许顾里和顾源的这种爱情，比

---

① 池莉：《池莉文集》5，江苏文艺出版社，1998 年版，第 128 页。

② 卫慧：《水中的处女》，花山文艺出版社，2000 年版，第 190 页。

③ 郭敬明：《小时代 2.0 虚铜时代》，长江文艺出版社，2010 年版，第 47 页。

④ 郭敬明：《小时代 2.0 虚铜时代》，长江文艺出版社，2010 年版，第 33 页。

⑤ 郭敬明：《小时代 2.0 虚铜时代》，长江文艺出版社，2010 年版，第 146 页。

较符合这座城市的气质——等价交换，天长地久。”[①]《小时代》的抒情，在某种意义上是对富人趣味的炫耀，给物质化生存镀上一层金光灿灿的薄膜。在物化的抒情模式中，主体与客体并不发生实质性的接触，只是一种冷漠的相遇。

再次是抒情的自我解构。由于假大空的抒情曾经盛行一时，其流弊难免会激发观念有别的写作者的逆反心理。消解抒情的写作能够引来喝彩，因为支持者认为这是对大而无当、矫揉造作、空洞无物的抒情的解毒过程。王朔早期的作品包含较多的抒情元素，典型如《一半是火焰，一半是海水》《空中小姐》《过把瘾就死》《浮出海面》等，游手好闲的男主人公毫不掩饰对金钱与自由的热衷，以叛逆的个性俘获单纯女孩。王朔还喜欢在作品的结尾嵌入浪子回头的叙事模式，《一半是火焰，一半是海水》中的张明被吴迪打动，《空中小姐》中的“我”被阿眉感化。但是，这些光明的尾巴只是虚晃一枪。《顽主》抹去了那层纯情和道德的油彩，宣告了“痞子”的横空出世。王朔宣称：“确实，我作品中真正有价值的就是那中间的痞子精神，而不是早期流露的那些青春期的迷惘和幻想，所谓抒情部分。”[②]接续王朔衣钵的是何顿和朱文。何顿的《我们像葵花》《清清的河水蓝蓝的天》《太阳很好》等，经常会在粗朴的叙述中穿插抒情的文字，鲜明的反差凸显出草根世界的残酷与荒诞。朱文的《我爱美元》《什么是垃圾什么是爱》《像爱情那么大的鸽子》《没文化的俱乐部》《幸亏这些年有了一点钱》惯用戏仿手法，将抒情世界拆解成一片废墟。朱文最为擅长的是用暧昧的笔触揭开日常生活毫无诗意的内核。在反讽的眼光下，抒情只不过是一种伪装的花招，正如《我爱美元》中小丁对假正经的父亲的驳斥：“吃肉的前前后后，你犯不着来一段抒情，或者来一段反思，那么性也一样，吃吧。”[③]

在 90 年代中期，有三篇《抒情时代》出于年轻作家之手。一篇是李洱发表于《小说界》1995 年第 5 期的短篇小说。中文系副教授袁枚和妇产科医生赵元任的妻子莉莉发生婚外情，莉莉意外怀孕后出走，袁枚通过自己的同事张亮找到赵元任，三人结伴寻找失踪的莉莉。小说层层剥笋地揭开了背后的故事：赵元任以治疗的名义，同准备与张亮复婚的吴敏通奸；张亮和袁枚的妻子马莲暗度陈仓。三男三女串成一个封闭的连环套。在浪漫的招牌下，掩藏着种种苟且。东西的《抒情时代》发表于 1995 年第 4 期的《作家》，用第一人称讲述了一场因打错电话而引发的异地恋情。随着故事的发展，情节陡转，五年前的陈丽原来是和“我”

① 郭敬明：《小时代 2.0 虚铜时代》，长江文艺出版社，2010 年版，第 189 页。

② 王朔：《无知者无畏》，春风文艺出版社，2000 年版，第 12 页。

③ 朱文：《傍晚光线下的一百二十个人物》，华艺出版社，1996 年版，第 58 页。

隔楼对望的邻居。过度的戏剧化使得作品的抒情风格成为一个预设的陷阱，就像是海滩上的沙雕城堡，其建构的过程也是消失的过程，诗化叙述的终点是抒情的自我拆解。周洁茹的《抒情时代》发表于《人民文学》1998年第1期，作品絮絮叨叨地讲述了女出租车司机小文的日常细节。因为坐车的小贩粗心大意，从没有扎紧的麻袋里爬出来五只螃蟹，小文和一个陌生的女性乘客一起喝酒、吃螃蟹，“我们两个人痛痛快快地喝了一场，然后痛痛快快地哭了一场”。作品的抒情语调就像小说中的雨天场景，语流中浮动的都是琐碎的鸡毛蒜皮，显得凌乱而浑浊：“枝和叶在风雨的中间动，像在说话一般，街道上的水冲注下来，水里掺满了泥，那颜色就变成土黄了。”年轻的写作者们对“抒情时代”念念不忘，但这个时代的抒情已经面目全非。

作家对于抒情的解构与质疑大多借助反讽修辞，凸显虚伪的抒情的可笑与荒谬。苏童的《河岸》延续了其淡雅、抒情的一贯文风，河与岸作为核心意象，串联起驳杂的叙事元素。作品中反复出现一个戏谑的关键词“空屁”，“空屁”是库东亮的绰号，其中隐含的虚无感与自我否定，使得作品中的抒情色彩也成为华丽的“空屁”——“比空更虚无，比屁更臭”[①]。90年代以来，不少作家喜欢用抒情笔法描述无情的历史或现实，贾平凹的《古炉》、王安忆的《启蒙时代》、格非的《山河入梦》和《春尽江南》都追求抒情与反抒情之间的艺术张力。抒情化的形式与庸常、酷烈的场景之间的冲突，可以调节叙述的节奏，增强作品的戏剧感，也使作品的意蕴显得驳杂。但反讽式抒情的过度使用，逐渐从矜奇立异变成陈词滥调，不仅在形式上缺乏新意，容易导致叙述的游离与脱节，而且会造成价值的含混和意义的虚无。

三、走向“冷淡美学”

抒情从淡化到碎片化，这是多种因素共同作用的结果。首先是社会的转型促动了文学的转型。新时期初期的文学创作与思想解放的进程形成了联动机制，激情高涨的文学声音推动了变革的步伐。但是，泛滥的激情会催生一些负面因素，譬如浮华的文风、随意的杜撰和违背常识的反智倾向。当民众回归平静的日常生活，他们对于浪漫式的荒唐容易心生抵触。因此，在伤痕文学和朦胧诗退潮之后，理性化、世俗化的叙述逐渐取代了狂热的抒情，反思文学、改革文学的创作

---

① 苏童：《河岸》，《收获》2009年第2期。

主体都表现出姿态的下沉，回归现实的土壤。另一方面，随着经济建设成为社会焦点，文学的社会关注度下降，崇功利、重实用、重实践成为社会风气，偏重抒情的文学逐渐失去了广泛的受众基础。报告文学在80年代的崛起与兴盛，就在于这一文体经世致用、干预生活的功能契合了时代要求。相对而言，抒情重视过程的体验，与功利化目的较为疏远，在功利化的语境中缺乏生长空间。在战火纷飞的1939年，诗人徐迟认为“时代的变迁”“放逐了抒情”：“轰炸已炸死了许多人，又炸死了抒情，那炸不死的诗，她负的责任是要描写我们的炸不死的精神的，你想想这诗该是怎样的诗呢？”[①]进入90年代以后，日益加速的商业化进程如同强大的离心机，将缺乏现实功用的抒情甩出了时代的轨道。如果说战火对抒情的放逐是一种强迫，那么，商业力量对抒情的放逐就是一种诱惑。这种软性的放逐腐蚀了主体内在的抒情意愿，或者将抒情改造成一种均质化的文化商品。一方面是真情的荒芜，另一方面，在消费文化的刺激下，隔靴搔痒的抒情和煽情的写作野蛮生长。正如波德里亚所言：“流行强行进行的活动距离我们的‘美学情感’很远。流行是一门‘酷’的艺术：它并不苛求美学陶醉及情感或象征的参与（深层牵连），而要求某种‘抽象相连’，某种有益的好奇心。”[②]也就是说，对文学、艺术的消费已经冷酷地屏蔽了意义和情感，仅仅满足表面的好奇心。

其次是受到外来文学尤其是西方现代主义、后现代主义的影响。对浪漫主义文艺的反叛与挑战，是推动现代主义文艺发展的一种精神动力。追求理性秩序的艾略特反对浪漫主义直抒胸臆的表达，倡导思想的知觉化，主张诗人应该为自己的情绪和观念寻找客观对应物，表现出重理轻情的倾向。他在《传统与个人才能》一文中主张“非个性化”的创作原则：“诗不是放纵感情，而是逃避感情，不是表现个性，而是逃避个性。”[③]20世纪90年代诗坛以西川、欧阳江河、王家新、孙文波等人为代表的“知识分子写作”，强调控制激情，发挥诗人综合的才能。法国新小说派的代表作家罗伯-葛利叶明确拒绝隐喻，排除主观因素的渗透与引导，以物化的描写精准地展现事物的各个方面，他认为：“我们必须制造出一个更实体、更直观的世界，以代替现有的这种充满心理的、社会的和功能意义的世界。让物件和姿态首先以它们的存在去发生作用，让它们的存在驾临于企图把它们归入任何体系的理论的阐述之上，不管是感伤的、社会学、弗洛伊德主义，还是形

---

① 徐迟：《徐迟文集》第6卷，作家出版社，2014年版，第57页。

② 让·波德里亚：《消费社会》，刘成富、全志钢译，南京大学出版社，2001年版，第128页。

③ 艾略特：《四个四重奏》，裘小龙译，漓江出版社，1992年版，第290页。

而上学的体系。”[①]新小说派主张小说的非意义化、非情节化和非人物化，这种观念对先锋小说、新写实小说和新生代小说都产生了不同程度的影响。罗兰·巴尔特倡导不介入的、中性的写作方式：“零度的写作根本上是一种直陈式写作，或者说，非语式的写作。”“这种中性的新写作存在于各种呼声和判决的汪洋大海之中而又毫不介入，它正好是由后者的‘不在’所构成。”“这是一种毫不动心的写作，或者说一种纯洁的写作。”[②]巴尔特的观点对新写实小说从情感的零度开始创作产生了直接的启示作用。詹明信认为“情感的消逝”是后现代文化的重要特征之一，他在分析华荷（沃霍尔）的画作《钻石灰尘鞋》时认为：“因为在他最终极、也是最浮面的金光尘埃之中，我们只可见到一种无端的轻狂和浅薄，一种无故的装潢和修饰。”[③]尽管转型期的中国社会并不具备后现代社会的本质特征，但是快速推进的全球化、消费化进程也给当代中国的都市文化注入越来越多的后现代元素。在20世纪90年代以来的中国文学尤其是都市小说中，“情感的消逝”是较为普遍的审美取向。

再次是文学自身新陈代谢的表现。其一，在文学多样化的进程中，抒情逐渐退居边缘。主潮更替是新时期初期文学发展的内在逻辑，主潮如同强大的磁场，吸附并汇聚了作家们的创作热情。抒情是贯穿当时文学的情感脉络，外露、激越、夸饰的表达方式一枝独秀，由于缺少必要的竞争，主流化抒情慢慢失去了内在活力。从1985年到1986年，文学创作在宽松的环境中出现了多音齐鸣的可喜局面，韩少功的《爸爸爸》、阿城的《棋王》、郑义的《老井》等寻根小说，刘索拉的《你别无选择》、莫言的《透明的红萝卜》、残雪的《山上的小屋》等借鉴外来文学形式的探索小说，路遥的《平凡的世界》第一部、张炜的《古船》、李锐的《厚土》系列等开拓现实主义新路的小说，高行健的《野人》、锦云的《狗儿爷涅槃》等实验戏剧，韩东的《有关大雁塔》、翟永明的《女人》、于坚的《尚义街六号》等诗作，这些观念有别、风格各异的作品集中喷发，交相辉映。抒情不再独领风骚，而且更趋内敛，其风格和形式也更加多变。进入90年代以后，文学创作为了应对边缘化的挑战，更加贴近大众趣味，作品故事性的增强压缩了抒情的生长空间。为了使自己的作品更容易被改编成电影、电视剧和网络游戏，越来越多的作家沉迷于剧本化写作，在文本中堆砌

---

① 阿兰·罗伯—葛利叶：《未来小说的道路》，柳鸣九编选《新小说派研究》，中国社会科学出版社，1986年版，第63页。

② 罗兰·巴尔特：《符号学原理——结构主义文学理论文选》，李幼蒸译，生活·读书·新知三联书店，1988年版，第102页。

③ 明信：《晚期资本主义的文化逻辑》，陈清侨等译，生活·读书·新知三联书店，1997年版，第442页。

镜头式叙述和连篇累牍的对白，不断强化戏剧冲突，抒情难有立锥之地。

其二，代际冲突加快了文学风尚的转换。在“文革”结束以后的文坛，“五七”一代和“知青”作家是创作的主力军。“五七”一代揭示历史的伤痕，并以激情的浪漫主义美化曾经的苦难。他们的抒情既是一种自我疗伤，平复内心的怨愤，也是对现实要求的一种呼应，在现实的轨道中重新启动。“知青”文学中也有异类，像老鬼的《血色黄昏》和王小波的《黄金时代》，正视记忆中的残酷，揭开价值崩塌之后的迷惘，但“青春无悔”仍然是“知青”文学的主旋律。张承志、梁晓声等作家以英雄主义和理想主义为旗帜，其抒情背后包含着一种理想的预设，即用一个主观化的理想世界来弥补现实的缺憾，不去触碰内心难言的苦衷，回避青春与历史的冲突。“五七”一代和“知青”作家对于抒情的选择以其特殊记忆和思想资源作为根基，这也在他们和后起作家之间划开了一道精神沟壑。第三代诗人、先锋作家和新写实作家在改革开放的氛围中成长起来，没有背负历史的包袱，更加注重个性的发展，较为系统地接受了外来文学的影响，对现实的变动极为敏感。新生作家往往不愿重走老路，而是质疑权威，别树一帜。策划 1998 年“断裂问卷”事件的韩东宣称:“那些在年龄上是我们的父辈的作家与我们的写作没有任何继承关系，我们不是看他们的书长大的。说我们是‘喝狼奶长大的’，也许没错，但我们的自我感觉更像是一些孤儿。如果说到‘父亲’，也许是海明威、卡夫卡、博尔赫斯这样一些人，但他们从来不承认我们是他们的儿子。”[①]作家代际之间的竞争与对抗，进一步促动了抒情潮流的退场与抒情风格的转型。

伴随着抒情的降温，90 年代以来的文学逐渐走向“冷淡美学”。关于第三代诗歌的“冷抒情”，陈仲义认为:“超情感反情感的意识变革导致诗歌手法的嬗代。一种冷抒情方式正在全面兴起，淡然宁泊的心境、凸现语感、注重语调语势、沉潜情感、上升感觉、偏好叙事、去除删减意象、追求纯净透明。”[②]与第三代诗歌的“冷抒情”有所不同，“冷淡美学”显得阴郁而含糊。“冷淡美学”包含三个方面的特征。一是情感方面的不介入，不参与，从旁观的角度将现实和盘托出，用冷峻的笔调描绘生活环境和周围人群的生存状态。正如哈特曼所言:“怜悯的审美快乐从一开始就抽象于帮助的意愿，并从一个不参与的旁观者的立场出发完全将苦痛仅仅看作是演出。”[③]“不参与的旁观者”将不幸者的苦难视为特殊的表演，

① 韩东:《备忘:有关“断裂”行为的问题回答》,《北京文学》1998 年第 10 期。

② 陈仲义:《诗的哗变——第三代诗面面观》，鹭江出版社，1994 年版，第 152 页。

③ 爱德华·封·哈特曼:《道德意识现象学——情感道德篇》，倪梁康译，商务印书馆，2012 年版，第 74 页。

他们围观、欣赏、怜悯，但自始至终没有施以援手的意愿。这就像托尔斯泰观察到的现象，俄罗斯贵妇在剧院里可以泪流满面甚至失声痛哭，但对坐在凛冽寒风中等候自己的马车夫却无动于衷。二是搁置了价值评判，放弃了议论和褒贬，并不真正揭示矛盾，置身事外地推动文本的延展，既毫不避讳地展示令人反感、厌恶的事物，直观地呈现荒凉景象和人性之恶，也对美好的事物麻木不仁。这种写作伦理上的冷漠，在某种意义上是对曾经盛行的文学说教的逆反。三是以日常化语言为基调，语体上具有混合和杂糅色彩，叙事作品往往采取摄影式的外视角；作家越来越重视细节的作用，层叠的细节聚拢在一起，具有了一种结构性功能，不同细节之间的意义指向相互撞击，容易产生歧义。

“冷淡美学”最为集中地体现在底层文学的叙述之中。以代言姿态聚焦底层苦难的创作本来最应该怀有悲悯之心，遗憾的是，一些作品以旁观视角对苦难进行戏剧化渲染，这种无所谓的态度恰恰折射出主体无动于衷的漠然。当余华面对“你以后还会写一些很残酷的小说吗”的提问时，他回答：“肯定还会有残酷的东西表现，但我在表达方式上会有所变化，我会用一种抒情和柔和的方式来表达。有时候残酷以温和的手法表达出来可能会更加残酷。”[①]余华的《第七天》里有不少抒情的片断，但这一抹抹亮色产生了一种滑稽的效果。杨飞遇到的鬼魂各有苦衷，遗憾的是余华在串烧网络新闻之余，浮光掠影，无意追问真相和根源。陈应松的《送火神》讲述了弱智儿童大系哥的悲惨故事，他喜欢玩火，不断焚毁村人的房屋，其不堪重负的父母进城打工，听任大系哥自生自灭，不胜其烦的村长无计可施。最终，大系哥玩火自焚，村里人成了帮凶，七八个男人用棍棒阻拦他逃离火场。“救火的人不救火了，看这个火伢在火里翻滚，火腾起来了，几下就把他淹没了。没有声音了。这时村长从黑旮旯里跑出来，捏着嗓子故意喊：‘救火啊，救火啊，你们咋还站着不提水去呢？’”[②]小人物伤痕累累的世界纤毫毕现，文字背后隐隐传来的是一种煽情的声音。在曾经盛行的题材决定论的视野中，作家写什么就意味着认同什么。必须指出的是，近年的底层叙事有两种突出的倾向，一是冷眼的暴力叙述，二是不无猎奇意味的戏剧化结构。刘庆邦的《神木》被改编成电影《盲井》，产生过广泛影响。这篇小说写了两个不断变换假名的男人，通过引诱“点子”到煤窑打工，然后设下陷阱害死“点子”，再以亲人的身份向窑主索赔。元清平是被陷害的第三个“点子”，随后出来寻找父亲的元凤鸣再次钻进了圈套，最终两个杀手因误会发生内讧，灰飞烟灭。“点子”唐朝霞被杀害的暴力场面腥气弥漫，而且情节过于巧合，这导致作品显

---

① 余华、张英:《文学不衰的秘密》,《大家》2001 年第 2 期。

② 陈应松:《送火神》,《天涯》2011 年第 5 期。

得有些失真。创作主体对于底层的态度倾向暧昧不明，既有同情与叹惋，也有围观与消费。东西的长篇小说《篡改的命》中，一对父子都陷入了被冒名顶替的命运怪圈，父亲汪槐参加水泥厂的招工考试被顶替，儿子汪长尺上大学的名额又被人顶替。为了改变命运，汪长尺情愿把亲生儿子送给仇人林家柏。在这样的情节安排中，人物被跌宕起伏的情节线索控制，人格与心理都缺乏复杂性，成了任由作家摆布的棋子。戏谑的叙述很难真正地写出底层之痛，而廉价的温情只是对现状的粉饰。乔叶的长篇小说《我是真的热爱你》讲述了沦落为“小姐”的孪生姐妹冷红、冷紫的坎坷命运。冷紫为了拯救被囚禁的冷红而死，生死相依的亲情刺激冷红洗心革面。作品中姐妹设计抓住被通缉的抢劫犯、医生张朝晖用深爱感化冷紫等情节，都包含着虚假浪漫的元素。乔叶在“后记”中说：“那种我认为生活中应当有而实际上却没有或者很少有的美好事物一直是我创作中最重要的激情和动力。”[①]用幻想美化现实，创作主体并没有情动于衷，仅仅是对现实表层的伪装。

四、“有我”才能“有情”

从20世纪90年代以来，客观写实成为文学创作的主流趣味。值得注意的是，在这种“向外转”的写实潮流中，鲜有作家表现出介入现实、追问现实的情怀，更为常见的是亦步亦趋地做现实的跟班，被现实拖着走，在第一时间做出被动性的本能反应。正如罗洛·梅所言：“冷漠乃是情感的萎缩，它开始可能表现为虚与委蛇，表现为不关切也不动心的旁观。”[②]在冷漠的状态中，主体拒绝介入，不和外部事件有所牵涉，不再敞开心扉接受外来影响，也不寻求对旁人和外部世界产生影响。“无我”状态下的客观写实，在某种意义上是如鲁迅所言的“看客”的文学。

以情动人是文学永恒的魅力，“有我”才能“有情”。当代文学要接续并发扬抒情传统，首先应该重建主体性。抒情的衰退是时代转型、文学变迁的综合结果，但其直接的根源是主体性的消散。抒情碎片化的根源正是主体的碎片化。正如达勒瓦所言：“后现代主义常常与多元论的思想有关——这种观念认为没有唯一正确的看待世界的方式。在这种语境中，主体的碎片化取代了作为现代主义的特点的主体的异化。”[③]当创作主体对客体世界丧失了内在的激情，拒绝进行深入

① 乔叶：《我是真的热爱你》，长江文艺出版社，2004年版，第357页。

② 罗洛·梅：《爱与意志》，冯川译，国际文化出版公司，1987年版，第21页。

③ 安·达勒瓦：《艺术史方法与理论》，江苏美术出版社，2009年版，第192页。

对话，创作就进入一种“无我”状态。“无我”的文学，自然难以有情感的卷入与激荡，漠不关心的创作无法让作者自己感动，更无法打动读者。王国维有言：“有我之境，以我观物，故物皆著我之色彩。无我之境，以物观物，故不知何者为我，何者为物。”[①]“无我之境”并非真正“无我”，他强调的是将诗意转化为哲思，“我”以更隐蔽的状态激活作品的意境。王国维的“无我”是指“我”的隐匿与潜伏，而放弃主体性的“无我”是“我”的撤退与缺席。

“有我”的文学，其抒情才能明心见性，通过内省将分离的主客体融为一体，构筑独异的境界。只有重构独立的主体，抒情才能够卓尔不群，不向权威话语和大众化的审美趣味低头，拒绝把抒情改造成功利目标明确的现实工具，拒绝消费化情调的渗透。重建主体性，应当摆脱双重的迷茫。第一，中国传统文化重群体、抑个人，群体化的象征秩序往往以抑制个人性为代价。建立在血缘基础上的伦理观念重视区分亲疏远近，公共意识相对薄弱。20世纪80年代，主体性成为知识分子群体热切关注的话题，是否具备“文学主体性”成为衡量文学品质的重要标准，不少作家在创作实践中探索如何挣脱现实限制和观念束缚，高扬文学的主体性。遗憾的是，这一建构主体性的进程并没有完成，它随着时势变迁悄然退场，主体性不再是作家自觉追求的价值形态。第二，西方思想界对主体性阈限的反思，尤其是后现代哲学和文学对主体性的消解，吸引了不少汉语作家汇入解构主体性的潮流。后现代哲学借助语言学消解主体性，如福柯就宣称人的终结。不容忽略的是，一些后现代主义者也意识到这种消解的负面性，因而在消解中心、理性的基础上倡导重建主体性。格里芬认为人不是自足的实体，而是与他人相互关联的创造性主体，主体与主体之间是平等的对话关系：“从根本上说，我们是‘创造性’的存在物，每一个人都体现了创造性的能量，人类作为整体显然最大限度地体现了这种创造性能量（至少在这个星球上如此）。”[②]值得注意的是，后现代哲学所不满的是主体性膨胀和唯我论倾向，而当代汉语文学创作对主体性的消解，是对并不强健的主体性的抛弃，如同推倒一座尚未完工的建筑。消费文化语境中的抒情之所以出现物化倾向，其根源在于人已经不是主体，而是服从于附着在商品身上的资本，资本才是真正的主体。

其次，确立抒情风格与抒情形式的个性化原则。个性化是抒情的生命线，敞开的主体应当以灵魂去激活对象，离开了独特的“我”就失去了个性和真实。空洞的代言式的抒情容易忽略被代言者的真实感受，甚至遮蔽他们的真实存在。不

---

① 滕咸惠：《人间词话新注》，齐鲁书社，1981年版，第36页。

② 大卫·雷·格里芬：《后现代精神》，王成兵译，中央编译出版社，1998年版，第223页。

少底层小说都体现出作家居高临下的优越感，而且作家对于底层的认识与想象往往来源于间接信息。譬如李锐的《扁担》(《天涯》2005年第2期）与刘继明的《回家的路究竟有多远》(《山花》2004年第9期）故事框架相仿，情节与细节雷同，以致有网友在“天涯社区”发帖，怀疑李锐剽窃了刘继明。原来，两位作家都看到了中央电视台“今日说法”栏目的一则新闻：山东民工孙文流因辞工而被老板打断左胳膊和右腿，无奈之下只好自制工具，爬行千里回到老家。这种模式化的经验与抒情和现实有多重的间隔，必然缺乏艺术个性。与叙述相比，抒情有更为鲜明的主观色彩，打下了深刻的主体烙印。耐人寻思的是，日常化的、物化的抒情往往大同小异，诸如锁定特定的景物与场景(譬如都市文学中的酒吧、咖啡厅、专卖店、城市地标)，追捧时尚事物，采用流行语进行表达。这样的情感如同都市上空流转的灯光，表面上如梦如幻，实质上都是技术复制的结果。

按照既定套路的集体抒情很容易陷入“抒情八股”，其思想观念、表达形式和语言风格如出一辙，抒情主体放弃了个体意识。在散发着宗教革新氛围的家庭中成长的泰戈尔推崇一种“诗人的宗教”，这种美的宗教既不从众，也不屈从于权威意志，享有充分的自由。他有这样的表述：“美不是幻想，它具有现实的无穷意义。引起失望和忧郁的事实不过是雾霭，而当美从雾后露出道道短暂的闪光时，我们便了解真实的是和平，不是斗争；真实的是爱不是恨；真理是那个‘一’，不是分离的众多。我们了解，创造是完美的无穷理想和为它的实现而永远连绵的这两者之间的永恒的和谐；只要积极的理想和达到这理想的物质障碍这两者没有完全分开，我们就不必害怕受苦、失败。这便是诗人的宗教。”[①]诗人的宗教抛弃了教条和训谕的束缚，诗人的思想和行动摆脱了实利主义的控制，以追求美的信念来捍卫自由，让生命在创造中绽放。

再次，以关怀伦理融化冷漠。罗尔斯在讨论“正义的环境”时，认为“只要相互冷淡的人们对中等匮乏条件下社会利益的划分提出了相互冲突的要求，正义的环境就算达到了”[②]。正义伦理强调个人与他人之间的分离，个体的独立性和个人权利都是以差异性的确立为基础。但是，过分强化这种孤立感也容易导致利己主义和道德冷漠，也就是萨特所言的“他人就是地狱”[③]。冷漠美学之所以在消费化环境中流行不衰，其根源就在于现代人强调人与人之间的分离。在消费文化

① 泰戈尔：《泰戈尔全集》第21卷，刘安武、倪培耕、白开元译，河北教育出版社，2000年版，第203—204页。

② 罗尔斯：《正义论》，何怀宏等译，中国社会科学出版社，1988年版，第122页。

③ 萨特：《他人就是地狱——萨特自由选择论集》，关群德等译，天津人民出版社，2007年版，第9页。

的刺激下，流行的情感是强烈的，是可以重复的，其强度也是可以调控的，因此，它又是冷漠的。当情感成为一种定制的商品，它可以针对顾客的不同趣味进行精细的分类，情感被纳入到适用范围广泛的模板之中，变成了非个人化的易耗品。

“有情”的文学，不能仅仅停留于感伤，而应该怀有一种介入性的关切。感伤始于主观，又终于主观，只是情绪的宣泄和单向的自我表演。“关怀伦理”重视人和人之间的情感交流与互相关怀，它以关系性为基石，自我与周围人群建立平等的关系网络，自我实现与他者的追求相互确证、相互推动；它落实到具体的情境中，注重发挥爱、尊重等情感因素的作用，它不是单向的实现，而是互动共生的关系行为。关怀伦理与胡塞尔、哈贝马斯所阐述的主体间性有相通之处，主体间性注重主体之间的相互认同，通过交往行为和信息沟通来解决分歧，纠正主体性失控的偏颇。在关怀伦理的视野中，“自我形成的条件不仅包括人际交往，还有与事与物的相遇及其影响；而且，发展中的自我本身亦具反思性——它能与其自身相遇，向自身提问。”[①]关怀伦理绝不是一种俯视芸芸众生的垂悯，而是一种平等的对话与交流，一种相濡以沫、兔死狐悲的情感交融。作家应该忠实于个人的生命体验，将心比心地由人及我，推己及人，与他人的命运产生共鸣。

抒情是一种超越现实的精神向度，但抒情不能脱离现实。王德威这样评价现代文学的“抒情中国”：“面对民国期间无休止的人为暴行和自然灾难，抒情主义反求自我，和现实保持距离，以为因应。但在卓越作家的笔下，抒情也能呈现与现实的辩证对话关系。抒情作家善用文字意象，不仅表达‘有情’的愿景，同时也为混乱的历史状态赋予兴观群怨的形式，在无常的人生里构建审美和伦理秩序，抒情因此可以被定义为一种生命境界，一种深具感性的风格。”[②]抒情主义在这个多变的功利化时代，同样可以作为一种独特的生命境界和审美风格，与现实保持必要的紧张关系，并与现实进行富于批判性的深度对话。

原发《文艺研究》2017年第6期

---

① 内尔·诺丁斯:《始于家庭：关怀与社会政策》，侯晶晶译，教育科学出版社，2006年版，第98页。

② 孙康宜、宇文所安主编《剑桥中国文学史》下卷，刘倩等译，生活·读书·新知三联书店，2013年版，第567页。

上海的文学经验

——小说中的宏大叙事与日常生活叙事

杨　扬

上海是中国城市化程度最高的地区，与此对应的，城市的文学经验，如果从1843年开埠算起，已经有一百多年的历史了。这一百多年的文学经验，值得总结。以小说为例，从宏观与微观的角度来讲，茅盾的小说叙事方式与张爱玲的小说叙事方式，是其中两种建构城市文学经验值得关注的对象。

一

之所以将两个人放在一起论述，主要原因是他们都曾在上海生活、写作，并创作过以上海为背景的经典作品。茅盾的长篇小说《子夜》是描写20世纪30年代初上海都市生活的标志性作品。尽管从文学史角度讲，一些研究者对《子夜》文学史地位的高低，还有一些不同意见，但说这部作品对于30年代中国长篇小说的发展具有重要性，应该是没有太大争议的。在作品发表之初，瞿秋白、冯雪峰、夏衍、叶圣陶、吴宓等来自不同文化阵营的读者，都给予作品以很高的评价。[1]作品出版当年，创下了发行量的最佳纪录，并且，跨越半个多世纪的岁月，《子夜》始终是中国现代文学作品中的

① 众多评论文章收入唐金海、孔海珠编:《茅盾专集》(第二卷·下册)，福建人民出版社，1985年。

长销书。[1]而张爱玲的中篇小说《金锁记》和《倾城之恋》，是最具张氏风格的代表性作品。[2]对张爱玲的文学史评价，源自夏志清先生的《中国现代小说史》。[3]但时至今日，有关张爱玲小说成就的高下之争，始终没有终止过。将这两位文坛地位、教育背景、风格倾向和社会影响差异很大的作家及其作品，摆在一起谈论，可能很多研究者会觉得落差太大、不伦不类，但我的出发点，还在于问题本身，即对于上海都市生活经验的文学表达问题，而不牵涉到对作家作品文学史地位孰高孰低的评价。

一般而言，研究者都喜欢将茅盾的《子夜》视为宏大叙事的代表性作品。瞿秋白评价它是中国第一部现实主义长篇小说，侧重于肯定《子夜》的社会功能和认识功能。[4]瞿秋白的评论，得到了茅盾的积极响应。在《子夜》的“后记”和茅盾晚年撰写的回忆录《我走过的道路》中，他承认自己的创作是希望参与当时有关中国社会性质的讨论。[5]他用《子夜》中吴荪甫的失败，来说明中国社会无法走资本主义道路。这些文学史研究中耳熟能详的说辞和论证材料，其实只是解读《子夜》的一个维度。如果我们问，《子夜》的价值只在于反映 30 年代中国社会关系的变动吗？显然不是。20 年代与茅盾东渡日本的秦德君女士，曾愤然于一些文学史研究者忽略了她对茅盾创作《子夜》的情感影响作用。[6]撇开当事人个人恩怨情仇的直接关系不谈，从她的言辞中，我们分明可以感受到茅盾创作《子夜》，有着政治之外的诸多个人信息。

与一般的文学写作者不同，茅盾的文学起步与他的社会政治活动关系密切。1920 年初，当陈独秀在上海成立共产主义小组之时，茅盾就是最早的成员。在

---

① 以 2016 年 4 月人民文学出版社出版的中国现代长篇小说珍藏本《子夜》为例，版权页上标明，印数为 181,000 册。具体的版数为 1952 年 9 月北京第 1 版，1954 年 4 月北京第 2 版，1960 年 4 月北京第 3 版，至 2016 年 4 月，是第 3 版第 26 次印刷。

② 傅雷将《金锁记》与《倾城之恋》并举，认为“以题材而论似乎前者更难处理，而成功的却是那更难处理的。在此见出作者的天分和功力”。参见傅雷（以“迅雨”笔名发表）的《论张爱玲的小说》，收入金宏达主编:《回望张爱玲·华丽影沉》，文化艺术出版社，2003 年，第 15 页。

③ 具体可参阅该书论述张爱玲的部分内容，参见夏志清:《中国现代小说史》，复旦大学出版社，2005 年。

④ 瞿秋白说:“在中国，从文学革命后，就没有产生过表现社会的长篇小说，《子夜》可算第一部。”参见唐金海、孔海珠:《茅盾专集》（第二卷 · 下册），福建人民出版社，1985 年，第 938 页。

⑤ 参见茅盾:《子夜》，人民文学出版社，1960 年；茅盾:《我走过的道路》（中），人民文学出版社，1984 年。

⑥ 参见秦德君与李广德的往来书信（未刊稿）。

茅盾晚年的回忆录中，还记录过他自己担任中央联络员，给工人夜校上课，参与组织商务印书馆罢工，亲赴广州参加国共合作以及北伐等事件，他担任的党务要职所提供给他的与当时政界要人深度交往的经验，以及他自己对政治和社会问题的深入思考，大大拓展了他的眼界和视野，这是他不同于一些对政治怀有高度热情而又带有某种盲从的文学青年的根本所在。今天的一些研究者往往只注意到了茅盾的左翼思想立场对他创作和文学思想的影响，却有意无意忽略了作为小说家的茅盾在参与实际政治活动过程中，对社会问题的关注和对政治活动经验的文学汲取。这样的忽略，影响到对茅盾的文学史研究往往偏向于政治立场的阐释，而淡化了对小说家茅盾的文学经验的考量。以茅盾对大革命时期农民运动的描写为例，如果对比当时以及此后一些左翼作家对农民运动的毫无保留的肯定，就会发现茅盾在《蚀》三部曲中，对当时的农民运动的表现是有一定程度的保留的。他没有像一些政界人士那样或高度肯定农民运动“好得很”，或将之贬斥为“痞子运动”，而是从自己的观察、思考来描写农民运动的复杂性。如果再联系到1926年茅盾在广州国民党宣传部与毛泽东合作共事，而毛泽东当时的兴趣主要集中在农民运动，并写下了多篇文章为农民运动辩护的历史背景，对照之下，或许研究者会深刻体会到，茅盾作为一位小说家，他对一些过激的农民运动的保留意见，其实来自于他自己的思考与文学家的情感体验。茅盾不像一些左翼小说家，在小说中急于为刚刚过去的大革命时代的农民运动辩护，相反，在他的小说中，常常可以见到一些地方劣绅混迹农会、篡夺权力、鱼肉百姓的场景。这样的小说表述立场，显然是从茅盾自己的情感体验出发，对这场国内革命运动采取了超越左翼立场的文学书写。大概也因为这样的原因，《蚀》三部曲的发表，与党派立场之间有某种程度的裂痕，因此招致中共党内一些人士的极度不满，甚至有人认为《蚀》三部曲以及这一时期茅盾发表的作品，就是茅盾的脱党宣言。[①]

茅盾参与政治活动的同时，在文学事业上，整个20年代都处于向上发展阶段。1920年，他是上海文坛最活跃的青年批评家之一，上海的主要报刊杂志上常常可以见到他的批评文字。张东荪主办《解放与改造》时，邀请茅盾撰稿，认为发现了一个难得的文学人才。商务印书馆改组《小说月报》时，张元济等也赞同年轻的茅盾担任主编。而远在北京的郑振铎等筹划成立新文学团体文学研究

---

① 1928年，克兴在《创造月刊》2卷5期发表《小资产阶级文艺理论之谬误——评茅盾君底〈从牯岭到东京〉》，否定茅盾的《蚀》三部曲，以及茅盾的理论文章《从牯岭到东京》。茅盾在晚年的回忆录中也说，自从他发表《从牯岭到东京》，为自己的创作和思想辩护之后，就与党组织失去联系，党组织再也没有联系过他，大概“有人认为我是投降资产阶级了”。参见茅盾:《我走过的道路》(中)，人民文学出版社，1984年，第15页。

会时，茅盾是十二位发起人之一。通过《小说月报》和文学研究会，茅盾与鲁迅、周作人以及北京的新文学团体建立了广泛的联系，由此也进入到新文学运动的领导核心。参与新文学团体的活动，让茅盾体会到文坛争斗的激烈。如他被免去《小说月报》主编，就是因为得罪了沪上的鸳鸯蝴蝶派文人。茅盾的《自然主义与中国现代小说》，矛头直指鸳鸯蝴蝶派，但与那些挖苦嘲讽鸳鸯蝴蝶派文人作品的报章文章相比，茅盾的批评不是就事论事，而是有自己正面主张的文学批评，他强调写实和介入社会生活并举的写实主义文学，同时以欧美文学创作为参照，提出新文学创作需要改进和提升。这一时期，大凡重要的文学活动和文学思潮，都有茅盾参与的踪迹和发表意见的机会。如革命文学初起之际，他在《文学周报》发表《论无产阶级艺术》。泰戈尔访华期间，针对“东方文化复兴论”的观点，茅盾又发表了评论《对于泰戈尔的希望》和《泰戈尔与东方文化》。经过这十多年政治生涯的磨练和文坛经验的积累，到 30 年代，茅盾进入到一个成熟的文学创作期。正如他在《子夜》创作的“后记”中所说的，经过多年思考、积累，到《子夜》写作时，是他自己某种文学“野心”的一次释放和实现。而《子夜》的发表，确立了茅盾在左翼文学世界的领袖地位。①

二

人们每每提及茅盾，都会想到茅盾的文学道路，这条道路的开端，毫无疑问，是上海，因为没有上海，茅盾就不可能有自己的文学生涯和政治生涯。相对于茅盾研究中频繁出现的“文学道路”这一概念，在张爱玲研究中，似乎很少有人提及“文学道路”。在研究张爱玲时，研究者最为关注的，是她的身世以及笔端流露的“苍凉”之感。这当然不是说张爱玲没有走过自己的文学道路，只是她与茅盾完全不同。茅盾的文学道路是文学与政治齐头并进，而且磨砺、积累的周期，相对比较长。张爱玲的文学之路要单纯得多，没有茅盾经历过的那么多的曲折和生死考验。张爱玲从一个教会学校的文学青年，直接就走上了职业的文学写作道路。她的成长过程，似乎印证了她所讲的“出名要趁早啊”。但她的个人经历，并不一帆风顺。已经有诸多的传记和回忆文章，揭秘张爱玲的前世今生。总

① 胡风回忆说，茅盾担任左联书记半年多，就坚决辞去不干了。“那时，他的情形大不同了：他的名字已经常常被人和鲁迅并提；他的长篇小说《子夜》已经出版；他认为他在左联的元老地位已经确立了。”参见胡风：《胡风回忆录》，人民文学出版社，1993 年，第 21 页。

起来讲，张爱玲幼时的家庭教育、后来的人生事业以及情爱婚姻，离不开几个关键词，就是破落人家、父母离异、教会学校、公寓生活、文学杂志、胡兰成以及海外飘零，等等，透过一长串词语的联结，人们可以感受到那种悲凉、落寞的人生暮气。张爱玲用《传奇》来命名她的第一部小说集，其实，这又何尝不是她自己的人生际遇？张爱玲的独特，不在于她的文学道路的独特，而在于她的个性气质迥异于一般小说家。在那个左翼风气弥漫文坛的 30 年代，张爱玲不仅没有参与其中，反倒是与新文学的对立面——鸳鸯蝴蝶派文人走得比较近。①她的小说主题没有离开过鸳鸯蝴蝶派作家常写的男女恩怨，色彩格调似乎也有些近。延续着从《红楼梦》到张恨水《金粉世家》的家族颓势小说的审美脉络，张爱玲用一种独特的悲凉的腔调，讲述那个永远也回不去的家族故事。差不多所有评论家都会注意到张爱玲在《金锁记》开头那一段场景描写：“我们也许没赶上看见三十年前的月亮。年轻的人想着三十年前的月亮该是铜钱大的一个红黄的湿晕，像朵云轩信笺上落了一滴泪珠，陈旧而迷糊。老年人回忆中的三十年前的月亮是欢愉的，比眼前的月亮大，圆，白；然而隔着三十年的辛苦路往回看，再好的月色也不免带点凄凉。”②在这样的没落情境中，小说主人公曹七巧向我们款款走来。而在《倾城之恋》中，寥落的白公馆里的时钟刚刚敲过十响，显然是落后于准点时间。在这个钟点都不准的时钟声中，白四爷拉着二胡：“胡琴咿咿哑哑拉着，在万盏灯火的夜晚，拉过来又拉过去，说不尽的苍凉的故事”③，就是在这荒腔走板、时光倒错的情境下，白公馆的门铃一阵乱响，报丧的消息来了，白家老六白流苏在这猝不及防、惊慌失措的场景中粉墨登场。与茅盾的政治经历和强势介入现实的文学写作不同，张爱玲是在追忆中写作，她凭着自己对昔日和现实的强大的感觉、记忆与想象，回味着那个旧家族一步一步颓败的滋味以及在新时代冲击下每一个人无力应对的尴尬境遇。《金锁记》和《倾城之恋》的主人公都不是过去的旧人，而是现代文学中经常可以遇见的旧宅大院中的新人，但张爱玲作品中的这些新人，却很少有那种新时代的曙光，更谈不上“五四”式的叛逆精神。她们好像是在被动地、无可奈何地应对着时代的变化，如果时代不变，她们可能会衣食无忧，得过且过，绝不会沦落到如今这样的窘境。很多三四十年代的读者，

① 张爱玲在《写什么》中说，有朋友问她，你能写无产阶级的故事吗？她回答不会。她又说：“只要题材不太专门性，像恋爱结婚，生老病死，这一类颇为普遍的现象，都可以从无数各个不同的观点来写，一辈子也写不完。”参见吴福辉：《张爱玲散文全编》，浙江文艺出版社，1992 年，第 142 页。

② 张爱玲《传奇》，人民文学出版社，2000 年，第 3 页。

③ 张爱玲《传奇》，人民文学出版社，2000 年，第 46 页。

在读惯了文艺腔甚浓的五四新小说之余，读到张爱玲的小说时，一定会刹那间感觉到思维短路，简直不知道如何应对这样的小说人物和故事结局。就像傅雷在评价张爱玲小说时所说的："这太突兀了，太像奇迹了。"[①]的确，经过了五四新文化运动洗礼之后，所有人都在追赶新潮，唯恐自己落伍，而张爱玲的小说却向着相反的方向逆势而行，她笔下的人物似乎永远都跟不上时代，怎么追也追不上时代新潮，结果就干脆不追，甚至对新潮有点看破的味道——变来变去，不过如此。那些构成她小说影响来源的文学资源，如《金粉世家》《海上花列传》《红楼梦》等，是很多文学青年弃之如敝屣的陈旧东西，但张爱玲在阅读、创作中，却感受到别一样的人生力量，由此推陈出新，形成了自己的笔墨文字。

三

对于茅盾而言，从乌镇到上海，从"五四"到二三十年代，鲜明的时代对比、城乡对比、新旧对比，深深烙在他的记忆、印象中。身处激变时代，进步、变化对后来人而言，仿佛是概念说教的东西，在茅盾的记忆中，全都是活生生的可感可触的人物、事件。一个不争的文学事实是，半个世纪之后，茅盾撰写世界上最长的作家回忆录时，大都是凭借着记忆和回忆来完成，这些相隔半个多世纪之后的回忆材料，绝大多数得到了后来研究者的证实。由此推断，茅盾当年置身于时代洪流之中，那种脱胎换骨的时代之变的感觉、印象，是多么深刻。《子夜》中，最最有名的吴老太爷到上海一节，将茅盾心目中的那种变化之感，以一种戏剧化的方式夸张地呈现出来。用今天的眼光来看，一个外地人到上海，何至于被吓死？在《子夜》里，一个旧时代的乡绅，抱着《太上感应篇》来到上海，因为上海太过摩登，吴老太爷不堪灯红酒绿、声光电化的刺激，竟一命呜呼。这样的描写，是不是有点言过其实？其实，这样的夸张描写并不是从茅盾的《子夜》开始。在文学史上，韩邦庆的《海上花列传》已经开启先声。苏州青年赵朴斋初到上海，去咸瓜街拜访舅舅洪善卿。不料在华洋交界的陆家桥头，与花也怜侬对面一撞。赵朴斋跌倒在地，"跌得满身淋漓的泥浆水"[②]。这一细节很容易被一般读者忽略过去，但置身于城市生活，我们就会发现，在乡村世界散漫惯了的赵朴斋，一旦踏进上海的地界，走路也得按规矩来，不能随心所欲。他东看看、西瞧

---

① 迅雨（傅雷）《论张爱玲的小说》[J]，万象，1944年，3（11），第236页。

② 韩邦庆《海上花列传》，人民文学出版社，1982年，第3页。

瞧，漫不经心。正是因为他心不在焉，注意力全在街景上，结果与迎面而来的花也怜侬当面相撞。赵朴斋的时代还是清末年间，踏进上海的地界，连走路都得留神，弄不好就要摔跟头。到了吴老太爷来到上海的30年代，外滩一带早已是异国情调甚浓的十里洋场。《子夜》中有一段非常详细的景观描写："风吹来外滩公园里的音乐，却只有那炒豆似的铜鼓声最分明，也最叫人兴奋。暮霭挟着薄雾笼罩了外白渡桥的高耸的钢架，电车驶过时，这钢架下横空架挂的电车线时时爆发出几朵碧绿的火花。从桥上向东望，可以看见浦东的洋栈像巨大的怪兽，蹲在暝色中，闪着千百只小眼睛似的灯火。向西望，叫人猛一惊的，是高高地装在洋房顶上而且异常庞大的霓虹电管广告，射出火一样的赤光和青燐似的绿焰：Light，Heat，Power！"[①]年岁已高，经过长途奔波的吴老太爷，被洋场的景观一刺激，便一命呜呼。在《子夜》中，吴老太爷的死亡，是小说情节结构奇思妙想的呈现，也是旧时代、旧人物和旧的乡村文化的现代结局的象征。

相比于茅盾的乡下人进城，张爱玲是土生土长的上海人。她在上海上学读书，在上海写作成名，整个人生的基础几乎都在上海完成。对于一个普通的土生土长的上海人来说，城乡之变，时代、社会之变的巨变感，或许没有像茅盾这样的外来者来得强烈。所以，张爱玲的小说中，岁月无常、时代变化的历史痕迹，总是比较淡，她对时代政治和社会问题没有多少兴趣，她感兴趣的只是人生的恒长以及恒长之中的种种传奇。《金锁记》和《倾城之恋》中，两位女主人曹七巧和白流苏的出场，与茅盾《子夜》中吴老太爷的出场，完全不同。吴老太爷是通过场景描写引出人物，而张爱玲作品中的主要人物，是在声音中——旁人的对话与议论中出场。前者是全知全能的史家写法，大开大合，客观描述，有一股不可遏制的宏大气势。而后者是在东拉西扯的议论中引出作品人物，这些都市的"市声"，类似于上海弄堂里源源不断、时强时弱的流言和闲话，有自己特殊的情调和氛围。《金锁记》中姜公馆的丫鬟凤箫与小双，黎明时分小声议论二奶奶曹七巧，从她们的长一句短一句的闲言碎语中，读者慢慢注意到曹七巧这个人。随后，丫鬟们一大清早集中到姜公馆姜老太太的起坐间，用人们挤在一起，又免不了张家长李家短的，话题不知不觉中又落到曹七巧身上。可以说，小说到了这个份上，再不让曹七巧出场，也难。所以，小说是顺势而下，用人榴喜忽然报道："二奶奶来了。"[②]于是，曹七巧出场。《倾城之恋》中的白流苏，是在白公馆一片混乱的报丧声中亮相的。夜晚时分，白公馆的门铃急促地响起，有人来报丧

① 茅盾《子夜》，人民文学出版社，1960年，第1页。

② 张爱玲《传奇》，人民文学出版社，2000年，第7页。

说，白家六小姐白流苏离掉的那位女婿死了。于是白家三爷、四爷以及三奶奶、四奶奶相互闲谈，“莫非是要六妹去奔丧？”而此时坐在屋子一角的白流苏开腔道：“离过婚了，又去做他的寡妇，让人家笑掉了牙齿！”[①]这一段对话，包含着多少信息啊，至少包含着很多与白流苏有关的过去的故事。在《自己的文章》中，张爱玲说：“我发现弄文学的人向来是注重人生飞扬的一面，而忽略人生安稳的一面。其实，后者正是前者的底子。又如，他们多是注重人生的斗争，而忽略和谐的一面。其实，人是为了要求和谐的一面才斗争的。”[②]曹七巧也好，白流苏也好，她们身上体现的，是都市小人物平凡生活中的传奇。

四

小说家吴组缃先生在30年代评论茅盾的《子夜》时说：“中国自新文学运动以来，小说方面有两位杰出的作家：鲁迅在前，茅盾在后。茅盾之所以被人重视，最大缘故是在他能抓住巨大的题目来反映当时的时代与社会；他能懂得我们这个时代，能懂得我们这个社会。他的最大的特点便是在此。”[③]张爱玲曾把小说分成两类，一类是“时代的纪念碑”式的小说，还有一类就是她写的“男女间的小事情”[④]。茅盾的小说是不是可以用“时代的纪念碑”式的小说来命名，这一问题有待讨论，但从茅盾创作的着眼点和作品所描写的情况看，的确有着宏观的考虑。在小说观念上，茅盾反对将文学当作消遣的东西，他倡导的是为人生的文学。现实生活中，他不甘于碌碌无为的平庸生活，希望做一个有志于改变社会的人。在政治上遭遇挫折之后，他转向文学，通过文学表现社会时代。而在文学世界里，茅盾以自己出色的创作、翻译、文学批评和杂志主编等多方面才能，成为一代文学宗师。[⑤]《子夜》承载着茅盾身上诸多的“野心”，当然不会是简单地满足于写写几个小人物，或者是男男女女之间的小事情，他关注的是大问题，也就是牵扯到时代政治何去何从的全局性问题。他笔下的人物，也不是简单的人物，除了金融巨头、政界、军界、文化界的重要人物之外，他的作品中还有很多小人

---

① 张爱玲《传奇》，人民文学出版社，2000年，第46—97页。

② 《张爱玲散文全编》[Z]，浙江文艺出版社，1992年，第112页。

③ 《茅盾专集》（第二卷·下册）[Z]．厦门：福建人民出版社，1985年，第934页。

④ 《张爱玲散文全编》[Z]，浙江文艺出版社，1992年，第115页。

⑤ 新华社电讯《沈雁冰同志在京逝世》称“沈雁冰同志是以鲁迅为代表的中国现代文学巨匠之一”。参见孙中田、查国华:《茅盾研究资料》（上），中国社会科学出版社，1983年，第1页。

物，但这些小人物，在茅盾的作品中，已经不是类似于张爱玲笔下的小人物，而是一种社会身份的代表，是现实主义小说中的“这一个”。如吴荪甫的太太“吴少奶奶”，她是豪门大宅中的主妇，但与张爱玲小说中的那些少奶奶相比，显然，身份的时代特征更加强烈。茅盾在她身上突显的是一种新女性前后不同时期的转变，而且，是将吴少奶奶林佩瑶放在“密司林佩瑶时代”与 30 年代上海阔太太林佩瑶时代相对照的环境中来描写的。①这样的新女性，可以说是“五四”以来，中国新女性中的一种类型，她们接受了五四新文化的洗礼，走向了社会，但因为各种原因，又回到了家庭主妇的位置。她们内心有种种不甘，又无力像那些妇女解放的先驱那样勇敢地献身于社会。林佩瑶们只能默默地守着自己的家庭、儿女，做着相夫教子的工作。茅盾无意于贬抑这一类新女性，但总觉得新女性除了相父教夫之外，还应该有更开阔的天地。

张爱玲对妇女解放这一套“五四”式的说辞并不坚信，她的起点与茅盾不一样，茅盾的教育，经历了新旧之变和城乡之变，而张爱玲从小就在上海的教会学校读书，茅盾等人争取的新文化，对张爱玲而言，是一种既成事实和生活的出发点，所以，当她着眼于现实，来重新检点新文化所强调的那种自由和女性解放时，她感觉强烈的，还不是新旧对照，而是新思潮冲击之后的现实。她发现努力了半天，女性的地位等变化也不过如此。就像她在多部小说中所表达的，变是非常态，不变是生活的常态。“极端病态和极端觉悟的人究竟不多。时代是这么沉重，不容那么容易就大彻大悟。这些年来，人类到底也这么生活了下来，可见疯狂是疯狂，还是有分寸的。所以我小说里，除了《金锁记》里的曹七巧，全是些不彻底的人物。他们不是英雄，他们可是这个时代的广大负荷者。因为他们虽然不彻底，但究竟是认真的。他们没有悲壮，只有苍凉。悲壮是一种完成，而苍凉则是一种启示。”②夏志清在评论张爱玲时，特别论及作家以及个人成长过程中家庭和教育的影响作用。他说：“张爱玲天赋灵敏，受的又是最理想的教育。她的遗少型的父亲，督促她的课业很严，她从小就熟读中国旧诗古文。她的文字技巧实在得力于此。否则以区区二十几岁的少女（她开始发表作品是在那时候），把中文运用得如是圆熟自如，是让人难信的。父亲逼她学中文，母亲又很早把她带入西洋艺术、音乐、文学的世界。论学问，她当然比不上钱钟书。太平洋战争发

① 茅盾在《子夜》中说，“密司林佩瑶时代”的她，是享受着五四新文化自由气息的新青年，而 30 年代阔太太时代的林佩瑶，是豪门大户的主妇，但总有“缺少了什么似的”感觉。参见茅盾：《子夜》，人民文学出版社，1960 年，第 64—65 页。

② 《张爱玲散文全编》[Z]，浙江文艺出版社，1992 年，第 114 页。

生，她辍学的时候，她的西洋文化的知识绝不会超过一个美国东部女子大学的优秀毕业生。但是作家所需要的不一定是知识，而是她的人生教育。换言之，作家应该在日常生活里能够吸收材料，保留印象，并且善于利用。”①张爱玲是在新文化话语之外，开辟出了一个独特的日常生活世界。她的文学出道时期，正是上海的“孤岛”时期，处于一个非常奇特的政治低压时期。共产党的左翼文学和国民党的右翼文学，统统撤离了上海，日本人的东亚共荣殖民文化也无法左右上海，就是在这样一个无人管制或无力管制的文化真空地带，张爱玲的日常生活的文学叙事，才有可能脱颖而出，风靡文坛。柯灵在《遥寄张爱玲》一文中曾说，各方力量都在拉张爱玲，其中郑振铎还让柯灵带话给张爱玲，不要到处发表作品，写成的文章可以交开明书店，由他们支付稿费，等河清海晏后再出版。②但对于一个渴望成功的文学青年而言，张爱玲的回答是“出名要趁早啊”。这其实也就是张爱玲的一种人生姿态与文学视角。她相信文学的永恒，她接受生活的常态，她生逢乱世，不党不派，默默负荷，就像她作品中的人物那样，很不容易地承受着这苍凉的人世间的变与不变。

五

宏大叙事与日常生活叙事，作为两种不同类型的文学风格，在文学史上可以说古已有之，摆在现代文学时空中考察，也不乏对应的作家作品，但具体到茅盾与张爱玲的创作，倒是有不少值得关注的地方。宏大的叙事传统，在 20 年代的“革命加恋爱”小说中，比比皆是，并不新奇。但问题是，那些宏大叙事中呈现的小说创作，只有现象，没有艺术，几乎很少有人从小说艺术的角度，认同和接受它们。相比之下，茅盾的《子夜》是从中脱颖而出的佼佼者。它的特色不在宏大叙事，而在于是立足于小说艺术的宏大叙事。作为小说艺术的宏大叙事，它最根本的一点，就是围绕作品人物来叙事、描写，而不是将人物当作宣传思想的工具。茅盾小说中的人物，一直是他最为关注的对象，相对而言，立场、思想在写作中倒是退守到人物描写之后。这种文学思想牢牢占据着茅盾的文学意识，以至于到了 60 年代他所强调的“中间人物”的出台，终与当时的意识形态发生冲突。茅盾的文学观念是在上海生成、定型，并在上海的文学环境中获得成功，产生

---

① 夏志清《中国现代小说史》[M]，复旦大学出版社，2005 年，第 258 页。

② 柯灵《昨夜西风》[M]，黑龙江人民出版社，1998 年，第 275 页。

深远影响。无论是在 1949 年之前还是之后，茅盾有自己的党派立场和思想倾向，但同时他的文学个性也是非常突出的，超越了左翼的限度。

张爱玲的日常生活叙事，用她自己的话来表述，就是写那些“居家过日子”的生活①，也就是与那些描写飞扬人生相对的一种比较朴素的文学表达。但她的这种朴素的文学表达，有着她自己的尺度和风格，她选择那些都市人物，而且大都是男男女女间的故事，这些故事的叙事风格，是闲言碎语，甚至是流言与私语。这种私小说的传统，在清末民初的上海报刊杂志中并不少见，但张爱玲有自己独特的理解，她是上升到一种人性和都市文化心理的层面来理解。在张爱玲看来，“人类天生的是爱管闲事。为什么我们不向私生活里偷偷地看一眼呢，既然被看者没有多大损失而看的人显然得到了片刻的愉悦？凡事牵涉到快乐的授受上，就犯不着斤斤计较了。较量什么呢？——长的是磨难，短的是人生”。②而且，这里的闲言碎语是作为“市声”，一种都市里特有的环境气氛呈现的。“长年住在闹市里的人大约非得出了城之后才知道他离不了一些什么。城里人的思想，背景是条纹布的幔子，淡淡的白条子便是行驶的电车——平行的，匀净的，声响的河流，汩汩流入下意识里去。”③所以，张爱玲笔下的小世界，不仅仅是小事情、小情怀和小感觉，而是一种风格，一种文学视野，一种都市生活的价值取舍标准，这一整套东西，如果离开了上海这一都市世界，离开了特定的文学环境，可能就失去了自己的生命价值。或许，正是因为这样的原因，在中国现代文学史上，能够与张爱玲小说叙事风格、题材内容比较接近的作家作品，几乎很难找到第二个。从这一意义上讲，张爱玲的独树一帜，成就了她的文学声誉。

原发《天津师范大学学报（社会科学版）》2017 年第 2 期

---

① 《张爱玲散文全编》[Z]，浙江文艺出版社，1992 年，第 30 页。

② 《张爱玲散文全编》[Z]，浙江文艺出版社，1992 年，第 32 页。

③ 《张爱玲散文全编》[Z]，浙江文艺出版社，1992 年，第 28 页。

他找到了属于自己的句子

——论陈忠实的小说创作谈

李建军

作家所写的文学评论和创作札记，比起评论家的批评文章来讲，往往包含着更加鲜活的经验，对初习写作者通常会有更具体的帮助。像鲁迅的文学批评文字、汪曾祺的随笔式的理论文章和鉴赏文章、路遥的《早晨从中午开始》、契诃夫的《契诃夫论文学》、爱伦堡的《捍卫人的价值》、帕乌斯托夫斯基的《金蔷薇》、纳博科夫的《文学讲稿》、布罗茨基的《小于一》、弗吉尼亚·伍尔夫的《普通读者》、洛奇的《小说的艺术》、马尔克斯的《番石榴飘香》和略萨的《给青年小说家的信》，都是值得用心一读的文学津梁。

完成《平凡的世界》之后，路遥写了一本创作札记——《早晨从中午开始》。这是一部用文字写出来的"英雄交响曲"，也是路遥最有价值的作品之一，与《人生》一起构成了他的中篇作品的双璧。虽然，这部札记的叙述语调有些沉重，字里行间透着些许感伤，但是，路遥的坚定的意志、澎湃的激情、深刻的思想和过人的才华，依然令人印象深刻，使人为之激切感奋。

有朋友以路遥的经验为例，建议陈忠实也写一部《白鹿原》的创作札记，写一部自己的《早晨从中午开始》。陈忠实打破了"不谈自己"的习惯，花了两年时间，写出了"白鹿原创作手记"——《寻找属于自己的句子》。

如果说，路遥的《早晨从中午开始》是一团燃烧的火，充满了青春的激情和感伤，回旋着高亢而不屈的旋律，那么，陈忠实的《寻找属于自己的句子》就是一条水波不兴的大河——它有着深沉而宁静的气质，从容而镇定地流淌着，显示出作者的朴实而内敛的态度，正像邢小利所指出的那样："陈忠实是一位性情偏于内敛的作家，他重视创作实践和探索，谈创作本身很少。这部十二三万字的手记，是他迄今写的最长的一本与创作有关的著作，涉及面广，内容丰富，很值得我们进一步开掘其各方面的价值和意义。”①

在解释海明威“寻找属于自己的句子”这句话时，陈忠实表达了自己对于文学的理解：“海明威说的‘句子’，是作家对历史和现实事象的独特体验，既是独自发现的体验，又是可以沟通普遍心灵的共性体验，然而只有作家独自体验到了；他说的‘句子’，自然也包括艺术体验，以一种独特的最适宜表述那种生命体验的语言完成叙述。作家倾其一生的创作探索，其实说白了，就是海明威这句话所做的准确而又形象化的概括——‘寻找属于自己的句子’。那个‘句子’只能‘属于自己’，寻找到了‘属于自己的句子’，作家的独立的个性就彰显出来了，作品的独立风景就呈现在艺术殿堂里。”②也就是说，所谓“句子”并不是一个简单的语言问题，而是如何通过具有鲜明个性的方式表达自己的“独特体验”，同时表达“可以沟通普遍心灵的共性体验”。

这部“《白鹿原》创作手记”，详密而真实地记录了陈忠实在文学上摆脱束缚、超越自我的艰难历程和成熟经验。艰难的剥离与艰苦的寻找，构成了这本书的核心命题，正像邢小利所说的那样：“读陈忠实的手记，‘寻找’自然是其一个关键词，读完全书，发现‘剥离’也是一个关键词。‘剥离’与‘寻找’是陈忠实后期创作特别是《白鹿原》创作必要的艺术创造心理过程，没有这个‘剥离’与‘寻找’，就没有后来的作家陈忠实，当然也就没有如今的《白鹿原》。”③

现实主义是一种写作方法，是一种文学精神，还是一套文学价值体系。可以说，人类文学史上最伟大的作品，本质上都是现实主义的。如此说来，如何建构自己与现实主义文学的关系，就是一个至关重要的问题。

对《早晨从中午开始》来讲，“现实主义”是一个具有首要意义的关键词。路遥不为风潮所动，坚定地为现实主义辩护。在一个“现代主义”和“先锋文学”引领风潮的时代，继续坚持现实主义，需要有巨大的勇气和过人的定力才行。在“唯新主义”的浮躁语境里，路遥显得有点背时，有点孤独。但是，时间已经证明、还将继续证明，路遥对现实主义的选择和认知是正确的。

在对现实主义的态度上，陈忠实与路遥有着相近的态度和立场。尽管对现实主义的发展持更为开放的态度，但是，陈忠实却从来没有以鄙薄的眼光看待现实主义。他的现实主义文学意识像路遥一样清醒和自觉。他的现实主义文学精神也

① 邢小利：《陕西作家与陕西文学》（上），陕西人民出版社，2017 年版，第 93 页。
② 陈忠实：《寻找属于自己的句子》，上海文艺出版社，2009 年版，第 177 页。
③ 邢小利：《陕西作家与陕西文学》（上），陕西人民出版社，2017 年版，第 80 页。

像路遥一样成熟和坚定。

路遥既是陈忠实文学上的竞争对手，也是精神上的强大盟友。路遥的《人生》等作品，深化了陈忠实对小说艺术的理解；路遥对现实主义文学的理性而自信的态度，则极大地鼓舞了他的现实主义写作。1985 年 3 月，在河北涿县召开的“农村题材创作”研讨会上，路遥发言的“细节”，就引发了他的强烈共鸣，让他尤感振奋：

> ……记得是在大会安排的发言中，我听到路遥以沉稳的声调阐述他的现实主义创作主张，结束语是以一个形象比喻表述的：“我不相信全世界都成了澳大利亚羊。”……我对他的发言中的这句比喻记忆不忘，更在于暗合着我的写作实际，我也是现实主义写作方法坚定的遵循者，确信现实主义还有新的发展天地，本地羊也应该获得生存发展的一方草地。[①]

陈忠实认同路遥关于现实主义的深刻观点。在令人“意乱情迷”的二十世纪八十年代，现实主义已然是“陈旧”和“落后”的代名词，谁若胆敢声称自己还是一个现实主义作家，那就很有可能被人视为观念保守甚至“不懂文学”的人。

陈忠实虽然不曾陷入道路选择的焦虑，虽然没有现实主义文学的“红旗能打多久”的疑问，但是，他要思考和回答这样一些问题：如何建构一种属于自己的现实主义？如何写出“属于自己的句子”？

陈忠实从拉美作家卡彭铁尔那里，获得了启示，找到了方向：

> ……卡彭铁尔艺术探索和追求的传奇性经历，使我震惊更使我得到启示和教益。拉美地区当时尚无真正意义上的文学，许多年轻作家所能学习和仿效的也是欧洲文学，尤其是刚刚兴起的现代派文艺，卡彭铁尔专程到法国定居下来，学习现代派文学开始自己的创作，几年之后，虽然创作了一些现代派小说，却几乎无声无响，引不起任何人的注意。他失望至极时决定回国，离开法国时留下一句失望而又决绝的话：在现代派的旗帜下容不得我。我读到这里时忍不住“噢哟”了一声。……我在卡彭铁尔富于开创意义的行程面前震惊了，首先是对拥有生活的那种自

---

① 陈忠实：《寻找属于自己的句子》，上海文艺出版社，2009 年版，第 42—43 页。

信的局限被彻底打碎，我必须立即了解我生活着的土地的昨天。[①]

在卡彭铁尔的启发下，他意识到，应该将目光放到自己脚下的这块土地上，切切实实地认识和了解这块土地上发生过的事情和正在发生的事情；应该以一种开放的态度吸纳包括现代主义文学在内的其他样式的文学经验，从而形成一种更有活力和表现力的新的现实主义文学叙事模式："就现实主义写作本身，尽管我没有任何改易他投的想法，却已开始现实主义写作各种途径的试探，这从近两年的中短篇小说尤其是中篇小说的写作上可以看出变数。一九八五年早春的涿县会议使我更明确了此前尚不完全透彻的试探，我仍然喜欢现实主义创作方法，但现实主义写作方法必须丰富和更新，寻找到包容量更大也更鲜活的现实主义。"[②]

他学习和借鉴拉美现实主义小说的叙事经验，但是，绝不是简单拿来，机械照搬。他读《百年孤独》，虽然赞叹它的伟大，但也告诫自己，不可把小说写得太缠绕："我的人物多情节也颇复杂，必须条分缕析，让读者阅读起来不黏不混，清清白白。"[③]这就涉及到了小说的可读性问题。陈忠实在写作上顾及到了文本的里外两头——文本"里头"就是要充分尊重人物，文本"外头"就是要充分考虑读者的感受，要让他们体验到读小说的快乐，而不是无端承受枯燥和无趣的折磨。

是以人物为中心，还是以作者为中心，这是区分现实主义小说与现代主义小说的一个重要标准。

现代主义文学叙事伦理的最大问题，就是作者的主观性独裁压迫一切。作者的存在和话语遮蔽一切，作者的影子和声音，笼罩一切，而人物则被降低为一个"符号"，异化为一个纯粹编码和结构的产物。现代主义小说作为一种极端主观化的叙事文学样式，不过是作者玩弄"叙事圈套"的极端形态的一种游戏方式而已。

然而，陈忠实拒绝这样的作者独裁的写作理念和方法，仍然坚持以人物为主体与核心的方法。以人物为核心的本质，就是始终站在人物角度，并以客观化的方法来塑造人物。他从王蒙的《活动变人形》和张炜的《古船》中得到了一个深刻的启示，那就是，小说不单是一个"结构"的问题，也不单是"方法"的问题。一切都决定于人物，决定于作家对人物的深刻体验和深刻理解："不是先有结构，或者说不是作家别出心裁弄出一个新颖骇俗的结构来，而是首先要有对人物的深刻体验，寻找到能够充分表叙人物独特的生活和生命体验的恰当途径，结构方式

① 陈忠实:《寻找属于自己的句子》，上海文艺出版社，2009 年版，第 9—11 页。
② 陈忠实:《寻找属于自己的句子》，上海文艺出版社，2009 年版，第 43 页。
③ 陈忠实:《寻找属于自己的句子》，上海文艺出版社，2009 年版，第 39 页。

就出现了。这里完成了一个关系的调整，以人物和内容创造结构，而不是以先有的结构框定人物和情节。”[①]

陈忠实在写作《白鹿原》的时候，虽然已经彻底甩开了柳青的手，但是，对于柳青塑造人物的基本观念和具体技巧，他却完全认同和接受。同时，他又发展和丰富了柳青的方法——不再是按照“阶级论”来组织人物关系，塑造人物形象，而是从更宽泛和接近人性真实的“文化”和“心理结构”的角度来观察人物，来分析他们的性格，来组织他们之间的关系，来处理他们的命运和结局，就像陈忠实自己所说的那样：“透视那个时代的地理上的白鹿原和小说《白鹿原》里的各色人物时，从多重角度探索他们丰富的真实的心灵历程。避免重蹈单一的‘剥削压迫，反抗斗争’的老路，而能进入文化心理结构的探寻。”[②]这就意味着他将柳青的局限于一个角落的观察点，移到了足以瞭望全景的高地。这是人性的高地，美学的高地，小说伦理的高地：

> 在之后酝酿构思《白》书的两年时间里，想要形成独立的自己的欲念已经稳固确立，以自己的理解和体验审视那一段历史。但有一点我还舍弃不了，这就是柳青以“人物角度”去写作人物的方法。……描写和叙述都从“人物角度”得以实现，我以为真正的要领在于“人物文化心理”的把握，才获得了描写和叙述的自由。[③]

陈忠实为自己的小说写作找到了有效的方法。他因此获得了写作自由和巨大的成功。他的《白鹿原》最了不起的成就，就是塑造了一些令人印象深刻的人物。这些人物不仅具有传统的典型人物身上鲜明的个性特点，而且，还有丰富的人性内容和文化内涵。

“寻找”是陈忠实这部创作札记的一个贯穿始终的主题。文学上的“寻找”是一个人的孤独的精神之旅。它意味着苦苦的摸索，意味着艰难的努力，意味着承受沉重的焦虑和苦闷。陈忠实的寻找，是具体而切实的，可谓一步一个脚印。没有故作聪明的狡狯，没有自欺欺人的妄为。阅读作品，田园调查，认真研究，这些“笨功夫”极大地成全了他。

---

① 陈忠实:《寻找属于自己的句子》，上海文艺出版社，2009 年版，第 40 页。

② 陈忠实:《寻找属于自己的句子》，上海文艺出版社，2009 年版，第 112 页。

③ 陈忠实:《寻找属于自己的句子》，上海文艺出版社，2009 年版，第 44 页。

陈忠实说:“我向来是以阅读实现创作的试验和突破的。”[1]读书是他获得灵感和进步的重要途径。他读书的范围说不上很广,但读书的态度,却是非常踏实和谦虚的。他绝不像有的作家那样,手拿《百年孤独》,刚读了几页,就废书而笑,以为所谓杰作,不过尔尔,用不着将它全部读完。陈忠实不是这样。他在读书的时候,先把自己内心的傲慢和自负,清扫干净,虚心以待。他把每一本有价值的书都当作教科书来读,因而,几乎能从每一本书里“寻找”到自己所需要的启示和经验。

他读了数量并不算多的历史学著作,其中有《中国近代史》、日本前首相吉田茂所著的《激荡的百年史》、赖肖尔的《日本人》和中国学者所著的《兴起与衰落》。他说,《日本人》这部书让他“惊悚”,也给他提供了思考中国近代史的理性启示:“我在惊悚之后进入这样一种状态,‘所有发生过的重大事件都是这个民族不可逃避的必须要经历的一个历史过程,所以我便从已往的那种为着某个灾难而惋惜的心境或企图不再发生的侥幸心理中跳了出来。’这部书让我了解了明治维新前后的日本,正好作为我理解中国近代史一个绝好的参照;意料不及的意外收获,让我看取历史理解生活的姿态进入理性境界。”而《兴起与衰落》带来的收获也是巨大的:“这是研究以古长安为中心的关中历史的书,尽管历史教科书向每一个读过中学的人普及了长安曾经的几度辉煌,然而作者对这块土地上的兴盛和衰落的透彻理论,也给我认识近代关中的演变注入了活力和心理上的自信。”[2]

当代作家对同时代的同行,通常会表现出两种态度:一种是言不由衷的胡乱吹捧,拿着“伟大”当口香糖一样散发;一种是傲慢的鄙夷和否定,无论面对多么优秀的作家和作品,他们都敢指天画地,不当回事。

但是,陈忠实没有这样的虚与委蛇和鼓脑争头的坏毛病。他很善于向同时代的优秀作家学习。他对柳青的尊敬和崇拜人所共知。他无数次地阅读《创业史》——他跟路遥有可能是阅读这部作品最细致、遍数最多的两个当代作家。他也从王蒙和张炜的作品中读出了美妙的东西,获得了有价值的经验和深刻的启迪。

陈忠实阅读路遥及其作品的态度,最值得称道。

他比路遥年长七岁。一般来讲,中国人是很讲齿序和资历的,屈原在《橘颂》中所说的“年岁虽少,可师长兮”的气度,实不多见。然而,在文学上,陈忠实却颇有韩愈在《师说》中所提倡的“道之所存,师之所存”的修养。他在题为《摧毁与新生》的文章里,细致地记叙了《人生》对自己的影响:“读完时坐在椅子上

---

① 陈忠实:《寻找属于自己的句子》,上海文艺出版社,2009年版,第37页。

② 陈忠实:《寻找属于自己的句子》,上海文艺出版社,2009年版,第36页。

是一种瘫软的感觉，显然不是高加林波折起伏的人生命运对我的影响，而是小说《人生》所创造的完美的艺术境界，对我正高涨的创作激情是一种几乎彻底的摧毁。”[①]陈忠实确实感受到了路遥作品的伟大，难能可贵的是，他敢于将自己的真实感受和所受到的巨大“影响”，坦率地表达出来。如果说，能够感受到“伟大”考验的是眼光和鉴赏力，那么，是否敢将自己的感受用文字表达出来，考验的就是胸怀和人品。

略萨说，小说家的天才的东西，不是以早熟的方式诞生的，“而是要通过漫长的程序、多年的训练和坚持不懈的努力才有可能使之出现。”[②]安德烈·莫洛亚也说过几乎相同的观点：“有些人在色彩和形式上标新立异以寻求出路，以小说的名义写一些可爱的散文诗。然而，真正的小说需要充满经验，这就是为什么年轻的小说家和年老的抒情诗人一样少的原因，也是为什么世上所有伟大的小说都是作家四十岁以后写成的（原因）。”[③]

陈忠实就是这样通过认真的“练笔”，在“恒心加信心的基础上”，逐渐孕育出了自己作为小说家的才能。他的好的小说，都是在四十岁以后写出来的。他的精神上的庄稼，是按照正常的节奏来生长的，要经过春夏的生长，直到深秋季节，才可以成熟和收割。由于他的这种逐渐成长的特点，他的确可以成为青年作家学习的榜样。

在《寻找属于自己的句子》里，陈忠实也介绍了自己的写作态度和写作经验。他像种庄稼一样老实而从容地写作。他的一句座右铭是：“不问收获，但问耕耘。”[④]他在自己的第一本小说集《乡村》后记中说：“农民总是在总结了当年收成的丰歉的原因之后，又满怀希望和信心地去争取下一料庄稼的丰产与优质了，从不因一料收成的多寡而忘乎所以。从这个意义上讲，我争取在而后的学习创作生活中，耕得匀一点，细一点，深一点，争取有更多更好的收获。”[⑤]土地上的劳动，是最诚实的，种瓜得瓜，种豆得豆，流多少汗水，得多少收获。陈忠实以农民对待劳动的态度对待文学写作，既不偷懒，也不投机。他每写一部作品，总是要做很充分的准备，循序渐进，水到渠成，绝不率尔操觚。就像每一料庄稼都有自己播种、耕耘和收获的季节一样，文学写作的文体转换，也有自己的节奏。陈忠实给自己制定了切实有效的写作计划：短篇小说写作的经验积累到一定程度，

---

① 陈忠实：《陈忠实文集》，第9卷，人民文学出版社，2016年版，第56页。

② 马里奥·巴尔加斯·略萨：《给青年小说家的信》，上海译文出版社，2004年版，第12—13页。

③ 安德烈·莫洛亚：《狄更斯传》，山西人民出版社，1984年版，第13页。

④ 陈忠实：《创作感受谈》，陕西人民出版社，1991年版，第100页。

⑤ 陈忠实：《创作感受谈》，陕西人民出版社，1991年版，第98页。

他才开始写中篇小说；计划写够十部中篇小说，再来写长篇小说。《白鹿原》横空出世，让很多人觉得不可思议，无法理解：陈忠实咋可能写出这样的小说？殊不知，小说，尤其是长篇小说，就像大树的生长一样，是在一个又一个年轮的更替中渐渐长大长高的，傥来之物，唾手而得，世间哪有这等好事情？《白鹿原》正是上苍对一个诚实而勤苦的文学劳动者的奖赏。对那些好高骛远，又不肯吃苦的作家来讲，陈忠实对待写作的态度，以及循序而进的写作经验，都是可以取法的榜样。

陈忠实的另外一个塑造人物形象的经验，就是长期酝酿，反复琢磨，烂熟于心，然后，瓜熟蒂落。在开始写之前，他只列一个简单的人物名单，将人物的谱系、人物的社会关系和亲族关系，一目了然地呈现出来。事实上，这些列出来的名单和关系图谱，他也很少翻阅，因为，“人物的这些关系网络和他们之间的恩怨纠葛，乃至生死遭际，早在两年半的反反复复地酝酿和判断过程中烂熟于心了。”①

《白鹿原》写作上的成熟经验，还体现在他对具体的写作技巧、语言风格和叙事方式的成功选择上。陈忠实的后期的写作是高度自觉的写作。除了在汉语的词汇积累和古雅化方面，他力有未逮，其他方面的几乎所有具体的技巧问题，他都成功地解决了。

小说写作首先面临的问题，就是如何处理作者的修辞策略和介入方式。具体地说，就是如何处理人物语言与叙述语言的关系，如何解决描写语言与叙述语言的关系。运用之妙，存乎一心，可以直接拿来的公式化的经验，是没有的。每一个小说家都需要根据面对的具体语境，具体地选择，具体地解决。陈忠实近乎完美地解决了这些问题。

在动笔之前，他连作品的长度都确定了下来。考虑到可读性和市场效果等问题，他决定将自己的长篇小说控制在一卷本四十万字以内，“当市场经济运作的无情而冷硬的杠子横到眼前的时候，我很快就做出决断，只写一部，不超过四十万字。之所以能发生这种断然逆转，主要是对这本书未来市场的考虑，如果有幸顺利出版，读者买一本比买两本会省一半钞票，销量当会好些。”②

要将人物众多、情节复杂的内容纳入四十万字篇幅里，这就要求作家必须选择有概括力的语言风格和叙事方式。陈忠实清楚地知道，那种细致的描写式和展示式语言，显然是不合适的，只有凝练的讲述风格和叙述式语言才能够解

① 陈忠实:《寻找属于自己的句子》，上海文艺出版社，2009年版，第24页。
② 陈忠实:《寻找属于自己的句子》，上海文艺出版社，2009年版，第58页。

决问题：

> 我便重新审视一个个业已酝酿着的人物，重新审视每个重要人物的每一个重大情节和细节，合理性和必要性为审视的尺码，舍弃某些可以舍弃的情节和细节。即使如此，我仍然觉得四十万的字数很难装得下已经难以再做舍弃的内容。这样，我便把自己逼到语言方式这条途径上来。采用叙述语言，也几乎就在此时做出决断。……我已经确定要用叙述语言来表述已经意识和体验到的那一段历史生活内容，或者说必须寻找到和那一段乡村历史生活内容最相称的语言方式，即叙述，而且必须是形象化的叙述。

陈忠实与路遥的小说写作的语言风格和叙事方式，都来自于柳青的经验。柳青的叙事方式是将抒情性与描写性融为一体，将主观化与客观化融为一体，在展开叙述的时候，用的是介入性姿态和主观性的语言，充满强烈的激情，但是，在展开细节描写的时候，他所选择的又是人物视角和客观性语言，充满生动而准确的画面感。路遥更多地继承了柳青的作者介入所谓抒情化的叙事方式，强大的语流里包蕴着巨大的感染力；陈忠实则更多地继承了柳青的站在人物视角展开描写的展示性修辞方式，善于描写细节和风景，善于营造一种充满泥土气息和生活气息的氛围。

现在，陈忠实必须改变自己已经得心应手的小说写作方式。他要选择一种高难度的小说修辞技巧：描写不可少，但不能独立出来，而是要融入叙述语言，从而形成一种合金式的“叙述－描写语言”和“介入－旁观叙事方式”。它既主观，又客观，既是表现，又是再现，既有很强的叙事性，又有很强的画面感。他自己称这种“新的语言形态”为“形象化叙述”①。

人物语言与作者语言如何平衡和融合，也是必须解决的问题。在纯然“描写性展示”的修辞模式中，人物语言是完全可以分离出来进行充分描写的。但是，在“形象化叙述”模式里，人物语言像风景和环境描写一样，也必须被包蕴在叙述语言的语流里。这是一个很有挑战性的叙事方式——如果叙述语言太强势，淹没了人物语言，就容易流于枯燥乏味，但是，如果人物的语言过于泛滥，那么，叙述的流畅性和概括力，就会受到影响。陈忠实对此有准确的判断：“切实地体验了叙述语言的致命之处，不能留下任何干巴巴的交代性文字的痕迹，每一句都要

① 陈忠实：《寻找属于自己的句子》，上海文艺出版社，2009年版，第61页。

实现具体生动的形象化，把纯属语言的趣味渗透其中，才能展示叙述语言独有的内在张力，也才可能不断触发读者对文字的敏感性，引发他读下去直至读完的诱惑力。”①

《白鹿原》的巨大成功，证明陈忠实所选择的修辞方式是非常有效和成功的。他的叙述像一条宽阔而清澈的流水，但是，在这水流的中央，每隔一程，就有一个风景美丽的小岛，岛上草木蓊郁，鸟语花香，景色殊丽。这小岛上的美景，就是那叙述中的描写。

《白鹿原》是小说写作实践的成功，而《寻找属于自己的句子》则详密记录了作者写作过程的经历和经验。将此二者用心对读，我们便可以窥见一个优秀小说家的文心和智慧，可以看见他扎扎实实的写作态度和不断超越自我的不屈不挠的毅力，也可以看见他精神的蛹，怎样在宁静的心态下，通过艰辛的努力，冲破“本本”的厚厚的茧，化为一只美丽的蝴蝶，从而完成了他在文学上的最后一次蝶变。

原发《当代文坛》2017年第6期

① 陈忠实:《寻找属于自己的句子》，上海文艺出版社，2009年版，第61页。

诗性正义与时代景观

——兼论诗歌的现实话语与当代经验

霍俊明

任何人都不拥有这片风景。在地平线上有一种财产无人可以拥有，除非此人的眼睛可以使所有这些部分整合成一体，这个人就是诗人。

——爱默生

社会剧变提供了新的时代景观，新媒体和自媒体催生的诗歌现场正在诗歌生态、内部机制和动力体统上发生着震荡。与此相应，有一个疑问正在加深——物质主义、经济利益、消费阅读的支配法则下诗人应该经由词语建构的世界对谁说话和发声？这与歌德的自传《诗与真》以及西蒙娜·薇依在 1941 年夏天所吁求的作家要对时代的种种不幸负责发生了切实的呼应。

毋庸置疑，诗人通过个人化的历史想象力、求真意志和精神词源在写作中重建“当代经验”和“真实感”，进而承担文字的“诗性正义”是可能的，也是必要的。任何一个时代都有特殊的诗歌“发生学”机制，而时下在不断强化诗人“现实话语”和“当代经验”的吁求中，在诗人与公共空间的互动上，如何把个人的现实经验转变为整体历史经验，如何通过赋形和变形把个体真实通过语言的途径转化为历史的真实就成为诗学和社会学的双重命题。实际上，现实见证的急迫性和诗歌修辞的急迫性几乎是同时到来又具有同等的重要性。

一

“诗与真”或“诗性正义”（poetic justice）在任何时代都在考验着写作者们，尤其是对于莫衷一是、歧见纷生的当代汉语诗歌而言这个话题的讨论更有必要性和紧迫性。这也是进入繁乱的诗歌现场和诗人整体性精神情势的必经入口。

诗人有必要通过甄别、判断、调节、校正、指明和见证来完成涵括了生命经验、时间经验以及社会经验的“诗性正义”。而具体到不同时期的诗歌写作，“诗性正义”因为“当代经验”的变动以及自我能动性而在不断调整与更新，其话语要素和侧重点会有所不同，比如启蒙、人道主义、人性、社会批判、劝诫向善、精神净化、伦理修正、道德化以及反道德化、非道德化等等。当然就诗歌自身的特性而言诗人也并非裁判、公诉人、审判员和调解员，“他不像法官那样裁判，而是像阳光倾注到一个无知者的周围”（惠特曼）。

关于“诗性正义”的理解与写作实践不仅与当下具体的诗歌现象有关，也与诗歌文体认知的差异性有关。比如诗歌作为审美话语的自足性与作为历史话语的社会性，在很多诗人认知那里是二元对立的（体现为唯美遣兴的“隐逸派”与激烈尖锐的“公知派”），而能够予以融合的则非常罕见，“刺入当代生存经验之圈的诗，是具有巨大综合能力的诗，他不仅可以是纯粹自足的、甚至可以把时代的核心命题最大限度地诗化”（陈超）。诗歌在分歧中仍能取得共识，尤其在社会转型的节点上有效地介入公共空间和公共理性与维护诗的自足性、独立性并不是冲突的。诗歌能在“少数人的写作”与“多数人的阅读”之间取得有效平衡。但是当下的写作事实却不容乐观。在一个纷纷“向前”的时代如何来一次驻足、凝视和“转身”的自省？在人人争先恐后赶往时代聚光灯的时候如何在暗处感受幽微的心灵颤动？在人人争相抒写现实的时候诗人如何能够在那些逸出现实的部分找到睽违的隐秘之门？在人们力图给出社会答案的时候那些不可解之物如何成为诗人的精神生活？

诗歌与现实是一种空前复杂的咬合式的互动结构（诗学语言和现实效忠之间的博弈），而非简单的平衡器。当然也存在着类似于卡夫卡所说的“少数文学”极端的写作状况——所有私人的历史直接等同于政治的公众的历史，所有的文学都变成了“人民的事情”。诗人与现实话语、公共空间和当代经验并不是割裂的，优秀的诗人能够将个人视域和现实纹理以及历史褶皱彼此打开、相互激活——诗歌中的个人性与普世性、时效性与长久性、现实（本事）成分与修辞成分并不能断然分开。诗人沉浸于个人经验和私人生活并不能作为回避现实问题和整体历史情势的借口，因此诗歌中的“公共空间”以及涉及的“现实生活”“当代经验”是需要重新厘清和认识的。具体到写作实践，面对公共空间和当代经验诗歌既可以是“当下”的回音壁和拳击式的对冲也可以是面向存在和未来之物的“遥指”。从诗歌的功能来说诗人予以见证也具有必要性，比如米沃什所说的“诗歌是一份擦去原文后重写的羊皮纸文献，如果适当破译，将提供有关其时代的证词”，但是那些暂时逸出、疏离了“现实”的诗歌并非不具有重要性。最关键的是诗歌表达的有效性。诗人在现实面前的“转身”“沉默”也是一种“介入”的态度，“与其这样搁浅在这个国家的中心／我转身向东，顺流而下。／我的心，害羞的混血儿，在漫游／走向裹着盐的沙石轮廓，／它们向前延伸，进入黑暗”（丽塔·达夫《醒》）。

如果只是从诗人的社会责任、正义良知以及对公共空间、现实生活介入的角度理解“诗性正义”，我们都会以杜甫作为表率。与此同时，当下越来越多的诗人正试图重新找回杜甫，把致敬的头颅从西方渐渐转回本土与传统——当然这并非意味着忽视西方诗学资源的重要性。

而当我们必须谈论诗人与现实的关系，我们同样应该注意到杜甫是怎样以诗歌话语的方式抒写了一个属于自己的时代。为什么偏偏是杜甫而非他人被认为是“诗史”，而他的诗歌也被视为是对一个历史阶段最具代表性的呈现？比如我们可以追问，同样是在唐朝生活的杜甫同时代的诗人，他们也深处于动荡的社会现实之中，可是为什么他们没有写出杜甫那样的诗歌？难道他们的诗歌与现实没有关系吗？尤其是在明代，杜甫有那么多的追随者、模仿者，但是那些与彼时现实相关的诗文偏偏被时间公正而无情地淘洗掉了。在不同年代，“向杜甫学习”“反映现实”的呼吁和提醒并不少见，然而却在伦理化的道德论调中简化了诗人与现实的关系，窄化了诗歌的多样化功能。由此，我们就会发现诗人与现实不是简单的对等关系和直线形呈现，而是要远为复杂、多样。而杜甫的诗歌之所以能够呈现出一个时代的景观，关键在于他对社会和世界的认知方式始终是以创造性的诗歌美学（杜甫式的）为前提的。在“迩之事父远之事君”儒家入世思想以及匡时济世的集体心理作用之下，杜甫被认可和赞许的正是体现了自古以来津津乐道的“言志载道”的诗学传统。然而，杜甫的那些“缘情”的诗歌以及逸出了“现实”的诗歌却在很长的历史时期内被淡化和搁置。所以，我们更多的看到的是一个儒家的杜甫、正统的杜甫、政治的杜甫、人民的杜甫、现实的杜甫和沉痛苦吟的杜甫。不可否认，这一“现实”框定下杜甫形象及其“家国情怀”“现实主义”的诗歌成就是卓然的，但是杜甫诗歌的传播史和“解诗学”传统也一定程度上忽视或遮蔽了“另一个杜甫”以及远为复杂和深广的诗歌品质——比如杜甫在诗歌语言、体式、修辞上的巨大创造力，各种题材入诗的融合能力，来自于时代又超越了时代的普世性。“穷困忧黎元，叹息肠内热”“国破山河在，城春草木深”“剑外忽传收蓟北，初闻涕泪满衣裳”的杜甫与“好雨知时节，当春乃发生”“两个黄鹂鸣翠柳，一行白鹭上青天”“黄四娘家花满蹊，千朵万朵压枝低”的杜甫是同一个。

二

当我们一再热议诗歌的社会性、及物性、诗人的责任和现实功能时，却一定程度上忽略了诗歌自身隐秘的构造和自然万有以及精神主体的持续而幽微的震动。更多是习惯了围绕着诗歌的社会功能、政治功效和时代伦理将诗人写作现实作为规定性动作，而故意或不经意地远离了诗歌的核心和诗人的“语言”要义——诗人和作家在语言中创造了一种的新的类似于“外语”的语言。只有深入到诗歌或安静或紧张的核心，你才能发现诗人在那些可感的事物表象和日常经验背后的深层机制。

无论是“诗性正义”“诗性的正义”或者“诗性与正义”，其前提都是“诗性”。由此在略显狭隘的层面把“正义”理解为诗人的社会良知以及责任感的话，那么可靠的途径也只有通过词语、修辞、经验和想象所构成的“诗性”以及诗歌的品质和成色，而非单纯凭借伦理道德以及公共现实预先具有的优先权而僭越了本体意义上的“诗”。而就“诗性”与“正义”平行关系而言，“诗性”也并非就被偷换概念成了“纯诗”“不介入的诗”的说辞。无论是从“诗言志”与“诗缘情”并行发展的诗歌传统，还是从诗人很长时期内作为启蒙者、文化英雄、社会精英和知识分子（尤其是“有机知识分子”）的身份，尤其是在社会的转折点和巨变期，诗歌都有责任通过美善、道义、法度和良知对公众、现实和时代发声或表态——当然前提仍然是“诗性”。诗歌起码不是（不全是）道德栅栏的产物。米沃什在谈论波兰诗歌的现实题材时强调“它是个人和历史的独特融合发生的地方，这意味着使整个社群不胜负荷的众多事件，被一位诗人感知到，并使他以最个人的方式受触动。如此一来诗歌便不再是疏离的”（《废墟与诗歌》）。现实必须内化于语言和诗性。无论是从个人生活还是从时代整体性的公共现实而言，一个诗人都不可能做一个完全的旁观者和自言自语者。尽管“目击道存”非常适合评价当下诗人的写作姿态，唯现实马首是瞻的写作者更不在少数，但是真正将目击现场和时代景观内化于写作的诗人有多少呢？而如何将日常生活中的偶然性现场上升为精神事件则是作家的道义。萧开愚的长诗《内地研究》尽管精神姿态和对社会主题的判断是明确的，比如涉及到时代病灶、民生和生态问题，但这几乎是一首拒绝阅读（包括专业读者）的诗——语言文白驳杂又极其晦涩，各种领域的陌生词语的组装与焊接。空说无凭，有诗为证。可以读读这首诗的开篇部分——

在河南的土壤中埋伏着一台吸尘器。

偏南朝代的屈尊台阁和含悲出没，概被吸收。

疑点尤是漏洞，将阿谀自觉的幽空探测，漩涡到折光不到的蛇管尽头的纸袋。

自从粉红的花生内含平流的黄河，我排遣记性，到乱伦的病毒的渊薮，通过交叉感染，调查所谓开始。

兽性流动和自毁豹变因缘超觉接触，不为未知而发动，为对已知实行清扫。

显然从“诗性正义”的角度考量，《内地研究》是一个失败的文本。诗人不能生活在真空里，处理“当代经验”是必然的，但是现实、空间以及当代经验进入诗歌文本的时候最终呈现出来的是容留性、复合的经验结构——个人经验、现实经验、当代经验以及诗歌经验的融合互见。诗人应该给我们提供洞悉现实的崭新途径，这是“诗性正义”的题中之意。复杂的当代现实乃至整个时代景观需要的并不是单纯的赞美或简单的批判，而是需要诗人“真实”的声音。

考德威尔忧虑于完全脱离了社会的为个人经验所迫的诗人窘境，“直至最后，诗从当初作为整体社会（如在一个原始部落）中的一种必要职能，变成了现今的少数特选人物的奢侈品”（《幻象与现实》）。而近些年来的最重要的关键词就是社会学批评层面的“介入”，甚至倡导介入和及物已经成为可供操作的方向性。上世纪 60 年代萨特所强调的“现在比任何时候都更需要介入”在当下时代又有了强力回响——尽管萨特从语言的特性认为诗歌不适合介入。无论是写作还是阅读以及评价都不能完全避免社会学和伦理化倾向——对诗人在场和社会责任的要求，对诗歌素材、主题的意识形态化的框定，以对诗歌为更多人读懂为要义。以上要求有其适用范围和必要性，但是在诗学与社会学的波动和摇摆中往往是强化了后者而贬抑了前者。由此需要强调诗人处理的公共生活和焦点化现实的前提只能是语言、修辞、技艺和想象力。语言需要刷新，诗歌中的现实也需要刷新。介入、反映或者呈现、表现都必然涉及主体和相关事物的关系。无论诗人是从阅读、经验和现实出发，还是从冥想、超验和玄学的神秘叩问出发，建立于语言和修辞基础上的精神生活的真实性以及层次性才是可供信赖的。当下的很多诗人在涉及到现实和当代经验时立刻变得兴奋莫名，但大体忽略了其潜在的危险。

艾略特曾经将诗歌的声音归为三类：诗人对自己说话或者不针对于其他人的说话，诗人对听众说话，用假托的声音或借助戏剧性人物说话。这些声音在任何一个时代都会同时出现，只不过是其中的一种声音会压过其他声音而成为主导性的声源。具体到近年来的诗歌写作，自我言说和对公众说话几乎是等量齐观的。但是当新闻媒体和自媒体以及相应的纸媒报刊参与其中的时候最终被聚焦和放大并引起广泛注意的并不是那些“个人的声音”，而恰恰是对公众说话的声音。也就是当诗歌离开了本体内部面向更广大的读者群和阅读空间的时候，人们对诗歌的疑问也从未削弱过。与时代景观和诗歌的声音相应，当下数量最大、影响最大而争议也最大的正是“现实之诗”和“公共之诗”。而无论是个人现实还是公共生活，都大抵是在一个个空间、地方和区域之间展开。自然风景和时代景观如何与诗人的眼睛和词语发生关联呢？时代景观最终具体落实到城市、乡村、郊区、城乡结合部、工厂、建筑等公共空间和私人空间。建筑和公共空间尤其能够体现时代的伦理和社会实践，即使是那些自然景物“比如树木、石头、水、动物，以及栖居地，都可以被看成是宗教、心理，或者政治比喻中的符号”（W.J.T. 米切尔）。“地方”“空间”都是存在性体验的结果，“空间”“地方”以及附着其上的传统、伦理、秩序都必然对写作发生影响。这形成了一个时代特有的景观和“当代经验”风景学。甚至在特殊的年代公共空间会成为社会与政治的见证，时代通过特殊的空间构成动态或稳定的“景观”。而时代景观以及牵动人们视线和取景角度的动因、机制甚至权力正是需要诗人来发现——当然也包括摄影家、建筑师以及田野考察和地理勘测者。时代景观（无论是人为景观还是自然风景）显然已经成为一个时代诗人们想象的共同体，尽管个体性格和诗歌风格的差异是明显的。

三

这个时代的诗歌能够提供进一步观照自我精神和社会景观的能力吗？这个时代的诗人具有不同以往的精神生活吗？

当下诗人的精神能力一定程度上需要进行反思，“现在的诗人在精神生活上极不严肃，有如一些风云人物，花花绿绿的猴了，拼命地发诗，争取参加这个那个协会，及早地盼望豢养起声名，邀呼嬉戏，出卖风度，听说译诗就两眼放光，完全倾覆于一个物质与作伪并存的文人世界”（骆一禾）。有那么多疲竭或愤怒的面孔，在他们的诗歌中却没有多少精神深度和思想力量可言。有多少诗人还记得莎士比亚的警告——“没有思想的文字进入不了天堂”。

一定程度上传统意义上的“抒情诗”处理极其复杂的当代经验时确实会显得心有余而力不足，“单一的抒情根植于个别的片段，无法表达出时间的伸展”（丽塔・达夫）。但是，一味“反抒情”“反意象”的结果是诗歌的口语化（还出现了所谓的“后口语”）、叙事性和戏剧化正在成为段子化的市侩气、脑筋急转弯式的媚俗以及道德感的时代叙事。与此同时，诗人的“公共化声音”又一再借助了“底层”“群众”“人民”“草根”“打工”“贱民”“游民”“民生”“生态”“时代”等“大词”强化了写作者的社会身份、责任感以及诗歌的社会功能，而一定程度上忽视了现实和经验的具体性与差异性，“你知道你现在看见了所有的房屋，即使在十九世纪末，它们看上去也都完全一样。然后你认为所有的那些人都出去工作，而他们也都一样。但是，勃朗特告诉你的是，还有那些家庭中的每一个人，都是不同的，他们每一个人都有一个可以讲述的故事”（斯蒂芬・布雷耶）。无论这个时代的诗人在面对整体的时代景观的时候是专注于特写还是更倾心于近景、中景或远景，无论是写作者们虚构、幻想、记忆还是体验、再现、描述、象征或者阐释，无论是持有自然主义、理想主义、文化保守主义还是怀有现实主义、怀疑主义和激进主义，最终都会在修辞学和主题学上编制成一个时代特有的文学语言符号系统。当然并不是说一个时代的诗歌是整齐划一的，而是从现象学的角度而言写作者的精神视域和文本征候往往带有时代的特性。

社会景观在当下“制度性素材”堆砌式的“浅层”写作中多少被庸俗化、世俗化和窄化了，词与物的关系缺少发现性，缺失应有的张力与紧张关系——缺乏反视、内视、互看。陌生之物、熟悉之物、发现之物、神秘之物的“内在性”被晦暗、变动和有限所遮蔽，这需要诗人进一步去蔽。在一个媒介如此开放，每个人都争先恐后表达的时候，差异性的诗歌却越来越少——这既关乎修辞，也与整体性的诗人经验、精神生活和想象能力有关。值得肯定的是诗人与日常生活和社会现实之间的紧密关系使得诗歌的现场感、及物性得到提升，但与此同时诗歌过于明显的题材化、伦理化、道德化和新闻化也使得诗歌的象征和隐喻系统以及相应的思想深度、想象力和诗意提升能力受到挑战。越来越流行的是日常之诗、新闻之诗、时感之诗、物化之诗，而忽视了诗歌的见证要比新闻更可靠。孙文波在90年代认为诗人应该能够从日常事物中发现诗歌，但是当下的写作者更多是局限于物化时代个人一时一地的多见所感，热衷的是“此刻”“及时”“当下”“感官”和“欣快症”，普遍缺乏来自个人又超越个人的超拔能力与普世精神。诗歌正在成为一个个新鲜的碎片，开放时代的局促性写作格局正在形成。

时代景观往往是光明与阴影交叠、圣洁与龃龉的复杂球体，即使是在很多圣地、圣城也并非存在着完备意义上的“神圣风景”。当时代景观和当代经验被写进诗歌中去的时候本应该也是多层次和多向度的，比如中心空间、内空间、外空间、空间的排列、次序等等。而在同一个空间不同物体和事物的关系更为复杂，即使是一个物体就同时具有了亮面、阴影和过渡带，同时具备了冷暖色调。而多层次和差异性的空间正对应于同样具有差异性的观察者、描绘者以及相应的抒写类型。我想到雨果的诗句：我们从来只见事物的一面，/ 另一面是沉浸在可怕的神秘的黑夜里。/ 人类受到的是果而不知道什么是因，/ 所见的一切是短促、徒劳与疾逝。正是从这种直指“地方”“空间”“景观”的视域出发，一些诗人某种程度上打开了“现实”的多层空间。而一种话语的有效性显然关涉“说什么”和“怎么说”。诗人与现实乃至时代的关系最终只能落实为语言，因为合法性是诗学意义上的，“现实”需要在诗歌文本中第二次降临。这是外在现实内化为“现实感”的过程，而非惯性的社会学理论学的阅读和指认。即使是同一个生存空间，不同经历的人呈现出来的感受甚至所看见的事物也是不同的。这是诗人的“现实”，一种语言化的、精神化的、想象性的“真实空间”。同样是面对城市化时代的乡村空间，就出现了差异巨大的赞歌、牧歌、挽歌、悲歌。由农耕文化和田园文化的巨变，我想到的是当年老杜甫晚年在《秋兴八首》中的动情而痛彻的诗句——“从菊两开他日泪，孤舟一系故园心。”在现代性的城市化的去除地方性知识的时代，马尔克斯曾警醒地说出“怀旧总会无视苦难，放大幸福”。而当下的与乡土、乡愁和批判现代性、城市化相关的写作一方面是赞美的怀旧，另一方面也出现了完全批判化的写作。现实生活中的挫败与语言的胜利并不是画对等的。而无论是赞美还是批判，你都有权利进行完全一意孤行的表达和讲述，但是真正的文学显然比这要求更高。与此相应，不容忽视的一个写作事实是当下有很多诗人所处理和呈现的时代景观却过于表层化、现实化和趋同化了。由此，想提请注意的是诗人的责任不仅在于抒写当下时代之物和日常可见之物，更重要的也是更难做到的是把已经消逝的和有限易逝性转换成历史性和永恒性。也就是说诗人更应该具有把可见领域转入不可见领域，在不可见领域中去认识现实的最高秩序的能力。

四

诗人持有一个特殊的取景框，时代景观经由它被放大和聚焦。尤其是新旧时代的转捩点上，在人们纷纷向前的时候，还必须有人通过快速车厢的后视镜看看前一个时代的历史遗留——尽管留下的只是碎片、废墟。新旧现实与相应的体验方式形成的拼贴、错位、共置、混搭必然体现在文本中——混合的、杂交的。这也是写作并不能完全用流行的社会学关键词来涵括的原因。

写作是完成一场场的“精神事件”。由此，写作就是自我和对旁人的“唤醒”，能够唤醒个体之间各不相同的经验。然而，一个新时代的景观很容易快速掠过旧时代的遗迹。由是，诗人除了要具备观察能力、造型能力和赋形能力之外，更为重要的是变形能力——加深和抵达语言的真实。“变形”所最终形成的是寓言之诗，在现实的和精神性的两个文本的“夹缝”中更高层级的真实以及启示由此生发。

寓言之诗，是变形的甚至荒诞的镜像折光，而这抵达的正是语言和情感甚至智性的深层真实。正是得力于这种“变形”能力和“寓言”效果，诗人才能够重新让那些不可见之物得以在词语中现身。近期这方面的代表作是娜夜的《望天》——望天／突然感到仰望点什么的美好／／仰望一朵云也是好的　在古代／云是农业的大事／在今天的甘肃省定西县以北／仍然是无数个村庄／吃饭的事／／而一道闪电／一条彩虹／我在乎它们政治之外的本义／／看啊　那只鸟／多么快／它摆脱悲伤的时间也一定不像人那么长／也不像某段历史那么长／／它侧过了风雨／在辽阔的夕光里／／而那复杂的风云天象／让我在仰望时祈祷：／一个时代的到来会纠正上一个时代的错误。在自然风景和时代景观面前，诗人首先是一个凝视者。而凝视状态在一个加速度的交通网和城市化时代面前变得愈益艰难——茫然、错乱和倏忽的眼神正在取代以往作家们凝视的眼睛。在娜夜的这首诗中同时出现了农业景观、自然景观、现实景观和历史景观，是诗人的眼睛把这些单独的不连贯的部分整合为一个整体——它们互现并彼此激活。这些空间景观的并置、交错最终呈现的是经由诗人个体主体性和现实感以及个人化的历史想象力所凝聚成的精神风景。客观、中性意义上的时代景观经过诗人的重组、过滤、变形而具有了提升能力和综合性品质。显然娜夜的《望天》是一首具有明显的当代经验和介入性的诗，但是又是完备意义上的个人发现和语言再造。这提醒同时代的写作者们，时代景观以及具体的空间、物象都只是诗歌表达的一个媒介，最重要的在于选取的角度和选定的事物是否能成为时代和个人的“深度意象”，从而投射出整个时代的神经和人们的精神面影。

由对时代景观的处理和呈现方式的有效性，还必然注意到另一个同样重要的问题，即写作者对景观和空间的态度——比如认同、赞颂、否定、批判、沉默、不偏不倚。诗人通过时代景观中的“视觉引导物”投射出内心情感的潮汐、时代的晴雨表以及身份认同或者身份焦虑。这让人们思考的是现实中的焦虑、分裂、挫败感、道德丧乱、精神离乱以及丰富的痛苦与写作之间的内在性关系，以及这些精神性的体验是否在文本世界中得以最为充分和完备的体现。社会转捩以及写作语境的变动改变了语言与世界、诗人与社会的关系。从写作者来说，词与物的关联发生了倒置，这甚至是前所未有的——词曾高于物，如今是物取代了词，所以写作的无力感、虚弱、尴尬和分裂成为普遍现象。这种词语无力感或语言的危机如何能够被拯救就成了显豁的写作难题。

塔楼，树，弱音的太阳
构成一片霾中风景
鸟还在奋力飞着
亲人们翻检旧时物件
记忆弯曲，长长的隧道后
故国有另一个早晨
如果一切未走向毁灭，我想
我就要重塑传统和山河

这些诗句出自赵野的《霾中风景》。诗歌既是幽微的心灵世界的复杂呈现，也是时代和社会主潮的揭示。诗人对现实尤其是社会焦点问题和公共事件的关注从未像今天这样强烈而直接。这一定程度上与媒体开放度有关，每天揭开的是新奇性和不可思议的生活现场。而对生存问题的揭示，对生态环境的忧虑，对民生问题的反思正印证了当下最为流行的话——“雾霾时代诗人何为”。诗歌中的“生态写作”正在深化，尤其是涌现的大量的“雾霾诗”都体现了诗人“介入现实”的努力。实际上这是“生活”“现实”必然在诗中的显影和折射——健身器材的木椅上／坐着两个老人／老到没了性别／眯细着眼睛／暖洋洋／晒着霾中的太阳／霾还很年轻／老人已老了很久／不认识霾／向来，他们听凭太阳／不能直视的太阳和斜太阳／黑太阳／橘子太阳和典狱长太阳／向来／他们眯着眼睛／他们心系太阳／似乎，唯如此／才拥有最后的／一丝光线的尊严（宇向《老且霾》）。

时代景观如此复杂，而诗人如何延展、拓宽甚或再造一个语言化的现实是一个重要工程。尤其是在当下“日常之诗”泛滥的情势下，一个诗人如何在日常的面前转到背后去看另一个迥异的空间才显得如此重要。作为诗人必须正视自我认识和体验的有限性和局限性。所以，写作中所处理的事物和现实并不是外加的，而是作为生活方式和精神方式的多种方式的对应，尤其是从空间伦理和社会景观来考察一个诗人的时候更是如此。在分层和多样化的时代景观面前，诗人应该具有“刚刚生长出来的耳朵”的能力。即使是在黑夜里，对于那些一闪而过事物的轻微声响他也能及时监测。在细节甚至更为宏阔的现实面前诗歌同样应该拓展诗的表现范围，而不是受到现实题材和社会主题的限囿。刚刚去世的杰出诗人沃尔科特在《白鹭》一诗中做出了最好的表率。即使看起来是“物象诗”，但实际上却具有更为宽阔的指涉空间和多层次的“诗性正义”，由此我想到了王家新一首诗中迅速跳跃不见的“兔子”——黎明 / 一只在海滩上静静伫立的小野兔？ / 像是在沉思？ / 听见有人来，/ 还侧身向我打量了一下？ / 然后一纵身 / 消失在身后的草甸中？ // 那两只机敏的大耳朵？ / 那黑眼睛 / 那灰褐色的一跃？ // 真对不起？ / 看来它的一生？ / 不只是忙于搬运食粮？ / 它也有从黑暗的庄稼地里出来 / 眺望黎明的第一道光线的时候？（《黎明时分的诗》）。一个时代、一个空间的观察者必须有足够的耐心和足够优异的视力，以凝视的状态“保存细节”。这一细节和个人性能够在瞬间打通整体性的时代景观以及精神大势。尤其要格外留意那些一闪而逝再也不出现的事物，以便维持细节与个人的及物性关联。这样的话人和一棵植物的命运在诗歌那里并没有本质的区别，而是具有同样的“诗性”，而这回复到了真正意义上的“诗性正义”，“人和树面对面站着，各自都带有始初的力量，没有任何关联：两者都没有过去，而谁的未来会更好，则胜负难料，两者机会均等”（布罗茨基《文明的孩子》）。

诗人拓展现实和时代景观的具体方式就是历史的个人化、空间的景观化、现实的寓言化和主题的细节化。写作者不能再单纯依赖现实经验，因为不仅现实经验有一天会枯竭，而且现实经验自身已经变得不可靠。尤其是新媒体和自媒体的交互性使得当前诗人的感受方式趋同、感受能力降低。而当下对“诗人与现实”“诗歌与生活”问题的热度不减的争议使得写作者对“现实”“现实感”的理解发生分歧。日常现实和诗歌中的现实是两回事，诗人所理解的现实也是多层面的，任何执于一端的“现实”都会导致偏狭或道德化的可能。当我们不断谈论与社会景观、现实空间、当代经验相应的诗性正义的时候，我们还要清醒地意识到汉语诗歌的问题并非是个案，而是带有世界性和普遍性。从时代景观和本土空间出发我们会发现还有一个更为广阔更为复杂的全球性的空间结构和时代景观。这都需要诗人以诗歌特有的方式去完成或进一步拓展“诗性正义”的边界。

原发《诗刊》2017 年 6 月上半月刊

思辨的力量

——21 世纪初年军旅非虚构叙事述论

傅逸尘

2015 年，瑞典文学院将诺贝尔文学奖授予白俄罗斯女作家阿列克谢耶维奇。这在世界文坛重新引发了对非虚构写作的关注。阿列克谢耶维奇的获奖，意味着深度发掘历史、时代、社会和人性的非虚构写作，在文学价值和社会意义两方面都得到了高度承认。“非虚构”作为一种舶来的概念，近年来影响力日隆，屡成社会热点，而中国文学评论界对于“非虚构”究竟是一种文体、文类还是文学样式尚存争议。一种接受广泛而有建设性的意见是，我们应以开放的态度来包容“非虚构”这个概念，并在具体的创作实践中不断加以丰富和完善，给中国文学的发展带来新的可能性。

进入 21 世纪以来，军旅非虚构叙事也涌现出很多优秀的作家作品，在众声喧哗的文学生态中突出重围，独树一帜。作为一种兼具真实力量、思想深度与艺术之美的创作形态，军旅非虚构叙事承袭了强大的军旅报告文学传统，在探寻战争历史、介入军旅现实、讲好军旅故事等方面具有独特魅力和文体优势；在直面改革强军、表达时代精神的过程中，亦呈现出不同以往的审美新质，催生了新的题材领域和文学生长点。

从传统的文学期刊、图书出版到电视剧、纪录片、公众号、有声书、网络连载、时尚读物，伴随着网络和新媒体的强势崛起，军旅非虚构叙事的传播途径发生了深刻变化，作品的传播范围和影响力日益扩大；从密切跟踪社会热点到反身潜入战争历史，非虚构叙事杂糅的文体特性极大释放了作家的历史激情和文学想象，历史题材军旅非虚构叙事无论从质量还是数量看，都堪称繁盛。打捞历史细节、重现战场真实、发掘内在经验的写作伦理，丰富深化了读者既有的历史认知；从“写什么”到“怎么写”，从时代报告到跨界写作，作家们更加注重文体实验和叙事策略，小说、散文、随笔、评论等其他文体的叙事手法和语言表达被引入军旅非虚构叙事，突破了传统报告文学的诸种条框和定式，也丰富提升了军旅非虚构作品的美学风格和文学价值；从中短篇幅的及时报告到动辄长篇、超长篇的宏大叙事，军旅非虚构叙事的体量不断增长，长篇化带来了更加丰富的题材吞吐和艺术空间，也考验着作家的文学眼光和思想能力；从传统的文学理想追求到强大的商业逻辑推动，军旅非虚构叙事作为一种优质的“IP”资源，受现实经济利益的影响日渐加深，其审美趣味、叙事方法和接受评价亦不再拘囿于经典、单纯的文学标准。

需要着重指出的是，在价值观念多元碰撞、社会舆论纷繁驳杂的当下，军旅非虚构叙事直面强军兴军征程中激情燃烧的军旅生活现场，且呈现出更加开阔的视野，不但继续细致描绘时代巨变在军营中的影响和波动，还注重从历史中挖掘民族生存与发展最具“痛感”的经验，更把笔触伸展到了整个民族、国家的历史性巨变的脉搏上；军旅非虚构作家秉承高度的社会责任感，在文学观念、价值判断、叙事立场等层面坚守“中锋正笔”和“正面强攻”的写作伦理，持续传达主流价值观，勉力弘扬时代主旋律。

“大历史观”与“内在经验”

进入21世纪，历史题材军旅非虚构叙事不仅数量众多，而且质量上乘，涌现出了王树增的《朝鲜战争》《解放战争》《长征》、彭荆风的《解放大西南》《挥戈落日——中国远征军滇西大战》《旌旗万里——中国远征军在缅印》、金一南的《苦难辉煌》、余戈的《1944：松山战役笔记》、丁晓平的《另一半二战史：1945·大国博弈》、程雪莉的《寻找平山团》、卜谷的《为毛泽覃守灵的红军妹》等一大批优秀作品。这些作品不再受历史成见和思维定式的规限，而是以当代人的眼光重返历史现场，发现民间记忆，重建历史真实，观照当下存在，整体上呈现出更加客观理性、且独具作者风格和思辨立场的“大历史观”。

丁晓平是一个当下意识很强的作家，他的历史题材创作，往往有着强烈的现实关照。2015年，在中国人民纪念抗日战争暨世界反法西斯战争胜利七十周年之际，他推出了《另一半二战史：1945·大国博弈》。作品的成功之处在于搭建起了一个“交流”“对话”的平台，使得各个政治势力之间能够在同一历史场域和精神时空中“互见”。而这种“互见”的“大历史观”，恰恰是中国“抗战文学”极为稀缺的。以往那种二元对立的抗战叙事在进行政治宣教和迎合民族心理时是有效的，但这种以自我为中心的思维方式往往会遮蔽历史的丰富和驳杂，进而阻断各方进行对话和交流的可能性。马丁·布伯所谓“独白的生命”向“对话的生命”的转化，在考察历史题材军旅非虚构叙事时便具有了特殊的意味。在《另一半二战史：1945·大国博弈》中，不同历史记忆、情感立场、价值判断缠绕交织，各利益攸关方的视角、文化、思维、情感、行为融合碰撞，共同构成了一幅全景和动态的历史画卷。可以说，最大限度地追求对历史叙事的可交流性和可理解性构成了这部作品极为显明的文本特色和写作伦理。丁晓平站在今天的立场和视角回望二战历史，试图以大国眼光、世界胸怀，透析战争与政治的关系，更加全面地认知历史的本质。历史写作的最高境界正在于吸取人类历史的智慧，化间接经验为直接经验，以大历史的深度和大战略的高度切入历史的细节，盘点得失，还原真相，照亮现实。

历史时空对于当下的作家而言，存在着一道不易穿透的“隔膜”。作家们往往执着于对“外在经验”的铺展，停留在事相的表层和故事本身的起承转合，对题材、结构、叙事策略、人物形象等层面的横向拓展屡有收获，而对人的心灵、情感、日常生活、生命存在等“内在经验”的纵向掘进却严重不足。没有强大的思想能力，没有痛切的生命经验，没有深厚的情感融入，没有充分的知识准备，便很难走进历史的深处与细部，更难触及人物的心灵与精神。

程雪莉的《寻找平山团》便是一种深植于“内在经验”的本土叙事。她对平山地域的自然地理、人文历史、风物民情、乡村传统的熟稔是基于广泛深入的实地走访和耐心细致的田野调查。更为可贵的是，作家在对这片红色沃土上的生存经验与生命情态的精准描摹与深刻思辨中，试图找寻并复现那些湮没在历史进程中的鲜活动人的故事和元气淋漓的生命，进而揭示出“平山团”赖以存在和延续的精神传统。以散文的笔法来写作纪实文学，程雪莉的行文富于节奏的变化，讲究文字的韵味和画面感。《寻找平山团》是由一个个独立成篇的故事所组成，每一篇都附带作者的采访手记。这种作者主观视角、情感立场、思想观点的介入，使得程雪莉笔下的革命历史不夸饰、不隔膜，氤氲着一层生活的烟火气，充盈着生命的热力与温度。作者对当地风物掌故、风土人情、生活习惯的熟稔渗透沉淀于字里行间，精彩而动人的细节俯拾皆是。我们既会为战士牺牲前的那声呼喊“娘，给俺捎一双新鞋”而悲伤，亦会为“子弟兵的母亲”戎冠秀送了当兵后，独自一人在皋上前仰后合的哭喊而震撼……“太行山上铁的子弟兵”的故事堪称传奇，然而程雪莉的叙事重点却并非编织传奇的故事。她笔下的历史没有波谲云诡、雄浑壮丽的宏阔气质，有的是具体而微的日常生活场景和鲜活独异的个体生命。她试图从有限的历史信息中拼接建构起属于平山团的真实的时代图景，试图从后人们只言片语的传说中勾勒出这些革命先烈的举止样貌。那些美好的名字、青春的躯体，最终幻化为烈士墓碑上的一行简短文字。被湮没忘却的历史在后辈的眼中熟悉却陌生、在场却缺席。找寻与建构历史的过程唤醒了作者的儿时记忆，接续起家族的革命血脉，也生发出巨大的精神力量。因而说《寻找平山团》先在地便具有历史和文学的双重价值。

“长征”作为中国革命历史画卷中最为波澜壮阔、惊心动魄的一页，其宏阔复杂的战争场面、波谲云诡的政治较量、漫长错综的历史进程，对任何一位企图接近她的作家都不能不说是一种严峻的考验，尤其是全景式的客观再现，更是难以想象的。作家的视野与耐力当然是一个重要方面，更重要的是审视历史的思想与哲学的高度，对王树增而言，这才是他真正的“难度”。还原历史的意义不可否认，但历史对现实的启示才是这类题材作品的真正价值。站在新的起点回望来路，八十年前中国共产党人所走过的艰苦卓绝的“长征”与当下中国改革发展的进程无疑在诸多意义上达成了同构关系。尤其是在新世纪新阶段，当国家与民族整体性地进入以经济发展为核心的新一轮征途时，以当下视角重新开掘并整合历史资源，从中寻找支撑人们前进的理想和精神动力便显得更加重要。王树增笔下的“长征”，没有满足于或者停留在对历史的还原乃至重述，而是以人类学和政治学的双重视角，以全球化、全人类的普世情感和精神伦理为依托，以挖掘整理思想史脉络的科学态度，在人类文明发展的大的时空范畴中探寻“长征”这一中国历史上的重要事件，在当下精神文化语境中的价值与意义，为更广泛的读者全面而生动地认识和感受“长征”提供了新的观察视角和认识平台。王树增按照编年顺序，以长征过程中的重大历史事件为经线，以四支红军主力部队的各自遭遇为纬线，编织出了一张涵盖长征全过程的历史巨网，呈现出一幅全景、立体、交叉、动态的“大历史”画卷，力图揭示隐藏在史实表象下的历史本质、规律和运行趋势。

与“大历史观”相呼应，《长征》体现出作者极为强烈的“史诗欲望”，诗的美感和史的深度是作者自觉追求的写作风格。王树增并未因历史材料的繁杂和思想主题的宏大而忽略对艺术个性的张扬和文学性的建构，而是极力使“文学”尽可能多地溢出“历史”和“政治”的荫蔽，以独特的跨文体方式，精心进行语言打磨和情境营造，使作品更具文学的张力与灵性。王树增运用了小说的描写与叙述、散文的铺陈、诗歌的直觉与意象、评论的理性分析等等文学手段，使得作品在整体风格上呈现出强烈的个性魅力和丰饶的审美意蕴。在这里，文学与历史达成了完美的遇合，王树增建构雄浑宏大、悲壮优美的长征史诗的诉求也得以实现。

没有“内在经验”的建立，文学就没有“存在”的维度，文学就会成为平面的文学。从这个意义上说，一部作品是否具有精神的追问和对存在意义的呼唤，其境界是大不相同的。在《为毛泽覃守灵的红军妹》中，卜谷通过红军女战士张桂清为毛泽东胞弟毛泽覃守灵七十七年的风雨历程，以敏锐却不失温情的笔触描摹勾勒出一个普通的革命者矢志不渝的心灵史，更深刻揭示出支撑着这个柔弱女子如椽如梁的精神结构，生动诠释了信仰的力量。

卜谷拖着残疾的右腿行走于赣南苏区的深山孤村，六年间九易其稿，其用生命执着守望红色历史现场的写作精神令人感喟。作品呈现出人的内心深处极为隐秘而又细微的经验，对战争与生命、与生活、与生存的关系等极富存在感的哲学命题进行了深入甚至于严苛的探寻与思辨；将人心的坚韧、人性的高贵、信仰的坚定置于风雨如磐的革命历史背景之中，书写得真实感人、摇曳多姿。数十年生死两茫茫，一辈子造化最断肠。张桂清老人的情感世界既是隐秘而复杂的，也是单纯而澄澈的，这是只有经历了那个年代生与死考验和有着相当生命历练的人心才能真切理解与体察的。而站在现实此岸的作者卜谷用他饱蘸心血和情感的强健笔力，建构起了由“内在经验”“内在的人”所构成的繁复且丰饶的文学时空，再一次印证了在当今有些喧嚣躁动的文学语境中，“精神叙事”“灵魂写作”的价值和意义。

钱穆先生在《国史大纲》一书的开头，劝告我们要对本国的历史略有所知：“所谓对其本国以往历史略有所知者，尤必附随一种对本国以往历史之温情与敬意。”[①]历史研究要持守一种温情与敬意的态度，文学写作何尝不是如此？作家对尘封的历史事件和逝去的历史人物既需要记叙、描绘，也要反思、批判，然而无论持有何种价值判断，对历史本身怀有温情和敬意应该是最基本的立场，这样才能获得公正的理解世界的视角，才能富于建设性地再现或重建历史场景，历史叙事也才能够对当下社会和现实人生有所镜鉴与启迪。

守望“现场”与仰望“星空”

文学与时代都是极其复杂的存在，两者在思想与精神上并不是一种同构与同质的关系。文学若要与时代同步，甚或走在时代的前面，便要“先立其大”，以一种大方大正的理想、情怀、精神、气魄，把文学从低迷、小我的趣味里解放出

① 钱穆:《国史大纲》，商务印书馆，1996年，第1页。

来。然而，1990 年代以降，当代作家在处理历史题材时，过多地采取了颠覆和戏仿的叙事策略。导致很多作品中的历史事件既无从证明，亦无法证伪。偏激错位的观念、虚无主义的思想、诡谲浪漫的传奇、天马行空的想象甚至于胡编乱造的故事开始大行其道，充斥其间的是消费主义的欲望宣泄和奇观展示。

无论是回望历史，还是聚焦现实，军旅非虚构叙事所反拨的恰恰是这种虚无、错位的思想立场和文学观念。军旅非虚构作家关注和书写的题材往往都是比较“大”的——大历史、大时代、大人物、大事件。“大”并不一定意味着粗疏和空洞，“立其大者”的意思，是要从大处找问题、寻路径，把散佚于虚无时代里的精神力量整合并释放出来，只有这样，中国当代文学的嬗变才会呈现出大格局、大气象。作为军旅非虚构叙事的重要一翼，现实题材军旅非虚构叙事，因其密切跟踪当代军营和军人生活的新变，深刻洞悉社会文化心理转型，经由对重大历史事件和社会热点问题的生动描摹与深度透视，展现出军旅非虚构作家强大的思辨力量，真诚的文学态度和崇高的精神立场；而守望生活现场，介入军旅现实，塑造新一代高素质军人形象，记录强军兴军伟大征程，始终是军旅非虚构作家的职责与追求。

党益民在二十多年间四十多次入藏，将西藏作为灵魂栖居地与写作主阵地，用心灵和生命感悟记录驻藏武警官兵无私奉献、勇于牺牲的伟大精神，先后创作出《川藏线上生死劫》《用胸膛行走西藏》《守望天山》等震撼人心的纪实佳作。在《用胸膛行走西藏》中，党益民用生命和激情，更用心灵和信仰体验着西藏武警交通官兵们无私奉献、勇于牺牲的特殊“存在”，一句“用胸膛行走”，足以体现其真诚而虔敬的创作态度。《守望天山》通过作者手记与相关当事人讲述实录，书写了老兵陈俊贵出于对牺牲战友的感恩之情、转业后自愿放弃平静安逸的生活重返遥远天山，在物质和精神生活濒于赤贫的艰苦状态中，执着为战友守墓二十四年的感人故事。这两部作品，前者树立了一个和平环境下，用年轻生命、高尚灵魂捍卫军人信仰的英雄集体；后者塑造了一种永不褪色的老兵精神、一个不着军装却又闪耀着人性光芒的军人形象。

党益民凭借着富于痛感的生命和心灵体验再现了生活的原生状态，每一次采访过程都更像是一次精神和灵魂的还乡之旅。作者深入到官兵们的生活和心灵的细微处，去探寻现实生活的平淡与常态对于个体生命的朴素但却丰饶的意义，由此反衬出“生存”的严酷和信仰的坚实。在与官兵们的一次次心灵对话中，作者捕捉到了被英雄光环和豪情壮志所遮蔽的平淡但却真切的生命细节，由此完成了将特殊“存在”与生活常态的对接，深化了爱国主义、英雄主义和理想主义的现实意义和时代内涵。党益民的文字是用双脚走出来的，他凭借着军人的责任感、使命感和顽强毅力，一次次地完成了身体与精神高度统一的“有难度的写作”。与之相类似，姜安的《三十七孔窑洞与红色中国》也体现了“身入生活现场，真诚面对生活”的作家立场。作家通过亲身走访、体验直抵生活真实的存在之境，触及到重大而深刻的历史与现实问题，并做出了深沉而富于痛感的观察和思考。在我看来，对生活“现场”的执着守望正是军旅非虚构作家最可宝贵的写作伦理。

新世纪新阶段，遂行多样化军事任务成为我军核心军事能力的重要体现，特别是在抗洪抢险、抗震救灾、护航维和、跨国军演等非战争军事行动中，都会看到军旅非虚构作家的身影。他们亲赴一线，亲历感动而创作出了一大批优秀作品，自信、坚强、英勇、无私……美好的情愫和人性的光芒经由现实题材军旅非虚构作品而传播得更远、更久。

2008 年发生的汶川地震，曾经掀起了一轮“地震纪实文学潮”。军旅作家创作出《遍地英雄》《在天府的苍穹反复吟唱》《万里长空》《大国不屈》《英雄唐家山》《跨战区行动》《惊天动地战汶川》等非虚构作品。其中，李鸣生的《震中在人心》作为表现大地震题材的感人力作，一举获得第五届鲁迅文学奖。作品着意反思灾难带给人心、人性、人情的破坏和影响，在“灾难报告”这样的主旋律写作中实现了个性、深刻、有价值的叙事。李鸣生第一时间赶赴震中，迎着飞石，冒着生命危险采访，不仅摄取了抗震救灾的感人场面，而且更真切地悲悯人类生命所蒙受的重创，反思与灾害同时发生的某些存在，以直面现实的精神勇气和穿越生活的文学目光，“用镜头定格真相，让文字留下思考”。从上述作品中可以看到，责任感与使命感不但赋予了军旅非虚构作家对现实敏锐的艺术感受力，也赋予了他们勇往直前、不畏艰险的战斗精神。

在“正面强攻”当代革命军人的生存状态、心灵世界和崇高精神，进行着贴近现实、贴近军营、贴近官兵的“低纬度叙事”的基础上，军旅非虚构作家还同时聚焦科技强军的壮阔历程，将关注的目光投射在“仰望星空”的“高海拔写作”上。当文学与科技相遇，我们的脑海里，或许还会闪现出徐迟的经典名篇《哥德巴赫猜想》。年轻数学家陈景润勇攀科学高峰的故事，不仅印证了科学春天的到来，也感染激励了几代年轻人以科学为志业的奋斗青春。

2016 年 5 月，习主席在全国科技创新大会上强调指出，要把科技创新摆在更加重要位置，吹响建设世界科技强国的号角。对军队而言，军事科技攸关前途命运，影响战争胜负。强军兴军征途上，军事科技的地位作用将更加凸显。作为一种特定题材，军事科技事业所蕴含的诸如国家利益、民族精神、战略博弈、哲学思辨、战争形态、武器装备等等元素，始终是军旅非虚构叙事浓墨重彩的书写内容和表现对象。文学叙事的跳荡激情与科技研究的严谨沉静间，宛若隔着一条亟待沟通和跨越的鸿沟。直面军事科技，对作家来说意味着新鲜的经验、写作的难度和未知的挑战，带给读者的是惊爆眼球的科技知识、震撼心灵的精神追求、感人肺腑的命运故事。

李鸣生的“航天文学”创作——《飞向太空港》《澳星风险发射》《走出地球村》《远征三万六》《中国长征号》《千古一梦》《发射将军》堪称军事科技题材非虚构叙事的代表。李鸣生始终将中国人的飞天梦想和人类文明对宇宙空间的探索精神紧密相连，注重从哲学思辨的角度，分析航天事业的价值、意义，从民族心理和文化的层面建构中国人的飞天梦。对中国航天事业发展过程中的几个重大阶段，李鸣生都做出了精到的概括和剖析，将航天事业与中国半个多世纪以来的政治、经济、军事、思想、文化的发展融为一体，在不断变化的时代背景中把握航天事业的动态图景。

军事科技题材非虚构叙事之所以长期存续，除了其所依托和反映的生活内容有较为独特而固定的边界之外，也必定在话语形式、审美风格、思想资源等方面与众不同。而“航天文学”之所以能长久地吸引作家书写、读者阅读，其魅力关乎思想、源于精神。与我们所居住的大地相对应，人类头顶那片广袤而幽深的星空，既印证着物理时空的辽远无际，也标示着哲学世界的精神彼岸。人类关于生命、世界、时空、未来等的终极思考，都指向了那片令人迷醉、困惑且充斥着危险、未知的宇宙空间。“航天文学”所关照的对象和我们的现实生活、日常经验拉开了一定距离，叙事的过程需要对晦涩的知识、高深的科技进行有效的文学性转化，并且需要体现出作家独特而深刻的思辨。作家不是哲学家，但作家若是没有哲学的滋养是很难成为文学大家的。在特定的意义上说，文学最深刻的力量所在，就是对人的精神存在的思辨，对人的心灵世界的叩问和对生活表象的超越。在李鸣生看来，辽远的太空除了浩瀚寂寥之外，更隐藏着诸如天道人伦、生命存在等等哲学甚或宗教层面的终极意义；人类恢弘壮丽的航天事业与个体独异幽微的生命经验之间，蕴含着丰富广博的文学可能与厚重驳杂的精神空间，需要作家持之以恒地追问、发现并做出置身时代前沿的思考。因之，以个性锐利的价值判断因应混沌未名的时代主潮，提供对历史、对现实富于穿透力和超越性的思想智识，便成为李鸣生孜孜以求并坚定执守的写作伦理。

美国著名汉学家夏志清有一个说法:“现代的中国作家普遍存在着一种感时忧国的精神。他们非常感怀中国的问题，能无情地刻画中国的黑暗与腐败，着力于以文学来拯救时世、改善中国民生，重建人的尊严，但恰恰是这种过于强烈的道义上的使命感，过多的爱国热情，使得中国作家未能获得更为宽广的精神视野，以至于整个现代文学当中，真正有成就的作家屈指可数。”[①]夏志清的观点虽然尖刻，但也道出了中国文学一直以来较为稀缺的一种写作向度：即既要批判让中国人的灵魂匍匐在地的历史，更要探寻一种具备统摄和整合力量的精神资源，呼唤一重能够俯视众生、拔擢精神的“理想视角”。李鸣生的军旅生涯始于发射场，十五年的发射场生活，使他比一般人更有条件仰望星空，使他有机会伴着火箭的一次次升腾跳到地球之外对我们生存的地球进行立体的思索，从而获得了一重新的审视世界的角度。

寻获了高远的理想视角还不等同于攀上了文学的高峰，高蹈的精神和灵魂恰恰需要弥漫着烟火气息的日常生活来承载。从这个意义上说，一个作家也好，一部作品也好，其所以成功的因素有很多，但都脱离不开他所描绘的生活的质地。是否真实，是否厚重，是否艺术化地还原了人生存的本真状态，这对作家是一种根本性的检验。

《千古一梦》是李鸣生“航天七部曲”的第六部，在规模上更宏阔，时间跨度更大，生活的覆盖面更宽，是第一部对中国半个世纪载人航天事业进行全景式描摹的作品。这部作品调动了作家多年积累的写作资源，体现了作家坚实的生活和采访基础，以及对宏大叙事与崇高的信仰，对人类探索宇宙这一伟大而壮丽事业的哲学思辨，对高科技题材与文学性之间进行有效转化的艺术匠心——这一切无疑使得这部作品成为21世纪初年非虚构叙事的重要收获。载人航天事业是人类有史以来最为宏大、最为复杂、涉及面最广的科技事业。面对如此浩繁的生活层面和人物事件，如何理清历史的发展脉络，充分展现出中国载人航天发展的各个历史阶段的真实状态，还不能流于表面，变成大事记和流水账，其写作的难度可想而知。大到宏观的尖端设计、高层决策，小到人物的性格、形象、心理、情感、故事、细节，这对作家对这一题材领域生活的熟悉程度和素材、写作资源的积累都是重大的考验，是否真正沉入载人航天事业的历史与现实的深处，是否真正深入到中国航天人的生命、情感、精神，能否形象、深入、生动地展现出中国航天人的豪情和本质是作品成败的根本所在。从《千古一梦》中，我感受到的是扑面而来的生活气息，是强烈的现场感，是与中国航天事业近距离接触的心灵碰撞。

《千古一梦》在“务虚”和“务实”两个向度上也体现出作家独特而深入的思考。“务虚”层面：始终将中国人的飞天梦想和人类文明对宇宙空间的探索精神紧密相连，注重从哲学思辨的角度，分析阐扬航天事业的价值、意义，从民族心理和文化精神的层面建构中国人的飞天之梦；“务实”层面则体现在，在中国载人

---

① 夏志清：《中国现代小说史》，刘绍铭等译，香港中文大学出版社，2001年，第461页。

航天发展过程中的几个重大的关口，作家都做出了独到而深入的思考，而且条分缕析，结合着对出现的问题进行总结概括和富于个人创见性的剖析，如对“文革”期间“左倾”政治对刚刚起步的载人航天事业的影响，以及1990年代载人航天工程重新起步之际，市场经济转型对航天人、对航天事业产生的巨大冲击，从而将载人航天事业与中国半个世纪以来的政治、经济、军事、思想、文化的发展大势紧密地融为一体，在不断变化的时代背景中把握载人航天事业的动态图景，体现出作家强大的哲学思辨力和思想穿透力。

军事科技是处于当代科学技术最前沿、具有知识密集型特点的新技术，其本质特点就是“高”和“新”。因为“高”“新”，它有着显著的超前性，远离人们日常生活视野，对于绝大部分读者，它显得陌生且艰深。因而，科普，就成为军事科技题材非虚构叙事的题中应有之意。同样是聚焦军事科技，龚盛辉、曾凡解创作的反映国防科技大学超算技术团队事迹的作品《决战崛起——中国超算强国之路》，更加注重将艰深晦涩的科技内容转化为好看可读的传奇故事。

为了实现这一创作意图，作家跨越了两道“坎儿”：一是钻研高科技，理解题材涉及的科技内容，领会其价值意义，让“内行觉得不是外行、外行感到是内行”；二是在高深艰涩的科技属性与通俗易懂、生动形象的文学要求之间架设一座桥梁，让受众得以走进军事科技的“深闺”，识其面目，解其情怀。《决战崛起——中国超算强国之路》把超算技术与我国“两弹一星”等重大国防工程建设相对照、与世界强国在超算领域的竞争角逐相联结，把我国六十年超算技术发展史，写成了波澜壮阔的我军现代化建设史的缩影，演变为中、美、日在超算领域的一场殊死决战，以文学语言转译科技密码，化艰深为传奇、化抽象为形象、化乏味为有趣，增强了作品的史诗性、传奇性和可读性。

当前，在世界范围内，“非虚构”写作理念已经深入人心，整体态势蔚为壮观。置身激变时代渴求深度解读、媒体竞争带来阅读危机、传统文学受到质疑冲击的文化语境，非虚构叙事亦面临着诸多挑战。一个最大的现实问题在于，“消费”和“娱乐”已经成为当下人们生活的主流观念，它在带给人们愉悦的同时，也在挤压着人们的思想与情感空间，零度叙事不再是作家的一种文学表达策略，而是现实生活的一种真实呈现。人们对某一领域或事件的关注往往是即时性的，一过性的，不管多么重大的事件，往往今天还是万人空巷，明日就关注者寥寥。在这样的社会文化背景里，非虚构作家面临着时间与空间的双重压力。采访要快、写作要快、出版要快，甚至于跑马圈地也在所难免。很多非虚构作品，尽管敏锐地捕捉到一个好的题材却来不及思考与沉淀，甚至也谈不到有什么精巧细腻的艺术构思、对语言的锤炼打磨，更遑论诗性与审美价值，这样的作品沦为文化快餐也就不让人感到惊讶。

一个作家的视野有多大，决定了他笔下的人物能够走多远；作家站得高，他塑造的人物就看得远。生活考验着文学，变动不居的时代对作家的知识储备和经验积累提出了更高要求，与此同时，他还需要强大的思辨力量。而生活经验的缺失与思辨能力的匮乏往往是互为表里的，不了解生活，写作就没有血肉；没有思想，作品就没有灵魂。一个作家要超越复杂的事相说起来容易，实际上太难。从这个意义上说，军旅非虚构作家必须要为自己搭建起有思想资源作为支撑的对话场域，才有可能与广阔的时代、社会对话，与具象的生活、生命对话，与高远的灵魂、信仰对话。

原发《东吴学术》2017 年第 2 期

中国转向外在：论刘慈欣科幻小说的文学史意义

李广益

自从《三体》赢得雨果奖和世界声誉，文化界和学术界都对刘慈欣及其科幻创作产生了越来越浓厚的兴趣。正在经典化的《三体》三部曲不仅是刘慈欣个人的杰作，也是中国科幻文学自上世纪 90 年代中期复兴以来最重要的收获；在此之外，更有敏锐的学者指出，相对于狭隘琐碎的当代主流文学，刘慈欣的科幻创作体现了“重建整体性”的雄心。然而，刘慈欣科幻小说的独特性及其在文学史上的意义，仅仅放在新世纪以来的文学发展图景中，尚不足以彰显。借由刘慈欣科幻小说的特征，反观 20 世纪初以来中国现代文学发展变迁的历程，我们在过去的文学史研究中所忽略或轻视的、主要由科幻小说等边缘文类所承担的重要面向，便会在新的历史视野中浮出水面。

一

近代之前，除了宗教、志怪题材的书写，和一些出使纪行的诗作，中国文学的表现对象较少越过本土的疆界。不多的几部笔走异域的名著，如《山海经》《西游记》《镜花缘》，也往往将赤县神州之外的地方写成充斥着奇风异俗、珍禽怪兽乃至神魔鬼怪的异质空间。只有在经历了晚清“开眼看世界”的知识和观念更新后，对中国之外的广阔世界进行写实的文学呈现和世俗的文学想象才成为一种潮流。较之繁盛一时但却具有精英属性的海外游记，晚清小说书写世界的热情更具有指征意义。1902 年，刊登在《新民丛报》第十四号上的广告《中国唯一之文学报〈新小说〉》，列出了这本即将引领“小说界革命”的刊物拟刊载的十五种文类。在“政治小说”的标题下，梁启超给出了《新中国未来记》

的内容概要：

> 此书起笔于义和团事变，叙至今后五十年止。全用梦幻倒影之法，而叙述皆用史笔，一若实有其人，实有其事者焉。其结构，先于南方有一省独立，举国豪杰同心协助之，建设共和立宪完全之政府，与全球各国结平等之约，通商修好。数年之后，各省皆应之，群起独立，为共和政府者四五。复以诸豪杰之尽瘁，合为一联邦大共和国。东三省亦改为一立宪君主国，未几亦加入联邦。举国国民，戮力一心，从事于殖产兴业，文学之盛，国力之富，冠绝全球。寻以西藏、蒙古主权问题与俄罗斯开战端，用外交手段联结英、美、日三国，大破俄军。复有民间志士，以私人资格暗助俄罗斯虚无党，覆其专制政府。最后因英、美、荷兰诸国殖民地虐待黄人问题，几酿成人种战争，欧美各国合纵以谋我，黄种诸国连横以应之，中国为主盟，协同日本、菲律宾等国，互整军备。战端将破裂，匈加利人出而调停，其事乃解。卒在中国京师开一万国平和会议，中国宰相为议长，议定黄白两种人权利平等、互相亲睦种种条款，而此书亦以结局焉。①

尽管《新中国未来记》最终只写了五回就戛然而止，内中并没有这等大开大合的战略博弈，梁启超的狂想却显示了不容忽视的文学新变。“中国”不再是“天下”的同义或近义词，而成为“万国”的一员，与其他国家（相当一部分比中国更加强大）共同构成纷争的世界。而对这个春秋战国般群雄逐鹿的世界进行想象和书写，成为小说和文学的当务之急。遍观梁氏开列的文类，除政治小说外，哲理科学小说、军事小说、冒险小说乃至历史小说都是在“世界大舞台”上展开的故事。沿此思路，《新小说》第一号上出现了《新中国未来记》《海底旅行》《世界末日记》等多种具有世界视野的创作或译作；受此影响，晚清的小说家们纷纷展开了世界尺度的想象。碧荷馆主人先后出版的《黄金世界》（1907）、《新纪元》（1908），就内容来看，后者脱胎于《新中国未来记》概要，前者的灵感则来自于同一份广告上的《新桃源》（一名《海外新中国》）概要。其他“向外看”的作品，如《新年梦》《新石头记》《新野叟曝言》《电世界》等，亦多受《新中国未来记》启发。国事日蹇，文学家们却热烈地想象着强大起来的中国如何重塑世界秩序，这里面除了进化论与大同理想相结合的乌托邦精神，天朝上国心态的残留也发挥

① 《中国唯一之文学报〈新小说〉》，《新民丛报》第十四号，1902年8月18日。

了相当的作用。

这种“转向外在”的文学趋势在民国初年遭受了严重挫折。政局动荡、军阀当国的惨淡现实，让许多曾经对立宪改制寄予厚望的人陷入沉默甚至颓唐。一些报人作家转向娱乐市民的写作，而观照世界的文学写作只在无政府主义乌托邦中得到了延续。[①]新文化运动兴起后，内省的、自我批判的思想倾向表现在文学中便是对国民生活与精神的审视。无论是写乡土，还是写自我，五四时期的文学都转向了中国的内在。尽管周作人提倡“个人主义的人间本位主义”，“顾虑人类共同的运命”，但也说，“偶有创作，自然偏于见闻较确的中国一方面”。[②]这不能简单地归因于现实主义的取向。说到底，这个时期的知识分子，无论是成名学者，还是初出茅庐的青年学生，都侧重于民族国家从个体到整体的内在建设。中国现代文学从一开始就深受外国影响，同时也不乏异域书写。这些关于异国的文字里面，既有《赤都心史》《欧游杂记》《椰子和榴莲》等游记，也有《沉沦》《二马》《南行记》等小说。但这些作品若不是往复于中国人自己的苦痛和忧思，便是像徐訏、无名氏那样，将异域作为浪漫传奇的背景。真正具备世界格局和视野的，大概除了老舍的《小坡的生日》，唯有巴金的《亡命》等异域小说[③]。在民族危机深重的岁月，只有巴金这样的信仰坚定的无政府主义者，才能摆脱救亡图存的时代主题，蔑视一切种族、民族、国家和地方的区隔，真正身体力行周作人所说的，“我只承认大的方面有人类，小的方面有我，是真实的”[④]，并把谭嗣同早在《仁学》中便憧憬过的“地球之治也，以有天下而无国也。……无国则畛域化，战争息，猜忌绝，权谋弃，彼我亡，平等出……视其家，逆旅也；视其人，同胞也”[⑤]落实到自己的创作实践当中。

新中国成立后，文学界更新了自己的世界视野，这与国家的引导和支持密不可分。由于国家将翻译工作视为“伟大的文化新高潮”的“一个非常重要的构成部分”，并高度重视、大力投入文学翻译，外国文学的译介工作在短时间内突飞猛进，尤其在以往匮乏的亚非拉文学领域有了很大的拓展。[⑥]与主流文学相呼

① 参见耿传明《清末民初“乌托邦”文学综论》,《中国社会科学》2008年第4期。

② 周作人:《人的文学》,《新青年》第5卷第6号，1918年12月15日。

③ 参见沈庆利《现代中国异域小说研究》，北京大学出版社，2009年版，第110—125页。

④ 周作人:《新文学的要求》,《晨报》，1920年1月8日。

⑤ 蔡尚思、方行编《谭嗣同全集》(下册)，中华书局，1981年版，第367页。

⑥ 参见季羡林、刘振瀛《五四运动后四十年来中国关于亚非各国文学的介绍和研究》,《北京大学学报(哲学社会科学版)》1959年第4期。

应，科幻小说响应“向科学进军”的号召，开始积极遥想实现现代化之后的社会主义中国给世界带来的变化。《黑龙号失踪》《边防暗哨》等反特作品尚未超越从晚清到民国时常出现在科幻小说中的“科技卫国”主题，郑文光的获奖之作《火星建设者》则更进一步，展现了人类共同的壮丽事业。小说中，火星勘探队长薛印青回忆道：

> 要把火星建设成为人类的第二故乡，成为人类征服宇宙空间的基地，这个伟大的理想就在那时刻萌芽了。……后来呢，您大概知道了：有 51 个国家参加了这个规模宏大的壮举。那时候，“向火星进军”的浪潮差不多席卷了整个地球！①

火星建设开启了新的纪元：“生活在沸腾，人们在战斗——人类成为地球以外自然界的主人的时代开始了。”这不禁让人想起五十多年前蔡元培对大同社会的期待：“（废除国家后）立一个胜自然会，因为人类没有互相争斗的事了，大家协力的同自然争，要叫雨晴寒暑都听人类指使，更要排驭空气，到星球上去殖民，这才是地球上人类竞争心的归宿呢。”②在社会主义大行于世、科学技术造福人类的乐观期待中，晚清以来不绝如缕的人类整体意识在郑文光笔下再次高扬，两大阵营的矛盾获得了想象性的消弭或回避。当然，这种矛盾在冷战的时代语境中还有另一种充满激情的解决方式，即“东风压倒西风”，但承载这种狂放想象的文学作品，如以手抄本形式流传的《献给第三次世界大战的勇士》，要到思想和书写的规范遭到破坏的“文革”时期才会出现。

进入改革开放时期，中国在思想文化领域的动向与政经趋势颇有契合之处，一方面广泛引进和吸纳以现代西方为主的文艺创作和学术成果，另一方面，尤其在文学领域，逐渐告别宏大叙事，转向个体化、私人化、碎片化的写作。正如程光炜在反思 80 年代寻根思潮时所言，在 1985 年之后的小说史中，“我们还没有看到一个能够令人信服和有能力地概括‘最近三十年’历史生活的主人公。我们无法在这些小说名作中找到自己所亲身经历过的生活的

① 郑文光：《火星建设者》，《中国青年》1957 年第 22 期。

② 蔡元培：《新年梦》，《蔡元培全集》（第 1 卷），高平叔编，中华书局 1984 年版，第 241—242 页。

全部，痛苦、欢欣、困惑和迷离，向他们倾诉自己内心的剧痛”[①]。同样，我们也很难在三十多年来的中国文学作品中看到兼具艺术规模和思想深度的世界呈现，尽管中国作家的国际化程度已经超过了历史上任何一个时期。科幻小说也不例外。文类特性促使作家去想象外国和外星，但多数时候这些异域仅仅是布景性的存在。即便其中的某些文本承载着某种真切的关怀，也多是内向的、自我指涉的。像《美洲来的哥伦布》(1980)那样清晰地表达反帝反殖思想的作品，只是上一个时代的余响。

以上粗枝大叶地回顾了中国文学的百年历程，着眼点是对于世界的书写和思考。可以看到，中国文学在晚清出现了转向外在的热潮，到“五四”之后逐渐向内转;它的世界观照在新中国的“前三十年”得到恢复和扩大(但实际收获不丰)，又在“后三十年”萎缩甚至失落。这里区分“内”与“外”的关键，并不是文学作品中是否出现了外国人物，故事是否发生在异域他乡，也不是有没有受到国外文艺思潮或名家名作的影响，而是文学家是否以包举天下、囊括宇内的气势和胆识，运用艺术的手法表现、剖析甚至重新规划整个世界的政治经济格局。这样的追求对于今天多数中国文学家来说，或许是久已不闻(如果不是闻所未闻)。然而，以文学以至文艺自近代以来具有的地位和影响而论，置身于全球化程度日益加深的时代，对文学提出建立或恢复整全视野的要求，自在情理之中。刘慈欣科幻小说的文学史意义，因而浮出水面:它们既是中国文学再次转向外在的重要指征，又为“文学外向”的深化提供了极具价值的参考。

二

作为当代中国最杰出的科幻作家，刘慈欣对科幻怀有非常纯粹的热爱：“科幻对于我们已不仅仅是一种文学形式，而是一个完整的精神世界、一种生活方式。”[②]他钟情于从“冷酷的方程式”中解放出科学之美的科幻小说，这样的小说“除了技术内核什么都没有，它的文学描写都集中在技术内核上，

---

① 程光炜:《重看“寻根思潮”》,《文艺争鸣》2014年第11期。

② 刘慈欣:《我们是科幻迷》,《最糟的宇宙，最好的地球——刘慈欣科幻评论随笔集》，四川科学技术出版社，2015年版，第62页。

试图使技术诗意化”[①]。不过，这类“技术内核型”小说在刘慈欣的科幻创作中并不是主流。对于偏离“初心”、更多地触及现实政治与社会的作品，刘慈欣称之为“曲线救国”“迎合市场”，也就是功利色彩浓厚的权宜之计。但他在2003年《超新星纪元》出版之际写下的回忆文章告诉我们，初稿写于八九十年代之交的《超新星纪元》和同期写作、至今未能出版的《中国2185》，真实地反映了其政治思想。[②]在《中国2185》中还主要是背景的国际博弈，到了《超新星纪元》就变成了残酷的世界战争。刘慈欣曾在《三体》中借人物之口感叹：“在中国，任何超脱飞扬的思想都会砰然坠地的，现实的引力太沉重了。”[③]事实上，正是“现实”的介入使他的飘逸想象接了地气，呈现出厚重与空灵相结合的审美特征。

刘慈欣成为《科幻世界》作者后陆续写作的《全频带阻塞干扰》《混沌蝴蝶》《天使时代》《光荣与梦想》等几个短篇，更加集中地体现了对民族危亡的警惕。《全频带阻塞干扰》（2001）以俄罗斯的雪原为背景，讲述了一场信息化时代的卫国战争。北约在叛军的协助下大军压境，俄罗斯奋起抵抗，却因电子对抗方面的极度劣势而连连失利。危急时刻，孤身一人留守“万年风雪”号太空组合体天体物理学家米哈伊尔，操纵这座用于科研的庞大航天器驶向太阳，通过对太阳的精确撞击使这颗恒星喷发出强烈的电磁辐射，造成地球表面绝大部分无线电通信中断，一举扭转了战局。故事最初设定在中国，正式发表时因为可以理解的原因改成了俄罗斯，但这个改动并不全是技术性的。一方面，作者在小说的题词中向俄罗斯人民致敬，表示“他们的文学影响了我的一生”；另一方面，能够在“正面抗击北约”的叙事构架中替换中国的，也只有俄罗斯，甚至可以说后者更为合适——这让人很自然地想起“短二十世纪”以来这两个非西方大国对西方主宰的世界格局接连的冲击。但若故事局限于后起之秀和老牌强权之间起因并不清晰的较量，就不过是“去政治化”的“修昔底德陷阱”之演绎，而刘慈欣在叙述中宕

① 刘慈欣：《筑起我们的金字塔——由银河奖想到的》，《最糟的宇宙，最好的地球》，第8页。在刘慈欣看来，这种最为纯粹的科幻小说所蕴含的美感是无与伦比的：“世界各个民族都用自己最大胆、最绚丽的幻想来构筑自己的创世神话，但没有一个民族的创世神话如现代宇宙学的大爆炸理论那样壮丽，那样震撼人心；生命进化漫长的故事，其曲折和浪漫，也是上帝和女娲造人的故事所无法相比的。还有广义相对论诗一样的时空观，量子物理中精灵一样的微观世界，这些科学所创造的世界不但超出了我们的想象，而且超出了我们可能的想象。”《混沌中的科幻》，《最糟的宇宙，最好的地球》，第2—3页。

② 刘慈欣：《第一代科幻迷的回忆》，《最糟的宇宙，最好的地球》，第69—74页。这篇对于理解刘慈欣科幻创作史有重要意义的文献的未删节版可见于网络。

③ 本文所有对刘慈欣小说的引用，均依据重庆出版社2016年出版的“刘慈欣科幻作品典藏”。

开的一笔使这个故事具备了更多的内涵。美军司令帕克将军因假牙共振而心烦意乱时，想到的竟然是万里之外、美军曾经驻扎的克拉克空军基地，因为他的两颗门牙正是被他抛弃的菲律宾情妇打掉的。

> 帕克默念，我的孩子，现在你在哪儿？你是和母亲在马尼拉的贫民窟中度日吗？你的父亲现在某种程度上是为你而战。俄罗斯的民主政府上台后，北约的前锋将抵达中国边境，苏比克和克拉克将重新成为美国在太平洋上的海空军基地，那里将比上个世纪更繁荣，你会在那儿找到工作的！如果你是个女孩，说不定像你妈妈（她叫什么来着，哦，阿莲娜）一样能认识个美国军官……

这个充满讽刺和戏谑意味的段落，让我们意识到这场战争对于整个世界的意义。殖民者重返殖民地，恩赐给当地人民“繁荣”和“幸福”，不啻宣告20世纪世界革命成果化为乌有。但即便殖民者并未卷土重来，非西方世界或者更准确地说第三世界的人民仍然遭受着霸权主义和强权政治的威胁。《混沌蝴蝶》（2002）中被狂轰滥炸的贝尔格莱德，《天使时代》（2002）中耀武扬威于非洲小国桑比亚沿海的航母战斗群，《光荣与梦想》（2003）所描绘的因长达十七年的封锁和制裁而奄奄一息的西亚共和国，都凝结着刘慈欣对不久之前发生的国际事件的充满愤慨的直观感受，而这样的情感在很大程度上源自作为中国革命遗产之一的“第三世界意识”。“他的写作具有明显的边缘视野，涵盖了一幅广阔的第三世界地图……在这些描写美国（和北约）与第三世界国家战争的作品中，他永远将令人激动的英雄形象设置在第三世界一方。”①

显然，对于第三世界的认同并不是出于置身事外的同情，而与中国在历史和现实中的感同身受有着密切关系。鲁迅和周作人译介以东欧受压迫民族文学为主的《域外小说集》，有唤起国人同仇敌忾之心而“转移性情，改造社会”的用意②；刘慈欣对第三世界的科幻书写，同样借助共同的苦难体验，表达了中国

① 罗雅琳：《新颖的刘慈欣文学：科幻与第三世界经验》，《现代中文学刊》2016年第5期。
② 周作人指出，“豫才那时的思想我想差不多可以民族主义包括之，如所介绍的文学亦以被压迫的民族为主，俄则取其反抗压制也。”知堂：《关于鲁迅（之二）》，《鲁迅先生纪念集》（上册），刘运峰编，天津人民出版社，2007年版，第338页。

人的民族情感。[1]比周氏兄弟更进一步的是，他想象了第三世界人民运用科技来反抗侵略压迫、争取自由解放的不屈斗争。诉诸民族情绪是通俗小说的套路之一，但晚清以来的通俗小说往往把“科技强国”想象得过于轻易，甚至流于浅薄庸俗，但在刘慈欣笔下，这样的反抗有的最终仍不免失败，即便成功也要付出巨大的代价，如《天使时代》中桑比亚人对“人类伦理”的僭越。这种悲剧色彩让人深刻地感受到反帝反殖斗争的艰难和沉重。更重要的是，刘慈欣非常清醒地和大行于网络“爽文”的逻辑保持着批判的距离。新世纪的两部最负盛名的历史穿越小说《新宋》和《宰执天下》，在国家治理和建设的思路上有不少分歧，却不约而同、毫无愧色地将殖民扩张视为强国之道，洋洋得意于“封建南海”之类霸权想象。相形之下，刘慈欣早在 1990 年代创作的《西洋》，已经辛辣地讽刺了这种在意淫中由自卫转向侵略的民族主义迷梦。《西洋》是一篇典型的或然历史（alternate history）小说：1420 年，郑和率领的庞大舰队航行到非洲东海岸的摩加迪沙后，没有返回大明，而是继续远航，从而改变了历史。在另一个历史时空中的 1997 年 7 月 1 日，中国是主宰世界的超级强国。虽然按协议向英国交还了北爱尔兰，中国仍然是世界警察，国土包含新旧两块大陆，人民币是国际市场上的硬通货，中国画充斥欧洲……这似乎是在迎合很多人对于“进取开拓版”郑和下西洋的憧憬。但小说中主人公的儿子一登场，作者的意图便昭然若揭。这个大概正在上初中二年级的十五岁少年是个咄咄逼人甚至歇斯底里的民族主义者，沉浸于光荣的欧洲征服史，主张用不交会费来增加中国在联合国的权威，动辄逼问“你是不是中国人？！”，并流露出赤裸裸的种族歧视。与之相对，在中国新大陆留学的英国姑娘艾米，朴素、内敛但却坚韧，以传承本土艺术为己任。此间臧否，一石二鸟，既嘲讽了现实世界中的霸权行径，又对民族主义的做派和妄想嗤之以鼻。刘慈欣借主人公之口道出，人类文明的进步得益于东西方的交流与融合：

> 我们来到了一个陈列柜前，里面陈列着许多黄得发黑的欧洲中世纪的拉丁文旧书，有荷马史诗，有欧几里得的《几何原理》、亚里士多德的《物理学》，还有柏拉图的《理想国》和但丁的《神曲》……其中很

① 《三体》三部曲中地球人对三体人入侵的英勇抗争，亦可作如是观。网络上流传着一个笑谈：“三体”这两个汉字的笔画略加拆解重组，就可以形成“日本”。这或许是一个巧合，不过刘慈欣确实说过这样的话：“在银河系文明中，全人类也就是一个民族。您能指望一个1940 年的汉奸在 2140 年外星人入侵时为地球文明献身吗？”《〈球状闪电〉访谈》，《最糟的宇宙，最好的地球》，第 127 页。

多是十五世纪欧洲宗教裁判所的禁书。这些都是郑和到达西欧后让翻译给他读过的。

我对艾米说：“看，他读你们的书，从你们那儿得到了很多他没有的东西：他有指南针，却没有远航必需的欧洲精确钟表；他有比你们当时最大的船还大三倍的船，却没有欧洲绘制精确海图的技术……特别是基础科学，那时的明朝落后于欧洲，比如在地理学上，中国人仍相信天圆地方的世界。没有你们的科学，或者说没有东西方文化的融合，郑和不会接着向西航行，我们也不会得到美洲。”

富有自省精神的主人公还告诉儿子和艾米一段惊人的往事：郑和虽然征服了欧洲，却被健壮美丽的古希腊风格雕塑所代表的西洋文化所震撼，在迷茫和忧郁中产生了深深的乡愁，从而在一路向西的回家旅途中发现了新大陆。面对历史，《西洋》表现出清明的理性，跨越一个世纪的时光，与鲁迅对“兽性爱国之士”和“崇侵略者”的批判产生了共鸣。[①]

三

刘慈欣在国际政治层面表现出的鲜明立场引起了不少学者的关注。[②]尽管他们的理解和判断颇有差异，但其论析都会或多或少地聚焦于“民族”——既是源远流长、拥有五千年文明史的“文化民族”，更是近代以来饱受侵略、压迫和奴

---

① 鲁迅：《破恶声论》，《鲁迅全集》（第 8 卷），人民文学出版社，2005 年版，第 33—36 页。另参见拙文《“黄种”与晚清中国的乌托邦想象》，《中国现代文学研究丛刊》2014 年第 3 期。

② 除了前引罗雅琳论文外，贾立元和王一平的观点也很有代表性。前者指出，“尽管科学本身是最国际主义、最超脱世俗的，却在成长于红色年代的刘慈欣身上与一种公民对所属政治共同体的责任感奇妙地结合在一起，那最空灵的幻想无法不与中国最现实的创痛关联在一起”，刘慈欣的科幻小说体现了“中国人百年自强的历史经验与中国作风”；后者认为，“刘慈欣总是以序列底端的弱小种群应对重大危机的设想来展开小说。这种朝不保夕的危机感、力量悬殊的种群斗争，既是为了小说趣味性的设计，却也显示出本国族历史与现实的心灵烙印，即一定的民族寓言色彩”，但又表示，这些小说中对危机的抗争和克服“展现了正面的中国人形象及其力量”，亦即“所谓崛起中的大国力量和风范”，因而得到了官方和主流社会的肯定。贾立元：《“光荣中华”：刘慈欣科幻小说中的中国形象》，《渤海大学学报》2011 年第 1 期；王一平、王卫英：《尘世之外的一瞥——刘慈欣科幻小说论》，《科普创作通讯》2015 年第 4 期。

役，对“富国强兵”孜孜以求的“政治民族”。这样一来，弗雷德里克·杰姆逊的“民族寓言论”就顺理成章地成为刘慈欣研究中的一个非常重要和便利的理论视角：“第三世界的本文，甚至那些看起来好像是关于个人和力比多趋力的本文，总是以民族寓言（national allegory）的方式来投射一种政治：关于个人命运的故事包含着第三世界的大众文化和社会受到冲击的寓言。”①这一论断的回响，在王瑶的论述中最为分明：“在当代中国的科幻文本中，甚至那些看起来超越了政治目的和功利主义的要求，超越国家与民族‘小我’，以‘全世界人类共同命运’为书写对象的文本，依然或隐或显地以民族寓言的方式表露出文化政治的诉求。”②而“刘慈欣那些关注‘人类在宇宙中命运’的科幻小说，譬如《流浪地球》、《吞食者》或《三体》，读起来都俨然像是有关当代中国的民族寓言”③。在“民族寓言”的意义上解读刘慈欣科幻小说，的确是把握其政治维度的有效路径，上文论述对这一视角也多有吸纳。然而，有必要重申“民族寓言论”的局限性。④如果我们满足于或过多地使用“民族寓言”来界定刘慈欣科幻小说，就有可能将其封禁在从鲁迅的《狂人日记》以来的“民族寓言”序列之中，而忽视这些文本不能为“民族寓言”所涵盖的面向。准确地说，刘慈欣承继着近代以来中国人救亡图存的民族情怀，对曾经灿烂于红色岁月的“第三世界”国际主义精神亦不能忘怀，但他的创作还具有真正意义上的普世关怀。

在发表于 2010 年的科幻创作十年回顾中，刘慈欣表示，自己最初执着于“纯科幻”，对“人和人的社会完全不感兴趣”，在第二个阶段则“由对纯科幻意象的描写转向刻画人和大自然的关系”。⑤这里讲的“人”，并不是主流文学中常见的有典型意义或象征意味的个体，而是人类整体；对人和大自然之间关系的刻画，也不是要追求“天人合一”的和谐，而是以宇宙意义上的“自然”对人类的限制

---

① 弗雷德里克·杰姆逊：《处于跨国资本主义时代中的第三世界文学》，《新历史主义与文学批评》，张京媛主编，北京大学出版社，1993 年版，第 235 页。

② 王瑶：《全球化时代的民族寓言——当代中国科幻中的文化政治》，《中国科幻文学再出发》，李广益编，重庆大学出版社，2016 年版，第 169 页。

③ 王瑶：《全球化时代的恐惧和希望——当代中国科幻文学与文化政治（1991—2012）》，北京大学 2014 年博士学位论文，第 280 页。

④ 王钦认为，无论是赞同者，还是以艾哈迈德为代表的批评者，对杰姆逊的“民族寓言”概念都产生了根本性的误读。“民族寓言”应该被理解为形式而非主题或内容。《杰姆逊的“民族寓言”：一个辩护》，《文艺理论研究》2014 年第 2 期。王钦的解读为我们准确把握“民族寓言”提供了重要参考。不过，这里引述的王瑶、贾立元、王一平等研究者都是在“主题或内容”这层意义上来使用“民族寓言”概念的，因而本文仍将在这个层面展开商榷。

⑤ 刘慈欣：《重返伊甸园》，《最糟的宇宙，最好的地球》，第 217 页。

和约束为前提，积极地想象人类怎样运用技术来克服生存困境，过上更加美好的生活。刘慈欣曾经设想，人类可以通过基因工程、纳米机械等技术，把自己的形体变成小白鼠甚至细菌般大小，减小自身尺度以扩张生存空间，实现“文明的反向扩张”。[①]随着脑科学和信息技术的进步，人类也有可能彻底抛弃“沉重的肉身”，生活在赛博空间。[②]不过，他赞赏和追求的还是文明的“正向扩张”，也就是向太空进军。《远航！远航！》《一个和十万个地球》《拥抱星舰文明》等多篇相关随笔的标题都昭示了他在这方面的激情和梦想。刘慈欣主张，从人类整体的立场出发，应该以各种方案开展宇宙航行，向太空移民，因为“地球的资源有限，总有枯竭的那一天；同时，地球生态圈同样是一个不稳定的系统，在未来有可能因为人类或自然的原因发生剧变，进而不适合人类生存”[③]。由于地球生态系统的极度复杂性、地球环境自然波动的烈度和人类生存发展需求的高速增长，仅仅依靠被动的环境保护是不能真正解决环境问题的，而整体性地主动调整和改变地球环境所需要的资金和技术，远远超过了太阳系内的行星际航行。[④]太空移民面临的障碍和挑战，除了技术，更多地来自于政治和经济方面：“短时间内对地球人类几乎没有什么看得见的效益；相反，在政治上比较有远见和想象力的人，还能预见到发展成熟的地外殖民地闹独立的麻烦。”因此，“真正大规模太空移民的启动，首先要求人类社会的另一次思想和文化的飞跃，这比技术进步更难。”[⑤]

刘慈欣的相当一部分科幻小说，可以视为致力于这种“思想和文化之飞跃”的启蒙读物。《流浪地球》（2000）和《微纪元》（2001）都是太阳灾变题材的小说，故事中人类用不同的方式顽强逃生;《吞食者》（2002）、《赡养人类》（2005）和《三体》三部曲（2006—2010）则用外星文明入侵的生动想象提醒读者，对人类还存在着另一种威胁；写于2016年的《不能共存的节日》用讽刺的口吻表达了对“反向扩张”的否定：在外星观察者眼中，尤里·加加林进入太空的1961年4月12日，有可能成为人类的“诞生节”，而脑机连接技术实现突破的2050年10月5日，却因开启了人类放弃现实、遁入虚拟世界的进程，而最终成为人类的“流产节”。执着于书写关于人类的故事，是刘慈欣的科幻小说观使然：“作为一个科幻小说作者，我倾向于把全人类看作一个整体。在科幻文学的潜意识中，人类就是一个

① 刘慈欣：《文明的反向扩张》，《最糟的宇宙，最好的地球》，第81页。
② 刘慈欣：《关于人类未来的断想》，《最糟的宇宙，最好的地球》，第190页。
③ 刘慈欣：《拥抱星舰文明》，《最糟的宇宙，最好的地球》，第262页。
④ 刘慈欣：《一个和十万个地球》，《最糟的宇宙，最好的地球》，第233—235页。
⑤ 刘慈欣：《拥抱星舰文明》，《最糟的宇宙，最好的地球》，第263—264页。

人。”[1]科幻小说的特点不在于塑造个体形象，而是描绘整个种族或世界，“种族形象或世界形象是科幻对文学的贡献”[2]。但这种执着，又不仅仅源于文类自觉或形式追求，还有更深层的思想动因。

刘慈欣在饱读百年来的中外科幻小说后感叹：“我们如同走在一条由黑暗、灾难和恐怖筑成的长廊中。……在对未来的黑暗和灾难的描写中，科幻作家创造了最让人难忘的幻想世界，挖掘了最深刻的主题。”在学术研究中，科幻小说的批判性、预警性屡屡得到称许，反思科技对现代社会的负面影响被认为是这个文类最重要的文化功能，刘慈欣对此却有不同看法。他回忆道，父亲的一位老战友曾对他说：“科幻小说好啊！干了这么多年革命，到现在我们也没让老百姓知道共产主义到底是啥样儿。”而这句话“至今仍是我听到过的最深刻、最让我铭心刻骨的科幻评论”[3]。这种刻骨铭心缘于革命与建设的历史，也缘于科幻小说的不孚众望：

> 每个人之所以能忍受各种痛苦走过艰难的人生之路，全人类之所以能在变幻莫测的冷酷大自然中建起灿烂的文明，最根本的精神支柱就是对未来的憧憬。如果所有的希望都已破灭，可能一只蚂蚁都难以生存下去。只描写人类刻意避免的世界，而不描写人类做出了难以想象的巨大牺牲，世世代代用全部生命去追求的世界，这绝不是完美的科幻。
>
> ……
>
> 把美好的未来展示给人们，是科幻文学所独有的功能，在人类的文化世界绝对找不出第二种东西能实现这个目标。主流文学没有这个能力，它对现实的描写，使我们对人类走过的艰难历程有了鲜活深刻的记忆，但对人类所要去的地方却一无所知。……人类生活最基本的寄托是对未来的希望，而唯一能把这种希望变成鲜活的图景的科幻文学在这方面无所作为，不能不说是一个极大的遗憾，这种遗憾可能已远远超出了科幻的范围，它可能是人类精神生活中的一个惨痛的损失。[4]

① 刘慈欣：《走了三十亿年，我们十吗来了？——〈太空将来时〉序》，《最糟的宇宙，最好的地球》，第281页。

② 刘慈欣：《从大海见一滴水——对科幻小说中某些传统文学要素的反思》，《最糟的宇宙，最好的地球》，第113页。

③ 刘慈欣：《理想之路——科幻和理想社会》，《最糟的宇宙，最好的地球》，第25—26。

④ 刘慈欣：《理想之路——科幻和理想社会》，《最糟的宇宙，最好的地球》，第26—27页。

对希望的坚守，让人想起“反抗绝望”的鲁迅，而在文学层面对理想社会的召唤，与王尔德、曼海姆、布洛赫等乌托邦的捍卫者遥相呼应。他相信，“最美的科幻小说应该是乐观的”，并号召中国的科幻作家投身于光明未来的书写：“我们应该从中国的土地上创造出科学的‘乌托邦’三部曲。这个使命也许只能由中国人完成，因为同西方文化相比，中华文化是乐观的文化！”[①]虽然寄望于中华文化的乐观属性，其旨归仍是全人类。在刘慈欣最有代表性的“科技乌托邦”《微纪元》中，太阳的能量闪烁使地球表面变成了炼狱，但人类将自身体积缩小了十亿倍，从而在灾难降临之时全体迁移到地层深处，躲过了浩劫。地球的生态无法恢复到以前，但足以供给“微人”们近乎无穷无尽的物质资源，生活在无忧无虑的“微纪元”：

> 一小片草地对微人意味着什么？一个草原！一个草原又意味着什么？那是微人的一个绿色宇宙了！草原中的小溪呢？当微人们站在草根下看着清澈的小溪时，那在他们眼中是何等壮丽的奇观啊！地球领袖说过会下雨，会下雨就会有草原，就会有小溪的！还一定会有树，天啊，树！先行者想像一支微人探险队，从一棵树的根部出发开始他们漫长而奇妙的旅程，每一片树叶，对他们来说都是一个一望无际的绿色平原……还会有蝴蝶，它的双翅是微人眼中横贯天空的彩云。还会有鸟，每一声啼鸣在微人耳中都是一声来自宇宙的洪钟……

清丽而壮观的“微纪元”想象或许过于空灵，而“中华文化是乐观文化”的判断又太简单，但纵观刘慈欣的科幻小说和随笔不难发现，他并不是一个肤浅的乐观主义者。事实上，他的笔下少有“微纪元”这样让人“心旷神怡”的图景，更多的是对人类命运的忧虑。从冰河期的到来，到太阳异动、近距离超新星爆发等太空灾难，都有可能造成人类的毁灭，而人类醉心于个体幸福的追求，很少考虑整体的传承，在理论和现实上都没有做好应对灾难的准备。《三体·死神永生》中连同地球在内整个太阳系的毁灭，初看是执剑人程心的责任，但借用书中人物智子的话说，人们选择了她这个“人性”和“道德”的化身，也就选择了这个结局。

即便自然界的巨变不曾到来，人类同样有可能陷入灾难性的境地。《赡养人类》讲述了一个贫富极度分化的恶托邦：在遍布世界的高技术执法系统“社会机器”护持下，私有财产不可侵犯的“神圣法则”强有力地支配着整个人类社会，

---

① 刘慈欣:《理想之路——科幻和理想社会》,《最糟的宇宙，最好的地球》，第 30 页。

导致富人和穷人分化成了不同的物种（让人想起威尔斯在《时间机器》中的类似想象），并最终使这个世界的资本主义达到了顶峰上的顶峰，百分之九十九的财富集中在一个人手中，这个人被称作“终产者”。大陆、海洋和天空都是终产者的私人财产，其余的二十亿穷人则在全封闭的住宅中苟延残喘：

> 我的家坐落在一条小河边，周围是绿色的草地，一直延伸到河沿，再延伸到河对岸翠绿的群山脚下，在家里就能听到群鸟鸣叫和鱼儿跃出水面的声音，能看到悠然的鹿群在河边饮水，特别是草地在和风中的波纹最让我陶醉。但这一切不属于我们，我们的家与外界严格隔绝，我们的窗是密封舷窗，永远都不能开的。要想外出，必须经过一段过渡舱，就像从飞船进入太空一样，事实上，我们的家就像一艘宇宙飞船，不同的是，恶劣的环境不是在外面，而是在里面！

同样是草地，对微人是取之不尽的宇宙，对穷人却是可望而不可即的禁区。刘慈欣写下的这个恶托邦，既是能在“占领华尔街”运动中“我们是 99%”的怒吼中听到回响的社会批判，又表达了他的一贯观点：人类不应固守“人性”和地球。倘若画地为牢，人类即便不亡于社会矛盾的总爆发，也有可能因权力的恶性膨胀而成为“非人”。无论是乌托邦的幸福，还是恶托邦的苦难，体现的都是刘慈欣对整个人类的关怀。他的慨叹、悲悯、讥嘲、疾呼，都具有现代性批判的普世品格，对“道德”和“人性”充满怀疑：“敬畏头顶的星空，但对心中的道德不以为然。”[①]其特异之处在于，“破”的同时，他还是“立”的大胆而深刻的想象者和鼓吹者。

该怎样理解刘慈欣的人类书写？的确，我们可以清晰地看到红色岁月留下的痕迹，也可以由“大航海时代”“生存空间”“殖民地”等语词感受到现代性逻辑的重复，还可以在小说中进一步深挖“政治无意识”；然而，一定要把这些小说视为舍此无他的民族意识投射，而对其中关于人类共同处境和问题的实实在在的意象呈现和思想实验视而不见，也就堕入了主流文学研究的惯性思维，潜意识中不相信文学有超越个体生活经验的局限书写整个世界的可能，不相信文学家不仅可以徜徉于历史与现实，还能够成为未来的立法者，不相信“不谋万世者，不足谋一时；不谋全局者，不足谋一域”在当代思想者空前广阔的时空视野中完全可以在字面意义上去理解。刘慈欣曾经说，弱化人物形象、刻画种族形象的科幻文

① 刘慈欣：《为什么人类还值得拯救》，《最糟的宇宙，最好的地球》，第 182 页。

学，给了以人物为中心的文学一个“超越自恋”的机会；[①]我们也可以说，深切关注和思考人类命运的刘慈欣科幻小说，给了自囿于本土经验和惯常题材的当代中国主流文学一个超越自大和狭隘的契机。

结　语

刘慈欣的科幻小说，一头植根于近现代中国历史，一头联结着人类的未来，中间则是当代中国人，或者更准确地说，生活在“平凡的世界”的中国人的困窘和希望。[②]他的作品体现了一个以托尔斯泰和巴尔扎克为榜样的文学者和思想者的宏大抱负。[③]全景性的观照和关怀，使他的小说在拒绝具有心理和性格深度的个体而“转向外在”时，没有沦为空洞的“星辰大海”或是“大国崛起”的图解，而是表现出思考世界、书写世界进而参与世界的能激昂也能沉静的雄心。这个世界并不是一度占据中国人视野的那个基本由欧美日加中国构成的残缺的世界，而是有着第三世界纵深，与真实的世界图景更为接近的文学世界，同时也是群星之一的小世界，在它之外还有浩渺星空中无穷无尽的三千大千世界。这样的书写，要求的是辽阔的视野、广博的知识和宏大的胸怀，而这由刘慈欣笔下游心天地、纵横宇宙的叙事和描写，对弱小者的悲悯和同情，以及对人类整体的呈现和思考，得到了有力的佐证。他在世界文学场域取得的成功，以及由此在国内引发的科幻文学与文化热潮，是一座里程碑，同时也是一个新的起点。当中国的成长真正带来文明的自信和自觉，我们将在中国文学中看到更多“转向外在”、更加整全的书写，看到天下情怀乃至大同梦想的归来。

原发《中国现代文学研究丛刊》2017年第8期

---

① 刘慈欣:《超越自恋——科学给文学的机会》,《山西文学》2009年第7期。

② “我长期身处基层，对广大科幻读者所处的草根阶层有较多的了解，知道他们对未来的渴望是什么样子，知道星空在他们眼中是怎样的色彩，自己的想象世界也比较容易与他们产生共鸣。”刘慈欣:《重返伊甸园》,《最糟的宇宙，最好的地球》，第221页。他的《地火》《乡村教师》《中国太阳》等作品，都在一定程度上具有“底层书写”的意义。

③ “描绘一个世界从社会底层到金字塔顶端的立体全景，这是所有主流文学和科幻文学作者的终生梦想，但实现这个目标非常人所能及，托尔斯泰和巴尔扎克毕竟不多。”刘慈欣:《写在〈三体〉第二部完成之际》,《最糟的宇宙，最好的地球》，第172页。

当代亚文学的崛起

张　俊

前　言

文学，特别是纯文学的创作和接受，在当代社会文化生活中正在面临一种持续的被边缘化处境。不仅文学的社会功能严重萎缩，文学的审美功能也被空前地削弱。20 世纪下半叶以来，伴随受现代性支配的全球性商业消费文化的崛起，以及信息媒介革命产生的“读图时代”的降临，正统文学已被抛掷到一种前所未有的边缘位置。而传统经典文学边缘化的一个重要表征，就是作为纯文学代表形态的诗歌与舞台戏剧（尤其是悲剧）的式微。于是到了世纪之交，许多著名思想家或批评家（如德里达、希利斯·米勒）都开始哀叹“文学的时代结束了”，“文学终结论”一时在理论界甚嚣尘上。固然，高呼“文学终结”者未必真以为文学会终结，世纪末流行的种种“终结论”更大程度上只是一种理论噱头。但这样耸人听闻的呼告在全球范围内流布开来，已足令许许多多文学研究者坐立不安了。于是，文学理论界又出现了安慰性的解释：“文学是难以替代的，也是不会终结的”，“终结的只是某种文学思潮、某种文学体裁、某种文学形式的消失、转换与更迭，而不是文学自身的终结。”[①]

当然文学不可能短时期内消失。文学是历史性的产物，[②]便会有文学思潮、形式的生灭、更迭，故而面对文学的变化无需大惊小怪。但是，依据同样的历史主义逻辑，作为历史性产物的文学，这一文化形式也必将有其生命

---

① 钱中文:《文学的乡愁——谈文学与人的精神生态》,《社会科学报》2006 年第 1 期。

② J. Hillis Miller, On Literature, NewYork : R outledge, 2002, pp. 1—2.

周期，即有盛衰与生灭。所以，文学终结论并不是完全的空穴来风。而且无论如何，我们都无法否认当代文学被边缘化这个基本的事实判断。那么，文学是否就会这样一往而不返地衰落下去呢？从目前的现状看，传统文学的持续衰落已经是不可避免的了，尽管如此，在当前的新兴媒介文化中，也酝酿着文学发展的新的契机。文学其实正在经历某种深刻的转型，这个转型表现为亚文学的兴起。

一、“亚文学”范畴

所谓“亚文学”（subliterature），大概是20世纪下半叶才出现的一个理论概念。在西方，这个文学术语至今也没有在学界广泛流行。在相当小众化的使用中，它主要指的是侦探小说之类不具备太多文学价值的“廉价小说”或“一毛钱小说”（dime novels）。按照卡维蒂（John G. Cawelti）的解释，“这个概念反映了高雅文化与大众文化之间那种传统的量的区别。但这个概念太模糊，经不起太多分析。即使从文学不管的地方开始算作亚文学，区别通常依然取决于个人趣味，这个术语只是表明研究对象是某种更好的事物的低级形式。像许多应用于大众文化研究的概念一样，亚文学观念不可避免地混淆了规范与描述的问题。”①虽然这个概念一直在不太规范的意义上被部分学者使用，但直到20世纪末这个术语在西方仍旧主要是指某些区别于精英文学的大众文学、流行文学或边缘文学。1995年出版的《韦氏文学百科全书》收入该词条时，那仅有的一句话解释即反映了这一普遍观念事实：“亚文学（subliterature）”，“即被认为是次于正统文学的流行写作（譬如悬疑或冒险故事）。”②有些西方学者认为，“亚文学”概念是在精英主义文学观念下形成的带有一定贬义色彩的术语，于是从20世纪60年代开始，法国文学知识分子启用了另一个名词“la Paralitt é rature”（英文paraliterature，该词国内译作“副文学”“泛文学”“辟文学”“类文学”“代文学”等等）来指称这些边缘文学现象。近半个世纪以来，“副文学”研究在法国还形成了一个以让·托泰尔（Jean Tortel）、库埃尼亚斯（Daniel Cou é gnas）、

① John G. Cawelti, “The Concept of Formula in the Study of Popular Literature,” in The Bulletin of the Midwest Modern Language Association, vol. 5, Papers of the Midwest Modern Language Association, no. 2. Criticism and Culture, 1972, pp. 115—123.

② Merriam — Webster, Merriam — Webster’s Encyclopedia of Literature, Spring field, 1995, p. 1078.

布瓦耶（Alain-Michel Boyer）、封达内什（Daniel Fondan è che）等为代表的学术小圈子，被有些学者称作“副文学研究学派”。[1]但无论是“亚文学”还是“副文学”，在西方都是指与纯文学相对的低俗文学或边缘文学，[2]内容其实并无实质区别。命名的不同，仅仅是对待这些边缘文学认同程度的区别。本文这里为突出当代亚文学现象区别于一般传统文学的独异特征，所以宁愿采用“亚文学”这个略带贬义同时又包含着某种叛逆、抗拒正统文学体制意味的术语，而不愿采用诸如“副文学”这种已经渗透着精英文学观念并为之收编、改写的概念。

西方的“亚文学”或“副文学”概念对中国学界并没有产生多少直接的影响。在20世纪80年代，中国也自发生成了“亚文学”概念。一开始，这个概念只是被用于指称非纯文学（诗歌、戏剧、小说）的“杂文学”体裁——散文。[3]最近一些年又有人用该词指称1990年代后期以来的各种非主流新潮小说或先锋文学现象，[4]或者指缺乏文学性的低俗叙事文字，[5]等等。总之，概念莫衷一是，使用相当混乱。“亚文学”不仅被用于低俗文学范围，也被用于指称代表精英文化的高雅文学范围。这似乎印证了卡维蒂的观点，这是个模糊、经不起推敲、取决于个人趣味的不规范术语。但认真研究一下中国学者以往使用这个术语的情况，也会发现它们之间有个共同点，那就是“非主流”或“非正统”——“边缘性”。“亚文学”概念，无论是在西方还是中国，都有这个共同点。所以首先可以肯定的是，“亚文学”指的是一种非主流、非正统的边缘文学现象。

边缘文学现象，任何时代都有。从国风、乐府民歌、词、宋元话本，到女性写作、少数族裔写作，甚至莎士比亚戏剧，今天我们知道的许多经典文学现象都曾经边缘过。所谓边缘文学，就是指特定历史社会条件下，被遮蔽的、压抑的、沉默的文学。它们构成文学的潜流。因为除了少数被“扶正”的例外，其实历史中大多数边缘文学都已在文学的记忆中消失。今天研究者

① 马利红：《阿兰—米歇尔·布瓦耶的副文学观初探》，《法国研究》2009年第4期。另参栾栋：《辟文学通解》，《文学评论》2008年第3期；孙景尧：《文学与副文学研究探》，《温州师范学院学报》（哲社版）2004年第3期，等等。

② （加）雷吉纳·罗班：《文学概念的外延和动摇》，（加）马克·昂热诺等编：《问题与观点：20世纪文学理论综述》，百花文艺出版社，2000年，第47页。

③ 曹佳治：《散文——亚文学》，《宜宾师专学报》1989年第3期。

④ 首作帝：《亚文学的俄狄浦斯情结》，《社会科学论坛》2004年第1期。

⑤ 刘诗伟：《应当阻遏的逆文学流向——关于“另类文学”与“亚文学”的探究》，《长江文艺》2002年第1期。

只能在那些挺过历史风雨洗刷后残存的文本以及各种笔记、档案和文物中，寻找其曾经存在的痕迹，推测其历史原貌，但这些残留的蛛丝马迹往往不足以描绘清晰的亚文学历史图景。于是历史上绝大多数文学的潜流，最终成为知识的黑洞。

一个时代有一个时代的亚文学。今天记录亚文学现象，一方面固然可以保留历史档案，另一方面实际也是对当代文学历史变迁的见证。当代的亚文学，作为非主流、非正统的文学现象，严格地讲，它已完全不同于以往任何时代的亚文学。所以，研究当代亚文学，应该首先来界定当代亚文学。界定当代亚文学当然并不是一件容易的事情，因为文学本身是很难定义的，甚至是不可定义的。故而本文不得不放弃那种赤裸裸的本质主义做法，转而历史地限定其范围，然后描述其特征。而即便是以一种历史主义的方法来限定亚文学的外延范围，在没有树立清晰的亚文学内涵之前，似乎也不可能真正做到精准地界划。所以最后本文不得不暂且采用卡维蒂的模糊办法，即认为当代亚文学应该从传统文学止步抽身的地方开始认领宽泛意义上的“文学性”现象。因此，我们暂时可以将当代亚文学粗糙地限定为具有“文学性”的非传统文学文本或文学现象。传统文学，从20世纪以来，伴随着精英文学观念的出现，已经被比较清晰地划为高雅文学和通俗文学两个部分。因此，当代亚文学不应该包含这两个部分，而只适合于描述那些排除在高雅文学和通俗文学范围之外的“另类文学”，一种尚未被文学精英或学界权威认定为“文学”的“次文学”或“泛文学”现象，如广告、标语、策划文案、导游解说、招聘启事、求职简历、连环漫画、动漫、游戏、笑话、民谣、相声、评书、小品、流行歌词、娱乐宣传、明星八卦、新闻报道、时事评论、节目与典礼主持串词、影视对白、网络段子、心灵鸡汤以及各类访谈、演说、脱口秀等带有一定“文学性”的文字或语言现象。

这里称为当代亚文学的文字或语言现象，近半个世纪以来，借助新兴媒介（尤其是电子信息媒介），正以前所未有的发展速度和覆盖面，挺进大众日常生活的方方面面，并不知不觉地改造着人们的文学写作、阅读与感知方式。在这个传统文学普遍消沉的时代，当代亚文学的崛起，某种程度上已经可以视为是文学的新生。这就像一株蒲公英老去了，它的种子却被风播撒得漫山遍野都是。这些“种子”，就是形式主义批评家所讲的“文学性”（literariness）。一如伊格尔顿（Terry Eagleton）、乔纳森·卡勒（Jonathan Culler）、希利斯·米勒（J. Hillis Miller）等文学理论家所认为的那样，即便文学终结了，普遍而永恒的文学性依然会挺过一切历史变革和技术变革，保留下来并泛化到其他社会文化形式中，将文学的种子植入人们的文化生活。

尽管亚文学目前尚未得到学界的广泛认可，但亚文学的遍地开花，确实已经在改变文学的历史。文学研究界如果忽视这一点，很可能就会因为抱残守缺而致错过对这一文学重大历史变迁的记录。当然，值得庆幸的是，近年来已有个别学者（如王志耕、王旭峰、葛娟等）注意到区别于传统文学（精英文学和大众文学）的亚文学的存在事实，另外也有一批中青年学者（以黄鸣奋、欧阳友权、马季等为代表）正在从事新媒介文学的研究。尽管如此，文学理论界对亚文学问题的关注仍旧远远不够，相关理论基础依然非常薄弱。所以，本文接下来将进一步在当代文学的知识谱系中定位亚文学（文学结构体系论），奠立其文学理论基础（亚文学原理），然后就亚文学的具体特征（亚文学特征论）试做分析。对于亚文学的特征分析，本文将首先着重从媒介载体的发展探讨其表现形式的变迁（载体论和形式论），然后再分别探讨亚文学中的创作主体与接受主体的关系及其风格（创作—接受论或传播论、风格论），亚文学的功能特征及其生存状态（功能论或价值论），商业社会中市场与消费对亚文学的影响作用（社会动力机制论）。

二、雅文学、俗文学与亚文学

随着亚文学的崛起，当今的文学已然可以从以前精英与大众的雅俗二元结构区分，发展为雅文学、俗文学与亚文学的三级结构划分。当然，有些学者一直视亚文学为通俗文学或大众文学的一部分，也不是完全没有道理。当代亚文学主要属于一种大众文化现象。

"阳春白雪，下里巴人"，文学雅俗之分，自古皆然。但是从精英主义的角度，在理论上将精英的高雅文学与大众的通俗文学作为一种文学观念彻底对置起来加以批判，却是最近一个多世纪才出现的。时至今日，这种文学划界观念已经深入人心，稍有教养的人都会区分所谓高雅文学（或曰雅文学、纯文学、美文学、经典文学、正宗文学、正统文学、精英文学、主流文学等等）与通俗文学（或曰俗文学、庸俗文学、低俗文学、杂文学、非经典文学、消费文学、另类文学、草根文学、大众文学、边缘文学等等）。有意思的是，一百多年来与此精英主义文学观念横行霸道相伴随的却是（经典）文学的边缘化。从唯美主义、象征主义、表现主义、直觉主义一直到各种现代主义、后现代主义文学思潮，这些花样翻新的文学形式的出现，表面上的确见证了现代文学的繁荣。但现代文学繁荣喧嚣的背后，却隐藏着文学边缘化无边的感伤、幽怨和落寞。人们常常以为是电子影像技术和计算机网络等新媒体的出现，导致了经典文学的边缘化。实际上正如罗班所见，“早在新兴电子媒体的大肆侵略之前，‘大众’文学或‘寻常’文学就已经对经典文学提出非议并威胁它的领地”[①]。可以说，大众文学对经典文学的威胁，正是伴随现代文学繁荣始终的一种文化现象。对许多现代文学精英而言，这一忧患，从某种程度上讲，也正是现代文学蓬勃兴起的根本动因之一。所以，现代文学的繁荣与边缘化这对看似悖论的现象，才会同时并存。

近一百多年精英主义文学观念的凸显，同整个西方自 19 世纪晚期以来的各种文化精英主义思潮是一致的。若从深层社会心理分析，根本原因在于知识分子的文化权威受到来自大众文化的严重挑战和威胁。众所周知，19 世纪西方在前两次工业革命的推动下，资本主义迅速发展，社会开始发生巨变：人口膨胀（19 世纪欧洲人口增长了两三倍）、城市扩张、教育普及、市民主体意识觉醒（民主浪潮的风起云涌）、大众文化兴起（通俗小说和大众报刊的普及流行）。尤其是工业化和城市化带来的教育普及，使许多人（如普通产业工人和家庭妇女）都接受了程度不等的教育，有了识字能力，于是书写和阅读不再是精英阶层垄断的特权。在资本主义的市场经济中，文学逐渐成为一种供人消费的商品，这些新兴市民阶层中的普通人（half-cultivated people）变成了消费主体，作家不再是高高在上的启蒙者或布道者，而成为一种特殊商品的生产者。知识精英生产的东西，最终取决于消费者的兴趣和爱好。而由于这些普通市民受教育程度不高，他们有了选择的自主意识和权利之后，他们能够选择的阅读对象，通常是那些他们比较容易理解的东西。对知识精英们生产的过于文雅的或者专业性的东西，多数情况下他们会逃避或弃之不顾。在这种情况下，为了迎合普通人的“低级趣味”，为普通人的文化需求服务的大众文化应运而生。自从作为大众文化最初载体的报刊普及以来，所谓精英文化便开始承受有史以来最严重的空间挤压了。[②]大众文化野火燎原般的蔓延，对新兴市民阶层中的普通大众来讲，意味着自我教育的逐步实现，并由此摆脱精英阶层的话语控制，获得自身的文化声音与话语权力；但这一进步对精英

① （加）雷吉纳·罗班：《文学概念的外延和动摇》，（加）马克·昂热诺等编：《问题与观点：20 世纪文学理论综述》，百花文艺出版社，2000 年，第 46 页。

② “与此同时，大众报纸构成了一种威胁，因为它绕过知识分子造就了一种新的文化，并使他们显得多余。”John Carey, The Intellectuals and the Masses: Pride and Prejudice among the Literary Intelligentsia, 1880—1939, London: Faber and Faber, 1992, p. 6.

文化权威来讲，却意味着严峻的文化挑战，这使他们感到自己正被从文化中心抛甩到边缘。因此，自 19 世纪下半叶以来，知识精英感到了前所未有的压力和危机。他们惶恐不安，满怀焦虑，于是基于一种自我保护本能，他们要跟大众和大众文化划清界限。这样，现代的精英与大众二元社会文化结构便被逐渐建构出来。

这种从精英主义立场建构出来的精英与大众两极结构，本身是一种虚假的观念体系。此种划分，对那些知识精英来讲，目的很明确，就是要在文化上把自己从大众中分离出来，以便重新攫取语言赋予他们的对大众的控制权。①而他们所谓的“大众”，其实是被剥离了许多人性特征的虚构群体符号，他们属于文化上“低级的人类”，因此是“不完善的人”。②同样，精英文学与大众文学的区别，也是这样被建构出来的。从象征主义、唯美主义、直觉主义以来的各种精英主义文学流派或思潮，将浪漫主义文学传统开拓的审美本位主义发展到极端，高举“为艺术而艺术”（L’art pour L’art）的旗帜，追求花哨的语言技巧或晦涩的文学表达方式，就是要利用自己掌握的文字知识和语言技能将他们自己与大众（“群氓”）切割开来。他们使文学变得越来越难以理解，以此阻碍普通大众的阅读，使他们重新变成文盲，从而将其排斥在精英文学领域之外，然后他们就能继续控制文学的话语权力。无可否认，这一动机确实客观地促进了现代文学的繁荣。

但繁荣也是衰败的征兆。现代文学精英利用其所掌握的丰富语言知识与技巧，对大众实施话语暴力，试图重新获得在文学与文化领域中丧失的话语权。尽管在后现代主义思潮和电子传媒蜂拥来袭之前，这种话语与知识权力建构的确获得过一些效果——至少是在自我封闭与防御的意义上取得了一定成功。在这种精英主义的文学话语体系中，文学精英的雅文学之正宗地位得到巩固，大众文学在知识地位上被排挤到边缘。但是，现代文学的繁荣，仍旧挽救不了精英文学被边缘化的历史命运。大众文学虽然在精英文学话语体系中没有地位，但这并不阻碍其流行与扩张。于是，精英文学关起门来抵御大众文学与大众文化的侵略，最终却发现自身成为文化孤岛，在现代文化中被整体边缘化了。所以，现代文学的繁荣，其实某种程度上讲，不过是传统文学的回光返照而已。现代文学的繁荣，只

---

① John Carcy, The Intellectuals and the Masses: Pride and Prejudice among the Literary Intelligentsia, 1880—1939, London: Faber and Faber, 1992, pp. 23 页以下.

② 尼采应该算是西方现代思想史上第一个公开敌视大众的人。而大概要到 20 世纪中期以后，随着以伯明翰学派为代表的文化研究兴起，大众文化才开始得到部分知识精英的认同和肯定。

是雅文学边缘化的征兆。[①]

与此相应的是，从19世纪以来通俗文学在现代大众文化领域中兴起，逐渐成为与高雅文学分庭抗礼的文学势力。可以说，尽管现代通俗文学在文学体系中的知识地位不高（当然也因为这种文学知识体系受精英主义意识形态主宰），其艺术贡献与现代精英文学相比也只能说微不足道，但是，通俗文学一百多年的成绩同样不容小觑。如果说精英文学的优势在“质”，那么相较之下，通俗文学的优势就主要体现在“量”上。无论是从创作数量和阅读数量，通俗文学都远远超出精英文学，纵向来说也超过了以往任何时代。不仅如此，这一百多年来通俗文学样式的丰富，也达到了其历史巅峰。面向大众读者的各种诗歌、戏剧（包括影视剧本）、散文和小说，形式、题材日新月异，可谓层出不穷。尤其是叙事类通俗作品，几乎已经占据了文学市场的大半壁江山。针对不同人群的阅读兴趣，如今仅通俗小说就出现了数十种类型，如青春、言情、都市、职场、官场、黑幕、军事、历史、间谍、盗墓、惊悚、江湖、武侠、黑帮、犯罪、冒险、西部、侦探、推理、悬疑、玄幻、科幻、穿越、戏说、网游等等。之所以出现这样繁荣的通俗文学局面，原因主要有以下几个方面：（一）教育普及创造了大量的通俗文学读者及作家；（二）现代出版报刊业的发达，以电视和网络为代表的电子媒体的普及，为通俗文学的传播提供了高效的媒介；（三）商业利益的驱动，使通俗文学发展成为商品产业，商业资本推动了其市场传播；（四）作为现代性的后果，现代社会一味追求生产效率导致社会生活节奏不断加快，焦虑和压抑成为都市人群普遍的精神征候，因此轻松的、快餐化的通俗文学成为人们释放生活压力的一个重

① 19世纪晚期以来，雅文学的边缘化有两大征兆：一是精英主义文学观念的兴起与现代文学的繁荣，二是20世纪文学理论的繁荣。引领20世纪文学理论繁荣的形式主义文学理论（以俄国形式主义、英美新批评为代表），本身就是建筑在一种精英主义文学观念上的。在审美主义的号召下，现代主义各文学流派疯狂追求审美形式创新，已经将普通读者拒斥在外，于是文学逐渐成为文学精英（包括批评家）之间角逐的一种语言游戏。形式主义文学理论对语言文本的精细分析，使得文学研究知识化、专业化、技术化程度急速提高，专业术语繁多而晦涩，分析过程繁复而琐碎，这样文学研究便越来越成为一种学院精英的专家之学，文学理论也演化成象牙塔中的“高雅理论”（high theory）。这种“高雅理论”，渗透着精英主义对大众文化的敌视态度，它排斥、拒绝大众对文学的解释与参与权力。诚如米歇尔·福柯早就指出的，知识是可以转化成话语权力的。理论，作为一种符号资本（symbolic capital），在一个可以有效保障理论交流在文化系统中，实际上很容易就能化身为某种符号权力（symbolic power）。所以，当精英文学在20世纪遭遇大众文化围困而逐渐衰微时，文学知识分子抓住了理论这件法宝用以自卫，对文学特殊文化身份的合理性进行论证与辩护，从而促成了文学理论的繁荣。也正是在这个意义上，文学理论的繁荣才标志着文学的衰落。

要途径；（五）通俗文学的繁荣也与言论和出版自由人权观念的普及，以及现代报刊审查制度的弛禁有关。

通俗文学的繁荣，是精英文学地位降低的一个重要标志。今天，通俗文学虽然在数量意义上依然保持着繁荣的表现，但随着电视与网络新媒体在全球范围内的普及，通俗文学在社会文化生活中的地位已经翻过其历史巅峰了。传统意义上以通俗小说为代表形态的大众文学，虽然在未来较长一段时间内仍有市场，其衰落速度要缓于精英文学，但面对新媒体技术革命带来的图像时代的压倒性优势，它的式微也是必然的。当前，我们虽然还无法具体预测未来文学发展的具体情况，但正在崛起中的亚文学现象，应该可以给我们提供一些想象的线索。

当代亚文学作为一种尚未被文学精英普遍接受的文学类别，它主要依然归属于大众文化范畴。所以，它与当代通俗文学一样，都植根于大众文化的社会土壤中。但当代亚文学不等同于大众文学，它应该与普通大众文学（俗文学）有所区别。如果说，“亚文学”“副文学”这些术语产生之初，的确主要是指一些俗文学现象，那是因为特殊的历史语境造成的，即那些俗文学现象还不被文学精英认可。今天，情况已经发生变化，所以，凡是已经被文学界普遍承认为“文学”的通俗文学现象，都不应该再算作亚文学。这里所谓的亚文学，主要指的是那种介于文学与非文学之间，似文学而非文学的泛文学现象。这些文学现象，是没有得到精英传统普遍认可的、尚待实践与时间检验的非传统文学现象。但我们这里基于已有的事实基础，预测或假设其具有成为未来文学新形式的普遍潜力，暂时认定其为雅文学与俗文学之外的另一种文学类别。简单地说，当代亚文学与俗文学或者传统文学的区别，主要在于这种文学文本或文学现象有没有被文学界普遍承认为“文学”，哪怕是“低级文学”。

国内个别研究者，如王志耕、王旭峰、张邦卫、葛娟等，都已注意到传统意义上关于文学的雅俗之分，已经不再能涵括所有具有文学性的话语类型，所以他们这几年也都相继提出过有别于雅文学和俗文学的“亚文学”“泛文学”或“边缘性的媒体文学”等概念。但是，由于区分“亚文学”与“俗文学”的标准模糊，他们往往不能够对二者进行比较明确的界划。如王志耕、王旭峰认为，“亚文学是后现代时代与消费时代的大众文学。亚文学虽然具有通俗性和大众性，但是又不同于通俗文学和大众文学。首先，从道德承载看，通俗文学和大众文学的精神理想体现为对传统价值观的支持、确认和复制，而亚文学对传统价值观则多持否定和解构态度。其次，亚文学比通俗文学和大众文学更加商业化和消费化。”[①]于是这些研究者将主要应该

① 王志耕、王旭峰：《直面“亚文学”》，《粤海风》2005年第5期。

归属俗文学范畴的身体写作、青春写作也与短信文学等一起划归为亚文学。再如葛娟，她已经比较清醒地认识到："亚文学有别于通俗文学。通俗文学指除了历史上的民间文学以外，还包括以满足一般读者消遣娱乐为主要目的的通俗化、大众化文学作品，又称大众文学。而亚文学也有其通俗性和娱乐化特点，这是两者相似之处。不同之处在于，通俗文学仍属于狭义文学范畴，即在狭义文学中，有雅文学俗文学之分，俗文学与雅文学相对而言；而亚文学则不属于狭义文学，从文本价值来讲不具有自足性的审美表达。"[①]她能够认识到当代亚文学与狭义文学的区别在于是否具有"自足性的审美表达"这一点，可谓非常有见地，但她把类型小说、传奇、故事等传统的叙事类通俗文学与短信、微博、顺口溜等一起划入亚文学文本，则明显混淆了概念标准。当然，当代亚文学与俗文学的界限并不是已经非常显豁。因为二者都属于大众文化范畴，许多表现形式和语言技巧相似，二者有部分重叠之处，中界线还存在一定模糊性，如一条仅为博君一笑的手机短信或微信段子可能就是一篇不错的打油诗或者微小说。但是，总不至于将各种早已定型为通俗文学的类型小说，混淆于严格讲还称不上"文学"的新兴亚文学现象吧。

当亚文学作为一种新兴文学类别已经确定无疑地出现在当代文化生活中时，在广义文学的知识谱系内，就可以划分出文学的三级结构：雅文学—俗文学—亚文学。如下图所示：

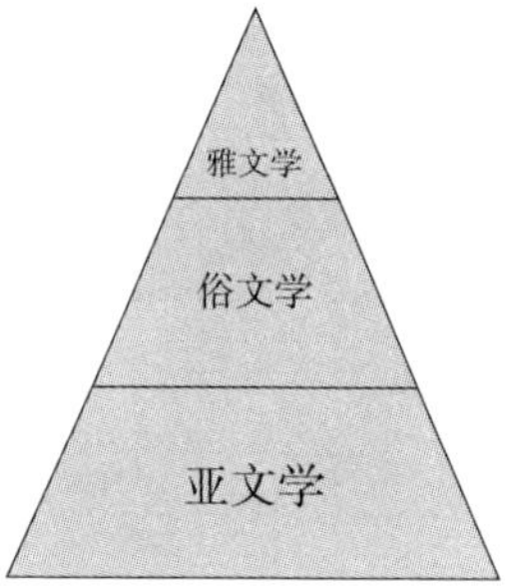

雅文学，作为以经典作品为代表形态和历史价值追求（"楷模"）的精英写作，标举审美价值作为文学核心（"文学性"），以创造美文学（fine literature）为目标，故而成为精英的话语艺术。它居于文学的顶层，是小众的。俗文学，是大众的、民间的、草根的文学，它模仿精英的文学技巧，虽有时反抗精英文学的体制化，但却通常甘于为其收编而屈居低等文学的位置。它并不以审美价值或创新性为核心价值追求。在商业消费社会中，为了追逐商业利润，资本会操纵俗文学迎合不同大众群体的趣味，甚至不惜一切代价媚俗化、低俗化，以

① 葛娟：《亚文学：当下文学发展的新形态》，《南京师大学报》（社会科学版）2011年第5期。

满足他们寻求感官刺激的娱乐、消遣需要，于是当代俗文学逐渐被纳入一种模式化的文化工业生产和消费。俗文学拥有数量可观的创作与阅读人群，处于文学体系的中层。亚文学，作为一新兴的泛文学现象，它是一种没有清晰文学意识的创作与欣赏方式，文学审美一般情况下并不成为其主体价值追求。但就像盐溶于水一样，当文学性化入如今在社会文化生活中占有主流地位的商业消费文化与媒体文化中，它将作为一种拥有强大基础的社会文化现象出现，甚至可能会以一种新兴的文学类别进入文学的知识谱系，并改写文学的历史面貌。当代亚文学于是成为整个广义文学体系宽泛的底层。由此，雅文学、俗文学、亚文学构成一个文学金字塔结构。但是，这个金字塔结构并不是永久性的，其内部三个层次之间的界限也不是泾渭分明的，而且随着文学历史的改变，俗文学、亚文学之部分内容其实都可能上升到这个文学体系的更高层级，雅文学、俗文学的部分内容也可能下降到更低层级。①

三、文学性：亚文学的文学灵魂

当代文学是复数的，但文学性却是单数的。亚文学之所以能够进入广义文学的知识谱系，关键在于它分沾了文学的灵魂性特质：文学性。文学性乃是对文学之为文学的艺术美感概括，是在人类漫长的文学传统中积淀下来的一种语言审美共识。正因为如此，亚文学可以作为语言艺术对象来做审美观照。但尽管如此，亚文学显然并不以文学性为核心价值追求。这是亚文学区别于传统文学的根本所在。它本是一种没有自觉文学意识的文学形态。

为亚文学奠定其文学的知识合法性，无论如何都没有办法绕过对文学的界定。虽然，本文声称要回避本质主义，采用历史主义的描述方法，但理论抽象本身根本不可能真正规避本质主义，所以我们最后依然不得不面对亚文学的本质特

---

① 这一文学结构体系仍然不可避免地带有精英主义文学知识体系建构的特征。但是这里必须申明，高、中、低三个层级的划分，固然含有审美价值的普遍判断，但这并不意味着，雅文学、俗文学、亚文学各类别中的具体文学文本的审美价值必然受此制约，如归属俗文学的文本必然比不上所有归属雅文学的文本，归属亚文学的文本必然比不上归属雅文学或俗文学的文本。这一点上，伊格尔顿的观点是值得参考的，他认为："在这个意义上'美文'或纯文学（belles lettres）这个术语是暧昧的：它指称受到普遍高度尊重的一类作品，然而它却不一定要你认可这类作品中某一具体作品是'好'的。" Terry Eagleton, Literary Theory：An Introduction, Malden, MA：Blackwell Publishing, 2008, p. 9.

征界定。这是一个悖论。尽管如此，本文仍然努力争取不做任何简单粗暴的本质界定，竭尽所能化解本质主义的弊端。

文学是什么？ 通常情况下，我们只是依靠一些约定俗成的观念来认定这样一种特殊语言文化形式。这些约定俗成的观念，往往来自历代文学精英与文化权威的认定。一般情况下我们并不追问这一问题，然而当遇到如何认定亚文学这种现实理论情况时，这个问题的重要性就被凸显出来了。今天的理论工作者尽可以使用描述性、形象性、虚拟性、创造性、情感性等术语来规定它，但这些概念无一例外，都不能准确地界定它。

对文学这样一种写作方式或言说方式，本文只能暂且按照伊格尔顿和乔纳森·卡勒的方式，先将其笼统认定为一种“以种种特殊方式运用语言”的“特殊语言组织”，①或者是“一种引起某种关注的言语活动或文本事件”。②这种言说方式之所以特殊，能够引起关注，关键在于它的能指（signifier）与所指（signified）之间的关系是暧昧的，其言说能够表达的意义（significance）远远超出了语言符号涵义（meaning）本身，而且这种意义具有审美特质，能够让人精神得到愉悦满足。为了获得这种审美意义，文学创作需要在声音、意象、节奏、句法、音部、韵脚、叙事技巧等方面运用语言形式技巧，以求获得“疏离”（estranging）或“陌生”（defamiliarizing）的语言效果。③这样就自然可以引起人的审美关注。什克洛夫斯基（Viktor Shklovsky）讲，“艺术的手法是事物的‘陌生化’（ОСТРНЕНИЕ）手法，是复杂化形式的手法，它增加了感受的难度和时延，既然艺术中的领悟过程是以自身为目的的，它就理应延长”④。“陌生化”，是早期俄国形式主义解释文学之艺术创造性与审美特质的关键词。同时，为了从语言手段和形式手法方面准确地捕捉文学的特殊性，概括文学的本质，俄国形式主义者又将“文学性”这一术语引入文学研究。⑤俄国形式主义理论家雅各布森（R oman Jakobson）认为，文学科学的对象不是文学，而是使一部作品成为文学作品的东西：“文学性”。所

---

① Terry Eagleton, Literary Theory : An Introduction, Malden, MA : Blackwell Publishing, 2008, pp. 2 页.

② Jonathan Culler, Literary Theory : A Very Short Introduction, Oxford : Oxford University Press, 2011, p. 28.

③ Terry Eagleton, Literary Theory : An Introduction, Malden, MA : Blackwell Publishing, 2008, pp. 3 页.

④ （俄）维克多·什克洛夫斯基:《作为手法的艺术》,《俄国形式主义文论选》，生活·读书·新知三联出版社，1989 年，第 6 页。

⑤ （加）雷吉纳·罗班:《文学概念的外延和动摇》,（加）马克·昂热诺等编,《问题与观点：20 世纪文学理论综述》，百花文艺出版社，2000 年，第 45 页。

谓“文学性”，在形式主义者看来，其实就是文学作为艺术语言形式疏离日常语言（包括科学语言）的一种“陌生化”手段或效果。如伊格尔顿所言，“形式主义讲文学语言是一套偏离于语言标准的语言，一种语言暴力：相对于我们平常所用的‘普通’语言，文学是一种‘特殊’语言。”①由之可见，形式主义者一心想要定义的并不是“文学”，而是文学的普遍特质——“文学性”，即“语言的某些特殊用法”。“但‘文学性’——这种语言的特殊用法既可以在‘文学’作品中发现，也可以在文学作品之外的很多地方找到。”②

当然，如果仅仅将文学的本质理解为“陌生化”或“创新性”，可能有失偏颇。如卡维蒂所讲，“一切文化产物都包含了两种要素的混合：惯例和创新。惯例是那些于创作者与其读者事先都知道的元素，它们包含大众喜闻乐见的情节、公式化的角色、流行观念、家喻户晓的比喻以及其他语言手法等等。另一方面，创新是创作者独创的想象元素，如新的人物角色、观念或者语言形式”③。文学当然也不可能离开传统惯例只讲创新（“陌生化”）。文学本身就是语言文化传统中约定俗成的惯例。而且，文学必须在传统中吸收惯例程式元素，才能在互文性中获得其艺术定位，否则它根本就不可能进入文学的传统。所以卡勒讲，“文学是一种悖论机制，因为创作文学要依照现有的程式去写作……但同时文学创作也要藐视那些程式，超越那些程式。文学是一种为揭露和批判其自身局限性、测试不同写法会产生什么效果而存在的艺术机制”④。因此，文学性其实并不能仅仅理解为“陌生化”或“创新性”。尤其是对亚文学来讲，它自身虽然形式翻新，花样众多，但在传统意义的文学语言审美创新方面却同通俗文学一样，乏善可陈，所以其文学性常常须借助互文性才能体现。

形式主义的“文学性”概念不可避免地带有一定先验性。从唯名论的角度来看，这种“文学性”或许根本就不存在。但是，我们能够找到更好的概念来描述文学的普遍特征吗？ 在这一点上，现在许多对形式主义的批评其实都没有超越

---

① Terry Eagleton, Literary Theory: An Introduction, Malden, MA: Blackwell Publishing, 2008, pp. 4 页.

② Terry Eagleton, Literary Theory: An Introduction, Malden, MA: Blackwell Publishing, 2008, pp. 5.

③ John G. Cawelti, “The Concept of Formula in the Study of Popular Literature,” The Bulletin of the Midwest Modern Language Association, vol. 5, Papers of the Midwest Modern Language Association, no. 2. Criticism and Culture, 1972, pp. 115—123.

④ Jonathan Culler, Literary Theory: AVery Short Introduction, Oxford: Oxford University Press, 2011, p. 41.

形式主义。尽管“文学性”这个概念存在局限，也存在种种理解分歧，[①]但是无论如何，这个概念的出现，为我们确立了一种文学的自觉标准。这个标准固然笼统，但是它所指出的文学的无功利的审美价值取向，已经无可非议地成为正统文学判断的基准。更重要的是，形式主义学派的“文学性”概念，在树立“文学”神话的同时也为“文学”幻象的破灭埋下伏笔。“文学性”（the literary）也许是普遍而永恒的，[②]而“文学”现象却无一例外都是暂时性的，所以不存在价值永恒的文学作品。正如伊格尔顿所讲，“任何东西都能够成为文学，而任何一种被视为不可改变的和毫无疑问的文学——例如莎士比亚——又都能够不再成为文学。”[③]本质上，“文学”“是由特定人群出于特定理由而在某一时代”建构起来的传统或知识体系。从阐释学的观点来看，一切文学作品都会被阅读主体“改写”，每一个阅读过程都是“改写”或重新理解的过程。[④]因此，文学传统或文学知识谱系的建构，最终取决于时代和社会的具体情境。判断文学的标准，不再是“文学”传统本身，而是由之积淀下来的“文学性”。

“文学性”这一概念指明了能够成为文学的语言文字或话语必须具备的特征，那即是非功利的、非实用的语言审美属性。所以，任何可以称作亚文学的话语文本，必然具有一定的语言审美属性。尽管在亚文学中，审美属性并不一定是每一个文本的主要特征，但如果缺少这一面向，它也就不再能够称作亚文学作品。亚文学作为文学主流传统之外的文学形态，其边缘性的主要表征即在于，这种新兴文学形态并不是以文学性及文学审美创新为其主要创作动机或核心价值目的，但其能够成为亚文学又恰恰根本在于具有一定文学性。文学性不受历史中约定俗成的“文学”观念规范，它既可以在特定时代公认的文学作品内被发现，也可以在特定时代公认的文学作品之外被发现，这是亚文学知识合法性的根本理据。文学性是惯例与创新的融合，这意味着亚文学的新形式，可以作为创新被文学体制接受，但另一方面亚文学也不能完全脱离文学传统的约束机制。文学性是在历史传统中慢慢积淀下来的文学特质，它相对历史中不断更迭的“文学”而言，具有更多稳定性和客观性，因此某种程度上可以视为永

---

① 史忠义:《关于“文学性”的定义的思考》,（加）马克·昂热诺等编:《问题与观点：20世纪文学理论综述》，百花文艺出版社，2000年，第1—6页。

② J. Hillis Miller, On Literature, New York：R outledge, 2002, pp. 12—13.

③ Terry Eagleton, Literary Theory：An Introduction, Malden, MA：Blackwell Publishing, 2008, pp. 9.

④ Terry Eagleton, Literary Theory：An Introduction, Malden, MA：Blackwell Publishing, 2008, pp. 10—11.

恒的普遍文学特征。

四、亚文学的特征

文学性是亚文学作为文学不可或缺的灵魂属性，但这并不意味着文学性在亚文学文本中享有崇高地位——否则亚文学就不是亚文学，而是雅文学了。所以，文学性并不是判别亚文学的唯一标准。当代亚文学，作为与人们当下社会与文化生活方式紧密相连的新兴文学形态，不可避免地带有当代社会文化以及科学技术的特征。

当代社会是一个建立在工业化基础上并受现代性主导支配的社会。首先，在三次工业革命的推动下，以欧美为代表的主要民族国家实现了工业化和信息化，并建立起主导全球的资本主义市场经济体系。其二，当代社会高度的工业化、信息化，使国际化的交通与信息交流成为可能，同时在市场全球化的主导下，逐步建立起全球性的商业消费社会，最终人们的生活方式以及价值观念开始趋同化（全球化）。其三，第三次工业革命在信息传播技术方面的成就直接将人类文明推入信息时代，以互联网为代表的数字媒体技术革命，彻底改变了当代人的信息交流方式乃至生存方式。其四，在这个信息高度发达的全球化商业消费社会中，文化受到商业资本的严重影响甚至塑造，以消费文化为主流的大众文化蓬勃兴起，从而对从前居于主流地位的精英文化造成挤压。

当然，当代亚文学崛起的原因多种多样，除了前面所讲的大众文化（文学）兴起的相关原因之外，主要还是与全球性消费文化和现代媒介文化的兴盛密切相关。目前来看，当代亚文学主要有三个来源:（一）传统民间文化;（二）商业消费文化;（三）新媒体文化。这三个来源并不是截然分开的，尤其是后二者现在几乎已经不可分割地交织在一起了，而传统民间文化很多时候也都必须借助商业与新媒体才能存活。凡是这三个来源中的一切具有文学性的语言或话语形式，只要没有被雅文学和俗文学收编的部分，都属于亚文学研究需要关注的。

1. 媒介载体与亚文学形式

文学形式的兴衰与其载体有莫大关联。在书写尚未成为文化传承普遍方式之前，是口传文学的时代。口传文学时代，以诗歌（歌谣）、戏剧和史诗（神话）为主要文学形式。这些文学形式都以声音为媒介，并辅以动作模拟表演，而且只能在同一时空环境中进行审美交流。口传文学因为依靠人们的记忆口耳相传，其局限在于无法原样保存文学表演，也限制了其内容和形式在数量方面的横向发展，但好处在于创作与欣赏可以在同一时空内互动，正因为如此口传文学的创作始终都是开放性的，可以不断地从集体的审美智慧中汲取养料，使其内容得到丰富、质量得到提升。当以文字记录或创作文学的时代来临之后，作为叙事文学鼻祖的吟唱史诗之活水源头便开始枯竭了。以文字为媒介的书写文学，在廉价纸张与印刷术出现之前，所谓“书于竹帛，镂于金石”(《墨子·兼爱下》)，因为书写在笨重的甲骨、泥板、金石、竹简，或者昂贵的绢帛、莎草纸、羊皮纸上，显然不适合长篇叙事文学的发展。所以，直到 15 世纪之后，随着以植物纤维为原料的廉价纸张以及雕版或活字印刷术的广泛应用，作为现代主流文学类型的小说才得以逐渐兴盛，并最终在 19 世纪取代诗歌在主流文学中的统治地位。书写的发明，通过文字记录使文学作品的保存成为可能，也极大地丰富了文学的传统（尤其是文人文学的传统），并让后世的人们可以跨越时空欣赏、借鉴前代的文学。但书写的出现，对文学也有消极的影响，如文字的使用造就了一个控制文学话语权的知识精英阶层，而文学精英化必然使得文学传统忽视其民间土壤，另外书写文学也掐断了口传文学即时互动性的传统，与此同时衰落的还有文学的声音和表演性。[①]而随着近半个世纪数字信息技术的崛起，国际互联网络正在逐渐成为社会主要的信息交流媒介，印刷文学的地位又今非昔比了，诚如有些学者预言的那样，印刷文学（书写文学）最终将让位给网络文学。通过网络阅读或创作文学，将是一种全新的文学经验。无论对作者还是读者来讲，这都是一种文学方式的改变。这种改变，不只意味着文学物质载体的改变，更重要、更深刻的地方在于文学言说、传播、欣赏乃至批评方式的改变。[②]这种改变，其影响将远远大于从竹简、绢帛到纸张印刷的媒介载体改变，因为这种改变涉及到了文学的基本生存方式。其中，可能最根本的一个变迁就是网络时代亚文学的崛起。当然，本文所讲的当代亚文学绝不仅限于网络文化中的泛文学现象。但毫无疑义的是，网络信息时代带来了我们所讲的亚文学的迅速崛起。

“媒介是催动文学前行的技术引擎。”[③]现代信息传播技术的革命，已经对

---

① 新西兰学者库比特也注意到书写影响到诗歌音乐性的衰落：“书写占了支配地位；最令人好奇或最不可思议的是声音在诗歌中的衰落。”（新西兰）肖恩·库比特：《数字美学》，赵文书译，商务印书馆，2007 年，第 187 页。

② “以互联网为标志的数字媒介大规模挺进文坛，带来了文学创作、传播、欣赏和批评方式的改变。”欧阳友权：《数字媒介文学转型及其学术理路》，《福建论坛》（人文社科版）2008 年第 5 期。

③ 欧阳友权：《数字媒介文学转型及其学术理路》，《福建论坛》（人文社科版）2008 年第 5 期。

文学产生了深刻而迅速的影响。这种影响虽然是通过最近半个世纪（尤其是近二三十年）的文学变迁表现出来，但究其根源来讲，却滥觞于第二次工业革命中的诸种关于图像（影像）、声音、文字的记录与传播技术的发明。打字机的发明，使现代人摆脱了必须依赖纸笔的原始书写——笨拙缓慢的手工书写、誊抄、复写和刻制蜡版等，这一发明到 20 世纪进化为计算机键盘、鼠标、触控屏幕以及其他简易指令控制装置，成为人们获取或创造文字、图像、声音、影像的魔法棒。留声机与钢丝录音机的发明，第一次使人类保留声音的梦想成真，20 世纪从这一技术进一步发展出卡带录音机、激光唱片以及各种数码声音产品，为文学的音乐性的复兴以及各种语言艺术的兴盛奠定基础。照相机和无声电影技术的发明，使现代人保留影像成为可能，并在 20 世纪实现影像与声音以及文字的合一——有声电影、电视、录像（包括 VCD、DVD）以及各种数码化视频等等，这成为各种综合语言艺术的重要载体。电报、电话与无线电通信的发明，则为现代远距信息传递奠定了基础，这些文字与声音的远距传播技术，在 20 世纪发展为广播、电视、手机、通信卫星、互联网等现代传媒。从目前的技术来看，以电子数码传输技术为基础的计算机网络，将文字、声音、图像（影像）通过数字化（bit）的编码、解码而实现信息的高效传递，已经成为集书写、声音、影像及超视距互动传播为一体的现代综合传媒工具。作为现代社会继报纸、广播、电视之后出现的“第四媒体”，计算机网络集合了几乎以往所有媒体技术的优点，因此被视为是最具代表性的新媒体。网络新媒体以近乎奇幻的技术优势，直接引领人类社会进入电子数码时代。因此，网络文化中产生的新兴泛文学现象，也就是最具代表性的亚文学现象。尽管如此，我们依然不能抛开其他媒体技术来谈亚文学的崛起。因为，即便是网络中亚文学现象，其实很多也来源于其他技术革新。

照相技术的应用，以二维平面图像还原历史场景，对“书写中心主义”（Gramma to centrism）造成了第一次严重的冲击。于是从报纸、书刊配图开始，另一种迥然有别于纯文字书写的言说形式便诞生了。这一新的文学形式结合文字与配图，经常以新闻、广告、宣传画、幻灯片等大众文化形式出现。所以，“读图时代”其实早随着照相技术的应用悄然降临。传统绘画艺术也受此影响，开始与文学结合，于是从 19 世纪末美国漫画家奥特考尔特创作出轰动一时的系列漫画《霍根小巷》（Hogan's Alley）或《黄孩子》（The Yellow Kid）以来，“连环画”或“漫画”风行世界，成为现代最具历史影响力的亚文学类型之一。

留声机、录音机、唱片等声音录制与播放技术的革新，在人们日常生活中复兴并普及了音乐，随着音乐一起复兴的还有文学的音乐性，一部分文学再次变成可以吟唱和聆听的文学。现代留声技术还普及了各种戏曲、相声、评书、小品、笑话（脱口秀）等传统民间语言艺术。这些语言艺术形式很少被人视为文学，但我们既然不能否认其语言审美属性，因此都可视为是亚文学形式。

电报的发明，为超视距即时通信奠定了基础，但因为这种通信的昂贵，故电文往往需要简捷明了，这种语言风格常常赋予电文简洁明快的审美特征。尽管电报已经快要走完它的历史，但它一百多年的历史也不算短，其中应该有不少具有文学性的电文，只是可惜一般人并不注意保留这些文字，且罕有文学研究者关注到这一文学现象。不过，电文的语言风格，总算是在20世纪末或多或少地通过手机短信或网络文字聊天的方式继承下来了。

电话的出现，解决了电报难以做到的远距通信的即时对话性问题。电话的发明，对人类交往来讲是具有跨时代意义的。在阶级社会中，不同阶层、种族、门第之间的平等对话很少发生，但电话的匿名性却直接穿透了这中间的种种障碍与界限。因此，19世纪末以来，一个寒门子弟，不需要面对门房的白眼、恶狗的咆哮和家长的阻挠，就可以从贫民窟电话亭，与上层阶级闺房中的小姐甜言蜜语。也许有些电话情语固然可以算作亚文学，但是电话的意义不在于它是何等重要的亚文学传播媒介，而在于它打开了现代对话信息技术空间的大门，这个大门后来一直通向移动电话和国际互联网。所以，本文认同库比特的观点，“广播和印刷术没有催生信息理论，是电话通讯催生了信息理论。”[①]

在移动电话普及之前，无线电通信一般用于军事、海事或者工程作业，罕有用于文化传播或日常交流。而移动电话的出现，首先创造了“短信文学”这种亚文学形式。尔后手机联网，从纯粹的通信工具变成互联网终端平台，实际上它也就拥有微型计算机的网络功能，成为网络亚文学（如微博、微信）的传播媒体工具。

广播实现了声音的远距同时传播，这是第一个真正意义上的电子大众传播媒介。广播的语言节目，包含新闻、评论、政治宣传、广告、广播剧、演说、访谈、戏曲、歌曲、评书、小品、故事讲述等多种形式，这些语言形式催生了电子传媒时代第一拨以语音为载体的亚文学形式。虽然随着电视与网络的普及，广播这一媒体已经退居边缘，但收音机至今仍存在于几乎每一部汽车中，许多综合媒体播放工具也保留着它的位置，为忙碌之中或闲暇之余的人们提供时讯与语言娱乐服务，而且许多边远地区仍旧需要依靠它来了解外界。所以，在可以预见的未来，至少无线广播仍将继续保持其现代媒介的重要地位。从而，通过广播媒介产生和发展的亚文学形式，仍将长期存在，并影响人们，影响文学历史。

电影、电视与广播的传播方式比较接近，都是单向的扩散性传播，没有固

① （新西兰）肖恩·库比特:《数字美学》，赵文书译，商务印书馆，2007年，第183页。

定对象，所以一直追求最大限度地吸引听众或观众，以上座率、收听率或收视率为目标。20 世纪电影（包括录像）通过文学与声音（音乐）、（彩色）影像的结合，把讲故事的方式似乎一下带回到口传文学时代，而且远比游吟诗人唱史诗、说书人讲故事更加生动、形象可感。后者可以将故事讲得出神入化，也具有音乐性，但说书人肢体模拟动作再丰富也无法呈现具体的叙事场景，但前者可以做到，让叙事场景、人物动作乃至轻微的面部表情直观地呈现在观众面前。尤其是随着 3D 数字影像技术的成熟，许多现实中根本不可能存在的奇幻镜头也可以创作出来，而且是以立体的逼真形象呈现于观众眼前的，其美感程度已经远超一般的文学阅读想象，比如卡梅隆电影《阿凡达》中创造的那个奇幻的潘多拉星球。对于电影，传统大众文学研究往往关注剧本，殊不知电影本身就是一种复合型的亚文学文本。电视是在电影基础上发展而来的一种大众传媒，也是集声音、影像和文字为一体的传媒工具。作为现代“第三媒体”，电视最近半个世纪已经在全球范围内取得传播领域的龙头地位。电视的普及，直接将人类带入文学的影像时代。19 世纪以来培育的小说消遣文化，被电视娱乐轻易地就排斥到了边缘位置。电视以影像和声音的集合替代文字，成为当代人了解世界、社会和娱乐消遣最重要的媒体工具之一。电视的兴起，创造了一系列的亚文学形式，如电视剧、电视电影、卡通片、流行歌曲、娱乐宣传、新闻报道、时事评论、节目主持串词、访谈、演说、辩论、脱口秀、曲艺、相声、评书、小品、广告等等。以往对电影、电视的文学研究，受书写中心主义影响，一个严重误区就是只将文字文本（如剧本）作为研究对象，这样不可避免地忽略了许多文学泛化的现象，导致对影视综合艺术中亚文学现象的漠视。文学不仅要研究文字文本，也要研究语音文本，及其与影像的综合表现形式。

虽然作为信息传播媒体电视目前并未衰落，但严格意义上讲，最近一二十年来它的媒体霸主地位已经逐渐被计算机网络取代。计算机网络是对以往所有媒体通信技术的一个综合。所以，它拥有强大的综合媒体优势，同时它又具备高效快捷的信息传递和巨量的信息存储功能，而更重要的是它是一种开放式的公共媒体平台。这种开放性不仅意味着可以提供给每一个参与者平等的对话权力，也意味着所有参与者对信息的共享。这与电报、电话通信的封闭性形成鲜明对比，后二者某种程度上讲还是“私密媒体”。①也与报纸、广播、电影、电视的单向传播不同，网络是一个双向互动传播媒体，一种真正意义上的现代传播媒体。计算机网络的普及应用，产生了我们这个时代独有的网络文学。网络上出现的文学现

---

① （新西兰）肖恩·库比特:《数字美学》，赵文书译，商务印书馆，2007 年，第 183 页。

象大致包括三种类型：一是“印刷文学电子化”后上传网络，通过网络传播和浏览的文学作品；二是指网络首发的原创文学作品；三是利用多媒体技术在网络上创作的超文本或多媒体作品等文学新形式。①一般意义上的网络文学，不包括第一种类型。②而本文所讲的网络亚文学，也基本上与第二种类型即网络原创文学无关，后者虽然创作、传播、欣赏的方式改变了，但其文学表现形式与传统文学并无本质区别，所以这类网络文学原创作品多数已被视为大众文学的特殊形式，而且其中拥有较高人气的作品在商业利益的驱动下还可以变为印刷文学。本文所谓的网络亚文学主要同第三种类型有关，但并不局限于第三种类型。计算机网络作为综合媒体，它集中了所有现代媒体的优秀技术特征，因此也能包容几乎所有现代媒体中产生的亚文学形式。网络亚文学最具特色的是它的超文本性和互动性。通过超级链接技术，网络文学文本演变为超文本（hyper text），由之文学阅读成为一个迷宫式的，充满诸多可能性的阅读。这种由技术产生的开放式亚文学样式，在过去的二三十年甚至已经吸引文学精英有意识的先锋创作实验。另一方面，由于网络是个开放的公共媒体，所以，网络亚文学往往呈现出高度的互动性，如网络常见的BBS小说、接龙小说、角色游戏、网络短信、博客日志、微博短文、微信短文等，读者随时可以发表评论，甚至参与创作。这种互动性，仿佛又将文学拉回到口传文学时代，创作于是成为群体智慧的结晶。

电子传媒时代对文学最大的一个改变，可能就是传统以文字为媒介的文学形式（所谓“书写文学”），逐渐被以电影和电视为代表的音影合璧的新媒体话语形式替代。这一变迁多年前即已被学界注意到，如希利斯·米勒所见，“新形态的文学越来越成为混合体。这个混合体是由一系列的媒介发挥作用的，我说的这些媒介除了语言之外，还包括电视、电影、网络、电脑游戏……诸如此类的东西，它们可以说是与语言不同的另一类媒介。然后，传统的‘文学’和其他的这些形式，它们通过数字化进行互动，形成了一种新形态的‘文学’，我在这里要用的词不是‘Literature’（文学），而是‘Literarity’（文学性），也就是说，除了传统的文字形成的文学之外，还有使用词语和各种不同符号而形成的一种具有文学性的东西”③。米勒所讲这类通过多媒体技术生成的具有文学性的话语形式，就是

① 欧阳友权：《网络文学本体论》，中国文联出版社，2004年，第17页。

② “所谓网络文学，是指由网民在电脑上创作，通过互联网发表，供网络用户欣赏或参与的新型文学样式，它是伴随现代计算机特别是数字化网络技术发展而来的一种新的文学形态。”欧阳友权主编：《网络文学概论》，北京大学出版社，2008年，第4页。

③ 周玉宇：《我对文学的未来是有安全感的（希利斯·米勒谈访录）》，《文艺报》2004年6月24日，第2版。

我们所讲的亚文学，或者叫“影像亚文学”。在这个印刷机正在逐步退出历史舞台的数码时代，书写中心主义的文学观念已经开始衰变，文学也需要转变载体媒介，适应数字化生存的文化技术环境。所以，文学抛弃文字作为主要载体，进一步与声音（音乐）、图像（影像）结合已是势在必行的历史趋势。数字多媒体导致文学的载体复合化，已经在当代影像亚文学中初露端倪。

2. 主体与风格

文字书写催生了文化精英阶层的出现，由之书写时代的文学不可避免地带有精英主义的文学观念。诗人、作家、文学家，因之成为崇高的职业称号。精英主义的传统文学观念里，作家是一个教化者的角色，而普通读者是接受教化的角色，所以明显存在主客、高下的区分。

当代亚文学产生于书写文学开始衰微的时代，它深深植根于大众文化土壤中，是一类游离于文学体制之外的新兴文学样式。无论是作者还是读者，都很少把这类亚文学当“文学”看待。尽管如此，这类亚文学在当代人的日常生活中却实实在在地发挥着文学的某些语言审美功能，所以理论界不得不正视。也许正因为很少有人把它们当作文学看待，因此那种高下、雅俗区别的色彩在这种新兴文学现象中反倒不强烈。没有人会因为自己讲了几个笑话、编演了几个小品、创作了几条网络段子，就把自己看作作家，读者、观众也不会这样看。读者、观众一般只把这些亚文学形式当作娱乐、消遣对象。而人们创作这些亚文学文本的目的，也并非为了某种艺术追求，而主要是为了展示才华、发泄愤怒，或者为了炫耀人生经历、倾诉内心感受，抑或是为了商业目的取悦大众、吸引大众，甚至仅仅是为了搞笑取乐、哗众取宠，他们只求有人欣赏、关注，并不把自己视为高高在上的教化者。所以，在亚文学现象中，创作者和欣赏者地位是相对平等的。

在亚文学现象中，不仅创作者与欣赏者地位平等，而且有时二者之间的界限也是非常模糊的。尤其是随着计算机网络与移动通信等“数字媒体”（digital media）的普及，在许多亚文学现象中，创作者与欣赏者主客身份界限被打破。通过互动的参与，许多亚文学文本成为创作者与欣赏者共同完成的作品，参与者都有可能同时兼具创作者和欣赏者的身份。

由于亚文学产生于大众文化背景中，它本身主要属于大众文化的表现形式，所以亚文学的创作不再是文学精英的特权，任何具备基本符号表达（包括语言文字）能力的普通人都可参与。尤其是在数字网络中，没有书报、广播、影视等领域那种严苛的文化审查制度掣肘，参与者可以匿名进入数码虚拟空间，肆无忌惮地表达自己的诉求与风格。因此早已被大众文化撼动根基的文学精英意识形态，被网络文化彻底颠覆。网络不像报纸、广播、电影、电视是单向传播媒体。这些单向传播虽然面向大众，主要传递大众文化信息，但是这种单向传播机制决定了受众的被动地位，也保护了媒体的精英主义价值取向和权威地位。网络是开放性的双向传播媒介，这种双向信息传递的开放性所塑造的平等对话空间，滋养着平民意识的生长，从而最大限度地化解了网络文化乃至当代文化中的精英主义意识形态色彩。亚文学作为网络时代的新兴文学现象，自然会受到这种网络平民意识的影响，何况当代亚文学中的很大一部分本身就属于网络文化。另外，就文学本身而言，亚文学作为“非文学”的边缘文学现象，它也几乎从来就没有把精英主义的“文学”看得多么重要。于是，打破精英对文学话语的垄断之后，亚文学成为一种平民意识的话语狂欢。各种复制、戏仿、戏谑、反讽、嘲讽、调侃、诙谐、游戏乃至“恶搞”风格，由之成为亚文学的一大特色。如这些年网络上此起彼伏的“梨花体”“咆哮体”“淘宝体”“银镯体”“琼瑶体”“私奔体”“高铁体”“吐槽体”等等语言现象，以及诸如“胥渡吧”等网络配音团队对《新白娘子传奇》《西游记》等经典影视剧的重新剪接和故事改编等等，都或多或少地表现了以上风格。这些亚文学现象的出现，已经实实在在地在取代许多传统文学欣赏的功能和空间，在人们工作闲暇或茶余饭后带来某种疏解压力的审美（或审丑）娱乐效果。

作为边缘文学现象的亚文学，也呈现出网络时代特有的开放性和公共性，参与者几乎已经不受任何资历、职业、年龄、性别的限制。有百岁老人写博客日志的，也有幼龄儿童登台表演脱口秀而火遍大江南北的。同一条短信段子，可能不仅锅炉工在传阅，大学教授也能为之莞尔一笑。再如一个从不把自己当作家的演员——徐静蕾，数年前记录生活琐事的博客文章点击率曾经突破三亿，微博点击率也在三千万以上，而仅只后一数字就已足令绝大多数职业作家汗颜或嫉妒的了。亚文学几乎是没有人群界限的文学新形态。它能够拥有如此庞大的一个社会基础，难道还不能够讲这里面涌动着文学变迁的暗潮吗？

尽管亚文学的出现，打破了以往文学传统中存在的种种无形界限，但是，目前亚文学就像亚文化一样，依然表现出浓厚的青年边缘文化色彩。其实很多时候，亚文学就是一种青年亚文化，属于这些从属群体在文化上的“表现形式和仪式”，他们戏谑、嘲弄、反讽，并以此风格来展示某种拒绝主流价值规训的叛逆姿态。[①]这种青年亚文化色彩，其实很大程度上是因为当下网络文化本身就具有这种属性。网络毕竟是最近一二十年才普及的新兴媒体，目前大多数电脑网络和

① Dick Hebdige, SUB CULTURE: The Meaning of Style, London and New York: Methuen, 1979, pp. 2—3.

手机网络用户是青少年，至于有闲暇、有精力、有兴致在网络上游荡、涂鸦以及创造、追捧各种流行网络文化的，则绝大多数是年轻人，因此网络亚文学难免带上青年文化的特征。这种青年亚文化风格和价值观，蔓延开来，也不可避免会影响其他非网络亚文学形式。这种青年亚文化风格，表现在许多方面，其中一个突出的面向就是“流行语言”（“潮语”）。如“童鞋们”“东东”“美眉”“打酱油”“伤不起”“雷人”“任性”“一切都是浮云”，这些在网络中产生的词语、符号或流行语，已经深刻地影响了当代人的日常用语。这些语言，不仅广泛地被年轻人用以显示时髦和个性，也被儿童用来表现成熟和老练，在老年人那里则常常被借以展示年轻心态（“卖萌”）。在当代亚文学现象中，网络流行语已成为其较为突出的一个特征。

3. 功能与生存状况

传统文学的功能，无外乎审美功能和实用功能两大类。按照现代文学理论的主流观点，所谓审美功能，是文学之为文学、超乎功利目的之外（康德所谓“无目的的合目的性”）的本质功能；而实用功能，则是文学的社会附加功能，故又称社会功能。这种观点，是文学获得文体自觉意识后才出现的。就西方而言，这一文学意识是在 19 世纪浪漫主义审美表现说形成之后才普遍觉醒的。在中国，文学的自觉虽远早于西方，自魏晋时代以来文人便已开始标举“诗缘情”这类文学情感审美表现说的主张，[①]但中国儒家文学传统向来重视的是诗的社会政治伦理教化功能，即历代儒生所标榜的“温柔敦厚”的诗教——所谓“经夫妇，成孝敬，厚人伦，美教化，移风俗”，是也。儒家诗教的基本传统，在孔子那里就已经基本确定下来。孔子讲“言之无文，行而不远”（《左传》襄公二十五年），[②]讲“兴于诗，立于礼，成于乐”（《论语 · 泰伯》）等等，几乎都是在说文艺的社会实用功能，而非作为审美概念的文艺本身——“文”并非最终目的，而是有效实现社会活动目的的手段。孔子最被广泛征引的“兴观群怨”，也是彻头彻尾的实用说。所谓“诗，可以兴，可以观，可以群，可以怨；迩之事父，远之事君；多识于鸟兽草木之名”（《论语 · 阳货》），其中“兴”指“感发意志”（朱熹），按照儒家主流传统理解为激发了道德情怀，是培养德行的作用；“观”指“观风俗之

① 魏晋“诗缘情”主张甚至可以远溯《诗大序》“诗言志”——“吟咏情性”之说：“诗者，志之所之也。在心为志，发言为诗。情动于中而形于言；言之不足，故嗟叹之；嗟叹之不足，故咏歌之；咏歌之不足，不知手之舞之足之蹈之也。”

② “不学诗，无以言。”（《论语 · 季氏》）

盛衰”（郑玄），这是从统治者角度讲其政治治理功能；“群”指“群居相切磋”（孔安国），讲的是其社会交际功能；“怨”指的是“怨刺上政”（孔安国），这是从民间角度讲其政治讽谏功能。“事君”“事父”主要讲的是诗的政治、伦理教育作用。“多识于鸟兽草木之名”讲的是诗的知识教育功能。所以朱东润所讲，“大抵孔子言文，要在应用。”[①]这其实也就是整个儒家诗教大传统的特点。不仅古代中国文学实用说源远流长，西方古代文艺实用说也同样昌盛，从古希腊到 18 世纪，实用说绵延不绝，几乎可与摹仿说平分秋色。所以，以审美为直接目的的文学本质观念，是现代文学意识普遍觉醒之后才出现的，这里面暗含着一种审美乌托邦色彩，甚至可以讲，审美本质论的纯粹文学观念其实是一种现代知识幻象。文学不可能超出社会文化的整体环境，相反，诚如希利斯・米勒所讲，“文学是由其社会功能中获得权威性的。”[②]只强调审美功能的文学，是自我封闭的文学，也是最终会被边缘化的文学。当代精英文学的尴尬处境，已经充分印证了这一点。

亚文学在当代社会文化生活显示出的蓬勃生机，某种程度上讲，就是因为它填补了正统文学所忽视的文学的社会功能角色，变成了人们喜闻乐见的话语形式所带来的。当代亚文学作为“文学”的一个异类，在对待文学的审美性上，它与纯文学是截然相反的，它绝少以纯粹审美价值作为追求对象，反而常常“恶搞”，以戏谑、调侃的方式消解或颠覆经典的审美价值，达到另一种极端的审美——“审丑”。所以，当代亚文学，尤其是网络亚文学往往带有某种消解中心、反对权威、拒绝崇高、抹平深度、碎片化的后现代色彩。正因为这种思想特点，亚文学很少出现那种宏大叙事的作品，所以注定不大可能产生书写文学时代的鸿篇巨制。而且，随着网络大众文化席卷一切的优势出现，那种产生鸿篇巨制的文学时代大概真的已经一去不复返了。于是，代之崛起的大众化、世俗化的亚文学，将以其原始、本色、自由、随性改变文学史的书写方式。当然，这并不是说正统文学很快就会没有文化生存空间。在这一点上本文也认同希利斯・米勒的观点，他讲：“在相当长的时间里，文学写作和阅读还是会继续下去的。但是它的那些旧有的功能却被电影、电视、通俗音乐、电子游戏、网络等这些能够制造魔光幻影的远程技术媒介所替代。对词语或者其他符号进行的所谓‘文学性’的使用正被移植进新的媒介之中。我敢保证，如果莎士比亚今天还活着，他也肯定会创作动感十足的电影或电视剧剧本，正如他若生活在维多利亚时代就会写小说或者在浪漫主义时代就要写诗歌一样。因为莎士比亚是一位职业作家，他需要赚钱，需要

---

① 朱东润：《中国文学批评史大纲》，上海古籍出版社，2001 年，第 5 页。

② J. Hillis Miller, On Literature, New York：R outledge, 2002, p. 100.

影响读者。”[1]当以前广大的文学读者（尤其是那些受教育程度不高的家庭妇女、工人和青少年）被电视、网络等现代媒体吸引过去的时候，这些通过新媒介传播的亚文学的地位便日趋凸显了。

亚文学当然不能完全没有审美功能，否则它就不是具有文学性的话语形式，也无从跻身于宽泛定义的文学知识谱系。但是，它通常并不以文学审美作为其核心生存目的或价值。它的主要功能还是娱乐、消遣，审美价值大半是依附在这些功能之上的。亚文学的娱乐、消遣功能同俗文学大致相同，但亚文学还有一个俗文学或者正统文学不大重视的核心功能，就是交际功能。在现代社会，传统社会那种以血缘关系为纽带的社会结构被分解，现代人普遍处于疏离的、原子化的生存状态中，以手机、网络为代表的能实现双向信息传递的现代传媒，于是变成了人们寻求情感交流、心理慰藉的重要交际工具。在此过程中兴起的亚文学现象，本身很大程度上就是一种现代交际文化产物，如大家熟知的手机短信、BBS 小说、接龙小说、博客日志等亚文学形式，都将关注、交流视为核心功能。所以，当代亚文学明显呈现出娱乐化、交际化的功能取向。当然，当代亚文学也有教育、认识、政治等方面的功能，但这些都相对比较淡化。不过，仍旧不能忽视这些功能，尤其是亚文学的社会政治讽刺功能，这是亚文学作为边缘群体、底层群体参与社会、参与公共空间的话语权力角逐的重要表现，这些有时候听起来不大和谐的声音，其实对真正和谐的民主社会的构建有不可忽视的积极作用。

4. 商业消费社会中的亚文学

在商业与金融全球化格局逐渐形成的当代社会，资本所推动的消费主义文化已经渗入社会生活的方方面面。这种商业消费主义兴起之后，利用资本所控制的大众媒体资源，强有力地改塑了当代大众文化，使之不知不觉中已经变成一种消费文化主导的大众文化。近几十年来，商业消费文化的全面胜利，本质是资本对（大众）文化操控的实现。大众文化，通过与商业资本的结盟，也壮大了自己，迅速以一种消费文化的姿态在文化市场中强势崛起，并开始形成一些商业模式的文化产业。如本文前面所提及的类型小说，作为大众文学类型化、产业化的代表，即是文学进入商业消费时代一个典型标志。这种商业消费文化的形成，创造了一种新型的社会文化环境，并提供了一种新的大众文化生活方式。在此环境中滋长的亚文学，自然不可避免地要受到影响。实际上，在眼下这种去政治化的商业文化环境中，市场和消费已经成为影响亚文学发展最重要的外在动力因素。

---

① （美）希利斯·米勒：《文学理论的未来》，刘蓓、刘华文译，《东方丛刊》2006 年第 1 期。

当代亚文学的商业化、市场化、产业化，严格讲并不完全是商业资本强制附加给亚文学的特征，而很大程度上其本身就是亚文学在商业文化中诞生的先天属性。譬如，无论一则商业广告的文学性有多高，它首先也应是为商业目的服务的，没有这个目的，它根本就没有存在的可能。人们每天接触到的广播、影视节目、网站文章和播客视频，大多都是直接或间接服务于商业利益的。当代亚文学，大多数都服从消费文化的商业行为逻辑，首先吸引大众，然后通过各种形式的“广告”劝诱大众消费，从而使商业资本从中获得利润。所以，资本的商业利益诉求，是亚文学生产极其重要的动力来源。许多亚文学形式，本身就是商业消费文化的产物。于是消费和市场，构成了当代亚文学快速发展的基本动力机制。

由商业消费文化主导的当代亚文学，必然成为最大限度迎合大众口味的世俗化文化产品。因此，精英主义的审美观念在亚文学形式中没有太多市场，反而是讨好普通消费者低俗兴趣的东西能够大行其道。这样，亚文学也成为一个当代人释放肉体感官欲望的地方。回归感性固然能够吸引更多人的关注，但亚文学一旦沦为恶俗之物，它也就会很快失去其生命力。

因为亚文学的商业价值，所以吸引资本的关注。资本的参与，最终成为亚文学崛起的重要驱动力。但是，这并不是说一切亚文学形式或现象，都是商业行为或商业现象。即便是最容易让人直接将其与商业行为关联起来的广告，也有公益广告和商业广告的区别。就许多亚文学作品的创作与接受来看，主要也都是比较纯粹的娱乐消遣、交际活动等，并没有直接的商业目的。这些都是不能否认的现象事实。所以，我们这里要区分商业消费文化在当代亚文学中的“主导”与“主流”地位。目前，我们只能判断商业消费文化对亚文学具有某种主导性作用，而不能直接宣称亚文学的内容主流属于商业消费文化。所谓商业消费文化对亚文学的主导作用，意思是亚文学形式并不一定直接表现商业内容，或直接为商业目的服务，但它通过商业媒体进行传播，客观上已经成为商业行为的一个部分，如电视台播放非商业的电视剧吸引观众，但却以插播广告赢利，非商业的电视剧便成为该商业行为的一部分。媒体的商业化，决定了它的大众消费文化主导属性，这种属性实际上也在主要通过大众媒体进行传播的亚文学话语形式中体现出来。

结　论

当代亚文学的崛起，正在改变文学的存在方式。尤其是随着电子信息时代的到来，艺术与交流媒介之间的界限被重写，[①]文学正在经历自文字书写文学以来最大的变迁。20 世纪晚期以来，德里达、希利斯·米勒等理论家曾相继预言，“所谓的文学的整个时代，即便不是全部的话，都不能挺过电子传媒的特定技术体系”；[②]“如果德里达是正确的，而我认为他是正确的，那么，新的电传制度就通过改变作为其先决条件或相伴状况的所有那些因素而终结了文学。”[③]这些“文学终结论”的说辞，尽管看起来有些危言耸听，但是新媒体对社会文化生活领域的大面积占领，确实已经导致正统文学的严重边缘化。不过，新媒体文化在侵蚀传统文学领地的时候，另一方面却又将作为文学精神灵魂的文学性广泛吸纳其文化新形式中，形成了一种杂糅的抑或说是融合的“大文学风格”或“泛文学风格”。[④]这种“泛文学风格”的出现，意味着文学边界的扩张。这种扩张，（从精英主义立场）消极地看，它使得文学作为纯粹语言艺术的身份淡化、边界消失；但（从大众文化立场）积极地看，它又使得艺术与生活、真实与虚构的界限消解，文学审美泛化，日常生活审美化。当代的“泛文学风格”，就是亚文学兴起的重要表征。亚文学正在迅速地确立自身在社会文化生活中地位，开始成为与雅文学、俗文学鼎足而立的第三种文学。

亚文学不仅与传统文学在媒介载体方面存在重大区别。亚文学的言说与生存方式，也与传统文学截然不同。亚文学在体裁、语言风格、价值观等方面对传统文学都有突破。亚文学的存在，也已经不再依赖文学制度，它已越过精英主义的文学体制，成为一种即兴的话语艺术表达与交流方式，文学传播的主、客体界限也不再壁垒森严。这种种差异性表明，亚文学崛起的意义，其实远不只是一种文学类型兴起那样简单，这里面极有可能涉及文学根本存在方式的改变。尽管现在

---

① （新西兰）肖恩·库比特:《数字美学》，赵文书译，商务印书馆，2007 年，第 146 页。

② Jacques Derrida, The Post Card : From Socrates to Freud and Beyond, trans. by Alan Bass, Chicago and London : Chicago University Press, 1987, p. 197.

③ （美）希利斯·米勒:《现代性、后现代性与新技术制度》，陈永国译，《文艺研究》2000 年第 5 期。同时参见 J. Hillis Miller, On Literature, New York : R outledge, 2002, pp. 1—2.

④ 有人将此与中国先秦之所谓“泛文学时代”做对比，二者间有一定相似性。参见刘军：《泛文学化：当代文学与先秦文学》，《哈尔滨学院学报》2009 年第 9 期；钱秀吟:《博客——大众文化时代泛文学化写作》，《文艺评论》2007 年第 6 期。但二者其实并不一样，先秦的泛文学现象乃是一种文学的不自觉状态；当代的泛文学现象是传统文学之外的一种新发展。虽然二者都不以语言审美作为其核心价值追求，但目的或功能上前者往往为了政治、道德、教育的目的，后者则更多是为了娱乐、消遣和交际。此外，二者最大的不同是载体媒介的不同，先秦的泛文学终究是以文字为载体的，而当代的泛文学则开始广泛地与数字多媒体结合，不仅文字，音像也是其载体。

宣称文学的涅槃重生尚为时过早，但崛起中的亚文学确实已为正在衰落的文学展露了一线希望。

而亚文学的崛起，也为文学理论界提出一个新的课题。这是一种新兴文学现象，它与传统文学存在极大差异，所以研究亚文学使用太多传统文学研究的材料和理论方法会存在许多意想不到的问题。譬如有学者曾尝试以传统的“四分法”对纷繁芜杂的亚文学现象进行归类，强行分作小说、散文、诗歌、戏剧四种体裁，[①]很明显，这种机械的归类方法无视文学四分法的历史局限性，最终只能是徒劳。任何文学理论都有历史局限性，随着亚文学这一文学变迁的出现，传统的文学理论显然已经不太能够解释这类新兴文学现象，因此需要文学理论的跟进与更新来应对。目前，虽然国内外有大批学者关注与亚文学相关的各种新兴文化现象，但他们主要是从文化研究的角度切入的，他们一般并不把这些现象作为文学来研究。何况文化研究一向侧重批评而疏于理论建设，所以，亚文学理论要从头开始建构。现在把亚文学当作一种新兴文学现象来研究的成果并不多，至于有所创见的更可谓凤毛麟角。其中，栾栋力图沟通中西，从所谓文史哲学角度建构的“辟文学”本体论，可以算是一个有益的尝试。[②]但其研究也有不太切合文学实际（尤其是当下新兴的文学现象）的地方，且其思想与行文有方枘圆凿、玄虚晦涩之弊，一时恐怕难为学界接受。因此，真正能够建基于当代亚文学实际反思的文学理论，尚待理论界继续开掘。

原发《人文杂志》2017年第2期

① 葛娟：《亚文学：当下文学发展的新形态》，《南京师大学报》（社会科学版）2011年第5期。

② 栾栋：《〈文心雕龙〉辟文学之美学思想刍议》，《哲学研究》2004年第12期；栾栋：《辟文学通解》，《文学评论》2008年第3期；栾栋：《辟文学别裁》，《文学评论》2010年第4期，等等。

电子媒介时代审美范式转型与文学镜像

胡友峰

在我们这个时代，电子媒介随着广播、电影、电视、网络等现代电子媒介的迅速发展而得以蔓延，它改变了我们的日常生活，其影响已经触及我们身边的各个角落。电子媒介的发展，信息呈现出爆炸性的增长。“和语言一样，每一种媒介都为思考、表达思想和抒发情感的方式提供了新的定位，从而创造出独特的话语符号。”[①]那么电子媒介时代的到来，也必将伴随着新的话语符号和审美范式，并对我们的审美活动产生巨大的影响。审美范式从古典的形像转向现代的影像再到后现代的拟像，审美对象也从实体的审美对象转向了虚拟的仿像，审美范式的转换直接影响到审美活动的建构。在电子媒介时代我们又会有怎样的审美范式？它的表现形式是怎样的？ 这种审美范式对文学又有着怎样的影响呢？ 这些问题都值得我们去深入思考。

一、审美范式转型：从形像、影像到拟像

《科学革命的结构》是当代哲学家托马斯·库恩的经典之作，这部作品之所以引起人们的高度重视，在于库恩提出了“范式”这一范畴。库恩是从科学发展的视野来论述范式问题的，他认为每一个时期科学都有着自己的发展规范。范式就是通过某一具体的科学形态来引导当时的科学发展，如古代科学的经典范式就是亚里士多德的物理学，托勒密天文学对中世纪科学来说也是一种经典范式，伽利略的物理学是近代科学的初级阶段，而微粒光学则意味着近代科学的发达阶

① 尼尔·波兹曼:《娱乐至死》，章艳译，广西师范大学出版社，2004 年，第 12 页。

段。当代科学的范式则是由爱因斯坦的相对论奠基的。“取得了一个范式，取得了范式所容许的那类更深奥的研究，是任何一个科学领域在发展中达到成熟的标志。”①库恩在这里是从科学发展的视野来论述范式这一概念的，一个新的范式的出现就意味着一种科学的革命。从社会发展的角度来看，某一时期也遵循着一定的范式，这些范式构成了一个时期人们共同认同的规范，范式在一定时期也就形成了一定的共同体，这些共同体有着共同的规范。如科学家共同体、文学家共同体等。而这些共同体的形成就意味着某一规范在其中的共同遵守。“每一次革命都迫使科学共同体抛弃一种盛极一时的科学理论，而赞成另一种与之不相容的理论。”②落实到美学问题上，审美范式则是指在某一阶段某一群落中共同遵循的审美法则，这些法则包括了审美理想、审美观念以及审美趣味等等。而不同的时代，由于审美范式的更迭，审美活动也会发生相应的变化。

按照麦克卢汉的观点，“媒介即信息”，媒介作为信息，其发展与一定社会的经济文化现状密切相关，特定的媒介会对特定社会的文化起到一种塑型的作用，因而也对作为文化要素之一的美学的发展形成一定的影响，从而影响乃至决定特定社会审美范式的转换，产生不同的审美效果。可以这么说，媒介的发展影响和制约着审美范式的选择。很难想象，在远古时代我们会欣赏电影，电影作为现代影像阶段审美范式的产物，在远古时代还没有出现。因而，我们在研究审美范式的转型时，首先要弄明白作为信息的媒介是如何发展演变的，通过媒介的演变我们可以透视审美范式的转型。根据媒介的演变以及审美活动的演化，我们可以将审美范式的演进历程概括为三个阶段：古典阶段、现代阶段、后现代阶段。

1. 形像：古典阶段

古典阶段的美学是一种静观的美学，康德美学是这种静观美学的典范，“审美无功利”思想贯穿着审美活动的始终。从审美主体的角度来看，古典时代的审美遵循审美无功利的范式，审美主体面对审美客体时，与审美客体形成一定的心理距离，对客体采用的是一种超然的态度。如果从审美客体的角度来看，主体在审美无利害思想的指引下对客体的静观只会关注物体的外在形像，而不会去关心事物的实际利益。至于形像，在德文中“形像”也就是“图像”，也就是黑格尔的“美是理念的感性显现”中的“显现”。形像是有所指涉的，它所指涉的是现实中实实在在的事物——真实的现实及其外观。从视觉角度来说，形

---

① 托马斯·库恩:《科学革命的结构》，金吾伦等译，北京大学出版社，2003年，第10页。
② 托马斯·库恩:《科学革命的结构》，金吾伦等译，北京大学出版社，2003年，第5页。

像具有直观性，形像以外在的色彩、光线为依托，将物质的形体呈现在人们的眼前，让人们能从整体上把握物体的外在形态，“形像”从而展现在人们的视觉层面上。

当然，古典形像阶段的审美范式在时间段上的划分并不清晰，往上大致可以追溯到人类产生语言文字时期，向下则截止到19世纪初期，摄影技术的出现。审美对象主要是一些以口语媒介和文字媒介充当载体的“形像”构成。在这里的“形像”主要是指事物呈现在主体眼前的外在形态，因而此“形像”非彼“形像”，不是指中国古典文论早期所指称的观念的“意象”，我们知道中国早期的文论体系中的“象”（比如说《周易》中的卦象）是一些比较抽象之物，用我们的触觉、视觉或者其他感觉器官很难把握，需要我们动用大脑去思考和理解，正如道家所坚持的“大象无形”，具有非常强的抽象性。而古典审美中“形像”则非如此，它比较具体、可感，是一些具体实在的实像，不像“卦象”那样具有抽象性。

上古时代出现的图腾崇拜是中国早期的审美对象，而这一时期的审美对象（龙飞凤舞、原始歌舞）是“幻想的对象，观念的产物和巫术礼仪的图腾”①。随之而来的是一些作为陶器纹饰的动物形像和几何图案，这些纹饰和图案被视为巫术符号。因此这一时期的审美主体在“看”中领悟到神圣的意味，这个时期是“审美意识和艺术创作的萌芽时期”。②到了夏商周时期，主要的审美对象则是以饕餮为代表的青铜器纹饰，同时也产生了线的艺术——甲骨文，再到春秋时期的理性精神，现实主义的诗篇中蕴含着的“赋比兴”原则在《诗经》中广为使用，而《诗经》也是当时最高的文学成就。到了战国时期，楚汉的浪漫主义思潮开始走向人们的审美视角，屈骚传统对两汉时期的文学产生了巨大的影响，汉赋的大气雍容不得不说得益于楚辞。而魏晋风度则是一个“文的自觉”的时期，一个为艺术而艺术的年代。紧随其后的是盛唐之音，诗歌开始走向繁荣，李白和杜甫毫无疑问是这一诗歌大潮中成就最高的两位“弄潮儿”，诗歌所体现出的音乐性的美，不知让多少人陶醉其中。宋元时期，山水画兴起，诗词也达到了一个顶峰，元曲这种俗文学也是人们的审美对象，到了明清时期，则是一个小说开始登台的时期，文学进一步俗化，走近人们的日常生活。西方审美对象也经历同样的变化，从希腊时期的史诗、悲喜剧、雕塑发展到19世纪西方现实主义文学和浪漫主义文学的兴盛，都说明了在古典阶段，人们的审美对象主要集中在事物的外观“形像”上面。

---

① 李泽厚:《美的历程》，生活·读书·新知三联书店，2009年，第9页。
② 李泽厚:《美的历程》，生活·读书·新知三联书店，2009年，第10页。

纵观中西古典时期几千年的审美对象的变化，一言以蔽之，无疑就是通过文字、语言和线条这些元素构成的美的对象——即“形像”。对于形像的审美，我们更多的是“读”，通过阅读或者是和阅读相类似的方式“看”（理性的看）来进行信息的输入，在大脑之中形成属于自己的解读画面，即“形像”。对于这些直观之“形像”的审美的过程较为简单，即使是图像也只能是对自然的一种模仿，这种模仿和现代阶段的摄影术有本质上的区别，主要是它的成像过程取决于人的再创造。因此，“在这个阶段人与自然以及图像作品是一种和谐共生的关系，艺术家的眼脑手处于一种有机联系的自然状态。”①

2. 影像：现代阶段

这一阶段审美范式的转变主要在于摄影术的产生、电影和电视的发明。摄影技术的起步在19世纪20年代，1839年摄影术真正的诞生，其工作原理主要包括曝光和后期制作。摄影术的诞生为影像的出现奠定了基础，当然，摄影术只是非常简单的影像复制技术，这种复制技术通过照相机与胶卷的链接而得以实现。毫无疑问，摄影技术的出现和发展将人们带入一个视觉的图像时代，人们的日常生活体验以及文化的创制方式都可以通过摄影技术而得以保存。在摄影技术发展的同时，19世纪末在法国诞生的电影技术，是一种利用活动照相术和幻灯放映术结合发展起来的一种现代艺术。电影技术的发展预示着图像由“静态”转为“动态”，即图像开始“活动”起来。摄影技术和电影技术的发展改变了人们的审美观念，审美范式也发生了转向，审美从“形像”转向了“影像”。1925年，现代意义上的电视机诞生，这是一种利用人眼的视觉残留效应，通过一帧帧渐变的静止图像形成视觉上的活动图像为工作原理的现代媒介。电影和电视这两种现代媒介的诞生，将人们从印刷媒介“形像”的包围中解放出来，人们的审美范式跨入“影像时代”。在这一背景之下，审美对象（即图像）表现为以摄影、电影和电视剧为代表的“以化学颜色及光电为介质的影像。”②所谓影像，“意指真实世界中的事物，通过光的反射作用在胶片感光剂或电子成像装置上的显影成像”③。而这一时期审美对象的生产方式也发生了巨大的变化，最为显著的特征就是机器（各种影像的生产均需要机器的参与）的介入，而古典时期的“形像”生产是以人类的手工制作为基础的，这种生产方式的转变促成了审美对象的批量化产生。其次，

① 沈军：《从形像到拟像——鲍德里亚视阈下的图像透视》，《前沿》2009年第12期。
② 沈军：《从形像到拟像——鲍德里亚视阈下的图像透视》，《前沿》2009年第12期。
③ 高宇民：《从影像到拟像——图像时代视觉审美范式的变迁》，《人文杂志》2007年第6期。

审美对象的范围有了较大的突破，突破了以前时间的和空间的限制，图像的传送可以使远在千万里之外的人也能同时享受到清晰而又声情并茂的影像。在图像化审美时代，人们将图像作为审美的主要对象，这样就使得生活中越来越多的艺术向图像靠拢以获得更多的接受和关注。诸如文学、音乐、戏曲等不得不想方设法与电子媒介（电视、电影）结合在一起，以获得更多读者的关注。例如金庸先生的作品被翻拍成电视剧，而且一拍再拍，各种版本层出不穷，同样的现象是我国的四大名著也是不断翻拍，以便能够加入更多的现代元素，目的在于人们接受起来更加容易。而更多的戏曲表演被录制成电视节目，向人们传递着“影像”，所有这样一种图像的展示使得传播的距离或空间消失，人们有一种身临其境之感。而这一切就是“影像”审美所带来的审美体验。在经历了摄影、电影和电视技术的飞速发展后，“影像”审美范式作为一种机器化的“视觉”审美范式，极大地扩展了人类眼睛“观看”的视觉范围，也改变了人类“观看”世界的方式，“世界通过视觉机器被编码成图像”①。这种被视觉机器所编码的“图像”在后现代的“拟像”阶段表现得更为充分。

3. 拟像：后现代阶段

随着电子技术的发展，电子媒介进入了一个新的发展阶段。这个时候“图像的制作进入了以数字仿真为特点的后现代阶段”②。在这一阶段，图像的制作经历了仿制和机械复制这两个阶段，图像的制作技术已经非常成熟。由于图像制作技术的简易，人们可以观赏图像的途径就更加广泛，人们的生活进入到一个被“图像”包围的时代，也可以说进入了一个“图像”泛滥的时期。如同柯勒律治关于“到处是水却没有一滴水可以喝”的著名诗句所描述的一样，我们也可以描述此时的审美环境：在图像的海洋里，却找不到有用的审美对象。图像作为一种符号，它“不再表征现实，甚至与现实无关，它依循自身的逻辑来表征，符号交换是为了符号自身”③。图像走向虚拟化，具有欺骗性、不确定性和异质性，图像由此走向了电子媒介制造的拟像阶段。拟像（simulacrum）是鲍德里亚创造出来的一个概念，拟像是对现实的一种仿制，但可能仿制的比现实更真实，出现“内爆”。拟像的出现，审美范式相应地从现代阶段过渡到了后现代阶段。

---

① 吴琼主编:《视觉文化的奇观》，中国人民大学出版社，2005年，序言第12页。

② 沈军:《从形像到拟像——鲍德里亚视阈下的图像透视》,《前沿》2009年第12期。

③ Mark Poster, eds1, Jean Baudllard : Se—lected Writing1 (Stanford : Stanford University Press, 1988), p.135.

“拟像，又可以译成仿像、类像、幻像、仿真等，指的是后现代社会大量复制、极度真实而又没有客观本源、没有任何所指的图像、形像或符号。”[①]在柏拉图的文本中，就已经出现了“拟像”这一概念。但是直到法国哲学家、现代社会思想大师让·鲍德里亚在他的《拟像的进程》一书中对拟像的重新阐释和独到分析，才使得这一概念在学术界得到了广泛关注和热烈讨论。在《拟像的进程》中，鲍德里亚认为“拟像物从来就不遮盖真实，相反倒是真实掩盖了‘从来就没有什么真实’这一事实。拟像物就是真实”。[②]当今社会就是由数字技术所制造的一个“拟像”世界，“拟象和仿真的东西因为大规模地类型化而取代了真实和原初的东西，世界因而变得拟象化了”。[③]在他看来，拟像是没有原本的东西的摹本。正如上文所说，电子媒介时代，我们所生活的世界是一个由电子网络构建起来的图像化的虚拟世界，很多时候，我们无法准确地辨别事物的真实或虚假。用让·鲍德里亚的话来说就是拟像世界就是一个“超真实”的世界，它可以通过模拟来仿制真实，创造一种可能原本就没有真实的存在。

审美范式从形像到拟像的这个转变过程，让·鲍德里亚为我们做出了很好的阐述。最初，形像可以表现真实，在数字模拟技术的催生下，形像被遮蔽，真实出现歪曲，形像与真实之间出现裂痕，最终，拟像出现，形像是形像，真实是真实，拟像与真实之间完全断裂。在这里，具有真实特征的“形像”完全转化为去真实的“拟像”，这就是“超真实”，一个失去真实存在的比真实更加真实的世界，因而杰姆逊说：“事物变成事物之形像，然后，事物仿佛便不存在了，这一整个过程就是现实感的消失，或者说是指涉物的消失。”[④]也就是说，当今我们生活的社会是这样的一个社会：现实中的实物正渐渐被拟像所代替，生活逐渐由真实向超真实转变。此外，在真实不断被消解转换的过程中，各种拟像的模型出现了，并且填补了真实的空缺。这些模型是想象出来的，我们无法在现实中找到它们的原型。但是越来越多的这样的模型却给我们制造了一种比真实更真的幻觉——“超真实”，好像这些模型就是真实存在的，从而拟像进入了超越真实的“幻觉”世界之中。

拟像具有二元性和数字性的特征，通过数字模拟技术制作出来的“拟像”有时候比现实更加的真实。例如我们可以在好莱坞大片《2012》中看到这样的情景：

---

① 支宇：《类像》，《外国文学》2005 年第 5 期。

② 鲍德里亚：《拟像的进程》，吴琼、杜予编《视觉文化的奇观》，中国人民大学出版社，2005 年版，第 79、81—82 页。

③ 鲍德里亚：《仿真与拟象》，汪民安编《后现代性的哲学话语》，浙江人民出版社，2000 年版，第 329 页。

④ 杰姆逊：《后现代主义与文化理论》，唐小兵译，北京大学出版社，1997 年版，第 224 页。

黄石公园火山喷发，继而全球所有冰川融化，地球淹没在海洋之中，人间一片狼藉，这样的场景简直就是人间地狱……当然，我们也可以看到这样一些场景：各种各样的外星人入侵地球，与人类发生战争，奇异的飞行物，造型古怪的外星人，乃至机器也可以变成人一样，有着丰富的感情……而这一切在我们的生活之中觉得是不可能之事迹，而“拟像”却可以做到这一切。古人云：眼见为实。而在“超真实”阶段，眼见也不一定为实，一切都存在着虚假性和欺骗性，人们更多地采用娱乐的态度面对着生活中上演的一些事件。例如在我们的现实生活之中常常有这样的感受：比如我们走在大街上看到森马的广告词：穿什么，潮我看。我们更多的时候不会想到具体的衣服或者裤子，而更多的时候会想起时尚、流行、休闲等形容词汇。因此，在后现代电子媒介的引导下，人们的审美范式也由原来的具体之物的“形像”转变为具有虚拟性和虚假性的“拟像”阶段。

我们在移动公交电视中经常会看到讲解交通知识的 3D 模拟交警。短片中，讲解交通知识的并不是真实的、有血有肉的交警，而是一个看上去很像真人的 3D 模拟交警（电子交警）。但无论从言语、神态还是手势动作上来看，它跟真人的交警没有什么两样。若远看，还真的看不出其真伪。这样的例子还有很多，例如博览会上的电子解说员，网络游戏中的人物等等。这些都是以真人的拟像的形式存在，我们不能在现实中找到对应的那个电子交警和博览会的解说员，更别说是网络游戏中的 3D 人物了。但每当我们的双眼遇到这些拟像模型时却会不自觉地进入到一种审美的幻觉中，逐渐地、自然而然地就接受了所谓的“超真实”的世界。而这也从某种程度上表现了审美由无利害性向审美与生活合一的转变，而这种转变，也说明了电子媒介时代审美范式从审美无利害性向审美生活化的转变。

二、电子媒介时代审美范式转型背景下文学的异变

电子媒介时代主导的审美范式是“拟像”的审美范式，这种审美范式对文学影响深远。电子媒介时代文学的审美变异首先与电子媒介的兴盛密切相关。南帆就认为：“文学之为文学与生产工具和生产方式有着千丝万缕的联系。”[①]在早期社会，媒介对于文学而言是以工具的身份出现的。从口语媒介、文字媒介、印刷媒介，再到大众媒介（电视、电影），每次媒介的转变，必然会引起文学形态的变化。在口语媒介时期，文学文本规模小，其词汇、句式篇章都较为简单。而且

① 南帆主编：《文学理论：新读本》，浙江文艺出版社，2002 年版，第 122 页。

文本都是以歌谣等形式出现，充满着不稳定性和流动性。因此，人们的审美主要是用一种口耳相传的方式来进行和传播。进入文字媒介时期，文本具有了可保存性，审美主要靠“读”即阅读来进行。然而到了印刷媒介时代以后，文学作品的复制和传播显得更为方便，例如明清小说的发展和繁荣，不容否认和媒介的发展有着重要的关系。而到了现代时期和后现代时期，随着电影和电视的出现，人们主要欣赏的是图像，而过去“阅读范式”统治一切的时代也早已一去不复返。从“媒介即信息”的视角来看，审美范式的转变首先就在于媒介的转变。媒介的转变可以带来不同的美的表现形式，或文字、或声音、或图像。在电子媒介时代，文学的形态发生了较大变化，文学从“读”转向了“看”，文学的图像化趋势明显，媒介的主动性增强，文学与媒介的关系更加的紧密，由此出现了电子媒介形态的文学：比如说网络文学、影视文学、微文学等。文学表现媒介的变化导致文学的异变在历史上不乏其例，当纸张媒介取代竹简媒介时，文学的传播空间就得到了较大的释放，文学形态、文学功能、文学趣味等都发生了相应的转移。①而审美范式从形像到影像，再到“拟像”的转变，文学作为语言制造的“形像”在“拟像”为主导的审美范式作用下会发生哪些异变呢？当审美范式从无利害性向审美生活化的转移过程中，文学精神又有哪些变化呢？下面我们将从文学形态、文学功能、文学趣味和文学理想四个方面加以分析。

1. 文学形态：从“读”到“看”

电子媒介时代文学审美形态最直观的变化就是文学欣赏由原来的“读”书到“看”图像。在图像生产技术不发达的古典时代，由于图像较少（图像主要由绘画组成），审美主要是以文字为主，人们更多的是通过阅读来进行审美。通过阅读，运用自己的抽象思维来构筑文字中的画面，虽然语言文字不能保证所表述内容之真实性，但是它会通过语言文字的叙述形成一个语境，即画面。在这个语境之中，人们通过阅读来获得审美愉悦。毫无疑问，阅读是一种抽象的思维活动，依赖于对文学语境的理解，从而形成一种理性主义的审美方式。人们在文学阅读时关注的是作品的内容，从文学阅读中生成文学形像。而随着电视、电影，乃至互联网的产生与发展，“看”逐渐取代“读”，成为大众的主要审美形态。人们每天都要看电视节目、娱乐赛事，即使政治、教育等社会的问题都需要电视的参与，人们更加习惯于通过“看”，而不是“读”的方式来获取信息。图像取代文字成为人们的主要审美对象，“图像对语言进行了猛烈的

① 查屏球：《纸简替代与汉魏晋初文学新变》，《中国社会科学》2005 年第 5 期。

攻击”。[①]而文字开始沦为对图像的一种说明或者阐释，成为一种补充作用。从“读”到“看”文学形态的转变显示了电子传媒的巨大能量。媒介决定了信息生产和传播，电视作为一种传播媒介使得我们将“看”图像作为主要的审美范式来取代“读”文字，而图像与文字最大的区别则在于图像是具体可感的，文字的理解需要思维的参与，文字是理性的，图像是感性的，图像审美是一种感性化的审美方式，人们在看“图像”时无需更多理性的参与。电视的普及在电子媒介时代有着重要的作用：它逐渐成为人们日常生活的话语中心，成为日常生活中不可分割的一部分，电视的规训作用被许多理论家反复提及，电视节目是对现实生活的重构，而不是再现。在一定程度上，电视“图像”具有虚假意识形态的作用，并且成为我们日常生活中“新认识论”的中心。而我们日常生活中的每一个令人感兴趣的话题——政治、经济、文化、体育……基本上都可以在电视中找到影子。电视节目中即使有许多的虚假新闻，我们由于对图像的“确信”也更加倾向于认为它们都是真实的事件，这一切都证明了电视的看图倾向影响着公众对于话题的理解。此外，作为“看”取代“读”最明显的现象就是各种文学名著翻拍成影视作品。《红楼梦》《西游记》《三国演义》《水浒传》不仅走进人们的生活，而且是一拍再拍，各种版本层出不穷。而前面已经说过，阅读是一个思考的过程，而电视或者电影却以画面来取代人们的思维过程，因此，“看”比“读”更加易于让人接受。从这一个层面上来说，“看”有利于文学的传播，虽然是阉割了后者所具有的文学性及美感，但是在文学大众化、文学普及的过程中也发挥着巨大的作用。特别是在当今以图像和“拟像”为主的电子媒介时代，电视和电影的作用应该引起人们更多的重视和关注。

文学形态从“读”到“看”的转移还表现在文学为影视服务方面。在中外电影史上，许多经典的影视作品均改编自文学名著，比如《乱世佳人》《呼啸山庄》等都是以文学名著为中心而加以改编的。新时期以来，著名的影视作品《芙蓉镇》《人生》《天云山传奇》等也都是从文学著作中改编而成。而当今时代，不是文学为影视服务，相反，一部高票房的电影可能会催生一部文学畅销书。叙事性、故事性强的文学作品几乎都已有过影视改编作品，例如《金陵十三钗》《山楂树之恋》《大红灯笼高高挂》等等。当前，影视剧本的创作也已经成为了一项专门的职业。甚至，现在的很多作家在构思创作的时候，最先考虑的不是如何主动地让自己的作品满足读者的审美需要，而是如何被动地符合影视改编的要求。这样一来，文学创作的自主性正在逐渐消失。作家放弃了自己的创作个性，与导演的要

① 尼尔·波兹曼：《娱乐至死》，章艳译，广西师范大学出版社，2004年，第98页。

求相合拍，从而也使得自己成为影视文化工业中的一颗螺丝钉。这样的文学已经沦陷为影视的脚本，文学创作趋向视觉化。文学的视觉化趋向在改变文学生态的同时，也修改了文学的生态，而文学适应图像化的趋向对文学未来发展的影响则不容小觑。

2. 文学功能：从文学性到娱乐性

在中国古代，文章一直是“经国之大业，不朽之盛事”，人们把著书立说看成是一件不朽的胜事。在魏晋时期，“文的自觉”的兴起，人们开始为“艺术而艺术”，追求文章辞藻的华美。文学的发展走向追求文采，追求美的征途中。在没有影视、网络等电子传媒的时代，人们阅读更加看重文章的文采，华丽的文采是美感产生的基础。从《诗经》到《楚辞》，再到汉赋、唐诗、宋词、元曲、明清小说，文学的发展基于对文学美感的追求，无论是典雅，还是通俗都有着浓郁的文学性。而进入现代阶段，当电视等媒介出现之后，人们更加偏向于娱乐、图像、音乐……文学的功能通过娱乐的方式展现出来，正如尼尔·波兹曼在《娱乐至死》所说的“电视把娱乐本身变成了表现一切经历的形式。我们的问题不在于电视为我们展示了具有娱乐性的内容，而在于所有的内容都以娱乐的方式表现出来”，“娱乐是电视上所有的话语的超意识形态”。[①]电视的诞生以及发展，将我们的审美推向娱乐化，审美的形式大于内容，精神性让位给娱乐性，没有娱乐性就不能引起观众的兴趣，就得不到大众的支持和青睐，而阅读亦是如此。随着网络文学的兴起，大众的阅读更多倾向于自娱自乐。互联网的发展，使得原本作家手中的“笔”下移到大众手中，似乎每个人都可以在网上进行自由的写作，网络写作是一种平面化的写作，网络写手不去追求意义的深度，而只是在体验即时的创作快感，所以网络文学是以情节取胜，故事的思想性不再是网络文学追求的目标。网民阅读就是感受文字带给你的快乐，通过网络文学所设置的情节“悬念”心安理得地去付费阅读，倘若网络文学也需要人们去思考，用抽象思维去思考这个世界，绞尽脑汁地去阅读，那么网络文学的衰落则是必然之事，不可能有大量的读者自己掏钱去消耗自己的脑神经。消费性与娱乐性是网络文学的基本功能，娱乐化倾向使得大家都乐于去接受网络文学，例如现在所盛行的网络小说，包括言情类、武侠类、修仙类、穿越类、盗墓类……种类繁多，可以满足不同群体的消费心理，这些小说的共同点就是在于娱乐，将娱乐发挥到极致。电视节目也以娱乐化的方式吸纳观众的“收视率”，“电视最大的长处就是它让具体的形像进入

---

① 尼尔·波兹曼：《娱乐至死》，章艳译，广西师范大学出版社，2004年，第114页。

我们的心里，而不是让抽象的概念留在我们的脑中。”[①]电视所塑造的流动画面，没有具体可感的语境，无需思考，只需愉快地接受，电视图像非常契合我们这个时代的娱乐精神。

文学的娱乐性与图像的增值密切相关。在拟像化的审美范式下，图像已经在我们的文化生活中占据了主导性的地位，我们的生活已经被图像所包围。文学作品的图像化直接导致了文学的“视觉化”转向。大量的插图文学、影视文学、网络文学的出现已经有力地证明了这一点。文学的“视觉化转向”在无形之中导致了文学由传统的语言艺术变成了“视觉艺术”。正如尼古拉米尔佐夫说的：“新的视觉文化的最显著特点之一是把本身非视觉性的东西视像化”。[②]这也意味着纯粹的文学的价值和意义在图像文化的猛烈冲击下正逐渐地被消解，文学正走向娱乐化的征途之中。

3. 文学趣味：从精神性到世俗性

阅读，或者审美，其本身就是一件满足精神需要的事件和活动。通过文学阅读和对文学形像美的感知，来提高自身的素养和艺术欣赏能力，充实人的内心，人也就更具有审美素养。而现在的审美，更多的是偏向于图像审美，文学更多的是将世俗性的因素传递给读者。肉身体验就是这种世俗性的典型标志。在文学作品或则其他影视作品中，越来越多的尺度较大的性描写镜头出现其中。似乎一部好的文学作品或者影视作品必须要具有这种元素，才能够吸引观众的眼球。文学的审美，不再是一种追求精神的超脱和内心释放的精神愉悦，而是一种满足肉身需要的饕餮大餐。在网络小说中色情描写非常之多，这种低俗的文学作品仅仅满足人们的感官享受，而无法给人们提供一种精神上的愉悦。不仅文学如此，影视作品也是这样：可以说，在电子媒介时代，我们正在进行“‘丑’的审美”[③]。文学的本身在于对“真善美”的追求，在这个以“丑”为美的时代之中，审美也带有强烈的世俗性。

视觉化的图像是造成肉身体验的罪魁祸首。毫无疑问，相较于文字而言，图像或者画面对人的视觉冲击力会更大一些。因此，人们在图像的冲击下审美倾向会更加的世俗化，因为阅读是主动的审美方式，需要我们去思考，而图像是被动

---

① 尼尔·波兹曼：《娱乐至死》，章艳译，广西师范大学出版社，2004 年，第 159 页。

② 尼古拉米尔佐夫：《什么是视觉文化？》，《文化研究》第三辑，天津社会科学院出版社，2002 年版。

③ 杨拓：《试论电子媒介时代的文学审美》，《江西社会科学》2011 年第 4 期。

的审美方式，我们只需要接受即可，它会主动进入你的大脑而鲜有思考。人们对于审美的追求亦将停留在表面之享受，或者视觉冲击、或者为肉身体验，这样的审美体验带着浓厚的感官刺激，也正是“视觉感性的偏执”。

上述这些现象无不在告诉着我们：文学的精神性正在走向衰落。电子媒介时代的文学已经不再是我们所说的传统文学了。首先，传统意义上的文学是严肃的、纯粹的、有着高雅趣味的。而借助电子媒介展现在我们面前的文学大多都是一些图像化的、娱乐化的、消费性的文学。其次，不同于传统文学的是，电子媒介时代的文学显得更加日常化、世俗化。也就是说，传统的文学是社会精英的文化行为，而电子媒介时代的文学则明显地呈现出大众通俗文化的亚形态。再者，传统文学中的审美是无功利的，追求的是一种主观的合目的性，渴求获得一种审美的享受。但电子媒介时代的文学，无论是广告文学还是网络文学都直接体现出其商业化和功利性的一面，利用文学的外壳使得其既得利益最大化，而所谓的“文学”在此时也只是一种获得实际利益的工具而已。文学所具有的审美救世功能在逐步下滑，文学的世俗化取向明显。

文学趣味的世俗性导致了文学情感表现性的衰落。当今的文学已经很少能够给我们带来真实的情感体验，因为电子媒介时代的文学所体现的情感更多的是一种虚假的、为了利益而捏造的情感，这种情感是没有现实根基的，是凭空捏造的一种虚假情感。面对这样的情感，我们也不能与之达成共鸣，看过一遍后，也不会在脑海中留下深刻的印象。网络文学就是一个最好的例子，无论是网络言情、穿越、玄幻还是架空小说，当我们在阅读时都会被其中的情节所吸引继而往下阅读，但是当读完整部小说时，我们通常会有这样的感受，那就是一个故事结束了，没有更深层次的情感方面的回味和共鸣。似乎我们只是被那些作者虚构出来的情节所吸引，只是为了得知故事的结局而去读完整部小说。同时，我们也不难发现，同属一类的网络小说在故事安排或结构上有着某种程度上的相似，从而导致文学想象力的下降。

4. 文学理想：从审美救世到娱乐消费

审美理想在不同的时代表现出不同的样态。何为审美理想？审美理想是指人们在一定历史文化中形成的，由个人的审美体验和人格境界所肯定的关于美的观念尺度和范型模式。而审美理想具有历史阶段性，不同的社会阶段会有不同的审美理想，而审美理想的转变与媒介的发展有着千丝万缕的关系。在中国古代，往往有着“审美救世”的崇高审美理想，表现出和谐的外在形式。而在我国早期的哲学家的思想中也有过类似的表述。“可欲之谓善，有诸己之谓信，充实之谓美，充实而有光辉之谓大”。充实而又光辉的“大”其实就是道德品质的一种崇高，人的道德品质在文学理想中占据着重要的作用。两千多年来儒家思想统治了读书人的大脑，而儒家所倡导“以天下为己任”成为文人读书的最高目标，因此，在中国古代，文学审美的理想亦必然是“以天下为己任”的，文学是“经国之大业”，文学的审美救世功能得以彰显。文章乃“经国之大业，不朽之盛事”，这样的传统一直都延续下来。唐代诗人白居易提出了“文章合为时而著，歌诗合为事而作”的主张，主张文章应当表现当时时代的情况和状况。其实这在古时看来是文章的功能之所在。文学应该是一种表达思想、著书立说的工具。“文学表现的内容是用文字建造自己理想中的思想秩序、精神秩序、思维秩序、情感秩序、符号秩序的建筑精神的大厦，这也是一个安身立命之处。”[①]中国传统的文学理想是非常崇高和严肃的。

而在当今时代，文学不再仅仅表现为对“真善美”的追求，更多的是作为人们追求经济利益的工具和手段。特别是网络文学的兴起，文学表现的内容不再是“经国之大业，不朽之盛事”，而成为个体性私人化的密语。无论是都市言情类、武侠玄幻类，还是盗墓穿越类的网络文学，其本质都在于“娱乐”二字，文学逐渐沦为肉身体验的工具。文学表现的内容变得低俗不堪，满足的是人们低俗的审美趣味而已，不再是表现国家命运和时代步伐的文学。文学表现内容的转变，不能不说是文学审美变异的重要原因之一。

当今时代，审美理想早已没有如此崇高，更多的是走向自己的生活，开始变得娱乐化，以消费为主。在这个娱乐性无孔不入的电子媒介时代，审美理想亦必然是娱乐型和消费型的。艺术走向生活，变得不再崇高而又易于进行审美，即审美向生活靠拢。例如现在热播的一些相亲节目《非诚勿扰》《百里挑一》等，体现出来的就是一种审美的娱乐化倾向。据悉，《非诚勿扰》的节目收视率高达2%—3%，而且单期最高的收视率达到了4%，这个数字是很难想象的，背后的观众是何其庞大，人数何其之众多。而它能取得如此大的成功，关键在于其迎合观众的口味：将婚恋的内容进行娱乐化处理从而吸引观众的眼球。

此外，审美也更加倾向于生活和消费，审美走向日常生活，与经济结合在一起，审美也是一种消费。当审美与消费合一、与生活合一的时候，审美理想已经不再是高高在上的崇高理念，审美理想演变为一种消费理念，带有浓厚的经济色彩，审美与生活的融合、审美经济的出现也是电子媒介时代文学变异的表现形态。

---

① 马正平：《高等写作学引论》，中国人民大学出版社，2002年版，第90页。

三、电子媒介时代审美范式转型与文学突破之径

电子媒介时代审美范式的转型导致了文学的异变，解决文学审美变异所带来的种种弊端，学界有诸多的提法，有学者曾提议：杜绝电视、电影等电子媒体等文化的介入，这种行为过于极端，科技并不是禁锢我们思想的利器，因而抹杀科技的作用亦是不是一种明智的做法。科技对文学的影响我们要一分为二地来看待，既要看到科技对文学发展的弊端，也要看到科技发展不可阻挡的趋势。在未来文学的发展中，典雅崇高的传统文学就要让位给商业化、日常化的文学吗？文学的真正审美内涵就要埋没在众多拟像中吗？我们的审美范式就要固定在"拟像"审美上吗？我认为，对这些问题的回答直接涉及到了电子媒介时代文学的生存问题，要解决电子媒介时代文学的生存处境问题，需要解决以下几个方面的问题：

1. 摆脱媒介的形式偏好，面向文学的实践召唤。电子媒介时代的文学处于一种"媒介生态"的语境之中，在这一特定的"媒介"生态环境中，媒介对文学的影响渗透在文学活动的方方面面，媒介规则入侵了文学生产的知识场域，由此导致了文学活动发生新变。根据欧阳有权"网络文学研究团队"的调查，"截止到2013年底，我国文学网站总数已经达到1.4万，其中综合性网站数7150个"，"目前我国有规模文学原创网站超过100家，写手总数超过200万人"①。而网络文学的数量更是无法统计，仅仅在起点中文网上，其原创小说库中共计有111.91万部。②如此大规模的网络文学生产，是受到高度数字媒介化文化生态影响的，媒介形式本身改变了我们对世界的认知，新的数字媒介形式的出现，改变了我们的生活方式，媒介本身形成了一种新的权利逻辑，阿尔都塞认为，媒介本身是一种国家意识形态机器，国家意识形态通过媒介控制人们的思想和行为方式。布迪厄更是认为媒介因为拥有工具性资本而拥有权力，媒介权力对公众的影响无处不在而又隐身不出。媒介权力话语在市场法则的支配下容易形成一种消费主义的形式偏好，文学写作对消费主义价值观呈现出迎合的姿态。比如在网络文学的生产中，网络写手首先考虑到的是其写作的文本是否具有吸引读者的功能，只有吸引了读者，其作品才具有"吸金"的目的，这是一种迎合消费社会大众心理的写作方式，是消费主义价值观与媒介生态的合谋，这种写作方式应和了读者的"感性"

① 欧阳友权主编：《网络文学五年普查（2009—2013）》，中央编译出版社，2014年。

② 欧阳友权主编：《网络文学五年普查（2009—2013）》，中央编译出版社，2014年。

功能，却稀释了文学的形而上学性，在网络文学写作面前，文学成为了“消费”的对象。作为特殊的精神文化产品的文学被当作单纯的一般商品进行消费时，实际上也就取消了文学的存在的价值。

因而，在电子媒介时代，文学的发展必须摆脱媒介的这种形式偏好，摆脱媒介生态与消费主义的形式合谋，而要面向文学实践的召唤。对于网络文学来说，作为一种新的文学形式，虽然具有消费主义的价值观，但是在文学实践上，它还是我们文学具体的研究对象。面向文学实践的主战场，对网络文学的学理结构和存在形态还有研究的价值和意义。比如：网络文学与传统文学相比，它的独特性的文学观念究竟是什么？它有没有文学性？文学性与媒介性之间究竟存在着何种关系？网络文学的审美追求是什么？网络文学的技术性和艺术性之间究竟存在着怎样的博弈，等等。这些都是我们这个时代所面临的文学实践问题，对这些问题的回答是我们的任务，是我们的责任。我们一方面要摆脱网络文学的形式偏好和消费主义的文学价值观，另一方面则需要对网络文学本身的学理形态加以研究，这才是一种理性主义的文学研究态度。比如，网络文学的生产方式与消费方式与传统文学相比就有很大的不同。在生产方式上，网络文学生产成为电子媒介时代文学生产的典型方式，网络文学生产具有典型的媒介性。一方面网络文学依靠数字媒介才能存在，具有媒介性的典型特征，另一方面网络文学又寄生在网络技术之中，因而具有技术性的特征。技术性和媒介性是电子媒介时代文学生产的基本特征，在数字技术的推动下，网络文学以惊人的速度发展，网络文学生产的数量堪称海量，网络文学的类型众多，网络文学的产业化将网络文学与传统文学之间的距离分割开来。如果说传统文学的生产方式以文学期刊和文学出版为主，文学经典的甄别方式以“专家遴选”为主，那么，网络文学的遴选方式则表现为“大众决定”。在消费方式上，网络文学的产业化将网络文学从线上推向线下，网络文学通过影视改编走向了千家万户，网络写手和文学网站从“网络 IP”看到了商机，网络文学的影视改编成为网络文学迅速走向大众的“捷径”，网络文学的青春化、趣味性和故事性使得其成为影视改编的重要文本形态，消费也是网络文学影视改编的基本目的。

2. 恢复文学的想象功能与形而上学特质。电子媒介的兴起改变了人类文化的精神结构，传统的以“文字”为主要载体的文学生产方式逐渐让位给以“图像”生产为主导的文化工业生产。“文字”在“图像”面前节节败退。正如海德格尔所预言的那样，我们正在进入一个“世界图像时代”。由于“图像”对“文字”的优势，文学在艺术家族中的地位逐渐从“中心”走向“边缘”，文学的基本特征，诸如想象、情感、形像性等因素在图像的包围中逐渐没落。网络文学的同质化以及类型化的趋向导致了文学想象功能的丧失以及对文学形而上学的遗忘。“网络时代文学有可能给文学带来新的有着革命性意义的变化，比如打破作者霸权、寻求读者自由、从精神性到日常性，文本资源丰富性和阅读开放性”[①]。但是“网络空间的自由书写成为即时性消费，没有多少人像推敲经典那样精益求精。他们的作品如同杂草一样自由蔓延，也如同杂草一样被人遗忘”。[②]网络文学作品“海量”，但质量“低质”问题不容忽视。在网络时代，每一个人都能成为作家，文学编辑作为文学作品质量把关人的角色已经淡化，网络写手不再被称之为作家，而是“写手”，但毫无疑问“作家身份的消失与文学永恒性的消失是二位一体的”。[③]因而在电子媒介时代，必须要恢复文学的想象功能和文学之为文学的本性，文学的本性就在于文学自身具有形而上学的特质。

电子媒介时代文学的边缘化导致了文学的形而上学特性被忽视。文学的形而上学特性是文学之为文学的本性之所在，对文学形而上学特性的忽视会导致文学的被取消。虽然说文学的内涵与外延与特定时代的历史文化语境密切相关，媒介的转型对当今时代的文学的内涵与外延有着深刻的影响，媒介变革总是想尽力改变传统的文学规则和惯例，但是文学之为文学的本质特性还是有着内在一致性的。“不同时代的文学或许各有其媒介技术方面的差异，但这些差异无法代替一种可能会以不同面貌显现的深刻的同一，就是体验、想象力和才华，及由此而生的独创。……对自己所身处于其中时代的深切生存体验，应是文学的生命之所在”。[④]文学的体验性、审美性、语言性、情感性等因素并不会因为媒介的变革而发生改变。文学是人的一种生存体验，通过生存体验对世界进行认知，用语言将这种生存体验的情感传达开来，这应该是文学的本有的内涵。在电子媒介时代，必须重申文学想象功能和形而上学特质，这是文学之为文学的本质特性。

3. 倡导一种“尊灵魂”的创作法则。进入电子媒介时代以来，由于媒介生态与市场法则的合谋，中国作家的创作进入到一个由“消费文化”主导的文学现场之中，经验的贫乏、欲望的叙事成为传媒时代文学创作的基本特征。在当下的文学生产实践中，故事性和身体经验压倒了思想性和审美性。“就此而言，在今日的小说写作中，重申灵魂叙事，重塑健全的精神视野和心灵刻度，便显得迫在眉睫。书写经验、讲述欲望的时代正在过去，文学的生命流转，正在重新转向对灵

① 王一川:《网络时代文学：什么是不能少的？》,《大家》2000 年第 3 期。
② 南帆:《游荡网络的文学》,《福建论坛》2000 年第 4 期。
③ 南帆:《游荡网络的文学》,《福建论坛》2000 年第 4 期。
④ 王一川:《网络时代文学：什么是不能少的？》,《大家》2000 年第 3 期。

魂的审视。我相信，这是文学发展的大势。我这样说，并不是要为文学的前行提供一个精神意义上的解决方案，只是强调，文学气息的流转已经发生变化，尊灵魂的写作时代已经来临。”①在电子媒介上时代，倡导一种“尊灵魂”的创作法则已经势在必行。这要求作家做到以下几点：首先，要努力恢复文学的现实指涉，使得文学具有一种厚重感和实在感，而不是一种虚无缥缈的感觉。因为电子媒介时代的泛化文学已经明显地表现出一种“存在之轻”。这种“存在之轻”使得文学缺乏与读者产生共鸣的能力和被读者铭记的魅力。那么我们需要努力的是使文学创作来源于我们真实的生活，而非仅仅构造一个虚拟的文学世界，要让电子媒介时代的文学真正地接地气。其次，文学创作的主体——作家要端正自己的创作动机。过多地追求功利和物质对于一个作家的创作有很大的负面影响。有些作家为了能够在短时间内获得更高的收益往往凭空捏造故事和情节，而这些情节都丧失了生活的根基和本真。例如玄幻小说中的传奇人物和天花乱坠的情节就是最好的例子。而作为读者的我们也要调整自身的心态。我们的阅读不是为了得知某一故事的结局，而是希望能够从中获得一种真正意义上的审美体验，一种心灵的震撼和内心的思考。再者，要努力恢复“纯粹的审美追求”，回归文学的常态和本真。我们需要做的是逆转文学商业化、利益化的发展方向，使得文学的创作和欣赏是一种发自内心的情感迸发与情感交流，而不是为了获得某种实际的利益。只有这样，文学才是真正意义上“尊灵魂”的创作。

身处电子媒介时代的我们深刻地体会到从“形像”到“拟像”的这一审美范式的转变以及文学带来的深刻变化。随着科技的高速发展和人们生活需求与质量的不断提高，电子媒介的飞速发展已经是一股不可逆转的潮流了。我们能做的就是尽力保留传统的文学，以期能够很好地融入当下的文学，合理利用电子媒介这个平台，使传统文学能够成为电子媒介文学发展过程中的一个不可取代的组成部分，使得两者能够互相取长补短，为文学未来的发展提供更广阔的空间。因而，即使电子媒介时代的审美范式发生了由形像审美到拟像审美的转变，也不意味着我们的形像审美就将消失。我们要通过努力，还原生活和世界的本真，不能深陷虚拟世界而无法自拔。

原发《浙江社会科学》2017年第1期

① 谢有顺：《尊灵魂的写作时代已经来临——谈新世纪小说》，《文艺争鸣》2008年第2期。

新媒介的兴起与文学精神的传承

杨柏岭

在人类的诸多行为中，阅读无疑是一种古老而又永恒的行为。据说，犹太人为了激发阅读兴趣，母亲会让小孩亲吻滴有蜂蜜的《圣经》，致使自小就留下书本是甜的记忆。中国古人亦很早便将“味之者无极，闻之者动心”（钟嵘《诗品序》）“清典可味”（刘勰《文心雕龙·明诗》）“吟咏滋味”（《文心·声律》）视为文学活动的审美要求，反对那些“理过其辞，淡乎寡味”（钟嵘《诗品序》）“繁采寡情，味之必厌”（刘勰《文心雕龙·情采》）的作品。然而，随着社会的演进、科技的发展尤其是新媒介的兴起，纷至沓来的图像世界包裹着人们的生活，人类的阅读方式亦由文字，经信息技术走向影像的世界。这一变化直接影响了人们对文学活动的理解。虽说“新媒介的兴起和文学的处境”的话题，已经走过了学术界热议的阶段，但新媒介的影响日趋深入，个中的问题并没有解决，依旧是我们这个时代需要正视的现实话题：新媒介兴起对我们的生活环境尤其是阅读方式产生怎样的影响？我们如何看待当今文学场所发生的变化？在新媒介兴起的时代，我们又如何从内涵上提升文学品质，传承与重塑文学精神？这些均是文学教育者必须要学习与思考的时代命题。

一、新媒介的兴起与人类意义世界的视觉传达

伴随着电子产品的出现，人类的世界正在发生着深度的变化。与这个变化同步的，是思想家们思考的过程。或称之为世界图像时代，早在20世纪30年代，海德格尔就对现代社会做出了一个判断——“世界被把握为图像”[①]，人类开始注重

① 马丁·海德格尔，林中路：世界图像时代［M］，孙周兴，译，上海译文出版社，2004年，第91页。

以视觉化的方式来认识和传达这个世界。或称之为“机械复制时代”，本雅明的《摄影小史》（1931）与《机械复制时代的艺术作品》（1936）等提出了“震惊体验”“韵味的消散”“复制／创造”等概念，认为像摄影之类机械复制手段不仅将艺术的专业化变为公众化，消解古典艺术的崇高地位，而且对人类艺术的认知方式以及传统艺术作品“灵韵”进行了颠覆性革命。或称之为景象社会或景观社会，居伊·德波《景观社会》（1967）便指出这个“景象不是形像的集合，而是以形像为中介的人与人之间的社会关系”①，在世界转化为形像的社会中，视觉压倒了其他观感，人也因此被动地成了观者。除此，阿多诺和丹尼尔·贝尔提出“图像消费”理论，鲍德里亚提出“类像”理论……总之，正如丹尼尔·贝尔所言：“我相信，当代文化正在变成一种视觉文化，而不是一种印刷文化，这是千真万确的事实。”②

（一）图像、文字与图像时代

图像（Picture）含义较多，若从各种图形和影像的总称角度说，图像是古老的，在文字出现前，人们便采用图像纪事表意，比如原始洞窟壁画、墓室壁画……这些图像正是一个时代的视觉传达，这类“图像如同文本和口述证词一样，也是历史证据的一种重要形式”，“可以让我们更加生动地‘想象’过去”③，“当我们站立在那些被植入了神话的图像前时，历史也就站在了我们的对面”④……这些图像的功能或如库尔特·塔科尔斯基说的“一幅画所说的话何止千言万语”⑤，有助于后代研究者拂去历史的尘埃，破译其中隐含的社会文化密码。然而，远古时代的图像的作用是有限的，并非说那个时代就是视觉把握的社会。尤其是在发明文字之后，人类逐渐养成了对“文字”的依赖心理，进入了文字担负起统治与主宰人类社会文化信息载体的时代。

在这个时代，文字由信息载体、传播工具渗透到人们的思想情感、思维方式、价值判断，构建着我们的文学观、审美观；甚至可以说，文字的力量也渗透到社会习俗、法律规范的层面，深刻地影响着我们的文化心理。像“敬惜字纸”便反映出文字表达在公众生活中的权威地位，“白纸黑字”就强调文字契约近于法律条文的公信力，等等。在文字时代，虽说图像与文字并存，有时图像也具有独立意义，但总体来说，文字始终充当着支配角色，文字时代的图像多是依赖文

① 朱立元：《艺术美学辞典》［M］，上海辞书出版社，2012年，第463页。
② 丹尼尔·贝尔：《资本主义文化矛盾》［M］，赵一凡等译，三联书店，1989年，第156页。
③ 彼得·伯克：《图像证史》［M］，杨豫译，北京大学出版社，2008年，第9页。
④ 刘涛：《环境传播话语、修辞与政治》［M］，北京大学出版社，2011年，第226页。
⑤ 彼得·伯克：《图像证史》［M］，杨豫译，北京大学出版社，2008年，第2页。

字方有正当身份，被赋予意义，反之，则多属于“未定”范畴。然而，与消费社会、媒体社会等命题相伴而生的“图像时代”，图像的意义便发生了变化。其意虽不是指向某种时代精神（如“文艺复兴”、五四新文化运动等），但预示一种新的社会状况、文化状态的到来。可以说，这个现代意义的图像从没有像今天这样，给我们的生活、文化和教育带来如此巨大的冲击。在照片、影视以及网络所营造的相关图像面前，文字似乎并非必需的。像有些商品的图像广告设计，几乎无需任何文字的提示或说明——因为图像本身就是表达的途径，足以达成商品呈现和促销的效果。当今的时代“文化运作方式与文化生活形态主要是由图像符号的呈示与观看来构成”[①]，“图像”这个符号正发挥着构筑意义世界的巨大功能，以至于有些人标榜：“我从不阅读，只是看看图画而已。”

（二）观看、镜头与意义的世界

“观看”原本就是人类接触世界的重要方式，约翰·伯格甚至说：“观看先于言语，儿童先观看，后辨认，再说话。”[②]只是由于新技术、新媒介兴盛与普及，人类的“观看”行为发生了质的变化。传统的“观看”或直面自然人文景观，在心物交流中体会“登山则情满于山，观海则意溢于海”（刘勰《文心雕龙·神思》）的心灵生长过程；或阅读文字世界，在想象与理解中品味“意内而言外”的意义生成过程……而如今吸引人们“观看”的，则是技术手段所生产的无所不在的图像。可以说，当今人类仿佛置身于广告牌、橱窗海报、屏显广告、影视图片、E媒广告与图片以及各类浏览器等无边海洋之中，使我们的日常生活似乎都“艺术化”“审美化”了。现如今，图像不仅是人类的生活背景，也是人类的生活内容，正改变着人类传统的生活方式、思维方式、生存体验、生存环境、审美经验以及文化境遇，扮演着主导人类心灵世界的导航作用，展示着文化传播与交流的特殊功能。正如有学者指出的：“今天不堪重负的‘观看’已经成为一个时代的标志，而我们越来越依赖于眼睛来接触世界了解真相。一方面是视觉行为的过度和重负，另一方面则是对视觉行为的过分依赖。”[③]

同时，传统的“观看”主要是借助“眼睛”亲历对象，其行为直接受制于人自身的心灵活动；而现今人们的“眼睛”与“对象”之间则多一个“镜头”，人们已不自觉地依赖“镜头”来获得信息，体验现实。在他们看来，那一闪而过的图

---

① 王先霈、孙文宪：《文学理论导引》［M］，高等教育出版社，2005年，第278页。

② 约翰·伯格：《观看之道》［M］，戴行钺译，广西师范大学出版社，2005年，第1页。

③ 周宪：《看的方式与视觉意识形态》［J］，《福建论坛》2001（3）：第21—24页。

像具有文字难以抑或是无法解释的作用，图像不仅足以解释现实，亦完全可以取代现实，抑或是图像就是现实本身。于是，图像由原先的“证史”在向“证实”转向，人们对历史与现实的把握的方式正在向图像化转变。而与此相对的，人类真实的生活经历反而处在被消退的处境，变得越来越不重要。由此，在镜头闪烁中，虚拟的镜像成为现实，而真正的现实又是远离观看者的“虚拟”存在。譬如旅行，古人重视亲历，用身心捕捉自然，徜徉在人与自然的和谐体验之中，如今对很多人而言，旅行就是摄像、拍照，到此一游，回来后再欣赏照片，以影像证实现实，构筑其所谓的意义世界。

（三）视觉转向与人类感知方式的变化

从某种意义上说，科技的进步与发展正在改变着人类的感知方式以及时空概念。对此，德国学者西美尔（或译齐美尔）早就分析过：“在19世纪制造公共汽车、铁路和有轨电车之前，如果不相互约定，人们根本不可能在几分钟或几小时之长就能相互见面，或者必须相互见面。现代的交通让涉及人与人之间一切感性关系的绝大部分，它在越来越高的程度上，把人际的这种关系交由纯粹的视觉感官去处理，这样一来，必然会把一般的、社会学的感觉置于彻底改变了的前提之下。”①与西美尔说的交通工具变革带来的变化相比，当今已进入同步的、瞬息传播这个由新媒介掌控的视觉时代。视觉“观看”不仅是现代人们的基本生活样态，而且成为主导的存在方式。

这种感知方式的转向尤其表现在视觉方式对听觉方式的“入侵”上。早些年热播的电影《手机》中的故事情节的发展与人物命运的变化，便与手机功能的转变有关。在打固定电话的阶段，乡里那部电话是对外联系的唯一途径，在听觉型感知环境下，电话拉近了人们心理的感情距离，联系着盼望与思念，人际关系是温馨的、浪漫的。然而，当移动电话（手机）具有短信功能之后，人际关系开始变得紧张，甚至敌对，人们的心灵开始虚伪和庸俗。故事结尾严守一的失声，就是视觉入侵听觉的一个象征②。而如今手机从打电话到发短信，从读文字到彩信、摄影摄像、看影视、上网、微博、微信等功能的变化，更是说明手机的媒介功能已从听觉转为视觉的延伸物。除了大众传播媒介视觉化，那些纯属听觉领域

---

① 西美尔：《社会学：关于社会化形式的研究》[M]，林荣远译，华夏出版社，2002年，第487页。

② 高燕：《图像时代的视觉狂欢——论本雅明和鲍德里亚对视觉图像的沉思》[J]，《江西社会科学》2010（6）：第222—228页。

的音乐也不得不加入视觉图像的联欢，呈现为“音乐的视觉化现象”的走向。如今，谭盾所说的“作曲家要能够‘看’到音乐、‘听’到色彩”[①]的音乐被视觉化现象已是常态。

至此，新媒介的兴起带来人类感知方式一大变化，就是由“固定化、距离化、沉思式”的听觉型，转向“流动的、即时的、扫视的、浏览式”的视觉型[②]。正如多数学者指出的，“数字技术引发的图像表意的不断强化”和“文字审美的日渐式微”[③]，已经是当今社会一个不争的事实。当然，“这不是世界末日，而只是一个由新媒体统治的新世界的开始。”[④]人们需要面对当下这种“视觉转向”“图像转向”的文化走向，深入研究随着人类整体存在方式的改变而变化的人类的感知方式。

二、新媒介的兴起与文学场的嬗变

在文字时代，我们面对文学的主要方式是“阅读”与“理解”。日积月累，我们形成了关于文学艺术的“阅读”心理期待，即构建了何谓文学、文学如何才是真善美的判断标准。于是，传统文论家认为：读者必须把握文学艺术的符号体系，方能领悟文学之美，理解文学的意义，认识文学的价值。他们认为，构成经典文学作品“意义体系”的核心要素是：（1）作品的语言是否具有审美价值；（2）作品呈现的形像体系提供了什么意义；（3）作品的主题对我们的现实生活有什么提升意义。

按照这样的审美标准，文字时代的文学活动对作者与读者都提出了高标准的要求。也就是说，参与文学活动的群体需要一定层次的文化素养，如此方能有资格有条件创作文学作品，捕获到文本的内在信息。一方面因为我们必须理解文字，而作为能指与所指的约定性统一的文字是一种抽象符号，只有学习方能掌握；另一方面我们必须思考文字符号体系的意义，像作品的言外之意和韵外之旨，更是期待我们去发现和领悟，需要具备一定文化修养的我们去准确捕捉。

然而当文学阅读主要依赖“读图”与“浏览”的视觉思维，文学活动的生产、接受及存在方式均发生了变化。米勒曾指出：“新的电信时代的重要特点就是要打破过去在印刷文化时代占据统治地位的内心与外部世界之间的二分法”“将会

---

① 李澄：《谭盾音乐节体验视觉音乐》[N]，《北京晨报》2001年10月25日。

② 复旦大学亚洲研究中心：《亚洲：文化交流与价值阐释》[M]，复旦大学出版社，2010年。

③ 欧阳友权：《数字媒介下的文艺转型》[M]，中国社会科学出版社，2011年，第320页。

④ 希利斯·米勒：《文学死了吗》[M]，秦立彦译，广西师范大学出版社，2007年，第17页。

导致感知经验变异的全新的人类感受”，且断言：“‘电信时代’的变化不仅仅是改变，而且会确定无疑地导致文学、哲学、精神分析学，甚至情书的终结。”[①]韦尔施亦指出，“经验和娱乐近年来成了文化的指南”“它与日俱增地支配着我们的文化总体形式”，这种改变“在表面的审美化中，一统天下的是最肤浅审美价值：不计目的的快感、娱乐和享受”。[②]欧阳友权进而分析：“图像中心化的转向，虽然凸显了图像符号的表意功能，却弱化了原有的文字表意体制，挤压了书写印刷文化的审美空间，迫使‘语言艺术’审美移至后台，形成了文字审美萎缩而图像符号强化的文化事实。”[③]概括而言，图像文化导致文学意义体系的转向以及引发我们思考的主要有这么几点：

（一）如何看待当今文学的地位与处境

长期以来，传统文学的权威身份有两种主要表现形态：一是作为意识形态话语的中心地位，二是大众审美文化的核心地位。前者如中国古代“文以载道”“诗教”等文学观，强调文学的教化、宣传作用等。后者如钟嵘《诗品序》谈到六朝五言诗盛行景况时说的，“使穷贱易安，幽居靡闷，莫尚于诗矣。故词人作者，罔不爱好”，将文学活动视为知识分子的基本文化修养与精神生活的基本依赖。于是，文学代变，然总会以独特的形式显现其认识作用、社会意义、审美价值，维系着在传统社会结构中的权威身份。

不过，在当今视觉传达文化的洪流中，这种传统的文学地位遭遇了意识形态话语、大众审美文化的双重挑战。究其原因，乃是图像表意带来的强大的市场力量成为一个“挡不住的诱惑”，致使当代文学阵营内部也发生变化。其一，部分作者对文字时代的文学审美价值产生质疑，不再坚守传统的“寂寞的书写”，而加入网络、影视等以图像为主要载体的创作队伍。其二，多数读者开始失去品味语言文字的耐心与悠闲心境，纷纷成为影像产品的忠实观者，在由“读者”向“观者”的转变中，“读书”似乎只是职业需要，而再不是一种文化诉求。其三，从文学市场来看，影像产品占据市场主流，文字阅读、文学书刊只能退居市场边缘。

面对诸如此类的现象，学术界主流的意见认为，这是文学地位由中心到边缘的滑落，于是，始则惊恐，继而抱怨，再而惋惜。那么，我们必须要问：文学地位

---

① 希利斯·米勒：《全球化时代文学研究还会继续存在吗？》[J]，国荣译，文学评论，2001（1）：第131—139页。

② 沃尔夫冈·韦尔施：《重构美学》[M]，陆扬、张岩冰译，上海译文出版社，2002年，第7页。

③ 欧阳友权：《数字传媒时代的图像表意与文字审美》[J]，《学术月刊》2009（6）：第23—29页。

变化，到底变化了什么？我们是从什么角度分析这个变化的？其实，我们主要从传统精英文学的式微，而不是从文学性的角度发出的感慨——因为滑落的只是文字时代的文学现象及其观念，并非文学活动抑或是“文学性”本身。相反，因为数字化手段的介入，新的文学活动正在拓展，新内涵的文学性亦在滋长。此番判断，我们似乎也可从古人那里觅得知音。如纸的发明与普及，致使南北朝时期以五言诗为代表的文学活动兴盛。于是，钟嵘在《诗品序》中一度发出了自己的担忧：“才能胜衣，甫就小学，必甘心而驰骛焉。于是庸音杂体，人各为容。至使膏腴子弟，耻文不逮，终朝点缀，分夜呻吟。”但正如前文指出的，钟嵘担忧之余，则肯定了五言诗在大众审美文化中的积极作用，并且提炼出“滋味说”这个新的文学观。

（二）如何看待文学作品载体、内容及价值的图像转变

若从文字时代的文学观出发，确如希利斯·米勒所感叹的“电信时代的文学生不逢时，没有赶上好日子”[①]，如果说图像时代还有“文学”热点，那也多是图像传播中的文学书写，抑或是所谓的“超文本”。于是，我们看到大量的文学作品被改编为影视剧作，文学由语言载体向图像载体转变。早在 1927 年，电影导演阿倍尔·冈斯便曾激动预言：“莎士比亚、伦勃朗、贝多芬将拍成电影……所有的传说、所有的神话和志怪故事、所有创立宗教的人和各种宗教本身……都期待着在水银灯下的复活，而主人公们则在墓门前你推我搡。”[②]如今这早已成为现实，自古至今的文学经典纷纷借助图像平台得以重现，以通俗的方式为大众所接受和消费。譬如钱钟书《围城》在 20 世纪 40 年代出版后，影响只局限于学术圈，而20世纪80年代经黄蜀芹改编成电视剧后，则引起了极大的轰动。可以说，《围城》是经新媒体塑造的新的文学经典。到了今天，我们完全可以说：视觉消费已植根于人们（尤其是年轻一代）的心理，视觉思维已成为读者期待文字作品审美效果的习惯方式，图像在社会中处于支配地位的现象已经越来越明显。

同时，我们也发现影响读者口味的，不再是文学内在的质量，而是媒体塑造的口碑。读者们逐渐淡化甚至忘却文字文学的评价标准与审美趣味，且不说面对新作，即便是重读经典，也往往陷入评论的“无语”之境与欣赏的“无感”之域。文学原本注重个体性的特点因大众传媒的介入而被改变，更有甚者，常常是先写出电视剧或者电影剧本，当引起了轰动效应之后，再将它改写成小说。在这

---

① 希利斯·米勒:《全球化时代文学研究还会继续存在吗？》[J]，国荣译，《文学评论》2001（1），第 131—139 页。

② 本雅明:《机械复制时代的艺术作品》[M]，中国城市出版社，2002 年版，第 88 页。

个过程之中，文字文学的独立性及其意义减弱了，而图像呈现出来的欲望化需求得到了强调。与文学评价与欣赏一样，学术论文的好坏也不仅仅取决于文章的内在质量，而必须关注文章的载体地位。文学期刊编辑与学术期刊编辑都已无法真正“盲审”作品，因为他们不得不思考“作品发表后是否易于传播”的问题，从而顾及作者的身份等。

不过，我们在为这些变化流露感伤的同时，有必要自问感伤的缘由。当下文学地位大不如以前，然常人似乎未能觉察，原因何在？因为文学性无处不在，常人以大众文艺为消费对象，不关注传统的精英文艺。感觉到文学失落的，主要是传统的精英文艺的守望者。一句话，文学性无处不在与文学的无处可在，是我们必须要思考的话题。其实，图像与文字的结合，除了孕育出新的文学形式，文学作品的图像化元素也相应丰富。这除了图像化包装、文学与影视互相转换等外显图像元素，关键是文字语言中的“内隐图像”元素大幅提升。像如今的文学创作，场面和景观描写增多，而心理描写减少；身体性因素刻画增多，而思想性活动减少；图像浏览式的片段描写的感性语言增多，而意义价值反思性的理性语言减少……这些表现为何不能纳入“文学代变”的视野之中？

（三）如何评判文学审美价值由美感到快适的走向

在文字时代，文学是在“阅读与思考”的框架中确定意义，人们可以静静地利用一整天坐着阅读一篇长篇小说，精神走在文字世界，品读情感，思索人生；而在被“技术”控制的图像时代，文学是在“浏览与消遣”的框架中满足人们的娱乐之需与消费之欲，倾泻自己感性的快适体验。“在今天的艺术审美文化世界，纯文字阅读的感悟诗学正在被电子图像制品的感觉快适所取代，至少是正在被切分。直观遮蔽沉思，快感冲击美感，文学文字的蕴藉之美正在被本雅明所说的视听符号的‘展示价值’所覆盖。”[①]虽然传统文学原本也强调感性体验，但较之于书写时代、印刷时代的文化语境，图像文化的“阅读”行为更是将感性体验作为把握世界的主要方式。于是，传统文学的审美价值及观念发生了变化。譬如，古典美学以主客体的和谐愉悦为美感的第一原则，认为“美”须完全充实于主体身心，主客体之间是一种交感存在，在关注客体的同时注意主体的感受，如此主体才有愉悦体验，主客体间由“平等”“自由”“交感”，实现“愉悦”。即所谓“我见青山多妩媚，料青山见我应如是。情与貌，略相似”……这种情感交流也是理性的思考过程，人的情感经过了“净化”处理，因此，古典主义的文学审美会令

① 欧阳友权:《数字图像时代的文学边界》[J],《中州学刊》2010（2），第244—246页。

人精神升华，产生崇高伟大的神圣感。

然而，若深层考究这种“古今之变”，我们发现文学一直在变，原因虽然很复杂，但与传播媒介的关系则是当今文学嬗变的重要原因。在纸质媒介传播中，文字文学所以能确立中心地位，是有制度保障的。从刊物、出版社出版资质的管理到稿件发表采用的严格的审稿制度，均有一系列硬性的要求。将文学纳入政府管理，是确保将文学作为意识形态的重要社会组织形式。不过，随着网络成为文学存在和传播的一种重要方式，文学作品的发布日渐多样化与自由化。人们可以避开传统平面媒体那严格的稿件审查制度，改变了作者发表作品受制于审稿者的约束机制，似乎人人既是作者也是编辑更是主编。正因为如此，那些原本不掌握话语权的人此时便有了发言的机会，作者群日渐大众化；那些按照主流意识形态掌握作品走向的情形也发生了变化，话语的多样性以及作品的内容、形式均呈现多样性；伴随着这种大众化、多样性，人们对“作者”的崇敬感减弱，对“作品”层次的高尚感降低，对“文学”话语权的地位意识开始模糊。

简言之，传统的精英文学的出版多经过严格审稿制度，而以新媒介为主要载体的文学活动则缺少这个制度，而我们在考量当今文学嬗变时，正是这两者相比较的结果。其实，文字时代的文学尽管是以“美感”为主导的雅文学，但也有以“快适”为目的俗文学；反之亦然。因此，那种“由美感到快适”的判断，虽符合主流走向，但并非一个全面的考察。同时，由于我们先入为主地以和谐、愉悦、净化等为“美感”的特征，自然就会忽视抑或是抹杀在“浏览与消遣”阅读行为中所孕育的新体验——读者以感性本身为审美目的，以“不规则”“冲突”为内容，以及能引起内心躁动为享受，为何就不能纳入“美感”范畴，重塑我们的文学艺术的内涵？

三、新媒介兴起时代文学精神的内涵提升

以上所说文学场的变化，均与文学传播方式变化有关。历史地看，文学艺术与传播媒介的关系素来就是十分密切，有人因此说“变化的只是传播媒介自身”，其实，变化的不仅是传播媒介本身，文学的样式、文学的观念亦随之而变化。比如说，民间文艺主要通过口耳相传，传播者以云游诗人、民间艺人、盲人等为主，故而此类文学在内容上极为注重声音魅力、故事性等，除了民族史诗，尤以黄色故事、鬼故事为多；形式上，则以打油诗、民间歌谣、民间故事居多。文字时代，先是通过手抄本传播，如莎草纸、竹简、丝帛等，因媒介珍贵，故而文字简洁，追求精英化的品格；其次通过印刷术传播，这种机械复制方式可谓通俗文

艺产生的重要背景。图像时代因电子传播媒介的介入，文艺产品的内涵与形式再次发生突变。可见，不管什么时代，文学艺术的发表均与传播它的媒介密切相关，今天所谈论的话题实际上是一个老话题。

任何一次传播媒介的变革，都会导致文艺话语和价值观念的变革。古人已经为我们探索出利用新媒体又坚守文学性的丰富经验。为此，我们必须做到如下几点：

（一）要以理性的态度正视文学观念的变化，强化新媒介传播文学精神的责任

作为一个现代社会的人，"生活在传媒"在一定意义上就是他生活的本质方面。如何辞旧迎新，正确使用、驾驭，乃至"生活在传媒"，这既是一个现代性的话题，也是一个老话题。对此，作为贯穿中国古代思想史的核心命题——雅俗之辨及其演变规律就是一个典型的例子。可以说，雅俗并存、由俗至雅，是考察中国古代文学精神及其演变的一个重要向度。近代王国维正是在中西文化比较中，发掘出中国文学重"雅"的精神特质，撰写了《古雅之在美学上之位置》一文。若结合王国维"一代有一代之文学"的论断，我们可以更为深入地理解王国维拈出"古雅"这个范畴的学术史意义。

王国维所说的"一代有一代之文学"，除了指文体样式递变，还包括文学观演变的意思。纵观中国传统文学思想史，相关的主张如"诗言志""文载道"等核心理念，几乎都是就某一种文体发声的。若细究这些理念，如"志""道""情"等内涵，也是在伴随着某种文体的演变过程中，历经了一个由俗到雅的内涵变化过程。譬如，《诗三百》中原本"发乎情"，几近"俗"文学的作品，到了汉儒眼中，就是"止乎礼义"，符合"雅"质的典范文本；同样，《花间集》中的"绮丽"之作，到了后来也成为"深美闳约"之篇，甚至出现了"艳词而不当作艳词读"，一心求雅的文学批评观。中国古代由俗至雅的观念演变，为我们审视当今伴随着大众文学、网络文学等而滋生的"不计目的的快感、娱乐和享受"的审美趣味，提供了理性的态度。若理性地分析，当下兴起的文学样式，亦必将在"一代有一代之文学"的演变中，完成由俗至雅、由大众到精英的变化过程。事实亦如此，当今网络制度的建设以及学术界经过惶恐、震撼乃至无奈叹息之后，重塑数字化时代文学的呼声的响起，均说明当下"文学"无处可在只是表面现象，实质上这只是新媒体兴起时的短暂现象，随着时间的推移，文学精神必将在新媒体的规范化进程中得以重塑。

因此，我们大可不必在新媒体带来的图像文化语境下无所适从。我们需要思考的：（1）坚信文学不死、文艺学犹存的信念。正如古代文学传播方式变化影响文学走向一样，在当今新媒体面前，"文学"的内涵与外延或许会变化，但文学活动必然会存在。（2）重塑文学与文艺学学科的新边界。这既不是以旧套新而自

怨自艾，也不是以新黜旧，茫然失措，而是需要正视与解答如今正在变化抑或是已经变化了的文学现实，从而构建数字传媒时代的文学与文艺学概念。

（二）吸取传统的力量，以通变的态度审视文学活动的新变

从人类思想史演变的规律来看，一旦遭遇某种转型，人们极易滋生古与今、传统与现代的对立思维，若新生事物处于强势态势时，又很容易萌生与“传统”割裂的情绪，进而产生关于传统的边缘化、失效论乃至终结论的观念。我们绝非思想守旧者，但唯有辩证地分析人类思想的演变规律，方能把握传统的存在方式与新生事物的发展方向。关于“变”，《易·系辞下》论《易》曰“穷则变，变则通，通则久”，如此，方能在求变中强化我们对传统的崇敬感；所谓“传统”，希尔斯指出就是“从过去延传至今或相传至今的东西”，就是“现在的过去性”“现在总处于过去的掌心之中”[①]。从这个意义上说，刘勰谈及文学思想发展规律时，所提出的“望今制奇，参古定法”（《文心雕龙·通变》）之言，就极具现实意义。面对当今文学场的新变，我们不能一味地抱怨或唾弃，而是要在承认并适应这些变化的基础上，积极地做出理论的回应，直至调整文艺学的内涵与外延，同时，我们更要思考这些变化和动向相对于“传统”延续了什么，缺少了什么，抑或是丢弃了什么。如此才是对古与今、传统与现代的建设性的思考，也才能更好地考量“传统”的优势与特色。

数年前，笔者在《古代文论在电子传媒时代的意义》[②]一文中说：在数字化时代文艺学的建设中，我们不能丢弃中国传统文论这一重要资源。这除了部分思想涉及到艺术活动的基本规律，可以直接运用到对新的文学活动的评价外，还有一些优长可以弥补“图像时代”文学艺术观念的不足。譬如，中国古代文学思想在天人合一宇宙观的基础上，通过心物共感、物我交融，构筑了文学世界的人与自然、社会以及人类自身的和谐有机体系，主张通过望闻问切、直寻、目击道存等方式感受世界。而数字化技术则通过“屏幕”或“图像”这个“既不是客观的、也不是主观的”[③]没有生命的媒介，改变着人们“面对面的谈话”的思维模式，也影响着当下的文学世界的宇宙模式。当然，技术层面的媒介是客观存在的，但如何让“镜头”获得生命，中国古代文学思想则有着丰富的资源。进而，中国古人的审美静观也是当今文学精神重塑的重要资源。所谓“寂然凝虑，思接千载；

---

① E·希尔斯:《论传统》[M]，傅铿、吕乐译，上海人民出版社，1991 年，第 21、208 页。

② 杨柏岭:《古代文论在电子传媒时代的意义》[M],《安徽师范大学学报:人文社会科学版》2012(1):第 88—91，85 页。

③ 希利斯·米勒:《全球化时代文学研究还会继续存在吗？》[J]，国荣译，《文学评论》2001(1)，第 131—139 页。

悄然动容，视通万里”(《文心雕龙·神思》)、“观古今于须臾，抚四海于一瞬”(陆机《文赋》)，主张人们的想象不受时空之限，将异时异地之事置于同一空间。而时下的数字化语境也有类似的特征，只不过，缺少了中国古人在时空一体的想象中心灵涵泳、体会、沉思的过程，丢弃了“味外之味”的审美韵味。

（三）强化新媒介时代的文学经典培育，重塑文学精神

“文学经典”的内涵与外延，直接关涉文学的时代性、思想内涵与美学品质，决定着文学史编撰与文艺学理论的架构，影响着文学教育与社会接受等一系列重要问题。然而，随着新媒介的兴起，以及迎合大众的消费欲望与娱乐需求，一方面部分传统文学经典及其所内涵的道德、美学等价值遭遇了解构，另一方面“经典”本身也随着权威中心论的消解而备受质疑。于是，我们似乎滑入了一种文学阅读的浅表化、娱乐化的处境，消费主义的快餐文化也一度走向泛滥和无度。

尽管“何为文学经典”的问题，人们的理解不一，但经典作品必然是那些“我正在重读”，而不是“我正在读”的书[①]……同时，有一个事实也是无法回避的。这就是，文学经典的接受是人类文学活动的主导方式，大众往往是怀着崇高感、神圣感面对文学经典，具有陶冶情操、净化灵魂的阅读追求。一个具有文化品位的文学传播行为，其突出的表征应在于负载于媒介符号中的信息价值。反观当前文学传播某些浮躁的现象，文学作品内容的文化品位缺失可谓突出的表现。因此，在当今时代重提文学经典教育就具有重要的精神和实践意义。我们必须正视我们的文化处境与文学境遇，随时而变，重塑我们这个时代的文学经典，感受阅读文学经典的神圣与甜美。由此，我们必须改变因“人人都是媒介”所带来的经典解构现象，再次强化“文学经典”的轴心地位，赋予它在人类精神上的崇高位置和优雅品质。这就要求文学创作者及传播者在传播实践中实现了文化教育者身份与传播主体角色、传媒责任与历史使命的统一。从经典育人的角度，强调文学以人的培育与塑造为目的的功能意识，赋予了媒介的新“人学”意义[②]，真正兑现“媒介是人的延伸”的论断。

原发《安徽师范大学学报（人文社会科学版）》，2017年第45卷第2期

① 卡尔维诺:《为什么读经典》[M]，黄灿然、李桂蜜译，译林出版社，2006年，第1页。

② 梅琼林:《透明的媒介:论麦克卢汉对媒介本质的现象学直观》[J]，《人文杂志》2008(5)：第33—38页。

合作式网络文艺批评范式的建构

单小曦

一个时期以来，中国网络文艺无论在艺术层面还是在产业层面都已经展现出快速发展的态势。网络文艺是当代依托于数字新媒介进行生产、传播、接受的新型文艺形态。在一定程度上，中国网络文艺已经打破和改变印刷文化时代既定的文艺存在方式、文艺类型、文艺文本和文艺观念。目前，中国文艺批评界主要有学者批评、读者批评、作家批评、编者（编辑）批评四种主体批评形态，但每一种批评形式，都难以形成对这种新兴网络文艺的有效批评。如何建构出切实有效的网络文艺批评形态，目前是摆在学界的一项迫切任务。

当代“学者批评”（或者“专业批评”“学院批评”“职业批评”等）是学院、研究机构体制化的产物。它具有明显的理论化倾向，往往在封闭的理论中自我演绎，追求自圆其说。它的最大问题是脱离文艺创作实际，特别是脱离最新的文艺创作现实。高玉曾尖锐地批评说：“有些学院批评已经严重丧失了文学批评的功能，不是帮助文学的发展，而是阻碍文学的发展、打击文学的创新。”[①]而就网络文艺而言，今天学者批评与批评对象之间的隔膜更多，“阻碍发展”“打击创新”的倾向也更为突出。究其根本，并不是这些批评家的主观恶意，而是其所秉持的印刷文学观、批评观使然。比如一些专业批评家根本不承认今天已经获得长足发展的网络文学是文学。著名文论家於可训认为，并不存在所谓的“网络文学”，“网络不过是一个书写工具和传播工具，就像中国历史上曾经将龟甲、兽骨、青铜器皿、竹简、绢帛、纸张等作为文学书写和传播工具一样，如果以这些书写和传播工具命名文学，历史上就该有甲骨文学、钟鼎文学、竹

① 高玉:《“学院批评”与“作家批评”——当代文学批评的两种路向及其问题》,《思想战线》2005 年第 3 期。

简文学、绢帛文学、纸张文学等等名称。这样的名称，历史上似乎未曾有过”，研究者一直在努力寻找和论证网络文学“作为一种全新的文学或新的文学形态，所具有的新质或特殊性”，可这些所谓的新本质、新特征“并未从根本上改变文学之为文学的根本属性或本质特征”，不能说明网络文学与“纸面的文学有本质区别”。①著名学者肖鹰也表示，所谓“网络文学”是“前文学”，没有经过准入程序，不能称之为文学，“网络文学”本身就不存在。②既然网络文学不构成一种独立性文学，甚至这种文学形态根本就不存在，精英学者不介入网络文艺批评也就无可厚非了。当然，有些专业批评家早在20世纪末就已经敏锐地感觉到网络文艺不可阻遏的发展势头和重大的变革意义，并开始致力于网络文艺的批评活动。但客观地看，这些批评的局限性也是很明显的。因为这些专业批评家的理论观念、批评知识是印刷文化时代建构物，网络文艺则属于数字新媒介文化范式，以旧的文艺观念、思维方式、理论模式和批评方法套用于新的文艺现象，难免错位操作，隔靴搔痒。有些专业批评家已经产生转型观念，开始有意识地走进网络文艺的新世界，但由于网络文艺文本、网络艺术现象浩如烟海，他们立足于自己已经习惯的个体化批评和文本解读方式，根本无法对网络文艺实施有效批评。

与“学者批评”相对应的是“读者批评”（或者“自发批评”“网络批评”“网民批评”“草根批评”等）。在网络空间中，像人人都可以成为文学家、艺术家一样，人人也都可以成为批评家，也许这样的“网络批评家”比网络文艺创作者数量更为庞大。应该肯定的是，由于网络文艺读者群的主流是四十岁以下的“网络原住民”，其中不乏跟网多年的老资格“追文族”，他们的言论更贴近网络文艺本身。目前，网络读者批评领域已经创造出多种传统批评之外的批评术语或网文“黑话”，其中一些已经逐渐被网外语言系统所接纳，如世界体系（洪荒世界、穿越世界、架空世界、异能世界等）、各种“文”（种田文、耽美文、种马文、小白文等）、各种“流”（洪荒流、升级流、废材流、凡人流、无限流、国术流、系统流、后宫流、变身流等）以及金手指、代入感、桥段、梗、男性向、女性向、挖坑、催更、太监等。还有一些新近发明的术语，网外人很难理解，如“本命”（即粉丝心目中占据最爱的偶像、作品、人物等）、“爱豆”（即职业化的偶像）、“应援”（即在偶像表演现场加油鼓劲行为）、“发糖”（作品剧

① 於可训：《说网络文学》，《长江文艺》2012年第9期。
② 宋平：《网络写作不是“网络文学”吗？》，《中华读书报》2010年1月28日。

情按甜蜜和顺利方向发展）、“插刀”（作品剧情按虐心波折的方向发展）[①]等，不胜枚举。这些术语已经成为网络批评者之间沟通思想的工具和发表批评见解的关键语汇。如果能理解这些“黑话”，在各种贴吧、网站讨论专区等专门批评网站，常常可以发现一些观点新颖、思考深入的批评帖子。另外，网文读者批评中也偶有成规模的系统批评文本。比如著名的《凡人凡语》就是关于网络小说《凡人修仙传》的系统批评专辑。它是二十多位热心粉丝从成千上万讨论帖子中精选整理出来的，分为情感篇、思想篇、文学篇、剧情篇、技术篇、娱乐篇、人事篇、墨香篇、索引篇、单章篇、赞赏篇、争鸣篇，总计三百多万字，可谓鸿篇巨制。然而，总的来说，目前的网络批评还处于前批评或准批评的阶段，还未形成真正成熟的批评系统。首先，除了上面说到的少数优质批评帖子外，更多的则具有口水化、随意性、偶感式、片段化甚至粗俗化的特点。其次，多数讨论帖子感性有余理性不足，更没有批评所需要的学理性和反思性。最后，在行文表述方面，多数表现得比较幼稚和浅显，比如上面提到的网络系统批评的典范《凡人凡语》，仅就众多篇目的分类而言，就显得杂乱无章，缺乏基本的逻辑性。

“作家批评”多表现为网文作者批评。目前中国网文作者已经形成不同的等级层次，处于顶端的是年收入几百万、上千万的少数“大神”，处于底端的是为数甚众单靠网文无法维持生活的“小仙”。而无论是“大神”还是“小仙”，他们的写作都常常唯读者马首是瞻。“写手史文龙（化名）在总结自己的成功经验时，认为最重要的一条就是必须对读者‘言听计从’，他的故事中曾出现了一个男配角，性格让读者难以接受，在各种读者的留言斥责中，该男配角第二天就死于非命了。”[②]网文作者除了拼命写作外，也会在网上和读者交流写作心得体会；少数“大神”也会参与一些培训机构组织的活动，临时担任培训主讲；还有些网文作者也应邀出席相关学术研讨会，其发言也会整理出版。网文作者批评的最可取之处是能从写作的切身体会出发，为初学写作者提供写作经验。也有少数心怀文学理想的作者（如所谓“网络文青”作者）发表一些有独立创作精神和独到见地的观点。但与服膺于读者需要的写作取向相同，大多数作者的批评言论只有一个中心问题——如何写出讨读者喜欢的文本。比如网文写手“善良的蜜蜂”在17K小说网“网文精英学院·名家讲堂”中现身说法：“只有了解读者的口味，你才能写出一本受欢迎的书。”在具体操作上，需要经营“爽点”，“让大家看得过瘾，就

① 参见北京大学微信公众号“媒后台”之“网络词典”诸条目。

② 黎杨全:《数字媒介与文学批评的转型》，上海三联书店，2013年，第88页。

是爽点”。世界设定、人物设定、情节设定都必须围绕“爽点的爆发”进行。为达到这个目的，需要使用“先抑后扬”的策略。“先抑后扬”需要一个度，“压抑得太过了，读者受不了，压抑得太轻了，也不够爽”，一切都要以读者舒服为标准。此外，还有一个“扮猪吃老虎”的写作技巧，也就是在具体细节不知如何拿捏的情况下，不必和自己过不去，因为“读者未必那么觉得，所以遇到很纠结的地方，带过是最好的选择”。①可见，在“善良的蜜蜂”这里，商业写作构成网络文学的唯一“本质”，其功能就是给读者提供“心理按摩”。凡能给读者带来“爽”感的就使用之，至于文学自身的文学性，只要读者不在乎，不必纠结，带过就好。应该承认，中国网络文学恰恰因为以读者为中心，走商业写作的路子，才取得了产业上的巨大成功。但问题是，以读者为中心不等于毫无原则地满足读者特别是文学素养低下读者的一切要求。网络文学要有产业性、商业性，但也需要有一定程度的文学自主性与自律性。特别是如何实现文学性和商业性的统一而不是对立，应该成为中国网文写作追求的目标。而在目前网文作者的批评言论中，很少有这样的声音。另外，网文作者之所以花费“一刻值千金”的宝贵时间与读者交流，也是有着较强功利目的的，即能够及时了解读者需要，并随时转换写作策略和方向。这样的网文作者批评，还主要受制于市场或以市场份额、点击率为指归的写作经验交流，很难具备基本的批评视野和批评高度，既无法形成反思性批判，更无法形成具有学理性的批评话语体系。

此外，中国网文界还有一种批评形态——网编批评。在中国当代文艺批评整体上，网编批评应从属于“媒介批评”或“网络批评”。与印刷文学活动中的期刊、出版编辑一样，网文编辑的第一个角色仍是“把关人”。与前者不同的是，他们还常常充当普通写手的“导师”。目前，网编批评主要是以网编们对网文作者的写作培训教学方式展示出来的。有些高级编辑还将体会写成培训教程，比如血酬（刘英）的《网络文学新人指南》在网文界非常有影响。值得肯定的是，当前的网编批评往往能够从网文文本出发，谈论网文的成败得失，寻找写作成功的规律，对初涉网文写作者具有很强的实战指导价值。然而，网文编辑距离中国网文写作太近，网编批评的主要目的是指导写手写作，这些因素决定了网编批评必然沉陷于操作技术层面而不能自拔。在这种背景下，网编批评也必然缺乏高度和深度。

围绕着网络文艺，中国当前的四种主体批评形态之间的关系又是如何呢？法国批评家阿尔贝·蒂博代（A. Thibaudet）曾谈及三种批评，他对于三种批评的

① 参见 http：//bbs.17k.com/thread—2813603—1—1.html.

具体解释是:“这三种批评，我将称之为有教养者的批评，专业工作者的批评和艺术家的批评。有教养者的批评或自发的批评是由公众来实施的，或者更正确地说，是由公众中那一部分有修养的人和公众的直接代言人来实施的。专业工作者的批评是由专家来完成的，他们的职业就是看书，从这些书中总结出某种共同的理论，使所有的书，不分何时何地，建立起某种联系。艺术家的批评是由作家自己进行的批评，作家对他们的艺术进行一番思索，在车间里研究他们的产品。”①他在谈论三种批评的关系时说:“三个之中，几乎没有一个愿意承认另外两个有独立存在的权利。任何一个都不以做一部分为满足，它们都要独霸天下，都要占有批评的全部，都要成为批评的生命。由于这种斗争是三种批评的生命与健康之泉，因此我们不应该为之遗憾，也不应该加以阻止。”②类似情况也大致存在于目前中国不同的网络文艺批评种类之间。

在学术体制的支持下，中国当代学者批评已经形成一个根深蒂固的观念:文艺批评就是专业批评家的专业化行为。在学者批评家看来，上面所提到的批评理论化和专业化不仅不是缺点，而且还是优长。尽管作者有创作经验的支持，编辑（除少数学者兼编辑外）有“近水楼台先得作品”的便利，但他们缺乏文艺批评必要的专业训练和哲学、美学、社会学、心理学、文化学、人类学、语言符号学、结构主义、解构主义、女性主义、新历史主义、后殖民主义等批评理论知识，难以创作出优质批评话语系统。至于网络空间中的网民批评更是等而次之，网民的阅读感受五花八门，那些肤浅而随意的言论更不具备文艺批评的基本品质。但是，在一些作者批评家看来，文艺批评恰恰不需要学者批评所标举的那一套，恰恰是那套专业理论和方法强奸了文学艺术本身。哈罗德·布鲁姆（Harold Bloom）曾站在作者批评立场上，把作为“女性主义者、非洲中心论者、马克思主义者、受福柯启发的新历史主义者或解构论者”的学者批评家称为“憎恨学派”③，认为他们煞有介事的文艺批评不过是远离文艺本身的理论自我演绎，是在使用文学艺术证明这些理论的正确。苏珊·桑塔格（Susan Sontag）更是把学者使用各种理论对文艺作品的阐释看成“智力的过度膨胀”，认为“建立在艺术作品是由诸项内容构成的这种极不可靠的理论基础上的阐释，是对艺术的冒犯”。④在今天的多数中国网文作者和网民读者看来，学者批评家并不懂网络文艺，他们那套

---

① （法）阿尔贝·蒂博代:《六说文学批评》，赵坚译，北京三联书店，1989年，第3页。
② （法）阿尔贝·蒂博代:《六说文学批评》，赵坚译，北京三联书店，1989年，第46页。
③ （美）哈罗德·布鲁姆:《西方正典：伟大作家和不朽作品》，江宁康译，译林出版社，2011年，第17页。
④ （美）苏珊·桑塔格:《反对阐释》，程巍译，上海译文出版社，2003年，第12页。

自以为是的批评观念、批评方法更是对网络文艺的“冒犯”。那些“高大上”的专业批评不仅不适用于野生野长的网络文艺文本和网络文艺活动，还可能会搅扰网络文艺的正常发展。因此，多数网文作者和读者对学者批评更是满怀“憎恨”。在他们看来，即使确实需要网络文艺批评，也只能从网络世界生长出属于自己的批评形式。

以布尔迪厄的场域理论来观照，可以更好地透视出今天中国四种网络文艺批评之间的冲突、纷争关系及其实质。在布尔迪厄看来，文学场就是一个遵循自身的运动和变化法则的空间，也就是各种位置间的客观关系结构，为合法性而竞争的个体或集团占据着这些位置。文艺批评是文艺场中的子场域，与文艺场具有相似的运作特点。在批评场域中，不同“行动者”占据不同的“位置”①，持有不同的“资本”，他们为了争夺话语权与合法身份，彼此之间进行着一轮又一轮的斗争。朱国华对中国当代一般性文学批评场的情况进行了分析，认为：“一个理想的文学批评场域应该基于非同一性基础上，以文学批评自主性作为共同遵守的信念。它由专业批评和业余批评所构成。前者包含美学趣味的批评家与学理趣味的批评家，他们处于批评场域的支配位置；后者主要体现为媒介批评，它们代表了他者的向度。这几方面批评构成了多重对话关系，并通过符号斗争即定义文学批评合法性标准的斗争推动场域的健康发展。”②显然，网络文艺批评又可以被看作一般文艺批评场的子场域，它在遵循上述一般文艺批评场运作法则的同时，还有自己的特殊表现。

具体说来，中国当代网络文艺批评中的四种主体批评之间的斗争又体现出不同的层次。其中，学者批评和其他三种批评之间的分歧最大，冲突也最剧烈。学者批评是印刷体制的维护者，它企图维持自己曾经的权力地位，企图进一步维护曾经的场域秩序，即突出批评主体的学术地位、专家身份、学术资源，突出批评知识的学术含量、学术规则，提高入门标准和“圈子”意识。而这种局面的掌控直接通过对批评阵地——文学期刊的占领得以实现。在学者批评统治的批评场域中，作者批评被看作是需要的，因为学者批评一定程度上需要从作者批评中获取创作方面的资料，这是学者批评接纳作者批评的原因。但“五四”以来，现代性批评体制建构的一项重要成果就是文艺批评可以独立于文艺创作，可以在文艺理论这一学科范围内进行独立的知识生产，即学者批评可以脱离作

① （法）皮埃尔·布尔迪厄：《艺术的法则——文学场的生成与结构》，刘晖译，中央编译出版社，2011年，第191页。

② 朱国华：《大众媒介时代的文学批评》，《四川大学学报》（哲学社会科学版）2007年第3期。

者批评独立发展。对作者而言，学者批评家对其创作活动和作品的批评阐释又可以构成重要的“文化资本”。因此，在印刷时代的批评场域中，作者批评被置于学者批评的统治之下。当然，受压制的作者批评对学者批评发起挑战，也是常有的事情，正如上面布鲁姆、桑塔格等人所说的情况。网络读者批评之所以能够勃兴，主要是网络打破了印刷文化体制中专业批评期刊垄断批评话语的局面。读者批评在网络空间中进行了一场重大革命。最初，它体现为网络布告栏（BBS）中的文艺讨论帖子，随后是文艺网站讨论空间的开辟，很快又出现依托各大文艺网站的书评区、专门性批评论坛（如“龙的天空”）、百度贴吧、网文大神或作品粉丝QQ群、微信群、博客、微博，各大文艺期刊微信公众平台中也设置了评论栏等，网络读者批评逐渐发展成为一场声势浩大的、众多网民参与的网络文化现象。在这场批评革命中，读者批评由被学者批评拒之门外的“民间批评”，逐渐成长为一个可以向学者批评“叫板”的对手，开始向学者批评发起对话语权、文化资本的争夺。这种争夺的激烈程度，在“韩白之争”“玄幻之争”事件中得到了淋漓尽致的体现。

其他三种批评中，读者批评具有统领性地位，他们的意见和获得点击率具有同一性，作者和编者往往会无条件地遵从。不过，作者和读者之间有时也会有分歧和斗争，极端的例子就是“大神”级作者猫腻和一些读者之间因《择天记》“断更”引起的互骂风波。相对而言，编者往往在作者和读者之间扮演调停者角色。不过，与传统学者批评相比，作者批评、读者批评、编者批评之间的冲突是“人民内部矛盾”，在与前者的对峙中，他们往往能够形成“统一战线”。在最近中国作协等部门召开的各级网络文学研讨会、论坛等活动中，各种批评之间的上述关系得到了典型的展现（读者批评表面上是缺席的，实际上编者和作者成为他们的代言人）。

问题的关键在于，目前这些批评形态之间的斗争少有蒂博代所说的“生命与健康之泉”的价值，也没有展现出中国学者所希望的“健康发展”态势。对于传统时代的学者批评、作家批评、读者自发批评而言，确实“应该把三种批评看作三个方向，而不应该看作固定的范围；应该把它们看作三种活跃的倾向，而不是彼此割裂的格局”。[①]换言之，它们同处于印刷批评范式“格局”之内，体现着印刷批评范式的“三个方向”。它们之间的斗争会在一个平面上有效展开，这种斗争也是对话交流的特殊方式，最终可以转化成有益、有效的批评成果。当下中国网络文艺几种批评形态之间的关系与传统时代完全不同。首先它们分

① （法）阿尔贝·蒂博代：《六说文学批评》，赵坚译，北京三联书店，1989年，第46页。

属于不同的范式，即学者批评基本属于印刷批评范式，其他三种批评基本属于网络批评范式。目前，它们之间更多的是在不同层面自说自话，它们的争论往往是“鸡同鸭讲”，很难形成真正有意义的交锋，当然也很难转化出有效、有益的批评成果。作者批评、读者批评、编者批评之间尽管都是在同一范式中进行，但它们之间的同质化倾向十分严重。比如，它们很难在网络文艺的商业属性、欲望叙事、快感机制等问题上出现分歧，当然也就难以在更深的层面展开讨论。它们的矛盾冲突主要体现在写作技巧、战术应用层面，因此也很难产生更有价值的批评成果。

总之，目前中国当代网络文艺批评界的四种主体批评形态中的任何一种独立批评实践以及它们之间的冲突、纷争状态，无法对网络文艺现象予以充分有效的阐释和批评。面对蓬勃发展的网络文艺，我们需要探索新的批评范式。

一个时期之内（网络文化的一代成长为批评家主流群体之前），要想对中国网络文艺形成切实有效的批评，需要建构学者、作者、编者、读者四方主体合作的批评形态。学者—作者—编者—读者“四方合作主体”已经不再表现为传统现代性那种个体化的自律性的孤立、封闭、凝固的主体范式，而是一种具有“数字现代性”特征的新型主体范式。数字现代性主体是个体化主体通过数字交流平台形成的主体间合作交融的联合主体，其最突出的特点是“主体间数字交互性”。今天，数字化网络新媒介的发展已经为建构这样的新型主体范式奠定坚实的物质基础。

数字现代性主体是相对于传统现代性主体而言的。传统现代性主体是个体化的自律性的孤立主体，一般认为，它是西方 17 世纪以来理性主义和主体性哲学的产物。当笛卡尔把“我思”作为人类知识以及人与世界存在的终极基础时，也把以先验自我（ego）为核心的个体主体从与世界、他人交融统一的关系中抽离出来，一个高高在上的与世界、他人分离甚至对立的个体化绝对主体就被建构出来了。之后，康德、黑格尔进一步为这样的主体寻找到先验道德和“绝对理念”上的合法性根据。这就是西方形而上学的“唯我论”视角和传统。为了克服“唯我论”，胡塞尔提出了“交互主体性”（intersubjectivity）问题。胡塞尔的现象学中有四个“自我”，一是来自于笛卡尔的先验原始自我；二是无法认识他人的“唯我论”自我；三是给世界命名的现世自我；四是与他人形成“主体间”关系的日常自我。其中，他人自我无法通过意识反思直接把握，而需要从“我的单子中映射出来的另一个单子”①得以确证。两个作为单子的“自我”通过“结对”方式“共

① （德）胡塞尔:《胡塞尔选集》（下），倪梁康选编，上海三联书店，1997 年，第 881 页。

现”于各自的意识之中。如此这般的构造活动蔓延开来，就会出现更为广泛的单子群，也就形成了一个个体主体之间的交互关系。不过，在胡塞尔这里，先验原始自我是地位最高的，其他自我都置于它的支配之下，因此，也使其“交互主体性”具有浓厚的先验论色彩。为了摆脱“唯我论”和先验论，海德格尔抛弃了“主体”“自我”等概念，发明了一个“此在”（Dasein）概念。与“自我”的孤立性、内向性不同，“此在”是外向性的、开放性的，它是通过与他人的关联性以及对他人的领悟进而领悟自身存在的，其生存结构和方式即“在—世界中—存在”。在这一生存结构和方式中，不同的“此在”之间就会形成一种“共在”或共同“此在”，共同“此在”和世界之间也就形成了共同世界。可见，海德格尔与胡塞尔不同，他通过“此在”这一前提以及“在—世界中—存在”的生存结构，把“交互主体性”置于个体主体性之上，也把主体性问题从先验层面拉到现实生存层面。

一旦主体间的关系从先验思辨走向现实经验世界，就必然涉及主体间通过何种媒介建立关系的问题。在西方哲学人文学术研究的“语言论转向”浪潮中，人们不约而同地抓到了语言这个媒介，认为实践经验领域的主体间的一种重要模式就是主体间语言交往模式。哈贝马斯说：“一旦用语言建立起来的主体间性获得了优势……自我就处于了一种人际关系当中，从而能从他者的视角出发作为互动参与者的自我建立联系。”[①]在众多语言交往模式理论中，值得注意的是巴赫金、雅各布森等人在强调语言重要性的同时，还看到了其他符号、承托语言符号的物质载体、交流信息管道等媒介在这一交流过程中的基础地位。西方现代媒介学研究进一步表明，由语言符号、物质载体、传播媒体等构成的传播媒介，不仅是不同主体之间的交流中介，而且建构出了主体间的不同关系。例如，口语媒介要求“叙事者确保此时此刻与听众互动”[②]，“而书写和阅读是孤零零的个人活动，使人的心智回归自身。”[③]也就是说，口语媒介支持主体间的互动关系，而书写媒介和后来的印刷媒介造就了个体化、分割性的主体。不仅如此，书写媒介和印刷媒介还进一步建构出中心/边缘、权威/服从、宣讲/聆听等形式的主体关系。当处于边缘、服从、聆听地位的主体在场域中出现位置变动、资本增殖的情况时，就有可能对中心、权威、宣讲主体发起挑战，对抗、冲突、战争就在所难免了。

上述研究说明，现代性文化中形成的分割、孤立的个体主体和绝对主体性并

---

① （德）于尔根·哈贝马斯：《现代性的哲学话语》，曹卫东等译，译林出版社，2004年，第348页。

② （美）沃尔特·翁：《口语文化与书面文化》，何道宽译，北京大学出版社，2008年，第31页。

③ （美）沃尔特·翁：《口语文化与书面文化》，何道宽译，北京大学出版社，2008年，第52页。

不只停留于形而上的思辨层面，更是经验世界中的文化现实，这种局面的形成与两千多年的书写、印刷媒介主导下的文化建构紧密关联。20世纪90年代以来，“以因特网为代表，数字媒介犹如风暴席卷了这个时代”，人类走进了“数字媒介社会”。[①]数字媒介的效应是去凝固、去阻隔、去静止、去分割、去边界、去等级、去差异，带来的是主体间真正而切实的交流、互动、联动、融合、合作及其活动中的流动、畅通、生成和一体化，造就出的是“数字现代性”文化主体。“数字现代性”主体的最大特点是主体间在数字化交流平台上可以形成现实而非只停留于观念上的交互性——数字交互性。关于网络建构新型主体问题，马克·波斯特如下说法有一定的启发性：

> 互联网极大地提高了制造、传播大量文化产品的效率，推进了现代主体和客体的关系。互联网通过将无线电、电影和电视合并，以及用“助推”（push）技术进行传播来推进最现代的主客体关系。但是互联网突破了印刷模式和广播模式的限制，体现在（1）使多对多交流成为可能；（2）使文化客体的即时性接收、转换和再传播成为可能；（3）使交流行为从国家的岗位和现代性的主权空间关系中脱离出来；（4）提供全球性及时联系；（5）将现代 / 后现代主体插入联网的信息机器设备。结果就是一个更加完备的后现代主体，或者一个不再是主体的个体，因为它不再像从外部而来似的与世界对面而立，而是作为电路中的一个点在机器中运转。[②]

在波斯特这里，对网络改变主体关系的讨论比较精彩，而主体概念使用得比较模糊。在笔者看来，网络建构的所谓“更加完备的后现代主体”“不再是主体的个体”意味着，原来的现代性孤立、封闭、凝固的个体开始走向合作、开放、流动，并在数字媒介这一存在的“显—隐之域”中结合为一种“数字现代性”主体或“数字交互性主体”。在“数字交互性主体”中，原来的个体化主体不过是前主体或准主体，他们在交流合作活动中进一步提升，从而形成新的合作型主体。

需要强调的是，“数字交互性主体”不仅是就数字媒介语境中文艺活动中作者、读者、传播者等新型合作式文艺生产主体而言的，还包括不同批评主体间形成的新型文艺批评主体。网络文艺批评中“四方合作主体”就是由学者、作者、

---

① 水越伸：《数字媒介社会》，冉华、于小川译，武汉大学出版社，2009年，第1页。

② （美）马克·波斯特：《互联网怎么了？》，易容译，河南大学出版社，2010年，第17页。

编者、读者四个准主体（在网络文学批评活动中如此，不影响他们在其他活动中的主体身份和主体性）合作提升而成的数字交互性新型批评主体。这种数字交互性新型批评主体所从事的文艺批评活动即“四方主体合作式批评”模式。如何才能具体形成这种文艺批评模式呢？笔者认为，一方面，学者、作者、编者、读者都应该深刻认识到，在今天印刷文化向数字文化转型时代，自身面对网络文艺时的准主体身份（与其他活动中的主体性不矛盾）以及自身具备的优势和存在的局限，认清单凭每类准主体无法完成网络文艺批评的客观现实。另一方面，各方准主体要收起对抗心态，增强合作意识。在当前的网络文艺批评实践中，各种批评间的斗争、对抗只能成为消解性力量，唯有各方合作才可能走进网络文艺世界，才可能生产出真正的、高质量的批评话语。在具体操作中，各方准主体应确定自身位置、明确分工，建立合作式批评话语生产机制和模式。这种合作式批评话语生产机制和模式具有如下两种典型形态（见图 1、图 2）。

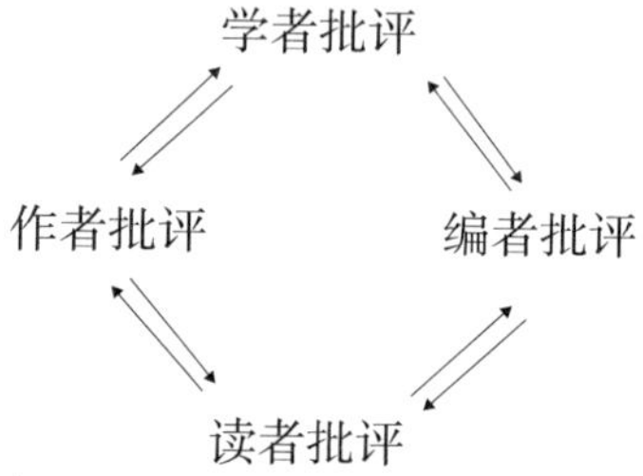

第一，金字塔形合作式批评话语生产机制和模式。在这种模式中，学者、作者、编者、读者之间形成一个金字塔形的批评结构体。读者处于批评结构体底部的一端，从阅读需要出发，发挥接受力和感悟性强的优势，从事读者批评话语生产；作者处于批评结构体底部的另一端，从创作出发，发挥熟悉创作心理和技巧的优势，从事作者批评话语生产；编者处于批评结构体中间层，利用沟通作者和读者的中介优势，对读者批评话语、作者批评话语进行翻译、加工、整理，形成初级批评话语体系；学者处于批评结构体顶端，利用所掌握的理论和批判思维、逻辑思维优势，对编者提供的初级批评话语做进一步的加工、提升、定型，最后形成成熟的网络文艺批评话语体系。在金字塔形合作式批评模式中，各方准主体尽管所处的位置不同，但并不意味着彼此之间有高低贵贱之别，这种不同只是批评职能上存在着不同。金字塔形合作式批评模式追求的效果是发挥各自优势，形成优势互补和强强联合。

第二，环形合作式批评话语生产机制和模式。这一模式较之于金字塔形模式更趋于平等合作和交互性理想。其中，四方准主体的每一方都可以成为批评起点。例如，以作者批评为起点，此时作者批评家从创作感受出发，解读文本，形成作者批评话语，再将之传递给读者批评家；读者批评家从阅读需要出发，解读文本，对作者批评家的批评文本予以二度创造，形成读者批评话语，再将批评话语传递给编者；编者根据读者需要和阐释，再进行三度加工，形成编者批评话语，并将批评文本传递给学者；学者选择立场进行学理上的提升，形成学术性批评话语形态。然后，学者再将这种批评话语反馈到作者，新一轮的循环重新开始。这个过程的反方向运动也依然成立。

原发《中州学刊》2017年第7期

编后语

2017年中国文学理论批评深掘前行，马克思主义文艺理论和习近平文艺思想的研究成为引领当下中国文学理论批评的总体走向。

同时，本年度文学理论批评充满活力，不同代际的理论研究者和批评家的研究文本呈现出人文情怀与真知灼见。无论对于重大理论问题、经典文论、文学史研究，还是对于一个时期整体的文学现象、文体新变和文学生态的总体性观察，或对于经典作家、重要文本的精准细读，都有不同侧面的深入研究和深刻论述。文选所辑，有些观点我们未必全然认同，但其理论探索精神令人尊重。

新时代提供了新的文学文化景观，当下文学格局也呈现出引人注目的新变，比如文学的整体观和文学生态的适时调整，文学机制、动力系统的崭新构造，以及新媒体对文学的影响推动，都给研究者们提出了新的挑战。积极响应新时代的文学挑战已成为每一个文学理论批评工作者不容推卸的责任，而这一响应在文选中也得到了一定篇幅的展现。

视野所限，不免遗珠之憾。在此，我们向入选年选的各位作者和原发报刊表达由衷感谢，同时也向一直致力于中国文学理论批评的理论评论家们表示敬意。希望《中国文学理论批评文选》继续得到你们一如既往的热忱的支持。

图书在版编目（CIP）数据

中国文学理论批评文选.2017 / 中国作家协会创作研究部编. -- 北京：作家出版社，2018.6
ISBN 978-7-5212-0106-2

Ⅰ.①中… Ⅱ.①中… Ⅲ.①中国文学－当代文学－文学理论－文学评论－2017－文集 Ⅳ.①I206.7-53

中国版本图书馆CIP数据核字（2018）第146292号

中国文学理论批评文选.2017

编　　者：中国作家协会创作研究部
责任编辑：史佳丽
装帧设计：王汉军
出版发行：作家出版社
社　　址：北京农展馆南里10号　　　**邮　　编：**100125
电话传真：86-10-65930756（出版发行部）
86-10-65004079（总编室）
86-10-65015116（邮购部）
E-mail:zuojia@zuojia.net.cn
http://www.haozuojia.com（作家在线）
印　　刷：北京明月印务有限责任公司
成品尺寸：170×240
字　　数：387千
印　　张：21.75
版　　次：2018年8月第1版
印　　次：2018年8月第1次印刷
ISBN 978-7-5212-0106-2
定　　价：49.00元

作家版图书，版权所有，侵权必究。
作家版图书，印装错误可随时退换。